BASTEI
LÜBBE
TASCHENBUCH

Weitere Titel der Autorin:

Dunkelmond

Titel in der Regel auch als E-Book erhältlich

Über die Autorin:

Schon in jungen Jahren interessierte sich Susanne Picard für fantastische Stoffe: Zu den ersten Erinnerungen gehören die Mondlandung von Apollo 11 und Märchenfilme wie Schneewittchen von Disney. Nach diversen Umwegen als Kinomitarbeiterin und Redakteurin fürs Business-Fernsehen, arbeitet sie seit 2007 als Lektorin, Übersetzerin und Autorin im Fantasybereich. Sie lebt und arbeitet in Bonn.

Susanne Picard

Goldmond

Roman

BASTEI
LÜBBE
TASCHENBUCH

BASTEI LÜBBE TASCHENBUCH
Band 20731

1. Auflage: September 2013

Dieser Titel ist auch als E-Book erschienen

MIX
Papier aus verantwortungsvollen Quellen
FSC® C006701
FSC
www.fsc.org

Originalausgabe

Textredaktion: Manfred Weinland
Kartenzeichnung: Dipl. Ing. Nils Kreutzer
Titelillustration: © Victor Titov
Umschlaggestaltung: Guter Punkt, München
Satz: two-up, Düsseldorf
Gesetzt aus der Minion
Druck und Verarbeitung: CPI – Ebner & Spiegel, Ulm
Printed in Germany
ISBN 978-3-404-20731-2

Sie finden uns im Internet unter
www.luebbe.de
Bitte beachten Sie auch: www.lesejury.de

Goldmond

EISEBENEN
KANTIS
KHARISAR
FLUSS LITHON
GRÜNER TURM
HOCHWALD
MOND SEE
ERATHI
PRÄRIEN
VON ERATHI
WALD VON
DASTHUKU
KLOSTER
DES WESTENS
HAUS BMADIAN
GUZARAT
SAPHIR-MEER
NÖRDLICHE
LORANON-BERGE
BARAT
GUZAR
SÜDLICHE
CANYONS
VON POROWAK
ENTARAT
DERI
SANDWÜSTE
VON SOLIFE
STEPPEN
VON ENTARAT
SIRAKAND
DABAZAR
VANION SEE
KANTAR BERGE
SOLIFE
BERG FAROKANT
KLOSTER
DER TIEFE
FLUSS CORTARON

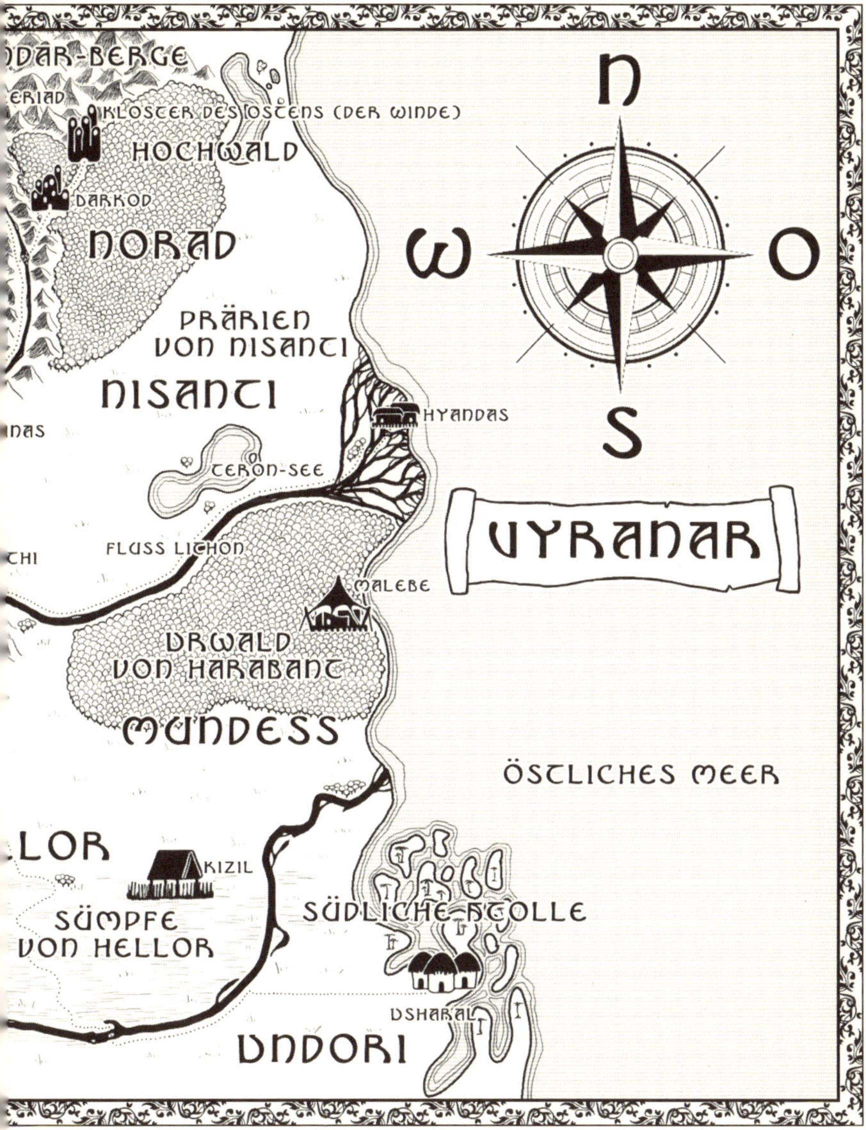

DAR-BERGE
ERIAD
KLOSTER DES OSTENS (DER WINDE)
HOCHWALD
DARKOD
NORAD
PRÄRIEN
VON NISANTI
NISANTI
NAS
HYANDAS
N
W
O
S
TERON-SEE
UYRANAR
CHI
FLUSS LITHON
MALEBE
URWALD
VON HARABANT
MUNDESS
ÖSTLICHES MEER
LOR
KIZIL
SÜMPFE
VON HELLOR
SÜDLICHE ATOLLE
USHARAL
UNDORI

Prolog

Immer wieder steigt die Erinnerung in ihm auf.

Wie der Nebel, der sich an diesem frühen Morgen aus den Wäldern erhebt.

Der Heiler kann einfach nicht vergessen, wie der Tod in sein Leben kam.

Er steht am Rand der hölzernen Plattform weit über dem Tal, der Himmel über ihm ist noch dunkel. Die Weiße Sonne, die sich jeden Morgen schon vor der Purpursonne zeigt, ist noch nicht über den Horizont gestiegen. Nur ein zartes Orange im Osten zeigt an, dass der Tag aufzieht und die Dunkelheit bald vertreiben wird. Doch für Telarion birgt dies keinen Trost in sich.

Noch beherrschen Nebel und Kälte die Welt. Die Wolken sind dicht und wehen selbst so weit oben am Berg in unterschiedlich dichten Schwaden durch die Tempelhalle, in der er steht. Die angenehme Frische der feuchtkalten Luft wird verschwinden, wenn die ersten Strahlen der Weißen Sonne über den Baumwipfeln die Nebel vertreiben. Hitze wird sich ausbreiten und die Kälte, die ihn umgibt, austrocknen.

Er ist ein Elb, und in ihm lebt die Magie der Luft und des Windes. Sie gleicht den Nebeln, dem frühen Morgen, der noch die Winterkälte in sich trägt, Und so versucht er, seine Magie mit der morgendlichen Brise zu nähren. Er breitet die Arme im Gebet aus, als wolle er die Nebelschwaden zu sich einladen.

Er weiß, für einen Außenstehenden sähe es aus, als wolle er sich gleich vom Rand des Tempelraums aus in die Lüfte erheben. So als könne er sich mit den niedrigen Wolken, die das Kloster des Goldmonds umgeben und durch es hindurchwehen, vereinen. Und dann gelingt es: Das brennende Feuer, das seit sechs

Zehntagen so schmerzhaft in ihm lodert, scheint mithilfe des Morgenwinds vertrieben; eine Last, die sich förmlich auflöst und von der Brise davongetragen wird.

Die Magie der Luft entspricht seinem innersten Wesen, das er wie einen grünlichen Wirbelsturm empfindet. Jetzt ist dieser frei und wird von der dunklen Magie nicht mehr niedergedrückt.

Der Morgenwind umschmeichelt nicht nur seinen Körper, sondern dringt in ihn ein, bis in den letzten Winkel, mischt sich mit dem Wind seiner Seele, hebt ihn hoch – und dann schwebt sein Geist plötzlich weit über der Welt. Nur vereinzelt lugen die baumgekrönten Hügel des Landes Norad aus den Frühnebeln. Die letzten Sterne verblassen am Nordrand der Welt, dort, wo die schneebedeckten Gipfel des Zendar-Gebirges in den dunkelblauen Himmel ragen.

Unter ihm liegt ein endloses Wolkenmeer. Telarion ist frei. Seine Magie, seine Seele, das, was ihn ausmacht, ist von kühlem Wind durchzogen und schwebt durch die Unendlichkeit des Äthers.

Doch dann wirft die Weiße Sonne gleißend die ersten Strahlen über den Horizont.

Der Schmerz, den die heiße Helligkeit auslöst, lässt Telarion aufstöhnen. Am Rand des Tempelraums geht er in die Knie.

Das fremde Feuer in Telarion ist erneut entzündet. Der Wirbelsturm, der für wenige kostbare Augenblicke frei und kalt in den Himmel stieg, trocknet schlagartig aus, und ohne weiteren Übergang ist er wieder gefangen in seinem Körper. Einem Körper, der seit sechs Zehntagen zu heiß ist, der schmerzt, weil fremde Magie eine Wunde in ihn gerissen hat, die nicht heilen will.

Denn vor sechs Zehntagen spürte er, dass sein Vater, der König aller Elben, starb.

Dajaram, wie sein jüngerer Sohn ein Heiler und Magier der Luft, wurde von dunklem Feuer vernichtet, wie es nur die Geschöpfe des Dunklen Mondes zu wirken verstehen und das für Elben den Tod bedeutet. Als Heiler hat Telarion gelernt, diese

Art von Magie zu verachten und zu verabscheuen. Er vermag mit der Gabe des Lebens das Gleichgewicht der Magie in der Seele eines Wesens wiederherzustellen; die Gabe des Todes zerstört diese Balance. Telarion verabscheut diese Magie, diese Kraft, die nicht vom Goldmond stammt, sondern von dessen Zwilling, dem Dunkelmond. Er kann sich nicht vorstellen, was sie Gutes bewirken sollte. Er kennt nur den Schmerz, den sie anrichtet.

Telarion weiß, dass der Dunkle Mond Akusu die Menschen aus Neid erschuf. Denn es war sein Zwilling, der Goldmond Vanar, der als Erster auf den Gedanken kam, sich ein Volk zu schaffen: das der Elben, dem auch Telarion selbst angehört. Es waren die Elben, die die Gabe des Lebens erhielten, wie auch das Geschenk, das Wasser zu beherrschen, die Lüfte und den Wind, den jedes lebendige Wesen auf dieser Welt atmet.

Als Heiler ist Telarion stolz darauf, gleich zwei dieser Geschenke des Goldmonds in sich zu tragen: die Gabe des Lebens und die Magie der Luft. Auch sein Vater Dajaram besaß diese Gaben, und so hatte sich zwischen Vater und Sohn ein besonderes Band gebildet.

Umso bitterer ist es für Telarion, dass dieses Band zerrissen wurde. Er hatte es von Anbeginn seines Lebens in sich gespürt, immer war der Vater da gewesen, eine in sich ruhende Präsenz, die ihm Halt und Frieden gab. Bis zu jenem furchtbaren Tag, als Flammenpeitschen dieses Band gewaltsam zerrissen.

Zuerst dachte und hoffte Telarion, der Vater sei nur verletzt. Doch nach dem Schmerz, der ihn beinahe umbrachte, war dort, wo zeit seines Lebens die Verbindung zu Dajaram war, nur noch Leere. Eine finstere Leere, in der seither Feuer haust. Feuer, das nicht hell ist und erleuchtend, sondern vernichtend und düster wie die Nacht.

An diesem Morgen ist es besonders schlimm. Gestern erhielt Telarion einen Brief seines Zwillingsbruders. Tarind ist um ein Weniges älter als er. Yveth von Kantis brachte ihn und Telarion am gleichen Tag, ja, in der gleichen Stunde zur Welt.

Doch der Brief schenkte nur wenig Trost. Tarind bestätigt darin, was Telarions Seele längst wusste: wer der Mörder des Vaters ist. Jetzt ist diese Tatsache in Tinte auf Pergament gebannt. Es ist Siwanon Amadian, der, den die Elben den Höchsten der Menschen nennen, ein Fürst der Kinder des Dunkelmonds, welche sich keinen König wählen wie die Elben. Der Herr von Guzar, so heißt es, beherrsche die Magie des Todes und habe vom Dunklen Mond die Kraft erhalten, die Seelen aller Wesen zu vernichten, so er es wünscht. Tarind nahm ihn jenseits des Saphirmeers gefangen, nahm ihm die Magie und brachte ihn hierher.

Heute wird der ältere Sohn des Dajaram hier eintreffen, zusammen mit seinem Gefangenen.

Nun hat der brennende Schmerz in der Seele Telarions einen Ursprung. Der Tod hat eine Gestalt und einen Namen.

Je höher die Sonne steigt, desto schlimmer tobt das Feuer in seinem Inneren. Es ist, als verschlängen die Flammen den Wirbelsturm seiner Seele, und als er schon glaubt, es nicht mehr ertragen zu können, spürt er, dass die Wolken, die den Kampf gegen die dunkle Glut aufgeben wollten, neue Stärke finden.

Diese Kraft kommt nicht aus ihm selbst. Die Wolken in ihm werden mit einem Mal dichter, kühler und formen sich zu Regen. Erste Tropfen fallen ins Feuer.

In Telarions magischen Seelenwind mischt sich zögernd eine blaue Kraft, in der sich Goldglanz spiegelt, als scheine der Goldmond darauf. Die Flammen, die ihn zu verzehren drohten, zischen bösartig, sie fürchten sich mit einem Mal und wehren sich gegen die funkelnden Nässe. Doch langsam weichen sie zurück, während die vereinzelten Tropfen nach und nach zu stetem Regen werden.

Der Windwirbel in ihm gewinnt Kraft aus dem Schauer und klart auf. Erst kann Telarion es kaum glauben, sein Körper bleibt vor Anstrengung angespannt. Doch der Regen fällt sanft und rauschend und drängt die lichtlosen, glühendheißen Flammen zurück. Der Tod verliert an Macht.

Telarions Atem beruhigt sich.

Langsam wird ihm bewusst, dass eine wohltuend kühle Hand auf seiner Wange liegt.

»So kurzes Haar«, spottet eine Stimme, die der seinen gleicht. »Die Frauen am Hof von Bathkor werden sich das ihre raufen, wenn sie sehen, dass du deine Schönheit geopfert hast, um Heiler zu werden, kleiner Bruder.«

Kühle, feuchte Finger gleiten von der Wange über Telarions Schläfe und berühren die schwarzen Haarfransen, die ihm die Stirn bedecken. Dann zupfen sie spielerisch an den einzigen drei Strähnen, die auf Telarions Schulter fallen und von goldenen, silbernen und grünen Fäden umwickelt sind.

Telarion muss lächeln. Sein Zwilling Tarind gibt sich gern erfahrener, ist er doch unmerklich älter. Seit Telarion denken kann, weiß Tarind sich zu behaupten und durchzusetzen, auch wenn Telarion vielen als der Klügere gilt. Telarion macht das nichts aus. Er weiß, seine Kraft ist das Heilen, und er ist dankbar, dass er als Prinz sein Leben dieser Kunst widmen darf, statt mit Dajaram, Yveth und Tarind am Hof in Bandothi zu leben.

Als er die Augen öffnet, ist es, als blicke er in sein Spiegelbild. Tarinds Züge gleichen seinen eigenen aufs Haar, doch während Telarions Augen grün sind wie junges Laub, sind die von Tarind blau wie der Morgenhimmel. In ihnen stehen Stolz auf seinen prinzlichen Rang und ein Wagemut, der Telarion fremd ist.

»Tarind. Du bist sehr früh hier.«

Der Bruder erwidert das Lächeln. »Du dachtest wohl, weil Ireti darauf bestand, mich zu begleiten, wäre ich langsamer?«

Telarion muss lachen. Er weiß, wie sehr Tarind an seiner Frau hängt. Ireti ist schön und Tarind noch jung. Beide sind Magier des Wassers und waren einander schon lange vor ihrer Hochzeit zugetan. Telarion dagegen hat sich bisher für keine Frau entschieden – ein weiterer Anlass für den Zwilling, ihn bei jeder Gelegenheit mit mildem Spott zu bedenken.

»Komm mit«, sagt Tarind. »Der Goldmond beschenkte mich

nicht so verschwenderisch mit der Gabe des Heilens wie dich, doch vielleicht habe ich diesmal das Mittel, dich zu heilen.«

Tarind lässt Telarions Haare los. Der Regen im jüngeren Bruder versiegt. Der Seelensturm ist wiederhergestellt, doch noch lodern in der Tiefe seiner Magie die dunklen, tödlichen Flammen, als lauerten sie auf eine Gelegenheit, wieder hervorzubrechen.

Beinahe ist Telarion versucht, die Hand des Bruders festzuhalten. Er fühlt sich noch erschöpft und hat Angst, das Feuer könnte neu entflammen. Denn Tarinds Ankunft bedeutet auch, dass der Fürst der Menschen, der Dajaram den Tod und Telarion den Schmerz brachte, sich in seiner Nähe befindet.

Doch er mag die Furcht dem Bruder gegenüber nicht zugeben. Tarind hielte sie für Schwäche. Stattdessen erhebt sich Telarion. Er muss seine Muskeln strecken, bevor er dem Zwilling folgt, der schon die Halle durchquert. Doch die täglichen Waffenübungen, die Telarion absolviert, und die der Vater ihm zur Bedingung machte, um hier, weitab des Hofs, als Heiler zu leben, lassen ihn den Anschluss nicht verlieren.

Bevor er den von geschnitzten Säulen umgebenen Tempelraum verlässt, wendet Telarion sich noch einmal um und verneigt sich mit ausgebreiteten Armen gen Osten; die Himmelsrichtung des Goldmonds.

Wie immer bedenkt Tarind die Ehrerbietung des Bruders mit Spott.

»Nun komm schon, Bruder. Vanar wird es verstehen und trotzdem zulassen, dass du eines Tages Abt in diesem seinem Tempel wirst.«

»Ich bin Heiler der zweiten Ordnung, Tarind«, weist Telarion ihn zurecht. »Es ist meine Pflicht, dem Goldmond die Ehre zu erweisen. Was könnte dringender sein als das?«

Tarind hebt die Augenbrauen. »Du hast meine Nachricht wohl nicht sehr gründlich gelesen? Sagte ich dir nicht, dass ich den Mörder unseres Vaters mitbringen würde?«

Telarion ist ebenfalls stehen geblieben. »Doch. Aber das heißt nicht, dass ich diesem Meister des Todes begegnen muss.«

Tarinds Gesicht wird hart. »Lass dir noch einmal sagen, dass es dieser Menschenfürst war, der unseren Vater tötete. Wie kannst du da an deine Gebete an Vanar denken? Du hast die Trauer unserer Mutter nicht erlebt. Und leugne es nicht, ich habe gerade erst deine Trauer und deinen Schmerz gespürt.«

Telarion nickt. »Das ist wahr. Aber …«

Doch Tarind unterbricht ihn sofort, noch bevor der jüngere Zwilling seine Bedenken äußern kann. »Schon seit Jahren versuchen der Fürst von Guzar, die Kharitin von Erathi und der Zaranth von Solife – alle vom Volk des Akusu! – den Elben das Recht auf Herrschaft über die Welt streitig zu machen. Wer wollte leugnen, dass das Leben, die Gabe des Vanar an die Elben, den Sieg über den Tod davontragen muss? Und doch sind es diese drei, die sich zusammentaten und uns die Herrschaft über die Welt verweigern. Das sollte einem so ergebenen Diener des Vanar wie dir besonders übel aufstoßen!«

Telarion nickt. Der Vater, der König des Elbenvolks, zögerte zeitlebens, gegen diese drei Dunkelmagier – ein Magier des Feuers, einer des Todes und eine Erdhexe – in den Krieg zu ziehen. Und doch, wer wüsste nicht, dass der Herrscher von Solife für die Dürren verantwortlich ist, die die Länder der Elben seit Jahrzehnten heimsuchen. Dass die Kharitin von Erathi Heuschreckenplagen über die Wälder und Felder der Elben von Larondar und Nisanti schickt. Und dass ganz sicher der Fürst von Guzar es war, der erst kürzlich die Pest, die tödlichste Krankheit von allen, in die Stadt Bandothi schickte, in der sich der Herrschersitz der Elben befindet. Nur der Heilkraft des Dajaram war es zu verdanken, dass sowohl in der Festung Bathkor, die über der Stadt thront, als in Bandothi selbst nur wenige Todesopfer zu beklagen waren. Der König aller Elben rief sogar seinen jüngeren Sohn zu sich, um bei der Heilung der Kranken zu helfen.

Die Erinnerung an all das Leid, das die Seuche verursachte, die

Plagen, die immer noch von den Menschenfürsten beschworen und über die unschuldigen Bewohner aller Länder gebracht werden, den Kummer, den sie in seiner eigenen Familie, ja, in seiner eigenen Seele verursachten, verhärtet Telarions Herz.

Er erwidert Tarinds Blick nun offen. »Lass uns gehen«, sagt er grimmig.

Als sie an das Verlies kommen, in dem man den Menschenfürsten gefangen hält, ist Telarion zunächst überrascht. Das Gelass, in dem man den Fürsten gefangen hält, sieht in seinen Augen beinahe idyllisch aus, auch wenn es kaum mehr als eine Mulde im Berg ist, drei Klafter tief in den Fels gehauen. Der graugrüne Granit, in den die Grube geschlagen wurde, wird ständig von der Gischt des Wasserfalls daneben benetzt, und so sind Boden und Wände des Verlieses mit saftig grünen Moospolstern bewachsen, die die Kanten des Felsens mildern, ja, sogar bequem sein mögen. Die Luft ist so durchdrungen von kühlem, glitzerndem Wasser, dass die Strahlen der Weißen Sonne kleine Regenbogen über der Grube bilden. Zwischen den Mooskissen haben sich auf dem Boden klare Wasserlachen gebildet, manche eine Handbreit tief, sodass einem, der dort festgehalten wird, ständig frisches Wasser zur Verfügung steht.

Nur langsam wird Telarion klar, welche Qual diese von den Magien der Pflanzen und des Wassers durchdrungene Umgebung für einen Dunkelmagier wie den Fürsten bedeuten muss. Siwanon Amadian ist bekannt dafür, dass er nicht nur der Magie gebietet, Seelen in die Jenseitige Ebene zu bringen. Er besitzt auch die Kraft des Feuers, das durch die Gischt ständig gelöscht wird. Erschöpft lehnt der Fürst der Menschen in einer Ecke an der Wand, die trockener ist als der Rest des Gelasses.

Plötzlich lodert Zorn in Telarion auf. Der Zorn fühlt sich heiß an, fremd und düster. Er wandert um die Mulde herum, er will dem Mörder des Vaters, dem Auslöser von so viel Leid und Tod, ins Gesicht sehen. Doch der Fürst hat den Kopf gesenkt. In Telarion erwacht eine feine Stimme, die sagt, dass dieses kraftlose Geschöpf dort unten kaum noch Feuer für sich selbst besitzt, geschweige denn solches, das den jüngeren Prinzen von Norad nähren könnte. Doch er ignoriert sie. Tarind hat recht: Jemand, der so viel Leid auslöste, verdient das Mitleid eines Heilers nicht.

Dann erwacht der Dunkelmagier. Als spüre er die Anwesenheit Tarinds und Telarions, sieht er plötzlich auf. Sein Blick ist wie ein Feuerstrahl, denn die Augen des Fürsten von Guzar leuchten im leuchtenden Gelb des Bernsteins. Die Pupillen darin sind rund und dunkel wie die Nacht, nicht goldfarben, und geformt wie ein liegender Arkanuss-Kern.

Telarion schaudert unter diesem Blick. Erst, als er ihn abschüttelt, kann er sich auf die Gestalt des Fürsten konzentrieren, die weniger fremd anmutet. Der Fürst wirkt groß, edel, auch wenn seine Haut mit dunklen Sommerflecken übersät ist, so wie Akusu, der Dunkelmond, mit Feuern bedeckt ist. Die Flecken lassen die Haut des Fürsten schmutzig erscheinen. Sein Gewand war einst von prachtvollem Gelb wie das Feuer, an den Säumen mit Bergkristallen und Diamanten bestickt. Es wirkt, als sei es einer Rüstung nachgebildet. Telarion fühlt sich unwillkürlich an die alten Darstellungen des Syth in den Tempelwänden der Feste Bathkor erinnert. Syth, den man auch den Schöpfergeist des Chaos und der Vernichtung nennt, wird meist als Krieger abgebildet.

Auch die Haartracht des Fürsten erinnert an die des Syth. Viele der Strähnen, manche von hellem Blond, manche beinahe braun, sind zu dünneren oder dickeren Zöpfen geflochten, andere ähnlich wie bei Telarion mit dunklen, gelben und silbernen Bändern umwunden, wieder andere hat der Fürst verfilzen lassen. Doch keinem Haar wurde gestattet, frei zu fallen wie das der Elben.

Telarion weiß, so ist es Sitte bei den Kindern des Dunklen Mondes. Keines von ihnen trägt die Haare offen.

Obwohl der Fürst schwach erscheint, lässt die Ähnlichkeit mit dem Schöpfergeist der Zerstörung ihn bedrohlich wirken, und Telarion hat auf einmal Mühe, die Flammen, die seine Seele zu verschlingen drohen, im Zaum zu halten. Sie lodern beim Anblick dieses Seelenherrn höher auf denn je.

Auch wenn es dem Dunkelmagier offenbar an Kraft fehlt, richtet er sich auf, als er seine hohen Besucher erkennt. Für einen Augenblick ist zu erkennen, dass er ein Mensch von großer Macht gewesen ist. Er muss sich an die feuchte, von Moos glitschige Wand stützen, doch er sieht furchtlos zu den Zwillingsprinzen auf. Im gleichen Moment erscheint hinter ihm, hinter einem Busch am Rand der Mulde, ein dunkler Fleck, der das Licht zu schlucken scheint.

Irritiert fliegt Telarions Blick dorthin, doch er kehrt zum Fürsten zurück, als dieser zu sprechen beginnt. Seine Stimme ist sonor und ruhig, fast heiter.

»Ich grüße Euch, Ihr Prinzen von Norad.«

Tarind erwidert den Gruß nicht. »Fürst Amadian«, ruft er. »Ihr solltet es einsehen: Den Elben – und damit mir als Nachfolger des Dajaram – gebührt die Herrschaft! Die Schöpfergeister Ys und Syth, die die Welt erschufen, schenkten dem Goldmond die Gabe des Lebens. Für seinen dunklen Zwilling blieb nur die Macht über den Tod.«

Telarion erkennt, dass Tarind diese Diskussion schon öfter mit dem Fürsten geführt hat. »Prinz, Ihr seid nicht der Herrscher der Welt, genauso wenig, wie Ys und Syth dem Goldmond die alleinige Herrschaft schenkten«, erwidert Siwanon. »Die Zwillingsmonde erhielten die Herrschaft der Welt zu gleichen Teilen! Das Siegel selbst müsste verändert werden, wenn es so sein soll, wie Ihr sagt.«

Telarion hört und sieht, dass er seine ganze Kraft in die Stimme stecken muss, damit diese das Donnern des Wasserfalls übertönt. Wieder sagt ihm eine innere Stimme, dass der Menschenfürst in seiner Schwäche keine Magie mehr wirken kann. Und doch ist der dunkelfeurige Fleck hinter dem Busch aus Süßholz, der gleichzeitig mit dem Erwachen des Fürsten erschien, nicht verschwunden.

Tarind zuckt beim Hinweis auf das uralte Siegel der Welt, das eigentlich nichts weiter als eine Legende ist, zusammen, als habe der Fürst ihn geohrfeigt. Doch er fasst sich schnell.

»Das Siegel?«, spottet er. »Das ist eine Legende, von Menschen gemacht, um den Elben die Herrschaft zu verweigern. Deshalb musste mein Vater sterben!«

Ein spöttisches, wenn auch erschöpftes Lächeln breitet sich über Siwanons Gesicht. »Prinz Tarind, ich sagte es Euch schon einmal.« Jetzt klingt er, als würde er mit einem ungezogenen Knaben reden. »Ich habe mit dem Tod Eures Vaters nichts zu tun. Es scheint mir eher, als wärt Ihr derjenige, der aus dem Tod Dajarams den meisten Nutzen zieht. Ist es nicht so? Der Tod Eures Vaters kam für Euch wahrlich zum rechten Zeitpunkt!«

In den bernsteinfarbenen Augen funkelt es. Siwanon lacht leise.

Tarind schreit zornig auf und streckt die Hand in Richtung des Fürsten aus. Der Dunkelmagier muss unter den Fluten, die dank Tarinds Wassermagie auf ihn einströmen, die glatte Felswand loslassen und, nach Luft ringend, in die Knie gehen.

Telarion ist sprachlos. Wie kann dieser Mensch es wagen? Wer ist er, dessen Volk das Volk des Todes ist, dass er den Herrscher der Elben belehren will? Wieder hallt der Todesschrei des Vaters durch Telarions Seele und entzündet das Feuer in ihm aufs Neue. Der Wind seiner Seele wird wieder zum Feuersturm, ohne dass er etwas tun kann. Doch er will es auch nicht mehr. Er begrüßt, dass Glut in ihm wieder auflodert, dunkle Glut, wie der Fleck hinter dem Busch, der gewiss mit der tödlichen Gabe des Fürsten zusammenhängt.

Mit aller Macht, die ihm, dem Herrn des Lebens, über die magische Essenz aller Wesen gegeben ist, lenkt Telarion den Sturm, der durch ihn hindurchtobt, auf diesen Mann dort unten.

Siwanon geht in die Knie, er kann Wasser und Sturm nichts mehr entgegensetzen.

Wilde Zufriedenheit steigt bei diesem Anblick in Telarion auf, und für einen Augenblick muss er sich fragen, ob dieses Gefühl wirklich seine eigenes ist. Ein Heiler sollte so etwas nicht empfinden. Doch im nächsten Moment hat die Glut seines Zorns – es ist doch sein Zorn? – die Scham verschlungen.

Als Siwanon noch einmal das Gesicht zu den Prinzen hebt, sieht Telarion, dass das vormals kraftvolle Bernsteingelb seiner Augen erloschen ist.

Schließlich sinkt Siwanon in eine Pfütze, in der sich die bemoosten Wände und die Gischt des Wasserfalls spiegeln. Tarind richtet sich auf. Sein Blick ist auf das Gebüsch am Rand des Verlieses gerichtet, dorthin, wo Telarion noch ein Abbild des dunklen Feuers sehen kann, so dunkel, dass der Fleck beinahe violett wirkt. Der Fürst? Siwanon Amadian hat die Macht darüber, die Seele vom Körper zu trennen. Vielleicht auch die eigene. Vielleicht kann er, der Herr des Todes, selbigen überlisten.

Tarinds Blick ist zornig, als sehe er dort das Gleiche wie Telarion. Seine Hand fährt in einer wütenden Geste in diese Richtung, er ruft etwas Unverständliches.

Einen Augenblick später ist der violette Fleck fort, als habe es ihn nie gegeben.

Ein Soldat, der Pflanzen zu kontrollieren vermag, steigt nun auf ein Zeichen Tarinds mithilfe von Lianen hinab ins Verlies und untersucht den leblos daliegenden Leib des Fürsten. »Seine Seele ist fort, Mendaron Tarind!«, ruft er schließlich hinauf.

Für einen Augenblick scheint Tarinds Gesicht von Wut verzerrt. Doch dann glätten sich seine Züge wie die eines Königs, der sich seiner Herrschaft gewiss ist.

Tarind springt mit einem Satz zu dem Soldaten und dem leblosen Körper des Fürsten Amadian hinab. Er selbst legt die Fingerspitzen auf die Stirn des Menschen, dann nickt er kurz.

Er zieht ein *wakon* aus der Schärpe an seiner Hüfte, und bevor jemand eingreifen kann, hat der neue König der Elben dem Fürsten der Dunkelmagier die Klinge ins Herz gestoßen. Langsam, so als wolle er es auskosten.

Für einen Augenblick ertappt sich Telarion dabei zu denken, wie unangemessen dies ist. Die Seele des Fürsten von Guzar war bereits fort. Nun auch noch den Körper zu vernichten ist eine Grausamkeit, die dem König des überlegenen der beiden Völker nicht gut zu Gesichte steht.

Doch der Bruder erstickt die Scham im Keim. »Es ist vollbracht«, sagt Tarind, als er wieder aus der Grube klettert. Sein Lächeln zeigt Telarion, dass er triumphiert. »Die Söhne des Dajaram haben ihren Vater gerächt – gemeinsam!«

Nach einer kurzen Pause fügt Tarind hinzu: »Ich bin König!« Er blickt zu Telarion. »Und du bist mein Zwilling!«

Er lacht, als er Telarions Verblüffung bemerkt. »Man sagt, du seist der klügere Zwilling, während ich der ältere und entschlossenere bin. Doch nur gemeinsam sind wir eins«, sagt Tarind. »Sei also mein Verwalter. Mein Heermeister. Mein Heiler. Mein Ratgeber.« Er macht eine Pause und wird ernst. Doch in seinem Blick leuchten Stolz und Liebe auf den jüngeren Sohn des Vaters. »Ich bin kein Ganzes ohne meinen Bruder«, wiederholt er, als dieser schweigt. Er legt Telarion die Hände auf die Schultern. »Ich brauche dich. Kann ich auf dich zählen, Zwilling?«

Wieder spürt Telarion, wie sanfter, blaugoldener Regen in den Wolkenwirbel seiner Seele fällt. Es fühlt sich nach dem scheinbar ewigen Schmerz des dunklen Feuers, das nun beinahe verschwunden ist, an, als wäre er neugeboren. Tarind hat nicht zu viel versprochen.

Telarions Blick fällt auf den leblos daliegenden Dunkelmagier am Boden der Felsmulde. Selbst mit dem Blick eines Heilers kann Telarion kein Seelenfeuer mehr dort erkennen. Auch der dunkle Fleck im Gebüsch darüber bleibt verschwunden.

Der Menschenfürst ist tot. Genauso wie das quälende dunkle Feuer in ihm nur noch Asche ist, die vom stetig fallenden blauen Regen fortgewaschen wird.

Dankbarkeit erfüllt ihn. Er weiß jetzt, dass die Wunde, die ihm der Tod des Vaters riss, dank seines Zwillings heilen wird.

»Von der gleichen Mutter zur gleichen Stunde geboren«, sagt er. »Ich bin dir ergeben. Ja, du kannst auf mich zählen, Bruder.«

Kapitel 1

Nachdem die Welt geschaffen war und jedes Ding seinen Platz gefunden hatte, wählte Ys ihre Wohnstatt im Norden auf dem Gipfel des höchsten Berges der Welt. Doch Syth lag die Kälte dort nicht, die die Dinge erstarren lässt, die Weite über der Welt, die dünne Luft und die grenzenlose und majestätische Ruhe des ewigen Gipfelschnees. Er, der immer neu erschaffen muss, zog die Hitze der südlichen Ebenen vor, die Erde, aus der er Dinge formen konnte und in deren Tiefen das Feuer immer neues Gestein bildet. Dort, unter dem höchsten der südlichen Berge, ließ er sich nieder und gestaltete seine Wohnung aus Feuer und Stein und dem Kristall, der unter dem Gewicht der Welt selbst entsteht.«

Von der Schöpfung der Welt
Erste Rolle der Schriften des Klosters der Quelle

Das rosige Licht brach sich funkelnd auf den Wassern des Bachs. Es war, als explodiere in der ewig grünlichen Dämmerung des Hochwaldes der Feuerball eines Dunkelmagiers.

Das Licht überraschte Telarion dermaßen, dass er unvermittelt stehenblieb und geblendet die Augen schloss. Beinahe erwartete er das Zischen von verdampfendem Wasser, das wütende Fauchen von Flammenmagie, die sich gegen sprudelndes Wasser zur Wehr setzte. Doch das Funkeln blieb lautlos. Nur kaum hörbares Plätschern – die Schritte seines Fluchtgefährten im Bach – drang an sein Ohr und entfernte sich stetig von ihm.

Gomaran hatte nicht bemerkt, dass sein Fluchtgefährte und Herr stehengeblieben war.

Das eiskalte Wasser floss um Telarions Knie. Das schmale Gewässer, durch das er und sein Milchbruder nun schon seit Tagesanbruch marschierten, um für die Häscher der Königin keine Spuren zu hinterlassen, hatte sich an dieser Stelle überraschend erweitert, sodass sich das Blätterdach der Dutzende von Klaftern hohen Qentarbäume darüber öffnete. Die Purpursonne stand hoch am Himmel, und so waren ihre Strahlen warm. Wärmer als alles, was Telarion im letzten Zehntag gespürt hatte.

Der Wind seiner Seele wirbelte auf, als heize man ihn unversehens an, stürmte bis in die Fingerspitzen und prickelte dort angenehm.

Ohne es wirklich zu wollen, streckte Telarion die Hand wie um das Licht einzufangen aus. Er musste bald weiter – der Tempel der Weisen, sein Ziel, war nicht mehr weit –, doch unter den Mammutstämmen der Qentar würde es wieder dämmrig und kühl sein. So, wie es Elben, die Herren des Wassers, der Luft und der Kälte, angemessen war. Dämmriger Wald war ihre Heimat, ebenso wie das Meer.

Doch das rötliche Licht warb um Telarions Gegenwart. Es umfloss seine Finger und tropfte durch sie hindurch, als wolle es ihn hier an Ort und Stelle festhalten. Für einen Augenblick glaubte er, die Strahlen sammelten sich tatsächlich in seiner Hand. Die Handfläche wurde so warm, als häufe sich Sand aus der Wüste von Solife darauf. Sand, der langvermisste Feuermagie in sich barg.

Die Magie der Tochter des Siwanon.

Das Murmeln des Bachs wurde zu ihrem Lachen, das Funkeln des Lichts auf dem Wasser zu einem der raschen Blicke, die Sanara Amadian ihm oft geschenkt hatte, als er versuchte, sich ihre Feuermagie während ihrer Gefangenschaft zu unterwerfen. Er hatte es immer wieder versucht, bis unmerklich das Gegenteil geschehen war: Sie hatte sich in *seine* Seele geschlichen. Sie hatte ihn, den Heiler, erobert.

Und er hatte es geschehen lassen.

Er ballte die Finger zusammen und ließ die Hand sinken. Die Hitze weckte nicht nur gute Gedanken und Gefühle.

Er rief sich die Geschehnisse ins Gedächtnis, bei denen er das letzte Mal eine feurige Kraft auf der Handfläche gespürt hatte. Es waren üble Bilder, die vor seinem inneren Auge dahinzogen, Bilder, die er nie würde vergessen können. Warmes, lebendiges, lohgelbes Feuer hatte er in der hohlen Hand geborgen, nur um es gleich darauf auf seinen Zwilling zu schleudern. Das Bild von Tarinds zerstörter Seele, einst ein blauer Teich, in den goldglänzender Regen fiel, entstand in ihm. Doch dank der brennenden Körner in Telarions Hand, durch die Macht des Feuers und der Erde, die von Sanara Amadian stammte, versandete und verschlammte dieser Teich. Und so war Tarind gestorben – er war an der tödlichen Hitze erstickt, die sein Bruder auf ihn geschleudert hatte. Der Seelenteich des Königs war ausgetrocknet.

Er, Telarion Norandar, Heiler der zweiten Ordnung, Heermeister und Truchsess des Königs, hatte seinen Zwilling und den gewählten Herrscher der Elben getötet.

Tarind hatte den Tod verdient. Und es war nur gerecht, dass Telarion ihm diesen mit der letzten Flamme Sanara Amadians gebracht hatte. Denn er hatte es getan, um zu überleben und König Dajaram zu rächen. Tarind hatte selbst zum Tod des Vaters beigetragen, ja, ihn sogar veranlasst und Telarion dazu gebracht, ihn, den Heiler und Herrn des Lebens, bei einem Mord zu unterstützen. Er hatte seinen Zwilling über ein Jahrzehnt hinweg darüber belogen und ihn benutzt, um sich selbst die Macht zu erhalten.

Und doch wusste Telarion, egal, wie gerecht der Tod Tarinds auch sein mochte, er machte ihn zum Verräter am eigenen Volk – hatte er den Mord doch nur mit der schändlichsten Magie vollbringen können, die ein Elb sich vorstellen konnte. Selbst die Aufzählung von Tarinds Taten brachte seinem Bruder keinen Frieden.

Es fiel Telarion schwer, den Willen aufzubringen, sich aus der Lichtinsel über dem Bach zu entfernen. Die Strahlen der Roten Sonne tanzten fröhlich über die Wellen des dahineilenden Bachs und waren Strafe und Glück zugleich. Strafe, weil dieses Feuer ihn an den brennenden Schmerz erinnerte, den er mit dem Tod Dajarams verband und weil es auch dem Bruder den Tod gebracht hatte.

Glück, weil er diesen Anblick seit drei Mondumläufen mit Freude verband; seit er Sanara Amadian begegnet war. Einem Wesen, das er früher mit dem Tod gleichgesetzt hatte, denn Tarind hatte ihm gesagt, ihr Vater sei der, der Dajaram umgebracht habe. Doch seit sie seine Seele berührt hatte, wusste er, dass Feuer und Hitze nicht nur Tod bedeuteten. Beides war auch Leben, Gesang und Lachen.

Sanara Amadian.

Wieder war ihm, als seien es ihre Finger, die über seine Wange strichen, nicht das purpurrote Licht. Die Scham darüber, den Zwilling getötet zu haben und damit den eigenen Treue-Schwur gebrochen zu haben, zerfiel in den feurigen Sonnenstrahlen zu Asche. Übrig blieben Freude am Licht und eine wundersame Sehnsucht.

Ein unterdrückter Ruf in der Ferne riss Telarion aus den bittersüßen Gedanken.

Sein Gefährte – Gomaran.

Etwas sirrte dicht über Telarions Kopf hinweg und schnitt eine seiner kurzen, widerspenstigen Haarsträhnen ab, die nicht zu bändigen waren. Ohne nachzudenken, riss Telarion das *daikon*, das einschneidige Langschwert der Elben, aus dem Waffengurt. Er warf das Bündel Decken und Ausrüstung, das er trug, seit er und Gomaran die Reittiere an der südlichen Grenze zum Waldland zurückgelassen hatten, ans Ufer des Bachs und stürmte in die Richtung, aus der der Pfeil gekommen war. Im nächsten Moment war Waffengeklirr zu hören: Offenbar war Gomaran schon auf Gegner getroffen.

Für einen kurzen Moment verfluchte Telarion, dass er sein Verlangen nach den Strahlen der Purpursonne nicht eher unterdrückt hatte. Gerade er, ein Elb, der seit über einem Mondumlauf auf der Flucht vor den Patrouillen der Königin war, hätte es besser wissen müssen, als sich durch diesen Wunsch von seinem Gefährten trennen zu lassen. Nun war Gomaran ein gutes Stück voraus und auf sich gestellt.

Doch Telarion blieb keine Zeit für Reue. Er hörte das *daikon* des Gegners, bevor er es blitzen sah, und konnte sich gerade noch unter der heransausenden Klinge wegducken. Seine jahrelange Übung als Heermeister des Königs zahlte sich jetzt aus. Noch im Fallen riss er sein eigenes Schwert nach oben und parierte den Hieb, was den Gegner erschrocken aufkeuchen und zurückspringen ließ. Telarion kam wieder auf die Beine, doch er hielt nicht inne, sondern ließ einen Hagel von Schlägen auf den Gegner niederprasseln, die dieser zwar parierte, ihm aber die Möglichkeit nahm, seinerseits anzugreifen. Telarion drang stärker auf ihn ein, bis es ihm gelang, seinem Gegenüber von unten einen Hieb in den Schwertarm zu versetzen.

Der Mann schrie auf und ließ sein *daikon* fallen. Wasser spritzte auf, als er auf einem algenbewachsenen Stein ausrutschte und fiel.

Telarion bückte sich, packte seinen Gegner am Kragen, riss ihn hoch und schleuderte ihn ans Ufer. Dann folgte er, umfasste das Heft seines Schwerts noch einmal fester und schlug mit dem Knauf der Waffe erst gegen den Unterkiefer seines Gegners, dann gegen die Schläfe. Es knackte, als die Zähne des Mannes aufeinanderschlugen, dann verdrehte er die Augen und sackte bewusstlos in sich zusammen. Telarion griff nach dem Schwert des Soldaten und schleuderte es mit aller Kraft ins Dickicht. Dort würde es so schnell nicht wiederzufinden sein.

Er wandte sich Gomaran zu, der sich mehrere Klafter entfernt gegen zwei Gegner zur Wehr setzen musste. Rasch war Telarion bei den Kämpfenden und riss den, der ihm näher stand, an der Schulter zu sich herum. Einen Augenblick später hatte er ihm den Schildarm um die Kehle geschlungen und drückte zu. Der Mann rang nach Atem, doch vergeblich; der ehemalige Heermeister des Königs hielt ihn mit seinem magischen Arm und verhinderte so, dass die Luft seine Lungen erreichte. Die Kraft verließ den Soldaten, er ließ sein *daikon* fallen und wäre zu Boden gesunken, hätte der Arm des Fürsten ihn nicht weiter unter dem Kinn gehalten.

Gomaran nutzte den Augenblick der Verwirrung des zweiten Mannes, als dieser seinen Gefährten zusammenbrechen sah, hieb ihm seine Klinge über die Brust und stieß einen Wimpernschlag später zu. Der Mann fiel tot in sich zusammen.

Ein Gurgeln verriet, dass Telarion dem Soldaten, den er festhielt, wieder zu atmen erlaubte.

Der Mann nutzte die Gelegenheit sofort. Er wand sich mit einer geschickten Drehung aus Telarions Griff und riss noch im Wenden das *wakon*, ein Kurzschwert mit gebogener Klinge, aus dem Gürtel. Telarion zuckte zusammen, als das *wakon* das gewickelte Hemd zerschnitt, das er trug, und einen blutigen Streifen auf seiner Brust hinterließ. Telarion sprang zurück, doch er schaffte es trotz der plötzlichen Schmerzen, mit beiden Händen das *daikon* zu greifen und für einen Angriff anzuheben.

Der Mann drang auf ihn ein. Telarion konnte seine Schläge abwehren, doch es fiel ihm schwer, die Wunde tat weh. Als der Soldat das bemerkte, bückte er sich rasch, hob sein in den Bach gefallenes *daikon* auf und drang nun mit beiden Klingen auf den ehemaligen Heermeister des Königs ein.

Doch er hatte Gomaran vergessen. Als er vor Telarions nächstem Schwerthieb zurückwich, spürte er bereits, wie sich die Spitze von Gomarans *daikon* in seinen Rücken bohrte.

Der Mann hielt augenblicklich inne. Er schnaubte und warf Telarion einen verächtlichen Blick zu. Doch nach einigen Augenblicken warf er sein Schwert mit einem Ruck ins Farn. Das *wakon* folgte.

Jetzt ließ auch Telarion seine Klinge sinken. Die Brust schmerzte, dennoch stand der Fürst aufrecht. Nur sein Atem ging etwas schneller. Er sah verächtlich auf den Mann herab und gab sich vor Iretis Fußvolk keine Blöße.

Der Mann wirkte nicht eingeschüchtert. »So tief seid Ihr also schon gesunken, Daron Norandar, dass Ihr Euresgleichen bekämpft!«

»Was hast du erwartet? Du und deine Spießgesellen haben *uns* ohne ein Wort angegriffen«, sagte Gomaran. Er zog sein eigenes *wakon* aus der Schärpe und schnitt dem Mann den blaugrünen Waffenrock vom Leib, um ihn in Streifen zu reißen. Einen davon reichte er Telarion, der die Hände des Mannes fest auf den Rücken band. Mit den anderen ging Gomaran zu dem dritten Soldaten hinüber, der immer noch bewusstlos zwischen den Wurzeln des Qentars lag, wo Telarion ihn liegen gelassen hatte.

Telarion stieß den Gefesselten von sich, sodass er zu Boden ging, packte ihn dann aber und schleifte ihn zum Stamm eines Yondars, der am Ufer des Bachs wuchs. Der Soldat zischte wütend, als der ehemalige Heermeister der Elben neben ihm niederkniete und die Finger des Schildarms eng um seine Kehle schloss.

Telarion konzentrierte sich kurz, er spürte mit der Macht des Heilers die Magie des Wassers und – ganz schwach – die des Feuers in dem Elb, der vor ihm lag. Ein Landarias-Elb.

Das Volk dieser Wälder hatte sich so oft mit Menschen gemischt, dass die meisten von ihnen sowohl die dunklen Magien des Akusu als auch die goldenen des Vanar in sich trugen.

Als Telarion die Kälte seines inneren Sturms in den Mann schickte, um sein Feuer zu löschen, stöhnte der Elb auf. Er versuchte, den Kopf zu wenden, um Telarions Hand und damit die Qual, die sie verursachte, abzuschütteln, doch es gelang ihm nicht. Ermattet gab er nach kurzer, vergeblicher Gegenwehr auf. Ohnmächtig vor Zorn sah er denjenigen an, der ihm mit Fingern und Magie so erbarmungslos den Atem abschnürte.

Kurz zuckte der Gedanke durch Telarion, dass die Anwendung der Magie auf diese Weise eines Heilers und Fürsten unwürdig war.

Doch dann rief er sich ins Gedächtnis, wem dieser Mann diente.

»Wie viele seid ihr?«, fragte er, und seiner Stimme waren die

Zweifel nicht anzuhören. »Ihr seid nicht nur zu dritt. Woher wusstet ihr, wo ihr meinen Gefährten und mich finden könnt?«

»Ich rede nicht mit Verrätern«, stieß der Gefangene hervor.

»Ich bin Heiler«, erwiderte Telarion ungerührt und umfasste die Kehle des Mannes enger. »Ich werde jeden, der das Leben verachtet, töten und dabei keinen Unterschied machen, zu welchem Mondvolk er sich zählt. Du bezeichnest mich als Verräter und dienst der dunklen Königin. Das sagt genug über dich aus. Du lebst nur, weil ich es dir gestatte.«

Der Gefangene rang nach Luft und versuchte erneut vergeblich, sich aus dem Griff zu befreien. Doch er gab sein Bemühen vorerst auf, als er spürte, dass Gomaran hinter ihn trat und die Spitze seines Schwerts auf seine Wange richtete.

»Du hast doch die Frage des Fürsten verstanden. So antworte ihm!«, rief Telarions Gefährte drohend. »Los, rede!«

Telarion hielt den Gegner auch weiterhin erbarmungslos fest und begann nun, dem Mann die Reste der Feuerkraft zu entziehen, die seine magische Kälte noch nicht hatte löschen können. Wie jeder aus dem Volk des Vanar konnte auch Telarion allen Wesen die Kräfte des Akusu nehmen und damit seine eigene Magie nähren. Diese Macht untereinander anzuwenden galt den Elben als verachtenswert, doch Telarion rief sich ins Gedächtnis, wem dieser Mann unterstand: Ireti von Larondar, der Witwe seines Zwillings, die seinen Vater und damit beinahe auch ihn ermordet hatte. Die Frau, die sich nun Königin nannte und die eine Magie besaß, die die Elben die Magie des Todes nannten. Ireti Landarias war eine Seelenherrin und wandte ihre Macht, die Jenseitigen Nebel zu betreten und darüber zu herrschen, auf eine so ehrlose Weise an, dass Telarion schon beim Gedanken daran übel wurde.

Unwillkürlich schlossen sich seine Finger stärker um die Kehle des Soldaten. Wer dieses Weib so verehrte wie dieser Mann, verdiente die Gnade und das Erbarmen eines Heilers nicht. Wieder keuchte der Elb, als die Kraft des Feuers aus ihm in den ehemaligen Heermeister zu fließen begann. Er warf Telarion einen zornigen Blick zu.

»Nun, woher wusstet Ihr, wo Gomaran und ich zu finden sind?«

»Meine Herrin, die auch … die auch die Eure ist und der Ihr so grausam das Lebensglück geraubt habt, weiß vieles, was den Kindern des Vanar verborgen bleibt. So konnte sie mir auch sagen, wo Ihr Euch befindet.« Der Mann unterbrach sich, er konnte nicht weitersprechen und rang wieder um Atem. Sein Gesicht erbleichte in dem Maße, wie das Feuer aus ihm in den Fürsten floss.

Telarion runzelte die Stirn. Was der Soldat gesagt hatte, ließ ihn aufhorchen. Er schloss kurz die Augen. Und als er sie wieder öffnete, sah er seine Umgebung mit den Augen eines Heilers.

Zuerst fiel sein Blick auf einen dunkelgrünen Lebensbaum aus Ranken, der sich über einen feuergelben Strom beugte: Gomaran, der über dem elbischen Soldaten stand. Der Baum, das Abbild der Magie seines Milchbruders, schien lebendig, wuchs ständig, trieb immer neue, goldfarbene Schösslinge aus, die größer wurden, in dunkles Grün übergingen, aufblühten und dann wieder verwelkten. Ein Bild, das Telarion seit Kindertagen vertraut war, vertrauter fast als der blaugoldene Regen seines Zwillings.

Durch den Gefangenen dagegen floss ein Strom, der in einem seltsam gelblichen Licht glitzerte, als spiegele sich Feuerschein in seinen Fluten. Doch das Feuer leuchtete düster, als sei es an den Ufern eingefroren wie ein Strom im Winter, und bewegte sich nur noch langsam. Telarion hatte ihm viel Kraft entzogen.

Etwas weiter hinten war ein grünlich-roter Fleck dort zu sehen, wo Gomaran den anderen Überlebenden der Landarias-Elben an die Wurzeln des Qentar gebunden hatte: Ein Baum, der im Gegensatz zu dem Gomarans aus Sand und roten Kieseln zu bestehen schien – der Soldat, den er zuerst bewusstlos geschlagen hatte.

Ein Pflanzenmagier, der auch die Erde beherrschte. Er lebte noch, auch wenn sein Seelenbaum die Zweige hängen ließ, als sei ihnen das eigene Gewicht zu schwer geworden. Der Mann war zweifellos schwer verletzt, doch er würde überleben.

Die Welt, die Telarion so wahrnahm, schien stiller zu sein als die wirkliche, die man sehen, hören und berühren konnte. Er sah tiefer in die Schatten, die sich nun, wo die Weiße Sonne sich langsam dem Horizont zuneigte, unter den großen, dichtbelaubten Bäumen bildeten. Dort, wo sich die Wedel des Königsfarns über den Ranken der Raqor- und Schwarzbeerensträucher wölbten, wurde das dunkle Grün des Unterholzes so schwärzlich, dass schwer zu sagen war, ob sich nicht vielleicht eine Spur Violett hineinmischte. Hier und da waren rötliche, gelbe oder andersfarbige Punkte und Flecken zu sehen: die schwachen Abbilder der Tiere und Pflanzen, die diesen Wald bevölkerten und denen zwar Magie innewohnte wie allem Lebendigen der Welt, aber keine Seele.

Doch abgesehen davon rührten die düsteren Schatten unter den Bäumen sich nicht. Telarion erinnerte sich, dass das violette Licht von Iretis Seele flackerte wie Feuer, dessen Flammen Dunkelheit waren. Kalte, tödliche Flammen der Finsternis. Doch die Schatten unter den Bäumen waren nur schwarz. Alles schien ruhig, nichts verdächtig zu sein. Wenn Ireti aus den Schatten, den Nebeln des Jenseits zusah, dann versteckte sie sich gut.

Telarion wandte sich wieder dem Soldaten zu, der sich unter seinem unbarmherzigen Griff wand.

»Du sagst, deine Herrin weiß, wo wir sind?«

»Das … das gefällt Euch wohl nicht! Aber sie kennt uns alle und sieht in unsere Herzen. Auch der Grund für Euren grausamen Brudermord ist ihr bekannt«, krächzte der Soldat voller Hass. »Ihr tatet es, weil Ihr einen Teil Eurer Magie einer Feuerhexe und Dunkelmagierin schenktet, statt diese im Namen Eures Bruders dem Goldmond zu unterwerfen!«

»Mir ist gleich, welche Lügen Ireti über mich verbreitet«, erwiderte Telarion kalt. »Also, wie viele ihrer Sippschaft hat sie auf meine Spur gesetzt?«

»Ihr … Ihr werdet mich schon tö-töten müssen, denn ich

werde meine Königin nicht verraten.« Der Gefangene keuchte, als bekäme er zu wenig Luft, um zu sprechen. Seine Augenlider begannen zu flattern, seine Haut schimmerte nun, da Telarion ihm beinahe jede Feuermagie entzogen hatte, bläulich.

Ohne den harten Griff zu lockern, unterbrach Telarion den stetigen Kraftstrom, der aus dem Mann in ihn floss.

Als habe er nur darauf gewartet, wand sich der Soldat mit einer einzigen, unerwartet kraftvollen Bewegung aus Telarions Griff.

Gomaran richtete blitzschnell seine Klinge aus und legte sie dem Mann unter das Kinn.

Telarions Finger griffen wieder härter zu. »Dir scheint an deinem Leben in der Tat weniger zu liegen als selbst mir«, sagte er.

»Ihr könnt mich quälen, wie Ihr wollt, Verräter!«, keuchte der Soldat. Doch jetzt schien es, als sei es die Verachtung, die ihm den Atem nahm, nicht Telarions Magie.

»Ist es das, was Ireti dir erzählt hat? Sie sollte besser den Spruch der Weisen beherzigen, der da sagt, dass wer im Glashaus sitzt, nicht mit Steinen werfen sollte. Sie selbst ist eine Dunkelhexe, eine Mörderin und Lügnerin und hat sich auf schändlichste Weise einen Thron angeeignet, der einer aus dem Haus Landarias nicht zusteht!«, stieß Telarion hervor.

»Was gibt gerade Euch das Recht, so über die Königin zu sprechen?« Der Mann hustete und würgte. »Ein elbischer Fürst, ein vom Goldmond Gesegneter, liebt eine Herrin des Todes! Ihr … Ihr riecht sogar nach dieser Schwarzzauberin«, fügte der Mann hinzu. »Die Königin sagte, Ihr wärt leicht an Eurem Geruch zu erkennen, der dem Harz von Yondarbäumen gleiche. Doch nun riecht das Harz verbrannt und angesengt. Nach seiner eigenen kalten Asche und nach Tod!«

»Schweig!«, befahl Telarion. »Ich lasse nicht zu, dass du den Namen Sanara Amadians beschmutzt. Dafür, dass ich meinem Zwilling das Leben nahm, werde ich Vanar einst Rede und Antwort stehen müssen, nicht aber einem Diener der dunklen Königin! Geschweige denn ihr selbst!«

»Der Syth möge Euch holen, Heiler – wenn er es nicht schon längst getan hat!«

Telarion schnaubte, zog sein *wakon* aus dem Gürtel und schickte sich an, dem Mann die Kehle durchzuschneiden. »Ich bin deiner Verehrung des Todes und deiner Leugnung des Lebens überdrüssig.«

»*Nein!* Genug!«

Die Stimme donnerte aus dem Nichts an Telarions Ohr. Er erschrak zutiefst und hätte den Mann beinahe losgelassen. Der nutzte die Gelegenheit erneut, sprang auf und versuchte zu fliehen. Im letzten Moment bekam Telarion ihn an seiner Brünne zu fassen und riss ihn wieder zu Boden.

»Ich bin dein Fürst, und ich gestatte dir nicht zu gehen!«, zischte er.

Zweige knackten, altes Laub raschelte, als aus dem Halbdunkel unter dem Farn mehrere Gestalten hervortraten.

»Steht auf und verratet uns, warum Ihr einen aus Eurem Volk festhaltet,« erklang ein Befehl.

Dann befanden Telarion, Gomaran und der Landarias-Elb sich in einem Kreis von Männern, die unbewaffnet schienen und gekleidet waren wie Shisans. Doch ihre Roben waren von keiner erkennbaren Farbe, wie es bei den Klöstern des Feuers, der Erde oder des Wassers und der Luft der Fall gewesen wäre. Am ehesten traf ein silbriges Grau zu. Der lose aufgesteckten Haartracht der Männer – ob Frauen darunter waren, war auf den ersten Blick nicht zu erkennen – nach zu urteilen, zählten sie selbst sich nicht zu einem der Mondvölker, denn während die Elben ihr Haar meist lose herabhängen ließen und höchstens Krieger einen kleinen Knoten am Hinterkopf trugen, banden Menschen es auf vielfältige Weise oder wanden wie Sanara Amadian kunstvoll ein Tuch um die sorgsam geflochtenen Strähnen.

Doch diese hier hatten die langen Haare zu einem dichten, einfachen Knoten gewunden, der von einem silbernen Stab gehalten wurde.

Telarion hatte Leute wie diese noch nie selbst gesehen, aber im Palast der Stürme davon gehört. Es waren Shisans, die dem Tempel der Weisen angehörten.

Einer der Mönche trat vor und sah mit einer Miene, die Telarion nicht deuten konnte, auf ihn herab. »Ihr wisst es vielleicht nicht, aber ihr habt die Grenze unseres Reiches überschritten. Und wir dulden hier keine Händel und keine Gewalt, also lass ihn los.«

Es war keine Bitte, sondern ein Befehl.

Telarion sah zu dem Landarias-Elb. Er wollte gerade ansetzen zu erklären, dass er dem Befehl nicht Folge leisten würde, doch zu seiner Überraschung schien die Kraft seiner Magie plötzlich erlahmt und die des Soldaten erstarkt. Telarions Finger zuckten zurück, als habe ein Blitz sie getroffen, als sei das Feuer in dem Mann vor ihm plötzlich aufgeflackert.

Der Landarias-Elb stieß Telarion von sich und wollte fliehen. Doch etwas ließ ihn stolpern. Vielleicht war er erschöpft, vielleicht hatte auch die Geste des Shisans damit zu tun, der links von Telarion stand. Er ging zu Boden. Erneut warf er dem ehemaligen Heermeister der Elben und auch dem Shisan, vor dem er in die Knie gegangen war, einen hasserfüllten Blick zu.

Erst jetzt bemerkte Telarion, dass es eine Frau war, eine Shisani. Ihr Haar war weiß, wie es das seiner Mutter gewesen war, die in Yakonak, nördlich des Zendargebirges in den Eisebenen von Kantis, geboren und aufgewachsen war.

Der Anführer der grauen Shisans sah Telarion missbilligend an.

»Ihr befindet euch auf Land, das zum Tempel der Weisheit gehört. Hier gelten alle Wesen gleich. Mörder und Unterdrücker sind hier nicht willkommen!«

Telarion erhob sich und sah dem Wortführer der Shisans ins Gesicht.

Irritiert bemerkte der ehemalige Heermeister der Elben, dass der Mönch grüne Augen hatte wie er selbst, doch seine Pupillen waren schwarz und rund wie eine Pfütze im Moor, die nichts mehr freigab, was sich in ihr fing. Es machte den Blick des Shisans stechend und unheimlich. Bevor er den Mann jedoch zurechtweisen konnte, ergriff dieser wieder das Wort.

»Deine Haartracht sagt mir, dass du einer bist, der von Vanar mit der Gabe des Lebens gesegnet wurde – und der dieses Geschenk in Demut annahm, um allen Wesen dieser Welt zu dienen. Warum quälst du diesen dort?«

»Ich bin Heiler der zweiten Ordnung, das ist wahr«, erwiderte Telarion nach einer knappen Neigung des Kopfes. »Dieser hier und seine Spießgesellen verfolgten uns. Sie hätten meinen Gefährten Gomaran und mich getötet, wenn es sie gekonnt hätten.«

Der Shisan sah an ihm und Gomaran vorbei ins Gebüsch, zu dem Soldaten, den Gomaran erschlagen hatte. »Wie er sagte, giltst du ihm als Verräter und Mörder«, sagte er. Er sprach das letzte Wort so aus, als bereite es ihm Übelkeit. »Und das nicht zu unrecht, wenn man den Kampf zwischen euch in Betracht zieht. Für einen Heiler verstehst du offenbar viel vom Kriegshandwerk.«

Telarion starrte ihn an. »So hast du den Kampf beobachtet«, stellte er nach kurzem Schweigen fest.

Als er vorhin nach Ireti gesucht hatte, hatte er das Abbild ihrer Magie nicht finden können. Aber auch die Magie dieser Mönche nicht, und doch standen sie hier vor ihm und sagten, sie hätten den Kampf beobachtet. Er hätte sie sehen müssen. Jetzt musste er sich fragen, ob es einen Zusammenhang zwischen diesen beiden Umständen gab.

Seine Brauen zogen sich unmerklich zusammen, als der Shisan den Kopf neigte, ohne dass Entgegenkommen in seiner Miene zu lesen gewesen wäre. »Wir kamen erst spät hinzu. Zu spät, um den Tod des Dritten zu verhindern.«

»Dann steht es dir nicht zu, darüber zu urteilen, wer von uns im Recht ist und wer nicht« erklärte Telarion unwillig. »Du kennst unsere Geschichte nicht, also …«

»Nein«, unterbrach der Mönch ihn scharf. »Das tue ich nicht, jedoch scheint mir ein Heiler, der den Tod bringt und vorher einem anderen seines Volkes die Magie raubt, nicht gerade vertrauenswürdig in dieser Sache!«

Telarion schnaubte leise. »Nun, Weiser, ich sagte es diesem Mann dort und es gilt auch für Euch: Jeder Tod, den ich je brachte, war verdient. Jeder. Und ich werde mich nur vor Vanar selbst rechtfertigen, vor niemandem sonst.«

Der Shisan antwortete: »Wie auch immer es sich damit verhalten mag, Ihr seid hier nicht willkommen«, sagte er dann.

Telarion schüttelte den Kopf. »Ich bin gekommen, um in Eurem Tempel Aufnahme – und Weisheit! – zu suchen. Ich werde mich von den Dienern der falschen Königin nicht daran hindern lassen.«

»Falsche Königin!«, mischte sich der Landarias-Elb erbost ein. »Schon allein dafür verdient Ihr den Tod, Verräter! – Überlasst ihn und seinen Diener mir, Ihr Weisen, damit seinesgleichen ihn verurteilen und seiner gerechten Strafe zuführen kann!«

»Du und irgendeiner aus der Sippschaft dieser verräterischen Hure von Königin wäre meinesgleichen?«, stieß Telarion hervor. Am liebsten hätte er auch diesen Mann mit der stumpfen Seite seines *daikons* zum Schweigen gebracht, doch nahm er sich angesichts der feindlichen Übermacht zusammen. »Schon allein dafür sollte man dir die Kehle durchschneiden«, fügte er dann ruhiger hinzu.

Der Landarias-Elb zischte wütend und wollte sich auf den ehemaligen Heermeister Tarinds stürzen, doch die Eiselbin hinderte ihn daran. Der Mann tobte, was ihm aber nichts nützte, die Frau hielt ihn fest. Ihre Kälte zähmte das Feuer in dem Soldaten und dämmte seine Wut ein, ohne dass sie ihm Kraft fortnahm.

»Genug!« Die Stimme des Wortführers der Mönche klang scharf. »Wir gestatten Mord in unserem Reich nicht. Geht!«

»Nein«, widersprach Telarion. »Ich kam, um mit dem Ältesten Eures Ordens zu sprechen und seinen Rat zu erbitten. Ich werde nicht gehen, ehe ich das getan habe.«

»Wer glaubst du, dass du bist?«, erwiderte der Shisan erbost. »Du bringst den Tod und bist geübt im Waffenhandwerk, das straft deine Haartracht Lügen. Wesen wie du haben in unserem Heiligtum nichts verloren!«

Die Worte trafen Telarion. Er senkte den Blick.

Er hat recht, schoss es ihm durch den Kopf. *Ich bin Heiler*. Wieder wünschte er sich glühend, er hätte seinem Bruder an jenem schicksalhaften Tag nicht nachgegeben und ihm versprochen, als sein Truchsess zu dienen. Wie so oft in den letzten Zehntagen erwachte in ihm der mühsam unterdrückte Zorn auf den Zwilling, der ihn um das Leben im Palast der Stürme betrogen hatte und auch um den Frieden in seiner Seele.

Dann hob er den Kopf. »Wir befinden uns auf eurem Land. Folglich hast du ein Recht zu erfahren, wer ich bin. Ich bin Fürst Telarion Norandar, der jüngere Sohn des Dajaram von Norad. Mein Gefährte ist Gomaran von Malebe, der Großsohn des Dumi von Malebe. Und das da …«, er wies mit der Hand auf Iretis Soldaten, »… ist einer aus der Gefolgschaft der Ireti Landarias, die sich Königin nennt und behauptet, ich sei ein Verräter am Volk des Goldmonds!«

Der Shisan betrachtete ihn mit Interesse. »Und du sagst, du bist es nicht.« Es war eine Feststellung, kein Anerkenntnis.

»So ist es«, erwiderte Telarion grimmig.

»Er ist ein Mörder!«, rief der Soldat. »Ein Königsmörder!«

Der Mönch sah erst Telarion, dann den Streiter der Königin an. »Selbst wenn ich eure Geschichte kennen würde, könntet ihr kaum erwarten, dass ich diesen Streit für euch entscheide. Also verlasst unser Gebiet!«

Telarion schüttelte energisch den Kopf. »Ich habe Euch um keine Entscheidung gebeten«, sagte er kühl. »Ich bin gekommen, den Abt Eures Heiligtums aufzusuchen, und ich habe eine lange Reise hinter mir. Sagt mir nicht, dass euer Haus Fremden die Weisheit verweigert, wenn sie darum bitten. Ich weiß, dass dem nicht so ist.«

»Diese Weisheit geben wir nur an Wesen weiter, die anerkennen, dass keiner der Zwillingsmonde die Vorherrschaft hat. Doch du bist ein Heiler, ein Fürst, schenkt man deinen Worten Glauben. Ich sehe an dir kein Zeichen, dass du Dunkelmagie achtest – im Gegenteil. Diesem hier hast du sie soeben genommen, ebenso beleidigst du eine Landarias – das einzige Volk der Elben, das seine Gaben mit den Menschen teilte!«

Telarion starrte den Mann wütend an. Er war es als Königsbruder und Truchsess des Reichs der Elben nicht gewohnt, dass man in Zweifel zog, was er sagte. Zudem – eine Landarias wurde hier höher geschätzt als ein Norandar?

Wieder musste er sich er sich an den Zweck und das Ziel seiner Reise erinnern, daran, auf wessen Land er hier stand.

Er musste den Tempel der Weisen erreichen.

»Was, wenn ich Euch beweise, dass ich einen Grund habe, Euren Ältesten aufzusuchen?«

»Du willst es beweisen?«, wollte der Mönch wissen. »Wie?«

Statt einer Antwort packte Telarion das dunkle Hemd, das er trug, dort, wo der Soldat Iretis es über der Brust aufgeschlagen hatte. Das Blut der Wunde trocknete langsam und hielt an einigen Stellen den zerfransten Stoff fest. Doch mit einem festen Ruck riss Telarion sich den Stoff vom Körper, um das eintätowierte Zeichen seines Hauses freizulegen.

Die Shisans raunten.

Doch ihre Reaktion war dem Fürsten in diesem Augenblick gleichgültig. Unwillkürlich warf er seinem Milchbruder einen verstohlenen Blick zu. Wie erwartet starrte dieser auf das Zeichen der adligen Abstammung seines Gefährten.

Telarion hatte dieses Wappen auf der Flucht vor dem Gefährten verborgen, denn es sah nicht mehr so aus, wie damals, als er es kurz nach seiner Geburt erhalten hatte und wie der Milchbruder es kannte: ein lichtgrüner Baum aus stilisierten Wolken, dessen Form einem Yondarbaum glich. Die Zweige dieses Baums, bisher gerundet wie Wirbel aus Dunst, der einem morgendlichen

Tal entstieg, liefen nun in spitzen, lohgelben Flammen aus, die silbrige Funken sprühten.

Der ehemalige Heermeister spürte, wie Röte in seine Wangen stieg, als er die entsetzte Miene Gomarans sah. Der Schrecken und der Widerwille im Blick des Gefährten war kaum zu ertragen, als klar und deutlich zutage trat, dass die Magie des Königsbruders so eindeutig mit den dunklen Kräften des Hauses Amadian gemischt war.

Telarion spürte Scham, die er jedoch wieder unterdrückte.

Es gab keinen Grund, sich dessen zu schämen. Das Feuer gehörte nun zu ihm und machte ihn zu dem, was er fortan war. Er wandte sich wieder dem Anführer der Weisen zu und richtete das Hemd so gut es ging, sodass es ihm nicht in Fetzen vom Körper hing.

Der Mönch sah ihn mit neu erwachtem Interesse an. »Einer aus dem Haus Norandar mischte Feuer in seine Seele«, stellte er fest.

»Ich wurde nicht so geboren«, sagte Telarion. »Und doch ist das Feuer nun ein Teil von mir.« Er sah Gomaran bei diesen Worten nicht an, dennoch sagte er diese Worte nur für seinen Gefährten.

Der Mönch fasste sich. »Wie …«

»Wie es dazu kam, ist eine lange Geschichte«, fiel Telarion ihm ins Wort. »Doch Ihr seht, ich habe meine Gründe, Euren Tempel aufzusuchen.«

Der Anführer nickte langsam. »Wir werden dich mitnehmen. Lasst diesen hier gehen!«, rief er und wies auf den Landarias-Elb. »Ihr werdet ihn nicht anrühren!«

Telarion zuckte mit den Achseln. »Ich trage keinen solchen Hass in mir, dass ich ihn unbedingt töten müsste«, sagte er schließlich. »Aber ich sage Euch, ich erkenne weder seinen Auftrag noch diejenige an, die ihn mit selbigem hinter mir und meinem Gefährten herschickte. Ich werde nicht gestatten, dass einer wie er Hand an mich oder meinen Gefährten legt. Ansonsten mag er frei sein zu tun, was ihm beliebt.«

Er warf dem Landarias-Elb, der immer noch vor Wut glühte, einen verächtlichen Blick zu, dann wandte er sich um und ging ein paar Schritte am Ufer des Bachs entlang, um nach seinem Bündel zu greifen.

Seine ruhige Sicherheit schien den Mönch zu beeindrucken. Er nickte kurz, dann ließ die Eiselbin den Landarias-Elb langsam los. Er versuchte sogleich, sich wieder auf Telarion stürzen, doch als Gomaran sich ihm in den Weg stellen wollte, hielt der Fürst ihn ab.

»Nein.«

Es waren die Mönche selbst, die den Landarias-Elb nun fesselten.

Er tobte erneut vor Wut, als man ihn mit festen Trieben des Raqors band, dessen Ranken fingerlange Dornen besaßen. »Es wird meine Herrin nicht erfreuen, wie Ihr mit uns umgeht! Seit Jahrhunderten besteht Frieden zwischen den Weisen und meinem Haus, ein Frieden, der heute gebrochen wurde!«, stieß er schließlich hervor.

»Auch deine Herrin hat nicht zu entscheiden, wen der Älteste in seinem Heiligtum empfängt und wen nicht. Doch der Fürst von Norad hat recht, wenn er sagt, dass er um Rat bitten darf, besonders, wenn er sowohl goldene als auch dunkle Magie in sich trägt, das magst du ihr sagen«, wies der Anführer den Mann zurecht. Dann wandte er sich an Telarion. »Wir werden den Tempel morgen Mittag erreichen. Bis dahin erwarte ich, dass du und dein Gefährte euch unseren Gepflogenheiten anpasst.«

Telarion neigte zustimmend den Kopf, schulterte sein Bündel und folgte dem Mönch, der sich, ohne sich umzusehen, in genau nördliche Richtung in Bewegung setzte.

Gomaran folgte ihm, doch der Gefährte sprach kein Wort. Er sah auch nicht zu seinem Herrn und Vertrauten hinüber. Telarion hielt es für das Beste, es vorerst dabei bewenden zu belassen. Er sprach Gomaran seinerseits nicht an.

Der Weg führte schon bald aus dem Wald hinauf in die Berge,

wo die Qentarbäume und der Königsfarn nicht mehr die immense Größe hatten wie im Tal. Doch der Weg war dadurch nicht einfacher zu finden. Er führte über Steine, um Felsen herum, an Abgründen vorbei. Die Wurzeln der Stämme bildeten wahre Stolperfallen, und Telarion und Gomaran wären auf dem unbekannten Pfad mehr als einmal gestürzt, hätte einer der Mönche sie nicht gehalten.

Telarion war dankbar, als der Anführer schließlich an einem Blockhaus anhielt, das offenbar nur dem Zweck diente, die Patrouille der Weisen aufzunehmen. Es bestand innen aus einem einzigen Raum mit einer großen Feuerstelle in der Mitte und einem *lannon* – einem beheizbaren Podest, das als Schlafstelle diente – an der Seite. Mit nur wenigen Griffen und Gesten hatten die Shisans die Feuerstelle in Gang gebracht und einen Kessel darüber gehängt, in dem nun Wasser aus einer Quelle neben dem Gebäude zum Kochen gebracht wurde.

Telarion achtete kaum auf die Shisans um sich herum, die routiniert ihrer Arbeit nachgingen und dabei zu seiner Überraschung lachten und scherzten, als befürchteten sie keinerlei Angriff. Sie fühlten sich auf ihrem Gebiet sicher und glaubten nicht, dass ihnen jemand Böses wollte.

Er hätte sie gern nach ihrem Leben im Tempel befragt, konnte er doch schon jetzt einen gewissen Neid kaum unterdrücken. Es wäre ein Leben gewesen, das auch er hätte führen können, hätte sein Zwilling ihn nicht darum betrogen.

Dann war da noch Gomaran, sein Gefährte. Der Einzige, der nach dem Tod Tarinds noch zu ihm hielt. Er dachte an den Moment in der Steppe von Entarat, nachdem er mit kaum mehr als einem Wasserschlauch und einem Stück Brot aus dem Heerlager geflohen war und in dem Gomaran aufgetaucht war: mit Reittieren, Decken, ein wenig Ausrüstung.

Nicht ein Mal hatte der Gefährte gefragt, wie es zum Tod Tarinds gekommen war, warum Telarion es getan hatte – nicht ein Mal hatte er davon gesprochen.

Nun saß der Mann, mit dem er aufgewachsen war, neben ihm, löffelte das Gemüse, das die Mönche mit ein wenig Getreide gekocht hatten, mied dabei den Blick des Milchbruders und schwieg.

Mit einem Mal ertrug Telarion dieses Schweigen nicht mehr.

»Willst du mir nicht endlich die Frage stellen, die dir auf der Zunge brennt?«, wollte er halblaut wissen. Die Mönche sollten nicht mitbekommen, was gesprochen wurde.

Gomaran antwortete erst nach einer Pause und ohne ihn anzusehen. »Ihr habt mir bisher nicht erzählt, wie es in Euch aussieht, Daron. Es ist wohl kaum an mir, Eurem Diener, Euch zu einer Beichte zu drängen, die Ihr nicht für nötig haltet.«

Der Vorwurf war deutlich, und Telarion konnte ihn gut nachempfinden. Das Feuer Sanara Amadians hatte ihn ergriffen, ohne dass er selbst dies gewollt oder beabsichtigt hätte – der Schöpfergeist der Harmonie hatte ihm dieses Feuer gegen seinen ausdrücklichen Willen geschenkt. Und so wahr diese Begründung sein mochte, sie klang sogar für ihn wie eine Ausrede. Er selbst hatte es forciert: Er hatte Sanara Amadian gefangengenommen, war in ihre Magie eingedrungen – etwas, das einem Heiler verboten war –, und in seinem Hochmut hatte er sie dem Tod entrissen, als ihre Seele den Körper bereits verlassen hatte. Dass er nun ihre Magie in sich trug, war Geschenk und Strafe zugleich.

Die Folgen seiner Taten auf den Schöpfergeist der Harmonie zu schieben, klang lächerlich und einfältig, und doch hatte er keine bessere Rechtfertigung anzubieten. Ein Hauszeichen war ein Geschenk. Niemand konnte es geben oder ändern – nur die vier Schöpfergeister selbst.

»Ich wusste nicht, wie ich es dir sagen soll«, sagte er schließlich.

Zum ersten Mal wandte Gomaran ihm sein Gesicht zu. »Ihr seid Heiler. Ihr wart immer gerecht in meinen Augen und habt Vanar gedient. Er segnete Euch dafür mit der Gabe des Lebens wie keinen anderen aus unserem Volk. Dafür gebührt Euch meine Treue und meine Bewunderung.«

Sein Blick wanderte zu dem Wappen auf Telarions Brust, das

notdürftig von den Resten des schwarzen Hemds bedeckt war. Der Fürst bezähmte seine plötzlich aufkommende Verlegenheit, um nicht an dem zerrissenen Stoff herumzuzupfen.

Als Gomaran das bemerkte, wandte er den Blick ab. »Mich wundert nicht, dass Ihr nicht zugeben wollt, dass sich diese Dunkelhexe Eurer Seele bemächtigt und sie verunreinigt hat«, sagte er dann. »Und doch enttäuscht es mich, dass Ihr mir das nicht sagen konntet.«

Telarion lag auf der Zunge, ihn zurechtzuweisen. Was wusste sein Milchbruder schon von der Wärme, die Sanara Amadian in ihm, Telarion, hinterlassen hatte! Davon, wie unverzichtbar die Magie dieser Tochter des Akusu ihm geworden war, wie sie den kalten Wind in ihm zum Wirbeln gebracht, seine Seele mit Leben gefüllt hatte!

Was wusste Gomaran schon davon, wie schwer es war, dieses Geschenk jeden Tag aufs Neue zurückweisen zu müssen, sich immer bewusst zu sein, dass es nie Erfüllung finden konnte.

Telarion wusste auf einmal, dass es keine Worte gab, mit denen er auch nur annähernd hätte beschreiben können, wie sehr seine Seele mit dieser Menschenfrau verbunden war.

»Ich könnte nicht ertragen, dass du dich vor mir fürchtest«, sagte er schließlich ausweichend. »Oder dass du denkst, ich sei nicht mehr ich selbst. Ich bin der, der ich immer war. Nur noch mehr.«

Gomaran schwieg und steckte schließlich das Stück getrockneten Rekarapfels, an dem er gekaut hatte, wieder in seine Tasche, als sei ihm der Appetit vergangen.

»Ich habe den Streit zwischen Euch und Tarind gehört, bevor Ihr ihm den *qasarag* in die Brust gestoßen habt«, sagte er dann. »Ich weiß, dass er es war, der Dajarams Tod zumindest billigte, ja, sogar ermöglichte. Niemand weiß, welchen Anteil Tarind tatsächlich am Tod Eures Vaters hatte, doch er betrog Euch von Anfang an, forderte Eure Treue, Eure Loyalität, wo er selbst keine zu geben bereit war, und nutzte Eure Rechtschaffenheit aus. Ich bezweifle daher keine Sekunde, dass er zu Recht starb, und ich halte es auch für gerecht, dass es durch Eure Hand geschah, Daron. Doch sagt mir ehrlich …« Mit diesen Worten wandte er sich Telarion zu. Seiner Stimme war anzuhören, wie sehr er sich beherrschen musste, um nicht laut zu werden. »Sagt mir ehrlich, ob dies auch für Euch der Grund war, Euren eigenen Zwilling zu töten. Sagt mir, dass nicht der Hass einer Feuerhexe es war, deren Dunkelheit in Euch lodert und Euch die Hand führte!«

Telarion starrte seinen Milchbruder betroffen an.

Er erinnerte sich daran, dass er Gomaran am letzten Tag vor dem Aufbruch des Heers in den Süden Vyranars bei einem Übungskampf verletzt hatte. Er war wütend gewesen, wütend darüber, dass der Schöpfergeist der Harmonie ohne seine Erlaubnis ein Stück seiner Seele verschenkt und es durch das dunkle Feuer einer Amadian ersetzt hatte. Er hatte Scham darüber empfunden, dass er, der Heiler und Herr des Lebens, nichts dagegen hatte tun können, solche Scham, dass er selbst Gomaran gegenüber geschwiegen hatte.

Es verwunderte nicht, dass Gomaran so dachte – und Telarion musste sich fragen, ob es nicht wirklich so gewesen war.

»War es so?«, fragte Gomaran. Seine Stimme klang nüchtern, und doch hörte Telarion die Erschütterung seines Gefährten heraus.

»Nein«, erwiderte Telarion nach einer Weile fest. »Es war mein eigener Zorn, die Wut und die Enttäuschung über seinen Verrat. – Doch hast du nicht ganz unrecht, Bruder«, fügte er leise hinzu. »Nur die Tatsache, dass er versuchte, die Feuermagie … *ihre* Feuermagie in mir zu löschen, brachte mich dazu, ihm den *qasarag* ins Herz zu stoßen. Ich wollte die Kraft seines Wassers löschen. Ich wusste, dass der magische Dolch genau das tun würde.«

Zum ersten Mal wurde Gomarans Gesichtsausdruck milder.

»Wir müssen das Heiligtum so bald wie möglich erreichen. Vielleicht wissen die Weisen einen Weg, Euch von diesem Seelenstück zu befreien, das Euch so vergiftet.«

Telarion wollte widersprechen und Gomaran zurechtweisen, denn das Feuer Sanaras vergiftete ihn nicht. Es hielt Wolken und Sturm in ihm lebendig und kraftvoll.

Aber er schwieg. Es kam ihm unwürdig vor, sich mit seinem Milchbruder im Beisein der Shisans aus dem Tempel der Weisheit zu streiten.

Es wurde still in der Hütte. Telarion und Gomaran machten es sich fern vom Feuer und dem *lannon* auf einem Lager aus trockenem Moos bequem, wo sich neben einigen anderen Mönchen auch die Shisani niedergelassen hatte, die das Eis beherrschte. Es war kalt genug für einen Heiler der Luft und der Kälte, und doch war da in Telarion ein Rest, der sich nach Wärme sehnte.

Er widerstand dem Verlangen, sich näher an die Glut des heruntergebrannten Feuers zu legen und versuchte zu schlafen.

Am nächsten Morgen war es noch dunkel, als die Shisans aufbrachen. Schnell wurde ein Frühstück aus Tee und dem grob gemahlenen Getreide eingenommen; die Weisen gaben auch ihren Gästen ein wenig davon ab.

Noch während Telarion die Reste des Tees trank, trat der Anführer an ihn heran. »Ich hatte nicht erwartet, dass Ihr noch hier seid, wenn ich erwache«, sagte er.

Telarion hob die Brauen. »Warum hätte ich fliehen sollen? Ich dachte, ich hätte Euch zu verstehen gegeben, dass ich Wert auf ein Gespräch mit eurem Ältesten lege.«

»Und jetzt sehe ich, dass es Euch ernst damit ist«, erwiderte der Anführer ungerührt, als habe er den Hochmut in Telarions Stimme nicht gehört. Er ließ dem Fürsten keine Gelegenheit zur Antwort, sondern erhob sich.

Ein Wassermagier löschte die Glut des Herdes, dann überließ man die Hütte wieder sich selbst.

Gomaran und Telarion folgten dem Anführer, der sie nun alle in die Berge hinaufführte. Die Bäume wurden weiterhin kleiner, und auch wenn sich bereits die ersten Strahlen der Weißen Sonne über den Horizont schoben, war der Morgennebel so dicht, dass es schien, als seien die Wolken selbst vom Himmel herabgesunken. Der ausgetretene Pfad, den sie einer nach dem anderen entlanggingen, war kaum zu sehen. Telarion gewahrte von seinem Führer, der vor ihm ging, nur einen Schemen, der immer wieder in den wirbelnden Schwaden verschwand.

Es ging bergauf. Nur langsam gewann die Sonne an Kraft, und allmählich wurde es heller, die Nebel schwanden. Telarion musste sich eingestehen, dass er das zunehmende Spiel des Lichts im Wald genoss, während Gomaran es stirnrunzelnd zur Kenntnis nahm.

Zwischen ihm und seinem Milchbruder herrschte auch weiterhin Schweigen. Es war nicht die vertraute Stille, die sie beide verband, es war, als misstraue der Hauptmann seinem Fürsten.

Kein schönes Gefühl. Doch Telarion wusste nicht, wie er es hätte ändern sollen. Gomaran hasste das Feuer in ihm – einen Teil, den der Fürst um nichts in der Welt wieder hergegeben hätte.

Der Tag wurde wärmer, je näher das Heiligtum rückte. Vielleicht lag es am Aufgang der Roten Sonne, dass Telarion den Eindruck hatte, das Feuer in ihm würde genährt, sodass ihm schon bald unangenehm warm war. Aber vielleicht war es auch nur die ständig bergauf gehende Wanderung, die an seiner Kraft zehrte. Die Purpursonne hatte bereits ihren Zenit überschritten, und sie erreichten eine erste Anhöhe.

Unwillkürlich blieb Telarion stehen, als sein Blick zum ersten Mal auf den Tempel der Weisheit fiel. Fast wäre Gomaran in ihn hineingelaufen.

Die Wand des Berges Simalang war hier schroff und nur von wenigen Absätzen unterbrochen, die zu schmal waren, um darauf Landwirtschaft zu betreiben. Auf einem der größten schmiegte sich die Tempelanlage eng an den Berg.

Weit über Telarion waren weiß verputzte Gebäude zu sehen, die im Licht beider Sonnen so hell schimmerten, als wären sie silbern. Wahrscheinlich beherbergten sie die wichtigsten Räume des Tempels, dessen Fenster in einem dunklen Rot bemalt waren, das beinahe in Violett und Purpur überging.

Während er weitermarschierte, konnte Telarion seinen Blick kaum von dem Gebäudekomplex abwenden. Mehr und mehr Details offenbarten sich, je weiter sie voranschritten. Schnitzereien unterhalb der Dächer waren zu erahnen, Malereien, die an den Säumen der Wände angebracht waren und durch den silbrig schimmernden Putz kaum zu erkennen.

An der östlichen Flanke der Felswand fiel ein Bach von einem Vorgipfel des Simalang herab. Das Donnern der Wasser war bis hier ins Tal zu hören. Auch unter dem fallenden Vorhang der Fluten waren Balkone, Pavillons und Brücken zu sehen, ebenso wie im Felsen westlich und hinter den Hauptgebäuden selbst Durchbrüche zu sehen waren, die man offenbar mit Einlegearbeiten aus gelbem Granit und Maßwerk aus rotem Sandstein gerahmt hatte. Aus einem vorspringenden, gewaltigen Fels oberhalb der Häuser hatte man überdachte Plattformen geschlagen und grün bemalt, sie ragten weit in die Luft des Tals hinaus.

Jedem der vier heiligen Elemente schien beim Bau Rechnung getragen worden zu sein: Wasser, Erde, Luft, Feuer. In der Mitte des Komplexes befand sich ein Turm, dessen Dach als Einziges in reinem Silber schimmerte. Wahrscheinlich war es mit Blattsilber belegt, zu Ehren des Schöpfergeistes der Harmonie, denn die Mönche und Shisanis, die hier lebten, fühlten sich der Ys verpflichtet.

Telarion wurde neugierig. Er erinnerte sich an den Palast der Stürme, in dem er so lange gelebt und in dem er seine Ausbildung als Heiler erhalten hatte. Der Palast der Stürme, den man auch den Tempel oder das Kloster des Ostens nannte, war ebenfalls in den südlichen Ausläufern des Zendargebirges gelegen, doch viele Tagereisen weit von diesem Ort hier entfernt. Man hatte ihn nicht so dicht an das Element der Erde gebaut wie diesen Tempel, der sich eng an die Bergflanke schmiegte, sondern aus duftendem Yondar- und Resatholz in die Qentarbäume gebaut. Sein Quartier dort war wenig mehr als eine hölzerne Plattform gewesen, deren Dach man den riesenhaften Blättern des Mayalabaums nachempfunden hatte.

Unwillkürlich fragte sich Telarion, wo man ihn hier unterbringen würde. Die weit ins Tal hinausragenden Plattformen aus Stein waren sicher für Luftmagier gedacht. Sie schwebten beinahe frei über dem Abgrund und waren mit den Felsen und den anderen Häusern über schmale Brücken verbunden. Der Gedanke, in einem Gemach zu wohnen, das so sehr den Räumlichkeiten im Palast der Stürme glich, gefiel Telarion.

Doch dann fiel ihm wieder ein, dass der Hauptmann der Mönche jetzt wusste, dass er auch Feuermagie in sich trug. Für Dunkelmagier waren sicher die Quartiere gedacht, die man in den Berg hineingehauen hatte, und die mit Galerien und dichtem Maßwerk abschlossen.

Nun, da sie dem Heiligtum immer näher kamen, war immer klarer zu erkennen, dass sie tief in den Berg hineinreichten. Vereinzelt waren in den Brüstungen Formen zu erahnen, die an Gebirgszüge und Flammen erinnerten. Telarion gewann den Eindruck, dass diese Gemächer niedrig seien, und er hoffte, dass er sie nicht würde betreten müssen. Die Vorstellung, dort die Last des Berges über sich zu haben, bedrückte ihn. Und doch ertappte er sich bei dem Gedanken, dass eine solche Höhle für die Tochter des Siwanon sicher ein besseres Quartier wäre als das, was er und Tarind ihr als Gefangene im *kastron* von Bathkor zugewiesen hatten.

Die Luft war immer noch warm und nun, da sie sich den Anlagen des Heiligtums näherten, zeigte auch die Landschaft Spuren von Bebauung und einer Nutzung, wie sie in Dörfern die Regel war, in denen Menschen oder Elben lebten. Zuerst ging der Weg durch kleine, terrassenförmige Wasserkornfelder, dann kamen Wiesen, auf denen die Grauschafe weideten, deren Fell die gleiche Farbe aufwies wie die Roben der Mönche, die Telarion und Gomaran hierhergebracht hatten.

Auch durch Haine mit Rekar- und Faranbäumen und Musabacapflanzen, von denen einige bereits Früchte trugen, führte der Weg. Der Duft der reifen Früchte war süß und eindringlich und doch angenehm fruchtig.

Unwillkürlich blieb Telarion stehen und atmete den Geruch ein, der ihn an Sanara Amadian erinnerte. Er war ihr nur als seiner Sklavin und Gefangenen begegnet, nur wenige Augenblicke hatte es gegeben, in er ihren Duft unverfälscht hatte aufnehmen können; meist hatte er an überreifes Obst erinnert, so als hätten Früchte zu lange in Feuchtigkeit oder Kälte gelegen.

Doch diese Haine waren in Sonnenlicht getaucht, und da viele der Bäume noch Blüten trugen, empfand Telarion ihn als leicht und süß. Und doch war er betäubend und weckte den Wunsch, eine der gelbroten Faran- oder Musabacafrüchte zu pflücken.

Dem Fürsten von Norad gefiel die Vorstellung, dass der Duft der Siwanonstochter dem dieser Obsthaine entsprach, und er ging langsamer, sodass er etwas hinter die Gruppe zurückfiel.

Auch als er die Gärten verlassen hatte und vor dem Tor des Tempels ankam, wo der Anführer bereits Gomaran vorstellte, verließ der Duft der frischen Früchte Telarion nicht. Als sie das Tor durchschritten und die Eingangshalle betreten hatten, wurde er zu Telarions Irritation sogar stärker. So stark, dass er kaum auf die bunten Wandmalereien und die kunstvoll geschnitzten Figuren der Schöpfergeister und der Helden vergangener Schlachten achtete, die die Nischen der Eingangshalle schmückten. Es war, als nähme etwas so Vergängliches wie der Duft von Obst und sommerlichen Blüten Gestalt an, als werde er *fest*.

Auf einmal wusste Telarion: Sanara Amadian war hier. Unruhe erfasste ihn, es war, als habe sich ein Feuer in ihm entzündet und lodere nun auf, da es die Nähe seines Ursprungs ahnte.

Er schalt sich selbst, als der Gedanke seinen Verstand erreichte, verdrängte ihn und sah sich weiter aufmerksam um, während der Hauptmann der Patrouille den Wachhabenden über die Gäste informierte. Sein Blick fiel auf die kunstvollen Statuen in den Nischen, die Syth den Krieger und Zerstörer, Akusu den Meister des Feuers und der Erze und Vanar den Herrn von Meer und Himmel zeigten.

Auch Ys, die Schöpferin, die Ordnung in das Chaos vor der Welt gebracht hatte und der er das Feuer in sich zu verdanken hatte, stand im Norden der Halle. Die Mönche hatten diesen Schöpfergeist anders dargestellt, als Telarion ihn in Erinnerung hatte. Als er Ys zusammen mit Sanara Amadian begegnet war, war ihre Gestalt klein gewesen, zierlich – beinahe unscheinbar und doch von beeindruckender Persönlichkeit. Er konnte sich kaum an ihr Gesicht erinnern, kaum an ihre Haartracht oder ihr Gewand. Nur die tiefe, klare Stimme war ihm im Gedächtnis haften geblieben, mit der sie ihm gesagt hatte, dass er es sei, den sie ausgewählt habe, um mit der Herrin des Mittags, des Feuers und der Seelen das Siegel der Welt zu finden und zu zerstören.

Telarion schloss die Augen und schlug das Zeichen der Ys vor der Stirn, dann hob er den Kopf, um das Abbild der Ys genauer zu betrachten. Die Mönche hatten sie hochgewachsen dargestellt, erhaben. Die Haare waren schwarz. Wie die elbischen Krieger trug sie einen kleinen Knoten auf dem Scheitel. Das silbrige Gewand war prächtig und wallte wie die losen Haarsträhnen, die schwarz waren wie seine eigenen, in einer unsichtbaren Bö um ihre schlanke Gestalt, als bestehe es aus hunderten von Schals und Fransen.

Ihr Gesicht schien auf ihn herabzulächeln, so als habe sie Telarion erwartet und heiße ihn willkommen. Im gleichen Moment wehte von draußen wieder der Duft der Faran- und der Musacabahaine herein. Es war, als wolle sie ihn erinnern, wozu er hier sei. Und wieder war er sich sicher, dass sich irgendwo, in einem der Quartiere für Dunkelmagier, Sanara Amadian aufhielt. Nicht weit fort von ihm.

Der Gedanke sorgte für Aufruhr in ihm. Er hatte nicht erwartet, sie wiederzusehen und fragte sich, wie er reagieren würde, wenn er ihr begegnete.

Ein Lachen klang wie von fern an sein Ohr. Telarion ballte die Hand zur Faust. Die Hoffnung, die das Wissen um Sanaras Anwesenheit hier hatte aufflammen lassen, tat nun plötzlich weh, als der Verstand diese Tatsache begriff.

Am liebsten wäre er auf der Stelle wieder umgekehrt – so sehr er auf der Reise die kleinen Erinnerungen an seine ehemalige Gefangene zu schätzen gewusst hatte, so sehr widerstrebte ihm nun der Gedanke, er könnte dem, was er so liebte, hier leibhaftig begegnen. Solange Sanara ihm fern gewesen war, hatte er diese kurzen Augenblicke der Wärme, eines flüchtigen Dufts und andere Dingen genießen können.

Doch nun, da er sie sicher hier wusste, war auch die Tatsache näher gerückt, dass er sich der Erkenntnis würde stellen müssen, dass all diese Wünsche, diese Sehnsüchte nicht wahr werden würden. Dass sie, die ehemalige Sklavin, ihn, den Herrn und Folterer, ablehnen würde.

Allein der Gedanke, sie könnte das tun, war so quälend, dass Telarion ihn kaum ertrug.

»Mendaron Norandar?«

Telarion fuhr herum und sah der Shisani ins Gesicht, die der Patrouille angehörte und die das Eis beherrschte. Der Hauptmann stand neben ihr.

Er neigte den Kopf. »Verzeiht meine Geistesabwesenheit. Ich war von der Lebendigkeit dieses Abbilds der Ys gefangen.«

Der Hauptmann nickte kurz. »Kanau wird Euch und Euren Gefährten zu einem Quartier für Magier des Windes bringen, Fürst. Der Älteste wird Euch morgen zur Weißen Stunde empfangen.«

»Das ist mir zu spät, Hauptmann«, sagte Telarion sofort. »Bitte, teilt dem Ältesten mit, dass ich ihn sofort sprechen muss.«

»Nein. Man sagte mir gerade, dass der Älteste Besuch einer Schülerin hat, die dringend ausgebildet werden muss. Er darf nicht gestört werden.«

Telarion runzelte die Stirn. »Ich bin sicher, dass er für den Fürsten von Norad ein paar Minuten erübrigen kann.«

Der Hauptmann wirkte konsterniert. »Nun, Kanau kann Euch zu seinen Gemächern bringen und anfragen, ob Ihr empfangen werdet«, sagte er dennoch. »Aber Ihr solltet Euch an den Gedanken gewöhnen, dass dies hier kein Ort ist, an dem elbische Rangabzeichen einen Wert haben … *Fürst*«, fügte er noch hinzu und betonte Telarions Rang so, als würde er ihn verspotten.

Telarion schnaubte ungehalten, verzichtete aber darauf, den Hauptmann zurechtzuweisen. Er wandte sich der Eiselbin zu und nickte zum Zeichen, dass er bereit sei.

Je näher Telarion den Gemächern des Ältesten kam, desto stärker schien ihm der Duft nach Faran- und Musacabafrüchten zu werden. Er wurde unruhiger, und auch wenn sein Verstand ihm sagte, dass der starke Früchteduft, der ihn umgab, nur deshalb stärker wurde, weil die Gänge, die Kanau ihn und Gomaran entlangführte, oberhalb der Obstgärten lagen, sagte ihm doch sein Herz, dass Sanara Amadian in der Nähe sei. Der Duft schien das Feuer im Windwirbel seiner Magie zu nähren und zu schüren.

Ein Seitenblick auf Gomaran, der nun auch sein Bündel trug, bestätigte ihm die Unruhe, die er selbst empfand. Sein Gefährte war besorgt. Wie immer bemerkte er, wenn Telarions Stimmung umschlug.

Schließlich blieb Kanau vor einer Tür stehen und bedeutete Telarion und Gomaran, auf einer Bank daneben Platz zu nehmen.

»Ich werde Seine Ehrwürdigkeit fragen, ob ihr eine Audienz erhaltet«, sagte sie kurz, dann verschwand sie hinter der Tür, die hinter ihr ins Schloss fiel.

Der Luftzug, den sie damit auslöste, hüllte Telarion wieder kurz in den Obstblütenduft, der die Flure des Klosters durchzog. Ohne es zu wollen, schloss der Fürst die Augen und atmete ein. Wieder klang ein Lachen an sein Ohr, von so fern, dass es Einbildung sein mochte.

»Daron, ich bin nicht sicher, ob dieser Ort Euch guttut«, hörte er dann Gomarans Stimme.

Telarions Lippen verzogen sich zu einem schiefen Lächeln. »Du meinst, er schürt unnötigerweise das Feuer in mir, das du für schädlich hältst.«

Gomaran nickte. Doch weder er noch sein Herr konnten das Gespräch fortsetzen, denn nun waren auf der Treppe, die hinter der Tür zum Gemach des Ältesten führte, Schritte zu hören. Kurz hielten sie inne, dann öffnete sich der Flügel.

Eine Frau trat hervor, in die silbergrauen Roben eines Weisen gekleidet. Für ein Kind des Akusu, die den Elben oft klein und untersetzt vorkamen, war diese Frau groß und schlank und reichte ihm bis zum Kinn.

Telarion hätte beinahe gelächelt, als Sanara Amadian vor ihm stehenblieb. Sie schien keine Furcht zu empfinden, wie sie ihr Volk sonst in Anwesenheit der Kinder Vanars befiel. Als sei sie sich ihres Ranges der Tochter eines der höchsten Menschenfürsten bewusst, erwiderte sie herausfordernd seinen Blick.

Für einen Augenblick hielt er den Atem an. Über viele Zehntage hinweg war sie zu einer Art Traum geworden. Ihre Eigenschaften, das, was sie ausmachte, waren Erinnerungsfetzen gewesen, ein Duft, ein Klang, ein Sonnenstrahl, der ihm ins Auge fiel. Nun aber stand die Verkörperung dieser Eindrücke, dieser Dinge, die kaum mehr als Gedanken gewesen waren, leibhaftig vor ihm.

Vorsichtig legte er die Hände auf den Rücken, als könnten seine Finger sonst der Versuchung nicht widerstehen, nach ihr zu greifen. Sie zu berühren, um sich zu vergewissern, dass sie echt und wirklich war. Er wandte sich nicht ab und wagte kaum zu blinzeln, denn auch wenn sein Verstand wusste, dass es Unfug war. Sein Herz fürchtete, der winzigste Augenblick, in dem sein Blick nicht auf sie fiele, ließe sie verschwinden wie einen Traum.

Er nahm sich die Zeit, sie zu betrachten. Ihre Haare waren nicht mehr von einem *darstar* umwunden oder hochgesteckt, doch sie fielen ihr auch nicht offen über den Rücken, sondern waren kunstvoll geflochten und gebunden. Ihre Farbe schwankte zwischen der von reifem, hellem Weizens, und der von dunklem Flachs, den man zu Leinen spinnen konnte. Farben, die dem Spätsommer entsprachen. Als sie ihr von Sommerflecken übersätes Gesicht nach einem höflichen Nicken zu ihm hob, funkelten die bernsteinfarbenen Augen angriffslustig. Sie war alles, was er nicht war. Sommer, Mittag, Licht. Wärme.

Und es macht sie nur schöner.

»Daron Norandar«, grüßte sie ihn knapp. Wie alle Menschen schien sie die Worte zu singen.

Er schüttelte seine Faszination ab und deutete eine Verbeugung an. »Die Schöpfergeister seien mit Euch, Dari Amadian«, erwiderte er.

Als habe sie nichts anderes erwartet, nickte sie ihm und auch Gomaran, der hinter Telarion stand und schwieg, noch einmal kurz zu, wandte sich ab und ging fort, bevor er seiner Freude Ausdruck verleihen konnte, sie getroffen zu haben. Es war, als gingen beide Sonnen gleichzeitig unter und überließen die Welt mit ihm darin der Dunkelheit. Er hörte kaum, dass Kanau ihn und Gomaran zum Ältesten rief.

Das Verklingen ihrer Schritte in der Ferne war eines der traurigsten Geräusche, die er je vernommen hatte.

Kapitel 2

»Der Thaut des Meeres war vom Goldmond aus der Gischt der Wellen geschaffen und mit allem beschenkt worden, was dieser zu geben hatte. Und doch spürte er in sich oft eine Leere, die selbst seine Verehrung für Vanar nicht füllen konnte. Wie die meisten Elben liebte Thautar – denn so nannte man ihn: ›der den Wellen befiehlt‹ –, die Nacht und das Mondlicht. Eines Nachts schwamm er weiter hinaus als sonst, bis zu einem Felsen, der wellenumtost inmitten der See stand und auf dem er dem Vanar ein Heiligtum gebaut hatte. Er erklomm den höchsten Felsen der Insel, auf dessen Spitze ein Tempel stand, der ganz aus Glimmer gemacht war. Dort, mitten im Meer, wollte er seinen Schöpfer fragen, was diese Leere in ihm zu bedeuten hatte.«

Von den Kriegen zwischen Elben und Menschen
Vierte Rolle der Schriften des Klosters der Quelle

Die Flammen des Herdfeuers loderten auf. Sanara schloss die Augen, ihre Hände beschworen wie von allein die Magie, die dem Feuer innewohnte.

Dann sah sie sich selbst. Ihr Körper saß vor dem Feuer, doch ihr Seelenbild stand. Es bestand aus Flammen, die erst noch gelblich brannten, zugleich in der Mitte des Raums und in ihr. Sie flackerten bernsteingelb, samtig und warm. Der Rauch ihrer dunklen Kraft, die Nebel zu beherrschen, kräuselte sich darin. Sanara wusste, sie musste in das Feuer hineingehen, um die Jenseitigen Nebel betreten zu können. Doch sie wusste auch, die Magie hatte einen eigenen Willen und musste gezähmt werden.

Sie erinnerte sich, was der Lehrer ihr gesagt hatte.

Sieh die Flammen in dir. Greife in dein Feuer und halte es in der Hand. Du hast die Macht darüber. Finde sie in dir.

Sanara sah sich selbst in ihrem weitläufigen Quartier, einem großen Raum, den man in eine Flanke des Berges Simalang gehauen hatte, und der nur nach Süden hin von Maßwerk und einer nach außen offenen Galerie begrenzt wurde. Als sie mit Ronan vor einem Zehntag im Kloster der Quelle angekommen war, hatte man ihr diesen Raum zugewiesen, ein Gemach, das größer war als selbst das Zimmer, das sie im geräumigen Haus ihrer Eltern mit der Amme bewohnt hatte. Es war einer der Gästeräume, die man Feuermagiern zuwies, mit einem Bett in einer windgeschützten Ecke und einer großen Feuerstelle in der Mitte, zu der kreisförmige Stufen hinabführten und wo nun ihr Körper kauerte.

Das Gemach war niedrig, aber geräumig, durchzogen von Säulen, die aus gelbem Granit gestaltet waren, sodass sie aussahen, als züngelten Flammen an ihnen empor. Die Wände waren bemalt mit Motiven aus Sagen und Legenden, die man sich in Guzar und Solife erzählte, Geschichten von Feuergeistern, Lichtwesen und Dschinnen, die Elben neckten und Menschenvolk halfen.

Das Feuer war die einzige Lichtquelle im Raum, in den nur wenig Tageslicht fiel. Es schickte ein flackerndes Spiel von Licht und Schatten an die Wand, das die Geister und Traumwesen dort lebendig erscheinen ließ. Es wurde von duftenden Holzscheiten und Schwarzsteinen gespeist, in das man Kräuter geworfen hatte, die ihr helfen sollten, jene Trance aufrechtzuerhalten, derer die wahre Magie bedurfte. Der Duft war betörend und half ihrer Seele, den Körper zu verlassen.

Beherzt griff Sanaras Seelenbild, das dort stand, wo ihr Körper mit angezogenen Knien saß, mitten in das Herdfeuer hinein und hielt nun eine Flamme in der Hand. Sie hob sie vor ihr Gesicht und starrte hinein.

Sie würde hineinfallen müssen in die lohgelbe Flamme, hinein in ihren dunklen Kern, der das Tor war in die jenseitige Ebene. Doch in diesem Moment sah sie es. Der Kern der Flamme war nicht dunkel, nicht von dem samtigen Schwarz, das ihr so vertraut war. In diesem dunklen Kern leuchtete ein Licht von der Farbe jungen Laubs, eines, von dem eine Brise ausging, die sich in der warmen Dunkelheit, die alles durchdrang, fremd anfühlte.

Frische strich über ihr Gesicht, die ihr so willkommen war wie der Atem des Waldes in einer trockenen Steppe. Die Brise, die ihr aus der Flamme in ihrer Hand entgegenfegte, wurde stärker und nahm ihrem Seelenbild mit der frischen Kälte, die sie mitbrachte, für einen Augenblick den Atem.

Die Funken aus dunkelgelbem, heißem Feuer, aus denen ihr Seelenbild bestand, flackerten auf, geschürt vom Sturm, der seine Quelle in dem Leuchten der Flamme hatte, die auf ihrer Handfläche saß. Dann erfasste der nach Yondarharz duftende Wind auch die letzte Faser ihres Körpers, ergriff ihr Seelenbild und trug sie davon. Es war, als flöge sie aus diesem Raum fort ins Tal unter dem Kloster und ließe die behütende Höhle zurück, die Gebäude der Weisen, die am Fels des Simalang klebten wie Vogelnester.

Der Wind strich sowohl über Sanara hinweg als auch durch sie hindurch, als sei sie ein Kleinod, und löste sogar ihr gebundenes Haar. Und obwohl er sie festhielt und sie nicht fallen ließ, wirbelte sie herum, als sei sie leichter als eine Feder.

Sie stürzte hinein in die sonnige, türkisfarbene Weite des Morgens über den Wipfeln der Wälder, hinauf in die endlose Luft und die Leere dahinter, die zwischen den Sternen herrschte und die nur von einem silbrigen Streifen von Licht dort begrenzt schien, wo der Verstand einen Horizont erwartete.

Die absolute Leere, in der Freiheit …

»Sanara, nein!«

Der Ruck kam zu plötzlich. Er ließ sie taumeln und schmerzte beinahe körperlich, riss sie aus der unendlichen Weite wieder in die Welt zurück, die mit den Sinnen erfasst wurde. Für einen Augenblick schien ihr Brustkorb, der eben noch die Unendlichkeit geatmet hatte, zu eng. Es war, als wolle der feurige Wind, der ihr die Freiheit gegeben hatte, aus jeder Pore des Gefängnisses ausbrechen, der ihr Körper war.

Verwirrt sah Sanara sich um, während sie nach Luft rang. Warmes, gelbrotes Feuer tauchte einen Raum in flackerndes Dämmerlicht. Die gemalten Traumgestalten und Feuergeister an der Wand warfen lange Schatten und schienen sie vorwurfsvoll anzusehen.

»Hab keine Angst. Du bist wieder hier. Der Wind kann dich nicht mehr forttragen, ich halte dich.«

Eine Hand legte sich auf ihren Rücken. Sie war schwer und schien sie zusätzlich auf den Boden zu drücken, während ihre Seele sich aus dem Körper befreien und wieder fliegen wollte.

Sie versuchte aufzustehen, doch sie strauchelte, denn ihr Körper schien zu viel Gewicht zu haben. Die schlanke Hand hielt sie fest, wollte sie stützen, doch Sanara hatte das Gefühl, als zerre sie sie nur zusätzlich zu Boden. Sie fiel wieder auf die Stufe.

Ein letztes Mal versuchte Sanara, die wunderbare Leichtigkeit, die der Atem des Windes in ihr geweckt hatte, festzuhalten. Die Töne einer Melodie erklangen neben ihr – rot, bernsteinfarben, lohgelb –, schwebten auf sie zu und umhüllten sie. Der frische Atem des Windes zog sich zurück.

Ihr Seelenbild versuchte, die letzten Funken, die das Versprechen von Weite und Freiheit in sich bargen, zu erhaschen, doch es griff ins Nichts. Es tat weh zu sehen, dass der Luftzug, der aus grünen Trieben und jungem Laub zu bestehen schien, zwischen ihren Fingern zerstob wie Asche, die sich in der Luft, die sie umgab, auflöste und verschwand.

Dann war da wieder nur der feine, nach dem Rauch von Schwarzsteinen und Spezereien duftende Geruch, der das Gemach erfüllte, nur der Arm, der sie festhielt.

Sanara unterdrückte die Tränen, die unwillkürlich in ihr aufstiegen.

»Lass mich los!«, schrie sie und sprang auf.

Sie war in ihrem Körper angekommen, und doch schien er

zu eng zu sein, diese Höhle, dieses Gemach schien zu eng und zu niedrig. Wieder griff Ronan Abhar nach ihrer Hand, und sie war nicht schnell genug, sie ihm zu entziehen. Der erdige Geruch nach trockenem Laub und Äpfeln im Herbst schlug über Sanara zusammen, als sie plötzlich an der Brust des Musikanten lag und eine trockene Hand ihr über das Gesicht strich. Es war, als streichelten die Finger auch die Erinnerung an die luftige Weite, den zarten Wind, der sie hielt, fort.

Verzweiflung packte sie, als sich die letzten Reste der Morgenfrische aus ihr zurückzogen und der warme, herbstliche Geruch überhandnahm.

»Nein!«, wehrte sie sich und stieß Ronan mit den Händen von sich. »Lass mich los! Ich kann …« Sie rang nach Luft. »Ich kann so nicht atmen!« Sie wandte sich um und rannte hinaus auf die Galerie, die vor der Wand aus Maßwerk verlief und so für Dunkelmagier eine zusätzlichen Schutz vor der Grenzenlosigkeit der elbischen Elemente Wasser und Luft bildete. Doch Sanara hatte keine Angst vor dem Abgrund. Sie stürzte auf die gemauerte Balustrade zu und beugte sich weit über sie hinaus.

Erst hier, viele Klafter über dem bewaldeten Talgrund, schien sich ihre Lunge wieder mit Luft zu füllen. Vager Duft von frischgeschlagenem Yondarholz wehte in Form einer Brise heran. Der Duft weckte die Erinnerung an eine kühle Hand, die sich auf ihre Wange legte. Doch wieder verschwand der Eindruck unter dem herbstlichen Geruch von reifen Äpfeln und trockenem Laub.

Das weckte Zorn in ihr.

Auf einmal hielt sie eine kleine Schale in der Hand, wie sie allenthalben im Kloster zu finden waren, kleine, dünnwandige Becher, die man mithilfe eines Klöppels zum Schwingen brachte und die halfen, die Trance aufrechtzuerhalten, die magische Übungen oft erforderten.

Ohne sich zu besinnen, warf Sanara die Schale in die Richtung, aus der der Geruch kam.

»Geh fort!«, schrie sie aufgebracht und warf den daneben liegenden Klöppel gleich hinterher. »Ich bekomme keine Luft, wenn du da bist!«

»Autsch!«

Der Musikant hatte der Schale ausweichen können, die nun mit lautem Klappern kurz vor der sorgfältig gemauerten Vertiefung, in der das Feuer brannte, zu Boden fiel und die Stufen hinabrollte. Doch der schwere Bronze-Klöppel traf ihn mit Wucht an der Stirn.

Erbost, dass er nichts sagte und sie nur mit milder Überraschung ansah, tastete Sanara nach neuen Dingen, die sie nach ihm werfen konnte. Doch hier auf der Galerie fand sie keine. Mit einem wütenden Schnauben wandte sie sich von ihm ab und beugte sich wieder über die Brüstung der Galerie in den steten, aber sanften Wind, der aus dem Tal heraufwehte.

Für einen Augenblick hatte sie den Eindruck, der Wind lache über diesen Ausbruch.

Dieser Eindruck schwand jedoch, als Ronan hinter sie trat.

»Ein Zorn, der einer Feuermagierin würdig ist«, sagte der Musikant. Seiner Stimme war anzuhören, dass ihn die Wut seines Schützlings amüsierte. »Es tut mir leid, dass dich die Magie des Norad-Fürsten – Akusu verfluche ihn – noch so belastet«, fuhr er ernst fort. »So sehr ich mich dafür hasse, was ich dir antat, als ich das Lied des Syth sang, so hatte ich doch gehofft, dass es dir auch die letzten Spuren des grünen Elements entrissen hätte!« Zuletzt schwang Trauer in seiner Stimme mit.

Sanara dachte an den Angriff der Elben des Königs auf den Grünen Turm am Mondsee zurück. Die Menschen, die den Turm besetzt hatten und gegen die Vorherrschaft der Elben im Wald von Dasthuku kämpften, hatten den Sieg nur knapp davongetragen. Denn Ronan hatte seine Knochenflöte hervorgeholt und das alte Schlachtlied gespielt, das einst der Schöpfergeist der Zerstörung die Menschen gelehrt hatte. Es vernichtete alle Magie, die von Vanar, dem Goldmond, kam und hatte auch in Sanara für eine Weile jegliche Luftmagie gelöscht, die vom Heermeister der Elben stammte und die ihr so wichtig geworden war wie die Atemluft.

Unwillkürlich stiegen in Sanara die Bilder von Schmerz auf, einem Schmerz, der nicht körperlich war, sondern ihre Seele zerrissen hatte. Ihre Magie, die sie nie ganz zu beherrschen gelernt hatte und die doch ein ganz wesentlicher Teil ihres Selbst war, war in Fetzen gerissen worden – und der Schmerz hatte nach Ronans grausamem Flötenspiel eine Wunde hinterlassen, die nur langsam wieder heilte. Und die er immer wieder aufriss, indem er alles tat, die Luftmagie in ihr zu verdrängen und zu vertreiben.

Die Hartnäckigkeit, mit der Ronan sie immer wieder aus der Trance riss, dem einzigen Zustand, in dem sie sich vollständig fühlte, brachte sie zur Verzweiflung.

Seit sie hier im Kloster der Quellen angekommen waren, lehrte Ronan, der von hier stammte, sie, wie die Magien des Feuers und der Seelen zu beherrschen und zu kontrollieren waren. Er hatte sich vom Abt dieses Heiligtums zu ihrem Lehrer bestimmen lassen, und zu Beginn war ihr diese Entscheidung willkommen gewesen. Es war Unterricht, den Sanara nie ausreichend bekommen hatte, weil Tarind Norandar einst ihre Familie und die Mönche des Abendklosters tötete. Dort hatte sie als Kind lernen sollen, ihre Feuer- und ihre Seelenmagie zu beherrschen; stattdessen hatte sie nach dem Massaker Tarinds fliehen müssen. Die Kräfte des Akusu waren in ihr stärker als in so manch anderem, so stark, dass Ronan glaubte, sie als Tochter und Erbin von Siwanon Amadians Kräften sei diejenige, die das Siegel der Ys finden und damit die Welt vor der Zerstörung bewahren könne.

Sanara selbst glaubte in diesem Augenblick weniger denn je daran.

Seit Ronan sie gefunden hatte, hatte sie an seiner Überzeugung gezweifelt, sie sei diese Seelenherrin, die das Siegel, mit dem der Schöpfergeist der Harmonie einst Syth aus der Welt verbannt hatte, in den Jenseitigen Nebeln finden könne. Sie war keine ausgebildete Magierin und hatte nie gelernt, ihre Kräfte zu beherrschen. Ja, sie war sogar in die Gefangenschaft Tarinds geraten. Dieser hatte sie in die Hände seines Zwillings gegeben, der sein Heermeister, aber auch ein Luftmagier und Heiler war, dem der Goldmond die Macht über die Seelen aller lebenden Wesen gegeben hatte. Auch über ihre, und der Zwilling des Königs hatte das weidlich ausgenutzt, um sich ihre Magie zu unterwerfen, sodass er und sein Bruder sie für ihre Zwecke missbrauchen konnten.

Und nun war ihre Seele vergiftet. Wenn es je so gewesen war, dass sie, Sanara, die Macht gehabt hatte, das Siegel zu finden, dann war diese Möglichkeit durch die Taten des Heermeisters so verunreinigt worden, dass sie kaum noch in der Lage sein würde, die in sie gesetzte Hoffnung zu erfüllen.

Oder war es doch Ys gewesen, die ihm ein Stück seiner Magie genommen und ihr geschenkt hatte?

Wenn dieses Stück Luftmagie in ihr vom Schöpfergeist der Harmonie stammte, mochte es sogar so sein, dass sie über mehr Magie gebot als zuvor. Aber wenn dem so wäre, warum wehrte Ronan sich dann dagegen und sagte immer wieder, der Wind in ihr vergifte ihre Gabe? Er war ein ausgebildeter Dunkelmagier. Sie nicht.

Sanara atmete den frischen Duft des Waldes, der zu ihr aufstieg, noch einmal tief ein. Ronan schwieg jetzt, und wieder ergriff der Wind die Gelegenheit, sie zu umschmeicheln. Sie schloss die Augen und stellte sich vor, wie es wäre, wenn sie von dieser Galerie aus über die Wipfel der Bäume hinauf zu den schneebedeckten Gipfeln der Zendarberge flöge.

»Glaube mir«, unterbrach Ronan erneut ihre Gedanken. Seine Stimme klang heiser vor Zorn. »Wenn der Fürst in meine Nähe käme, würde ich ihn für das bestrafen, was er dir und deiner Seele antat.«

Sanara suchte nach Worten. Wie konnte sie Ronan nur begreiflich machen, dass die Luft in ihrer Seele ihr keine Qual war?

Die Leere fiel ihr ein, samtig schwarze Unendlichkeit hinter

Himmel und Monden, eine Leere, an deren Horizont ein Band von Sternen das Einzige war, das das Auge hielt.

Diese Gefühle von Freiheit, die Zartheit des Windes, der um sie herumstrich, sie durch die Unendlichkeit trug und sie festhielt, konnten nicht falsch sein. Sie waren keine Strafe, keine Folter. Der Wind half ihr, diese Grenzenlosigkeit zu erreichen und sie zu ertragen, ohne dass sich Seele und Verstand in der Weglosigkeit verloren.

Mit einem Mal war sie sicher, dass Ronan sich irrte.

Das Siegel ist sowohl in der Leere, in der Syth lebt, als auch hier in dieser Welt. Du kannst es nicht finden ohne einen, der das Leben beherrscht und dich hält.

Es war, als halle die Stimme der dunkelhaarigen, zierlichen Frauengestalt über die Gipfel der Berge bis hin zu ihr, der Tochter des Menschenfürsten.

Kein Herr des Lebens könnte es ohne einen finden, der den Nebeln gebietet. Kein Seelenherr könnte es bergen, ohne dass sein Geist ans Leben gebunden würde. Ich habe euch gewählt. Nur ihr werdet dies vollbringen können, doch einer nicht ohne den anderen.

»Ich muss den Ältesten sprechen«, sagte sie plötzlich.

»Warum das?«, wollte Ronan wissen. Misstrauen und Eifersucht waren in seiner Stimme zu hören.

Sie achtete nicht weiter auf ihren Gefährten, stieß sich vom Geländer ab und ging festen Schrittes in Richtung der Tür, hinter der der Abt des Hauses der Quellen wartete.

Hilflos sah Ronan Sanara hinterher. Er fühlte sich, als habe er versagt. Nach dem Angriff der Elben auf den Grünen Turm und seinem Spiel des alten Schlachtlieds hatte er geglaubt, Sanara sei von der Magie der Luft, die sich seit ihrer Gefangenschaft mehr und mehr in ihr ausgebreitet hatte, geheilt.

Doch nachdem der Abt es ihm überlassen hatte, Sanara zu lehren, wie ihre Magie zu beherrschen sei, schien die grüne Kraft der Luft in ihr wieder erwacht zu sein. Ronan war selbst ein Seelenherr, und so war er imstande zu sehen, dass Sanara nicht in der Lage war, in die Nebel zu gehen, ohne dass kräftige Böen von Wind und Sturm in ihr aufkamen und die dunkle, feurige Magie in ihr durchdrangen.

Vielleicht war er zu schwach, um eine so starke Frau zu unterrichten. Langsam stand er auf und folgte ihr durch die Flure des Klosters. Sanara war in den labyrinthartigen Gängen verschwunden, die sich teilweise durch den Berg Simalang zogen und oft in schwindelerregende Treppen oder schmale Brücken übergingen.

Du bedauerst, dass der Heermeister ihre Magie verdarb.

Ronan fuhr herum. Niemand war zu sehen. Der Tag schritt fort, die Schatten wurden kürzer, die Gänge waren leer; wahrscheinlich hatten sich die Shisans im Tempelraum der Purpursonne versammelt, um den Aufgang des Gestirns zu feiern.

Es war so still, dass nicht einmal die Fackeln zu knistern schienen, die den Tunnel erhellten, der an dieser Stelle tief durch die Südflanke des Simalang führte. Ronan sah genauer zu der Ecke hin, aus der die wispernde Stimme gekommen war.

Im tiefen Schatten einer Nische sah er eine beinahe still stehende violette Flamme. Vage konnte er in der ständig wabernden Form eine Frauengestalt wahrnehmen. Ihre Gewänder – es schienen mehrere übereinander zu sein – wehten in einem unfühlbaren Wind und lösten sich an den Rändern auf wie Nebel im ersten Morgenlicht. Nachtschwarzes Haar war zwischen den Schulterblättern lose zusammengebunden, sodass es beinahe aussah, als trage sie die Haare offen, wie es Sitte bei den Elben war.

Ronan starrte die Gestalt an, die sich nicht rührte. Er konnte nur ahnen, wo unter den langen Haarsträhnen sich ein Gesicht befand. Nur violette Punkte, so dunkel, dass man sich unwillkürlich fragte, ob sie wirklich eine Farbe hatten, glühten dort, wo er Augen erwartete.

»Ihr seid von Mal zu Mal deutlicher zu erkennen, Königin«, sagte er schließlich.

Vielleicht ist es deine Anwesenheit, die mir Kraft gibt.

»Ist das der Grund, aus dem Ihr mich aufsucht? Dass Ihr Kraft braucht? Wozu?«

Der Geist schwieg so lange, dass Ronan fast erwartete, er würde wieder mit den Schatten verschmelzen, aus denen er geschaffen war.

Ich weiß nicht, ob ich dir das sagen kann, äußerte sich die Gestalt schließlich.

»Versucht es«, erwiderte Ronan mit einem leichten Lächeln.

Es geht mir um das Siegel der Welt. Erst dachte ich, die Dunkelmagierin könnte es holen, doch dann sah ich, du warst stärker.

Ronan schwieg überrascht. »Das Siegel«, sagte er dann nachdenklich. »Wozu wollt Ihr das Siegel der Welt bergen? Ihr habt Euch Vyranar fast völlig unterworfen, ohne es zu besitzen!«

Ys war es, die das Siegel schuf. Es hält ihren Geliebten Syth in der Leere fest, in die sie ihn verbannte, denn er provozierte Krieg um Krieg. Er schürte den Streit zwischen seinen Söhnen Vanar und Akusu, er brachte die Menschen dazu, sich gegen die Elben zu wenden, brachte die Erde dazu, die Wälder und Flüsse zu verschlingen. Die Herzen derer, die zu Akusus Volk gehören, sind aus Stein, ihre Seelen aus Feuer – den Elben blieb nichts anderes übrig, als diese zerstörerischen Kräfte einzudämmen, nicht selbst davon zerstört zu werden. Das Volk des Goldmonds musste die Welt befrieden.

»Befrieden!«, stieß Ronan hervor. »Ihr und König Tarind habt mein Volk versklavt, nennt Ihr das Frieden?«

Was hätten wir tun können? Es waren die drei höchsten Fürsten der Menschen, die sich gegen die Elben und die Gabe des Lebens verschworen. Doch wenn das Siegel wieder in der Welt wäre, könnte es Frieden geben.

»Wenn es nur darauf ankommt, könnte es Euch doch gleich sein, wer es birgt.«

Der Geist senkte den Kopf. Die langen Haare fielen ihm wie ein Vorhang vor die Augen, und für einen Augenblick kam es Ronan so vor, als verschwände die Erscheinung erneut in den Schatten. Doch schließlich entschloss der Geist sich zu einer Antwort, und obwohl er sie nur in seinen Gedanken vernahm, klangen die Worte für Ronan mutlos.

Ich hatte gehofft, dass du von allein erkennst, was geschehen muss. Denn dass du, ein Mensch, mir nicht glauben wirst, wusste ich. Das Siegel muss wieder in die Welt, doch es darf nicht den Falschen in die Hände geraten.

»Wer ist Eurer Ansicht nach der Falsche?«, sagte Ronan nach einer langen Pause. »Ein Mensch?«

Der Geist hob den Kopf.

Erkennst du denn nicht von allein, wer falsch wäre? Siehst du nicht jeden Tag selbst, wer dein Feind ist? Das bin nicht ich. Nicht Tarind. Es ist ein anderer. Ein Elb.

Der Geist Iretis machte eine fließende Bewegung mit der Hand. Der hauchfeine Nebel, aus dem ihr Gewand zu bestehen schien, wehte so hastig durch den Schatten der Nische, dass es sich aufzulösen schien. Es dauerte einige Wimpernschläge, bis der Nebel sich wieder so verdichtete, dass der Eindruck von feiner Seide entstand, die von den Handgelenken aus Rauch herabhing.

Ronan schwieg. Die Königin deutete eine Tatsache an, die er in den letzten Zehntagen mehr als einmal bitter zur Kenntnis hatte nehmen müssen. Tarind hatte die Menschen versklavt. Er verachtete sie. Doch sein Zwilling Telarion, der Heiler, hasste sie. In seinem Hass war er grausamer als alles, was Tarind je hatte tun können, skrupelloser als sein Bruder. Ronan konnte das jeden Tag an Sanaras Seele sehen.

Der violett glimmende Geist nickte angesichts Ronans Schweigsamkeit düster.

Du glaubst, du kennst die Rücksichtslosigkeit, mit der Telarion Norandar durchsetzt, was er haben will. Doch ich sage dir, die übelste Tat, die er beging, kennst du noch nicht. Er tötete seinen Bruder. Meinen Gemahl, den Geliebten meiner Seele. Der Geist unterbrach sich. Ein Schluchzen erklang, so leise, als wehe es aus der Jenseitigen Ebene an Ronans Ohr. *Ja, Tarind ist tot! Er starb, weil er entdeckte, dass sein Zwilling die Magie der Siwanonstochter in sich trug. Mein Gemahl starb in meinen Armen. Er starb von der Hand Telarions, denn Tarind drohte, den Elben zu offenbaren, dass sein Zwilling, den er liebte, seine Seele mit einer Dunkelmagierin verbunden hatte. Telarion leugnet weder das eine noch das andere, aber glaubst du, einer wie er begeht seine Taten aus Liebe? Er sagt das. Und vielleicht ist eine Schankdirne naiv genug, ihm zu glauben. Doch ein Meister der Seelenmagie, wie du einer bist, sollte es besser wissen.*

Der Geist trat einen Schritt auf Ronan zu, aus dem Schatten heraus. Seine violetten Augen glühten heller als je zuvor.

Der Fürst von Norad ist ein Lügner. Er behauptet, er sei Heiler, doch wie könnte ein Heiler sich je bereit erklären, seinem Bruder ein Kriegsherr zu sein? Nein. Telarion Norandar will das Siegel für sich selbst und glaubt wie du, dass nur Sanara Amadian es bergen kann. Deshalb hat er ihre Seele vergiftet und gibt sie nicht wieder frei.

Ronan erstarrte. Das klang plausibel. Schlimmer noch. Es war, als habe die Nebelgestalt der Königin das in Worte gefasst, was Ronan selbst bereits glaubte und sich nicht hatte eingestehen wollen: Der Fürst hielt Sanaras Herz, ihre Magie und ihre Seele fest in der Hand.

Er bedauerte nicht zu hören, dass Tarind Norandar diese Welt verlassen hatte. Tarind hatte Menschen benutzt, sie versklavt, doch darin war er kaum anders als jeder andere Elb. Er hatte unterwerfen wollen, was schlimm genug war.

Doch in Telarion Norandar loderte Hass. Er sagte selbst, dass er denen den Tod bringen wollte, die das Leben nicht schätzten.

»In Fürst Norandar lodert Hass und der Wunsch, alles zu vernichten, das nicht wie er ist«, murmelte Ronan und war sich kaum bewusst, dass er laut sprach.

Der Geist sah ihn immer noch an. *So ist es. Wenn der Fürst das Siegel in die Hände bekommt, ergeht es allen schlecht, von denen er glaubt, dass sie über dunkle Magie gebieten. Nicht nur dich und die Feuermagierin, auch mich wird er gnadenlos und mit Freuden töten, denn ich kenne die Wahrheit über ihn.*

Ronan schwieg eine Weile. Dann entschied er sich. Es mochte sein, wie die Königin sagte, und doch hatte sie den Feldzug nach Solife, der letzten Bastion der Menschen, nicht abgebrochen.

Er misstraute ihr. Er antwortete dem Geist nicht, der ihn bittend, ja, flehend ansah. Stattdessen begann er, eine Melodie zu summen und ihre Töne, die für diejenigen, die die Jenseitigen Ebenen betreten konnten, sichtbar waren, mit den Händen zu einem Schild zu verweben, der ihn vor dem Geist schützen sollte.

Ireti nickte langsam, als sie erkannte, was er tat. *Ich sehe, du misstraust mir. Das verstehe ich. Ich werde einen königlichen Boten mit dieser Nachricht hierher senden. Bisher geschah das nicht, weil ich weiß, dass die Weisen sich nicht um die Dinge bekümmern, die außerhalb ihres Reichs geschehen. Sie warten, bis die Welt zu ihnen kommt. Doch es kann ihnen nicht egal sein, dass ein so ruchloser Mann wie Telarion Norandar, dem nur die goldene Magie etwas bedeutet und der keine Gelegenheit verstreichen lässt, die dunkle Magie, wo immer er sie vorfindet, zu vernichten, in den Besitz des Siegels kommt. Das darf nicht geschehen!*

Das Seelenbild Iretis trat noch einen Schritt auf Ronan zu. Es hob die Hand, und Ronan spürte, wie Finger aus Nebel durch den gewobenen Schild aus Tönen hindurch über sein Gesicht strichen, als existiere die Magie des Schilds nicht. Kurz hatte er den Eindruck, die zarten Glieder aus Nebel drängen in seinen Verstand, doch schnell schlug er das Zeichen des Dunkelmonds vor der Stirn.

Der Geist wich zurück. Ronan glaubte, ein Lächeln auf seinem Gesicht zu sehen, während er blasser wurde.

Wir werden uns wiedersehen, Ronan Abhar. Und wenn das geschieht, hoffe ich, dass du mir glaubst und helfen wirst, die Gerechtigkeit in der Welt wiederherzustellen.

Dann war in der Nische nur noch Dunkelheit und Schatten.

Ronan war wieder allein.

»Du magst hereinkommen. Seine Ehrwürdigkeit wird dich empfangen.«

Sanara warf noch einen Blick über die Schulter den Gang hinab. Der Gedanke, Ronan könne ihr gefolgt sein, um mit ihr vor den Ältesten der Weisen zu treten und sie so daran hindern, alles zu sagen, was in ihr tobte, bereitete ihr Unbehagen.

Doch Ronan war nirgends zu sehen. Das überraschte sie ein wenig, und für einen Augenblick gewann das Bedauern darüber, den Musikanten verärgert zu haben, die Oberhand. Er war ihr ein geduldiger und großzügiger Lehrer – und mehr als das. Er war während ihrer Gefangenschaft beim König und seinem Zwilling, der Flucht und der Reise hierher immer für sie da gewesen, hatte ihr nicht nur mit seiner Musik, sondern auch mit Händen und Küssen Kraft gegeben, wenn sie keine mehr hatte. Sein Körper war warm und schenkte ihr Geborgenheit.

Er hatte nicht verdient, dass sie Klangschalen nach ihm warf.

»Nun komm!«

Die Stimme des Mönchs, der bereits einige Stufen der Treppe, die ins Studierzimmer des Ältesten führte, hinaufgegangen war, klang ungeduldig, und Sanara beeilte sich zu folgen.

Der Shisan, der sie hereingebracht hatte, nannte ihren Namen nicht und kündigte sie auch nicht an. Er verneigte sich nur kurz und zog sich dann zurück, als verlasse er sich darauf, dass sich das Gespräch zwischen Sanara und dem Abt von allein entwickeln würde.

Für einen Augenblick stand Sanara unschlüssig da. Der Älteste schien einfach weiterzulesen und sich nicht darum zu scheren, dass sie ihn zu sprechen wünschte.

Verstohlen sah Sanara sich um.

Die immer wieder von Fenstern durchbrochenen Wände zeigten Fresken und Mosaike, die sowohl aus Holzintarsien als auch aus Steinen, Gold und Silber bestanden, sie zeigten die Schöpfung der Welt und aller Dinge – des Lichts, der Erde, der Wälder und jedem Wesen darauf und darin. Es war nicht zu erkennen, ob sie genau nach Süden, Osten oder in eine andere Himmelsrichtung wiesen, wie man bei einem Weisen, der sämtliche Schöpfergeister ehren wollte, hätte erwarten können.

Nicht weit von ihr stand ein Springbrunnen, darin eine Art Altar, der mit einer Kugel aus durchbrochener Jade geschmückt war. Darin brannte eine einzelne Flamme in einer Schale aus Ton. Sie flackerte im Luftzug, der immer wieder durch diesen Ball wehte.

Noch immer sprach der Älteste nicht. Vielleicht war sie dieser Ansprache nicht würdig? Sanara erinnerte sich, dass die Sonnenechse des tätowierten Wappens auf ihrer Brust nicht nur die Farben des Feuers und der Erde hatte, sondern auch die des Windes.

Sanara verdrängte den beschämenden Gedanken. Ihr Vater hatte sie Sanara genannt. In der Sprache, die die Elben einst den Menschen gebracht hatten, hieß das ›die Stolze‹. Es wurde Zeit, dass sie sich so benahm.

Sie ließ sich auf die Knie nieder, breitete die Arme aus und senkte den Kopf.

»Habt Dank dafür, Ehrwürdigkeit, dass Ihr mich zu dieser ungewöhnlichen Stunde empfangt«, sagte sie. Sie sah nicht auf, aber ein Rascheln verriet ihr, dass der Älteste nun die Schrift, in der er gelesen hatte, zusammenrollte und beiseitelegte.

Er klang amüsiert, als er antwortete. »Nun, was blieb mir übrig? Mein Diener sagte mir, dass du aufgeregt seist und ihn sicher beiseitestoßen würdest, wenn ich dir nicht gestatte hereinzukommen.«

Sanara spürte ihre Wangen heiß werden. Ihr Kinn sank vollends auf ihre Brust. »Verzeiht mir bitte. Ich … ich habe …«

Ein leises Lachen unterbrach sie. »Fürwahr, du bist eine Feuermagierin, wie Ronan Abhar es sagte, als wir uns vor einem Zehntag das erste Mal sahen. Schäme dich deiner Kraft nicht, Kind. Ronan hat sehr löblich davon gesprochen, und Akusu hat ihn mit der Gabe der Kenntnis von Seelen sehr reich beschenkt. Solange du die Höflichkeit nicht vergisst, sei dir verziehen. Warum wolltest du mich sprechen?«

Die Großzügigkeit des Weisen beschämte und Sanara. Die Bitte, die sie hatte vortragen wollen – ihr einen anderen Lehrer als Ronan zuzuweisen –, kam ihr nun doppelt verwerflich vor.

»Ich … ich brauche Euren Rat, Ehrwürdigkeit.«

Sie überlegte, wie sie anfangen sollte, doch dann sprudelte es auch schon aus ihr heraus: »Ich weiß, dass Ronan Abhar Euch sagte, ich sei diejenige, die das Siegel in der Jenseitigen Leere finden werde. Meine Kraft sei groß genug, das sagt er auch mir jeden Tag, und ich weiß, dass Ihr es ihm glaubtet, weil ich die Tochter des Siwanon bin. Doch ich selbst … zweifle daran.« Sie schluckte. »Ich fürchte, ich bin nicht stark genug.«

Der Älteste antwortete nicht.

Das Schweigen wurde Sanara nach einer Weile unangenehm. Doch sie blieb in der Haltung, die sie eingenommen hatte. Es mochte sein, dass das Feuer ihrer Magie oft auf ihren Verstand übergriff, aber sie wollte auch zeigen, dass sie sich beherrschen konnte und ihr Benehmen darüber nicht vergaß.

»Ronan Abhar erzählte mir, dass du lange Zeit Gefangene des Königs und seines Zwillings warst«, sagte der Älteste schließlich. »Diese beiden versuchten, dich zu unterwerfen.«

»Dass es ihnen nicht gelang, habe ich Ronan zu verdanken«, sagte Sanara eifrig. »Ich hatte es allein nicht geschafft, mich des Eissturm des Königsbruders zu erwehren.«

»Als er mir gestern Bericht erstattete, sagte er, dass du nach wie vor mit dem Element der Luft in deiner Seele zu kämpfen hast«, sagte der Älteste.

Sanara biss die Zähne zusammen, um ihm nicht wieder ins Wort zu fallen.

»Ronan sagte, er konnte sie dämpfen, aber nicht aus dir entfernen. Er ist sehr unglücklich darüber. Könnte diese Magie der Grund sein, warum du glaubst, deine Kraft nicht ausreichend zu beherrschen?«

»Ronan lässt keine Gelegenheit aus, mir zu versichern, die Magie der Luft vergifte mich und hemme meine Fähigkeiten«, stieß Sanara bitter hervor.

»So wie du es sagst, scheinst du es anders zu sehen.« In der Stimme des Ältesten war kein Vorwurf zu hören.

Sanara ließ die Arme, die sie in der Geste des Respekts und der Demut ausgebreitet hatte, sinken. »Es heißt, der Magier habe sich auf die reine Kraft seiner Seele zu konzentrieren, wenn er Magie wirken will«, sagte sie. »Ich tue das, doch immer, wenn ich in das Feuer meiner Seele greife, immer, wenn ich es erfassen will, kommt auch frischer Wind in mir auf.«

Sie hielt inne und schluckte, als sie daran dachte, wie der kalte Sturm, der so stark nach Yondarharz duftete, sie aufnahm, die Flammen, die sie in die Leere tragen sollten, schürte und ihr zeigte, wie wundervoll Weite und Grenzenlosigkeit sein konnten.

»So hindert dich der Sturm daran, in die Leere der Jenseitigen Ebene zu gehen?«, wollte er dann wissen.

»Nein«, sagte Sanara leise. »Das ist das Schlimme, das tut er nicht.«

Sie suchte nach Worten. »Der Sturm ist es, der mich schützt, der mich trägt. Erst in den Himmel, dann weiter in die Leere zwischen den Sternen, die jenseits des Himmels leuchten. – Einmal gelang es mir, in die Nebel zu gehen, ohne den Sturm zu Hilfe zu nehmen, doch ich habe mich verirrt. Ich bekam solche Angst vor den Abbildern der Toten, dass ich das Lied nicht mehr singen konnte, das mich wieder in diese Welt bringen soll. Ich traf auf …« Sie stockte, setzte neu an. »Ich traf auf Nebelgeister, die mir Lügen zuflüsterten. Die Mutlosigkeit und die Trauer derjenigen, die dort hausen und denen niemand den Weg zu ihrem Schöpfer zeigen kann, erfasste mich.«

»Und mit dem Wind in dir hast du diese Angst nicht mehr?«

»Der Sturm vertreibt die Geister«, sagte sie nach einer Pause. »Er hält mich fest und zeigt mir die Freiheit und Schönheit der Unendlichkeit. Dort ist man frei, dort ist nichts, was den Verstand oder die Seele fesselt! Es gibt keine Grenzen dort, der Wind erfüllt meine Sehnsucht. Ich habe keinen Wunsch mehr. Nur den, dass mich der Sturm nie mehr loslässt.« Sie seufzte und fügte leise hinzu: »Denn nur dort bin ich eins mit ihm.«

Sie lauschte ihren Worten nach und fragte sich, ob es klug gewesen war, sie laut auszusprechen.

Der Älteste beugte sich vor. »Eins mit ihm?«

»Das ist die Wahrheit«, gab Sanara trotzig zurück. Sollte der Älteste sie doch dafür verurteilen. »Wie also kann ich das Siegel bergen? Ich habe nicht einmal die Macht, den Sturm in mir zu bannen und meine ganze Kraft darauf zu konzentrieren, in den Nebeln das Siegel zu suchen. Ich frage mich oft, ob die Leere zwischen den Sternen überhaupt die Leere des Jenseits ist. Vielleicht ist es ein anderer Ort.«

»Du kannst diese Kraft also nicht bannen. Ronan sagte mir, dass selbst das Lied der Toten die Kraft des Fürsten von Norad in dir nicht abtöten konnte.«

Sanara schauderte beim Gedanken daran, wie grausam das alte Schlachtlied gewesen war, das Ronan beim Angriff auf den Grünen Turm gespielt hatte. Es stammte von Syth selbst, dem uralten Schöpfergeist der Zerstörung. Es vernichtete alle Magie, die von Vanar kam, und es hätte sie, eine reinblütige Feuermagierin, traurig stimmen müssen, ja, aber es hatte auf sie gewirkt, als sei sie eine Halbelbin. Der Tod hatte Form angenommen, war wie Regen aus Blut und Asche auf sie herabgefallen und hatte nicht nur ihre Haut benetzt, sondern war tief in ihre Seele gedrungen.

Sie dachte an die Zeit zurück, in der kein Wind mehr in ihr zu spüren gewesen war. Nur Leere. Doch der Wind war wiedergekommen und hatte die tödliche, erstickende Asche fortgeweht. Und jetzt war sie freier und mächtiger als je zuvor.

Als sie den Weisen erneut ansah, war sie sicher. Egal, was dieser sagte, egal, was geschehen würde, sie würde auf den Sturm in sich nicht mehr verzichten.

Sie hob den Kopf und sah den Abt freimütig an.

Der Älteste erwiderte den Blick.

»Ich gestehe, dass ich zunächst meine Zweifel hatte, ob deine Magie ausreicht, das Siegel zu finden. Doch das, was du mir sagst, bestärkt mich, es zu glauben. Du und keine andere wird das Siegel finden können!«

Überrascht sah Sanara auf. »Aber das ergibt doch keinen Sinn!«

Dann schluckte sie, weil sie dem Ältesten Respekt und Höflichkeit schuldete.

In diesem Augenblick hörte Sanara, wie schnelle Schritte die Treppe heraufeilten, die in das Gemach des Ältesten führte. Sie kamen näher, dann war der Shisan heran, der die Tür bewachte und sie vorgelassen hatte. Jemand anderer folgte ihm, ebenfalls Shisan, doch eine Frau. Eine, von der Sanara wusste, dass sie zu denen gehörte, die die Grenzen des Landes bewachten.

Die Wache und die Frau knieten vor dem Ältesten der Weisen nieder. Erst wunderte Sanara sich über die Unterbrechung, doch dann wurde ihr klar, dass die Botschaft, die die Shisans brachten, wohl von großer Wichtigkeit war. Es spielte keine Rolle, ob sich eine kleine und unwichtige Schülerin im Zimmer befand.

Vielleicht lag es daran, dass diese Frau gerade aus den Wäldern kam und ihrer Haar- und Augenfarbe nach zu urteilen aus den Ebenen von Kantis im Norden stammte, doch die Luft war mit ihrem Eintreffen kalt geworden und roch nach verbranntem Yondarharz und zerriebenen Mayalablättern.

Sanara schloss die Augen. Der Duft war vertraut. Unwillkürlich sog sie ihn tief in die Lungen und spürte, wie er ihr Herz flattern ließ, als wolle sich ihre Seele wieder in die Wolken schwingen.

Viel zu schnell sagte ihr Verstand ihr, woher sie diesen Duft kannte. Es war der Duft, der den Königsbruder umwehte. Er gehörte zu der Qual, die man ihrer Seele in der Gefangenschaft angetan hatte, und das war nichts, wonach sie sich hätte sehnen sollen.

Dennoch war die Unruhe, die dieser Duft weckte, kaum zu bezähmen.

»Eure Ehrwürdigkeit möge mir die Unterbrechung verzeihen. Wie Ihr wisst, trafen wir auf unserem Kontrollgang zwei Fremde«, wisperte die Shisani jetzt. »Einer von ihnen ist ein elbischer Fürst, er bestand darauf, Euch sofort zu sehen, ohne Rücksicht auf unsere Hinweise, dass Ihr eine Schülerin bei Euch habt.«

Sie warf Sanara einen kurzen Seitenblick zu, der der Feuermagierin die Röte in die Wangen trieb.

Sanara hätte zu gern gewusst, welcher Elbenfürst hier Einlass begehrte, doch es war klar, dass die Shisani es nicht für angemessen hielt, vor einer Schülerin mehr zu sagen. Sie stand auf, senkte den Kopf und breitete die Arme vor dem Ältesten aus.

»Ich sehe, Eure Aufmerksamkeit wird von Wichtigerem beansprucht«, sagte sie höflich. »Ich werde Euch zu späterer Zeit wieder aufsuchen.«

Der Älteste nickte. »Glaube nicht, ich hätte dein Anliegen nicht verstanden, Sanara aus dem Haus Amadian. Ich denke, wir werden uns bald wiedersehen. Habe indes keine Zweifel an dir. Lerne, mit der Kraft, die du in dir spürst, umzugehen. Teile sie nicht und schließe nichts aus«, fügte er mit einem Blick hinzu, den Sanara nicht deuten konnte.

Sie nickte einmal zum Zeichen dafür, dass sie die Worte des Weisen verstanden hatte, wandte sich um und ging hinaus.

Auch wenn sie es erwartet hatte – die Angst, die sie überfiel, als sie über die Schwelle hinaustrat, war beinahe unerträglich. Die Anwesenheit von Kindern des Vanar hatte diese Wirkung auf jeden Menschen. Doch die Angst, die Sanara empfand, bestand aus konkreten Bildern: Folter, unendliche Kälte, die Hilflosigkeit angesichts der Schande, die man ihr aufgezwungen hatte.

Für einen Augenblick konnte sie nicht weiter, zu genau kannte sie den bitteren Duft von zerriebenen Mayalablättern, der sich mit dem trockenen, rauchigen Duft von verbranntem Yondarharz mischte und der die Furcht bis ins Unerträgliche schürte.

Sie musste sich beherrschen, um nicht davonzulaufen. Doch dann zwang sie sich, sich der Angst, die wie eine Spinne in ihrem

Nacken hockte, zu stellen. Sie öffnete die Tür und trat hinaus, um demjenigen in die Augen zu blicken, mit dem Sanara Gefangenschaft, Angst und erbarmungslose Folter verband. Dass er sie als Schankmädchen und Gefangene kennengelernt hatte und als Dunkelhexe und Feuermagierin verachtete, spielte hier, vor den Gemächern des Ältesten der Weisen, keine Rolle.

»Daron Norandar«, sagte sie und verneigte sich, wie es die Etikette unter Adligen gebot.

Beide Elben, der Herr sowie sein Gefährte, erwiderten nichts. Erst nach einigen Sekunden verneigte der größere der beiden sich. »Der Segen der Schöpfergeister sei mit Euch, Dari Amadian«, sagte er höflich. Zu Sanaras Erstaunen wirkte er nicht sonderlich überrascht, sie zu sehen, und beinahe schien es, als habe er erwartet, sie hier zu treffen.

Sein Gefährte dagegen sah sie an, als wäre sie keine Frau, die in der Tracht der Weisen vor ihnen stand, sondern ein kleines, schmutziges Schankmädchen aus den Tavernen der Vorstadt Bandothis.

Sanara straffte sich. Sie nickte dem Fürsten von Norad und auch seinem Gefährten noch einmal kurz zu und ging so würdevoll sie konnte davon, ohne sich um die Überraschung der beiden zu kümmern. Sie sah nicht einmal zurück.

In ihrem Gemach angekommen, schloss sie hastig die Tür und lehnte sich von innen dagegen, als könne allein dies das Bewusstsein, dass sie gerade dem Geliebten ihrer Seele gegenübergestanden hatte, fernhalten. Doch trotz des nahen Feuers, trotz der geschlossenen Türflügel strich Wind über ihr Gesicht.

Sie schauderte, als kühle Frische bis tief in ihre Knochen wirbelte. So tief, dass selbst ihrem Verstand klar wurde: Der Wind war gekommen, um zu bleiben.

Sanara fand in der Nacht keinen Schlaf, immer wieder war ihr, als erfasse sie frischer Wind und wolle sie in unendliche Weiten davontragen. Keine Sekunde verflüchtigte sich der Geruch nach Baumharz, es war, als schüre allein das Wissen, dass der Königsbruder sich im gleichen Gebäude aufhalte wie sie, das Feuer in ihr. Sie war wacher, doch in diese Lebendigkeit mischte sich Angst.

Als der Morgen graute, kam Ronan, den sie am Abend zuvor weggeschickt hatte. Sie berichtete ihm von dem Gespräch mit dem Ältesten, doch sie ging nicht auf die Sorgen ein, die er angesichts ihrer übernächtigten Miene äußerte.

Und da war noch mehr. In der Nacht hatte ein Blick zu den Sternen ihr klargemacht, dass ein Teil von ihr hoffte, er wäre aus Liebe gekommen. Weil er es nicht ertrug, von ihr getrennt zu sein – so wie auch sie sich nach ihm sehnte.

Aber was, wenn er nur hier war, um erneut den Versuch zu unternehmen, sie zu unterwerfen? Der Gedanke war kaum zu ertragen.

Die Atemübungen, die Ronan ihr gezeigt hatte, halfen zusammen mit dem Feuer nach einer Weile, diese bedrohlichen Gedanken fortzuschieben. Sanaras Herz schlug regelmäßiger, der Atem war nicht mehr zu schnell. Selbst die Angst, die der Heermeister ihr eingeflößt hatte und die nun eins war mit seinem Gesicht, schien sich an den Rand ihres Bewusstseins zurückzuziehen.

Irgendwann, vielleicht nur ein paar Atemzüge später, vielleicht aber auch eine Ewigkeit, erzitterte die Wand unter einem harten Pochen.

Sanara zuckte zusammen.

Ihre Konzentration war auf einen Schlag verschwunden. Die so mühsam aus ihrem Geist verbannte Angst, aber auch die unerträgliche und schändliche Hoffnung darauf, der Fürst sei aus Liebe zu ihr gekommen, war wieder da. Ihr Herz schlug, als habe sie eine Flucht hinter sich. Sie sprang auf.

Ronan lachte leise und strich ihr über die Wange. »Hab keine Sorge. Das wird der Quartiermeister sein. Wir haben kaum noch Schwarzsteine für das Feuer, und ich hatte ihn gebeten, uns welche bringen zu lassen. Es sollte nicht erlöschen, wenn wir es für magische Zwecke brauchen.«

Er stand auf und ging zur Tür.

Sanara sah ihm nicht nach, sondern starrte in die Flammen, deren regelmäßiges Flackern eine Ruhe ausstrahlte, die ihre Seele dankbar aufnahm.

Doch dann wehte ein kalter Luftzug durch die offene Tür in ihrem Rücken.

Die Furcht saß so plötzlich wieder in ihrem Nacken, als habe jemand Sanara dort unsanft gepackt. Unwillkürlich sprang sie auf und stolperte beinahe über die letzte Stufe hinab zum Feuer. Sie verlor das Gleichgewicht und wäre ins Feuer gefallen, hätte nicht eine feste Hand nach ihrem Arm gegriffen und den Sturz aufgehalten. Die Finger der Hand waren durch ihre Bluse hindurch so kalt, dass Sanara ein Schauder durchfuhr, als stünde sie in einem Schneesturm. Gleichzeitig umgab der Duft nach verbranntem Yondarharz sie so dicht, als habe Ronan eine ganze Schüssel Räucherwerk auf einmal in die Flammen der Feuerstelle geworfen.

Die Magie in ihr wirbelte auf, als durchfahre sie ein Feuersturm, von dem sie nicht wusste, ob er aus Eis oder Glut bestand. Sie konnte nicht mehr klar denken, riss sich mit einem leisen Schrei los und trat unwillkürlich einen Schritt zurück. Es dauerte einen Augenblick, bis sie ihre Fassung wiedergewann, und auch ihre Augen und ihr Verstand sahen, was ihr Herz und ihre Magie längst begriffen hatten.

Vor ihr stand der, der sie und ihre Familie gequält hatte, vor dem sie geflohen war und den ihre Seele doch als Geliebten ersehnte.

Telarion Norandar.

Im Gesicht des Fürsten war nicht zu erkennen, was er dachte. Seine ebenmäßigen Züge waren kalt und unbeteiligt wie eh und je, während Sanara glaubte, dass alle Gefühle, die in ihr loderten – Hass, Sehnsucht, Liebe, Wut – abwechselnd über ihre Miene flackerten. Der Elbenfürst sah sie mit so ruhigem Ernst an, dass Sanara sich unwillkürlich fragte, ob sie ihn je hatte lachen sehen.

Sie konnte sich nicht erinnern. Aber wann hatte auch je ein Mensch den Blick eines Elben wirklich deuten können – er sah sie aus Augen an, die die Farbe von jungem Laub besaßen und eine Pupille hatten, geformt wie ein liegender Arkanuss-Kern. Menschen besaßen runde, dunkle Pupillen, hatten bernsteingelbe Augen wie sie selbst, braune, moor- oder honigfarbene, nicht aber grüne oder blaue mit einem Kern wie aus flüssigem Gold.

Schon allein daran, wie unbeteiligt sein Blick auf sie wirkte, erkannte sie, dass es eindeutig Telarion von Norad war, der vor ihr stand und hoheitsvoll, so kam es ihr vor, auf sie herabblickte – der elbische Heermeister und Zwilling des Königs.

Seine kurzen schwarzen Haare wirkten ungezähmter denn je, sie standen über den Ohren nach allen Richtungen vom Kopf ab, als sei er erst vor wenigen Sekunden mit den Händen hindurchgefahren. Einzelne Strähnen fielen unordentlich in seine blasse Stirn. Seine Kleidung war wie immer schlicht, aber sauber, und trug zu ihrer Überraschung die Spuren einer langen und anstrengenden Reise. Über der Brust schien sein Hemd gerissen gewesen und sorgfältig geflickt worden zu sein, doch es war reinlich, zudem hatte er es sorgfältig gewickelt und an der Hüfte mit einem verschlissenen Stück Brokat gebunden.

Es wirkte, als habe er keinen angemessenen Ersatz zur Verfügung gehabt. Der Fürst, der sonst so viel Wert auf gute, aber schlichte Kleidung legte, trug auch keine *jora.* Das Fehlen der weiten Jacke, die meist kostbar bestickt war und zur Hoftracht adliger Elben gehörte, verlieh seinem Auftreten einen informellen Charakter, den Sanara nur schwer mit ihrem Bild des Fürsten von Norad vereinbaren konnte.

»Sanara, sicher wird der Fürst verstehen, wenn du seine Nähe nicht dulden willst, und gehen, wenn du es wünschst«, sagte Ronan jetzt im Hintergrund.

Der Fürst warf Ronan einen Seitenblick zu, doch er richtete das Wort an Sanara. »Seid gegrüßt, Mendari. Verzeiht mein Eindringen, doch es war der Älteste der Weisen selbst, der mich herschickte.« Er räusperte sich, als fiele es ihm schwer zu sprechen. »Seid versichert, Mendari, ich werde Euch wieder Euren Übungen überlassen, wenn ich gesagt habe, wozu ich kam. Ansonsten weiß ich die Regeln dieses Tempels zu achten. Ihr habt in diesem Heiligtum nichts von mir zu befürchten.«

Die Worte vermittelten den Eindruck, als verletze ihn der Verdacht, er könne sich unangemessen verhalten. Sanara wurde bewusst, dass er trotz seiner einfachen Kleidung und den seltsam kurzen Haaren bis in die letzte Faser ein Herrscher war, der seine Würde und seine Macht als selbstverständlich erachtete und von seinem Gegenüber entsprechenden Respekt erwartete.

Ronan wollte widersprechen, doch Sanara hob die Hand.

»Ich bin sicher, dass der Fürst sich an sein Wort gebunden fühlt«, sagte sie. »Ich denke, der Fürst ist sich bewusst, dass ich nie wieder seine Gefangene sein werde. Auch nicht die seines Bruders. Ich gestehe, ich bin neugierig, was ihn zu seiner ehemaligen Sklavin führte.«

Sie ließ den Blick wieder zu Telarion schweifen und sah ihn herausfordernd an.

Es zuckte um die Mundwinkel des Fürsten, doch Sanara konnte nicht deuten, ob es ein Lächeln war, das er unterdrückte, oder Schmerz.

Dann nickte er, wie um sie zu bestätigen.

Eine Spur hoheitsvoller als notwendig wies Sanara mit der Rechten zur Galerie, auf der in einer Ecke ein Tisch und zwei Stühle standen. Ein Zugeständnis an ihn, den Elb, der so nicht in dem niedrigen Raum in der Nähe des Feuers sitzen musste, sondern draußen im Freien, wo die Weiße Stunde gerade ihre Mitte erreichte.

»Setzt Euch, Fürst, und seid mein Gast.«

Der Fürst deutete eine Verbeugung an und folgte ihrer Hand.

Sie selbst ging zu einem kleinen Tisch, wo auf einem Tablett ein paar Kelche und die Karaffe mit gewürztem Wein standen.

Sie brachte es zu dem Tisch auf der Galerie und blieb vor Telarion stehen. »Dass ein Herr eine ehemalige Sklavin mit edlen Worten aufsucht, ist nicht alltäglich«, sagte sie und versuchte, allzu offensichtlichen Spott aus ihrer Stimme herauszuhalten. Sie wandte sich nicht um, doch sie nahm aus dem Augenwinkel wahr, dass Ronan sich in einiger Entfernung von der Galerie niedersetzte, nicht aber den Raum verließ. Dass er in ihrer Nähe blieb, verlieh ihr zusätzliche Sicherheit.

Sie bemerkte nun auch, dass der Fürst seinen Gefährten mitgebracht hatte, doch dieser war mit steinerner Miene an der Tür stehengeblieben und ließ seinen Herrn nicht aus den Augen, als fürchte er um seine Sicherheit.

Als könne sein Herr keinen Schritt allein gehen, dachte Sanara. Aber vielleicht war die Anwesenheit Gomarans von Malebe auch nur ein Zeichen der Unsicherheit der beiden Elben. Genauso wie sie nicht allein mit einem vom Elbenvolk hätte sein wollen, war Gomaran nicht wohl dabei, seinen Fürsten mit zwei Dunkelmagiern, die den Tod beherrschten, allein zu lassen.

Sie wandte sich Telarion zu. »Fürst, ich rechnete nicht mit Eurem Besuch, und so kann ich Euch nur von dem süßen Wein anbieten, der hier für Feuer- und Erdmagier gekeltert wird.«

Er zögerte. Sanara spürte, dass er gern abgelehnt hätte, doch dann siegte die Höflichkeit.

Wieder nickte er knapp.

Der Kelch in ihrer Hand zitterte wie die Karaffe. Doch Sanara brachte es fertig, nichts von dem rubinroten Getränk zu verschütten und reichte ihm seinen Kelch so, wie es sich für eine Gastgeberin geziemte, mit beiden Händen. Er war ein Fürst, ja, aber Sanara empfand sich als gleichrangig.

Er nahm den Becher mit kurzem Dank, nippte einmal daran und behielt ihn dann in der Hand, wie es die Höflichkeit gebot, während er das Gespräch eröffnete.

»Mendari, Ihr und ich, wir sind ewig verbunden, auch wenn wir wohl beide wünschen, es wäre nicht so«, begann er.

Sanara spürte, wie sich bei diesen Worten die Röte ihrer Wangen verstärkte. Sie suchte nach Worten für eine Erwiderung, doch er schien keine Antwort zu erwarten.

»Mein Zorn, als Ihr der Gefangenschaft meines Bruders – *meiner* Gefangenschaft – entkamt, war groß, Mendari«, sprach er weiter. »Ich war der Überzeugung, Ihr wärt es mir schuldig, mir und meinem Zwilling Eure Magie zu überlassen, sodass ich nach Belieben darüber verfügen könnte. Ich konnte nicht fassen, dass Ihr Euch dieser Pflicht, die ich Euch auferlegte, entzogen habt.«

Zorn wallte in Sanara auf. Klirrend stellte sie ihren Kelch ab.

»Ihr liebt die Freiheit, Fürst, und Ihr liebt die Schöpfergeister. Jedenfalls lasst Ihr keine Gelegenheit aus, das der Welt mitzuteilen, ob sie es nun hören will oder nicht.« Sie redete sich in Rage. »Doch Akusu und Vanar schufen die Völker frei und unabhängig voneinander. Ich muss mich fragen, wie Ihr je annehmen konntet, dass ich mich Euch freiwillig unterwerfen würde, noch dazu, wenn ich es Euch damit indirekt ermöglichte, mein Volk endgültig zu unterjochen?«

Seine Miene wurde hart. »Ich weiß, wozu diejenigen, die die Gaben des dunklen Mondes in sich tragen, fähig sind, Mendari. Ich werde mich nie dafür entschuldigen, dass ich solche, die sich an der Schöpfung und dem Leben vergehen, strafe, wo immer ich sie finde.«

»Ihr seid von Eurer vermeintlichen Rechtschaffenheit so durchdrungen, mein Fürst, dass Ihr überseht, dass Verbrechen gegen die Schöpfung durchaus nicht nur einem der beiden Mondvölker vorbehalten sind! Oder muss ich Euch erneut daran erinnern, welche Verbrechen Euer Bruder beging – und Ihr mit ihm?«, gab sie zornig zurück. »Ihr seid mir nach wie vor den Beweis schuldig, dass einer aus dem Volk Akusus ein solches Massaker, wie Euer Zwilling es in meiner Familie anrichtete, fertigbrächte!« Sanara schnaubte. »Und Ihr entschuldigt ihn immer noch!«

Er schluckte und Sanara glaubte, seine überlegene Fassade bröckeln zu sehen.

»Seid versichert, Mendari, ich kenne die Verbrechen meines Bruders.«

»Tut Ihr das?«, fragte sie scharf.

Er zögerte mit der Antwort. »Ja, Mendari«, sagte er dann und wich ihrem Blick nicht aus. »Ich weiß, dass mein Bruder unseren Vater wenn schon nicht mit eigener Hand tötete, so doch das Verbrechen zuließ, ja, es vielleicht sogar befahl. Als ich Euch nach Eurer Flucht nachsetzte und … mit leeren Händen ins Lager zurückkehrte, beschuldigte er mich, Euch gefunden und doch freigelassen zu haben, weil ich der Magie einer Sklavin und Mörderin verfallen sei und so meine Ehre als Elb und Fürst unseres Volkes verloren habe.«

Bei diesen Worten färbten seine blassen Wangen sich leicht, und Sanara hatte den Eindruck, als sei das noch nicht die ganze Geschichte. Doch er sprach unbeirrt weiter.

»Es … es kam zum Streit zwischen uns, und ich besiegte ihn.«

Für eine Weile herrschte Schweigen.

»Ist Tarind … ist er tot?«, wollte Sanara schließlich wissen.

»Ja«, erwiderte Telarion knapp. »Mein Zwillingsbruder ist tot.«

Er unterbrach sich wieder, dann nahm er noch einen winzigen Schluck aus dem Kelch, als wisse er nicht, wie er fortfahren solle. Er verzog leicht das Gesicht, und Sanara erkannte, dass der Wein ihm, dem Luftmagier, zu süß und zu schwer war.

»Wie starb Tarind?«, fragte sie nach einer Pause.

Sogar für Sanara selbst klang die Frage unangemessen, kaum dass sie sie ausgesprochen hatte. Und doch bereute sie nicht, sie gestellt zu haben.

Telarion sah sie nicht an, als er ausführte: »Die Heftigkeit, mit der mein Bruder mich in unserem Streit anging, zeigte mir, dass er mir keine Wahl lassen würde und dass es mein Leben galt oder seines.« Er hob den Blick und sah sie herausfordernd an. »Er ertränkte mich beinahe, und vielleicht ist es Euch eine Genugtuung zu wissen, Dari Amadian, dass ich seine Wassermagie nur mithilfe des Feuers, das seit Eurer Heilung in mir brennt, besiegen und damit am Leben bleiben konnte. Doch obwohl er verwundet war, kämpfte er weiter. Es war schließlich Euer *qasarag*, der mich rettete.«

Sanara starrte ihn an.

»Mein *qasarag*, sagt Ihr?«

»Ja.« Die Stimme des Fürsten klang hart. »Der Dolch, den Euer Bruder, der Schmied, Euch gab, und mit dem Ihr mich töten wolltet, nachdem es Euch misslang, Euch selbst damit umzubringen. Seit ich ihn Euch entwand, trug ich ihn bei mir, auf dass niemand mehr Schaden mit seiner dunklen Magie anrichte. Ich stieß ihn mit aller Kraft in Tarinds Brust. Der Dolch nahm ihm nicht nur seine letzte Magie, sondern auch das Leben. – So erfüllte er doch noch den Zweck, zu dem er gemacht worden war«, fügte er leise hinzu.

Sanara schwieg betroffen. Ihr war nicht bewusst gewesen, dass Telarion Norandar von ihrer Verwandtschaft zu Sinan wusste, und sie überlegte, ob sie ihn danach fragen sollte. Dieser furchtbare Totengeist, der ihr in den Nebeln immer wieder begegnete und sie in ihrer Gefangenschaft gequält hatte, hatte gesagt, der Fürst sei auf der Jagd nach ihr nach Süden geritten. Vielleicht hatte Telarion Norandar Sinan getroffen? Er war nach Süden geflohen und hatte Sirakand erreichen wollen. Den Zaranthen. Den letzten Menschenfürsten, der sich noch gegen die Elben zur Wehr setzte.

Doch dann verwarf sie den Gedanken. Solife und Entarat bestanden aus endlosen Wüsten und Steppen. Und der Fürst war ein Magier der Luft und der Kälte. Die Hitze und Trockenheit der Wüste würde er nicht lange ertragen können.

Die Stille, die sich nun im Raum ausbreitete, hätte man mit den Händen greifen können.

»So wart Ihr also gezwungen, Eurem eigenen Bruder das Leben zu nehmen«, flüsterte Sanara. »Das muss Euch sehr bedrücken.«

Er sah sie nur mit diesem seltsam fremden, auf merkwürdige

Weise leeren Blick an, der ihr Furcht einjagte, und erwiderte nichts.

»Ihr mögt mir verzeihen, dass ich den Tod des Mörders meiner Familie nur begrüßen kann«, fuhr sie schließlich fort. »Und doch … lasst mich sagen, dass mir Eure Schilderung sehr nahe geht.«

Seine Miene verschloss sich wieder, ja, sie wurde abweisend. Heftig stellte er den Weinkelch ab. »Ich brauche Euer Mitleid nicht, Mendari Amadian«, sagte er kalt. »Ich bin ein Herr des Lebens. Mein Bruder versündigte sich an der Schöpfung selbst, die jedes Wesen zu ehren hat. Er starb durch Eure Feuerkraft, die Schmiedekunst Eures Bruders und meine Hand. Was er tat – der Mord an meinem und Eurem Vater, Mendari –, wurde damit angemessen gerächt. Ich kann nicht anders, als Tarinds Tod als gerecht zu empfinden. Die Schuld, die mit dem Tod meines Zwillings einhergeht, wiegt schwer, doch sie ist der Preis dafür, die Gerechtigkeit wiederhergestellt zu haben. Euer … Bedauern ist mir deshalb nicht willkommen.«

Sein Tonfall machte deutlich, dass das Thema für den Fürsten damit beendet war.

Es war Ronan, der es nicht darauf bewenden lassen wollte. »Wie kann es sein, dass Euer Zwilling Dajaram umbrachte?«, warf er lauernd ein. »Euer König beherrschte das Wasser, nicht den Tod oder das dunkle Feuer, von dem Ihr selbst sagtet, es habe Dajarams Seele vernichtet.«

Telarions Blick ging von Sanara hin zu dem Musikanten, und zum ersten Mal sah Sanara ein Gefühl darin. Es war Zorn. Doch sie wusste nicht, woher dieser Zorn rührte. War es Ärger darüber, dass Ronan, ein fahrender Musikant, das Wort an ihn richtete? Oder war es der Umstand, dass er die Worte Telarions anzweifelte?

Die Erwiderung richtete Telarion an Sanara, nicht an Ronan – damit stellte er klar, dass er das Gespräch mit ihr zu führen gedachte und nicht mit einem Musikanten.

»Die Antwort darauf ist unter anderem der Grund, dass der Älteste mich überzeugen konnte, Euch, Dari, trotz unserer Differenzen aufzusuchen«, sagte er.

Der Fürst beugte sich vor und senkte seine Stimme, als wolle er betonen, dass das, was er nun sagte, nicht für Ronans Ohren bestimmt sei.

Unwillkürlich atmete Sanara schneller, als sein Gesicht nicht mehr weit von ihrem entfernt war. »Ich denke, wir beide haben den Augenblick, in dem ich versuchte, Euer Leben den Jenseitigen Nebeln zu entreißen, nicht vergessen, Dari. Und auch nicht, was er bewirkte.«

»Nein, wie könnte ich vergessen, was Ys uns beiden sagte?«, erwiderte Sanara mit erstickter Stimme. Ihr war, als strichen seine Finger wieder über ihren Körper. »Und was sie uns schenkte, als sie uns allein …«

»Genug!«, unterbrach er sie so heftig, als fürchte er, dass sie es aussprach. Er machte eine ungeduldige Handbewegung. »Nur, was Ys über das Siegel sagte, ist von Belang! Dass der Schöpfergeist Euch und mich auswählte, es zu finden, und dass Ihr und ich so das Gleichgewicht in der Welt wiederherstellen könnten. Alles andere ist unwichtig!«

Sanara konnte nur nicken.

Die Enttäuschung über seine heftige Reaktion war so bitter, dass sie kaum schlucken konnte. Sie selbst fühlte sich aufgewühlt von Sehnsucht, dem Drang, ihn zu berühren und die gleichen Gefühle wieder wachzurufen, die sie in dem Augenblick durchflutet hatten, als Ys sie in die Arme des Elbenfürsten gegeben hatte. Als sie sich lieber hatte töten wollen, als sich ihm zu unterwerfen – und doch mit dem Wunsch erwacht war, er möge es wieder und wieder versuchen.

Während Sanara also alle Kräfte aufbieten musste, um ihren inneren Aufruhr der Höflichkeit unterzuordnen, die ihm als Fürst zweifellos gebührte, blieb er kalt und ruhig.

Sie wich seinem Blick nicht aus und schob trotzig das Kinn vor.

Als habe er bemerkte wie sehr er sie verletzt hatte, fuhr er sanfter fort. »Seid versichert, Mendari, ich glaube an den Auftrag, den Ys uns gab. Es war nicht Tarind, der Dajaram tötete, auch wenn er es zuließ. Oder vielleicht befahl, das weiß ich nicht. Er tötete auch Euren Vater nicht allein mit mir, auch wenn ich das damals nicht erkannte. Seine Gemahlin Ireti Landarias ist für beide Taten verantwortlich – womit die Frage Eures … Gefährten auch beantwortet wäre. Sie ist eine Seelenherrin wie Ihr und diejenige, die hinter der Entscheidung meines Bruders stand, sich die Herrschaft über die Leiche unseres Vaters hinweg anzueignen. Nach Tarinds Tod verbannte sie mich und nahm die Krone der Elben für sich selbst. Sie war es, die – zusammen mit ihrem Halbbruder Iram – den Krieg hinter dem Rücken der Fürsten und hinter dem meinen schürte. Sie ist diejenige, die dem Chaos dient und damit allem, was ich verachte. Sie dient der Zerstörung, und sie ist es, die das Leben in jeder Form missachtet. In ihr kam Syth, der Schöpfergeist des Chaos und der Vernichtung des Lebens wieder in die Welt. Der Auftrag der Ys lautete, das Siegel zu finden und zu zerstören, sodass die Welt wieder Frieden finden kann. Und so ist *sie* es, die mit dem Siegel aufgehalten werden muss.«

Telarions Stimme war hart und kalt, und Sanara sah, dass die Finger, die den Kelch mit Wein bisher locker gehalten hatten, auf einmal an den Knöcheln weiß wurden.

»Und damit bin ich beim Grund meines Besuches bei Euch angelangt, Mendari Amadian«, sagte er nach einer Pause, in der er sich wieder gefangen hatte. »Seid Ihr bereit, Ys' Willen zu folgen und mit mir das Siegel zu suchen?«

Er richtete seinen fremdartigen Blick direkt auf sie, und Sanara konnte nicht sagen, was genau in diesem Blick lag, Hoffnung, eine Bitte – oder einfach nur die Ermahnung, ihre Pflicht zu tun.

Sein Benehmen ließ vermuten, dass es sich nur um Letzteres handeln konnte. Um nichts weiter.

Sie erwiderte den Blick, doch sie konnte nicht antworten. Einerseits wollte alles in ihr zustimmen. Das Siegel und seine

Bergung waren der Grund ihres Hierseins, der Grund, dass sie sich jeden Tag mit der kalten Sturmmagie in ihr auseinandersetzte und der Grund, in ihren Bemühungen nicht aufzugeben. Erst jetzt wurde ihr klar, wie gut er das Gespräch geführt hatte – Elben waren nicht umsonst Meister der Worte. Sie konnte diese Aufforderung kaum noch ablehnen.

Sie wusste genau wie er, dass sie die Seelenherrin war, die das Siegel finden musste, denn es lag in den Jenseitigen Nebeln – und die konnte ein Elb nicht betreten. Er brauchte ihre Hilfe, wenn er die Aufgabe der Ys erfüllen wollte.

Nichts wäre für sie also vernünftiger und logischer gewesen, als der Aufforderung des Fürsten Norandar zu folgen. Und doch sah Sanara sich selbst einen Augenblick später erstaunt dabei zu, dass sie aufsprang und den Kopf schüttelte.

»Wie könnt Ihr das nur erwarten?«, stieß sie hervor. »Ihr konntet mich schon zuvor nicht dazu zwingen, Euch zu unterstützen und Euch oder Eurem Haus den Thron der Elben zu erhalten – glaubt Ihr ernsthaft, dass ich jetzt dazu bereit wäre, nur weil Ihr Ys und das, was uns beiden bei ihr geschah, ins Feld führt?« Sie schnaubte. »Ich rate Euch, nehmt es endlich zur Kenntnis, Fürst: Ich bin nicht Eure Sklavin, ich war es nie und werde mich nie freiwillig dazu machen, schon gar nicht zum Schaden meines eigenen Volkes – und für dieses macht es keinen Unterschied, ob es von einer Landarias oder einem Norandar versklavt wird! Geht und verlasst meine Gemächer, denn Ihr seid hier nicht länger willkommen!«

Während ihr Verstand sagte, sie habe recht, schrie ihr Herz auf. Warum nur schlug sie die Gelegenheit aus, dem Geliebten ihrer Seele nahe zu sein?

Kaum hatte sie sich diese Frage gestellt, bereute sie ihre Worte und hätte sie am liebsten zurückgenommen. Doch sie waren ausgesprochen, und während sie, ohne hinzusehen, zu spüren glaubte, wie zufrieden Ronan über der *pathi* saß, die er scheinbar unbeteiligt mit neuen Saiten bespannt hatte, sah sie zum ersten

Mal Enttäuschung, ja, Fassungslosigkeit auf dem schönen Gesicht des Fürsten. So als habe er doch eine Hoffnung, eine Bitte vorgetragen, und keine bloße Aufforderung, ihrer Pflicht nachzukommen.

Doch der Moment war schnell vorbei. Seine Miene war wieder von dem gleichen höflichen Ernst, mit dem er seine Worte zu Beginn des Gesprächs gesetzt hatte. Er nickte kurz und erhob sich dann.

»Ich will nicht verhehlen, dass mich Eure Entscheidung enttäuscht, Mendari – so sehr ich wohl zugeben muss, dass sie verständlich ist. Aber ich wünschte, Ihr hättet Eure nur allzu verständliche Abneigung mir gegenüber zugunsten der größeren Sache überwinden können.«

Der Fürst verneigte sich noch einmal kurz in ihre Richtung, dann wandte er sich um und ging, ohne sich noch einmal nach ihr oder Ronan umzusehen.

Sanara schossen die Tränen in die Augen, als die schwere Tür hinter dem Fürsten ins Schloss fiel. Sie selbst hatte ihn fortgeschickt. Und doch waren seine verklingenden Schritte das Traurigste, was sie je vernommen hatte.

Kapitel 3

»Von Beginn an herrschte nur selten Eintracht zwischen den Schöpfergeistern. Während Ys die Harmonie sucht und die Beständigkeit, die Kühle, die die Dinge nur langsam wachsen und sie dauerhafter werden lässt, liebt Syth das Chaos, in dem Neues entstehen, die Wärme, die es wachsen lässt, und die Veränderung, die von Hitze getrieben wird.
Ys schuf das Licht, das die Nacht verdrängt, in der die Schatten die Dinge ungehindert vernichten und das so der Zerstörung Einhalt gebietet. Aus den kalten Scherben des Eies, in dem sie und Syth gehaust hatten, bevor ihr Streit es zerstörte, schuf sie die Sterne und goss sie über den Himmel, auf dass das Licht das Land erhelle und sich im Wasser spiegele, sodass sich Leben darin bilde.«

Von der Schöpfung der Welt
Erste Rolle der Schriften des Klosters der Weisen Zwölf

Los! Mach schneller!«

Die Rote Stunde neigte sich ihrem Ende zu, als Githalad von der Anhöhe in die sandige Ebene gestoßen wurde. Die ersten Sterne zeigten sich im Norden über dem Höhenzug, der die Steppe von Entarat von der solifischen Wüste trennte und dessen Ausläufer er und sein Karren hinunterstolperten.

Eine Rute, eine, mit der man unwillige *naphti* an Pflügen oder Karren antrieb, zischte durch die Luft. Sie landete nicht auf Githalads Rücken. Die Elben, die zur Palastwache des elbischen Königs von Bandothi gehörten, kannten den Schmied, der vom Vogt der Feste Bathkor persönlich ausgewählt worden war, einen Sarkophag und die Totenrüstung für König Tarind herzustellen.

Dem elbischen Soldaten, einem Wassermagier, dessen Haare und Augen beinahe weiß waren, schien es nicht zu gefallen, dass er Githalad nicht angreifen durfte. Schiefe Blicke trafen den Schmied, doch dieser tat, als bekümmere es ihn nicht, dass er sich hier in der Wüste mit einem widerspenstigen *naphti* herumschlagen musste, statt in der Feste Bathkor weiter in Ruhe und Frieden seiner Arbeit nachgehen zu können.

»Ich sagte, mach schneller, Dunkelzauberer!«

Der Eiselb hob drohend die Rute, doch Githalad begegnete seinem Blick gelassen. Er legte die Hand auf den Rücken des *naphtis*, als wolle er es vor dem Streich der Rute schützen.

»Lasst das Tier in Frieden«, sagte er dann. »Es tut, was es kann. Es ist ein Tier, das Wälder und Wiesen gewöhnt ist. Jetzt hat es Durst und ist erschöpft, so wie Ihr und ich auch.«

Der Elb knurrte. »Hätte die Königin nicht befohlen, einen fähigen Schmied ins Lager zu holen, würde ich dir schon beibringen, wie du mit einem Elb – und damit einem Gebieter – zu reden hast, Hexer.«

Githalad achtete nicht weiter auf ihn, sondern flüsterte ein paar beruhigende Worte in das Ohr des *naphtis*. Immer wieder gab es Elben, die nicht begreifen wollten, dass nicht alle Menschen die magische Kraft besaßen, das Feuer oder die Erde, aus denen ihre Seele bestand, anzuwenden. Githalad hatte das nicht gelernt, dennoch war er Schmied und übte diesen Beruf mit ganzem Herzen und viel Freude aus. Es machte ihn zu einem guten Schmied, wenn auch seinen Arbeiten der Zauber eines Magiers fehlte.

Schließlich setzte sich das Tier widerwillig wieder in Bewegung. Immerhin ging es nun aus den Bergen in die Ebene – Githalad hatte bereits seit dem Untergang der Weißen Sonne das weitläufige Heerlager der Elben gesehen. Ein wenig wunderte er sich, dass der Heermeister seinen Männern gestattete, so offen zu lagern. Andererseits war er sich im Klaren darüber, dass es hier in der Wüste Solifes nur noch wenige Möglichkeiten gab, ein Heer zu verbergen. Die Elben führten zwar viele Wassermagier und auch Erdmagier mit der Macht der blauen Magie mit sich – das im letzten Licht der Sonne rötlich glitzernde Band eines Bachs, der durch das Lager führte und in einem Teich endete, bewies es –, doch es würde nicht einfach werden. Das Volk des Vanar war nicht für große Hitze und Trockenheit gemacht. Selbst Githalad wischte sich jetzt, kurz nach dem Untergang der Purpursonne, den Schweiß von der Stirn. Dabei hatte man ihm gestattet, seine gesamte Last – Schmiedewerkzeuge und seine eigenen wenigen Habseligkeiten – auf einen Karren mit einem Zugtier zu laden.

Wieder war Githalad dankbar dafür, dass der Vogt der Feste Bathkor so freundlich gewesen war, ihm den Karren zur Verfügung zu stellen. Auch wenn es ihm schwerfiel, Bertalan nicht dafür zu hassen, dass dieser ihn aus der Stadt zu dieser langen Reise in den Süden, in die Gefahr eines Krieges, geschickt hatte.

Aber das ist nun einmal das Los eines Sklaven, schoss es ihm durch den Kopf.

Der Gedanke erzeugte einen bitteren Geschmack auf Githalads Zunge.

»Nun mach schon, Zauberer!«, erklang wieder die ungeduldige Stimme des Eiselben, der ihn nicht aus den Augen ließ. »Es wird bereits dunkel, wer weiß, was für Dschinne und Feuergeister sich dann hier in diesem von Vanar verfluchten Land herumtreiben! Zudem will die Königin dich heute noch sehen!«

Githalad strich dem *naphti*, das wieder schnaubend stehen geblieben war, noch einmal über den Rücken. »Du bist bald da. Geh nur weiter, dann kannst du ausruhen und trinken.«

Dann wandte er sich wieder an den Eiselben. »Die Dschinne und Feuergeister der Wüste sind eine Legende«, sagte er mit ruhiger Stimme. »Das sollte ein Elb wie du eigentlich wissen.«

»Was weißt du schon«, erwiderte ein anderer Elb, einer, dessen blaue Augen und braune Haare darauf hinwiesen, dass er wohl aus den Ebenen von Nisan am östlichen Meer stammte. Seine Stimme klang zornig.

»Nun, ich weiß, dass mich die Hitze belästigt«, knurrte der Eiselb. »Selbst in der Nacht, wenn die Zwillingsmonde am Himmel stehen, kühlt es nicht ausreichend ab. Erst wenn der Silbermond aufgeht, lässt die Hitze nach. Verflucht sei die Rüstung, die ich trage!«

Githalad wischte sich erneut den Schweiß von der Stirn und empfand dabei so etwas wie Mitleid mit diesem Eiselb. Er hatte von den Eisebenen von Kantis gehört. Selbst für Wälder war es im Norden des Landes Kantis zu kalt, und sogar im Sommer, so hieß es, schneie es manchmal. Kein Wunder, dass Volk aus diesem Landstrich die Wüste hasste, wenn es selbst ihm, einem Schmied, zu warm war.

Der Nisan nickte düster. »Es geht mir ähnlich. Ich sage dir, Hiltar, dieses Land ist von Vanar verflucht. Der Geist dieses verdammten Dunkelmagiers durchdringt es.«

»Willst du sagen, es ist ein Fehler, dass König Tarind es erobern wollte?«, fragte Hiltar nach.

Der Nisan antwortete nicht sofort, sondern sah sich in der vom Sonnenuntergang noch immer rot leuchtenden Wüste um, die nur allmählich dunkler wurde. Githalad konnte an seinem Gesicht erkennen, dass dem Nisan jeder Wimpernschlag in dieser Umgebung einer zu viel war. Er sah aus, als wäre er am liebsten umgekehrt. Starr richteten sich die hellen Augen des Elbs auf die noch etwa eine halbe Wegstunde entfernen Lichter – die Feuer des Heerlagers.

»Ich bin wie die Königsbrüder der Ansicht, dass das Dunkelvolk gezähmt gehört, falls du das meinst«, sagte er mit einem Seitenblick auf Githalad, der so tat, als interessiere ihn das Gespräch der beiden Soldaten nicht. Der Schmied beschäftigte sich angelegentlich mit dem Zaumzeug des *naphtis*.

»Doch wenn es sich so weit in der Wüste befindet, dann sollte es doch ausreichen, wenn wir es dort halten. Sollen diese verfluchten Dunkelzauberer ruhig in der Hitze und Dürre krepieren!«

»Und einen Unterschlupf haben?«, gab Hiltar zurück. »Von

dem aus sie uns angreifen können, wann es ihnen beliebt? Was schlägst du vor?«

Der Nisan schnaubte. »Was sollen wir uns dem Land des Feuers aussetzen? Die Wüste ist nicht für Elben gemacht. Aber was kann eine Landarias schon davon wissen!«

Githalad hielt den Atem an. Er wusste, dass Ireti, die Witwe König Tarinds, nach dem Tod ihres Gemahls Anspruch auf die Krone erhoben hatte. Ein Vorgang, der nicht grundsätzlich unerhört war, zumal sich der König mitten auf einem Feldzug befand, als der Tod ihn ereilte. Und es gab sowohl bei den Menschen als auch beim Volk des Vanar durchaus Fürstinnen. Doch selbst Githalad, ein Mensch, konnte sich denken, dass die Art und Weise wie Ireti sich Thron und Macht angeeignet hatte, ohne sich durch die übliche Wahl der sechs höchsten Elbenfürsten darin bestätigen zu lassen, so manchem Elben übel aufstieß.

»Schweig!«, zischte der Eiselb dem Nisan zu. »Du weißt, dass die Magie der Königin ein Tabu ist! Willst du den Kopf verlieren, weil du schlecht über deine Herrscherin gesprochen hast?«

Githalad warf ihm einen knappen Blick zu. Diese Worte klangen in seinen Ohren nicht gerade loyal der Königin gegenüber, und das, obwohl er dem anderen gerade derart ketzerische Reden verboten hatte.

»Was glotzt du so dumm?«, rief der Soldat ihm zu. »Kümmere dich um dein dreckiges Vieh!«

Er gab seinem Pferd grob die Sporen und ritt davon.

Githalad wandte den Blick ab. Er hatte in der Feste Bathkor nur wenig über die Königin gehört, mit der Tarind verheiratet gewesen war. Sie hielt sich stets im Hintergrund, und ihr Hauptansinnen schien darin zu bestehen, schön auszusehen und ihren Gatten noch mehr strahlen zu lassen – und unter den Menschen herrschte die überwiegende Ansicht, dass es genau dies war, was Tarind an seinem Königtum mit am besten gefallen hatte: Macht innezuhaben und diese zu demonstrieren.

Doch sie selbst blieb im Schatten, still und zurückgezogen,

sagte nur wenig und überließ sowohl das Regieren als auch die Führung und Verwaltung des *kastrons* ihrem Gemahl – und seinem Zwilling.

Githalad hatte bereits einige Zehntage am Hof der Elben gelebt, als ihm auffiel, dass es einen weiteren Grund gab, warum so wenig über die Königin zu hören war.

Die Menschen und Elben, die zu ihrem Wohl abgestellt waren, sahen oft blass und übernächtigt aus. Sie sprachen nicht viel, wenn sie an den Werkstätten vorbeihuschten, in denen Githalad sich aufhielt und seine Arbeit verrichtete. Doch aus dem Wenigen, was sie zu sagen hatten, entnahm er schließlich, dass es mehr war als nur die nächtliche Arbeit. Dass die Königin wie viele Elben die Nacht dem heißen Tag, an dem zwei Sonnen vom Himmel brannten, vorzog, war nicht ungewöhnlich. Und doch wirkten die Menschen, die für sie arbeiteten, stets ausgezehrt, schwach und so, als wären sie in ihrem Dasein beeinträchtigt. Githalad war schnell klar geworden, dass Ireti Landarias die Gabe der Elben, Dunkelmagiern ihre Kraft nehmen zu können, um die eigene zu nähren, weidlich ausnutzte und an den Menschen in ihrer Umgebung anwandte.

Doch nie hatte es einer laut ausgesprochen. Die wenigen Menschen, die darüber – angeblich – geredet hatten, waren schon bald nach Auftauchen der Gerüchte spurlos verschwunden.

Ireti von Larondar schien den Schatten zu lieben, und die wenigen Male, die Githalad sie gesehen hatte, hatte er den Eindruck gewonnen, sie trage auch Schatten in sich. Sie bevorzugte weite, gewickelte Gewänder von dunkelblauer bis violetter Farbe, von denen sie stets mehrere übereinander trug, die jedoch so leicht waren, dass sie im leisesten Luftzug zu wehen schienen; ihre nachtdunklen Haare, die im Gegensatz zu der schwarzen, schimmernden Haarpracht ihres Gemahls das Licht nicht zu spiegeln, sondern zu schlucken schienen, wurden, wenn überhaupt, nur von einem schmalen Gold- oder Silberband zwischen den Schulterblättern gehalten.

Als Githalad sich an die wenigen Gelegenheiten erinnerte, bei denen er der Gemahlin des Königs begegnet war, wurde ihm bewusst, dass ihm jedes Mal kalt geworden war. Eine feuchte Kälte, eine, die sich dennoch ins Gedächtnis einbrannte, als gehorche ihr auch das Feuer.

Er konnte ein Schaudern nicht unterdrücken, zumal es nun, nach dem Untergang der Roten Sonne, spürbar kälter wurde. Githalad konnte nicht ausmachen, ob es daran lag, ob sie dem Heerlager immer näher kamen oder daran, dass das Tageslicht beinahe verschwunden war. Auch das letzte Licht der Purpursonne war nun fast verschwunden, am östlichen Horizont erschien langsam ein goldfarbenes Glänzen. Vanar würde – wie immer als erster der Zwillingsmonde – schon bald über dem fernen Hügelkamm im Osten aufgehen, Akusu würde ihm folgen, sobald der Goldmond ganz zu sehen war.

Er hörte ein höhnisches Lachen neben sich. »Der Gedanke, die Königin könnte zornig werden, jagt sogar einem Dunkelhexer wie dir Angst ein, wie?«

Es war der Eiselb. So nah am Lager der Elben und dem Zeitpunkt, an dem er der unheimlichen Königin dieses Volkes Auge in Auge gegenüberstehen würde, war Githalad beinahe froh, die Kälte, sie sich seiner bemächtigt hatte, nun auf diesen Soldaten aus Kantis schieben zu können.

Githalad sah nicht auf. »Ihr Elben jagt uns Menschen immer Angst ein«, erwiderte er dann gelassen. »Ich spüre es auch jetzt, da du neben mir reitest – und wir das Heerlager bald erreicht haben. Und da die Dari Ireti eure Königin ist, sollte sie auch die meiste Angst verbreiten«, fügte er dann gewollt einfältig hinzu.

»Du bist ein Mensch«, sagte der Elb. Er betonte das Wort »Mensch« so, als verwende er es als Beleidigung. »Du weißt nichts über unser Volk. Und nichts über die Landarias-Elben.«

Githalad hob die Brauen. »Vielleicht wäre es gut, wenn du mir etwas über die Königin erzählen könntest. Ich soll zu ihr, sobald wir das Lager erreicht haben. Ich wäre gern vorbereitet.«

Der Kantir schnaubte. »Du hast Glück, dass ich gerade gut gelaunt bin, deshalb werde ich dir sagen, was es mit der Königin auf sich hat.« Er sah sich von seinem Ross aus um, doch seine Gefährten waren dem *naphti*-Karren Githalads um einiges voraus. Befriedigt wandte er sich wieder dem Schmied zu. Nun, da sie allein waren, hatte er guten Grund, bei ihm zu bleiben.

»Selbst einer wie du weiß sicher, dass ihr Menschen die Sprache nur erlernt habt, weil ein Elb sie euch beibrachte.« Es schien dem Kantir zu gefallen, den Schmied belehren zu können.

Githalad ging zum Schein darauf ein und nickte betont eifrig. »Die Legende sagt, dass es ein Elb namens Irand war, der das tat. In meinem Volk werden noch heute Dankeslieder darüber gesungen!«

Für einen Augenblick hasste Githalad sich selbst dafür, so unterwürfig zu reden. Doch ihm wurde zusehends kalt vor Angst, je näher die Feuer des Heerlagers rückten. Sie passierten bereits die ersten Zelte. Zu seiner Rechten, auf einer offenen Sandfläche, konnte er in einiger Entfernung einen Verhau aus Raqordornen sehen, mehr als zwei Klafter hoch. Offenbar der Pferch, in dem die menschlichen Sklaven der Soldaten und Fürsten untergebracht waren. Auch wenn er es nicht sehen konnte, er wusste, dass den Gefangenen dahinter nur wenige behelfsmäßige Hütten als Unterschlupf zur Verfügung standen, denn er selbst hatte bereits einige Mondumläufe in einem solchen Lager gehaust, bevor er einer der besten Schmiede Bertalans im *kastron* von Bathkor geworden war. Der Gedanke, bald mit der Königin der Elben allein zu sein – selbst wenn sie Diener um sich hatte –, ließ die Spinne der Angst immer wieder aufs Neue seinen Nacken hinaufkriechen. Mehr über die düstere Herrin der Elben zu hören, mehr über sie zu wissen, schien dem besonnenen Schmied das Beste zu sein, was er angesichts seiner Zwangslage tun konnte.

»Als ob dieses Gejaule, das ihr Menschen Gesang nennt und das ihr mit den Tieren gemein habt, den Taten der Elben gerecht werden könnte!«, erklärte der Kantir jetzt, ohne Githalad anzublicken. »Nun«, sprach er weiter, und Githalad schien es, als lege er sich seine Worte sorgfältig zurecht – was ihm angesichts der Tatsache, dass niemand in der Nähe war, der hätte zuhören können, seltsam vorkam.

Und doch erinnerte es ihn an das Verhalten und das Zögern im *kastron*, wenn es darum gegangen war, über die Belange der Herrin Ireti zu sprechen.

»Nun, die Herrin Ireti entstammt einem Elbengeschlecht, ohne Zweifel«, sagte der Kantir jetzt langsam. »Und doch gibt es Elben, die behaupten, dass jeder, der dem Fürstenhaus der Landarias angehört, auch eine der dunklen Gaben des Akusu in sich trägt.« Den letzten Satz wisperte der Soldat beinahe. Es fiel Githalad schwer, die Worte über das Rumpeln seines Karrens und die Alltagsgeräusche eines Heerlagers hinweg zu verstehen.

»Wollt Ihr damit sagen, die Königin sei nur eine Halbelbin?«, fragte er verblüfft. Er konnte es kaum glauben.

»Schweigt!«, zischte Hiltar und erklärte zurechtweisend: »Das sage nicht ich! Es gehört zu den Dingen, die ich sagen *hörte*. Und nur diejenigen sagen es, die Freunde des Fürsten Telarion sind. Dass dieser nicht gut auf seine Schwägerin zu sprechen war, ist jedoch bekannt – und deshalb sollte selbst dir als einem dummen Diener klar sein, welchen Wert man derartigen Gerüchten beimessen muss!«

»Es ist auch bei den Menschen ein offenes Geheimnis, dass der Fürst von Norad die Königin hasst«, murmelte Githalad.

Das war ihm in der Tat nicht neu. Der Fürst, der Zwilling des Königs, war auch unter den Kindern des Akusu als einer der größten Heiler seines Volkes bekannt. Er war Githalad immer wie ein Mann vorgekommen, der sich um Gerechtigkeit bemühte, und darum, den Druck auf die Sklaven nicht unnötig zu erhöhen – ein Bemühen, das, nach allem, was er gehört und gesehen hatte, dem König und wohl auch der Königin fehlte. Und doch war dem Gebaren des Fürsten anzumerken, dass er alles Dunkelmagische bis aufs Blut hasste und verachtete. Wenn der Kantir die Wahrheit sprach und die Herrin Ireti dunkle Magie in sich trug, lag es für Githalad auf der Hand, dass der Fürst die Gemahlin seines Zwillings hasste.

»Das tut er«, fuhr der Kantir hochmütig fort. »Er ist ein Shisan des Lebens und stellt hohe Ansprüche an sich und seine Umgebung.«

»Hat er deshalb den König getötet?«, wollte Githalad nach einer gebührenden Pause wissen. »Dieser war immerhin sein Bruder, ja, sogar sein Zwilling, wie es heißt. Tat er es, weil er entdeckte, dass der Bruder mit einer Halbelbin verheiratet war?«

»Wer weiß das schon«, erwiderte Hiltar. »Wundern würde es mich nicht. Es war ein verfluchter Dunkelmagier, der den Vater der Königsbrüder, Dajaram, in die Jenseitigen Nebel riss. Als Heiler war der Fürst in der Lage, das zu spüren. Ein Mensch wie du wird es nicht nachvollziehen können, aber der Tod eines ihm Nahestehenden zerfetzt einem Heiler die Seele und hinterlässt eine Wunde, die niemand mehr heilen kann. Es ist kein Wunder, dass der Fürst von Norad alle Seelenherren ausrotten ließ, kaum dass er Truchsess und Heermeister seines Bruders geworden war.«

Githalad war einer Antwort enthoben, denn nun war der Zug der Neuankömmlinge, zu denen auch er gehörte, zum Stehen gekommen. Die vordersten Elben, darunter auch der Nisan, hatten vor einem der Generäle angehalten, der aus einem der *ethandins* der Fürsten herausgetreten war. Die leicht lockigen Haare des Mannes, die auf dem Hinterkopf zu einem lockeren Knoten aufgebunden waren, wie elbische Krieger ihn trugen, waren von einem sanften Braun, seine Züge angenehm. Sein Waffenrock war vom kraftvollen Wasserblau des Königs Tarind und trug auch dessen Emblem, einen Yondarbaum aus Wellen.

Githalad kannte den Mann. Es war der Milchbruder des Königs, Iram Landarias. Ein Mann, von dem man sagte, er sei der Halbbruder der Königin. Sein Gebaren dem Soldaten gegenüber war nicht unfreundlich, und doch hatte es etwas Kaltes an sich und weckte in Githalad den Wunsch, der General möge ihn nicht beachten.

Doch der Wunsch erfüllte sich nicht.

»Du bist der Schmied, den meine königliche Schwester aus der Hauptstadt kommen ließ.«

Githalad verneigte sich tiefer und länger als notwendig. So musste er dem General nicht in die fremdartigen Augen schauen, die von einem tiefen Blau waren und in deren dunklen runden Pupillen eine gelbliche Flamme zu lodern schien. Es verlieh dem freundlichen Gebaren dieses Mannes eine Gefährlichkeit, die Githalad verabscheuungswürdiger erschien als die kalte Verachtung, die dem Fürsten von Norad zu eigen war.

»Das ist wahr, Daron«, erwiderte er. Er erhob sich wieder, doch mied er Irams Blick.

»Deinen Karren kannst du hierlassen. He, du!« Er rief den Kantir an, der Githalad über die Königin aufgeklärt hatte. Hiltar, der vom Pferd gestiegen war und gerade den Quartiermeister aufsuchen wollte, gehorchte eilig, kam heran und verneigte sich ehrerbietig.

»Du wirst darauf achten, dass diesen Geräten nichts geschieht«, wies der General den Mann an und ließ ihn stehen. Er wandte sich wieder Githalad zu. »Folge mir, meine Schwester erwartet dich. – Du wirst dich sicher fragen, wozu du benötigt wirst, haben wir doch genügend eigene Schmiede in unserem Heer.«

Githalad antwortete nicht, obwohl er sich diese Frage tatsächlich gestellt hatte, sondern eilte dem General mit gespieltem Eifer hinterher.

»Du wirst erfahren haben, dass mein Ziehbruder, der König, getötet wurde«, fuhr der General fort. »Kurz zuvor flohen vier Gefangene, die der Zwilling des Königs – verflucht sei sein Name – wieder einfangen wollte. Doch diese Dunkelzauberer verhexten das Herz des königlichen Zwillings. Darunter waren zwei Schmiede – und einer von ihnen trug die magischen Zeichen von Erde und Feuer auf seinem Arm. Außerdem gehören den Flüchtlingen ein Musikant und auch eine Herrin des Feuers an, alle aus deinem Volk. – Dabei wurden sie nicht einmal schlecht behandelt«, fügte der General hinzu.

Githalads Gedanken begannen zu rasen. Vier Gefangene waren den Elben entkommen!

Eine kurze Hoffnung zuckte durch sein Herz. Er hatte bereits auf dem letzten Feldzug, bei der Rückkehr aus dem Land Erathi, einen Schmied kennengelernt, dessen Kunst sich aus seiner Seele, seiner Magie speiste. Ein geheimnisvoller Mann, einer, der das Zeichen seiner Magie auf dem Arm trug wie alle, die das Glück hatten, dass ihre Magie von einem der Schöpfermonde gesegnet worden war.

Sinan war ein Rebell gewesen, einer, der mit seinem Schicksal als Sklave haderte und der doch viel für die Gefangenen Tarinds getan hatte. Obwohl Githalad nichts mehr wünschte, als in Frieden zu leben und seinem Handwerk nachzugehen, sei dies nun mit Sklavenhalsband oder ohne, hatte dieser oft kurzangebundene und schlecht gelaunte Mann die Hoffnung in Githalad geweckt, dass es Menschen gab, die das Schicksal zu ändern versuchten. Die versuchten, das Volk des Dunkelmonds zu einen und es zu befreien.

Etwas, das der einstige Hoffnungsträger der Menschen, Fürst Siwanon Amadian, versäumt hatte.

Wenn Sinan entkommen war, wenn er wirklich, wie er wohl vorgehabt hatte, den Hof des Zaranthen und Herrschers von Solife in Sirakand erreicht hatte, dann war diese Hoffnung nicht umsonst gewesen.

Githalad sah nicht zum General auf, aus Angst, er könnte das Aufblitzen seiner Hoffnung nicht verbergen. Doch er spürte sehr wohl, dass der Blick des Generals auf ihn gerichtet war.

Doch offenbar erwartete Iram keine Antwort von ihm, denn er schlug den Teppich des *ethandins* auf, vor dem er nun stand.

»Tritt ein«, sagte er höflich zu Githalad. »Ich möchte dir etwas zeigen, bevor du meine königliche Schwester aufsuchst.«

Seine Stimme war freundlich, und doch hatte Githalad den Eindruck, als lade man eine Fliege ins Netz einer Spinne ein. Für einen Augenblick konnte er keinen Schritt weitergehen.

»Nun, wo bleibst du?«, erklang die Stimme des Generals aus dem Inneren, in dem Githalad kaum etwas erkennen konnte. Ein wenig Ungeduld schwang nun in der Aufforderung mit, etwas, das den Schmied umgehend gehorchen ließ. Zu oft schon hatte er die Erfahrung machen müssen, dass Elben sich noch so menschenfreundlich geben mochten, und doch duldeten sie keinen Ungehorsam. Ihrem Glauben nach waren sie das ältere Volk, dem die Schöpfergeister das Leben geschenkt hatten; die Menschen das zweite, das nachgeborene Geschlecht, für das nur noch der Tod geblieben war. Die Elben waren sich dieser Macht stets bewusst.

Eilends gehorchte er und trat ein.

Er musste sich anstrengen, etwas innerhalb des Zelts zu erkennen, obwohl ein kleines Feuer in einem Schwarzsteinbecken loderte. Für einen Elbenfürsten war das ungewöhnlich, in der Regel schätzten die Hohen dieses Volks offenes Feuer in ihren Behausungen nicht. Erst nach einigen Augenblicken begann Githalad Dinge zu unterscheiden und erschrak.

An den mittleren Zeltpfosten war mit goldenen Fesseln eine Gestalt gebunden. Sie war anhand ihrer dunklen Haut – der Haut der Menschen aus Solife, die so braun war, als habe man sie mit Pflanzensaft eingerieben – und der unzähligen dunklen und roten Zöpfchen zu erkennen, die auf dem Kopf zusammengebunden waren.

Der Bedauernswerte hockte in sich zusammengesunken da. Er hatte den Kopf erschöpft gesenkt, und so erkannte Githalad in seinem Nacken zwei Sklavenbänder, die um seinen Hals geschlungen waren. Sie waren besonders breit, und der Schmied hätte wetten mögen, dass die Kraft des Bedauernswerten, der sie trug, beinahe völlig erloschen war.

Der General hatte sich auf einen gepolsterten Stuhl gesetzt. Er ließ Githalad nicht aus den Augen.

Der Schmied ging neben dem Unglücklichen in die Knie. Er hatte nur selten in seinem Leben bedauert, das Verarbeiten von Erzen und Metallen aus der Erde lediglich als Handwerk, nicht als etwas Magisches erlernt zu haben. Doch jetzt, als er den Gequälten so vor sich sah und erkannte, dass seine braune Haut leblos grau erschien, seine Haar strähnig war und das Feuer in ihm erloschen, wünschte er sich leidenschaftlich, er hätte mit der Magie, die er wie jeder Mensch in der Seele trug, so umgehen können, dass er es vermocht hätte, sie mit diesem Gefangenen zu teilen.

Kein Wesen hatte es verdient, so zu leiden.

»Nun? Ich denke, du kennst diesen Mann«, ergriff der General erneut das Wort. Seine Stimme klang auch weiterhin so gelassen und höflich, als habe er es nicht mit einem Sklaven, sondern einem Soldaten zu tun.

Githalad legte dem Mann die Hand aufs Gesicht. Auch wenn er nicht wusste, wie man die Magie der eigenen Seele auf einen anderen übertrug, so hoffte er doch, dass der Gefangene die Wärme spürte. Und tatsächlich, er hatte den Eindruck, dass sich die Wange des Erschöpften in seine Handfläche legte, so als wünsche sie mehr von der Wärme, die sie dort spürte.

Githalad schluckte seine Bitterkeit hinunter und antwortete. »Ja, ich kenne ihn«, sagte er mit rauer Stimme. »Es ist der Schmied Mojisola. Ich lernte ihn im *kastron* der Feste Bathkor kennen.«

Aus den Augenwinkeln sah er, dass der General beiläufig nickte. »Das dachte ich mir. Du wurdest oft mit ihm gesehen. Er ist einer der vier Dunkelmagier, die aus dem Lager flohen.«

»Warum zeigt Ihr mir, wie grausam Ihr zu sein vermögt?«, brach es aus Githalad heraus. »Als hätte ich das nicht schon oft genug gesehen! Kein Wesen verdient es, so zu leiden.«

»Mein Bruder ist keineswegs grausam«, erklang jetzt eine sanfte Stimme in Githalads Rücken. »Dieser Mann fühlt keine Schmerzen.«

»Welche größere Qual könnte es für ein Kind des Akusu –

einen Schmied zumal – geben, als die, ihm alle Kraft und alles Feuer zu nehmen?«, widersprach Githalad.

Ein leises Lachen erklang. Es war nicht höhnisch oder spöttisch und klang gerade deshalb in Githalads Ohren umso bösartiger. Zudem war es nicht zuzuordnen, ob es von der Königin oder ihrem Bruder, dem General, kam. Es wurde still, das unheimliche Lachen verklang.

Dann raschelte es leise. Githalad wagte nicht aufzublicken. Er ließ Mojisola, der nach wie vor die Augen geschlossen hielt, nicht los, doch ihm wurde langsam bewusst, wie unverschämt seine Worte in den Ohren der Königin geklungen haben mussten. Mit Schrecken kam ihm in den Sinn, dass er sie auch wohl kaum angemessen begrüßt hatte.

Er räusperte sich und wollte sich gerade erheben, um bei der Herrin und ihrem Bruder um Vergebung zu bitten, da berührte etwas Kühles und Feuchtes seine Wange.

Githalad schauderte und zuckte zurück. Als er aufblickte, sah er einer blassen Frau ins Gesicht. Ihre dunklen Haare waren so lang und glatt, dass sie das schmale Gesicht anmutig umrahmten. Sie lächelte, doch Githalad hatte den Eindruck, dass das Lächeln ihre Augen nicht erreichte, die so dunkelblau waren, dass sie beinahe violett wirkten. Ihre Gestalt schien schmal und zierlich, doch genau war das in den knisternden Seidengewändern, die sie um sich geschlungen hatte, nicht zu sehen.

Als er zurückgezuckt war, hatte auch sie ihre Hand zurückgezogen, doch nun streckte sie sie wieder aus und legte die Fingerspitzen erneut an seine Wange.

»Ihr Menschen«, sagte sie leise. »Es ist bewundernswert, wie sehr ihr einander beisteht. Wie sehr ihr euch unterstützt. Dieser Mann hier tat nichts weiter, als einem anderen dabei zu helfen, sich gegen die Elben zu wehren. Er wäre sogar dafür gestorben, wenn wir ihn nicht gefunden und mitgenommen hätten.« Ihre Finger strichen erneut über Githalads Stirn und Wange, ganz leicht nur, doch waren sie dabei von einer so durchdringenden

Kälte, dass er glaubte, sie durchdrängen die Haut an seiner Schläfe und bohrten sich tiefer bis in sein Gehirn, ja, sogar in seine Gedanken. Er wollte zurückzucken, sich dem Griff entziehen, doch das mädchenhafte Gesicht der Königin sah ihn so unverwandt an, dass er den Blick nicht abwenden konnte. Der schwere Geruch von Nachtblumen stieg in Githalads Nase und betäubte ihn.

Erinnerungsbilder blitzten in Githalad auf. Ihm war, als drifte er einige Herzschläge lang in eine Traumwelt ab. Er sah Sinan und Mojisola, die in Sinans Werkstatt, hinter seinem Amboss im Hof des *kastrons,* miteinander tuschelten.

Ronan, der Musikant, der sie beide besuchte und dabei neben seiner halbrunden *pathi* auch einen Krug *kurimis* mitbrachte. Er selbst, Sinan und Mojisola saßen um einen Tisch herum und spielten *uskandi.*

Sinan, der ihm gezeigt hatte, wie man mit dem Sickenhammer magische Zeichen in eine Brünne grub, und woran man erkannte, wenn Metall die richtige Hitze im Feuer erlangt hatte.

Die Bilder ließen Gefühle wieder aufleben. Dankbarkeit und Freundschaft gegenüber Sinan und Mojisola. Der Schmerz der Trennung und die Enttäuschung, als man den Gefährten befohlen hatte, am Feldzug gegen den Zaranthen teilzunehmen.

Die Bewunderung, die ihn aus tiefstem Herzen erfüllt hatte, als man ihm den Dolch aus klarem Kristall, violettem Glas und dem Stein, den man Nachtfeuer nannte, in die Hand gab. Ein Dolch, den Sinan gemacht und Githalad einmal gezeigt hatte. Ein *qasarag,* eine vollendete Arbeit der Waffenschmiedekunst. Githalad sah sich selbst, wie er Sinan den Dolch zurückgab, es ablehnte, mehr darüber zu wissen, aber dafür dankte, dass er ein so schönes Werk in den Händen hatte halten dürfen, und ging.

Die kalten Finger verschwanden plötzlich.

»Der Dolch, der meinen Gatten tötete«, hauchte die Königin.

Githalad schluckte. Hatte er seine Gedanken laut ausgesprochen?

»Was meint Ihr, Königin?«, fragte er vorsichtig.

Sie neigte kurz den Kopf. »Ich danke dir, dass du mich in deine Gedanken eingelassen hast, Schmied.« Sie strich Mojisola über den Nacken. Der Gefangene erschauerte, öffnete aber nicht einmal die Augen. »Er tat es auch, doch er war zu schwach, als dass ich Nützliches in seinen Gedanken hätte sehen können.«

Githalad starrte sie an. »Ihr könnt in Gedanken eindringen?«, brachte er nach einer Weile überrascht hervor.

Sie ging auf seine Überraschung nicht ein. »Es darf keinen Kampf mehr geben«, sagte sie. »Du glaubst, dass wir, mein Bruder und ich, diesem armen Mann das Feuer nahmen, das in seiner Seele loderte?«

»Wer sollte es sonst gewesen sein?«

»Es war mein Schwager«, stieß die Königin hervor. »Er war es, der hinter Sinan dem Schmied und diesem Mann hier herritt, um sie für ihre Flucht zu strafen. Als er sie fand, ließ er in seiner Kälte, die grausamer ist als jede Wasserflut Tarinds es je hätte sein können, alles erstarren, was Sinan gefolgt war, denn dieser widersprach ihm. Und Widerspruch ist etwas, das Fürst Telarion in seinem Hochmut nicht erträgt.«

»Der Fürst von Norad ist ein Heiler«, erwiderte Githalad zweifelnd. »Ich kann mir nicht helfen, aber ich hielt ihn nie für mordlustig!«

»Er weiß seinen Hass auf das Volk des Akusu trefflich zu verbergen«, schnaubte jetzt der General und warf der Königin einen langen Blick zu. »Doch nicht immer. Aber das weißt du sicher besser. Deine Gefährten, Schmied, haben es am eigenen Leib zu spüren bekommen. Auch Tarind wurde vom Hass seines Bruders angesteckt. Als der König seinem Zwilling und dessen RachePlänen nicht mehr folgen wollte, war das sein Todesurteil.«

Githalad sah die Königin zweifelnd an. »Ich bin nur ein einfacher Schmied«, sagte er. »Warum erzählt Ihr mir das alles?«

»Ich brauche deine Hilfe«, sagte Ireti. »Sicher wünschst du Frieden für dein Volk?«

»Natürlich. Was kann ich dafür tun?«

Die Herrin nickte. »Sieh deinen Gefährten an«, sagte sie und strich Mojisola erneut über den Nacken. »Er überlebte, doch viele Solifi in der Oase, in der wir ihn fanden, sind in einem Eissturm gestorben, den Telarion Norandar aus Zorn entfachte.«

»Aber er ist doch ein Heiler! Warum tat er das?«, wollte Githalad wissen.

»Die Feuermagierin, der dein Gefährte zur Flucht verhalf, verriet ihr Volk. *Dein* Volk. Sie gab sich dem Fürsten hin, sodass nun ein Stück ihrer Magie in ihm lodert. Doch das macht ihn nicht zu einem der Euren. Im Gegenteil, das Feuer, das nun in ihm brennt, lässt seinen Hass auf die Kinder Akusus nur höher lodern. Mein Gemahl wollte sich von diesem Hass seines Zwillings nicht anstecken lassen, und so tötete Telarion, der Heiler, den König mit dem dunklen Dolch. – Ich brauche dich. Dein Volk vertraut mir nicht. Wir fanden Sinan den Schmied nicht in den Trümmern der Oase, in der wir ihn …«, sie wies auf den Gefangenen, »… fanden. Wenn er überlebt hat, ist er vielleicht der Einzige, der einen *qasarag* herstellen kann, mit dem man in der Lage ist, den feurigen Eiswind zu stillen, der dem Fürsten von Norad zu eigen ist und der dein Volk vernichten kann. Der dein Volk vernichten *wird.*«

Die Königin streckte die Hand in Richtung ihres Bruders aus, dieser ergriff sie und half ihr auf. »Es soll dein Schaden nicht sein, Schmied.«

Githalad zögerte. Er wusste nicht, ob er Ireti von Larondar Glauben schenken konnte.

Wieder sah er die Bilder von sich und seiner Arbeit mit Sinan in seinem Inneren vorbeiziehen. Die Strafen, die Telarion Norandar verhängt hatte. Den Hochmut, mit dem er sich anmaßte, über Leben und Tod zu entscheiden, als sei er von den Schöpfergeistern dazu bestimmt.

Und in noch einem hatte die Königin recht: Githalad war es Sinan schuldig, ihn wiederzufinden. Es mochte sein, dass der Waffenschmied rebellischen Geistes war, doch er war der Überzeugung, dass alle Wesen gleich geschaffen seien – ein Konzept, das den Elben, die sehr auf den Rang und die Hierarchien unter sich achteten, fremd war.

Als die Königin sein zweifelndes Gesicht sah, berührte sie wieder seine Wange.

»Ich habe ein Geheimnis. Um dir zu zeigen, dass ich dich wirklich brauche, verrate ich es dir. Ich bin halb Mensch. Ich kenne die Verachtung, die der Fürst dem Volk – unserem Volk! – entgegenbringt, nur zu gut. Ich habe sie oft zu spüren bekommen. Soll es so weitergehen? Oder …«, fügte sie leise hinzu, »…vertraust du mir?«

Verblüfft starrte Githalad sie an. Er erinnerte sich an das, was Hiltar ihm auf dem Weg hierher gesagt und was die Dari Ireti nun bestätigt hatte: Sie war halb Mensch. Sicher hatte sie das verborgen – vielleicht hatte sie es als Gemahlin Tarinds tun *müssen*.

»Du zweifelst an mir.« Ihre Stimme klang nun wehmütig.

»Sicher könnt Ihr es mir nicht verdenken«, murmelte Githalad.

Ireti lächelte. Es sah ein wenig verletzt aus, bemerkte Githalad.

»Du wirst sehen, dass ich die Menschen gut behandele. Ihr habt bereits Feuer, das werden deine Gefährten im Lager dir sagen. Niemand treibt euch mit der Peitsche an. Die Zeiten haben sich geändert«, fügte sie sanft hinzu. Dann nahm sie den Arm ihres Bruders und wandte sich dem Ausgang des *ethandin* zu.

Bevor sie es verließ, drehte sie sich noch einmal um.

»Komm morgen noch einmal zu mir. Ich will, dass der König in einem Sarg begraben wird, der nicht nur aus Holz besteht. Er muss auch aus Gold gefertigt sein, denn sein Körper soll wieder zu dem Wasser gelangen, aus dem Vanar ihn schuf – dem östlichen Meer. Arbeite mit den Schnitzern zusammen, die ich beauftragte. Ich will, dass es ein Dunkelmagier tut, dem ich vertraue. Und du scheinst mir der Richtige zu sein.«

Für einen Augenblick hatte Githalad den Eindruck, als erreiche ihn ein Hauch an der Stirn wie ein Kuss.

Dann war sie fort und ließ ihn mit Mojisola allein.

Er stand in der Leere. In endloser Finsternis, in der, egal, wohin er sich wandte, nichts war außer einem bösartig grünen Leuchten in weiter Ferne und das einen Horizont ersetzte. Von diesem Leuchten ging absolute Kälte aus, die alles Leben erstarren ließ. Einerseits zog es ihn zu diesem Licht hin, denn es war das einzige, an dem seine Augen an diesem Ort verweilen konnten, andererseits war ihm klar, wenn er dort hineinginge, würde er ewig fallen und nirgends ankommen.

Er versuchte, sich daran zu erinnern, wer er war.

Du bist Sinan. Der Sohn des Siwanon Amadian von Guzar, des Höchsten unter den Menschen.

Sinan sah an sich hinab. Er konnte sich selbst in der Finsternis kaum erkennen. Das war überraschend, aber auch der Körper, den er sah und der wohl der seine war, war durchscheinend und bestand aus grauem Nebel, der nur im Kern schimmerte. Es hatte den Anschein, als fielen die letzten Strahlen der Purpursonne auf ihn, bevor das Gestirn unterging, doch war es nirgendwo zu sehen. Er versuchte, an sich hinabzustreichen und die Kleidung, die er mehr ahnte als sah, zu erspüren. Da waren die grobgewebte Tunika aus Leinen, das Lederwams, die Schärpe, die den Sickenhammer festhielt, den er, der Schmied, einst geschenkt bekommen hatte und der sein kostbarster Besitz war.

Halt. Da war noch ein Schwert, ein *daikon*, in der Schärpe. Eine schimmernde Waffe, einschneidig, schlank, leicht gekrümmt. Die Klinge der Waffe war blank und ohne die üblichen Zeichen und Glyphen, die Magie beschworen.

Ein Schmied, ein menschlicher Dunkelmagier, der eine elbische Waffe bei sich trug? Verwundert wollte er es aus der Schärpe ziehen. Doch seine Hand griff ins Leere. Der grau-orangefarbene Nebelkörper verwehte und fügte sich nur zögerlich wieder zusammen.

Langsam gewöhnten seine Augen sich an die Umgebung, und auch wenn er keine Konturen erkennen konnte, begann er zu hören. Ein Summen, eine Art Gesang, endlos, ohne Melodie, rauschte mal lauter, mal leiser in seinen Ohren. Die Klänge war gleichmäßig und schön, und irgendwie schöpfte er Kraft aus diesem Lied, so als sei es der Klang der Schöpfung selbst.

Dann kroch aus der Dunkelheit, die ihn umgab, Kälte in ihn. Die Kälte war eisig und weckte die Erinnerung an einen Schmerz, die ihn zur überwältigen drohte. Als er aufsah, schien es ihm, als sei der Horizont, der gerade noch in unendlich weiter Ferne gewesen war, näher gerückt. Sinan spürte, dass die Kälte, die aus dem Licht kam, stark war und immer wieder das dunkle Netz der Melodie durchdrang. Sie umschlang seine Brust und die Wurzel seiner Schwerthand und weckte den Schmerz darin. Schmerz wie von einer Klinge, die sich mit aller Kraft in Fleisch und Knochen grub und der er nichts entgegenzusetzen hatte. Die grüne Kälte fraß sich in die Wunde, breitete sich in ihm aus und wurde zu Eis, das ihn bis in sein Innerstes hinein erschauern ließ.

Das orangefarbene Schimmern seines Seelenbildes wurde schwächer.

Die Kälte fegte alles Vertraute fort und drohte, ihn hier in der Leere auszulöschen. Sie umgab ihn mit einer Absolutheit, die nichts neben sich duldete, und weckte grenzenlose Trauer, Verlust und Einsamkeit in ihm.

Auf einmal gab es nichts mehr. Keinen Klang, keinen Schmerz, nicht Trost noch Kälte. Keine Hitze. Nichts, was das Auge hielt. Nur eine leere Ebene, absolut still, keine Gerüche, keine Laute, kein Licht. Nur diese grün leuchtende, tödliche Eiseskälte.

Er konnte es nicht mehr ertragen. Das Eis biss in den Knochen und brachte unerträgliche Qual. Er kauerte sich zusammen.

Dann war da Wärme, tief in ihm. Eine Wärme, deren Quelle kein Licht war, und die doch die Kälte vertrieb, die in der Leere hauste. Er wollte in sich hineingehen, in die Wärme, wo kein Schmerz mehr war und wo er atmen konnte.

Doch es war, als sei das grüne Licht stärker.

Nein. Wehre dich, Sinan Amadian, Sohn des Siwanon. Du bist der letzte Nachkomme des Menschen, den Akusu aus Erde formte und im Feuer härtete. Lass nicht zu, dass die Leere dein Herz ergreift. Kämpfe gegen den Schmerz und das Eis in dir.

Dann war ihm, als sei der Nebel, aus dem sein Körper bestand, plötzlich dichter. Greifbarer. Aus den Augenwinkeln glaubte er einen Wimpernschlag lang eine bernsteingelbe Gestalt neben sich auflodern zu sehen. Doch schon der Gedanke, etwas so Anstrengendes zu unternehmen, wie diese Stimme vorschlug, erschöpfte Sinan. Und der Anblick der düsteren, leeren Ebene, in der es nur dieses grausam kalte Leuchten gab, ermüdete ebenso.

Er schloss die Augen.

Ich kann nicht, erwiderte er der Stimme, mit der die wenigen Nebelschwaden, die ihn umgaben, zu ihm sprachen und die ihm plötzlich vertraut vorkam. So vertraut wie die Erinnerung an einen hochgewachsenen Mann, dessen Haare in Strähnen und verfilzte Locken geflochten und in schwarz, gelb und silbern umwickelte Zöpfe gebunden waren – der vor ihm stand und ihm mit freudiger Geduld und fester Hand zeigte, wie ein Langschwert zu schwingen war.

Wehr dich, ergriff die vertraute Stimme erneut das Wort. Es war dieser Mann, der ihn ansprach, nicht das Mädchen. Wieder glaubte er, einen lohgelben Fleck am Rand seines Sichtfelds wahrzunehmen, doch als er sich umwandte, war da nichts. Absolutes Nichts, vor dem er sich fürchtete.

Geh. Nur wenn du den Schmerz erträgst, wirst du leben können.

Ich bin zu schwach, diese Leere zu verlassen.

Nein. Du musst gehen, durch das Eis, durch den Schmerz. Deine Aufgabe ist nicht beendet. Geh.

Sinan antwortete nicht.

Wer bist du?, fragte er schließlich.

Er sah sich um, doch nichts war zu sehen. Die Ebene, auf der er stand, war leer und doch von grün schimmernder Kälte erfüllt. Sie zog sich enger um ihn zusammen.

Du besitzt die Kraft, erklang es erneut in Sinan. *Ich kann nicht mehr zurück. Aber meine Magie existiert noch. Sie kann dich stärken.*

Wozu?

Du wirst sterben, wenn du bleibst. Was glaubst du, wo du bist? Dies hier ist die Leere jenseits der Welt. Nur die Tatsache, dass ein Heiler deine Magie löschte, ließ deinen Körper am Leben. Denn ein Herr des Lebens kann den Körper nicht auf magische Weise töten. Nur die Seele, deine Magie. Doch wenn die Seele zu lange fort ist, kann sie nicht in den Körper zurück. Du musst gehen, wenn du leben willst.

Sinan schauderte. *Es ist zu schwer.*

Du bist aus Lehm gemacht und im Feuer gehärtet. Wer könnte den Schmerz ertragen, wenn nicht du?

Und wozu?, wollte Sinan erneut wissen.

Das Siegel der Welt muss gefunden und zerstört werden.

Das Siegel ist nur eine Legende! Wieso willst du, dass ich es finde?

Es ist nicht deine Aufgabe, es zu finden und zu zerstören. Aber du bist der Bruder der Dunkelmagierin, die dazu bestimmt ist, das zu tun.

Sinan schwieg. Eine Erinnerung tauchte auf wie Strandgut, das auf den Wellen getragen wurde und das er vom Strand aus beobachtete. Sanara, seine Schwester. Das zweite, jüngere Kind des Siwanon. Wie von fern drang Lachen an sein Ohr, ein kleines Mädchen mit roten Wangen und fliegenden, weizenblonden Locken rannte vom Strand her auf einen hochgewachsenen Mann zu, dessen Haare in Strähnen und verfilzte Locken geflochten und in schwarz, gelb und silbern umwickelte Zöpfe gebunden waren, und hielt diesem Mann eine Amdiri-Muschel entgegen. Es war der Mann, der ihm gezeigt hatte, wie man ein Langschwert schwang.

Plötzlich wusste Sinan, dass dieser Mann sein Vater war.

Ronan der Musikant, den er selbst bei seiner Arbeit in der Feste Bathkor kennengelernt hatte, war überzeugt davon gewesen, dass nur Sinans Schwester das Siegel der Welt finden könne. Das Siegel, das geschaffen war, um zu verhindern, dass der Schöpfergeist der Zerstörung sich der Welt bemächtigte und Vernichtung über alle brachte, die darauf lebten.

Sinan erinnerte sich. Kurz hatte auch er die Hoffnung gehabt, dass Sanara das Volk des Akusu befreien könnte, aber diese Hoffnung war grausam enttäuscht worden. Sanara hatte ihre Seele, ja, ihre Magie mit dem Zwilling des Elbenkönigs geteilt, der sich gerade die Welt unterwarf – und dem dies schon beinahe gelungen war. Dem Bruder des Königs, der versucht hatte, sich ihre Magie zu unterwerfen, der geholfen hatte, Siwanon zu töten und der Anführer und Kriegsherr des Heeres war, das die Menschen ausrottete und Verderben und Sklaverei über sie brachte, hatte Sanaras Seele zerrissen und ein Band geschaffen, das sie nicht mehr lösen konnte.

Sie hatte es zugelassen.

Auf einmal wusste Sinan, was ihn hergebracht hatte, hierher auf die Jenseitigen Ebenen, in die Leere, in die alle Seelen kamen, deren Körper gestorben war: Telarion Norandar, der Zwilling des Königs, der Fürst der Kälte und des Sturms, hatte ihn getötet.

Es ist zu spät, sagte Sinan entmutigt. Der Fürst der Elben hat sich Sanaras Seele unterworfen. Sie war die Hoffnung, doch sie schenkte ihre Kraft dem Bruder des Elbs, der uns versklavte.

Noch gibt es Hoffnung, beruhigte die Stimme seines Vaters. Sie klang tief in Sinans Innerem und war wie ein Gedanke, eine Idee, die nicht aus ihm selbst kam.

Doch das Siegel darf nicht in die falschen Hände geraten. Du musst zurück. Du musst deiner Schwester helfen. Sie braucht dich.

In Sinan begann es zu brennen. Es war, als sei ein Funke reinen, gelben Feuers in ihn geflogen und habe die Lava im Vulkan seiner Seele neu entfacht. Das Summen hob wieder an und wurde so stark, dass die Luft – gab es hier in der Leere so etwas? – vibrierte. Sinan war von Tönen umgeben, die ihn rot wie die Erde, gelb wie Feuer und samtschwarz wie Magie umwirbelten, dazwischen waren goldene Lichter wie von Sternen, Lichter, die trösteten und versprachen, die Kälte zu bannen, die ihn verletzte. Die Wirbel wurden dichter und dichter. Das Bild seines Vaters Siwanon, das die ganze Zeit neben ihm gestanden hatte, ohne dass er es wahrgenommen hatte, verschwand in diesen bunten Funken.

Nein, korrigierte sich Sinan in Gedanken und durch das Donnern der Lava hindurch, die nun wieder aus seinem Seelenvulkan quoll. *Das Bild ist in mir.*

Er sah auf. Das grüne Leuchten, das er beinahe vergessen hatte, war ihm jetzt ganz nah. Wieder glaubte er, kalte Finger an der Kehle zu spüren. Ein Eissturm fegte durch ihn hindurch und raubte ihm den Atem. Die kraftvoll geführte Klinge eines *daikons* hieb erbarmungslos in die Wurzel seiner Schmiedehand und hinterließ pochenden Schmerz.

Doch Sinan hieß den Schmerz willkommen. Kälte erfüllte ihn bis in die kleinste Faser. Es kribbelte und prickelte, als das Eis die Lavafluten seiner Magie einzufrieren drohte. Doch jetzt fühlte Sinan sich stark genug für den Kampf.

Er schloss die Augen, breitete die Arme aus und ließ sich fallen, mitten hinein in die grüne Kälte und den Schmerz.

Als er die Augen aufschlug, lag er in der Nähe eines Feuers.

Es flackerte und brannte munter in der Mitte eines sandigen Platzes, der von dunklen Felsen umgeben war. Funken stoben aus den zuckenden Flammen in einen samtschwarzen Himmel, der mit so vielen silbrigen Lichtfunken übersät war, dass er nicht finster wirkte. Sinan versuchte zu entscheiden, ob am Himmel die Funken des Feuers oder Sterne zu sehen waren, doch letztlich war es nicht von Belang.

Er war hier, und das war gut. Ein Kampf lag hinter ihm, und dass es Flammen gab, Felsen und Sterne an einem Himmel, sagte ihm, dass er diesen Kampf gewonnen hatte. Stolz erfüllte ihn.

Dann drangen Gelächter, wirre Stimmen und Lieder an sein

Ohr, ohne dass er einzelne Worte oder Melodien hätte erkennen können. Es war ihm, als habe sich das Lied der Schöpfung, das er vorher gehört hatte, ebenso wie die Welt, die ihn umgab, gefestigt.

Die Nähe des heiligen Elements Feuer tat gut. Von den rotgelben Flammen ging Wärme und Kraft aus, geradezu Magie, die seine Seele gierig aufsog. Er spürte dem Funken nach, den der Nebel in der Leere ihm eingegeben hatte. Der Funken, der am Anfang winziger gewesen war als die Spitze einer Nadel, war zu einem Strom geworden, der sich durch sein Inneres wälzte. Er hatte Teile der Kälte bedeckt, die Brust und Handgelenk noch immer umklammert hielten, doch die dicke Eisschicht war bereits brüchig geworden und schmolz zusehends unter seinen wieder lebendig gewordenen Lavaströmen dahin.

Noch war die Lava langsam. Sie war zähflüssig, von einem düsteren Rot und nicht dem vertrauten Orange, das sie früher besessen hatte und das zu gleichen Teilen aus dem Rot der Erde und dem Gelb des Feuers bestand. Immer wieder wurde ihre Oberfläche dunkel und trocken, so als habe sie wenig Kraft, doch sie brach auch wieder auf. Die Hitze des Stroms schmolz die verkrustete Oberfläche, sodass das glühende Erz seiner Magie in ihm weiterfließen konnte und in Bewegung blieb.

Er selbst lag, gebettet auf gewebte Stoffe aus gesponnenem Tierfell, in einer Kuhle aus Sand, den er auch an seiner Wange fühlte. Die Körnchen waren warm, so als hätten sie den Tag über im Licht der beiden Sonnen gelegen. Das Element der Erde, für das der Sand stand, spendete wie das Feuer vor ihm Kraft und vertrieb die Erinnerung an das kalte grüne Leuchten, das ihn in die dunkle Leere hatte zerren wollen.

Er öffnete die Augen. Sein Blick fiel wieder auf das Feuer.

»Er ist wach!«

Der Ruf war leise und unterbrach für einen Augenblick das Lachen und das Geschwätz. Dann war freudiges Gemurmel zu hören, und etwas schob sich in sein Gesichtsfeld.

Vor ihm saß jetzt eine junge Frau, deren Haar vollständig in winzige Zöpfchen geflochten war, die mit Perlen geschlossen waren und die weit über ihre Schultern fielen. Ein *darstar* bedeckte ihren Schopf, ihre Hautfarbe war dunkel. Nicht so dunkel wie das Öl, in dem er seine Werkstücke nach dem Schmieden abkühlte, sondern eher von der Farbe frisch gebackenen Brots. Sie roch herb nach Kräutern und Schwarzstein, doch Sinan wusste nicht, ob das ihr Duft war oder der Geruch der dampfenden Schüssel, die sie in den Händen hielt.

»Du bist wach«, sagte sie leise und mit dunkler Stimme. »Du musst Hunger haben.«

Der Gesang und das Lachen waren wieder zu hören, dazwischen mischte sich der Klang einer *pathi*. Langsam richtete Sinan sich auf und war erstaunt, dass er die Kraft dazu hatte. Doch die Bewegung tat gut, dankbar nahm er das Brot und die Schüssel entgegen, welche die junge Frau ihm hinhielt. Die Schüssel war aus gebranntem Ton und wog schwer. Er konnte sie nur mit Mühe halten, denn die Finger seiner Schmiedehand waren mit einem Verband umwickelt, der starr war von getrockneten Salben und Kräutern.

Der Eintopf, den sie ihm gereicht hatte, bestand aus gekochtem Getreide, Kräutern und Früchten. Er war süß und voller fremdartiger Gewürze, deren Geschmack ihn an die Düfte auf dem Markt in Guzarat erinnerten, den er als Kind hin und wieder hatte besuchen dürfen.

Nach einigen Löffeln und ein paar Bissen vom Brot sah er auf. Das Gesicht der jungen Frau war ihm zugewandt, neugierig betrachtete sie ihn.

»Wir fanden dich in den Ruinen einer Oase, die offenbar von Elben angegriffen wurde. Weißt du, warum?«

Ihre Frage war so direkt, dass Sinan den Blick senkte und nicht sofort antwortete. Er nahm noch einen Löffel mit Eintopf und sah sie dann wieder an.

Er erschrak.

Ihr Blick war auf ihn gerichtet, doch jetzt erkannte er, dass ihre

Augen, obwohl von honigfarbener, seltsam durchsichtiger Iris, goldene Pupillen hatten, die aussahen wie ein auf dem Rücken liegender Arkanusskern. Es war, als sehe sie ihn an und gleichzeitig durch ihn hindurch.

Eine Elbin, nein, Halbelbin, die die Kunst des Heilens beherrschte.

Widerwille und Angst rührten sich in Sinan. Der Eintopf schmeckte ihm nicht mehr, er stellte die Schüssel ab.

»Ich bin einer Elbin keine Rechenschaft schuldig«, sagte er kurz angebunden.

Sie schwieg zunächst, dann lächelte sie schief. »Mein Name ist Mohdavat«, sagte sie. »Mein Vater ist Feuermagier, meine Mutter war eine Wasserelbin aus Hellor. Ich wurde von Vanar mit der Gabe des Lebens geehrt. Und ich habe dir geholfen, die Kälte, an der du beinahe gestorben wärst, zu überwinden.«

Sinan wollte widersprechen und ihr erklären, dass es nicht ihr Verdienst gewesen sei, dass er wieder erwacht sei. Doch kaum hatte er angesetzt, zuckte Schmerz durch sein Handgelenk und erinnerte ihn daran, dass die junge Frau – Mohdavat – wahrscheinlich recht hatte.

Sie hob die Schüssel an und reichte sie ihm erneut. »Du hast von mir nichts zu befürchten. Von keinem von uns.« Sie erhob sich. »Ich werde den Stammesältesten holen. Vielleicht magst du ihm unsere Fragen beantworten.«

Sie ging davon, und Sinan blickte ihr schuldbewusst hinterher. Er sah in die Schüssel hinab, die noch halb mit Eintopf gefüllt war. Der warme Duft der Gewürze stieg ihm in die Nase und machte ihm klar, wie hungrig er war. Er aß weiter.

»Ich sehe, du bist wieder bei Kräften«, erklang eine Stimme neben ihm. »Ich bin Adhasar, der Älteste dieser Sippe.« Er wies mit einer ausladenden Geste auf die Menschengruppe, die sich um das Feuer herum versammelt hatte. »Da du meiner Tochter Mohdavat nicht antworten wolltest, sagst du vielleicht mir, warum wir dich in einer Oase fanden, die völlig verwüstet war. Von Elben des Königs, wie uns die Überlebenden sagten – die dich im Übrigen für tot hielten.«

Sinan nahm sich noch einen Löffel und stellte dann die Schüssel wieder vor sich ab.

»Ich bin ein Feind des Königszwillings. Er war es, der mich auf meinem Weg zum Zaranthen von Solife verfolgte und fand – und tötete, als ich seinen Bruder des Mordes bezichtigte.«

Er war selbst überrascht, dass er das so freimütig zugab. Was, wenn diese Menschen den Elben nicht so kritisch gegenüberstanden wie er selbst? Sinan horchte in sich hinein und stellte fest, dass er keine Angst vor den möglichen Konsequenzen mehr hatte. Es war, als habe die Kälte diese Angst, die jeder vom Volk des Dunkelmonds vor den Kindern des Vanar empfand, ein für alle Mal in ihm vernichtet.

Adhasar nickte langsam. »Der Zwilling des Königs. Mohdavat lebte einige Zeit unter den Elben, um zu lernen, wie man die Gabe des Lebens verwendet. Sie berichtete mir, dass man sich unter ihnen erzählt, der jüngere Sohn des Dajaram von Norad sei reicher von Vanar beschenkt worden als jeder andere seines Volkes.«

Sinan nickte. »Die Elben richten viel Schaden an mit ihren goldenen Magien, doch ich kenne niemanden, der mehr Leid verursacht hat als er.« Wie aufs Stichwort wehte eine kühle Brise gegen Sinans Rücken. Er schauderte und zog sich die Decke, unter der er gelegen hatte, enger um die Schultern. Er wusste, dass die Nächte in der Wüste kalt waren und hatte auch keine Angst davor, doch erinnerte ihn der Wind an die Kälte, die er in den Jenseitigen Nebeln erlebt hatte.

Schon die Erinnerung daran war verstörend.

»Telarion Norandar sagt von sich, er achte das Leben«, fuhr er fort. »Doch in Wirklichkeit habe ich nie einen Elb gesehen, der das Volk des Dunkelmonds mehr verachtet hätte als er. Er ist die Verkörperung des Vanar, des Goldenen Monds, der alles hasst, was sein jüngerer Bruder Akusu geschaffen hat.«

Adhasar schwieg einen Augenblick, dann erwiderte er: »Nach

allem, was Mohdavat mir erzählte, erscheint es mir nur folgerichtig, dass einer, dessen Seelenmagie die Beherrschung von Erz und Feuer ist, die Elben hasst. Und doch trägst du eine elbische Waffe bei dir.«

Sinan sah an sich herab. Das *daikon*, dass er ursprünglich für den Heermeister der Elben gemacht hatte, war neben ihn in die Sandkuhle seines Lagers gelegt worden. Ein schlankes, etwa ellenlanges, einschneidiges Schwert, dessen Stahl im Feuerschein glänzte. Sinan versuchte, die Wehmut darüber, dass er die Arbeit an der Waffe nicht hatte beenden können, zu unterdrücken. Selbst jetzt, noch unfertig, nicht perfekt geschliffen und ohne die Runen im Stahl, die der Klinge magisches Leben einhauchen sollten, würde jedem Schmiedemeister klar sein, dass es sich bei diesem *daikon* um ein Meisterstück handelte. Zumindest wäre es mit seiner Vollendung dazu *geworden*. Schmerz stoppte die Bewegung, mit der Sinan den Schaft hatte umschließen wollen.

Ein Schatten fiel auf die Klinge, als wolle diese damit zeigen, dass sie ebenfalls bedauerte, dass Sinan Amadian nicht mehr Hand an sie legen würde. Erst einen Wimpernschlag später erkannte er, dass es der Schatten seines eigenen Arms war. Als er das Schwert aufnahm und mit den Fingern darüberstrich, schien es kurz lebendig zu werden, als stellte es eine Frage.

Ich weiß nicht, ob ich dich fertigstellen kann, dachte Sinan traurig. *Ich habe den Sickenhammer noch, der einst Vakaran gehörte, doch der Rest meines Werkzeugs blieb im Lager des Heermeisters. Und ich weiß nicht einmal, ob ich meine Hand je wieder so kräftiger Schmiedearbeit aussetzen kann, wie nötig wäre, um dich zu vollenden.*

»Ein wundervolles Schwert«, bemerkte Adhasar. »Der zweite Schwestersohn meiner Frau ist Schmied in Sirakand. Er lehrte mich einiges über seine Kunst, die er im Kloster des Abends beigebracht bekam, doch ich sah ihn nie ein Schwert wie dieses machen.«

»Ich habe es unter Aufbietung all meiner Kunst für … für einen Elben gemacht. Doch ich floh und nahm es mit, denn wie hätte ich eine solche Waffe einem jenes Volkes überlassen können, das unseres versklavt hat?«

Adhasar lächelte. »Es heißt, dass der Zwilling des Königs auch ein solches Schwert besaß. Eines, das von einem seiner Vorfahren auf ihn übergegangen ist.«

Sinan zog die Augenbrauen zusammen. Diese Geschichte kannte er. »Meister Vakaran verletzte sich einst bei seiner Arbeit die Sehnen der rechten Hand und wurde von einem Herrn des Lebens aus dem Haus Norad geheilt. Das Schwert war der Lohn. Seither wird es unter den Norandar-Elben immer an den männlichen Nachkommen, in dem die Gabe des Lebens am stärksten ist, weitergegeben. Der Heermeister der Elben selbst erzählte es mir.«

»So machtest du das Schwert für ihn«, folgerte Adhasar. Er lächelte leicht. »Nun scheint mir klar, was geschah. Du nahmst sein Schwert und bist geflohen, doch er fand dich.«

Sinan wollte widersprechen, doch dann entschied er sich zu nicken. Wenn auch Telarion Norandar nicht das *daikon* gesucht hatte, so war es doch eine andere Waffe gewesen, die er für seinen Kampf gegen Akusus Volk zu finden gehofft hatte: Sanara Amadian.

Die Wut, dass Sinan diese Waffe nicht bei sich gehabt hatte, war es wohl gewesen, die den Eissturm auslöste, in dem Sinan beinahe gestorben wäre.

»So ähnlich war es. Und wieder konnte ich sehen, wie recht ich daran tat, das Schwert diesem Fürsten der Kälte und der Grausamkeit nicht zu überlassen. Es ist eine gute Waffe, und nur einer ist würdig, sie zu führen: Saif aus dem Haus Jatamar, der Zaranth. Er schützt die Seinen, während Telarion von Norad alle Bewohner einer Oase vernichtete – nur um der Freundlichkeit willen, die diese Leute mir wie jedem anderen Reisenden entgegenbrachten.«

Sinan senkte den Blick, da seine Augen sich mit Tränen füllten und er nicht wollte, dass Adhasar es bemerkte.

Adhasar schwieg und betrachtete Sinan aufmerksam. »Deine Trauer ehrt dich, doch sie ist umsonst. Sie sind nicht tot. Keiner von ihnen, nur die, die im Kampf starben und deren Lebenszeit abgelaufen war. Man wollte dich verbrennen, weil man dich für tot hielt, doch meine Tochter Mohdavat bat darum, ihr deinen vermeintlichen Leichnam zu überlassen.«

»Richte ihr meinen Dank aus«, sagte Sinan. »Doch ab jetzt benötige ich keine Pflegerin mehr.«

Adhasar lächelte. »Dein Hass ist verständlich. Aber lege ihn ab, auch Meister Vakaran tat das.«

»Er hatte Grund, dem Heiler zu danken, der ihm die Kraft seiner Hände wiederherstellte!«, erwiderte Sinan scharf.

»Das tat Mohdavat ebenfalls«, gab Adhasar zurück. »Und wer sagt dir, dass Vakarans Wunde nicht von einem Elb stammte? Du kennst nur die halbe Geschichte. Er wurde in einer Schlacht verwundet, weil seine Feuerkraft von einem Wassermagier beinahe gelöscht worden war. Doch ein Heiler sah ihn neben anderen Verletzten auf dem Schlachtfeld. Es war ein furchtbarer Krieg, der dritte zwischen Menschen und Elben und der bisher schlimmste und verlustreichste. Einer, an dem alle Wesen der Schöpfung beteiligt waren und Stellung beziehen mussten, entweder für Akusu oder für den Goldmond. Doch Telarat von Norad betrachtete es als seine Pflicht, alle Verwundeten zu heilen. Weil er sich weigerte, diejenigen zu töten, die seine schlimmsten Feinde hätten sein sollen, wurde er von seinem Volk als Verräter gebrandmarkt. Und doch tat er unbeirrt weiter, was sein Gewissen ihm eingab, und schloss auch die Wunde, die Vakaran geschlagen worden war. Das verzieh man ihm nie. Er führte ein Eremitendasein in den Zendarbergen. Man sagt, an der Stelle, wo er lebte, entstand später das Heiligtum der Weisen des Nordens. Vakaran aber erkannte die große Güte Telarats und verzieh dem Fürsten, indem er ihm die Waffe schenkte, die diesen Krieg entschied. Telarat hielt sie in Ehren, denn er erkannte, dass Vakaran all seine Kunst hineingelegt hatte – es war der höchste Dank, den dieser Schmied ihm hatte aussprechen können.«

Sinan strich mit den Fingerspitzen über den vollkommenen Stahl der Klinge. Keine Unebenheit war zu erspüren, nur perfekte Glätte. Und doch kam es ihm falsch vor. Unter den Fingerkuppen hätten Runen zu fühlen sein müssen, Zeichen und Symbole, die Magie bedeuteten und dem Metall Leben hätten einhauchen sollen. »Und jetzt glaubst du, ich hätte falsch gehandelt, weil ich dieses *daikon* nicht dem Heermeister überließ?«, wollte Sinan streitlustig wissen. »Nun, ich bin auf dem Weg zum Zaranthen von Sirakand und werde ihm das Schwert überlassen. Er wird den Krieg entscheiden, und es wird die richtige Entscheidung gewesen sein.«

Adhasar hob die Brauen. »Ich glaube, dass du erschöpft bist und Ruhe brauchst, denn deine Seele hat einen schweren Kampf ausgefochten«, sagte er und erhob sich. »Wir sind auf dem Weg nach Farokant, und du bist so lange unser Gast, wie du es wünschst. Wir werden in wenigen Tagen dort sein. Dann sehen wir weiter. Hier bei uns bist du sicher. Ich werde Mohdavat später zu dir schicken, damit sie den Verband um deine Hand erneuert und …«

»Ich wünsche die Pflege einer Goldmagierin nicht«, unterbrach Sinan ihn.

»Sicher willst du dein *daikon* irgendwann beenden«, erwiderte Adhasar gelassen. »Und dafür wirst du deine Hand brauchen.«

Er wandte sich um und ging fort.

Langsam ließ Sinan sich wieder in die Senke gleiten, in die man ihn gebettet hatte, und starrte ins Feuer.

Er erinnerte sich an die Legende von Vakaran, er hatte sie bereits während seiner Ausbildung im Tempel des Westens gehört, nicht erst vom Heermeister der Elben. Doch wie bei so mancher Gelegenheit hatte sich das Gesicht der Norandar-Brüder vor das Bild geschoben, das man in seiner Kindheit in ihm geschaffen hatte.

Wieder glitten seine Finger unwillkürlich über den glatt geschliffenen Stahl des *daikons*, das er gemacht hatte. Erst für einen anderen, doch es besaß noch keine eigene Magie, und als Schmied wusste er, dass Vakaran eine ebensolche Klinge, eine, die vielleicht schon fertig geschliffen war, dem Elben Telarat geweiht hatte.

Einst hatte also ein solches Schwert den dritten Krieg auf dieser Welt beendet. Sinan hatte bisher angenommen, wenn etwas die Sklaverei der Menschen unter den Elben beenden könne, dann sei das die Zerstörung des Siegels. So zumindest hatte Ronan, der Musikant, es ihm erzählt.

Doch vielleicht war mehr vonnöten.

Vielleicht hatte der gelbe Nebel recht gehabt, der die magische Essenz seines Vaters gewesen war, und Sanara brauchte Hilfe. Als er sie zuletzt gesehen hatte, hatte er ihr entgegengeschleudert, sie sei für ihn, Sinan, gestorben.

Nun, Siwanon war für die Menschen gestorben, dafür, dass er sie nicht hatte verraten wollen. Was Sanara auch tun musste und *wie* sie das fertigbringen wollte, falls ihre Seele nicht mehr rein war – das alles war nicht sein Problem. Es würde ihn, Sinan, nicht davon abhalten, das zu tun, was er sich vorgenommen hatte: Er würde die Seinen beschützen und ihnen helfen.

Legenden besaßen einen wahren Kern, hatte man ihn gelehrt.

Er, Sinan Amadian, würde dafür sorgen, dass auch jetzt wieder ein Schwert die Menschen vor dem Untergang rettete.

Kapitel 4

»Man sagt, dass Ys und Syth ewig im Krieg miteinander liegen werden. Immer wieder glauben sowohl die Kinder des Vanar als auch die Kinder des Akusu, dass Syth nichts weiter ist als die Vernichtung. Sie beschuldigen sich gegenseitig, dem Geliebten der Ys zu dienen und damit dem Gegensatz der Harmonie – dem Chaos, das sie auch Zerstörung nennen. Doch sie vergessen, dass auch die ewige Harmonie eine Vernichtung allen Lebens, wie wir es kennen, bedeutet.
Das eine kann nicht ohne das andere existieren, keines hat eine Berechtigung ohne das andere. Selbst das Siegel, das die Welt bedeutet, besteht aus zwei Teilen: eines ist dem Syth, eines der Ys gewidmet. Nur wer sie beide besitzt, kann die Geschicke der Welt neu bestimmen.«

Von der neuen Ordnung der Welt
Fünfte Rolle der Schriften des Klosters der Quelle

Beinahe trotzig trat Sanara ins Allerheiligste der Ys.

Es war spät in der Nacht, dennoch hatte der Älteste der Weisen sie gebeten, an der Zeremonie, die beim Aufgang des Silbernen Mondes zu Ehren des Schöpfergeistes der Harmonie abgehalten wurde, teilzunehmen.

Sanara wusste, warum. Telarion Norandar war auf Geheiß des Abtes zu ihr gekommen – so hatte er es zumindest gesagt – und hatte sie gebeten, mit ihm zusammen das Siegel zu finden, das vielleicht das Chaos der Welt heilen konnte. Doch statt ihre Pflicht zu tun, hatte Sanara den Fürsten der Elben abgewiesen. Mehr noch, sie hatte ihn auf unhöfliche Weise ihres Zimmers verwiesen. Und seither schämte sie sich.

Sicher würde der Abt ihr noch einmal ins Gewissen reden wollen. Doch die Halle schien zu ihrer Überraschung leer. Nur eine einzige Gestalt, die eines hochgewachsenen Mannes, kniete vor der silbrig schimmernden Alabasterkugel, die auf dem Altar genau im Norden des Raums stand und im Mondlicht schimmerte, als würde sie von innen beleuchtet. Er rührte sich nicht und schien ganz in seine Meditation versunken.

Der Norden, die Kälte, die alles konservierte und in der alles erstarrte, war die Himmelsrichtung der Ys, und so war alles in diesem Tempelraum darauf ausgerichtet. Die gesamte Fläche des Raums war mit einem Dach aus Glas überdeckt; eine Reihe von Säulen umgab den Boden, den man mit Kacheln aus silbrigem und weißem Glasfluss geschmückt hatte. Weil es der höchste Raum des Klosters war – die anderen Gebäude lagen wesentlich tiefer darunter am Berg –, hatte man den Eindruck, er schwebe über der bekannten Welt. Und so erinnerte er Sanara schmerzhaft an die Vision, mit der Ys sie – oder ihr Seelenbild? – und den Fürsten auf den Berg Seleriad geholt hatte.

Die Malereien an den wenigen schmalen Wandstücken zwischen den Säulen zeigten, wie Ys und Syth sich in dem Ei, das sie vor der Schöpfung der Welt bewohnt hatten, gestritten hatten, wie es daraufhin explodiert war und die beiden Schöpfergeister in die Leere getreten waren, in der die freigelassenen Elemente wüteten. Wie sie Licht und Dunkelheit, Wasser und Land, Himmel und Erde voneinander geschieden hatten, wie Ys aus den Resten des Eis die Sterne geschaffen und diese über der Welt ausgegossen hatte, auf dass Land und Wasser Licht erhielten. Es war Ys' ordnende Hand, die den grenzenlosen Einfällen des Syth Bestand verliehen hatte, sodass schließlich alles, was gedacht wurde, auch Wirklichkeit werden konnte.

In Sanara blieb dieser Gedanke hängen. Die Wirklichkeit war aus Magie geschaffen, Magie. Vielleicht konnte auch sie, als Gesegnete der Ys sich die Wirklichkeit machen, wie sie es wünschte und den Fehler, den sie begangen hatte, wiedergutmachen.

Sie schlug das Zeichen des Schöpfergeistes und glitt leise, um den Shisan dort vorn nicht zu stören, auf eine der Bänke, die für die Betenden bereitstanden. Der herbe, trockene Duft von Baumharz lag in der Luft, es war kühl. Doch das störte Sanara nicht. Es schien ihr, als wolle Ys so den Aufruhr in ihr beruhigen. Sie brauchte Frieden.

Sanara kannte die genauen Riten nicht, mit denen man Ys anrief. Doch sie konzentrierte sich auf die eintönigen, gemurmelten Gesänge, die sie in ihrer Zeit hier gelernt hatte, die Gebete und die Abfolge der Liturgie, um den Aufruhr in ihrer Seele, den der Besuch Telarion Norandars hinterlassen hatte und der den ganzen Tag nicht hatte weichen wollen, zu beruhigen. So sehr nahm der Fürst – seine unbestreitbare Würde, sein vornehmer Ernst und das, was er gesagt und auch, was er nicht gesagt hatte – Raum in ihren Gedanken ein, dass sie Ronans Versuche in der Nacht, sie in die Arme zu nehmen, abgewehrt hatte.

Erst, als sie selbst auf die Galerie ihres Quartiers gegangen und in der nächtlichen Kälte der Berge unter freiem Himmel gelegen hatte, war ein wenig Frieden gekommen. Doch der Schlaf war fern, sodass sie sich schließlich entschlossen hatte hierherzukommen.

Sanara wandte den Blick von der Alabasterkugel ab und dem eigentlichen Silbermond zu und genoss die silbrige Stille, die sein Licht im Gebetsraum erzeugte. Auf dem Silbermond waren – im Gegensatz zum Goldmond – Strukturen zu sehen. Vielleicht waren es Berge, so wie es auf dem Akusu Feuer gab. Die Weisen sagten, in den Strukturen sei ein Gesicht zu sehen, das Gesicht der Ys; weise, alt und zugleich jung wie der Mond selbst, der jede Nacht verblasste und doch in der nächsten neu aufging.

Sanara versuchte, es zu erkennen – so, wie sie es einst in ihrer Vision auf dem Berg Seleriad erlebt und gesehen hatte – und fühlte sich zum ersten Mal seit ihrer Ankunft hier angenommen.

Ein unterdrückter Ausruf riss Sanara aus den friedlichen Gedanken. Unwillig sah sie auf den Shisan, der weiter vorne vor dem

Altar kniete und ihn von sich gegeben hatte. Er hatte sich zuvor nicht gerührt, sodass sie geglaubt hatte, er meditiere. Doch jetzt fiel die Hand, die er vorher mit der Handfläche nach oben ausgestreckt hatte, flach und heftig auf den Boden und verursachte ein dumpfes Geräusch. Es sprach von der Unzufriedenheit und Entmutigung, die dieser Shisan zu empfinden schien und ließ Sanara zusammenzucken. Sie wusste nicht, was es war, aber offenbar hatte etwas seine Versunkenheit gestört.

Das hat weh getan, dachte sie unwillkürlich und sah, wie der Priester das Gesicht in den Händen barg und sich nach vorn beugte, als flehe er Ys an, die Handlung, die er hatte vollbringen wollen, zu segnen – oder überhaupt erst zu ermöglichen.

Nach einigen Augenblicken straffte sich seine Gestalt wieder. Erneut streckte er die Hand aus, ein Wispern war zu hören; dann vermeinte Sanara auf der ausgestreckten Handfläche kurz ein Glimmen zu sehen – ob golden oder grün war nicht zu entscheiden –, doch es erlosch so schnell wieder, wie es entstanden war.

Es war die Farbe dieses Glimmens, das zarte Grün frischen Laubs im Frühjahr, das Sanara sagte, dass der Fürst von Norad dort saß und versuchte, Feuer auf seiner Hand zu beschwören.

Deshalb also hatte der Abt ihr so dringend ans Herz gelegt, zur Stunde der Ys hierherzukommen. Natürlich, jetzt konnte sie an der Silhouette erkennen, dass die Gestalt dort die Haartracht eines Heilmagiers trug – den Schopf, der einem aufgeplusterten Raben glich, dessen Gefieder man gegen die Wuchsrichtung gestrichen hatte. Selbst hier gab es nur wenige Heiler der Elben, die ihre Haare so trugen; ihre Magie bestand jedoch aus Wasser und war blau, nicht grün wie Wind und Kälte.

Sanara biss sich auf die Unterlippe und sah sich um. Der Ausgang war weit fort, sie hatte kaum eine Chance, ihn zu erreichen, ohne dass Telarion Norandar sie hörte. Und dann würde er genauso verlegen sein wie sie jetzt, da sie Zeugin seines Versagens geworden war.

Noch ein Grund wurde ihr bewusst, warum sie den Ausgang

wohl nicht unbemerkt erreicht hätte. Neben dem Eingang stand eine weitere Gestalt, die bequem an einer der Säulen lehnte: der Hauptmann und Gefährte des Fürsten. Natürlich, er war nie weit von seinem Herrn entfernt.

Es half nichts. Sie musste sich bemerkbar machen.

Sanara fasste sich ein Herz, dann erhob sie sich und ging nach vorn zum Altar. Aus dem Augenwinkel sah sie, dass der Hauptmann sich aufrichtete. Für einen Moment glaubte sie, sie sehe dort, wo seine Augen sein mussten, zwei dunkelgrüne Punkte zornig aufleuchten. Er blieb, wo er war, dennoch war Sanara sich jetzt bewusst, dass sie beobachtet wurde. Sie warf dem Hauptmann einen verächtlichen Blick zu und überließ ihn dann sich selbst.

Ihre Aufmerksamkeit galt nun Telarion Norandar, der die Augen geschlossen hatte und die Lippen bewegte, als meditiere er. Offenbar suchte er nach Worten in sich, die das Feuer, das er wohl zu beschwören versuchte, auf seine Hand rufen würden.

Vorsichtig kniete Sanara in einigem Abstand seitlich vor dem Fürsten nieder, sodass er die Kugel, die Ys versinnbildlichte, noch im Blick hatte. Er schien sie nicht zu bemerken. Seine dunklen geraden Brauen zogen sich zusammen, als seine Hand erneut schwach zu glühen begann. Doch das Licht wollte sich nicht entzünden.

»Ihr dürft das gelbe Element nicht mit Worten beschwören«, hörte sie sich sagen. »Es kommt vom jüngeren der Zwillingsmonde und gehorcht nur den gesungenen Tönen.«

Er öffnete jäh die Augen und wandte sich ihr zu. Und doch konnte Sanara keine Regung in seinem Blick lesen. Nur seine Überraschung erkannte sie an seinen Bewegungen, die rasch und wachsam waren wie die eines wilden Raubtiers, das aufgestört worden war. Aber er war ein Fürst und hatte sich gut im Griff. Nach einem raschen Blick auf sie richtete er seine fremdartigen Augen wieder auf die Handfläche, die er vor sich hingestreckt hatte.

»Wie Ihr sehr wohl wisst, Mendari, bin ich ein Herr des Lebens, ein Goldmagier der zweiten Ordnung. Ich wirke meine Magie mit Worten, nicht mit … Gesang«, sagte er. Es klang gelassen, aber auch würdevoll und so hochmütig, dass Sanara ein spöttisches Lachen unterdrückte.

Er hörte das Glucksen in ihrer Kehle und warf ihr einen kurzen ärgerlichen Blick zu. Doch als sei sie eine Antwort nicht wert, wandte er sich einfach ab und bemühte sich weiter, das Feuer auf seine Hand zu rufen.

Sanara unterdrückte den Impuls, ihrem Herzen zu gehorchen, das ihr empört über die Missachtung befahl, aufzustehen und den Gebetsraum der Ys sofort zu verlassen. Doch die Beharrlichkeit, mit der er sich darauf konzentrierte, die ihm fremde Kraft zu beherrschen, gefiel ihr.

Und ihr gefiel auch der Gedanke, sie könnte ihn etwas lehren.

»Hört zu. Ich singe Euch das Lied vor«, sagte sie und fügte ein wenig provozierend hinzu: »Ihr seid ein kluger Mann, es sollte Euch leichtfallen, die Tonfolge zu behalten.«

Ohne seine Zustimmung abzuwarten, schloss sie die Augen und streckte ebenfalls die Linke aus, mit der Handfläche nach oben. Dann sang sie leise eine Abfolge von Tönen, die sich vor ihrem inneren Auge als gelb lodernde Flammen und glimmende Funken manifestierten. Sie kamen aus ihrem Herzen und aus ihrer Seele und wirbelten um ihre Hand herum, bis sie sich schließlich darauf sammelten und zu einer einzigen Flamme wurden, in der sich samtschwarzer Rauch kräuselte.

Sanft ließ Sanara die letzten Noten verklingen, doch die Flamme verschwand nicht.

Sie öffnete die Augen und sah ihn an.

Er erwiderte den Blick, so als könne er nicht fassen, dass ein denkendes Wesen eine solche Kunst mit dieser Leichtigkeit beherrschte.

»Die Töne sagen nichts«, sagte er dann. Es klang unwillig.

Jetzt war es an Sanara, überrascht zu sein. »Was meint Ihr damit? Sie haben die Flamme gerufen, oder nicht? Da können sie doch nicht stumm sein.«

»Diese Töne gleichen aber keinem Wort, das ich kenne«, erklärte der Fürst ungeduldig. »Es sind einfach nur Töne! Wie kann die Flamme anhand einiger zufälliger Töne wissen, dass sie brennen soll? Das verstehe ich nicht.«

Sanara unterdrückte ein Lächeln. »Melodien sprechen nicht mit Worten, das ist wahr«, sagte sie. »Doch unterliegen beide, Melodien wie Worte, den Gesetzmäßigkeiten der Schöpfergeister, und sind damit nichts anderes als zwei Seiten derselben Münze. – Was wäre denn ein Wort Eurer Ansicht nach, wenn nicht eine Abfolge von unterschiedlichen Tönen, denen die Kinder des Vanar eine bestimmte Bedeutung zubilligten?«

Telarion runzelte die Stirn und starrte sie an. Es schien, als sei ihm der Gedanke, dass die Gesänge der Menschen und die epischen Gedichte der Elben nur verschiedene Ansichten eines großen Ganzen seien, völlig neu.

Doch schließlich nickte er kurz. Sanara glaubte zu erkennen, dass der Zorn aus seinem seltsam fremden Blick verschwand. »Ich glaube, ich verstehe, was Ihr meint, Mendari.«

Er streckte erneut die Hand vor sich aus, seinen magischen Arm, sodass er nur wenige Fingerbreit von ihrem entfernt war. Der Fürst trug ein dunkles Hemd, das um den Oberkörper gewickelt und mit Bändern und Schärpe an der Hüfte geschlossen war. An den Ärmeln reichte es bis zu seinen Händen. Die trockene Kälte, die von ihm ausging, war an Sanaras Handgelenk zu spüren, so als würde ihre Linke von kaltem Rauch eingehüllt, der geschwängert war vom Duft verbrannten Yondarharzes.

Sanara schluckte. Auch sie trug das gewickelte Hemd eines Laien dieses Klosters, doch sie fragte sich nun, ob er die Wärme ihres Körpers ebenso spürte. Der Gedanke gefiel ihr.

»Singt, Mendari«, forderte er sie auf.

Sanara schloss die Augen und sang.

Bereits beim dritten Mal hörte sie ein Brummen. In ihren Ohren klang es erst wie das Brummen eines Rakkars, doch sie lachte nicht, als sie erkannte, dass es die ersten Versuche des Fürsten von Norad waren, die Melodie anzustimmen, die das Feuer rief.

Seine Worte hatten ihr gesagt, dass ihm nie zuvor eingefallen war zu singen und dass er mit Musik, wie man sie selbst bei den Banketten der elbischen Adligen zur Unterhaltung von Zeit zu Zeit zu spielen pflegte, nur wenig anzufangen wusste. Kein Wunder, dass seine Kehle kaum fähig war, diese Töne nachzubilden.

Beinahe kam Mitleid in ihr auf, hatte er sich doch auf diese Weise einer der schönsten Künste, die das Leben bot, bisher versagt. Sie unterdrückte das Schmunzeln angesichts seiner unbeholfenen Versuche, sich die Musik der Menschen anzueignen, und stimmte stattdessen geduldig das Lied wieder und wieder aufs Neue an.

Sie wusste nicht, wie lange sie so neben dem Fürsten von Norad gesessen hatte, als auf seiner Handfläche eine Flamme erschien, eine Flamme, deren Grün nicht mehr kalt leuchtete, sondern einen warmen Schein verbreitete. Es war die erste, die nicht verschwand, nachdem der letzte Ton seine Seele verlassen hatte.

Sanara lächelte ihn aufmunternd an, auch wenn sie selbst überrascht war, dass es ihm gelungen war, das gelbe Element zu beschwören. Aber offenbar hatte Akusu ein Einsehen gehabt und sein Brummen erhört – sie selbst hatte bis zuletzt kaum eine Melodie erkennen können.

Doch sie hütete sich, ihre Gedanken laut auszusprechen. »Ihr habt das Feuer gemeistert«, sagte sie stattdessen freundlich und ließ ihre Hand sinken, um die grüne Flamme auf seiner Hand mit ihren Fingern zu berühren. Sie fühlte sich unerwartet kühl an, jedoch nicht kalt, eher wie eine frische Brise an einem heißen Tag. Dennoch erinnerte die unerwartete Kälte der Flamme sie an das Feuer, das in ihrem Gefängnis gebrannt und das ihr die Magie entzogen hatte.

Sie zog die Hand zurück.

Telarion betrachtete Sanara dabei, als erwartete er das Urteil seiner Lehrerin.

»Die Flamme ist warm«, sagte er zu ihrer Überraschung. »Aber es verbrennt mich nicht. Es gleicht Eu…« Er unterbrach sich und warf ihr einen raschen Blick zu. Er löschte das Feuer auf seiner Hand, schlug das Zeichen der Ys vor der Brust und machte Anstalten, sich zu erheben. »Ich danke Euch, Mendari«, sagte er und neigte förmlich den Kopf. »Ich werde versuchen zu beherzigen, was Ihr mich lehrtet.«

Sanara biss sich auf die Unterlippe, als könne sie nur so die Worte zurückhalten, mit denen sie ihn bestürmen wollte, den begonnenen Satz zu Ende zu bringen. Doch sie schwieg und rührte sich nicht.

Der Fürst hatte bereits ein paar Schritte in Richtung Ausgang gemacht, als er sich noch einmal umwandte. »Ihr habt mir heute Nachmittag sehr deutlich erklärt, dass ich keinen Grund habe, von Euch Freundlichkeit zu erwarten«, sagte er höflich.

Röte stieg in Sanaras Wangen. Gern hätte sie das, was sie gesagt hatte, zurückgenommen, doch sie fand nicht die passenden Worte. Sie hätte auch keine Gelegenheit gehabt, sich zu entschuldigen, denn schon sprach er weiter. »Umso herzlicher danke ich Euch dafür, dass Ihr mir den Weg gewiesen habt, Mendari. Das soll nicht unerwidert bleiben. Solltet Ihr mehr über die Kraft des Windes und des Lebens in Euch erfahren wollen, so kommt zu Beginn der Weißen Stunde in die Quartiere, die hier den Luftmagiern vorbehalten sind.«

Überrascht von seinem Angebot nickte Sanara nur kurz, worauf er davon ging. Einmal mehr lauschte sie seinen Schritten nach, bis sie in der Ferne verhallten.

Doch obwohl er gegangen war, fühlte sie sich diesmal nicht verlassen.

Nebel wogte in dicken Schwaden durch die Galerien, die zu den Quartieren der Luftmagier hinaufführten. Ein Rauschen und Donnern war zu hören, verursacht vom Blauwasserfall, der oberhalb des Klosters entsprang. Durch den Nebel war er nicht zu sehen.

Der Nebel war bereits grau, es kündigte sich ein kühler, klarer Tag an, als Telarion sich an einer Tasse Kräutersud labte, den er am Abend zuvor im Inneren der Arkaden auf einer Feuerstelle aufgebrüht hatte.

Telarion summte die Melodie vor sich hin, die Sanara Amadian ihn gelehrt hatte. Noch war es ungewohnt; die Töne kratzten in der Kehle, als wehrten sie sich dagegen, einem Magier des Vanar zu gehorchen. Und doch war das Gefühl, als die Funken der Töne ihm gehorchten und die Flamme auf der Hand entzündeten, ein wunderbares. Sanara Amadian schien ihm näher als je zuvor.

Es war, als hätten die flüchtigen Erinnerungen und Reminiszenzen an sie konkrete Form angenommen. Es entzückte den Fürsten von Norad, dass er nun die Möglichkeit hatte, sich ihre Wärme, ihr Feuer auf die Hand rufen zu können, wann immer es ihm beliebte.

Als er Gomarans leise Tritte hörte, unterdrückte er das Verlangen, erneut das Feuer auf seine Hand zu beschwören. Er wusste, sein Milchbruder billigte nicht, dass er versuchte, die Feuermagie in sich zu beherrschen, zudem stand der Aufgang der Weißen Sonne bevor. Einen Augenblick lang gestattete Telarion sich die Vorfreude darauf, Sanara Amadian nehme sein Angebot vielleicht an und käme zu ihm, um seine Luftmagie, die sie – wie er ihre Feuermagie – zweifellos in sich trug, beherrschen zu lernen.

»Daron, Ihr solltet etwas zu Euch nehmen, bevor Ihr Euch weiter Euren Lektionen widmet«, sagte sein Gefährte leise.

Langsam verneigte sich Telarion in Richtung Osten, dann wandte er sich um und schickte auch ein kurzes Gebet in Richtung des Akusu, den Westen.

Gomaran runzelte die Stirn. Als der Fürst das sah, stahl sich ein Lächeln auf seine Miene. Er nahm von Gomaran eine Schale mit weißem, gekochtem Wasserkorn und ein wenig Gemüse entgegen und aß hungrig.

»Du schätzt es nicht, dass ich mich der Magie des Dunkelmonds zuwende«, sagte er nach einer Weile.

»Nein«, sagte Gomaran. »Doch ich denke, es ist nicht Eure Schuld. Es ist die Schuld dieser … Feuermagierin.«

Telarion sah den Milchbruder nachdenklich an. »Ich weiß, es klingt in deinen Ohren wie eine Ausrede. Aber dass sie meine Magie in sich trägt – und ich ihre in mir –, ist das Werk der Ys, nicht das eines Geschöpfes der Zwillingsmonde.«

Gomaran nickte nur, und Telarion fragte sich, ob sein Gefährte tatsächlich überzeugt war oder einfach nur seine Meinung für sich behielt.

Nun, das würde die Zeit weisen müssen. Er würde das Siegel finden und zerstören, ob mit oder ohne Hilfe – käme diese von Sanara Amadian oder von Gomaran. Telarion hätte es lieber mithilfe beider getan. Doch wie dem auch sein mochte, das Siegel durfte Ireti Landarias nicht in die Hände fallen, und Telarion würde alles dafür tun, dass es nie so weit kam. Eine Flamme auf die Hand zu beschwören war nur der erste Schritt.

Noch während er darüber nachdachte, erhob sich Gomaran. Er schob Telarion noch ein Tablett zu, auf dem Schalen mit Tee und geschnittenem Obst standen, und verließ die Plattform, die weit über dem Tal schwebte. Der wallende Nebel verschluckte seine Gestalt nach nur wenigen Schritten.

Telarion wandte sich wieder nach Osten, wo der Nebel nun erkennbar heller wurde. Der Aufgang der Weißen Sonne stand kurz bevor, es war Zeit für seine Morgenandacht.

»Mendaron Norandar?«, erklang plötzlich eine Stimme in einiger Entfernung.

Sie war es – Sanara Amadian.

Telarions Herz machte einen Sprung, dennoch versuchte er,

sein Gebet an Vanar nicht zu vergessen. Aber er entbot seinem Schöpfermond nur noch mit halbem Herzen den Gruß.

»Dari. Sicher wünscht Ihr den Fürsten zu sehen. Ich werde sehen, ob er bereit ist, Euch zu empfangen.« Das war Gomaran. Die Stimme seines Gefährten verriet den Unwillen, die Feuermagierin in die Nähe des Fürsten zu lassen, so als sei sicher, dass ihre Gegenwart ihm schaden würde. Telarion überlegte, ob er einschreiten sollte, doch dann erkannte er, dass sie sich selbst zu wehren wusste.

»Ich wünsche Euch auch den Segen der Schöpfermonde, Hauptmann«, sagte sie hoheitsvoll, und Telarion unterdrückte ob des Hochmuts, mit dem sie diesen Satz hervorbrachte, ein Lachen. »Doch Ihr wisst ohne jeden Zweifel, dass Euer Fürst mich zu Euch gebeten hat«, fügte sie hinzu.

Telarion war sicher, dass der Hochmut der Angst entsprang. Zu sehr hatte er ihr zugesetzt, als sie seine Gefangene gewesen war. Er bewunderte ihren Mut, sich zu so einer Stunde in das Quartier eines Luftmagiers zu begeben und fragte sich unwillkürlich, ob sie wohl den Musikanten mitgebracht hatte.

Ein morgendliche Brise kam auf und vertrieb für Augenblicke den Nebel, der durch die Säulen und die Wände aus Maßwerk zog. Der Blick auf den Arkadengang, der zum Hauptgebäude des Klosters führte, war nun frei. Die Feuermagierin stand dort, direkt vor Gomaran, und blickte zu dem Hauptmann auf. Sie war wie alle Menschen wesentlich kleiner als der Elb Gomaran, und doch sah es nicht so aus, als fürchtete sie sich. Es ließ sie im Vergleich zu den anderen Kindern des Akusu groß wirken. Die Hände hatte sie vor der Brust in die weiten Ärmel ihres Laienhemdes geschoben, und Telarion fragte sich, ob sie unter dem silbrig grauen Leinenzeug die Hände zu Fäusten geballt hatte.

Ihr Blick sah so zornig zu Gomaran auf, dass es den Fürsten nicht verwundert hätte.

Sie wollte sich an Gomaran vorbeischlängeln, doch dieser trat ihr in den Weg. »Mein Herr verrichtet gerade sein Morgengebet,

Mendari. Wartet hier.« Brüsk wandte er sich um und ging davon. Doch sie ließ sich nicht abschütteln und folgte ihm.

Telarion nickte dem goldenen Ring, dem Symbol des Vanar, noch einmal kurz zu und nahm sich vor, das Gebet später am Tag nachzuholen.

»Daron Norandar, die Dari Amadian ist hier und wünscht Euch zu sprechen«, war Gomaran zu vernehmen.

Bevor Telarion sich umdrehen konnte, hörte er das leise Rascheln von Leinen auf Stein, dann ein Schnauben, das von unterdrücktem Zorn sprach. Vergnügen stieg in ihm auf.

»Daron, Ihr wart so freundlich, mich zu Euch zu bitten. Nun, hier bin ich.«

Telarion wandte sich um und fand das Bild so vor, wie er es erwartet hatte. Sanara Amadian war in die Knie gegangen und hielt in ungewohnter Ehrerbietung den Kopf gesenkt und die Hände ausgebreitet. Gomaran dagegen stand dicht hinter ihr, und seine Miene drückte deutlich aus, dass er ihr forsches Verhalten für völlig unangemessen hielt.

Der Fürst wandte sich seinem Milchbruder zu. »Ich danke dir, Gomaran. Bitte bring meinem Gast eine Schale Tee.«

Nach kurzem Zögern nickte Gomaran und brachte Sanara das Gewünschte.

Dem Fürsten entging nicht, wie ungehalten sein Gefährte war. Es tat ihm leid, doch jetzt, in Anwesenheit seines Gastes, konnte er nicht darauf eingehen. Innerlich seufzend gestand er sich ein, dass der Besuch der Dari, so sehr er sich auch gewünscht haben mochte, sie möge kommen, ihm nun noch eine zu leistende Abbitte eingebracht hatte.

Er nahm den Tee, den Gomaran ihm gereicht hatte, auf und trank wie sie einen Schluck davon. Ihm fiel auf, dass sie sich trotz ihrer Jahre in der Unterstadt und ihres Lebens als einfaches Schankmädchen gut zu benehmen wusste. Sie nahm die Schale, wie es sich gehörte, mit beiden Händen und wartete darauf, dass er als Gastgeber das Gespräch in Gang brachte.

»Dari, was wünscht Ihr, von mir zu lernen?«, fragte er, bevor die Verlegenheit, die sich zwischen ihnen ausbreitete, zu peinlich wurde.

Sie hob die Augenbrauen und stellte ihre Teeschale vorsichtig ab. »Daron, bevor wir uns gegenseitig Unterricht erteilen, müsst Ihr mir ein paar Fragen beantworten.«

Ihr Blick sprach von Entschiedenheit und war herausfordernd, doch ihre Stimme vibrierte leicht und verriet, wie aufgeregt sie war. Ihre Miene wirkte entschlossen und aufrichtig. Die Natürlichkeit, mit der sie ihr Anliegen vortrug, erfreute Telarion, doch er blieb ernst. Er wollte nicht, dass sie dachte, er lache sie aus.

»Nur zu. Sprecht, Dari. Ich werde tun, was in meiner Macht steht.«

»Es war Ys, die uns befahl, das Siegel zu suchen. Das wisst Ihr so gut wie ich, Fürst Norandar. Und der Schöpfergeist hat recht: Der Aufruhr, der die Welt seit ein paar Generationen erschüttert, muss ein Ende finden. Nur Ys allein weiß jedoch, warum sie glaubt, dass ausgerechnet Ihr und ich, die wir zeitlebens Todfeinde waren, ihre Auserwählten sein sollen. Doch so ist es …« Sie unterbrach sich, und er wusste nicht, ob sie es aus Zorn darüber tat, Ys folgen zu müssen oder aus anderen Gründen.

»Nun«, setzte sie neu an, als er nicht reagierte, »wie mir scheint, habt Ihr Euch aber vorgenommen, die gestellte Aufgabe ohne die … Hilfestellung zu erfüllen, die Ys uns auf dem Berg Seleriad mitgab.«

Telarion hielt insgeheim den Atem an, als sie ihm durch ihre Wimpern einen Blick zuwarf, so als wolle sie herausfinden, wie er darüber denke. Einen Augenblick schloss er die Augen. Die Erinnerung an den Traum, den Ys ihnen beiden geschenkt hatte und in dem sie sich geliebt hatten, drohte, ihn zu überwältigen. Es kostete Kraft, sich zu beherrschen und sich den inneren Aufruhr nicht anmerken zu lassen. Dennoch konnte er nicht verhindern, dass sich die Hände, die er auf die Oberschenkel gelegt hatte, zu Fäusten ballten.

Er hörte kaum, dass sie weitersprach. »Die Erinnerung an das, was wir in Ys' Heiligtum einander gegeben haben, ist Euch, wie ich bemerke, unangenehm. Aber ich gestehe, ich habe nichts anderes erwartet. Es entspricht wohl Eurem Wesen, dem die Kälte innewohnt.«

Er wollte aufbegehren – was wusste sie, eine Feuermagierin und Schankdirne, von seinem Wesen! –, doch sie wischte seine Reaktion mit einer unwirschen Geste fort. »Fürst, Ihr sollt wissen: *Mir* ist diese Erinnerung überaus kostbar, und ich sehe keinen Grund, das zu leugnen!«

Sie holte tief Luft und fuhr fort. Telarion erwartete fast, dass ihre Stimme zittern würde, doch sie klang fest und entschieden. »Wie Ihr selbst sagtet: Um der größeren Sache willen bin ich bereit, mit Euch das Siegel zu suchen und es zu zerstören. Dabei werde ich das, was wir vor Ys miteinander teilten, außer Acht lassen. Ich werde Euch nicht mehr darauf ansprechen.«

Telarion wusste nicht, was er sagen sollte. Er hatte angenommen, dass sie ihn, ihren Feind, fürchtete, und dass sie aus diesem Grund die gemeinsame Aufgabe verabscheute.

Und nun offenbarte sie ihm, dass es ihr ging wie ihm selbst: Sie fürchtete, von Gefühlen überwältigt zu werden, die dem anderen nicht erwünscht waren. Obwohl er selbst es ihr einen Tag zuvor vorgeschlagen hatte – erst jetzt, da sie es in Worte gefasst hatte, wurde ihm bewusst, wie sehr er es bedauern würde, keine Gelegenheit zu haben, ihr wahres Wesen kennenzulernen.

»Ich werde Seine Ehrwürdigkeit bitten, uns eine Art Stundenplan einzurichten. Ich bin keine geweihte Priesterin des Akusu, ich darf meine Übungen in der Kunst als Herrin der Seelen und des Feuers neben Euren Lektionen nicht vernachlässigen, bis der Dunkelmond mich mit seinem Segen bedenkt. Erst dann wird mir gestattet sein aufzubrechen. Der Abt schätzt, dies könnte, wenn ich konzentriert arbeite, in etwa zwei Mondumläufen der Fall sein, da gewisse Fähigkeiten bereits vorhanden sind. Und doch brauche ich Hilfe bei diesem Unterricht.«

Telarion nickte. »Es wird mir eine Ehre sein, Euch zu unterrichten, Mendari, und mit Euch auf die Suche nach dem Siegel zu gehen«, sagte er höflich. »Und noch etwas …«

Sie wirkte leicht enttäuscht, so als hätte sie eine andere Reaktion erwartet, doch dann nahm sie das Angebot mit einem kurzen Nicken zur Kenntnis.

Ein Lächeln umspielte seine Mundwinkel. »Ihr habt ein lebhaftes Temperament, Mendari. Ich bezweifle es nicht – das, was ich bisher von Euch kennenlernen durfte, wird unsere Suche nach dem Siegel sicher zu einer einzigartigen Erfahrung machen.«

Ihr Blick wandelte sich im Bruchteil eines Augenblicks von gespieltem Hochmut zu völliger Verblüffung. Telarion war es nicht gewohnt, die Gefühle eines Wesens so ausdrucksvoll auf einem Gesicht zu sehen; besonders während seiner Zeit als Heiler hatte man ihn gelehrt zu verbergen, was man empfand. Er hatte die Impulsivität der Menschen stets verabscheut. Noch während er überlegte, warum gerade sie ihn an dieser Menschenfrau so faszinierte, bemerkte er ein Funkeln in ihren Augen, das er als Zorn interpretierte. Ihr Blick wurde stechend, aber so wirkte der Blick von Menschen oft auf Elben: Die kleinen, runden Pupillen, dunkel im feuerfarbenen Gold der Iris, gaben Telarion das Gefühl, Sanara schaue direkt in seine Seele hinein.

Er wappnete sich innerlich gegen ihren Ausbruch, der einer Feuermagierin wohl mehr als würdig sein würde, doch dann huschte zu seinem Erstaunen ein Lächeln über ihr Gesicht.

Sie machte in der Tat keinen Hehl aus ihren Gefühlen. Doch es verlieh ihrem Gesicht jene Art Leben und Schönheit, wie er es von den Frauen seines eigenen Volks nicht kannte.

»Ich danke Euch für diese Worte«, sagte sie. »Auch wenn sie kaum den Tatsachen entsprechen dürften, seid Ihr doch ein hochrangiger Fürst, ein Heermeister, Truchsess eines Reichs und Elb dazu.« Spöttisch ergänzte sie: »Wie könnte ich armes Menschenkind Euch wohl zu – wie sagtet Ihr doch gleich? – einzigartigen Erfahrungen verhelfen, die Ihr nie zuvor das Vergnügen hattet zu erleben?«

Telarion erwiderte das Lächeln kurz. »Nach elbischen Maßstäben habe ich erst ein kurzes Leben hinter mir, von dem ich den Großteil in einem Kloster verbrachte. Andere Kinder des Vanar mögen also der Ansicht sein, es mangele mir im Vergleich zu meinem Lebensalter noch an Erfahrung.«

»Bei Ys! Diesen Eindruck hatte ich nicht, als Ihr mich auf dem Berg Seleriad in Eure Arme nahmt und …« Ihre Wangen färbten sich tiefrot, als brächten ihre eigenen Worte sie in Verlegenheit. »Ich meine … Ihr wusstet doch sehr genau, wo und wie Ihr mich …« Sie unterbrach sich. »Verzeiht«, setzte sie neu an. »Ich versprach, Euch nicht mehr damit zu behelligen. Ich gestehe, ich weiß nichts über Euch. Trotz allem, was zwischen uns … Ich weiß nicht einmal, wie alt Ihr seid.«

»Ihr wollt wissen, wie alt ich bin?«, brachte Telarion verblüfft hervor. »Warum fragt Ihr nicht einfach, Mendari?«

Sie hob ihren Blick. Immer noch waren ihre Wangen gerötet, doch sie schob trotzig das Kinn vor. »Nun denn: Wie alt seid Ihr, Fürst Norandar? Alles an Euch vermittelt mir nämlich den Eindruck, Ihr hättet ein sehr hohes Alter. Mein Volk sagt: ein elbisches Alter!«

Telarion starrte sie überrascht an. Die Frage, ob ihre geradezu unverschämte Direktheit auf ihre Jahre als Schankmädchen zurückzuführen war oder ihr im Blute lag – oder vielleicht nur eine Folge der Feuermagie war, die sie durchdrang und aus der ihr Wesen bestand –, ging ihm durch den Sinn.

Er wusste es nicht – doch er ertappte sich bei dem Gedanken, wie viel Freude es ihm machen würde, das herauszufinden.

»Wir Elben besitzen die Gabe des Lebens, wie Ihr wisst, Dari«, sagte er, als er sicher war, nicht mehr laut losprusten zu müssen vor Lachen. »Alter zeigt sich bei uns nicht in faltigen Gesichtern oder grauen Haaren wie bei den Kindern des Akusu.«

Sie betrachtete ihn mit einer Mischung aus Neugier und Nachdenklichkeit, die ihn an ein Kind erinnerte und daran, wie jung sie eigentlich war. »Ja, das wusste ich. Und Ihr, Fürst, wirkt in meinen Augen tatsächlich wie ein Mann, der gerade der Jugend entwachsen ist«, sagte sie gedankenverloren. »Wärt Ihr ein Mensch, würde ich sagen, Ihr seid keinen Tag älter als ich. Aber ich wusste, dass man einem Elb das Alter nicht ansieht. Und Euer würdevolles Benehmen, die Verantwortung, die Ihr als Heermeister und als Truchsess des Reichs innehattet, und die Selbstverständlichkeit, mit der Ihr diesen Rang einnahmt, ließ mich denken, Ihr hättet mindestens so viele Jahre gesehen wie einst mein Vater.«

Telarion dachte nach. »Das mag sogar stimmen«, sagte er. »Siwanon Amadian war meines Wissens nach in der Mitte seines Lebens, als … ich ihn sterben sah. Er dürfte bei seinem Tod keine vierzig Sommer gesehen haben. – Wenn ich es recht bedenke: Ich war damals bereits älter als er«, fügte er hinzu.

Sie starrte ihn an. »Älter als Siwanon? Wie alt seid Ihr?«

»Am dritten Tag des zweiten Wintermonats werde ich einundfünfzig Winter alt.«

Sanara starrte ihn an. »Dann seid Ihr über dreißig Jahre älter als ich. Ihr könntet fast mein Großvater sein.«

Telarion zuckte zusammen. *Einst nannte sie dich schwer von Begriff, jetzt sagt sie, du bist alt. Dabei wollten die Fürsten Tarind nicht zum König machen, weil es hieß, er sei – wie ich – zu jung dafür!*

Er runzelte die Stirn und suchte nach den passenden Worten, um sie zurechtzuweisen, ohne sie zu beleidigen. Doch ihr sprunghafter Geist war bereits zu einem anderen Gedanken gewandert.

»Wart Ihr anwesend, als mein Vater starb? Ihr sagtet es gestern, und Ihr habt es gerade wieder angedeutet. Wart Ihr dabei?«, wollte sie wissen.

Unwillkürlich biss Telarion die Zähne zusammen. Er war beim Tod ihres Vaters nicht nur dabei gewesen. Er hatte dazu beigetragen und empfand nun eine ähnliche Scham darüber wie über den Mord an seinem Bruder Tarind. Doch die Ehrlichkeit, mit der sie ihm begegnete, verdiente es, dass er sie mit der gleichen Aufrichtigkeit belohnte.

»Das war ich.«

»Und nicht nur das. Ihr vermittelt den Eindruck, als hättet Ihr dazu beigetragen«, sagte sie tonlos.

»Ja«, gestand er nach kurzem Zögern.

Sie nickte. »Ich verstehe.«

»Mir fehlen die Worte, Mendari, die ausdrücken könnten, wie groß mein Schmerz ist, dass es so geschah.«

Sie nickte erneut, sah ihn aber nicht an. »Wie starb er?«

Telarion schluckte. Er dachte an die Verachtung, mit der er den Fürsten Amadian in kalten Sturm gehüllt hatte, und an den Hass, der ihm die Kraft gegeben hatte, dem Mann, dessen Aussehen ihn an den Syth gemahnte, das Leben zu nehmen. Und der doch bis zuletzt dieser Verachtung mit dem Selbstbewusstsein eines Mannes begegnet war, der sich seiner Unschuld sicher war.

»Aufrecht«, sagte Telarion schließlich. »Siwanon Amadian starb erhobenen Hauptes und vergaß nie die Seinen. Damals habe ich ihn verachtet, denn ich glaubte, er habe meinen Vater Dajaram sterben lassen und beinahe auch mich. Heute weiß ich es besser.«

Sie hielt den Kopf gesenkt, und plötzlich wusste Telarion, dass sie weinte. Es ließ sie verletzlich wirken und auf eine unbestimmte Art zerbrechlich, obwohl ihm sehr wohl klar war, dass sie sich ihrer Haut erwehren konnte.

Unwillkürlich streckte er die Hand aus, legte die Fingerspitzen unter ihr Kinn und hob es an. »Haltet den Kopf erhoben, Mendari«, sagte er sanft. »In all meinen Wintern habe ich kein Kind des Akusu gesehen, das würdiger in den Tod ging als Siwanon. Ihr habt alles Recht, stolz auf ihn zu sein. Und ich hoffe, Ihr könnt mir vergeben.«

Einen Wimpernschlag lang schien sie die Berührung seiner Finger zu genießen, doch dann zog sie den Kopf zurück. Telarion bedauerte das.

»Ich danke Euch für Eure Worte, Fürst.« Sie atmete tief ein. »Ich werde versuchen, diese Tat zu vergeben, doch ob ich sie vergessen kann, muss die Zeit weisen.«

»Es wäre überaus großherzig«, sagte Telarion nach einer Weile.

»Es wäre im Sinne der Ys, die uns in ihrem Tempel einander in die Arme gab«, erwiderte sie. Ihre Augen funkelten gelb, und Telarion erkannte, dass sie diese Worte bewusst wählte.

Es zuckte um seine Mundwinkel. »Ich bin geschmeichelt, dass dieses Erlebnis einen solchen Eindruck bei Euch hinterließ.«

Ihr Kinn schob sich vor – ein Ausdruck, der ihrem Gesicht etwas Trotziges verlieh, wie ein Kind, dem man ein Spielzeug verweigerte –, doch Telarion sprach weiter, bevor sie etwas dazu sagen konnte.

»Mendari, lasst uns nicht vergessen, was vor uns liegt. Es ist wichtiger als das, was wir gemeinsam träumten – so schön es gewesen sein mag.«

Er richtete sich auf und widerstand der Versuchung, ihr Gesicht zu berühren. Er stellte sich jedoch vor, eine solche Berührung zaubere ein Strahlen auf ihre Züge und in die seltsam gelbdunklen Augen, denen die Enttäuschung darüber, dass er nicht mehr über ihre gemeinsame Vision zu sagen hatte, deutlich anzusehen war.

Er konnte für einige Augenblicke nicht weitersprechen. Zu verführerisch war der Gedanke, eine einzige Berührung könnte den Zauber wiederherstellen, den er damals empfunden hatte, als …

Er räusperte sich. »Lasst uns zum Abt gehen, Mendari. Er wird uns sagen, wie wir am besten voneinander lernen können, damit wir das Siegel finden. Ihr seid Seelenherrin, ich bin Herr des Lebens. Wenn das Siegel gefunden werden soll, sind es diese Magien, die uns helfen, es zu bergen.«

Die Enttäuschung, dass er weder sagte noch tat, was sie sich so offenbar erhofft hatte, stand ihr ins Gesicht geschrieben. Und doch nickte sie rasch und erhob sich. Dankbar, dass sie seine

Hilfe nicht brauchte, legte er die Hände erneut auf den Rücken und folgte ihr, als sie die Plattform verließ. Es war, als müsse er sich selbst davon abhalten, sie erneut zu berühren.

Sanara ging an Gomaran vorbei, der auf dem Arkadengang gewartet hatte.

Telarion fragte sich, was wohl sein Milchbruder über die Szene dachte, deren Zeuge er gerade geworden war. Doch der steinernen Miene des Hauptmanns war nichts zu entnehmen.

Zum ersten Mal wurde ihm bewusst, wie schwer die Aufgabe war, die vor ihm lag: Immer in Gesellschaft dieser Dunkelmagierin zu sein und doch den Abstand zu ihr wahren zu müssen, den ihm der Anstand gebot. Den die Aufgabe, das Siegel zu bergen, ihm gebot.

Er konnte Ys nur um die Kraft bitten, es zu ertragen.

»Nein! Nein, Mendari!«

Die Gestalt, auf deren Schulter sie hatte springen wollen, wich schneller aus, als das menschliche Auge zu folgen vermochte. Sanara konnte ihren Sturz nicht mehr verhindern und landete unsanft auf dem Boden.

Die Schulter schmerzte, obwohl das Rund des Kampfplatzes mit Moos ausgepolstert war und nicht wie üblich mit Sand. Doch bevor sie sich fassen konnte, wurde sie herumgerissen. Ein Gewicht landete auf ihrer Brust, das ihr die Luft aus den Lungen trieb. Dann wurde die scharfe Klinge eines *daikons* so fest an ihre Kehle gepresst, dass sie nicht zu atmen wagte. Eisige Kälte umhüllte sie. Gleichzeitig wurde ihr rechtes Handgelenk von so unbarmherzig starken Fingern gepackt, dass ihr das Langschwert, mit dem sie den Gegner hatte angreifen wollen, aus der Hand rutschte.

»Ich sagte Euch, dass diese Taktik bei Elben nicht verfängt!«, hörte sie eine ungeduldige Stimme.

Zorn packte Sanara. Sie schloss die Augen, griff in die Flamme ihrer Seele und blies hinein. Feuer stob von ihrer Hand ins Gesicht des Gegners.

Ein Schmerzensschrei war zu hören, dann löste sich das Gewicht von ihrer Brust.

Sanara sprang auf und griff gleichzeitig wieder nach dem unhandlichen Langschwert. Noch stand ihr Gegner verwirrt eine Elle von ihr entfernt und versuchte, etwas zu erkennen, nachdem sie ihn geblendet hatte. Sie wollte den Augenblick nutzen. Doch das Schwert in ihrer Hand war so schwer, dass es beinahe ihrer Hand entglitt. Sie musste nachfassen, und einen Augenblick später war der Gegner verschwunden.

Sanara fluchte in sich hinein. Sie hätte es wissen müssen. Der Fürst von Norad war ein zu erfahrener Kämpfer, als dass er sich gestattet hätte, sich nur auf seinen Blick zu verlassen. Er hatte geahnt, was sie vorhatte, wirbelte nun herum und das *daikon*, das er in der Rechten hielt, kam auf sie zugepfiffen.

Mit einem wütenden Ausruf duckte sich Sanara unter der Klinge weg und warf gleichzeitig das Langschwert fort, mit dem sie gekämpft hatte. Dann zerrte sie das *wakon* hervor, das sie im Gürtel trug. Für den Bruchteil einer Sekunde nur wankte der Fürst, von ihrer Reaktion überrascht, doch das war Sanara genug. Sie stürzte nach vorn, warf sich gegen ihn und musste sich selbst bremsen, um ihm das Messer nicht in die Leiste zu stoßen.

Überrascht blieb er stehen, als er die Spitze der kurzen Klinge an seinem Bein spürte.

»Nun, mein Fürst?«, fragte Sanara angriffslustig. Sie richtete sich auf und steckte das Messer wieder an den Gürtel. »Seid froh, dass dies nur ein Übungskampf ist. Sonst hätte die Klinge zweifelsohne eine Eurer lebenswichtigsten Adern durchstoßen!«

Telarion starrte sie mit einem Blick an, den Sanara vor wenigen Zehntagen noch fremd genannt hätte, den sie nun aber als das erkannte, was er war. Er drückte Befremden aus, aber auch kalten Zorn darüber, dass sie sich nicht an die Regeln hielt, die er aufgestellt hatte.

Es war ihr egal.

Sie schnaubte und stieß ihr *wakon* zurück in den Gürtel. Der Fürst war selbst schuld, er hatte darauf bestanden, sie nicht nur in Windmagie oder in den Worten zu unterrichten, die die Gabe des Lebens zähmten. Er hatte trotz Sanaras Hinweisen, sie wisse sich ihrer Haut sehr wohl zu wehren, sollte es auf der Reise zu Angriffen kommen, darauf bestanden, ihr auch Unterricht im Schwertkampf zu erteilen. Es ärgerte Sanara maßlos, dass er offenbar befürchtete, den Beschützer für sie spielen zu müssen, wo sie doch mit einem Messer hervorragend umgehen konnte – wenn auch nicht auf die Art und Weise, wie wohl adlige Elben das Kämpfen lernten.

Sie selbst hatte die Kunst, sich auch gegen mehrere Angreifer zur Wehr zu setzen, von Pakan erlernt, einem Mann, der in Guzarat mit Traumbeerensaft handelte. Sie hatte einige Zeit bei ihm gelebt, weil selbst Sinan sie nicht mehr hatte schützen können. Als sie nach dem Massaker an ihrer Familie und ihrer Flucht aus dem Kloster des Abends nach Guzarat gekommen waren, hatte Sinan eine Weile versucht, sich und seine Schwester durchzubringen, indem er als Schmied arbeitete. Doch er war zu jung gewesen, um sie, ein halbwüchsiges Mädchen, wirklich zu behüten.

Sanara war bald klar geworden, dass sie Freiwild für alle Männer der Schänken geworden wäre, hätte sie sich keinen Beschützer gesucht. Sie hatte ihn in Pakan gefunden, der eine Straßenbande anführte. Dort hatte sie nicht nur vorübergehend Schutz gefunden – sie hatte auch gelernt, wie man sich gegen aufdringliche Freier zur Wehr setzte.

Oder gegen den Angriff eines Elbenfürsten.

»Gegen den heimtückischen Angriff eines Straßenbanditen hätte wohl keiner der Schöpfergeister mich schützen können, Mendari«, sagte er jetzt aufgebracht und stieß das *daikon* in die Scheide, die er in der Schärpe trug.

»Wozu sind wir dann hier, Fürst?«, rief Sanara ungeduldig. »Fürchtet Ihr denn immer noch, Euresgleichen könnte Euch mit einer Straßendirne erwischen? Haltet Ihr Euch immer noch mit dieser Vorstellung auf?«

Er stieß einen verächtlichen Laut aus. »Als ob mir an der Meinung eines Larondar-Elben gelegen wäre. Doch darum geht es nicht. Was ist, wenn ich getötet werde? Dann müsst Ihr es allein versuchen – und dann werde ich nicht da sein, um Euch zu beschützen.«

»Ihr habt gerade gesehen, dass ich mich auch gegen Elben zu wehren weiß«, gab Sanara zurück und begab sich zum Rand des Kampfplatzes, wo eine Schüssel mit Wasser und Tücher zur Erfrischung bereitstanden.

»Ihr scheint zu glauben, es würde einfach, gleichzeitig magische Handlungen zu begehen und eine derart anstrengende Reise zu unternehmen« rief er erbost. »Offenbar sind Euch die Schwierigkeiten unserer Aufgabe nicht bewusst!«

Sanara wandte sich nicht einmal um. »Oh, der Schwierigkeiten bin ich mir sehr wohl bewusst«, erwiderte sie. »Aber ich halte nichts von Eurer Herangehensweise.«

Er schnaubte. »Es scheint mir, als sei Euch mehr daran gelegen, mir kindlichen Trotz entgegenzubringen, als zu lernen, was ich für wichtig halte«, knurrte er.

Auf einmal wurde ihr kalt. Der Duft von Yondarharz wurde so stark, dass sie beinahe niesen musste. »Was Ihr für wichtig haltet, ist es vielleicht nicht!«, schrie sie, wirbelte herum und sah ihm ins Gesicht. Telarion stand aufrecht hinter ihr, dichter, als sie erwartet hatte, und sah zornig auf sie herab. Er war herangekommen, ohne dass sie es gehört hätte, und schneller als gedacht.

Es gefiel ihr. Sowohl der Duft als auch die Kälte stillten das Feuer, das in ihr brannte, und wirkten beruhigend auf ihr Gemüt.

Doch er ließ ihr nicht lange Zeit, sich von seiner Gegenwart betören zu lassen. »Wollt Ihr bitte mir überlassen, wie wichtig es ist, die Elben dieser Larondar-Hexe richtig einzuschätzen?«, zischte er und starrte sie zornig an. Dann spürte sie plötzlich, wie die Spitze seines Schwerts sich schmerzhaft gegen ihr Brustbein drückte. Einen Moment später stieß er ihr den Schaft des Langschwerts an die Schulter – als Aufforderung, es wieder zur Hand zu nehmen und die Übungen mit ihm fortzusetzen.

Seine raschen Bewegungen, denen sie kaum folgen konnte, erinnerten sie daran, dass der Fürst grundsätzlich recht hatte: Elben waren kraftvoller und schneller als Menschen. Es gab nur wenige vom Volk des Akusu, die es im Kampf mit einem Elben aufnehmen konnten. Und Telarion war immerhin Heermeister des Königs gewesen.

»Sicher doch!«, sagte sie, um ihre Zweifel an ihrem Vorgehen zu überspielen, und schob sein *daikon* ungeduldig fort. Ihre Stimme war voller Hohn. »Ich bin ja nur ein dummes Schankmädchen, das nicht wissen kann, was gut für es ist! Gerade noch hätte ich Euch fast erstochen! Warum könnt Ihr Euch nicht damit abfinden, dass ich mit einem Messer besser umgehen kann als mit diesem … Ding?«

Sie schleuderte das Langschwert erneut ins Moos. Es schepperte, als es auf die Schüssel mit dem Wasser fiel und diese umstieß. Sanara nahm eines der Tücher, die an einem Strauch hingen, und warf es ihm zu.

»Ich werde in zwei Zehntagen geweiht«, sagte sie. »Und ich beherrsche immer noch nicht Eure Sicht auf die Welt.«

»Wie auch«, knurrte er. »Es ist ja nicht nur der Schwertkampf, bei dem Ihr Euch als renitent erweist.«

Sanara wirbelte herum, zog gleichzeitig ihr Messer aus dem Gürtel und schleuderte es in seine Richtung. Mit einem dumpfen Laut blieb es im Moos stecken, denn natürlich war der ehemalige Heermeister des Königs schneller gewesen und hatte den Flug der Waffe vorausgesehen.

Doch das bemerkte Sanara nicht mehr, sie hatte sich bereits umgewandt und den Kampfplatz verlassen.

Die Wut auf den Hochmut und die Arroganz des Fürsten von Norad – aber auch die Enttäuschung darüber – brodelte in ihr, als sie durch den Hain aus Bugantibäumen in Richtung des Klosters stürmte. Und die Tatsache, wie ungerechtfertigt diese Wut war, schürte sie nur. An jenem Morgen, nachdem sie ihm das Kinderlied des Feuers beigebracht hatte, war sie in der Überzeugung zu ihm gegangen, er habe nur die Aufgabe im Blick, die ihnen beiden gestellt worden war. Es hieß von Elben, deren Magie aus Wind und Wasser bestand, dass sie in ihren Gefühlen weniger beständig seien als das Volk der Menschen, denen Erde und Feuer zu eigen war.

Sanara hatte das immer für ungerecht gehalten und nicht zuletzt deshalb von der Geschichte um die Feuermagierin Amdiri und den Thaut des Meeres nicht genug bekommen. Denn jene Menschenfrau und jener Elb hatten einander über den Tod hinaus geliebt.

Sie war sich darüber im Klaren gewesen, und das Gespräch mit dem Fürsten hatte es nur bestätigt: Er war offenbar in der Lage, beiseitezuschieben, was der Schöpfergeist der Harmonie ihnen beiden geschenkt hatte.

Sie nicht.

Sanara dachte zurück an die Vision, die Ys über sie und den Fürsten hatte kommen lassen, und während sie die endlosen Steinstufen hinauf in die Felswand, in der sich ihr Quartier befand, hinaufstieg, fragte sie sich erneut, wie sie hatte zustande kommen können.

Sie hatte sich in der Gefangenschaft von Tarind, dem König der Elben, umbringen wollen – mit einem magischen Dolch aus Kristall, den ihr Bruder Sinan ihr heimlich brachte. Der *qasarag* war aus Amethystglas und dem Stein, den man Nachtfeuer nannte und der dem Akusu geweiht war, gefertigt worden und hatte eine Klinge aus Bergkristall. Der Dolch hatte ihre Seele vom Körper getrennt, doch ihr, der Seelenherrin, nicht den Tod gebracht.

Ihr Körper war verblutet. Die Elben, die sie bewachten, hatten daraufhin den Zwilling des Königs, den Fürsten von Norad, gerufen, dessen Heilkünste legendär waren. Er hatte sie zwar geheilt, doch dann war ein Wortgefecht entstanden, das Telarion

Norandar so zornig hatte werden lassen, dass er ihr das Leben nehmen wollte. Eisiger Sturm hatte Sanara eingehüllt und ihre Lebensflammen eine nach der anderen erstickt. Doch in dem Moment, in dem auch die letzte Flamme in den rasend wirbelnden Eiskristallen des Fürsten zu verschwinden drohte, hatte sie sich im Heiligtum der Ys wiedergefunden. Ein einsamer Tempel auf dem höchsten Gipfel des Zendar-Gebirges, weit über der Welt.

Sanara wusste bis heute nicht, ob sie leibhaftig oder nur ihr Seelenbild dort gewesen war. Wahrscheinlich Letzteres, und auch Telarion Norandar war dort bei Ys gewesen. Der Schöpfergeist hatte ihnen beiden gesagt, dass die Welt nur Frieden erhalten würde, wenn sie das Siegel, das sie einst geschaffen hatte, fänden. Es war geschaffen worden, um ihren Gegenpart Syth, den Schöpfergeist der Zerstörung, aus der Welt zu bannen, und musste zerstört werden. Syth hatte genauso seine Berechtigung, in der geschaffenen Welt zu leben, wie Ys selbst. Erst, wenn man ihm dieses Recht zubilligte und es nicht mehr ausschloss, würde es sich nicht mehr mit Gewalt Bahn brechen.

Das Siegel ist sowohl in der Jenseitigen Leere, in der Syth lebt, als auch hier in dieser Welt. Kein Herr des Lebens könnte es ohne einen finden, der den Nebeln befiehlt. Kein Seelenherr könnte es bergen, ohne dass sein Geist ans Leben gebunden würde. Ich habe euch gewählt. Nur ihr werdet das vollbringen können, doch einer nicht ohne den anderen.

Wie, um diese Prophezeiung zu bekräftigen, war in dem Moment, in dem Ys die Worte sprach, in Sanara der Wunsch erwacht, den Elb, der neben ihr stand, in die Arme zu nehmen. Diesen Fürsten, der alles war, was sie nicht war. Der Feind ihrer Familie, ihres Volkes und ihrer selbst; der Elb, von dem sie immer gewusst hatte, dass er das Volk des Dunkelmonds hasste, dass er den Tod ihres Vaters gebilligt, wenn nicht sogar mit verschuldet hatte, und der daran beteiligt gewesen war, unzählige Menschen zu versklaven und zu unterdrücken.

Und der doch so gerechten und ernsten Sinnes war, begangene

Fehler einzusehen für diese einzustehen und sich dafür einzusetzen, sie wiedergutzumachen. Zu ändern, was er als falsch erkannt hatte, und der den Mut besaß, für das einzutreten, an was er glaubte.

Dieser Elb, dessen innerstes Wesen sie verstand, seit sie dort, im Heiligtum der Ys, nicht nur ihren Körper, sondern auch ihre Seele mit ihm geteilt hatte.

Sanara blieb auf der Galerie stehen, die zu ihrem Quartier führte, und beugte sich weit über die durchbrochene Mauer, die sie begrenzte. Eine leichte Brise strich über ihr Gesicht und kühlte die Wangen, die beim Gedanken an die Finger Telarions, die über ihren Körper strichen, aufgeglüht waren. Doch dann wurde ihr bewusst, dass der Wind, wie immer hier im Kloster, nach Yondarharz roch – der Duft, den der Fürst in sich trug, wohin auch immer er ging. Verzweifelt riss Sanara sich von der Mauer los und rannte in ihr Gemach. Sie musste dieses Gefühl in sich löschen, diese endlose Sehnsucht, die doch nie erfüllt werden konnte!

Nichts, aber auch gar nichts in seinem Verhalten hatte in den letzten Zehntagen darauf hingewiesen, dass die Vision, die sie beide in den Tempel der Ys geführt hatte, auch in Telarion einen solch nachhaltigen Eindruck hinterlassen hatte wie in ihr.

Und sie war sich dessen so sicher gewesen! Wie oft hatte sie gedacht, dass er jetzt, in diesem Augenblick, gleich nachgeben und sagen würde, dass die Liebe, die Sanara für ihn empfand, erwidert würde. Dass er das Gleiche für sie fühle.

Doch immer hatte er sich im letzten Moment zurückgezogen und hatte geschwiegen.

Sanara ging mit großen Schritten zu dem kleinen Tischchen hinüber, auf dem eine Schale mit gelben Früchten und ein Becher mit süßem Wein aus roten Beeren standen. Sie stürzte den Wein hinunter, doch die Worte des Fürsten bei ihrer Vereinbarung zum gemeinsamen Lernen vergaß sie auch danach nicht.

Ich bin geschmeichelt, dass dieses Erlebnis beim Schöpfergeist der Harmonie einen solchen Eindruck bei Euch hinterließ. Und doch,

Mendari, lasst uns nicht vergessen, was vor uns liegt. Es ist wichtiger als das, was wir gemeinsam träumten.

Scham befiel sie beim Gedanken an diese Worte – schien doch der Fürst erreicht zu haben, was sie seitdem vergeblich versuchte: den Zauber, den Ys ihr geschenkt hatte, zu vergessen oder zumindest beiseitezuschieben. Für wie kindisch musste er sie halten, dass sie immer noch daran festhielt!

Sanara musste die Tränen unterdrücken, die in ihr aufstiegen. Und sie musste endlich ehrlich mit sich sein. Ihre Gefühle waren einseitig.

Niedergeschlagen nahm sie sich eine Dornenfrucht, ließ sich auf den Stufen zur Feuerstelle nieder und begann die stachelige Schale von der Frucht zu pellen. Die Flammen waren klein, doch ihr Knistern und Zischen, wenn sie die feuchte Schale der Frucht hineinwarf, der süße Duft, den ihr Verbrennen verströmte, vertrieben ein wenig die kalte, bittere Frische, die die Kampfübungen mit dem Fürsten in ihr hinterlassen hatten.

Sie schreckte auf, als jemand ihr die Pisang aus der Hand nahm.

»Ich muss dir wohl nicht noch einmal sagen, dass du meiner Meinung nach zu viel Zeit mit diesem hochmütigen Elb verbringst«, erklang eine sanfte Stimme neben ihr. Er biss einmal kräftig in das gelbliche Fruchtfleisch, gab ihr das Obst wieder in die Hand und lachte leise, als er ihre verdutzte Miene sah.

Bevor sie sich beschweren konnte, stimmte Ronan eine Melodie an, die ihr Kraft geben sollte. Schon bald war Sanara von roten, purpurnen und farangelben Funken umgeben, die die Frische und Kälte aus ihr vertrieben. Doch die Töne kräftigten sie nicht wie sonst, auch wenn sie die Flammen, aus denen ihr Wesen bestand, auflodern ließen.

Sanara wusste mittlerweile, dass sie mehr war als nur Feuer und Nebelrauch. Erschöpft lehnte sie den Kopf an Ronans Schulter und sog seinen Duft nach Herbstlaub und reifen Rekaräpfeln ein. Er vertrieb die Sehnsucht nach Weihrauch.

Ronan zog sie an sich, einen Augenblick später spürte sie

warme Lippen auf ihren. Sie schlang die Arme um die Brust des Musikanten und erwiderte den Kuss hingebungsvoll. In den letzten Mondumläufen hatte Ronan sie mit seiner Magie, seinen Gesängen und auch mit seinem Körper mehr als einmal getröstet – und Sanara hatte diesen Trost dankbar angenommen. Auch jetzt verbannten seine Lippen und die Nähe seiner dunkelroten Magie alles Grün, alles Eis aus ihr, und ließen sie für einen Moment vergessen, welche Anziehungskraft das golden leuchtende Grün jungen Laubs auf sie ausübte.

In dem Wunsch, auch die letzten Reste einer Erinnerung an den Fürsten aus ihrem Kopf zu treiben, schwang Sanara sich nun mit einem Ruck und ohne ihn loszulassen rittlings auf seinen Schoß. Ronan unterbrach seinen Kuss, um leise zu lachen.

»Fürst Norandar muss dich sehr geärgert haben«, murmelte der Musikant. Seine Hände krochen langsam unter ihr Hemd und glitten ihren Rücken hinauf.

Sanara lehnte ihre Stirn gegen seine und strich über die dicken Filzlocken, die ihm bis zur Hüfte über den Rücken fielen. Es war ihr, als umarme sie einen warmen, leuchtenden Herbsttag. »Das hat er. Aber lass uns nicht über ihn reden.«

Ronans Lippen glitten wieder über ihre, während er weiter die Melodie summte. Rote und gelbe Töne tanzten wie Funken um sie beide und schlossen die Welt aus. Sanara genoss seine Nähe und strich dann über seine Wange.

Sein Kuss wurde wieder inniger, und Sanara schloss die Augen. Kurz durchzuckte sie der Gedanke, sie täte es, um nicht länger die Frage in seinen braunen Augen sehen zu müssen, die Frage, die sie sich selbst stellte: Ließ sie die Nähe zu ihm nur zu, um so nicht länger an den Fürsten von Norad denken zu müssen?

Sanara verdrängte den Gedanken. Sie schob sich noch ein wenig näher an Ronan heran, schloss die Arme um ihn und überließ sich ganz dem Musikanten.

Wie lange willst du noch zusehen?

Ronan hielt in der Melodie, die er sang, nicht inne, doch seine Hand glitt schützend auf die Wange der schlafenden Frau, als ihn dieser Gedanke erreichte.

Ihr solltet mich hier nicht aufsuchen, Königin.

Du siehst selbst, dass der Fürst keine Skrupel hat. Er wird nicht ruhen, ehe nicht jede Flamme in Sanara Amadians Seele von Wind und Eis durchzogen ist.

Ronan lachte leise, ohne den wortlosen Gesang zu unterbrechen. *Er kann es versuchen. Aber meine Macht ist stärker. Der Tod, den Syth einst den Kindern des Dunkelmonds schenkte, siegt letzten Endes auch über das Volk des Vanar.*

Du bist zu sorglos. Der Fürst von Norad darf nicht siegen. Die Seele Sanara Amadians muss rein bleiben.

Ronan warf einen Blick in die dunkle Nische des Gemachs, wo das Seelenbild der Königin stand. An den Rändern zerfransten ihre Gewänder in winzigen, dünnen Nebelschwaden. Das Gesicht war kaum zu erkennen. Ihre nachtdunklen Haare wurden ihr von einer unfühlbaren Brise wieder und wieder ins Gesicht geweht. Nur dort, wo man Augen erwartet hätte, glommen düster zwei blauviolette Punkte.

Ronan wusste nicht, wo sich ihr Körper aufhielt, aber als er das letzte Mal von ihr gehört hatte, hieß es, sie sei mit ihrem Gemahl auf dem Weg nach Solife. Er wusste, welch ungeheure Kraft es kostete, ein Seelenbild über so große Entfernungen zu schicken.

Ihr solltet gehen, Königin. Überlasst die Seele meiner Geliebten mir.

Der Geist schwieg. Doch er verschwand nicht.

Ronan kümmerte sich nicht darum, sondern schickte weiter Töne von warmer Schönheit zu der Frau, die neben ihm schlief.

Er war sicher, dass ihn nichts mehr würde von ihr trennen können.

Kapitel 5

»Syth aber ging nach Süden. Dort, unter den Bergen von Kantar,
fand er einen Ort, der seinem Wesen entsprach. Die Höhlen
dort waren tief, dunkel und voller Geheimnisse, sie bargen
Schönheit und die Möglichkeit in sich, zur Heimstatt von vielen
Wesen zu werden, die an der ständigen Gestaltung teilhaben
wollten oder auch ihr Ergebnis waren.
Es war ein Ort, so heiß wie die Oberfläche der Purpursonne,
die die Gestalt des Syth in dieser Welt ist, wie die Gestalt der Ys
ein silberner Mond in der Nacht ist. Die Erde dort ist rot und
leuchtend wie die größere Sonne selbst.
So zog sich der Schöpfergeist der Veränderung in die Höhlen tief
unter dem Berg Farokant zurück und gestaltete sie mit
den Kräften, über die er gebot, schöner als es sich je ein Mensch
oder ein Elb vorstellen könnte. Und bis zum heutigen Tag
sind nur Akusu selbst und seine Geschöpfe in der Lage, ihre
wahre Schönheit zu erkennen.«

Von der Schöpfung der Welt
Erste Rolle der Schriften des Klosters der Quelle

Nie hatte Sinan geglaubt, dass er eine Stadt vermissen könnte.

Gestern noch hatte ihn Wüste umgeben. Die Landschaft war weit gewesen, auch wenn sich in den letzten Tagen die ersten Ausläufer des Kantar-Gebirges am Horizont abgezeichnet hatten, an deren Fuß sich die Stadt Farokant befand. Doch zuvor hatten die Nomaden und Sinan den Vanion-See überquert. Der See war eigentlich ein Salzmeer, doch in diesem Jahr war er ausgetrocknet, und so hatten sie nicht um die weite weiße Fläche herumgehen müssen.

Sinan war froh, dass dieser Abschnitt der Reise hinter ihm lag.

Zu sehr hatte die Wanderung über die krustige, brüchige Fläche ihn an die Zeit in der Leere erinnert, wo die Kälte wartete – auch wenn die beiden Sonnen gleißend auf den salzigen Boden niederbrannten und wahrscheinlich selbst das Eis Telarion Norandars hätten schmelzen lassen. Die Luft flirrte, und obwohl jeder von ihnen ein Tuch vor das Gesicht gebunden hatte, reizte der salzige Staub, den jeder Schritt aufwirbelte, Nase und Augen. Sinan hatte das Gefühl, alle zehn Schritte zum Wasserschlauch zu greifen, und litt doch ständig Durst.

Obwohl sie den Teil des Sees, über den sie hatten gehen müssen, in einem Tag und einer Nacht hinter sich gebracht hatten, hatte Sinan nur schwer sein Unbehagen verbergen können. Wohin man auch sah, der Blick stürzte in die Ferne und wurde von nichts begrenzt. Kein Berg, kein Baum, kein Bach – nicht die geringste Erhebung, an der das Auge sich festhalten konnte.

Zudem war es still gewesen. Nur wenig Leben hatte sich im Licht der beiden Sonnen gerührt. Lediglich der Klang des Windes, das Rauschen der ständig wandernden Dünen und das gelegentliche Schnauben der Unguli hatten die erhabene Stille unterbrochen, so als sei die Karawane das letzte Leben auf der Welt. Die Nomaden hatten nicht einmal gesungen oder sich gegenseitig Geschichten erzählt. Sprechen – oder Singen gar – kostete Kraft und reizte zusätzlich zur salzigen Luft die Kehle.

Sinan atmete tief ein und blinzelte. Die Unterschiede zwischen diesem letzten Reiseabschnitt und dem Ort, an dem er sich befand, hätten nicht größer sein können. Diese Stadt am Fuß des Gebirges bestand aus engen Gassen, von denen kaum eine breiter als zwei Klafter war und voller Menschen. So viele Menschen, dass Sinan überlegen musste, wann er das letzte Mal eine solche Zahl lebendiger Wesen an einem Ort gesehen und erlebt hatte. Es waren so viele, dass er immer wieder angerempelt wurde und selbst immer wieder gegen Leute stieß. Das Bündel, das er bei sich trug, klirrte wieder und wieder, sodass er öfter nachsah, ob man ihm in der Menge nichts gestohlen hatte.

Und doch wehrte Sinan sich nicht und ließ sich treiben. Er genoss es, das Schimpfen, das Lachen, den Gesang, die Rufe zu hören, die zwischen den mehrstöckigen braunen Häusern erklangen. Er genoss den Anblick der bunten Stoffe der Seidenhändler und das Glitzern der Gold- und Messingwaren, die Gerüche der Gewürze und Kräuter, die auf den Märkten feilgeboten wurden, den Rauch von Eintöpfen über Schwarzsteinfeuer und den süßen schweren Duft von Wein aus den Schänken. Er lachte sogar leise, als direkt vor ihm ein kurzer Wasserfall von einer der Dachterrassen niederging. Er sah auf, konnte aber nichts erkennen. Wahrscheinlich hatte eine Hausfrau das Waschwasser ausgeleert und dabei einfach über die spitzen Zinnen aus Maßwerk gekippt, die das Dach des Hauses krönten.

Das erste Mal seit langer Zeit hatte er das Gefühl, an einem Ort wirklich angekommen zu sein. Und – was ihm die Stadt sogleich als einen der liebenswertesten Plätze erscheinen ließ, die er je gesehen hatte – es schien hier nur wenige Elben zu geben. Kaum eines der Wesen, die ihm begegneten, die ihn anstießen, ihm zulächelten oder die ihn als dummen Nomaden beschimpften, wenn er sie anrempelte, weil er seine Augen auf etwas anderes richtete, gehörte dem Volk des Goldmonds an.

Selten begegnete ihm eine Person, die er gleich als Kind des Vanar hätte einordnen können. Immer waren zumindest die Haare vielfarbig und geflochten, die Haut dunkel und gefleckt, die Augen gelb bis braun. Nie vermittelten die Wesen, auf die er traf, Angst oder Kälte. Oder die Feuchtigkeit eines Wassermagiers. Auch wenn er bisweilen bemerkte, dass sie die Haare lang und glatt trugen oder blaue und grüne Augen besaßen.

Die Gassen waren nach oben offen und ließen zwischen Lampionketten und bunter Wäsche, die man frisch gewaschen zwischen den Häusern aufgehängt hatte, den Blick auf den völlig klaren, fliederfarbenen Himmel zu. Und doch waren die erdfarbenen Ziegelbauten so eng aneinandergebaut, dass sich Sinan zwischen ihnen geborgen fühlte.

Die Erde, aus denen man die Ziegel gebrannt hatte, waren mit weißer und cremefarbener Farbe bemalt, die Fenster hatten alle möglichen Formen, waren allerdings meist spitzbogenförmig und mit Maßwerk geschlossen, sodass wohl ein ständiger Luftzug des Wüstenwinds durch die Räume ging. Hinter den Fenstern sah Sinan Seidentücher, die in allen Farben schimmerten und in der steten Brise flatterten. So dicht schmiegten sich die würfelförmigen Häuser aneinander, dass sie sich über Sinan zusammenzuschließen schienen. Sinan fühlte sich von den gelegentlichen Sonnenstrahlen, die durch die Lücken in Wäsche und Häusern auf ihn niederfielen, gewärmt und vom Element Erde umschlossen, mehr noch, als das je in einer anderen Stadt der Fall gewesen war, in der er sich aufgehalten hatte.

Er dachte an Guzarat zurück, der Hafenstadt am Ufer des Saphirmeeres, wo er lange gelebt hatte, und auch an Kharisar, die Stadt in der Grassteppe des Nordens. Auch in Guzarat hatte es dichte Häuser gegeben, doch am Ufer des Meeres hatte es keine Notwendigkeit gegeben, diese so eng aneinanderzubauen. Zwar fielen die Hänge der Berge zum Wasser hin steil ab, doch das hatte die Guzari nie davon abgehalten, viele Häuser zu bauen, die – sah man aus einiger Entfernung darauf – so wirkten, als wären sie wie zufällig den Hang der Hochebene zum Meer hinabgepurzelt. Man musste klettern, viele Treppen steigen, um von einer Straße in die andere zu gelangen. Doch die Häuser waren dank des Reichtums der Händler groß und weit gewesen, strahlend weiß und blau wie das Saphirmeer selbst. Es gehörte zum guten Ton, ein Stück Garten zu besitzen, das einen Blick aufs Meer bot.

So wie das Haus, in dem Sinan aufgewachsen war. Es befand sich zwar auf der anderen Seite der Hafenbucht, und er hatte, um die ankommenden Handelsschiffe in den Hafen von Guzarat einlaufen zu sehen, unzählige Stufen zum Strand hinunterlaufen müssen, doch das hatte er gern getan.

Kharisar war anders gewesen und doch auch schön. Die geschwungenen, mit glänzenden roten Ziegeln und kunstvoll verzierten Dachsparren versehenen Häuser waren einstöckig, die Straßen wenn auch eng, so trotz einer hohen Stadtmauer doch lange nicht so behütend wie die, durch die er jetzt schritt.

In Kharisar und Guzarat hatte es zwar hauptsächlich Menschen gegeben, aber auch viele Elben, Händler, Goldmagier, Seefahrer aus Nisan und Obstbauern aus Larondar und Mundess. Auch in Kharisar hatten sowohl Kinder des Akusu als auch das Volk des Vanar gelebt, wenngleich sich in Kharisar weniger Händler befanden, sondern viele Jäger aus Kantis und so mancher Wassermagier aus Hellor.

In Bandothi, der Stadt der Elbenkönige am Südhang des nördlichen Loranon, war das anders gewesen. Sinan hatte die Stadt gehasst. Dort waren die Kinder des Goldmonds zwar nicht in der Überzahl. Dennoch hatten sie im Gegensatz zu Guzarat oder Kharisar die Oberhand und das Sagen in der Stadt. Ein Dunkelmagier konnte kaum einen Schritt gehen, ohne auf einen Elbenherrn zu treffen, dem er dank der Gesetze der Königsbrüder seine Ehrerbietung zu erweisen hatte.

Doch hier war dies anders, und Sinan schätzte Farokant schon jetzt dafür, dass er hier kaum auf diejenigen traf, mit denen er zeitlebens so schlechte Erfahrungen gemacht hatte. Niemand schien hier verächtlich auf ihn herabzublicken, keiner sah ihn schief an oder schaute ihm in der Hoffnung hinterher, er möge einen Händel anfangen.

Sinan trug ein langes Gewand, eines, das ihm die Nomaden überlassen hatten und das sie *jibahan* nannten. Mit ihm fiel er nicht auf. Es bestand aus grobgewebter Wolle und hatte die dunklen, erdigen Farben, mit denen hier in Solife alles gefärbt schien – begonnen bei der Haut der Menschen bis hin zu den Häusern und Gewändern.

Sinan hatte sich von den Nomaden vorerst getrennt. Sie, die die meiste Zeit ihres Lebens damit verbrachten, durch die Wüste zu reisen, mochten die Städte nicht, auch wenn sie ihre Waren –

Wolle und Leder aus Entarat und Pflanzenfaserstoffe aus Mundess und Undori – hier zu verkaufen trachteten. Sinan hatte sich ihnen trotz aller Bitten Adhasars nicht anschließen wollen. Und doch wollte er die gute Behandlung und freundliche Pflege nicht unvergolten lassen. Er hatte sich das Werkzeug und die beschädigten Metallwaren geben lassen und versprochen, die Gegenstände in Farokant zu reparieren. Er wollte es mit all der Magie tun, die ihm zur Verfügung stand, sodass auch auf dem letzten Löffel und dem kleinsten Hammer der Segen des Dunkelmonds liegen würde.

Adhasar hatte ihm beschrieben, wo in der Stadt sich die Schmieden befanden, dort wollte Sinan hin, um sich bei einer von ihnen zu verdingen, besaß er doch nur noch seinen Sickenhammer. Aber vielleicht suchte eine der Schmieden ja einen von Akusu gesegneten Schmied, wo er eine Zeitlang nicht nur würde arbeiten, sondern auch wohnen können. Und noch eines war wichtig: Er suchte einen Ort, an dem er das *daikon*, das er unter dem *jibahan* an der Hüfte trug, vollenden konnte.

Seit er in der Wüste erwacht war, hatte er zusehends an Kraft gewonnen. Auch die Heilung seiner Hand war mittlerweile so weit fortgeschritten, dass er durchaus die Hoffnung hegen durfte, sie dereinst wieder verwenden zu können. Auch wenn die Gelenke noch ein wenig steif waren und bei Belastung zu schnell aufgaben. Mohdavat hatte Sinan immer wieder ermutigt, die Hand zu bewegen, und ihm sogar einige Übungen gezeigt, die die Gelenke und die Sehnen, die das Schwert des Heermeisters durchtrennt hatten, stärken sollten.

Und doch hatte er die Nomaden verlassen, ohne sich von der Heilerin zu verabschieden. Einerseits bedauerte er das. Er bewunderte seine Pflegerin nicht nur, weil sie ihm die Kraft seiner Hand erhalten hatte, sondern auch dafür, wie sie das Leben ertrug, das ihre Eltern ihr gegeben hatten. Doch er konnte nicht anders. So sehr er zu schätzen wusste, was sie für ihn getan hatte, so verachtete er doch noch immer die Heilmagie in ihr. Er wusste, es war undankbar, er hatte sie damit verletzt, und doch hatte er die Schauder, die er empfand, wenn sie sich ihm näherte, nicht verwinden können.

Auch jetzt versteckte Sinan seine Schmiedehand in den weiten Falten des *jibahan*, drehte sie, um das Gelenk zu üben und zu stärken, und ballte die Finger immer wieder zu einer Faust. Er wollte nicht, dass es jemand sah und dann glauben mochte, der Fremde mit dem hellen Haar der Menschen aus Guzar sei auf Streit aus.

Sinan wusste nicht, wie lange er durch die Gassen Farokants gewandert und die Menschenmenge und den Stadtlärm genossen hatte. Doch es wurde langsam dunkel, die Rote Stunde hatte bereits begonnen. Lampions aus der Seide von Moruskäfern begannen über den Gassen und hinter den Maßwerkfenstern der Häuser zu leuchten und verbreiteten roten, gelben und rosenfarbenen Schein. Zu Sinans Erstaunen waren auch violette Laternen darunter, viele sogar. In Guzarat und Kharisar, besonders aber in Bandothi, hatte man Licht in dieser Farbe gemieden, denn man sagte, es stärke die Kräfte des Chaos und der Zerstörung und sei ein Diener des Schöpfergeistes der Veränderung. Doch hier schien man es willkommen zu heißen.

Wieder erinnerte sich Sinan daran, dass er sich in der Nähe des Berges Farokant und damit des Heiligtums der Tiefe befand. Der Sage nach wohnte dort Syth, einer der beiden Schöpfergeister, die die Welt erschaffen hatten. Der Süden war seine Himmelsrichtung, die Hitze, die Wüste, in der alles verdarb oder schneller lebte. So wie der Norden der Ys gehörte, Syths Gegenpart, der Schöpfergeist der Harmonie und des Friedens. Als Sinan sich daran erinnerte, spürte er so etwas wie Furcht – nein, verbesserte er sich, Ehrfurcht war das bessere Wort – in sich.

Er war neugierig, ob die Nähe des Heiligtums noch andere Auswirkungen auf das Leben hier in Farokant hatte, und beschloss, danach zu fragen.

Doch zunächst war wichtig, dass er einen Unterschlupf für die

Nacht fand – und idealerweise eine Mahlzeit. Er war zu stolz, wieder zu den Nomaden zurückzukehren und sie erneut um Aufnahme zu bitten. Er wusste, Adhasar und die Seinen hätten es getan, und doch war Sinan der Gedanke, wieder in die Nähe von Mohdavat zu kommen, unangenehm.

So fragte er sich zur Gasse der Schmiede hindurch. Sie war nicht schwer zu finden, schon ein paar Straßen entfernt begann es nach dem schweren Steinöl zu riechen, in dem die heißen Werkstücke abgekühlt wurden, und nach glühendem Schwarzstein sowie dem Holz der Damiabäume, mit denen die Essen befeuert wurden und deren Haine zusammen mit Gärten voller Rekarbäume vor der Stadt lagen.

Sinans Herz tat einen Sprung vor Freude, weil er hoffte, schon bald wieder wenigstens kleinere Schmiedearbeiten verrichten zu können. Als er näher kam, mischten sich in den kräftigen Geruch auch harte, metallische Klänge der Hämmer auf den Ambossen. Mit einem Lächeln auf dem Gesicht wurde sein Schritt langsamer, während ein Blick auf die Meister fiel, die ihrer Arbeit nachgingen. Eine Werkstatt reihte sich an die andere, in einigen wurden Waffen gefertigt, in anderen Gegenstände für den täglichen Gebrauch; Kannen, Krüge, Karaffen, Tabletts. In einer oder zwei Werkstätten saßen Goldschmiede und stellten Geschmeide und anderen Zierrat her.

Vor einer der offenen Werkstätten blieb er stehen.

Dort war ein Schmied zu sehen, der einem Gehilfen beibrachte, wie der Hammer zu halten war, um eine Klinge auszuschmieden. Weder der Meister noch sein Lehrling waren von Akusu gezeichnet, doch das war es nicht, was Sinan überlegen ließ, diesen Mann zu fragen, ob er einen weiteren Gehilfen – womöglich einen vom Dunkelmond gesegneten – gebrauchen könne. Es war auch nicht die Haut, die hell und wie die seine mit Sommerflecken übersät war; auch nicht das blonde Haar, das zusammen mit seiner Hautzeichnung den Schmiedemeister als einen Guzari auswies. Es war die Freundlichkeit und Geduld, mit der er den Gehilfen, der offenbar noch nicht lange bei ihm war, in die Geheimnisse seiner Kunst einweihte. In diesem Mann wohnte Rechtschaffenheit, das konnte Sinan in seinen honigfarbenen Augen erkennen.

»Du musst den Hammer so festhalten«, sagte der Schmied gerade und machte es dem Lehrling vor. »Sonst rutscht er ab, und die volle Kraft des Schlags trifft nicht das Werkstück.«

Der Lehrling runzelte die Stirn, fasste den Hammergriff nach und begann von Neuem. Doch seine Schläge waren schwach. Mit einem Anflug von Bitterkeit dachte Sinan, dass seine Hammerschläge wahrscheinlich derzeit nicht mehr Kraft besaßen als die des Lehrlings, auch wenn er sicher vieles durch die magischen Gesänge, die man ihm im Tempel des Westens beigebracht hatte, würde wettmachen können.

Als hätte der Junge seine Gedanken gelesen, wandte er sich nach ein paar Schlägen, nach denen sein Herr das Werkstück, die gebogene Klinge eines großen Erntemessers, in die glühende Esse hinter ihnen gelegt hatte, wieder an seinen Meister.

»Niavash, stimmt es, dass man bei den Shisans des Abends Gesänge lernen konnte, die die Schmiedekunst zu einer magischen Handlung erheben?«

Der Schmied lächelte. Dabei ließ er die Klinge nicht aus den Augen, um den Zeitpunkt abzupassen, sobald der Stahl wieder die richtige Temperatur hatte. »Das ist wahr. Man sagt sich, dass dort im Tempel jeder Gesang aufgezeichnet war, den Akusu je seinen Schülern eingab. Doch das Kloster wurde vor Jahren zerstört. Heute leben dort nur noch die Geister der Toten.«

Der Lehrling seufzte, als Niavash die Klinge aus der Glut zog und wieder vor ihn auf den Amboss legte. »Schlag zu. Das Werkstück darf nicht erkalten.«

Der Junge gehorchte, doch Sinan sah seiner Miene an, dass seine Gedanken anderswo weilten. Als Niavash den Stahl erneut in die Esse legte, stellte der Junge wieder eine Frage. »Kennst du die Gesänge der Schmiede?«

»Nein«, sagte Niavash nach einer Pause. »Den Tempel des

Abends gibt es nicht mehr. Man erzählt sich, dass einst die Elben unter König Tarind kamen. Sie töteten die Shisans und alle, die dort lebten.«

Der Junge schwieg. »Ich würde diese Gesänge gerne kennen«, murmelte er.

Sinan trat hinter dem Balken hervor, wo er gestanden und die beiden beobachtet hatte. »Ich könnte sie dir und deinem Meister vielleicht beibringen«, sagte er.

Niavash sah überrascht auf und musterte Sinan neugierig.

»Sieh an, ein Fremder hat uns belauscht«, sagte er, doch es klang nicht unfreundlich.

Sinan breitete die Hände aus und senkte kurz den Kopf. »Verzeih mir. Ich bin in der Tat ein Fremder für euch. Ich komme aus …«

»Du bist aus Guzar, nicht wahr?«, sagte Niavash ruhig. »Das sieht man dir an, auch wenn du mir ein wenig blass erscheinst für einen, der hier durch die Wüsten und Steppen zieht. Es sieht aus, als wärst du lange im Norden gewesen.«

Sinan wusste, es handelte sich sowohl um eine Feststellung als auch um eine Frage an jemanden, der einfach auftauchte und einen Schmied ansprach. Er überlegte kurz, was er über sich preisgeben konnte, dann nickte er. »Das ist wahr, ich … stand lange in Diensten der Elbenherren von Bandothi.«

»Ein Sklave der Elben«, sagte Niavash, schob seinen Lehrling sanft beiseite und begann selbst, die rot glühende Klinge des Erntemessers mit kräftigen Schlägen auszuschmieden. »Und nun bist du hier in Farokant«, fuhr er fort, ohne Sinan anzusehen. »Wenn du, wie du sagst, die Gesänge der Alten kennst, hat dich der Herr von Bathkor sicher nicht gern gehen lassen.«

Sinan straffte sich und sah sich verstohlen um. Dass man ihn so schnell als Flüchtling der Elben und als ehemaligen Sklaven erkannte, war ihm unangenehm. Er hatte bei seiner Wanderung durch die Stadt nicht den Eindruck gewonnen, dass Elben hier hoch angesehen waren, doch vielleicht zogen sie sich tagsüber zurück. Elben hassten die Hitze des Tages und bevorzugten die Nacht, in der es kühler war, zumal in einer Wüstenstadt. Vielleicht hatte er deshalb so wenige gesehen. Und den Worten des Schmieds war nicht zu entnehmen, auf welcher Seite er stand.

Ein leises Lachen verstärkte Sinans Unbehagen.

»Hab keine Furcht«, sagte Niavash zu seiner Überraschung. »Hier gibt es nur wenige Elben. Einige Händler, die nach Steinöl und Schwarzsteinen suchen, nach Juwelen, die sie an den Höfen von Darkod und Bandothi verkaufen können. Doch wie du dir denken kannst, sind diese Händler, die übrigens meist aus den heißen Wäldern von Mundess oder den Sümpfen von Hellor stammen, bei den Luft- und Wassermagiern von Norad und Nisan nicht sonderlich angesehen. – Dies hier ist eine Menschenstadt«, fuhr er fort. »Ein ehemaliger Sklave hat hier nichts zu befürchten.«

Sinan schwieg eine Weile, während Niavash das Erntemesser vollendete. Der Lehrling stand daneben und warf Sinan verstohlen neugierige Blicke zu.

Sinan überlegte, ob er gehen solle. Doch aus irgendeinem Grund blieb er stehen und sah Niavash mit einem gewissen Neid dabei zu, wie dieser seiner Arbeit – die auch einmal seine gewesen war – nachging.

Schließlich tauchte Niavash die fertige Klinge in das Steinöl. Es zischte und krachte laut, dann breitete sich dicker Qualm und der Gestank nach verbranntem und heißem Öl aus. Unwillkürlich schloss Sinan die Augen und atmete den Geruch tief ein.

Wieder erklang leises, heiteres Lachen. Es vertrieb ein wenig des Unbehagens aus Sinan, das bei den Worten Niavashs in ihm aufgekommen war.

»Sollte ich noch Zweifel daran gehabt haben, wer du bist, so sind sie nun verschwunden. Nur ein Schmied könnte diesen Gestank aushalten und auch noch genießen!«

Unwillkürlich lächelte Sinan. »Das ist wahr. Ich gestehe, dass ich diesen Geruch schon eine Weile nicht mehr in der Nase hatte.«

Mit einem Seitenblick auf Niavash meldete sich nun wieder der Lehrling zu Wort. »Du sagtest, du kennst die Lieder, die den Werkstücken Magie verleihen?«

»Ja«, sagte Sinan eher zu Niavash als dem Jungen. »Ob du es glaubst oder nicht, ich kenne sie. Ich habe sie einst bei den Shisans des Westens gelernt.«

Niavash nahm eine Bürste und reinigte den Amboss von den Überresten der Arbeit. Dabei sah er immer wieder zu Sinan, als sei er ebenso neugierig wie der Lehrling selbst.

»Das glaube ich, wenn du als Sklave am Hof der Elbenherren gelebt hast. Ich schlage dir folgendes vor: Bleib heute Nacht bei mir und meiner Familie, hier in der Werkstatt. Ich bin Niavash, und Rangi ist mein Lehrling.« Er hielt Sinan die Hand hin. »Wenn du dich mit einem Platz in der Nähe der Esse und zwei Mahlzeiten an einem Tag zufriedengeben kannst, würde ich mich freuen, wenn du eine Weile bei uns bliebest.«

In seinem Gesicht war Scham darüber zu erkennen, dass er dem unverhofften Gast nichts Besseres anbieten konnte.

Sinan zögerte ein wenig, die Hand zu ergreifen. Zu tief saß die Furcht, man könnte ihn an Elben verraten und wieder den Königsbrüdern ausliefern. Niavash vermittelte nicht den Eindruck, als sei er ein solcher Verräter, doch wer wusste schon, welche Nachteile ihm seine Freundlichkeit bringen mochten. Und hätte man einem Verräter seine Bosheit angesehen?

Doch schließlich gab Sinan sich einen Ruck und ergriff die Hand, die ihm dargeboten wurde. Er war es müde, jedem, dem er begegnete, zu misstrauen. »Ich freue mich, dir die Gesänge der Erze und des Schmiedefeuers beibringen zu dürfen, Niavash. Ich bin Sinan. Ich hoffe nur, dass dir deine Freundlichkeit einem ehemaligen Sklaven gegenüber keine Nachteile bringt.«

»Komm«, sagte Niavash. »Hab keine Furcht. Vielleicht weißt du es nicht, denn die Norani und die anderen Elbenherren werden sich hüten, diesem Gerücht unter ihren Sklaven Vorschub zu leisten. Aber in Farokant gelten die Gesetze und Regeln der

Herrscher-Zwillinge von Norad nicht. Sie sprechen sie im Namen der Ys aus, der Erschafferin von Gerechtigkeit und Bestand, doch hier in Farokant hat die Ys nicht mehr Macht als die anderen Schöpfergeister. Ruh dich aus, meine Frau hat sicher schon ein Mahl bereitet.«

Er brachte Sinan durch die kleine Werkstatt, die zur Straße hin offen war, nach hinten in ein Zimmer, das sich daran anschloss und dessen Herd von der Esse mit gespeist wurde. Hinter dem Herdfeuer, vor einem Kessel, kauerte eine junge Frau, deren Haupt von dem hier allgegenwärtigen *darstar* gekrönt war. Das Tuch war von lebhafter Farbe und schillerte in violett-roten Tönen aller Schattierungen. Sie sah von ihrer Arbeit auf, als Niavash sanft an einem der unzähligen kleinen Zöpfe zog, die darunter hervorquollen.

»Lahita, das ist Sinan. Er wird – hoffentlich! – einige Zeit bei uns wohnen und arbeiten. Sinan, Lahita ist eine hervorragende Köchin, du wirst sehen.«

Lahita warf Sinan einen Blick zu, der zu seiner Überraschung belustigt wirkte. »Sei willkommen, Sinan, auch wenn mein Mann übertreibt.«

Sinan legte sein Bündel in eine Ecke, damit niemand darüber fallen konnte, und ließ sich an einem niedrigen Tisch nieder, auf den Rangi bereits ein paar Schüsseln und Löffel gestellt hatte. In der Ecke sah er eine Schlafstatt, daneben eine kleine Wiege aus gebranntem Ton, die mit der weichen Wolle von jungen Unguli gepolstert war und in der ein Säugling schlief. Er fühlte sich in Gegenwart der kleinen Familie wohl und aß mit großem Appetit das bescheidene Mahl aus gekochtem Getreide, in das Lahita getrocknetes Obst und Kräuter gegeben hatte. Zur Feier des Tages hatte Niavash ein wenig getrocknetes Fleisch von einem Haken neben dem Herd genommen.

Sinan war beschämt, sich so bewirtet zu sehen, wie es einem Fürsten gebührt hätte, doch er nahm sich vor, die Freundlichkeit Niavashs nach Kräften zu vergelten, und war dankbar, dass selbst die kalte Magie des Fürsten von Norad die Lieder in ihm nicht hatte löschen können.

Das Essen verging schnell, dann schickte Niavash seinen Lehrling nach Hause. Ein wenig enttäuscht verließ Rangi die Werkstatt. Seinem Gesicht war deutlich anzusehen, dass er vermutete, Sinan erzähle nun viele Geschichten, die er verpassen würde. Erst als Sinan ihm zulächelte und versprach, er sei auch morgen noch da, nickte er kurz und verschwand.

Als Lahita das Geschirr hinüber zum Herd trug, neben dem eine Schüssel mit Waschwasser stand, goss Niavash ihm und Sinan ein wenig Wein ein. »Nun, wo wir allein sind: Erzähle, wo du herkommst, Sinan. Du stammst aus Guzar, nicht wahr?«

Sinan nickte. »Ich wuchs in der Nähe von Guzarat auf. Doch das Leben brachte mich an viele Orte.«

Niavash sah ihn an. »Du hast in Bandothi gelebt. An deinen Augen sehe ich, dass du Feuer in dir trägst, dennoch wirkst du blass.«

»Ich würde sogar sagen, beinahe durchsichtig«, warf Lahita ein. »Es würde mich nicht wundern, wenn du einmal zu oft elbischer Kälte ausgesetzt gewesen wärst. Ich habe gehört, dass Elben mit ihrer goldenen Magie die dunkle der Menschen löschen können. Manchmal sind ihr Wasser, ihr Sturm und ihre Kälte so stark, dass Feuer und Erde angegriffen bleiben. Ist das so?«

Sinan dachte an Berennis, eine junge Frau, die er als Gefangener im Heerzug von Kharisar nach Bandothi kennengelernt hatte. König Tarinds Wasserkraft hatte sie einst so schwer getroffen, dass ihre Seele den Körper verlassen hatte und trotz intensiver Pflege seinerseits aus den Jenseitigen Ebenen nicht hatte wiederkehren wollen. Obwohl ihr Körper noch lebte, war Berennis selbst tot gewesen. Der Hauptmann und Vertraute des Heermeisters hatte sie schließlich erstochen; ein Gnadenakt, wie auch Sinans nüchterner Verstand zugeben musste – doch sein Herz hasste sowohl den Hauptmann als auch seinen Herrn, den Zwilling des Königs, nicht weniger dafür.

»Das ist so«, murmelte er nach einer Weile. »Ich habe es selbst gesehen. Wassermagier können die Erde eines Menschen völlig hinwegspülen, Kältemagier jegliches Feuer löschen. Und sie tun es, oft sogar zu ihrem Vergnügen, denn auch das ist wahr: Die Elben erhielten einst die Gabe, den Menschen diese Kraft zu nehmen und damit die eigene zu nähren. – Syth verfluche alle, die das Leben so sehr verachten, wie die Elben es tun!«, fügte er bitter hinzu.

Eine Weile war es still. Nur Lahita klapperte ein wenig mit dem Geschirr. »So geschah es auch mit dir?«, wollte sie dann wissen.

»Ja«, sagte Sinan. »Ein Elb, dem der Sturm ebenso gehorchte wie die Kälte, versuchte, mich nach meiner Flucht wieder einzufangen. Er war … er ist ein Großer unter den Kindern des Vanar, und entsprechend groß ist seine Macht. Er hätte mich fast getötet, denn ich war nicht bereit, mich wieder in seine Dienste zu stellen.«

»Und doch hast du überlebt«, stellte Niavash fest. Respekt schwang in seiner Stimme mit. »Nun, wenn du die Gesänge beherrschst, dann sollte das nicht verwundern.«

Sinan schüttelte den Kopf. Er streckte seine Rechte aus, sodass Niavash und Lahita den Verband sehen konnten, den er immer noch trug, um das Handgelenk zu stützen. »Dieser Elb war ein herausragender Kämpfer. Ich versuchte, ihn mit einem Schwert anzugreifen, doch es gelang mir nicht. Dafür verletzte er mich an der Hand und durchtrennte eine meiner Sehnen.«

Lahita streckte die Hand aus, und Sinan legte seine hinein. Vorsichtig tastete sie den Unterarm ab. »Die Sehne ist geheilt«, sagte sie. »Doch sie ist schwach.« Sie stand auf und kramte zwischen ihren Küchengeräten herum, bis sie fand, was sie gesucht hatte.

Sie kam mit einer Schale Wasser und einigen Schächtelchen und Fläschchen zurück und begann in einer anderen Schale aus Honig, Wasser, Ölen und Kräutern eine Salbe herzustellen. »Die Schwester meiner Großmutter lebte im Haus einer elbischen Heilerin.« Sie sah auf, als Sinan die Hand zurückziehen wollte. »Hab keine Sorge. Ich werde dir sagen und zeigen, was ich in die Salbe gebe, dann weißt du, dass du nichts zu fürchten hast.«

Vorsichtig, als sei Lahita eine Schlange, die jederzeit ihre scharfen Giftzähne in ihn schlagen könnte, gab Sinan seine Hand wieder in ihre. Sie wickelte den Verband, den Mohdavat am Morgen neu angelegt hatte, vom Gelenk.

»Die Nomaden, die mich fanden, nahmen mich auf, heilten mich und brachten mich her«, erzählte er weiter, ohne Lahita aus den Augen zu lassen. »Sie werden bald wieder in Richtung Entarat aufbrechen, nach Dabazar und weiter nach Kizil. Aber ich will nach Sirakand.«

Niavash wies auf das Bündel, das Sinan mitgebracht hatte. »Und mit Gerätschaften handeln?«, fragte er amüsiert.

Sinan lächelte. »Nein. Das sind Werkzeuge, einfache Küchengeräte und persönliche Waffen von Adhasar und seinem Stamm. Ich versprach, sie zu reparieren und zu segnen. Doch ich habe keinen Amboss und keine Esse. Neu schmieden kann ich sie nicht, aber hoffentlich mit den Runen der Segnung und ein wenig Magie versehen, sodass ihren Besitzern kein Harm geschieht und die Gegenstände ihnen Glück bringen.«

Niavash starrte Sinan an. »Ich würde zu gerne lernen, wie man so etwas tut.«

Sinan nickte. »Es wird mir eine Ehre sein, es dir zu zeigen.«

»Nun mische ich Honig darunter«, warf Lahita ein. Sie tat, was sie sagte, mischte mit einem Stäbchen die Masse durch und fuhr fort: »Ein Verwandter ist ein Imker vor der Stadt. Von ihm bekomme ich Honig und Kräuter, die er in seinem Garten anbaut. Der Garten ernährt ihn und die Bienen und hält ihn gesund.«

Sie tauchte zwei Finger in die Masse und trug sie behutsam auf die vernarbte Wunde auf. Die Salbe duftete nach den lilafarbenen Blüten des Lavendels und nach dem Harz der Rekarbäume.

»Ich danke dir, dass du das tust«, sagte Sinan nach einer Pause.

»Das tue ich nur in der Hoffnung, dass du meinen Stößel und

den Mörser, in dem ich meine Kräuter zerstoße, segnest. Sie sind aus Messing.«

Sinan neigte den Kopf. »Es wird geschehen, wie du wünschst.«

»Diese Narbe ist kalt«, sagte Lahita stirnrunzelnd. »Nur eine Waffe, die magisch verstärkt wurde, vermag so etwas. Ich weiß nicht, ob ich das heilen kann. Auch wenn dir mein Rat nicht gefällt, solltest du ins Heiligtum der Tiefe gehen. Dort gibt es unter den Dienern des Syth einige, die vom Goldmond die Gabe des Heilens erhielten.«

Sinans Gesicht wurde abweisend. »Der Tempel des Syth? Und ich soll mich dort magischer Behandlung unterziehen?«

»Du solltest es in Erwägung ziehen«, sagte Niavash. »Es mag sein, dass man im Norden, in den Ländern, die die Elben unterworfen haben, denkt, der Syth schade allem. Doch wir hier wissen es besser. Er sorgt für Veränderung. Er lässt Altes sterben, sodass es Neues geben kann. Du solltest ihn bitten, diese Narbe, diese Wunde sterben zu lassen.«

»Und das wird er einfach so tun?«

»Wahrscheinlich wird er ein Opfer verlangen. Du wirst etwas geben müssen, um etwas zu bekommen. Ys hingegen erhält. Sie schenkt Neues manchmal, ohne das Alte zu zerstören. Sie erhält das Alte, man bekommt nur etwas hinzu.«

Dieser Satz brachte in Sinan eine Saite zum Klingen, doch er konnte den Gedanken nicht festhalten.

»Kein Wunder, dass die Elben und oft auch die Menschen Ys lieber haben«, meinte Niavash spöttisch. »Sie schenkt großzügig. Und doch ist es nicht immer das, was man glaubt zu bekommen. Manchmal ist es besser, etwas Neues zu erhalten und dafür etwas abzugeben.«

»Nun, das muss Sinan sicher nicht heute entscheiden«, sagte Lahita energisch und erhob sich. Sie hatte saubere Leinenbinden um Sinans Arm gewickelt. »Du solltest dir Ruhe gönnen. Trink den Wein, den Niavash dir eingegossen hat. Er wärmt. Du kannst diese Decke haben und vorn bei der Esse schlafen. Mir ist dabei auch wohler. So ist die Wahrscheinlichkeit geringer, dass sich jemand hier hereinschleicht.«

Sinan trank den Wein aus und erhob sich ebenfalls. Niavash gab ihm ein paar Decken. »Hier. Ich würde mich freuen, wenn ich dich morgen beim Aufgang der Weißen Sonne noch vorfände«, sagte er mit scherzendem Unterton.

Sinan grinste und nahm die Decken. »Ich danke dir. Ich werde sicher noch da sein. So schnell wirst du mich nicht los.«

Er ging nach vorne in die Werkstatt und fand tatsächlich gegenüber der Esse eine Strohmatte. Er sah hinaus auf die Straße. Violette und rote Lampions warfen ihr Licht in die Werkstatt. Noch immer waren Menschen unterwegs, lachten, einige waren betrunken. Es war ein einfaches Leben, das sie führten, und für einen kurzen Augenblick gestattete Sinan sich ein wenig Freude darüber, dass er es eine Weile mit ihnen würde teilen dürfen.

Eine Weile.

Bis er wieder würde aufbrechen müssen.

Er durfte sich nichts vormachen, die Zeit hier würde nicht lange dauern. Doch dann straffte sich seine Gestalt. Er hatte eine Aufgabe.

Nach einem letzten Blick auf die violett beleuchtete Gasse schloss er die Halbtür, machte es sich bequem und dachte erneut darüber nach, ob es richtig gewesen sei, hier bei Niavash und seiner Frau Unterschlupf gesucht und gefunden zu haben.

Er horchte in sich hinein. Nur Zufriedenheit klang zurück.

Und Zuversicht, dass er seine Aufgabe würde erfüllen können.

Schnell hatte Sinan sich wieder in das Leben eines einfachen Straßenschmieds hineingefunden, doch Niavash und seine Familie machten es ihm auch leicht. Dass seine Hand täglich neu mit Salbe eingerieben wurde und Niavash ihm die grobe Schmiedearbeit ersparte, half Sinan zusätzlich. Schon am ersten Zehntag seines Aufenthaltes hatte er viele der Gegenstände von Adhasar und seiner Sippe mit jenen magischen Zeichen versehen, die die Kraft der Elemente und Magien förderten, ein Messer aus dem Besitz von Adhasars Bruder mit denen des Feuers, ein Zaumzeug mit denen der Erde, eine Erntesichel für Kräuter mit denen des Wassers und der Pflanzen.

Sinan hatte seinem Schicksal – welcher der Schöpfergeister auch immer dafür letztendlich verantwortlich sein mochte – mehr als einmal dankbar ein Gebet geweiht, dass ihm die Ereignisse zumindest den Sickenhammer gelassen hatten, den er einst vom Ältesten der Mönche im Tempel des Westens erhalten hatte. Pelear, der Abt, der ihm alles beigebracht hatte, was er wusste.

Er war dankbar, diese Arbeit selbst verrichten zu können und sich dabei nicht auf Niavash verlassen zu müssen. Er teilte mit dem freundlichen Schmied gern die Gesänge und Gebete, die die magischen Runen lebendig werden ließen, und fand in ihm und dessen Lehrling Rangi willige Schüler. Doch ihm lag viel daran, die Gegenstände, die Adhasars Sippe ihm mitgegeben hatte, persönlich mit den heiligen Runen der Elemente zu versehen, und freute sich, dass ihm diese Arbeit möglich war.

Und doch fiel ein Wermutstropfen in jeden Schlag, der eine weiter Rune in die Metallgegenstände trieb, denn Sinan wurde sich erneut bewusst, dass die Kraft seiner Schmiedehand noch lange nicht wieder zurückkehren würde. Wenn überhaupt.

An einem Abend war er besonders still, als Lahita den abendlichen Getreideeintopf mit Früchten vor ihn hinstellte. Sinan hatte etwas Trockenfisch und *kurimis* für sie alle vom Markt besorgt und freute sich, dass er so das einfache Abendbrot dieser rechtschaffenen Leute aufbessern konnte, die schon längst zu seinen Freunden geworden waren. Er hatte ein wenig zusätzliches Geld verdient, da er die Truhe eines Erzhändlers mit den Runen des Reichtums versehen hatte.

Doch gerade diese Arbeit war schwer gewesen. Die Beschläge der Truhe waren härter als die leichten Werkzeuge und Schalen von Adhasars Nomaden-Sippe. Er hatte ungewohnt fest zuschlagen müssen, und das rächte sich nun.

Als Lahita die Reste des Essen forträumte und alles bereitstellte, um Sinans Handgelenk erneut zu pflegen, hätte er sich am liebsten geweigert. Doch sie ließ es nicht zu, selbst Niavash spottete, er habe wohl Furcht, vor einer Frau als Waschweib dazustehen. Dieser Scherz trug Niavash einen Schlag mit einem nassen Handtuch und ein gespielt verärgertes Zischen seiner Frau ein. Doch jeglicher Scherz verschwand aus ihren Augen, als sie den Verband von Sinans Hand löste.

»Das Gelenk ist geschwollen«, sagte sie leise. »Das ist kein gutes Zeichen. Du überanstrengst es, Sinan. Wenn du es je wieder benutzen willst, musst du es schonen!«

»Wie soll das gehen«, fragte Sinan. »Meine Arbeit ist das Schmieden. Dazu muss ich mit Feuer und Metall umgehen können, mit den Erzen der Erde.«

Lahita warf ihm mit hochgezogenen Brauen einen Blick zu, den Sinan sehr richtig als Geringschätzung aller Männer deutete, die nicht auf das hörten, was Frauen sagten. Doch sie schwieg und befasste sich angelegentlich mit ihren Kräutern und Ölen.

»Ich weiß, du willst es nicht hören«, stieß sie hervor. »Aber lass dir folgendes sagen, Sinan aus Guzar: Wenn du die Kraft deiner Hand erhalten willst, so wie sie jetzt ist, oder besser noch, so wie sie früher war, dann gibt es nur zwei Möglichkeiten: Entweder du hörst auf das, was ich dir sage, oder du bittest den Syth darum, diesen Zustand zu ändern. Du sagst, die Nomaden lagern vor dem Westtor der Stadt. Nun, auf dem Weg dorthin befindet sich einer der Tempel des Schöpfergeistes.«

Sinans Augen blitzten zornig auf. »Ich werde den Schöpfergeist des Chaos nicht darum bitten, mich zu heilen! Er war es, der uns Menschen in die Gefangenschaft der Elben trieb. Er ist es, der den Krieg schürt.«

»Den Krieg schüren die Elben, nicht Syth«, gab Lahita zurück.

Energisch schüttelte Sinan den Kopf. »Ich werde den Syth nicht um Heilung bitten.«

Lahita seufzte. »Geh zum Tempel oder geh nicht dorthin. Es ist nicht meine Hand, die du zum Schmieden – oder auch zum Kämpfen – brauchst, es ist deine. Überlege dir, was du wirklich willst.« Sie räumte ihre Sachen fort und ging hinüber zu ihrem Kind, das von den lauten Stimmen aufgewacht war und in seiner Wiege vor sich hin wimmerte.

Niavash schnaubte und zog Sinan zu sich hoch. »Komm, wir gehen in die Schänke zu Farisod. Dort sind die Schankmädchen sicher nicht so altklug wie mein Eheweib.«

Sinan hätte ihm gern gesagt, dass er es – aus eigener Erfahrung – besser wusste. Doch er folgte seinem Freund, nachdem er Lahita noch einmal kurz die Schulter gedrückt hatte.

Der Abend in der Schänke war fröhlich, und Sinan versuchte, es zu genießen, dass er in dieser Runde beliebt war. Schon bald vergaß er über einigen *uskandi*-Spielen Lahitas Worte und berauschte sich an *kurimis* und gewürztem Wein. Die frische Salbe betäubte den Schmerz des Handgelenks, und noch berauschender als Wein und vergorene Milch wirkte der Duft, den Nimati, eines der Schankmädchen, verströmte und der Sinan an eine frisch geschälte Musacabafrucht erinnerte.

Niavash grinste breit, als er das sah, und schlug Sinan noch einmal auf die Schulter, bevor er ging.

Auch am nächsten Tag versuchte Sinan, weder an die wieder schwindende Kraft seiner Hand noch an Lahitas Worte zu denken. Auch seine Gastgeberin und Wirtin sprach ihn, obwohl kaum eine Änderung ihres Verhaltens zu spüren war, nicht darauf an, sodass Sinan in aller Ruhe neben Niavash seine Arbeit an den Gegenständen von Adhasars Nomaden beendete und dann aufbrach, um sie den Freunden einen Abend früher zu bringen als verabredet. Sicher warteten sie ungeduldig darauf, denn die Nachrichten über das Herannahen des Elbenheers, die sich in den letzten Tagen wie ein Lauffeuer verbreitet hatten, waren alles andere als gut. Wenn Adhasar und seine Sippe jetzt aufbrachen – und sie würden sicher nicht hierbleiben und untätig ihr Schicksal erwarten –, würden sie einen Umweg gehen müssen, der mehr Zeit in Anspruch nahm.

Als Sinan durch das Labyrinth der Gassen ging, empfand er die Stimmung in der Stadt als verändert. Nicht unbedingt ins Negative hinein. Die Angst vor den Elben war hier in Farokant eher kleiner als in den nördlicheren Reichen der Welt.

Aber eine gewisse Aufregung hatte sich der Menschen bemächtigt. Die meisten betrachteten die Kinder des Vanar als das, was sie waren: überhebliche, hochmütige Wesen, die den Geschöpfen des jüngeren der Zwillingsmonde ein friedliches Leben in Freiheit missgönnten. Selbst der Himmel über der Stadt war nicht mehr so klar, wie er es bei Sinans Zug durch den Vanion-See gewesen war, sondern von dicken Wolken bedeckt. Noch waren sie weiß, doch Sinan wusste, wenn die Elben sich näherten, würde es selbst hier in der Wüste bald Regen und Sturm geben.

Als Sinan das Lager der Nomaden betrat, kam man ihm nicht sofort entgegen. Er fand Adhasar vor seinem offenen Zelt, ein paar Gläser mit Sud aus den Blättern des Kaltschneekrauts vor sich. Er hatte einen Gast, dessen Haartracht und schlammfarbige Augen ihn als einen Undori auswiesen. Adhasar winkte Sinan eifrig heran, als er ihn entdeckte.

»Komm her, mein Freund! Gajibian hat uns Nachrichten aus dem Elbenheer gebracht, die dich sicher interessieren!«

Sinan ließ sich vor Adhasar und Gajibian nieder. »Ich habe bereits Gerüchte gehört«, sagte er. »Ist es wahr, dass der König der Elben starb?«

Gajibian nickte. »Das stimmt. Ich sah den Sarg, den die Elben zimmerten, auch das Gold, das die Schmiedesklaven, die sie bei sich haben, daran aufbrachten.«

»Gold ist das Metall des Vanar, daher glauben sie, es schenke dem König das Leben bei seinem Schöpfer«, murmelte Sinan.

Gajibian nickte grimmig. »So sagten sie. Sie nahmen mir alles

Harz ab, das ich in Darkod und Norad erhandeln konnte, und das ich hier verkaufen wollte, um so die Seele des Königs zu reinigen und ihr den Weg zu weisen.«

Adhasar fluchte. »Ich nehme nicht an, dass sie es dir entgolten haben.«

Gajibian schüttelte den Kopf. »Nein, das taten sie nicht. Aber ich habe schon öfter mit ihnen gehandelt und muss der Gerechtigkeit halber sagen, dass ich auch den Heermeister des Königs nicht antraf. Ich habe in Bathkor dem Hausvogt schon häufig Dinge verkauft, die ich in Kantis und Norad erwarb, und der Vogt bestand im Namen des Königszwillings darauf, dass man mich gut für meine Ware entlohnt.«

Sinan dachte an seine Zeit im *kastron* der Feste Bathkor zurück. Trotz Adhasars skeptischer Miene glaubte er den Worten des Händlers – Telarion Norandar, der die Hausgewalt über die Festung und die Stadt innegehabt hatte, hatte entgegen den Wünschen seiner Soldaten immer darauf geachtet, dass Händler gerecht bezahlt und Bittsteller nicht abgewiesen wurden, wenn es in der Macht der elbischen Herren lag, die Wünsche zu erfüllen.

Sinan war zwar nach wie vor davon überzeugt, dass Telarion Norandar das nur getan hatte, um vor seinem Schöpfer Vanar gut dazustehen, doch es hatte immerhin für Ruhe in der Stadt gesorgt und ihm den Ruf der Gerechtigkeit eingetragen. Doch ein Blick auf Gajibians finstere Miene sagte ihm auch, dass der menschliche Händler diesmal keinen – oder zumindest keinen annähernd angemessenen – Lohn erhalten hatte.

»Und diesmal entlohnte der Heermeister dich nicht?«, wollte er wissen.

Gajibian wandte sich ihm zu. »Nein. Die Soldaten nahmen mir meine Ware mit Waffengewalt ab, verflucht sollen sie sein! Sie verhöhnten mich und sagten mir, ich dürfe dankbar sein, alles der Königin und ihrem Bruder abzugeben, denn es würde für die Feierlichkeiten des Königsbegräbnisses gebraucht. Ich wollte sofort den Heermeister sprechen, doch einer der Schmiede sagte mir, ich brauche gar nicht nachzufragen. Der Heermeister sei nicht mehr da.«

»Nicht mehr da?« Adhasar hob die Brauen und schenkte Tee nach.

»Der Schmied wollte mir nichts Genaueres sagen. Er war wohl abergläubisch und sah sich ständig um, als packe ihn gleich ein Totengeist und zerre ihn in die Jenseitigen Nebel – als ob es in diesen Tagen noch jemanden gäbe, der diese Kunst beherrscht! Aber ich ließ ihn reden, denn er wollte seine Arbeit unbedingt vor dem Ende der Roten Stunde abschließen und ins Sklavenlager zurück.«

Sinan dachte an seine eigene Zeit im Menschenpferch, wie er es genannt hatte, zurück. Es waren nicht nur die Kinder des Akusu, die vor Einbruch der Nacht in ihre schlechten Hütten zurückwollten, die kaum Schutz vor Wind und Wetter boten, es waren auch die Elben, die die Menschen in der Nacht fürchteten und diese deshalb in die hochumzäunten Lager trieben.

Doch Gajibian sprach schon weiter. Offenbar gefiel er sich darin, mehr zu wissen als sein Gastgeber. Er warf Sinan und Adhasar bedeutsame Blicke zu, erfüllt von der Wichtigkeit seiner Nachrichten, und sah sich um, als fürchte er, belauscht zu werden.

»Was also deutete der Schmied an?«, wollte Sinan ungeduldig wissen.

»Er sagte, der Fürst von Norad habe den König mit seiner Magie getötet«, wisperte Gajibian, nachdem er sich noch einmal umgesehen hatte. »Dabei ist dieser doch sein eigener Bruder!«

Sinan starrte den Mann genauso ungläubig an wie Adhasar. Der Fürst von Norad, der Truchsess des Reichs und Heermeister, der Mann, der sich seiner Heilkunst und der Macht über das Leben und die Magien aller Wesen so bewusst war, dass er die Haare kurz trug, sollte seinen eigenen Bruder umgebracht haben?

»Nie hätte Telarion Norandar das getan«, stieß Sinan hervor. Im gleichen Moment wurde ihm klar, welche Ironie darin lag, dass ausgerechnet er diese Worte aussprach. »Er ist Heiler und sagt von sich, dass er nur die tötet, die das Leben nicht ehren!«

Im gleichen Moment wurde ihm klar, dass hierin vielleicht der Schlüssel lag – wenn einer das Leben an sich nicht ehrte, so war das Tarind, das wusste Sinan aus eigener Erfahrung. Wenn der Fürst von Norad sein Motto wirklich ernst nahm, dann konnte es nur verwundern, dass er so lange gezögert hatte, die Hand gegen seinen Bruder zu erheben.

Und doch verdrängte Sinan diesen Gedanken schnell wieder. Es hätte bedeutet, Telarion Norandar einen Gerechtigkeitssinn und einen Mut zuzusprechen, den Sinan ihm nicht zugestehen wollte.

»Ich konnte es auch nicht glauben«, versicherte Gajibian mit Blick auf die zweifelnden Mienen seiner Gesprächspartner. »Und doch schwor der Schmied, es sei wahr, die Königin selbst habe es ihm gesagt!«

Adhasar lächelte. Es sah ein wenig herablassend aus. »Warum sollte der Fürst der Elben so etwas tun?«

Wieder senkte der Händler die Stimme. »Der Schmied sagte mir, Tarind habe seinem Bruder vorgeworfen, seine Seele verschenkt zu haben. An eine Magierin aus unserem Volk! Und man sagt, sie sei eine Amadian!«

Sinan verschlug es den Atem, als er das hörte. Doch dann fragte er sich, was er erwartet hatte. Schon immer hatten sich die einfachen Leute das Leben der Adligen für ihre Märchen und Legenden mythisch ausgeschmückt. So verliehen sie ihren Hoffnungen Ausdruck. Das Leben der Hohen war der Stoff der Geschichtenerzähler und Musikanten, wie Ronan einer war.

Doch je mehr er darüber nachdachte, desto einleuchtender erschien ihm das Gerücht. Was er gehört hatte, entsprach weitgehend dem, was er selbst erlebt hatte. Telarion Norandar mochte überheblich und stolz sein, aber er trug das Feuer von Sinans Schwester in sich. König Tarind war ein heimtückischer Mann gewesen, der, bedachte man es genau, viele Eigenschaften besaß, die sein Zwilling offen erklärt hatte zu verabscheuen.

Im Grunde war es kein Wunder, dass sich die Herrscherbrüder an die Kehle gegangen waren.

»Das ist alles albernes Geschwätz, dem keiner von uns Glauben schenken sollte«, sagte Adhasar dagegen verstimmt. »Es wäre wunderbar, wenn wirklich eine aus dem Geschlecht des Größten unter den Menschen die Seele dieses Fürsten erobern könnte – doch das sind nur die Hoffnungen der Hoffnungslosen.«

»Aber es wird schon seit Jahren gesagt, dass nicht alle aus Siwanons Sippe Tarinds Schwert zum Opfer fielen«, gab Gajibian zu bedenken. Ihm schien der Gedanke, es könnte etwas Wahres an dem Gehörten sein, zu gefallen.

Adhasar seufzte. »Siwanon war ein Großer unter den Kindern des Akusu. Wenn einer seiner Nachkommen tatsächlich noch lebte, hätte er alles darangesetzt, zum Zaranthen zu gelangen. Und das schon vor langer Zeit.«

Gajibian wiegte bedächtig den Kopf hin und her. »Wer weiß. Wenn es wirklich stimmt, was ich hörte, und eine Tochter oder Verwandte des Siwanon das Herz des königlichen Bruders erweichen konnte, dann könnte das die Welt ändern.«

Sinan war froh, dass Adhasar ihm einen Platz zugewiesen hatte, der ihm das Licht der Roten Sonne in die Augen scheinen ließ. So konnten weder Adhasar noch Gajibian sehen, wie er errötete. Konnte er sich in Sanara so getäuscht haben? War es das, was der Seelenschatten seines Vaters ihm hatte sagen wollen? Er war davon ausgegangen, dass Sanara dem Fürsten nachgegeben hatte, dass sie Hilfe brauchte – Hilfe, um sich von diesem Einfluss zu befreien.

Doch vielleicht war es umgekehrt. Vielleicht war es ihr Feuer gewesen, das den einen Königsbruder auf den anderen gehetzt hatte. Wenn dem so war, brauchte sie Hilfe, um die Verbindung, die sie eingegangen war, zu erhalten.

Einiges sprach dafür. Ronan hatte es angedeutet, und auch Sanara selbst hatte versichert, Sinan täusche sich in ihr.

»Das Herz des jüngeren Sohnes des Dajaram ist kalt gegenüber allen, das weiß jeder«, sagte Sinan jetzt, um sich nicht zu verraten. Er schnaubte. »Selbst das Feuer einer Amadian könnte es nicht entzünden. Umso sicherer bin ich aber, dass deine Geschichte der Schankmaid gefällt, die ich gestern traf. Sie wird mir bestimmt ein weiteres Mal wie ein reifer Rekarapfel in den Schoß fallen, wenn ich ihr ein solch sentimentales Märchen erzähle!«

Adhasar lachte. »Da magst du recht haben, Sinan. Es heißt, dass der Fürst sich besonders Frauen gegenüber benimmt wie einst die Eiselbin, die sich einen Mann aus Blumen machte, weil keiner ihren Ansprüchen genügte.«

Sinan nickte bestätigend und nahm noch einen Schluck Tee.

»Wie dieses Märchen ist auch das, was du hörtest, nur eine Legende, nichts weiter«, fuhr Adhasar, an Gajibian gewandt, fort. »Wahrscheinlich schlägt das Herz des Fürsten einfach nur für seinen Milchbruder, den Großsohn des Dumi von Mundess. Und was wäre schon dabei!«, fügte er entschieden hinzu, als der Händler protestieren wollte. »Als ob nicht jeder solche Menschen kennen würde, die sich lieber mit dem eigenen Geschlecht vergnügen. Es wäre nichts Besonderes, wäre es auch beim Fürsten von Norad so!«

Adhasar zuckte mit den Achseln. Für ihn war dieses Thema beendet.

Gajibian machte eine verächtliche Handbewegung und sprach nun eher zu Sinan. »Nun, ich denke, es wäre logisch, wenn ein Heiler, der sich mit der Essenz anderer Wesen befasst und dessen Magie aus Eis besteht, in der Flammenkraft einer Feuermagierin schwach würde. Einer Amadian zumal. Sag selbst!«

Sinan zuckte mit den Achseln. Er wusste, es war so, wie Gajibian sagte, und doch schien ihm, als sei es die Ansicht seines ehemaligen Gastgebers, die von Verstand zeugte.

Er nahm das Bündel, das er mitgebracht hatte, auf seinen Schoß, und öffnete es, als langweile ihn das Gespräch. Und doch konnte er kaum an etwas anderes denken – selbst als er der Freude seiner Retter vor dem Tod ansichtig wurde, weil er ihnen die Gegenstände zurückgab, die sie ihm überlassen hatten. Sogar der Undori-Händler Gajibian verstummte kurz und versuchte dann, Sinan dazu zu bewegen, auch ihm einige Gegenstände zu bearbeiten, die er dann verkaufen könne.

Doch nach einer angemessenen Zeit erhob sich Sinan. Er verwies Adhasar und Gajibian an den Schmied Niavash, der nun auch einige Gesänge der Segnung beherrschte, und verabschiedete sich. Der Undori versprach, am nächsten Tag in der Schmiedewerkstatt vorbeizukommen, und unter guten Wünschen ging Sinan zurück in Richtung der Stadt. Es war heiß, doch nicht mehr so trocken wie in den letzten Tagen. In Bandothi hätte Sinan gesagt, es sei schwül, doch konnte es in der Wüste feucht sein? Es mutete nicht richtig an, und doch schienen die Wolken, die seit einigen Tagen über Farokant hingen, zu verhindern, dass die verbrauchte Luft der Stadt in den Himmel aufstieg. Sie blieb wie eine unsichtbare Glocke über der Stadt hängen.

Als Sinan durch das Westtor der Stadt kam, blieb er neben einem der Torwächter stehen.

»Wo finde ich das Bethaus des Syth?«, fragte er.

Der Mann, der sich schläfrig auf seine Lanze stützte und gelangweilt das Gewimmel der Menschen betrachtete, sah nicht einmal auf. »Da vorne bei der Taverne links. Das Haus hat Fenster aus Porphyr, nicht aus Alabaster oder weiß gestrichene.«

Sinan bedankte sich, doch der Wachmann schenkte ihm schon keine Beachtung mehr. Sinan folgte der Beschreibung. Niemand schien auf ihn zu achten, als er den Weg nahm, den die Torwache ihm gewiesen hatte.

Das Bethaus des Syth war leicht zu finden, denn auch wenn es aus erdfarbenen Ziegeln erbaut war wie alle Häuser der Stadt, waren die Bogenfenster, die wie die der meisten Gebäude mit Maßwerk versehen waren, in der Tat violett und purpurfarben ausgekleidet. Schon auf der Gasse zog der schwere Rauch nach Spezereien und verbrannten Gewürzen dahin, mit denen man die Schöpfergeister in ihren Tempeln und Gebetsräumen zu ehren pflegte.

Und doch betrat Sinan das Gebäude nicht sofort. Er lehnte sich an eine Mauer gegenüber des Eingangs und beobachtete eine Weile die Menschen, die im Bethaus ein- und ausgingen. Es waren überraschend viele. Er hätte – entgegen den Versicherungen von Lahita und Niavash – erwartet, dass man den Schöpfergeist des Chaos und der Zerstörung mied, doch das schien in Farokant wahrhaftig nicht der Fall zu sein.

Nach einer Weile kam er sich albern vor. Er machte Anstalten, zu Niavash in die Schmiede zurückzukehren, doch nach ein paar Schritten schon wandte er sich wieder um und betrat, ohne noch einmal nachzudenken, das Bethaus. Erst als er in der Eingangshalle stand, die zu seiner Überraschung nicht überdacht war, sondern von Maßwerkwänden eingefasst, die besonders verschlungene Muster wiedergaben, besann er sich. Doch es war zu spät umzukehren.

In der Mitte der Halle, unter freiem Himmel, auf einer Fläche aus feinkörnigem, buntem Kies, erhob sich ein Standbild aus Porphyr. Ein Krieger, in einem Gewand, das einer Rüstung glich und Sinan an die Festrobe seines Vaters Siwanon erinnerte. Die Ärmel und Säume des Gewands schwangen in einer unfühlbaren Brise wie die Haartracht, die in unzählige Zöpfe aller Art geflochten und gebunden war.

Es wirkte, als habe sich der Krieger gerade dem Herankommenden zugewandt. Einer der kunstvoll verzierten Jagdstiefel stand angewinkelt auf einem Felsen, als steige er einen Berg hinab zu seinen Anbetern. Die hohe Glefe, die seine Waffe war, war eins mit ihm und doch nicht auf den Betrachter gerichtet. Sie stand sichtbar neben dem angewinkelten Bein des Kriegers, er stützte sich darauf und schien doch jederzeit bereit, sie zu schwingen.

Beeindruckt suchte Sinan in seinem Gedächtnis das Zeichen, das angesichts eines Abbildes dieses Schöpfergeistes zu dessen Verehrung zu schlagen war. Er neigte respektvoll den Kopf, vollführte die Geste und sah sich dann weiter um.

Einige der Menschen hier knieten vor kleineren Altären, die in südlicher Richtung aufgestellt waren, andere huschten leise in angrenzende Räume. Aus einigen klangen Liturgien und Gesänge, als hätten sich dort mehrere zusammengefunden, um gemeinsam zu beten.

Ein wenig unschlüssig stand Sinan vor der Statue und dem Steingarten, den man um sie herum angelegt hatte. Er glich einem Miniaturabbild der Wüste um Farokant. Bizarre Steinformationen, Schluchten, eine Fläche aus glitzerndem Salzkristall – ein verkleinertes Abbild des Vanionsees –, selbst die Miniatur einer Oase, in der ein winziger, von sorgfältig kleinwüchsig gehaltenen Itayabäumen umgebener Springbrunnen sprudelte, war zu sehen.

Sinan bemerkte, dass immer wieder Menschen vorbeikamen und ein Stück dieses Gartens pflegten, einen Stein hinzufügten, einen anderen wegnahmen, einen winzigen Sagaro pflanzten oder eine neue Furche in den Sand zogen. Ihre Kleidung machte auf ihn nicht den Eindruck, als seien es Shisans oder Heilige, wahrscheinlich waren es Gläubige.

»Es ist Sitte, den Garten um das Abbild herum ein wenig zu verändern, sodass es jedes Mal etwas Neues zu sehen gibt, wenn man einen Blick darauf wirft«, sagte plötzlich jemand hinter ihm.

Sinan fuhr herum. Hinter ihm stand eine Frau, die offenbar zu den Tempeldienerinnen gehörte. Ihr Haar war von so dunklem Rot, dass es fast violett wirkte. Es war kunstvoll geflochten und aufgesteckt. Die Augen dagegen waren von so hellem Gelb, dass Sinan sich fragte, ob sich nicht vielleicht elbisches Eis in ihren Feuerkräften verbergen mochte. Es schien ihm unhöflich, danach zu fragen, und so lenkte er ab.

»Also wird diese Landschaft hier morgen schon nicht mehr so aussehen wie jetzt.«

»So ist es«, erwiderte die Shisani belustigt. »Syth liebt die Veränderung, er erfreut sich jeden Tag aufs Neue am Anblick seines neu gestalteten Gartens.«

»Es scheint mir frevelhaft, dass sich jeder in das Werk eines anderen einmischen kann.«

»Du stellst das wie jemand fest, der sich öfter mit den Grundsätzen der Ys beschäftigt hat als mit denen ihres Geliebten.«

Sinan betrachtete die Gestalt des Kriegers vor sich. Das Bild war von einer Lebendigkeit, die ihn berührte. Das war jemand, der nicht hasste, sondern gerecht war, der nicht mutwillig vernichtete und doch den Mut besaß, Überkommenes zu zerstören.

Zum ersten Mal verstand er, dass Syth keineswegs die Schreckensgestalt war, als die die Elben den Geliebten der Ys sahen. »Das ist richtig.«

»Ich bin Varashti. Warum bist du hier?«

Sinan forschte in seinem Inneren nach einer Antwort auf diese Frage, spürte aber nur Leere; es war, als sängen und sprächen in ihm viele Stimmen und er könne doch keine genau erfassen und wiedergeben. Währenddessen betrachtete er den Steingarten, in dem nur wenig wuchs und der trotz der Beständigkeit des Materials, aus dem er bestand, morgen schon ganz anders aussehen mochte.

Die Shisani blieb neben Sinan stehen und drängte ihn nicht.

»Mein Leben wurde neu geschaffen«, hörte er sich schließlich sagen. »Das Leben schickte mich in den Tod, doch in diesem Tod kam einer, der mir die Kraft gab weiterzuleben. Jetzt bin ich ratlos, was ich mit dem Geschenk tun soll. Denn der, der mich in den Tod schickte, nahm mir das, was ich am besten konnte und woraus mein voriges Leben bestand.«

Sinan hob die Rechte und betrachtete sie. Als er die Finger krümmte, schmerzte es, und er zuckte zusammen. »Diese Wunde ist etwas, das ich nicht von einem Leben ins andere retten wollte. Ich bin Schmied. Doch meine Sehne wurde durchtrennt. So kann ich nicht weiter das sein, was ich als meine Bestimmung betrachte.«

Die Shisani nickte langsam. »Dann bist du wohl hier in der Hoffnung, diesen Zustand zu ändern.«

»Ja«, erwiderte Sinan. Er bückte sich und wählte einen der Steine, die in Schalen neben dem Garten rund um das Standbild lagen. Es war ein Stein, der dunkel und von hellen Adern durchzogen war, eine schlichtere Variante des Nachtfeuersteins. Er sah sich um und entdeckte ganz in der Nähe des Standbildsockels einen winzigen Garten. Jemand hatte Moos gebracht – erst kürzlich, denn es war grün und dick und feucht – und einen Wasserfall daneben angedeutet, dessen Quelle zu Füßen der Glefe des Syth aus dem Boden sprang. Die Quelle bildete einen kleinen Teich im Moos und tränkte es, bevor das Wasser die Felsen in die Wüste hinunterfiel und als winziges Rinnsal zu der Oase weiter vorn floss.

Als Sinan den Nachtfeuerstein in die Quelle legte, begann der Stein zu funkeln und wurde schöner als zuvor. Es kam Sinan so vor, als nehme das Wasser etwas von dem Licht, das dem Stein innewohnte, mit hinunter in die Landschaft.

Die Shisani lächelte. »Das Wasser schmeichelt dem Stein, macht ihn schöner«, sagte sie.

»Mir gefällt die Idee, dass der Stein das Wasser leuchtender macht und sein Licht und seine Essenz, die von Energie kündet, hinaus in die Welt trägt«, erwiderte Sinan.

Varashti sah ihn überrascht an. »Ich glaube, du bist hier richtig. Du willst verändern«, sagte sie.

Einer spontanen Eingebung folgend schob Sinan den Ärmel seines *jibahans* hoch und entblößte seinen linken Unterarm. »Es liegt mir im Blut«, sagte er. »Ich bin Schmied. Ich verändere die Erde und das Feuer.«

Varashti lächelte. »Das dürfte meinem Herrn und Schöpfer gefallen«, sagte sie. »Vielleicht hat er Heilung für dich. Doch er wird etwas von dir verlangen. Komm wieder, wenn du weißt, was du ihm für die Kraft deiner Hand zu geben bereit bist.« Die Shisani nickte noch einmal, wandte sich um und ging fort.

Sinan blieb zurück und sah ihr hinterher. Dann fiel sein Blick wieder auf die strenge und dennoch nicht bösartig dreinblickende Gestalt des Kriegers vor ihm.

Der Schöpfergeist der Veränderung. Sinan wurde klar, dass

die Änderungen, die Zerstörungen, die er bewirkte, unerbittlich waren. Waren sie vollzogen, gab es kein Zurück mehr. Und doch konnte Gutes daraus folgen, wenn man die Gabe richtig anwandte. Es schien, als öffne der Schöpfer eine Tür, wenn das Geschöpf sie zu schließen wünschte.

Sinan schauderte, als eine Stimme ihm zuzuflüstern schien:

Überlege gut, worum du bittest.

Es könnte gewährt werden.

Kapitel 6

»Während die Elben über Wasser und Wind herrschen, gehört den Menschen alle Macht über Erde und Feuer. Bis heute sind die Kinder des Dunkelmonds wunderbare Künstler, Schmiede und Steinmetze, sie formen leblose Materie zu solcher Lebendigkeit, wie selbst die Elben es nicht vermögen, obwohl Vanar ihnen das Leben gab. Aber auch Musiker, deren Lieder imstande sind, die verstockteste Seele zu rühren, sind unter ihnen, und Schmiede, deren Waffen selbst die Nebel der Jenseitigen Ebenen abwehren können.
Ein Mensch von großer Kunst verstand es gar, kalten Stein zu solchem Leben zu formen, dass das Abbild, welches er von seiner verstorbenen Frau formte, lebendig wurde. Jedes Glied, jedes Haar, das ihm an ihr schön erschienen war, grub er in den Marmor, jeden Gedanken der Liebe, den er je über sie gedacht hatte, ließ er zu Stein werden, sodass das Bildnis selbst Vanar rührte und er es mit der Essenz der Magie füllte, sodass es lebendig wurde.«

Von den Gaben der Kinder des Akusu
Dritte Rolle der Schriften des Klosters der Quelle

Der Geruch nach Schwarzstein, in den die Shisans der Weisen Kräuter und Weihrauch gegeben hatten, wehte aus dem Tempelraum ins Allerheiligste. Er war das Erste, was Sanara ins Bewusstsein rückte, dass es ihre Weihe war, die hier stattfand.

Dann kamen die Klänge. Das Atmen der Gäste, ein unterdrücktes Husten, leises Scharren von Füßen auf Steinboden.

Es war wie damals. Es war wie vor einem Dutzend Sommern.

Sanara schloss die Augen. Sie war nicht mehr im Tempel der Weisen, sondern im Kloster des Abends am westlichen Saphirmeer. Priester in roten und gelben Roben, die mit Runen und Symbolen für gelbes Feuer und rote Erde bestickt waren, die Schwarzsteinbecken entzündeten und Kräuter in Feuer warfen. Der Geruch nach Asche, Salz und verbranntem Steinöl.

Sie sog tief die Luft ein. In den warmen, trockenen Geruch nach Asche mischte sich jetzt der nach Weihrauch, auch Blütenduft aus Gärten, die nun in der Nacht von Tau benetzt wurden, nahm sie wahr.

Tränen traten ihr in die Augen, als ihr das ins Gedächtnis rief, dass sie sich im Tempel der Weisen befand, nicht im Kloster des Abends. Die Nacht war nicht dämmrig-rot, sie war silbrig und von hellerem Schein.

Und draußen warteten nicht ihre Familie, ihr Bruder und ihr Vater. Es waren nur Fremde, denn in der letzten Nacht, in der sie einer Weihe beigewohnt hatte, war der Tod über sie gekommen.

Es schien nicht richtig.

Der Duft nach lebendigen Pflanzen, nach Tau und Frische, rief ihr ins Gedächtnis, dass ihre Magie nicht nur die des Feuers und der Seelennebel sein würde. Schmerz erfasste sie. Seit Generationen – manche sagten, seit den Zeiten der Feuermagierin Amdiri, von der der Vater gesagt hatte, sie sei seine Vorfahrin – war im Haus Amadian die Magie der Seelen und des Feuers weitergegeben worden. Nie hatte sie sich gemischt. Nicht zuletzt deshalb galten die Seelenherren aus dem Haus Amadian als die mächtigsten unter den Kindern des Akusu.

Sanara würde die erste Amadian sein, deren Kraft nicht nur aus den drei heiligen Elementen Erde, Feuer und Nebel bestand.

In ihrem Rücken, im Tempelraum hinter dem Allerheiligsten, begann leiser Gesang. Unwillkürlich lauschte Sanara, ob sich die Stimmen, die sich ihr zu Ehren erhoben, unterscheiden ließen. Doch der Chor war einheitlich, wie es Sitte war. Der Gesang schwoll an, dann mischten sich Worte darunter. Gesungene Worte zwar, doch Worte; Klänge, die von Vanar geschaffen waren. In den schweren Rauch der Schwarzsteinbecken, der den

Raum durchdrang, mischte sich der Duft von Yondarharz und Musacabablüten. Durch den Gesang der Gäste, die zu ihrer Segnung erschienen waren, war das Rauschen des Wasserfalls zu hören.

Sanara schloss erneut die Augen, um die brennenden Tränen zurückzuhalten. Sie hätte Freude empfinden sollen, keinen Schmerz um etwas, das vergangen war.

Schäme dich nicht.

Hitze wie von naher Glut strich ihre ehrerbietig ausgebreiteten Arme hinauf, über die Schulter bis zur Brust, wo Sanara seit ihrer Geburt das Wappen ihres Hauses über dem Herzen trug. Es war, als brenne besonders auf dem linken Arm Feuer auf der Haut, als leckten glühende, lebendige Flammen an ihr und fräßen sich bis tief in die Seele und ihr Herz hinein.

Du bist mein Geschöpf, aus Erde gemacht und durch Feuer gehärtet.

Sanara hielt den Atem an und die Augen geschlossen, und doch *sah* sie die Gestalt, die neben ihr saß, ganz deutlich. Es war ein junger Mann von gedrungener Gestalt, nur wenig größer als sie selbst. Er hatte den kraftvollen Körperbau eines Schmieds, besaß die Haut der Solifi, die mit noch dunkleren Sommerflecken übersät war. Seine Augen leuchteten feuergelb wie ihre eigenen, er hatte die Haare – rot wie die der Menschen aus Erathi und dunkelbraun wie die der Leute aus Entarat und hell wie der Sandstein der Felsen vor Guzarat – zu Zöpfen geflochten und diese hochgebunden wie die Piraten des Parom von Undori.

Er lächelte. *Du bist mein Geschöpf und wärest schon allein deshalb vollkommen. Doch du bist mehr. Nicht nur mein Segen liegt auf dir.*

Das deutliche Brennen auf der Haut ließ nach, weil kühlender Wind darüberglitt. Es war, als strichen sanfte Finger eine wohltuende Salbe darauf. Die Frische nahm zu, wurde zu Kälte, zu Eis, das den Spuren folgte, die die Flammen hinterlassen hatten. Dann *wusste* Sanara, dass eine elbische Gestalt neben ihr saß. Sie sah sie nicht, doch ihr Goldglanz durchdrang Sanara auf wohltuende Weise und segnete die Zeichnung, die der Brudermond an ihr hinterlassen hatte. Ihr war, als würde das Feuer dort gleichzeitig gelöscht und genährt.

Sanara fühlte sich von Wind, Nebel und Feuer umschmeichelt, doch die Elemente konnten ihr nichts anhaben. Sie wusste, ab jetzt würde sie über das eine wie auch das andere gebieten können.

Als hätten die Mächte es gespürt, sammelten sich Funken in ihren Handflächen. Obwohl sie die Augen immer noch geschlossen hatte, wusste Sanara, dass das Feuer, das sie nun in den Fingern hielt, nicht mehr nur gelb war, sondern leuchtend gelb, samtig dunkel und von frischem Grün. Es war von anmutig tanzenden und wirbelnden Rauchfäden durchzogen, die grün und schwarzbraun waren und die den Flammen echtes Leben verliehen.

Freue dich an den Gaben, die du erhalten hast, Geschöpf.

Sei gesegnet.

Freude quoll in Sanara auf, als sei ein Damm gebrochen. Die Scham darüber, dass sich ihr Feuer, ihre Dunkelheit, mit Wind und Frische gemischt hatten, war verschwunden. Nun war da nur noch Stolz. Stolz, dass sie mehr war als jeder aus dem Haus Amadian. Sie neigte den Kopf.

»Ich danke Euch, Ihr Schöpfergeister, für die Gaben und für die Freude daran«, sang sie leise. Sie wusste nicht, woher sie die Melodie kannte, doch dann wurde ihr bewusst, dass sie selbst es war, die das Lied schuf. Es war ihre Kunst – und kein Wesen zuvor hatte je diese Art von magischer Kraft besessen.

Sie fühlte sich angenommen wie noch nie zuvor. Nie in ihrem Leben hatte Sanara sich so geborgen gefühlt, nie war sie weniger allein gewesen.

»Danke!«, wiederholte sie.

Leises Lachen erklang. *Wir gaben dir gern, Geschöpf. In dir wurde zusammengefügt, was einst von den Schöpfern der Welt und des Daseins getrennt wurde. Nun tu, wozu du geboren wurdest. Schaffe Einigkeit, wo Zwietracht herrscht. Zerstöre, was trennt.*

»Das Siegel«, murmelte Sanara. »Wo finde ich es?«

Du weißt es, denn dazu wurdest du von unser aller Schöpferin gemacht. Wir, die Zwillingsmonde, beschenkten dich, wie sie es wünschte. Nun nimm die Gaben und tue, wozu du bestimmt, geschaffen und gesegnet wurdest.

»So sei es bei Ys! – Aber ich habe Angst. Die Aufgabe ist so groß!«

Du bist nicht allein. Deiner Seele wurde ein Gefährte gegeben. Einer, der dich hält und trägt, der alles ist, was du nicht bist. Der dich nährt und der dich schützt.

»Der Fürst der Elben«, wisperte Sanara. »Er ist so viel mehr als ich!«

Unter den Seinen zählt er durch die Gaben meines Bruders wahrlich als Fürst. Doch sein Volk weiß nicht, dass es das ist, was ihn zum einzig wahren Gefährten deiner Seele macht, Geschöpf. Daher gehe mit unserem Segen und schäme dich deiner Gaben nicht.

Sanara beugte sich vor, bis ihre Stirn den kühlen, rauen Boden erreichte, und murmelte das Dankgebet, das das Ritual der Segnung an dieser Stelle vorsah.

Als sie sich erhob, war sie wieder allein – aber nicht länger mehr einsam.

Es schien Ronan unangemessen, dass der Älteste nicht nur ihn, sondern auch den Fürsten von Norad zu Sanaras Weihe gebeten hatte. Auch wenn Vernunft und Sitte es geboten, dass alle Lehrer des zu segnenden Schülers anwesend waren.

Der Elb wirkte auf den Musikanten wie ein Fremdkörper in der Zeremonie. Telarion Norandar war nicht der Einzige seines Volkes, der ihr beiwohnte. Unter den Weisen gab es etliche von ähnlicher Gestalt, von ähnlich kaltem oder feuchtem Wesen, von ähnlich steifer Ruhe. Und doch war es der Fürst, der Ronan störte, obwohl der Älteste zwischen ihnen kniete und laut die Gesänge leitete, die die Monde um den Segen für die Schülerin bitten sollten.

Es fiel Ronan schwer, sich ganz auf Sanara und seine eigenen guten Wünsche für sie zu konzentrieren. Er bedauerte die Kälte, die sich immer wieder in ihr breitmachte und gegen die keiner seiner Gesänge mehr half. Er teilte nicht die Ansicht, dass es ihre Aufgabe sei, damit zu leben.

Vielleicht war es nützlich, dass sie den Wind beherrschte, wenn sie das Siegel suchen wollte, das Ys geschaffen hatte. Der Älteste hatte Sanara in Philosophie unterrichtet, damit sie die Worte der Elben in die Gesänge der Menschen einweben könne, doch das durfte nach Ronans Meinung nicht dazu führen, dass ihre Beziehung zum Fürsten der Elben – einem Mann, der sie immer wieder hatte unterwerfen wollen, der sogar ihren Vater getötet hatte – so eng wurde, wie es geschehen war.

In den letzten Wochen hatte sie sich nach den Lektionen, die Telarion Norandar ihr in Kampf und der Kunst des Lebens und des Sturms erteilt hatte, oft in seine Arme geflüchtet. Für Ronan der Beweis dafür, wie schwer es Sanara fiel, die Magie, über die der Fürst von Norad gebot, zu beherrschen. Mit seiner den Menschen weit überlegenen Kraft überforderte er Sanara und übersah, dass sie zwar seine Magie in sich trug, nicht aber seine Stärke.

Schon allein das nahm Ronan gegen diesen Elb ein: Er lehrte Sanara, dass seine Magie nur mit vollkommener, mit elbischer Macht und Kontrolle zu beherrschen und zu wirken sei. Es war eine Kontrolle, von der Ronan jeden Tag sehen konnte, dass seine Geliebte sie nicht besaß. Es lag ihr nicht, von Vanar geschenkte Dinge kühl und berechnend anzugehen. Er hasste Telarion Norandar dafür, dass Sanara aus seinen Unterrichtsstunden ständig das Gefühl mitnahm, unvollkommen zu sein. Abends kehrte sie niedergeschlagen zu Ronan zurück, nur um des Morgens mit dem fieberhaften Wunsch aufzustehen, heute, an diesem Tag, würde sie dem Fürsten ein Lächeln, ein Lob entlocken.

Ein Lob, dass der Elb Sanara nur selten zuteilwerden ließ. Es war Ronan, als erwarte der Fürst, seine Schülerin würde auch dem Wesen nach elbisch. Doch Sanara war aus Feuer gemacht, war wie das gelbe Element flink und heiß, und es lag ihr nicht, vollkommen zu sein.

Aber gerade dieser Umstand war es, der Sanara in Ronans Augen dazu machte.

Der Musikant konnte nur hoffen, dass die Monde Ys und Akusu es ähnlich sahen wie er selbst und diese wundervolle Frau mit ihrem Segen beschenkten – auch wenn sie selbst daran gezweifelt hatte.

Ronan warf erneut einen verstohlenen Blick auf die hochgewachsene Gestalt neben dem Ältesten. Der Fürst von Norad ließ es nicht an Respekt mangeln. Sicher auch, weil er sich darüber im Klaren zu sein schien, dass er einer der höchsten heiligen Handlungen beiwohnte, die der Glauben an die Schöpfergeister kannte. Zweifellos war Telarion Norandar als Shisan des Lebens im Palast der Stürme schon oft Zeuge einer Weihe gewesen, auch wenn dies, wie er selbst gesagt hatte, für ihn die erste Weihe war, bei der ein Dunkelmagier die Segnung erhalten sollte. Sogar ein neues Hemd anstelle des mehrfach geflickten, das er bisher getragen hatte, hatte er angelegt. Doch Ärger wallte in Ronan auf, als er es ansah, denn es war keine der Weihe angemessene Kleidung, sondern die eines Fürsten. Eines Herrn. Es war ein Hemd aus feinem Leinen und in einem Ton eingefärbt, der an junge Wasserkornpflänzchen erinnerte; ein Farbton, von dem Ronan wusste, dass die Bauern, die unterhalb des Tempels lebten, ihn in der Regel nicht herstellten, da die Pflanzenstoffe dafür selten waren und die Farbe aufwendig herzustellen.

Es sprach für die Eitelkeit des Fürsten, zu dieser Gelegenheit ein solches Kleidungsstück zu wählen. Nicht einmal die farangelben und samtig dunklen Säume, die offenbar zu Ehren seines Schützlings daran angebracht waren, versöhnten Ronan. Sie verstärkten nur den Eindruck, der Fürst verachte und spotte über die Dunkle Magie, da er ihnen nur einen schmalen Raum an dem Kleidungsstück zugestanden hatte.

Als der Älteste neben ihm nun die Stimme erhob, um als erster der drei Lehrer den Dunklen Mond um den Segen für die Schülerin zu bitten, verdrängte Ronan die unguten Gedanken und richtete sie ganz auf die Frau, die dort im Allerheiligsten saß. Hinter den Durchbrüchen in der Wand, die Berge und Wälder, Vulkane und allerlei Blüten und Getier andeuteten, war Sanara kaum zu erkennen.

Er schloss die Augen und betrat die Nebel. Mit ein paar Tönen vertrieb er die klagenden Geister. Dort, wo sich auch in der wirklichen Welt das Allerheiligste des Ys-Schreins befand, konnte er mit der Sicht eines Seelenherrn Sanaras Magie wahrnehmen. Eine gelbes Leuchten erschien dort, wo Ronan seine Schülerin vermutete, als der Ehrwürdige neben ihm den Gesang des Segens in den des Feuers übergehen ließ.

Ronan folgte den Tönen im Geiste. Er sah, wie der Gesang des Ältesten Gestalt annahm und bernsteingelbe Funken von seiner Ehrwürdigkeit bis hin zum Allerheiligsten schwebten, wo das erst noch blasse Gelb der Gesegneten satter wurde, bis es schließlich einer frisch aufgeschnittenen, reifen Faranfrucht glich.

Das Bild erfreute Ronan und schien ihm der Inbegriff allen Lebens zu sein.

Ohne es bewusst zu bemerken, begann sich samtig dunkler Rauch in der reingelben Gestalt zu kräuseln. Ronan erfreute sich zunächst an dem Bild, erst dann hörte er die Klänge, dunkel und tief, als kämen sie aus dem Schoß der Erde. Er war es selbst, der sie sang und seiner Schülerin das gab, was sie ausmachte wie das Feuer, und das er ihr in den letzten Wochen zu beherrschen geholfen hatte. Über den Rauch der Nebel besaß sie die gleiche Macht wie über die Flammen. Der Rauch schien zu der Flamme zu gehören, bewegte sich mit ihr, wirbelte auf, und der Musikant dachte unwillkürlich, dass er das Gelb des Feuers nur als halb so lebendig empfunden hätte, hätte dieser Rauch gefehlt.

Das Feuer in der Gestalt, die Ronan auf der Seelenebene wahrnahm, brannte jetzt warm und gleichmäßig. Dann flackerte die Gestalt, als ein Windstoß aufkam. Ronan erschrak, denn der Wind war kalt, er ließ die Gestalt Sanaras zittern, verwehen, bevor sie sich wieder fing und zu einem Ganzen zusammenfand.

Ronan spürte Enttäuschung, als sich zu den dunklen Schlieren in der Feuergestalt hellgrüne gesellten. An der Quelle, dort, wo die flackernde Gestalt ein Herz besaß, färbte sie sich ebenfalls leuchtend grün.

Bitterkeit stieg in Ronan auf, als er sich bewusst wurde, was das bedeutete: *Beide* Monde hatten Sanaras Magie gesegnet – nun war die kalte Magie des Sturms in ihr nicht mehr nur etwas, das der Elbenfürst ihr wieder und wieder eingab. Ab jetzt gehörte der Wind zu ihrem Sein.

Das, vor dem der Geist der Königin Ireti ihn schon vor mehreren Zehntagen gewarnt hatte, war geschehen. Und Ronan hatte es nicht verhindern können.

Die Bittgesänge der Anwesenden verklangen. Ein Donnern verriet, dass die Tore des Allerheiligsten, die sich vor unbestimmter Zeit hinter Sanara, der Schülerin und Bittenden, geschlossen hatten, wieder geöffnet wurden. Ronan schreckte aus der Konzentration auf, die die Melodien in ihm ausgelöst hatten, und war wieder in der Wirklichkeit.

Der Augenblick der Segnung war vorbei.

Leise Schritte erklangen und blieben dann vor dem Fürsten, dem Musikanten und seiner Ehrwürdigkeit, dem Ältesten, stehen.

»Aus der Schülerin wurde eine Wissende. Euch, den Lehrern, gebührt Dank dafür«, sagte Sanara, sank vor ihnen auf die Knie und breitete die Arme aus.

Als Ronan die Augen öffnete, kniete kein junges Mädchen mehr vor ihm.

Sie war in der Zeit, in der ein nussgroßes Stück getrockneten

Harzes in einem Schwarzsteinbecken verbrannt war, eine Gesegnete, eine Weise geworden. Er fragte sich, welcher Art die Zeichnung wohl sein mochte, die sie zweifelsohne von ihrem Schöpfermond erhalten hatte.

Ronan konnte sich den Wunsch nicht versagen, diese Zeichnung trüge kein Grün in sich, aber es war nicht an ihm zu fragen. Es war der Älteste, der die Stelle des obersten Lehrers einnahm und dem Ritual folgend dies zu klären hatte.

Gehorsam entledigte sich Sanara ihres Laienhemds, als der Ehrwürdige sie darum bat. Ein Raunen ging durch die Umstehenden. Sie stand mit nacktem Oberkörper da, nur mit einem Brustband bekleidet. Die Tätowierung auf ihrem linken Arm war, wie Ronan befürchtet hatte, nicht nur gelb und dunkel. Jede der vielen Flammen, die sich, von ihrem Handgelenk ausgehend, den Arm hinaufzogen, hatte einen grünen Kern, aus dem sie sich speiste und der wie die Flamme selbst zu dunklem Rauch in der gleichen Farbe zu verbrennen schien. Die Flammen leckten über ihre Schulter bis zu dem Wappen auf ihrer Brust, dessen unteres Viertel zwar vom Brustband verdeckt wurde, aber das Wesentliche sichtbar ließ: Die Letzte der Flammenspitzen, die silbrig gefärbt waren, berührte das Maul der Sonnenechse, die sich auf dem achtzackigen Diamanten des Hauses Amadian zusammengerollt hatte. Die Schuppen der Echse waren nicht nur orange, rot und gelb, sondern an den Flanken silbrig und von einer Farbe, die der des Hemdes glich, das der Elbenfürst trug.

Ronan konnte den Blick kaum von diesem wunderschön gezeichneten und gefärbten Stück Haut abwenden. Nie war Sanara Amadian ihm schöner erschienen.

Doch als sie nun fragend aufsah, erwiderte Sanara nicht seinen Blick. Auch nicht den des Ältesten. Sie sah den Fürsten von Norad an. Es war seine Zustimmung, die sie stumm erbat.

Als Ronan das bemerkte, spürte er einen Stich im Herzen. Beinahe wünschte er sich, Telarion Norandar würde sie in irgendeiner Form zurückweisen. Und für einen Augenblick sah es zu

Ronans Genugtuung tatsächlich so aus, als sei der Fürst empört über das anzügliche Aufblitzen ihrer Augen.

Doch dann huschte ein Lächeln über das bisher so unbewegte Gesicht des Elbs und verlieh dem sonst so ernsten, fast strengen Blick eine ungekannte Zärtlichkeit.

Bevor Ronan wirklich darüber nachsinnen konnte, was er gerade gesehen hatte, hatte Sanara den Blick wieder gesenkt. Sie verbeugte sich vor dem Ältesten und nahm die *hataka* der Weisen entgegen, um sie anzulegen. Sorgfältig und feierlich legte sie die *hataka* an, die ihr zu Ehren einen Gürtel mit einem gelbgrünen Muster besaß, dessen Formen an Wolken und Sonnenstrahlen auf dunkelbraunem Grund erinnerten.

Als sie das Gesicht wieder hob, war keine Spur von Wagemut oder Belustigung mehr darin zu sehen.

»Mit dem heutigen Tag seid Ihr, Sanara Amadian, eine Shisani der Weisen«, erklärte der Älteste jetzt mit lauter Stimme und beendete damit die Zeremonie.

»Kommt«, sagte er und deutete Sanara mit der Hand an, ihm zu folgen. Auch den Fürsten von Norad zog er mit sich.

Ronan wollte mitgehen, doch der Ehrwürdige lehnte ab. »Ich muss mit der Gesegneten und dem Fürsten allein sprechen.«

Er erklärte sein Tun nicht weiter.

Ronan blieb stehen und versuchte, das Gefühl der Eifersucht und der Sorge zu verdrängen. Auch als der Älteste Sanara und den Fürsten nach einigen Worten allein ließ und wieder zu Ronan zurückkam, wandte der Musikant den Blick nicht von beiden ab. Sie standen dicht voreinander, der Fürst blickte auf die frischgebackene Shisani herab, sie zu ihm auf. Worüber sie sprachen, war nicht zu verstehen.

»Ronan Abhar, du musst sie gehen lassen. Sie ist die Auserwählte der Ys, er ist ihr Gefährte.«

Ronan schwieg und erwiderte den ernsten Blick des Ältesten nicht. »Ich bin nicht mehr sicher, ob Sanara es ist, die das Siegel finden wird«, sagte er schließlich.

Verblüfft schwieg der Ehrwürdige einen Augenblick. »Was lässt dich zweifeln?«, wollte er dann wissen.

Wieder warf Ronan einen Blick zu Sanara hinüber, die immer noch vor dem Elbenfürsten stand und leise mit ihm sprach. Er musste erneut gegen die Enttäuschung ankämpfen, als er daran dachte, dass Sanara in wenigen Tagen allein mit dem Fürsten aufbrechen würde, um das Siegel zu suchen. Schon der Gedanke, sie könnte mit Telarion Norandar Zeit verbringen, ohne des Abends auf seine, Ronans, Wärme und Kraft zurückgreifen zu können, ließ Ronans Herz vor Mitgefühl schneller schlagen.

Er versuchte, sich von den beiden abzuwenden.

»Sie ist stark«, sagte er schließlich zum Abt. »Doch sie ist keine Elbin. Sie ist ein Mensch. Sie ist nicht stark genug, um seiner Magie in ihr den ihr gebührenden Platz zuzuweisen.«

»Das genau verkennst du«, sagte der Abt ernst. »Sie ist sehr wohl in der Lage, denn sie ist keine Feuermagierin mehr. Ihre Magie ist nun, dank des Geschenks der Ys, so einzigartig wie die des Fürsten.«

»Ich bin mir dessen nicht mehr sicher«, sagte Ronan mit einem Seitenblick auf den Ehrwürdigen. »Ich habe mich vielleicht geirrt.«

»Warum glaubst du das?«, forschte der Älteste und betrachtete Ronan aufmerksam. »Liegt es vielleicht daran, dass du das Fremde, Unnatürliche, das ich seit einiger Zeit im Tempel spüre, auch nicht finden kannst? Zweifelst du deshalb an dir?«

Ronan biss die Zähne zusammen. Erst gestern Nacht war Königin Ireti ihm nach dem Gebet des Akusu gegenübergetreten und hatte ihn erneut davor gewarnt, dem Fürsten zu trauen. Sie war zornig geworden, als er ihr berichtet hatte, Sanara werde heute die Weihe erhalten und damit die Berechtigung und die Fähigkeit, das Siegel zu finden.

Wusste Seine Ehrwürdigkeit davon? Er fragte sich, ob die Königin es war, die der Abt spürte. Seine Ehrwürdigkeit Morotand Gintar war ein Halbelb, der die Gabe des Lebens und der

Feuer besaß und die Gesänge des Todes und der Nebel zumindest kannte, auch wenn er selbst den Nebeln nicht zu befehlen vermochte. Es war durchaus möglich, dass er die Anwesenheit der Herrin der Elben in dem Reich spürte, über das er der Herr war.

Ronan räusperte sich. Es fiel ihm schwer, seinen Lehrer und Meister zu belügen, und doch brachte er es nicht fertig, die Wahrheit auszusprechen.

»Ich werde heute Nacht noch einmal danach suchen, wenn Ihr sicher seid, Ehrwürdigkeit.«

»Ich vertraue dir, Ronan Abhar. Tu es im Tempelraum des Syth, der der Erste war, der Kraft aus den Nebeln der Leere bildete. Vielleicht hilft seine Anwesenheit dir dabei.«

Ronan nickte. Er hörte die Freundlichkeit in Morotands Stimme. Sie schmerzte.

»Auch du musst dich bereitmachen«, sagte sein Lehrer jetzt. »Ich habe Nachrichten aus dem Süden erhalten. Du musst für uns auf dem schnellsten Weg dorthin reisen. Diese beiden müssen allein gehen.«

»Was ist mit dem Hauptmann des Fürsten?«, wollte Ronan unwillig wissen. Wenn er schon von der Reise dieser beiden ausgeschlossen wurde, sollte zumindest der Vertraute des Daron Norandar ebenfalls nicht mitgehen.

»Der Hauptmann ist mir nicht verantwortlich. Er gehorcht nur dem Fürsten, und was dieser für Pläne mit ihm hat, weiß ich nicht. Doch er wird die beiden nicht begleiten. Daron Norandar sagte, er habe Aufträge im Osten für ihn«, sagte Morotand vage.

Wieder glitt Ronans Blick zu Sanara und dem Elben hin. Er wandte sich auch nicht ab, als er sah, dass sich Sanaras Finger in die des Fürsten schlangen. Ronan hielt den Atem an. Er erwartete, dass Telarion Norandar sich, kühl und hochmütig, wie er war, der Berührung des ehemaligen Schankmädchens entziehen würde. Ronans Herz flog Sanara entgegen, denn er wusste, wie enttäuscht sie sein würde.

Doch der Fürst reagierte unerwartet. Er hielt zunächst still, sichtlich überrascht, dann senkte er den Blick und betrachtete mit einem kaum wahrnehmbaren Lächeln, wie ihre Hand die seine liebkoste. Es war deutlich, wie sehr ihm gefiel, was sie tat, und beinahe selbstvergessen ließ er seinen Daumen über ihre Handfläche gleiten, bevor seine Fingerspitzen neugierig ihren Unterarm hinaufkrochen.

Ein Lächeln glänzte in Sanaras Gesicht auf, und Ronan zog es das Herz zusammen, als er daran dachte, wie bitter es für sie wäre, wenn der Fürst sein eisiges Selbst erst wiederfände. Und das würde geschehen. Einer wie er vergaß nie, was er sich schuldig war.

»Ronan Abhar!« Die Stimme des Ehrwürdigen klang nachdrücklich. Ronan fuhr zu ihm herum. »Ronan Abhar, hast du verstanden? Du bist einer der Weisen. Handele danach. Das Schicksal der Welt ist wichtiger als das, was wir selbst uns wünschen. Geh in den Süden der Welt. Du wirst dort gebraucht.« Er folgte Ronans Blick und sah auf Sanara und den Elb. »Glaube nicht, ich wüsste nicht, was du empfindest. Doch wir dienen der Ys. Sie befahl, das Siegel zu zerstören, und schenkte diesen beiden die Gaben dafür. In Sanara Amadian ließ sie diese Gaben von ihren Zwillingssöhnen segnen.«

Ronan hörte kaum zu. Es schien ihm eine Ewigkeit zu dauern, bis Telarion Norandar seine Finger aus Sanaras Griff löste. Doch als es geschah, war es keine Geste der Ablehnung. Es geschah langsam, beinahe zärtlich.

Ronan schloss die Augen und kämpfte den Sturm der Eifersucht nieder, der ihn ergriffen hatte.

»Die beiden stimmen mich traurig«, sagte der Ehrwürdige leise, und Ronan bemerkte erstaunt, dass Morotand voller Gram auf seine Schülerin und den Fürsten schaute. »Wenn wir an Ys glauben und das, was sie schenkt, dann müssen wir auch bedenken, dass Syth, ihr Geliebter, immer das verändern und vielleicht sogar zerstören wird, was Ys schenkt.«

Jähe Hoffnung flammte in Ronan auf. Er neigte den Kopf. »Ich verstehe.«

»Tust du das?«, wollte der Ehrwürdige wissen. »Das sagten auch diese beiden, als ich ihnen alles zu erklären versuchte. Und doch ist das, was der Schöpfergeist ihnen schenkte, stärker, wie du selbst siehst.«

Ronan wandte sich seinem Meister zu. »Ich werde meinem Segen gemäß handeln, Ehrwürdiger, zweifelt nicht daran. Ich weiß, was ich den Schöpfergeistern schuldig bin.«

»Die Welt gehört Ys und Syth, nicht den Völkern. Es ist ihr Wille, der geschieht«, sagte der Ehrwürdige leise.

Als Ronan wieder in die Saalecke sah, stand Sanara allein dort. Der Fürst war verschwunden, mit der Schnelligkeit, die elbischen Kriegern zu eigen war.

Und Ronan musste entsetzt erkennen, dass er in Sanaras Augen weder Zorn noch Trauer lesen konnte. In ihrem Blick lag ein Leuchten, als habe sie ein Versprechen erhalten.

Die Stille tat nach all den Glückwünschen, den Liedern und Gesängen gut.

Noch immer war es Nacht, auch wenn der dunkle Mond über dem westlichen Horizont beinahe verschwunden war. Von der Galerie, die Sanaras Quartier nach Süden hin abschloss, war er kaum noch zu sehen, nur eine Sichel, dunkler als der Himmel dahinter, auf der rötlich-düstere Feuer brannten, war zu erkennen.

Der kleine Silbermond, der heller strahlte als die Zwillingsmonde, und die Sterne funkelten noch über dem Tal. Beides war so hell, dass Sanara die Landschaft erahnen konnte, die sich tief unter ihr erstreckte. An dieser Stelle fielen die Berge ab und versperrten die Sicht in das Land Larondar nicht, das vom Wald von Dasthuku bedeckt war. Auch Gebäude behinderten den Blick nicht. Er reichte so weit, dass man an besonders klaren Tagen in der Ferne einen glitzernden Streifen in den endlosen Wäldern von Dasthuku sehen konnte: den Mondsee.

Als Sanara die Augen schloss, stellte sie sich vor, wie sie vom Grünen Turm aus, der sich am Südufer des Mondsees befand, an ebenso klaren Tagen die Loranon-Berge hatte sehen können.

Für einen Augenblick fragte sie sich, was ihre Freundin Anjoris wohl gerade tat, die in Bandothi lebte, der Stadt der Elben und Menschen. Was sie sagen würde, sähe sie, dass Sanara, das einfache Schankmädchen, das als rebellisch galt, heute eine Shisani der Weisen geworden war. Was Lury und Ondra und Methid dazu gesagt hätten.

Ihr gefiel der Gedanke, dass Anjoris, die Gerberin und Färberin, sich gefreut hätte. Auch Lury, der Schankwirt, der sie zusammen mit seiner Frau über ein paar Jahre hinweg beherbergt und für den sie gearbeitet hatte, hätte wahrscheinlich vor Vergnügen geschmunzelt und ihr alles Gute gewünscht.

Was seine Frau Ondra getan hätte, war schwieriger zu sagen. Sie hatte Sanara gemocht, war immer freundlich gewesen, doch hatte sie im stürmisch-feurigen Wesen ihres Schankmädchens auch die Gefahr für sich und das Leben ihrer Familie gesehen. Sanara wusste plötzlich, dass Ondra es missbilligt hätte, hätte sie gewusst, was ihr in den letzten Mondumläufen geschehen war. Die Wirtin hätte ihre Verbindungen nicht gutgeheißen.

Die Erkenntnis tat weh. Lury und Ondra hatten Sanara, der Heimatlosen, dem Gossenmädchen, dem Liebchen eines Gassenschurken, das immer auf der Flucht gewesen war, eine Heimat gegeben. Eine Heimat, wie Sanara sie auch hier, im Kloster der Quelle der Weisheit, gefunden hatte.

Und nun ging sie wieder fort. Selbst den Morgen durfte sie nicht abwarten, hatte der Ehrwürdige gesagt. Er hatte sie eindringlich darauf hingewiesen, dass sie nicht einmal von Ronan Abschied nehmen durfte. Niemand durfte wissen, dass Sanara und Telarion Norandar unterwegs waren, um das Siegel zu suchen.

Sanara verstand den Grund für die Eile nicht, zu der er gemahnt hatte, hatte aber nachgegeben, als sie hörte, dass selbst der Milchbruder und Vertraute des Fürsten zurückbleiben würde. Die Betroffenheit, die Telarion Norandar bei dieser Anweisung ins Gesicht trat, hatte deutlich gemacht, dass ihm diese Geheimhaltung noch schwerer fiel als ihr.

Sanara wandte sich von der Galerie ab und ging hinüber zu ihrer Schlafstätte. Darauf lag ein Bündel, in das sie wenige Habseligkeiten, einige Kräuter, ein wenig Proviant und eine Decke gepackt hatte. Sie nahm es, denn sie hatte nur noch wenig Zeit. Der Fürst der Elben würde sie beim Untergang des Dunkelmonds am hinteren Ausgang – dem, der in die Berge führte – erwarten.

Ein letzter Blick galt den Dschinnen und Feuergeistern an der Wand, die für Sanara zu Gefährten geworden waren. In der letzten flackernden Glut des fast heruntergebrannten Feuers in der Mitte des Zimmers wirkten die leicht reliefartig gearbeiteten Gemälde lebendig. Ihre Augen verfolgten Sanara, als sie zur Tür ging, und schienen ihr einen Abschiedsgruß zuzuflüstern.

Den Drachen, den man auf die Tür geschnitzt hatte und dessen Auge aus dem Stein bestand, den man Drachenauge nannte und der von einem irisierenden Braun war, streichelte Sanara noch einmal. Diese Gestalt aus einer alten Legende war immer die letzte der Geister an der Wand gewesen, die ihr einen guten Tag gewünscht hatten.

»Ich werde wiederkommen«, versprach sie ihm und glaubte es in dem Moment sogar.

Das Drachenauge flackerte auf, als verstünde es ihre Worte.

Doch im Vorbeigehen konnte Sanara nicht sagen, ob es nicht vielleicht ihr eigener Schatten war, der ihr einen Streich spielte.

»Kommt, Mendari. Wir sind noch nicht weit.«

Der Tempel lag bereits weit unter ihnen, nur das silbrige Funkeln des Daches der Haupthalle war noch in der Nacht zu erkennen. Sanara konnte sich nur schwer von seinem Anblick losreißen. Sie wusste, dies würde – vielleicht für lange Zeit – der letzte Blick sein, den sie auf diese Stätte erhaschte.

Hier in den Bergen war es kühler als dort unten, wo der Tempel geschützt vor allzu heftigem Wetter am Ende eines engen Tals lag. Sanara hatte ihren Umhang bereits eng um die *hataka* geschlungen, doch jetzt schien die Kälte noch einmal stärker zu werden. Sie nahm links hinter ihr Gestalt an und wurde zu einem dunklen Schatten, als Telarion Norandar neben sie trat.

»Wir dürfen noch nicht rasten, Menda-« Er unterbrach sich, und als er fortfuhr, konnte Sanara an seiner Stimme hören, dass ein Lächeln über sein Gesicht huschte. »Verzeiht. Ich werde Euch ab heute Shisani nennen, wie es Euch gebührt. Ihr seid keine Herrin von Adel mehr, sondern eine Weise.«

Telarion Norandar meinte es gut, das wusste sie. Doch sie war nicht in der Stimmung für Höflichkeit und erwiderte nichts.

»Kommt«, sagte er wieder, sanfter diesmal, und berührte sie kurz an der Schulter. Dann ging er weiter. Seine Schritte entfernten sich unerbittlich.

Schweren Herzens wandte sie sich von dem Ort ab, der ihr in den letzten Mondumläufen zur Heimat geworden war.

In den nächsten Stunden schwiegen Sanara und ihr Gefährte. Solange es dunkel blieb, folgten sie dem Weg. Als aber die ersten Vögel ihre noch leisen Stimmen erhoben, verließ der Fürst den schmalen Trampelpfad und zog das *daikon* hervor, dessen hölzerne Scheide in den Falten seiner Schärpe steckte. Abseits des Weges wuchs dichtes Gebüsch aus Königsfarn und anderem Gesträuch, dessen riesenhafte Wedel das Vorankommen im unwegsamen Gelände erschwerten.

Er wandte sich nur selten um, ging langsam vor ihr her, hielt aber nie an. Nicht einmal, als die Weiße Sonne ihre ersten Strahlen über den Horizont schickte, blieb Telarion Norandar stehen – obwohl Sanara es erwartet hatte. Sie wusste seit dem gemeinsamen Unterricht, dass er es an kaum einem Morgen versäumte, der Tageszeit des Vanar die Referenz zu erweisen. Sie hielt mit ihm Schritt, doch war einige Klafter hinter ihm. So konnte sie nicht einmal sehen, ob er wenigstens das Zeichen des Goldmonds schlug.

Es war ein weiterer Hinweis darauf, wie wichtig ihm und auch dem Ältesten ein rascher und verborgener Aufbruch gewesen war. So als fürchteten beide feindliche Spione im Tempel, die versuchen könnten zu verhindern, dass sie und Telarion Norandar das Siegel fänden. Sanara war sicher, dass dieses Misstrauen nicht vom freundlichen Abt, sondern vom Fürsten ausgegangen war. Er hatte mit einem Seitenblick auf Seine Ehrwürdigkeit bestimmt, dass sie erst zum Ende der Roten Stunde anhalten und Telarion seiner Reisegefährtin dann den genauen Grund für die Eile erklären wollte.

Es war ein weites Stück Weg und schien Sanara beinah zu lang, doch sie hatte nicht widersprochen und sich vorgenommen durchzuhalten, als auch Morotand ohne Protest zugestimmt hatte.

Sanara schüttelte ungeduldig den Kopf, als sie an die Szene zurückdachte. Der Fürst und ehemalige Heermeister hatte sie sofort nach der Verkündung dieses Beschlusses – dieses Befehls! – zu ihrem Zeichen beglückwünscht, als käme er gar nicht auf die Idee, sie könnte ihn kommentieren oder ihm gar widersprechen wollen.

Sie hatte den Ärger über seine Überheblichkeit rasch vergessen und erinnerte sich an die Freude, die sie bei seinen guten Wünschen empfunden hatte, und das Entzücken, als sie zum Dank seine Hand genommen und er sie nicht fortgezogen hatte. Jetzt kam ihr der Ärger wieder in den Sinn, und ihr wurde bewusst, dass ihm das Ablenkungsmanöver gelungen war.

Sie biss sich auf die Lippe. Der Fürst würde – sobald er ihr gnädigerweise eine Rast gestattete – viel zu erklären haben.

Der Wald war hier in den Bergen bei Weitem nicht so gewaltig wie unten im Hügelland von Dasthuku oder Norad. Doch war er zumeist an Abhängen gelegen und überaus dicht gewachsen.

So erschwerte das Gelände zusätzlich zum Dickicht die Wanderung. Auch wenn sämtliche Pflanzen in dieser Bergregion nicht die gleiche Größe erreichen konnten wie in den Waldländern, Königsfarn bedeckte hier wie da den Waldboden und war durchsetzt von dornigen Schwarzbeerensträuchern und den Wurzeln der hohen Qentarbäume, über die es hinwegzuklettern galt. Häufig musste der Fürst stehenbleiben, um mit kräftigen Schlägen die langen und zähen Ranken der Schwarzbeerensträucher zu durchtrennen, sodass ihre Kleidung nicht in ihnen hängen blieb und bereits am ersten Tag unter der Reise litt.

Die Purpursonne ging auf, und es wurde warm unter dem Laub der Bäume. Und feuchter. Der Spätsommertau auf den Blättern verdunstete und machte es für Sanara schwerer, Luft zu holen. Doch sie hielt durch und bestand nicht darauf stehenzubleiben. Sie wunderte sich ein wenig darüber, dann kam ihr ein Gedanke: Vielleicht war das ein Grund für den Fürsten gewesen, sie zusätzlich zu den Lehren über die Worte, die die Heilkunst förderten und den Wind riefen, auch über Zehntage hinweg in Kampf- und Kriegskunst auszubilden, auch wenn das eine viel zu kurze Zeit war, um der Körperkraft eines Elben auch nur annähernd etwas entgegensetzen zu können.

Hätte er es nicht getan, würde sie es jetzt sicher schwerer haben. Doch statt Dankbarkeit durchflutete sie auch hier Ärger ob der Erkenntnis. Warum hatte er ihr das nicht gesagt? Hatte er erwartet, sie erkenne die Notwendigkeit dieses Unterrichts selbst?

Kein Wunder, dass er sie für kindisch hielt. Statt sich mit zusammengebissenen Zähnen durchzuschlagen, wie sie es immer getan hatte, hatte sie ihm das Schwert vor die Füße geworfen und sich in Ronans Arme geflüchtet – nur um sich dort nichts sehnlicher zu wünschen, als dass es nicht der Musikant wäre, der ihr Gesicht mit Küssen bedeckte.

Und mehr tat.

Sanara rief sich zur Ordnung und konzentrierte ihre Gedanken auf den schmalen Pfad, den Telarion Norandar hinterließ.

Die Rote Sonne hatte noch nicht lange ihren Zenit überschritten, als der Elb anhielt und sich zu ihr umwandte.

»Ihr seid so schweigsam, Shisani. Braucht Ihr eine Rast?«

Überrascht blieb Sanara stehen und sah zu ihm auf. Sein Gesicht war wie immer unbewegt, der Blick aus den grünen Augen fremd und kaum lesbar.

»Nein«, sagte sie. Sie legte alle Entschlossenheit in ihre Stimme, zu der sie fähig war. Obwohl sie keinen Durst verspürte, nahm sie den Wasserschlauch, den sie umgebunden hatte, zur Hand und trank einen tiefen Schluck. Sie stöpselte den Schlauch wieder zu, hängte ihn erneut um und ging, gestützt auf den geschnitzten Stab, den der Ehrwürdige ihr zum Abschied geschenkt hatte, an Telarion Norandar vorbei.

Aus dem Augenwinkel nahm sie wahr, dass es, wie so oft, wenn er in den letzten Zehntagen mit ihr zu tun hatte, um seine Mundwinkel zuckte.

Er folgte ihr und überholte sie wieder – er war der mit dem Schwert, das den Weg freimachte.

Als die Weiße Sonne schließlich verschwand und nur noch rotes Licht durch das Laub hinter ihnen fiel, begann der Fürst langsamer zu gehen und sich die Umgebung genauer anzusehen.

Schließlich fand er einen breiten Qentar, dessen Wurzeln sich tief in das steinige Ufer eines Baches gekrallt hatten. Der Stamm war offenbar aus mehreren Schösslingen zu einem einzigen Baum zusammengewachsen und beugte sich weit über das Wasser, als wolle er nicht verpassen, was unter ihm geschah, um erst dann in die Höhe zu schießen. Dadurch bot er eine fast waagrechte Stelle, auf der auch mehr Wesen als ein Elb und eine Menschenfrau Platz gehabt hätten.

Ein guter Platz, gab Sanara fast unwillig zu. Sie konnten hier auch ihre Wasserschläuche auffüllen, und da sich etwas weiter stromabwärts der Bach zu einem Teich verbreiterte, konnte sie vielleicht sogar baden.

»Hier werden wir bleiben«, sagte Telarion und ließ sein Bündel, das er an einer Astgabel trug, fallen. Dann befasste er sich zu Sanaras Erstaunen damit, ein paar der geschwungenen Schriftzeichen der Elben in das dicke Moos an den Ästen zu zeichnen. Neugierig sah sie zu, wie er sich bemühte, die Symbole sichtbar anzubringen, ohne das Moos zu sehr zu zerstören.

Im Kloster hatte sie diese Symbole zu lesen gelernt, es waren Glyphen des Lebens und aller Kräfte, und so kam ihr der Verdacht, er schaffe eine Zone, in der die Magie der Elemente keine negative Kraft haben würde. Sicher wollte er die Ruhe der ersten Rast nicht an mühseliges Wachehalten verschwenden, da sie sich noch am Rand des Reiches der Weisen befanden und ein Angriff der Soldaten der Königin eher unwahrscheinlich war.

Schließlich ließ er sich an einem Ast nieder. Er lehnte sich dagegen und sah Sanara dabei zu, wie sie es sich ihrerseits bequem machte.

»Ihr habt hervorragend durchgehalten, Shisani Sanara.« In seiner Stimme war echte Bewunderung zu hören.

Sanara hörte es kaum. Erst jetzt, wo sie sich nicht mehr darauf konzentrieren musste, einen Fuß vor den anderen zu setzen, keinen der Äste, die er aus dem Weg bog, ins Gesicht zu bekommen und nicht über Wurzeln zu stolpern, spürte sie die Müdigkeit. Der Gedanke an ein Bad im kalten Bach verlor an Reiz. Es hätte bedeutet, sich mühselig aller Kleidung zu entledigen und vor allem, sich zu bewegen.

Im Moment hatte Sanara aber nur den Wunsch, sich zwischen die Äste zu legen und die Augen zu schließen. Plötzlich sehnte sie Ronan herbei. Auf der Reise von Entarat, wo sie aus dem Heerlager der Elben geflohen war, in die Zendar-Berge hatte er jeden Abend ein Lied für sie gesungen. Eines, das ihr wie schon in der Gefangenschaft des Königs Kraft und Zuversicht geschenkt hatte. Sie wusste, das durfte sie vom Fürsten nicht erwarten. Vielleicht hätte er ein wenig Heilkraft anwenden können, aber schon für den Gedanken an eine solche Bitte war Sanara zu stolz.

Schweigen breitete sich zwischen ihnen aus, und Sanara beschloss, dass sie es nicht brechen würde. Sie wartete, bis er seine Stimme schließlich wieder erhob.

»Warum so wortkarg, Shisani?« In seiner Stimme schwangen Verwunderung und auch eine Spur von Heiterkeit. Beides weckte in Sanara den Zorn, den sie schon bei Tag ihm gegenüber empfunden hatte.

»Ich habe nicht viel zu sagen«, erwiderte sie, ohne die Augen zu öffnen. »Ich bin müde, nachdem Ihr mich länger als einen Tag durch die Wälder gescheucht habt. Und ich bin kein Elb, ich bin ein Mensch.«

»Das weiß ich«, sagte er. »Wahrscheinlich seht Ihr die Körperübungen, die ich mit Euch durchführte, nun mit anderen Augen.«

Sanara setzte sich auf. »Hört auf, mich wie einen Knappen Eurer Regimenter zu behandeln, Herr Heermeister, auch wenn ich vielleicht in Euren altersweisen Augen kaum älter als ein Kind sein mag!«

Er zuckte unmerklich zusammen, als sie ihn wütend anfunkelte. Doch er fasste sich schnell. »Ich bin kein Heermeister mehr«, erwiderte er trocken. »Meine ehemalige Schwägerin versicherte es mir überaus glaubhaft. Ich war dabei, als sie es höchstselbst meinem gesamten Heer verkündete, mich meiner Ämter und Titel entkleidete und sie ihrem eigenen Bruder übertrug. Im Grunde ist es daher nicht einmal angemessen, wenn Ihr mich mit dem Titel ›Fürst‹ bedenkt.«

»Nun, dann werde ich Euch in Zukunft einfach nur noch Daron Elb nennen«, entgegnete Sanara bissig, »denn ich kann mir nicht vorstellen, dass gerade Ihr ohne einen Titel zu leben vermögt!«

In seinen Augen funkelte der Schalk. »Es sei Euch gestattet, mich zu nennen, wie es Euch beliebt, Shisani. Und wenn Ihr mir sagt, wo ich in Euren nunmehr weisen und geweihten Augen gefehlt habe, fällt mir sicher noch mehr ein, Euren Zorn zu besänftigen. Auch wenn ich nicht weiß, womit ich ihn verdient haben könnte.«

Es war nicht das erste Mal, dass er ihr gegenüber einen ironischen Tonfall anschlug. Es machte sie immer zornig, doch jetzt brachte es das Fass ihrer Wut zum Überlaufen. Wütend riss sie ein Büschel Moos vom Stamm neben sich und warf es nach ihm. Natürlich verfehlte sie ihn, denn er wich mit der ihm eigenen Schnelligkeit aus, doch es entlockte ihm ein Lachen, das er sofort wieder unterdrückte.

»Hört auf damit!«, schrie sie. »Die Herablassung, mit der Ihr mir begegnet, ist unerträglich! Ihr behandelt mich wie ein trotziges Kind!«

Das Lachen in seinen Augen blieb, als er antwortete. »Seid versichert, Shisani, nur dann, wenn Ihr Euch wie ein solches benehmt!«

Sanara schnaubte. »Ich sollte mich darüber nicht wundern. Wenn man es recht bedenkt, bezeichnet Ihr wohl jeden als Kind. Als ob Ihr die Weisheit mit Suppenlöffeln gegessen hättet!«

Er wurde ernst und sagte nach einer Pause überraschend sanft: »Glaubt es oder glaubt es nicht, Sanara, ich verstehe, was Ihr fühlt.«

»Ach, schweigt doch. Ihr habt keine Ahnung«, erwiderte Sanara. Sie fühlte sich erschöpft.

»Nun, ich habe Euch in den vergangen Wochen unterrichtet und hatte viel Gelegenheit, mich mit Eurer schillernden Persönlichkeit zu befassen«, sagte er. »Ich denke, Ihr seid sehr müde. Und wisst nicht, warum wir so heimlich und so schnell nach Eurer Weihe aufbrachen.«

Es klang bei aller Ironie versöhnlich. Er wollte keinen Streit. Er griff in seine Tasche und zog den Proviant hervor, der aus grob gemahlenem Getreide bestand, das man mit Schmalz von Gänsen zu einem fetten Teig geknetet und mit getrocknetem Obst gemischt hatte. Auch einige Stücke Rauchfleisch von Keosotziegen waren dabei.

»Wir sind heute länger gewandert, als wir in den nächsten Tagen an einem Stück gehen werden. Die Reise zum Berg Seleriad ist nicht sehr lang. Wir sollten es in weniger als einem Zehntag geschafft haben. Im Tempel der Ys werden wir hoffentlich finden, was wir suchen.«

Er schob ihr das Fleisch hin. Ein wenig versöhnt griff sie nach einem Streifen und begann zu kauen. Sie wusste, dass er keines aß, wenn es sich vermeiden ließ, und in der Tat hielt er sich an den Getreideteig und die getrockneten Früchte. Außerdem hatte er, wie sie bemerkte, am Tag einiges an frischen Kräutern gesammelt, die er nun zerzupfte und mit gemurmelten Worten des Lebens unter den Teig mischte.

Als er die Neugier in ihrem Blick bemerkte, hielt er ihr eine Handvoll davon hin.

»Sie verbessern den Geschmack des Getreides und helfen den Muskeln, sich im Schlaf zu entspannen«, sagte er. »Es ist ein wenig bitter für Menschen, aber ich glaube, Ihr solltet es versuchen.«

Sie stutzte, als er ihr seine Heilkunst, um die sie zuvor aus Stolz nicht hatte bitten wollen, nun freiwillig anbot. Doch sie lehnte nicht ab.

»Ich kann nur hoffen, dass sich das Siegel dort befindet«, sagte sie. »Ys schuf es, sie sagte uns beiden in ihrem Heiligtum, dass wir es finden müssten. Dort muss etwas sein, was uns weiterhilft.«

»Ihr sagtet dem Ehrwürdigen und mir gestern, Ihr wärt Euch dessen sicher«, gab er zu bedenken.

Sie nickte. »Akusu sagte mir, ich trüge die Antwort bereits in mir. Und ich bin mir sicher. – Doch ich bin mir auch anderer Dinge sicher, von denen Ihr und der Älteste mir sagtet, sie seien ganz anders.«

Er schwieg eine Weile, ehe er sagte: »Ihr meint die Schnelligkeit unseres Aufbruchs.«

Sanara warf ihm einen Seitenblick zu. Telarion Norandar betrachtete sie aufmerksam, als suchte er etwas in ihrem Anblick, doch er schwieg und wartete darauf, dass sie weitersprach.

»Ja«, sagte sie schließlich. »Warum wolltet Ihr das? Wir haben wegen meiner Weihe so lange zögern müssen, da kam es doch auf ein paar Stunden nicht an.«

Er zupfte noch ein paar der Kräuter in winzige Stücke und drückte sie in eine Portion des Getreideteigs, dann reichte er ihr den nussgroßen Kloß. »Esst. Ihr müsst müde sein. Ihr seid gestern von den Zwillingsmonden zu einer Seelenherrin gemacht worden.«

»Ihr wart dabei, wenn ich mich recht erinnere.«

»Ihr könnt also die Abbilder sehen, die Euresgleichen aus den Nebeln der Jenseitigen Ebenen zu formen vermögen?«, sagte er, ohne auf ihren Spott einzugehen.

»Ja. Warum fragt Ihr?«

»Ist Euch während Eurer Zeit im Kloster nie ein dunkler Schatten aufgefallen, der Euch folgte?«

Sanara blieb der Bissen, an dem sie kaute, beinahe im Halse stecken. Sie dachte an den Geist zurück, der sie während ihrer Gefangenschaft nie in Ruhe gelassen hatte. Der sie geplagt hatte, der ihr Gemüt zermürbt und ihr immer wieder jegliche Hoffnung auf eine Besserung ihrer Lage genommen hatte. Der ihr sogar während ihrer Lektionen mit Ronan hin und wieder begegnet war, auch wenn dieser in der Lage gewesen war, die Nebelgestalt mit wenigen Tönen aus seiner *haqum*, der Süßholzflöte, die er immer bei sich trug, zu vertreiben.

Sie hatte nicht mehr an diesen Geist gedacht, denn seit sie im Tempel angekommen waren, hatte er sich kaum noch gezeigt, und wenn, dann nur in den Nebeln. Doch mittlerweile war sie stark genug, ihn selbst zu verjagen. Sie war nicht mehr darauf angewiesen, dass Ronan dies tat oder ihr dabei half.

»Nicht im Tempel, nein«, sagte sie. Ihre Stimme klang selbst in ihren Ohren merkwürdig tonlos.

»Dann habt Ihr ihn schon gesehen. Vielleicht, als ich Euch gefangen hielt?«

Sie fuhr jäh hoch. »Ihr wusstet davon? Ihr wusstet, dass dieser Geist mich verfolgte?«

»Nicht, solange Ihr meine Gefangene wart!«, wehrte er ab. »So viel ich von Euch über die dunkle Kunst gelernt habe, ist es … überaus unehrenhaft, sie auf eine solche Weise anzuwenden. Ich hätte das nie gestattet, wenn ich es gewusst hätte.«

In seinem Gesicht stand geschrieben, wie sehr ihn der Gedanke verletzte, sie könnte denken, er habe seine Gefangene so schändlich behandelt.

Sanara senkte den Blick und schalt sich selbst. Sie kannte den Fürsten mittlerweile gut genug, um sagen zu können, dass er das wohl in der Tat nie gestattet hätte. Telarion Norandar hatte sich ihre Magie unterwerfen wollen, doch er hatte es mit ihrem Wissen und im Glauben getan, er strafe eine Verbrecherin, und es wieder unterlassen, sobald er erkannte, dass er ihr Unrecht tat.

»Es tut mir leid«, murmelte sie. »Ich hätte wissen müssen, dass Ihr eine solche Hinterlistigkeit nicht duldet. Und ich muss Euch auch um Verzeihung bitten, dass ich eine Zeitlang dachte, Ihr wärt es selbst.«

Telarions Miene verhärtete sich. »Ich kann Euch und Eure lebende Seele wohl sehen, Sanara, wenn ich es will«, sagte er dann. »So sah ich auch, dass der *qasarag* Eures Bruders Euren Körper bereits getötet hatte, aber Eure Seele noch darüber wachte. Nur so konnte ich Euch heilen. Doch ich kann mir umgekehrt selbst kein Bild geben, geschweige denn mir aus den Jenseitigen Nebeln eines erschaffen.«

Sanara schluckte, als sie daran dachte, wie nah Telarion ihr damals bei ihrer Heilung gekommen war. Plötzlich wusste sie, sie hätte selbst den Tod erneut in Kauf genommen, wenn er sie nur noch einmal so festgehalten hätte.

Wenn er nur noch einmal seine Magie so in sie hätte strömen lassen wie damals, als sie ihre Seelen geteilt hatten.

Sanara atmete tief ein. »In der Regel sind Seelenbilder sehr deutlich«, sagte sie. »Sie entsprechen dem Bild, das der Dunkelmagier von sich selbst hat. Das Bild dieses Seelenmagiers jedoch zerfaserte ständig, man konnte nicht einmal erkennen, welches

Geschlecht es besaß. Dass seine Kraft blau war und ins Violette überging, zeigte mir, dass es kein Mensch sein konnte. Blau ist die Farbe des Wassers.«

Er nickte grimmig. »Ich sagte Euch schon bei unserer ersten Unterredung im Tempel der Quelle, es handele sich um Ireti, die Gemahlin meines Bruders, die wahrscheinlich meinen Vater tötete, möglicherweise mit dem Wissen, ja, vielleicht sogar auf Befehl meines Bruders.«

Er unterbrach sich kurz. Sanara konnte sehen, wie ihn der Gedanke schmerzte. Wieder empfand sie Mitgefühl, wie damals, als er ihr das erste Mal davon erzählt hatte. Doch wieder ließ er ihr keine Gelegenheit, dieses Mitgefühl auszudrücken.

»Darum hat Tarind den Tod verdient«, fügte er hart hinzu. »Aber Ireti lebt. Wenn Ihr sagt, ein Geist des Wassers habe Euch geplagt, während Ihr meine Gefangene wart, so war sie es. Ich weiß, dass sie Euch beobachtete, denn Tarind schleuderte mir in meinem letzten Streit mit ihm vieles entgegen, was er anders nicht hätte erfahren können.« Er zögerte und warf ihr einen Seitenblick zu. »Er wusste, dass ich Euch dem Tod entriss, und er wusste auch, wie es geschah und was dann passierte. Er kannte jedes Wort unseres Streits.«

Sanara seufzte ungeduldig. »Das ist ja alles gut und schön. Aber was hat Ronan damit zu tun? Er ist der, der mir immer half – und das Abbild Iretis sogar verbannte. Der mich fand, der mich als diejenige erkannte, die das Siegel finden soll. Und nun klingt es so, als glaubtet Ihr, er verhalte sich wie sie.«

Telarion zögerte. »Das vielleicht nicht. – Nun, Seine Ehrwürdigkeit Abt Morotand beherrscht wie Ihr das Feuer, aber er ist auch wie ich ein Heiler. Er ist in der Lage, Abbilder der Magie zu sehen, die sich in seiner Umgebung befinden. Ab und zu fiel ihm, wenn er Euch unterwies, auf, dass die Schatten des Raumes dunkler waren, als sie es sein sollten. Er bat mich, darauf zu achten, denn meine Heilkraft ist stärker als die seine. Ich sah es auch, doch ich konnte diesen Fleck nie erfassen. Es hätte jedes Mal auch ein Lichtspiel sein können. Sobald ich es genauer betrachten wollte, war da nichts mehr.«

»Es wird einer der anderen Shisans und Shisanis gewesen sein«, sagte Sanara achselzuckend. »Der Abt und Ihr könnt nicht richtig sehen auf dieser Ebene, es gibt genügend Weise im Kloster, die über blaue Magie verfügen. Und über rote. Oder die dunkle der Seelen! Und zudem hätte Seine Ehrwürdigkeit doch nur Ronan auftragen müssen, diesen Geist zu suchen. Wenn es einen gegeben hätte, wäre Ronan in der Lage gewesen, ihn zu finden. Er fand ja auch mich.«

Telarion schnaubte ärgerlich. »Was glaubt Ihr, was Seine Ehrwürdigkeit getan hat? Angeblich fand dieser Musikant nichts. Jedenfalls sagte er das und schien die Sache nicht ernst zu nehmen. Dabei weiß er sehr wohl, welche Macht der Abt und ich besitzen. Und selbst wenn er mir misstraut, er sollte sich wenigstens genügend Sorgen um Euch machen, um mehr Anstrengung in seine Bemühungen zu legen. Doch selbst das war diesem … selbst das war ihm gleichgültig.«

Erstaunt starrte Sanara ihn an. »Warum mögt Ihr ihn nicht?«, wollte sie wissen. »Ihr sprecht nicht einmal seinen Namen aus. Kennt Ihr ihn überhaupt?«

»Ronan Abhar«, sagte Telarion sofort. »In der Sprache, die die Elben den Menschen einst brachten, bedeutet das ›der Schimmernde‹. – Doch ich traf noch nie ein Wesen, das für mich dunkler gewesen wäre als dieser Musikant«, stieß er dann hervor. »Shisani, Ihr seid ein Mensch. Sicher nehmt Ihr diesen Mann anders wahr als ich. Aber nicht nur für mich, für alle meines Volkes sieht dieser Mann aus wie der Tod. Er verkörpert alles, was in meinem Leben je bedrohlich war. Die dunkelrote Farbe seiner Haare, die verfilzten Locken. Seine Augen sind schwarz wie der Tod, seine Stimme ist tief wie die ewige Dunkelheit unter der Erde, die nie ein Lichtstrahl, ein Wassertropfen oder ein Windhauch erreicht und in der alles erstickt. Alles an ihm ist wie Musik, die die Seelen – alle Magie, die den Wesen innewohnt – aus der wirklichen

Welt in die Jenseitige Leere reißt und nur seelenlose Hüllen zurücklässt!«

Sanara hatte sich nie Gedanken darüber gemacht, wie das Volk Vanars die Menschen empfand. Sie dachte an ihre Jahre als Schankmädchen zurück und daran, wie ein jeder Elb, dem sie begegnet war, ihr eine unvergleichliche Furcht eingeflößt hatte – die hellen Augen und die Kälte, die dem Volk des Vanar zu eigen waren, das Fehlen jeglichen Ausdrucks in Stimme und Gesicht, die klaren, ungemischten Farben von Haar und Haut, die elbischen Körpern ein tödliches Glänzen verlieh …

Leben war Wärme. Feuer, die Dämmerung, in der es brannte, die Beständigkeit der Erde, das wortlose Lied, das die Schöpfung durchdrang.

Ronan Abhar trug all das in sich, und nun sagte ein Fürst der Elben, genau das mache ihn zu einem Abbild des Todes.

Er erwiderte ihren Blick nicht, als er weitersprach. »Dieser Musikant ist für mich in allem der Gestalt gewordene Tod. Für mich ist es reine Qual, ihn ständig in Eurer Nähe zu wissen.« Er unterbrach sich und beförderte den Getreidekloß, den er gerade hatte essen wollen, mit einer heftigen Geste zurück in den Beutel. Ihm schien der Appetit vergangen.

Sanara starrte ihn an. »Wärt Ihr es nicht, der das sagt, würde ich vermuten … der Fürst von Norad sei eifersüchtig«, sagte sie schließlich.

Er schluckte. »Vielleicht bin ich das«, gab er kurz angebunden zurück. »Dass Ihr ihm vertraut, Sanara, ist für mich so, als vertrautet Ihr dem Tod! Ihr sagtet mir einst, Ihr könntet nur Dummheit in mir erkennen, da ich meine Treue dem Falschen schenke.« Er hob den Kopf. »Es gibt keinen Tag, an dem ich nicht bereue, nicht eher auf Euch gehört zu haben. Macht nicht den gleichen Fehler und teilt Dinge mit ihm, die wir …«, er unterbrach sich, » … die ihm nicht gehören dürfen«, schloss er nach einer kurzen Pause lahm.

Diese Worte ließen Sanaras Seele wild auflodern.

Doch hätte man sie gefragt, ob es aus Wut darüber war, dass er sie von Ronan zu trennen versuchte, oder aus Freude, weil er nun zum zweiten Mal zugegeben hatte, Eifersucht auf den Musikanten zu empfinden, hätte sie es nicht sagen können.

»Nun, Daron Elb, Ihr seid der, der leugnet, was wir beide teilten«, stieß sie schließlich hervor. »Also beklagt Euch nicht! Dafür, dass Ihr es mit Eurer ach so kostbaren Würde nicht vereinbaren könnt, die Freude anzuerkennen, die man mit einer Frau – mit mir! – zu teilen vermag, kann Ronan doch nichts!« Sie stieß einen Laut aus, der genau zwischen Lachen und Schnauben lag. »Und mich nennt Ihr kindisch! Ihr solltet selbst erst einmal erwachsen werden und lernen, dass Liebe nicht nur Sache des Geistes, sondern auch des Körpers ist. Aber Ihr begreift Euch ja als Mönch, und was weiß ein solcher schon von diesen Dingen.«

Sie nahm noch einige der Heilkräuter, die er auf ein Tuch zwischen sie beide gelegt hatte und wollte sie gerade in den Mund schieben, als sie sich an ihrem rechten Arm gepackt fühlte.

Die Bewegung war schneller, als sie ihr mit den Augen hätte folgen können, und ehe sie sich versah, lag ihre Wange auf weichem, abgetragenem Stoff. Am Jochbein kratzte ein fadenscheiniger Saum, unter ihrem rechten Ohr war ein Herzschlag zu spüren, der langsamer und kräftiger war als der eines Menschen.

Einen Augenblick später lagen kühle Finger unter ihrem Kinn, hoben es hoch, dann drückte sich mit einem Verlangen, das Sanara den Atem nahm, ein Mund auf ihren und begann sie zu küssen.

Sie wollte sich wehren, ihn von sich schieben, doch er ließ es nicht zu. Sein Schildarm hielt sie wie ein Kind, sanft und doch kraftvoll, seine Schwerthand lag auf ihrer Wange. Die Leidenschaft in seinem Kuss fegte jeden Widerstand in Sanara wie eine frische Bö davon. Der Duft nach Weihrauch und die Kraft, die er sie spüren ließ, schlugen über ihr zusammen, sodass ihr keine Wahl blieb: Sie ergab sich in seine Umarmung und in das schier grenzenlose Entzücken, das der Kuss Telarion Norandars in ihr weckte.

Als er sich langsam von ihr löste, ging sein Atem schwer.

»Nun, Shisani, was sagt Ihr? Genügt Euch das als Gegenbeweis zu Eurer abenteuerlichen These?«

Sanara hörte kaum, was er sagte, und hoffte nur, der Moment würde noch lange dauern. Sie lauschte mit geschlossenen Augen auf den Herzschlag unter dem Hemd und spürte der Seligkeit nach, endlich in den Armen dieses Mannes zu liegen.

»Ihr schweigt? Dann gebt Ihr mir recht«, murmelte er ihr ins Haar. Es war, als streiche kühler Morgenwind über ihren Kopf hinweg. Sein Daumen glitt über ihr Jochbein.

»Eigentlich ist es eher Eure Versiertheit im Küssen, Daron Mönch, die mir die Sprache verschlägt …«

Lachen erklang, und Sanara fiel auf, dass es das erste herzliche Lachen war, das sie von Telarion hörte. Es war wie Musik in ihren Ohren und von einem Leben, dass Sanara glaubte, sich nicht satt daran hören zu können.

»Die Stolze schweigt also aus Respekt vor mir? Das ist wohl das erste Mal!« Er machte Anstalten, sich aufzurichten.

»Nein! Nicht loslassen«, rief Sanara leise und packte seine Schultern. »Verzeiht der armen, unwürdigen Schankmaid, dass sie sich über Eure Künste lustig machte!« Sie vergrub die Finger einer Hand in seinem kurzen Haar und zog ihn wieder zu sich herab. Sanft erwiderte er den Druck ihrer Lippen.

Er entspannte sich und bettete sie erneut in seinen Schildarm. Die Finger seiner Rechten glitten über ihre geflochtenen und gedrehten Haare. »Und nun? Ich gestehe, da ich in Euren Augen mindestens so alt bin wie Euer Großvater und dennoch unerfahren wie ein Mönch, erfüllt mich die Neugier, welche Erfahrung ein Schankmädchen in solchen Künsten vorzuweisen hat.«

Sanara sah auf, als ihre Hand über seine Brust hinab zu der Schärpe glitt, die er um die Hüften trug, und dann das Hemd dort herauszerrte. Sie richtete sich auf und legte sich auf ihn, dabei drückte sie ihm ihre Lippen auf das Brustbein knapp unterhalb der Kehle. Sie lächelte, als sie seine Reaktion unter dem Schenkel spürte, doch außer einem scharfen Luftholen rührte er sich nicht und ließ sie und ihre Finger gewähren.

Sanara schob das Hemd an seiner Hüfte fort und ließ die Fingerspitzen über seine entblößten Lenden gleiten. Sie genoss, dass sein Atem wieder schneller wurde und er ungeduldig den Gürtel ihrer *hataka* zu lösen begann. Wenig später ließ er seine Finger über ihren Rücken gleiten.

Sanara sah mit Entzücken das Feuer, das in seinen Augen brannte, als ihre Hände über seine nackte Brust strichen.

»Die Liebe einer Feuermagierin wie mir könnte mehr sein, als Ihr verkraftet.«

Er ließ die Bereitschaft erkennen, es darauf ankommen zu lassen.

Sanara entschied, dass so viel Mut belohnt werden musste.

Kapitel 7

»Als Akusu aber sah, dass das Volk, das sein Bruder, der Goldmond, sich aus den Blättern der Blumen und dem Laub der Bäume, die ihm geschenkt worden waren, gemacht hatte, lebendig wurde, empfand er Neid. Denn die Geschöpfe waren lebendig und machten Vanar Freude, indem sie schätzten, was er sie lehrte und tun konnte. Doch die Dinge, die Akusu geschaffen hatte, überstrahlten die des Goldmonds, und so ging er hin und formte aus der roten Erde des Landes Entarat eine Gestalt, die aussah wie er selbst. Er nährte sie im Feuer und machte sie beständig, auf dass sie in Ländern leben und gedeihen könne, die Vanar vernachlässigte.
Und Akusu hegte und pflegte seine Geschöpfe, sodass sie lebendiger wirkten als die aus Blättern, Wasser und Luft geschaffenen, und er unterwies sie in allen Gaben, die er selbst von den Schöpfergeistern erhalten hatte.«

Von den Gaben der Kinder des Akusu
Dritte Rolle der Schriften des Klosters der Weisen Zwölf

Vorsichtig strich Githalad mit dem Finger über das Goldblech. Doch die Glyphe fiel noch nicht zu seiner Zufriedenheit aus. Er setzte das abgerundete Ende des Sickenhammers erneut an und klopfte die Rille am Ende weiter aus. Dabei summte er unwillkürlich eine Melodie, die er von Sinan in der Feste Bathkor gelernt hatte und die dem Werk Beständigkeit verleihen sollte. Es schien ihm, als schimmere das Gold im Licht der Roten Sonne noch ein wenig schöner. Doch er wagte nicht zu entscheiden, ob es an der Melodie lag, an der Tageszeit, die für diese Arbeit am angemessensten war oder einfach nur daran, dass er gute Arbeit verrichtet hatte.

Githalad wusste, dass er selbst nicht annähernd die Macht besaß, auch wirklich Magie in seine Arbeit zu weben. Diese Macht besaßen nur wenige. Sinan war einer davon, und es tat Githalad leid, dass es wohl gerade diese Macht gewesen war, die Sinan immer wieder gegen die Herrschaft der Elben hatte rebellieren lassen. Und nun war er wahrscheinlich tot.

Erneut strich Githalad mehr, als dass er hämmerte, über das Gold, mit dem er den Sarkophag des Königs der Elben verzierte. Wieder stimmte er die Melodie an, die Sinan ihn gelehrt hatte. Bedauern mischte sich in das Lied und ließ es in Githalads Herzen zu einer Klage über Sinans Tod werden.

»Heda, Schmied! Schweig!«

Der Eiselb, der diese Worte zu ihm herüberrief, kam mit schnellen Schritten näher heran. Er hatte die Schwerthand halb erhoben, als wolle er Githalad damit schlagen.

Githalad brach ab und warf dem Elb nur einen kurzen Blick zu, bevor er weiterhämmerte. Die Arbeit musste beendet werden. Morgen, bei Aufgang des Goldmonds, wollte die Königin die Riten zur Übergabe des Königs an die Elemente vollziehen. Dabei waren die Zeichen, Figuren und Glyphen, die ihn schmücken und die Reise der Seele Tarinds zu seinem Schöpfer begleiten und fördern sollten, noch nicht abgeschlossen.

Githalad selbst war hin- und hergerissen. Man hatte ihn geholt, um diese Arbeit zu tun. Nun, da sie morgen vollendet werden sollte, war der Zweck seines Aufenthalts hier erfüllt. Bertalan hatte um seine Rückkehr gebeten. Gerade in der königlichen Festung wurde ein kunstfertiger Handwerker wie Githalad gebraucht und konnte nicht lange entbehrt werden. Und Githalad hatte das Leben in der Feste zu schätzen gelernt. Es war zwar anstrengend, im Dienst der Elben zu leben, die von so viel größerer Kraft und Ausdauer waren als Menschen, doch man hatte in der Hauptstadt gelernt, Menschen ihre Arbeit tun zu lassen. Wer diese zur Zufriedenheit der Elbenherren erledigte, hatte keine Repressalien zu fürchten und konnte gut leben.

Githalad gehörte zu denen, die sich den Regeln fügten, die die elbischen Herrscher aufgestellt hatten. Und da seine eigene Magie begrenzt war, machte ihm nicht einmal das Halsband etwas aus, das jeder Sklave des Königs trug. Es war aus Gold und der weichen Rinde des Resatbaums gemacht und dämpfte die Magie der Elemente, die die Elben dunkel nannten – Feuer, Erde und die der Macht über die Nebel. In wem solche Magien stark waren, den quälte es. Für die anderen blieb die Rute. Und das Bewusstsein, ein Sklave zu sein.

Dennoch wäre Githalad anderen Tags gern wieder nach Bandothi zurückgekehrt. Zurück in die Sklaverei, hatte ihm einer seiner Mitgefangenen, ein Nomade aus Entarat, ihm gestern bei einem Gespräch nach der Abendsuppe vorgeworfen. Doch Githalad schämte sich nicht dafür, sich in den geregelten Tagesablauf und das verhältnismäßig angenehme Leben in der Hauptstadt zurückzuwünschen, zurück in seine Stube, die er über einer Taverne bezogen hatte, deren Wirtin ihm gefiel und die ihn an seine von Elben getötete Frau in Kharisar erinnerte.

Aber die Königin hatte anders bestimmt. Githalad würde vorerst nicht zurück in die Hauptstadt gehen dürfen. Denn noch war der Schmied Mojisola nicht aus seiner Starre erwacht, in die ihn elbische Magie hatte verfallen lassen. Githalad wusste, Mojisola hätte ihn ablösen können, doch dazu hätte der Solifa erst geheilt werden müssen. Die Hausmittel, die Githalad zur Verfügung standen, halfen hierbei nicht. Vielleicht hätten der richtige Gesang oder die Künste eines elbischen Heilers etwas bewirken können. Immerhin beherrschten Herren des Lebens die Kräfte, auf die magischen Essenzen aller Wesen einzuwirken, sie zu ändern und Ungleichgewichte wieder auszugleichen.

Noch einmal fuhr Githalad über das neue Symbol, dass er neben dem Bildnis des Vanar in das dünne Goldblech gegraben hatte, das den Sarkophag bedeckte. Unwillkürlich formte seine Kehle wieder Sinans Gesänge, die die Magie seines Tuns verstärken sollten.

Ein trockener Hieb auf den Hinterkopf ließ ihn zusammenzucken.

Githalad unterdrückte den Schmerz und den Fluch, der ihm auf der Zunge lag. Er wandte sich nur halb zu dem Elb um, der ihm den Schlag versetzt hatte. »Es ist deine Herrin, die den Sarkophag ihres Gatten, um den sie trauert, mit der größtmöglichen Kunst hergestellt haben will. Dies kann nur mit Gesang geschehen, haben deine Gefährten dir das nicht gesagt?«

»Schweig!«, rief der Mann. Eine solche Angst schwang in seiner Stimme mit, dass Githalad sich erstaunt umwandte. Doch in der zunehmenden Dämmerung, die hier so weit im Süden erheblich kürzer war als noch in Bandothi, war der Miene des Elbs diese Furcht nicht anzusehen. Er kam aus den Urwäldern von Mundess, und so war seine Hautfarbe dunkler als das typisch holzfarbene Haar dieses Volkes. Trotzdem schien seine Haut blass und durchschimmernd zu sein. Er war erst heute als Aufseher über Githalad und seine Helfer eingeteilt worden, denn Hiltar, der Eiselb, der diese Arbeit bisher verrichtet hatte, war vor zwei Tagen vom Dienst am Tage befreit worden. Es gehörte zu den ersten Konsequenzen, die die ständige Hitze der Wüste dem elbischen Heer aufzwang.

»Ich weiß nur eines«, sagte der Waldelb, von dem Githalad vernommen hatte, dass man ihn Dikelewi nannte, »jeder, der nach dem Untergang der Weißen Sonne während meiner Wache diese unheiligen Klänge ausstößt, die euch Menschen den Tieren gemein machen, wird es büßen!«

»Das wird schwierig«, ließ sich Aedan von der anderen Seite des Sarkophags vernehmen. »Die Gesänge, die notwendig sind, wirken zur Roten Stunde eines Tages am besten!«

Ein scharfes Klatschen zeigte Githalad, dass einer der Aufseher, die den Elb aus Mundess bei der Aufsicht unterstützten, keinen Widerspruch gegen seinen Hauptmann duldete.

Dikelewi ging mit großen Schritten zu dem Mann hinüber und stieß ihn von Aedan fort. »Was fällt dir ein, willst du dich unglücklich machen, Mann? Du weißt, dass die Königin anordnete, die Sklaven nicht zu züchtigen!« Er riss ihm nun die Rute, die in Aedans Gesicht einen blutigen Striemen hinterlassen hatte, aus der Hand.

»Und wie soll das gehen?«, begehrte der Soldat zornig auf. »Sie machen, was sie wollen! Besonders in diesem unheiligen Land!«

»Zumindest sollten deine Züchtigungen keine sichtbaren Spuren hinterlassen!«, zischte Dikelewi. »Der alte Heermeister ist nicht mehr hier, merk dir das endlich! Und du weißt, wie grausam die Königin in ihrem Zorn werden kann. Der General steht an ihrer Seite, ihm gehorchen die Feuergeister dieses Landes – und sie werden dir, wie so vielen anderen auch schon, die Kraft stehlen, wenn er sie auf dich hetzt!«

Der Hauptmann schleuderte den langen Stecken aus Süßholz fort und warf einen Blick zum westlichen Horizont. »Die Purpursonne ist fast verschwunden. Es wird Zeit, diese Bande wieder in den Pferch zu treiben.«

Githalad unterbrach seine Arbeit nicht ohne Bedauern. Im Licht einiger Feuer und Fackeln hätte er sicher noch eine Zeitlang weiterarbeiten können, zumal hinter einem Hügelkamm im Osten bereits ein goldfarbener Schein den Aufgang der Zwillingsmonde ankündigte.

Waren auch die Elben schon immer dafür bekannt gewesen, Begegnungen mit Menschen des Nachts zu vermeiden, war diese Gewohnheit im Heerlager seit Tarinds Tod sogar zu einem Verbot ausgeartet. So auch jetzt. Githalad wusste, Drohungen körperlicher Gewalt waren seltener – doch die Furcht der Elben vor der Dunkelheit, in der sie von alters her Seelenmagier verdächtigten, ihr Unwesen zu treiben, hatte hier in Solife geradezu panische Züge angenommen.

Auch er selbst beeilte sich nicht aus Furcht vor den scharfen Worten Dikelewis und seiner Leute, seine Sachen zusammenzupacken. Es gab andere Arten, Schmerz und Qual zuzufügen, als mit Schwert oder Rute: Angst, Panik, das Ertränken der Erdkräfte, das Löschen von Seelenfeuer, und manchmal eben doch die Peitsche, eine Klinge oder eine Rute dort, wo man es nicht sofort sah.

Aedan, der bereits seit Jahren sein Gehilfe war und mit Githalad zusammen bei der Eroberung Kharisars durch König Tarind mit dem Schmied in Gefangenschaft geraten war, hatte ihm einiges erzählt. Er war von Beginn an im Heerzug nach Solife dabei gewesen und hatte berichtet, ab und zu seien im Lager Geister zu sehen, die aus den Nebeln gemacht seien, die Angst verbreiteten und sowohl die Sklaven als auch die Elben erschreckten. Feuergeister, wie Dikelewi gerade vermutet hatte, waren es wohl nicht, dazu waren sie zu kalt, auch wenn sie bei einer Berührung Wundmale wie von Brand hinterließen.

Githalad glaubte zwar nicht an solche Ammenmärchen, doch er hatte die Wunden gesehen, die sich nur schwer heilen ließen, und er wusste, dass Seelenherren die Gabe hatten, sich eine Gestalt aus Nebeln zu formen, wenn sie es wünschten. Man sagte ihnen nach, sie beherrschten den Tod, so wie elbische Heiler die Gabe des Lebens besaßen.

Doch diese Magier waren selten geworden, seit der Fürst von Norad, der Zwilling des verstorbenen Königs, die Seelenherren vor über zehn Sommern mehr oder weniger hatte ausrotten lassen. Niemand, selbst Menschenvolk nicht, wusste mehr etwas Genaues über diese Kunst. Zu lange hatten diese Magier nicht mehr offen unter den Wesen der Welt gelebt. Im Lager der Menschen war man sich einig, dass keiner der Sklaven dieses Geschenk von Akusu erhalten hatte – also konnte es hier im Heer auch keinen Geist geben.

Githalad achtete nur mit halbem Ohr auf die harten Worte, mit denen Dikelewi ihn und die anderen Schmiede zur Eile antrieb. Er verstand, dass der elbische Hauptmann sich fürchtete. Auch ihm selbst war gestern in der Hütte aufgefallen, in der er Mojisola pflegte, dass der Schatten in der Ecke tiefer war als erwartet. Für Momente hatte er in der Finsternis sogar blaue Punkte aufglühen sehen, aber hier in der Wüste waren solche Täuschungen häufig.

Dazu kam der alte Aberglaube, die Landstriche Solifes seien von Feuergeistern und Dschinnen bevölkert, die Menschen und besonders Elben Schaden zufügten und sie, wenn schon nicht in die Jenseitige Leere, so doch aus der wirklichen Welt der geschaffenen Dinge hinauszerren wollten.

Er verdrängte die schlechten Gedanken an Elben und die Beleidigungen, die sie jedem Menschen entgegenschleuderten, und konzentrierte sich auf die angenehme Vorstellung einer heißen Suppe, eines Feuers und ein paar Stunden Schlaf, die auf ihn warteten.

Während Githalad sein Werkzeug-Bündel schulterte und Sand auf das Schmiedefeuer schüttete, um es zu ersticken, hörte er plötzlich ein Raunen und Gemurmel, das unter den Menschen und Elben aufkam, die ihn umgaben. Das war ungewöhnlich, denn die Menschen vermieden es nach dem Untergang der Purpursonne, in Anwesenheit elbischen Volks, zu viel zu sagen, um keinen Zorn auf sich zu ziehen. Verbittert dachte Githalad daran, dass die Königin sich zwar mit dem Ruf schmückte, die Menschen besser zu behandeln als ihr Gatte und der ihr so verhasste Schwager, aber dass die Umstände wohl eher zum Gegenteil geführt hatten. Es ging den Sklaven schlechter.

Erst als er sich das vor Augen führte, fiel Githalad auf, dass die Worte, die er hörte, elbischer Natur waren. Es waren Worte, wie man sie die Kinder des Vanar lehrte, um sich vor den Flüchen und Zaubern von Akusus Volk zu schützen.

Für einen Augenblick schoss der Gedanke durch Githalads Kopf, dass die Furcht der Soldaten allmählich Ausmaße annahm, die ihnen wohl eher schadeten denn nützten.

Ein Schrei ertönte. »Was ist das dort?«, rief eine Stimme. »Seht nur – was ist das?«

Rufe erklangen, elbische Worte des Lebens und des Schutzes vor den dunklen Mächten. Aber auch Menschen riefen jetzt furchtsam nach anderen ihrer Art. »Dort! Der Nebel, seht ihr ihn nicht? Der Geist des Syth kommt, um uns zu holen!«

Githalad schrak zusammen. Es war mit dem Untergang der Sonne kühl geworden, wie es in der Wüste an jedem Abend der Fall war, zudem hatte er das Schmiedefeuer bereits gelöscht. Und doch schien es ihm plötzlich kälter als sonst zu sein.

Githalad fröstelte und gab Aedan und seinen anderen Helfern, die ihn fragend ansahen, ein Zeichen, sie sollten sich so weit wie möglich von den Elben entfernen. Aedan gehorchte und führte die Seinen fort von dem Sarkophag, ohne das Blickfeld der Soldaten zu verlassen.

Githalad ging vorsichtig auf den Rufer zu. Es war ein Elb aus Hellor, wohl wie Dikelewi nicht lange in Diensten der Königin, denn Githalad hatte ihn ebenfalls noch nie gesehen. Der Mann starrte auf eine Stelle hinter einem der Pfähle, die den riesenhaften Sarkophag schützten und der im Schatten der letzten Sonnenstrahlen und auch des Feuers gelegen hatte. Githalad wusste, dass sich in dieser Richtung das *ethandin* der Königin befand, das diese dort aufgestellt hatte, um täglich in der Nähe ihres Gemahls beten zu können. Angeblich war sie ständig dort. Doch obwohl Githalad sich nun seit über einen Zehntag immer in der Nähe des Sarkophags aufgehalten hatte, und obwohl ständig feuchte Kälte das Zelt umgab, hatte er sie nie kommen und gehen sehen. Manchmal rührte sich stundenlang nichts hinter den schweren Tüchern, die jeden Blick ins Innere verwehrten, nicht einmal der Klang von Gebeten oder der Duft von Weihrauch drangen hinaus.

Es war, als sei sie nicht da. Vielleicht gab sie nur vor, um ihren Gatten zu trauern, oder vielleicht entsprach ein solches Trauerzelt der elbischen Sitte oder einer Sitte ihres Volkes. Vielleicht war es einfach angemessen, dass sie jede Demonstration ihrer Trauer vermied.

Zwar ging es Githalad nichts an, aber es hinterließ in ihm ein ungutes Gefühl. Zumal es ihm überaus ungewöhnlich erschien, dass eine Elbin sich so nah an einem Symbol des Todes aufhielt, wie dieser Sarkophag es darstellte. Githalad lief erneut ein Schauer über den Rücken, als er nun seinen Blick – nicht zuletzt aus Neugier – auf die Nische hinter dem Pfahl richtete, der den gewaltigen Sarkophag hielt.

Doch nichts war dort, nur Finsternis, die dunkler war als der Nachthimmel selbst und in der nicht einmal Konturen von irgendetwas, sei es Mensch, Tier oder Gegenstand, zu erkennen waren. Eine Finsternis, an die sich selbst seine Augen nicht gewöhnen wollten.

Das erschreckte Githalad. Für einen Augenblick fragte sich der Schmied, ob ihm das vielleicht nur so vorkam. Es musste so sein. Hier in der Wüste war das Licht beider Sonnen kaum abgemildert durch Wolken oder Pflanzen und wurde vom hellgelben Sand und den Kalksteinen, aus denen die Landschaft Solifes bestand, zurückgeworfen. Die Tage waren nicht nur heiß, sie waren auch unglaublich grell. Und die Nacht brach in diesen Breiten schnell herein.

Eigentlich hätte die Tiefe des Schattens nicht verwundern sollen. Doch noch etwas anderes trug nun zu seinem Unbehagen bei. Es war absolut still geworden, nicht einmal die üblichen abendlichen Geräusche drangen an Githalads Ohr. Er warf einen Blick über die Schulter zu Aedan und seinen Helfern. Sie standen etwa zehn, fünfzehn Schritt vom Sarkophag entfernt eng zusammengedrängt und wisperten miteinander. Githalad hätte Aedan und seine Helfer am liebsten fortgeschickt. Doch ohne wenigstens zwei Soldaten als Begleitung war das unklug. Menschen ohne Begleitung gingen in diesem Heerlager nach Einbruch der Dunkelheit besser nicht durch eine Menge elbischer Soldaten.

Aedan warf Githalad einen fragenden Blick zu. Dieser hob kurz die Schultern und wandte sich dann dem Elb aus Hellor zu, der immer noch mit einer Miene größten Entsetzens auf die dunkle Stelle vor dem Zelt der Königin starrte.

»Was hat dich so erschreckt?«, wollte Githalad nun wissen.

Der Mann erschrak und kam stolpernd auf die Beine. »Du! Du bist es, mit deinem ständigen Heulen, diesen Gesängen von Feuer und Erde!«

Verwirrt sah Githalad ihn an, dann spürte er, wie überstarke Finger ihn im Nacken packten. Dikelewi war herangekommen.

»Was geht hier vor?«, fragte er mit herrischer Stimme. »Was soll dieser Auftritt? – Warum seid ihr Sklaven noch immer hier?«

»Sie wollten die Königin verhexen!«, schrie der Soldat aus Hellor. »Ich habe es selbst gesehen! Es war dieser Schmied hier mit seinen üblen Gesängen!«

Dikelewi runzelte die Stirn und ließ seinen Blick über Githalad wandern. »So sehr ich diesen Dunkelmagiern alles Schlechte zutraue, wie konnten sie das deiner Ansicht nach tun, Dummkopf? Jene dort stehen etliche Klafter weit entfernt. Und diesen hier hat die Königin persönlich ausgewählt.«

Der Hellora spuckte aus. »Ich habe es selbst gesehen! Eine Gestalt aus Schatten, aus Nebel, düster wie Qualm und genauso zerfetzt! Ein grausiges Gespenst des Todes, mit Augen, die glühten wie die Feuer des Syth selbst – rotviolett! Es schlich sich in das *ethandin* der Königin!«

Githalad sah den Mann verblüfft an, aber auch beunruhigt. Wieder hatte jemand behauptet, einen Geist zu sehen. Diese Gerüchte machten seit Wochen alle im Lager verrückt – und es schien, als würden diese Sichtungen vor keinem Halt machen, weder vor Elben noch vor dem Volk des jüngeren Monds. Dass es nun wieder geschah, machte die Situation nicht besser.

Der Hauptmann schien ähnliches zu denken. »Ein Geist, der sich in das Zelt der Königin schleicht!«, schnaubte er. »Glaubst du, wenn es so wäre, würde diese Nebelgestalt sich von einem wie dir erwischen lassen? Geh und bring die Sklaven zurück in ihren Pferch und schwatze keinen Unsinn.«

»Aber …«, wollte der Mann aufbegehren.

»Ich habe dir einen Befehl gegeben!«, bellte Dikelewi. »Befolge ihn gefälligst, oder ich sorge dafür, dass du zum Nachtdienst am Sklavenpferch eingeteilt wirst. Wenn du schon hier Geister siehst, kannst du dir sicher vorstellen, wie viele du dann erst zu sehen bekommst! Was die Herrin Ireti angeht, werde ich mich selbst vergewissern, ob es ihr gutgeht. Na los! – Halt, Schmied, du bleibst!«

Githalad gehorchte und versuchte, sich sein wachsendes Unbehagen nicht anmerken zu lassen. Zumindest war er nach einem Blick überzeugt, dass wenigstens Aedan und seine anderen Helfer mehr oder weniger unbeschadet in ihre Hütten zurückkamen.

»Was kann ich für dich tun?«, fragte er und breitete ehrerbietig die Handflächen vor sich aus.

Dikelewi musterte den Schmied. »Wir beide werden jetzt in das *ethandin* der Trauer gehen und niemand Geringerem als der Königin persönlich sagen, wer diesen Aufruhr hier angezettelt hat. Du wirst ihr Rede und Antwort stehen! Ich weiß nicht, wie du es angestellt hast, Kilam so durcheinanderzubringen – oder ob einer deiner Helfer es tat –, doch das ist mir gleichgültig. Du bist der Schmied und trägst die Verantwortung auch für deine Handlanger.«

Githalads Augen weiteten sich. Es war eine Sache zu glauben, Geister und Dschinne gehörten ins Reich der Legenden, aber eine ganz andere, diese Ansicht einer elbischen Königin gegenüber zu vertreten.

Oder vielleicht sogar – glaubte man dem Soldaten Kilam – einem von Angesicht zu Angesicht gegenüberzutreten. »Wozu? Du hast deinem Soldaten gerade selbst …«

»Widersprich mir nicht!«, zischte der Hauptmann. Er packte Githalad erneut im Nacken und riss ihn zu sich heran. Da der Schmied keine Tunika trug, nur ein Lederwams, strömte die feuchte Kälte des Elbs ungehindert in ihn über. Githalad keuchte auf, als sein Blut im Nacken gefror und sich schwerfällig wie zerstoßenes Eis durch seine Adern zu wälzen begann.

Dikelewis Gesicht blieb reglos, als er begann, nun auch dem Schmied Kraft zu stehlen. Seine Augen glommen in dem Feuer auf, das er Githalad entzog. »Natürlich habe ich Kilam gesagt, er schwatze Unsinn. Aber du und ich, wir wissen, dass die Seelenherren eures Volkes Geister erschaffen können. Und dass sie im

Lager umgehen, seit dieser Schmied und seine Gefährten fliehen konnten! Ich sage dir, wäre der Fürst von Norad noch hier, der ein Meister des Lebens ist, würden sie das nicht wagen.«

»Was hätte das eine mit dem anderen zu tun?«, wollte Githalad wissen und versuchte, sich aus dem Griff des Hauptmanns zu befreien. Es gelang ihm nicht.

Dikelewi schnaubte. »Ich bin sicher, dass sie des Nachts zurückkehren und versuchen, die Königin zu töten. So, wie sie auch unseren König vernichteten!«

»Ich dachte, der Zwilling des Königs hätte seinen Bruder getötet!«, entfuhr es Githalad.

Dikelewi zerrte ihn am Sarkophag vorbei. Der Schmied stolperte, weil der Elb ihm bereits viel von seiner Kraft genommen hatte; er musste sich konzentrieren, um nicht zu fallen. Doch bei Githalads Ausruf blieb er stehen.

»Das hat er. Es heißt, dass Fürst Telarion den König tötete, weil dieser entdeckt habe, dass eine Dunkelhexe sich in das Herz des königlichen Zwillings geschlichen hatte und es ihm stahl. Doch das würde ein so großer Heiler wie Telarion Norandar nie zulassen!« Dikelewi ging weiter und zog Githalad hinter sich her. »Elbische Lebensmagie ist der dunklen immer überlegen, und keiner wusste mit der Gabe des Heilens so kunstfertig umzugehen wie der Fürst von Norad. Wahrscheinlich war es eher so, dass diese Feuerhexe sich der Seele des Königs bemächtigte und ihn sein Bruder deshalb aus Gnade tötete – ein Liebesdienst!«

Githalad starrte den Mann an. »Woher willst du das wissen?«

Dikelewi warf einen vorsichtigen Blick in Richtung des Zelts, bevor er antwortete. »Ich habe die Leiche des Königs gesehen. Sein Gesicht war von Brandnarben entstellt. Ich wette, dass selbst seine Seele, die aus reinem Wasser bestand, qualvoll vertrocknete. Telarion Norandar, so heißt es, starb beinahe, weil auch schon sein Vater im Feuer eines eurer Seelenherren – verflucht seid ihr alle! – verbrannte und er als Heiler dies spürte. Telarion Norandar handelte immer aufrichtig. Wenn einer wie er seinen Bruder getötet hat, dann war das ein Gnadenakt. Sicher wollte er seinen Zwilling und auch sich selbst vor dem Feuer dieser verfluchten Zauberin retten! Anders kann es nicht sein. – Verflucht sei diejenige, die diesen Edlen aus unserem Lager vertrieb! Wäre er noch hier, würden sich die Geister von hier fernhalten!«, brach es aus Dikelewi hervor. Er warf dem Menschen, den er nach wie vor im Nacken gepackt hatte, einen Blick zu, aber er schien sich seiner Worte nicht zu schämen.

Githalad starrte ihn erstaunt an. Gab es unter den Elben – unter den Hauptleuten sogar – solche, die die Königin verachteten?

»Warum erzählt die Königin dann etwas anderes?«, wollte er atemlos wissen.

Dikelewi sah sich erneut um, doch seine Soldaten hatten sich so weit wie möglich vom Sarkophag zurückgezogen. »Es gibt viele, die glauben, der Fürst wäre der bessere Herrscher. Wie sonst hätte sie ihn entmachten können? Es gab nur die Möglichkeit, ihn zu verleumden. – Doch wie es sich auch verhält«, fügte er grimmiger hinzu, »es ist nicht an mir, ihre Legitimation auf einem Feldzug anzuzweifeln, der sich gegen euch und eure üblen Zaubereien richtet, Dunkelmagier!«

Githalad konnte nicht antworten. Alle Wärme seines Blutes hatte sich durch die Finger des Hauptmanns davongestohlen. Ihm war so kalt, dass er kaum Luft bekam. Sie waren jetzt am Zelt angekommen, und als hätten die, die darin waren, es bemerkt, wurde nun der schwere Teppich, mit dem der Eingang des *ethandins* verhängt war, zurückgeschlagen.

»Was ist hier für ein Aufruhr? Ihr wagt es, die Königin in ihren Gebeten zu stören?«, erklang die zornige Stimme von General Iram Landarias.

Githalad hatte nicht geglaubt, dass seine Furcht noch größer werden könnte, zumal der General selbst halb Mensch war, wie er nun wusste. Doch es schien ihm, als sei es gerade diese seltsame Mischung aus Mensch und Elb, die ihm, dem Schmied, mehr Angst einflößte, als ein reiner Elb es je vermocht hätte. Er kauerte sich zusammen und duckte sich unwillkürlich unter dem stechenden Blick des Generals, doch Dikelewi ließ ihn nicht los.

»Mein General, einer meiner Leute glaubte zu sehen, dass einer der Totengeister, die Leute wie dieser Schmied beschwören können, in das Zelt Eurer königlichen Schwester eindrang.«

»Dieser Schmied soll das getan haben?« Iram sah ungläubig aus.

»Mendaron, er sang den ganzen Tag. Wenn ich auch nicht glaube, dass er damit ein Gespenst beschwor, sollte man ihn dennoch züchtigen, damit er die Soldaten nicht weiter verschreckt.«

Githalad hätte am liebsten geschrien, sich gegen diesen ungerechten Vorwurf gewehrt, doch ein weiterer Schwall Kälte, der in ihn drang, ließ ihn nur kurz aufstöhnen. Furchtsam sah er zum General auf, der nun mit einem seltsamen Glühen in den blauen Augen auf ihn herabsah.

»Lass ihn los, Hauptmann«, sagte er dann.

»Aber Daron …«

»Ich sagte, lass ihn los!« Die scharfe Stimme des Generals Landarias duldete keinen Widerspruch. »Du weißt genau, dass die Königin nicht zulässt, dass die Kinder des Akusu angegriffen werden. Und damit du weißt, dass es Unsinn ist, was du sagst, werdet Ihr mir beide ins Zelt folgen und ihr Rede und Antwort stehen.«

Githalad hatte es nicht für möglich gehalten, dass seine Furcht noch einmal größer werden könnte. Und doch musste er die Zähne zusammenbeißen, als der General nun beiseitetrat und ihm und Dikelewi bedeutete einzutreten.

Er schloss die Augen und raffte mit Mühe allen Mut zusammen, bevor er dem stummen Befehl folgte. Kaum war er über die Schwelle getreten, sank er schon in die Knie. Er wusste nicht, wo sich die Herrin Ireti befand, noch ob sie überhaupt hier war. Doch er wollte keinesfalls mehr Aufmerksamkeit oder gar Unmut in ihr oder ihrem Halbbruder erregen, als er es offenbar schon unabsichtlich getan hatte.

Leises Rascheln von Seide erklang, dann wehte der schwere, feuchte Geruch von Nachtblumen heran.

»Was ist so wichtig, um mich in meiner Trauer zu stören?«

Unangenehm kalte und klamme Luft umgab Githalad. Er schwieg. Dass der Hauptmann ihm so die Kraft genommen hatte, benebelte nun auch seinen Verstand, wie es schien. Er wagte nicht, die Augen zu öffnen, sondern verharrte in der Stellung, in der er vor einigen Augenblicken in die Knie gegangen war.

»Hauptmann, ich legte dir und deinen Männern meinen Wunsch deutlich ans Herz. Die Handwerker, die den Sarkophag meines Gatten herstellen, dürfen in ihrer Arbeit nicht behindert werden.«

»Herrin, vergebt Eurem unwürdigen Diener«, beeilte sich Dikelewi zu versichern. »Meine Soldaten fürchten sich, wenn diese hier ihrer dunklen Kunst nachgehen. Und sie fürchten um Euch, Königin!«

Githalad glaubte, durch die Watte, die seine Wahrnehmung umgab, Furcht aus der Stimme des Hauptmanns herauszuhören und eine klebrige Unterwürfigkeit. Ihm gefiel die Vorstellung, doch er versuchte auch, das Lächeln zu unterdrücken, das sich deshalb auf seinem Gesicht breitmachen wollte. Er konnte nur hoffen, dass man es in der Dunkelheit des *ethandins* nicht sah.

»Sieh dich um, Hauptmann«, befahl die Königin mit sanfter Stimme. »Hier ist nichts, wovor man sich fürchten muss.«

Eine Weile blieb es still. Es war ein Schweigen, das Angst einflößte und Githalad so substantiell erschien wie Morgennebel im Herbst, der nicht nur Licht, sondern auch Klänge, ja, selbst die Gedanken dämpfte und unterdrückte. Wieder musste er mit aller Gewalt die Panik verdrängen, die in ihm brodelte. In seiner Vorstellung war die Königin plötzlich ein Schatten, der dunkler und bedrohlicher aussah als alles, was er je gekannt hatte, und die von übelwollenden Dschinnen und Geistern des Wassers umgeben war, die aussahen wie Ertrunkene.

Er riss sich zusammen und schob die Bilder beiseite.

»Ich sehe, meine Herrin«, murmelte Dikelewi. »Ich werde meinen Männern noch einmal sagen, dass sich niemand vor dem Gehabe der Schmiede zu ängstigen braucht.«

»Du magst gehen«, sagte die Königin. »Den Schmied aber lass hier.«

Es klang still wie immer, doch der Hauptmann stand mit aller Hast, die ihm die Höflichkeit gestattete, auf und ging. Ein frischer Luftzug traf Githalad, als er den Teppich am Eingang zurückschlug, ein Luftzug, der seinen Kopf ein wenig reinigte und die Nebel der Angst zumindest teilweise vertrieb.

Neid kam in ihm auf, dass Dikelewi gehen durfte, er selbst aber bleiben musste.

»Nun, Schmied?«, sagte die Königin nach einer Weile. »Hast du Geister gerufen?« Es klang belustigt.

Githalad riss die Augen auf. »Nein, Mendari! Diese Kunst beherrsche ich nicht. Ich habe ein wenig Feuer in mir und ein wenig Erde, doch es reicht nur, um mein Handwerk *gern* zu verrichten!«

Jetzt sah er, dass Ireti vor ihm kniete und ihn unverwandt ansah.

Die Königin trug ihre dunklen Haare offen, und wieder fiel Githalad ein, dass sie von sich behauptet hatte, sie sei ein halber Mensch. Umso seltsamer war das Gefühl, von Augen angesehen zu werden, die im Dunkeln leuchteten. So dunkelblau, dass sie beinahe violett aussahen.

Seine Augen hatten sich jetzt allmählich an die Dunkelheit gewöhnt. Gegenstände und Möbelstücke schälten sich aus den Schatten, sogar zwei glühend rote Punkte über einem Messingbecken aus Sand; sicherlich Rauchwerk, das langsam verglühte und möglicherweise für den betäubenden Blütenduft sorgte, der sich wie Schlangen um seine Gedanken wand. Das Becken stand in einer besonders dunklen Nische, vor der der Rauch der Spezereien sich langsam in der Finsternis kräuselte.

Für einen Augenblick glaubte Githalad, eine menschliche Gestalt sitze dort, aus Rauchschwaden geformt. Doch dann schalt er sich einen Narren. Der Hauptmann hatte ihm zu viel Kraft entzogen, nun spielten ihm seine geschwächten Sinne einen Streich. Als er erneut hinsah, war dort nur sich anmutig kringelnder Rauch.

Die Königin war seinem Blick gefolgt. »Auch du siehst nun hoffentlich, dass es nichts zu fürchten gibt«, sagte sie lauter, als es Githalad nötig erschien.

»Wie geht es voran mit der Heilung des Schmieds, den wir aus den Ruinen der Oase bargen?«, fügte sie hinzu.

Githalad senkte den Kopf. »Herrin, seine Seele ist noch zu schwach, um den Körper zu stärken oder sich an das Martyrium zu erinnern, das er dort erlebte.«

Sie schwieg eine Weile, dann sagte sie: »Ich verstehe. Mein Schwager, der verfluchte Fürst, hat ganze Arbeit geleistet. Und doch brauche ich die Arbeit eines Schmieds, der die Magie der Erze beherrscht. Ich sagte dir ja schon, dass nur ein Schmied, der die Künste des Vakaran beherrscht, helfen kann, die Macht Telarion Norandars zu brechen. Für die Welt, für das Volk des Dunkelmonds, das auch das meine ist! Geht es deinem Gefährten in eurer Gesellschaft wenigstens besser?«

Githalad spürte, wie sich sein aufgeregter Herzschlag angesichts der Ruhe, die Ireti ausstrahlte, verlangsamte. »Ja, Mendari«, bestätigte er. »Sein Körper ist wieder warm. Manchmal kann er sogar ein paar Schritte zum Feuer gehen. Doch noch ist er schwach, und ihm ist selbst des Mittags im Scheine beider Sonnen kalt.«

Sie nickte. »Tut weiterhin, was ihr könnt, und es soll euer Schaden nicht sein.«

Githalad lag auf der Zunge, dass ein Seelenherr Mojisola sicher hätte heilen können. Die richtigen Gesänge hätten die Magie gehabt, um die Seele des Schmieds aus Solife davon zu überzeugen, sich wieder wohl in seinem Körper zu fühlen, doch er schwieg. Er wusste nicht, ob die Königin tatsächlich so leutselig war, wie sie sich ihm gegenüber gab.

Alles, was er bisher über Elben – und auch Halbelben – wusste, war, dass sie sich den Kindern des Dunkelmonds überlegen wähnten. Auch diese hier nannte sich Königin und hatte die Sklaven keinesfalls freigegeben.

Er senkte dennoch den Kopf. »Das werden wir tun, Herrin«, versicherte er.

Für einen Augenblick hatte Githalad erneut das Gefühl, kalter, feuchter Nebel berühre ihn an der Schläfe und dringe in seine Gedanken. Er riss die Augen auf, doch die Herrin Ireti saß reglos vor ihm, mehr als drei Schritte entfernt, und blickte ihn unverwandt an, die Hände im Schoß verschränkt. Ihr Gesicht war von einer faszinierenden Schönheit, und doch auch starr wie eine Maske. Hätte er es nicht besser gewusst, hätte er gesagt, dort sitze eine schön angemalte Puppe, nicht aber ein lebendes Wesen.

Es wirkte schrecklicher als jeder Elb, den Githalad je vorher erblickt hatte.

»Du magst gehen«, sagte sie jetzt mit einer Stimme, so sanft wie der Tod selbst.

Er erhob sich. Auf eine seltsame Art schien seine Kraft zurückgekehrt zu sein, doch es war keine lebendige Wärme, die ihn durchströmte. Es war, als sei die Energie, die er spürte, nur geliehen. Er hätte sie gern wem auch immer zurückgegeben, doch er wagte es nicht. Er verneigte sich noch einmal vor der reglos dasitzenden Halbelbin, dann verließ er rückwärts das Zelt.

Draußen angelangt, mutete die Wüstennacht fast warm an, verglichen mit der Kälte, die Ireti von Larondar verströmte.

»Ich habe dir gesagt, Schwester, dass du unvorsichtig geworden bist!«

Zornig sprang Iram von seinem Stuhl auf, in dem er sich niedergelassen hatte, kaum dass der Teppich sich hinter dem Schmied schloss. Aufgeregt ging er ein paar Schritte auf und ab und blieb vor Ireti stehen.

Sie schien davon nicht beeindruckt. Sie sah nicht einmal auf, als sie ihm die Finger entgegenstreckte und damit bat, dass er ihr aufhelfe. Mit einem Laut des Ärgers nahm er die Hand, die leicht wie Nebel in seiner lag, und ließ sie aufstehen.

»Ich danke dir, Bruder«, sagte sie. Dann hauchte sie einen Kuss auf seine Wange und ging zu dem Räucherbecken hinüber, um sich davor niederzulassen. Sie fuhr mit einer leichten Handbewegung durch den sich kräuselnden Rauch, sodass er durcheinanderwirbelte.

»Wir wurden unterbrochen«, sagte Ireti jetzt in den Rauch hinein.

Angesichts der Möglichkeit, dort im Dunkel der Schatten des *ethandins* sitze die Seelengestalt eines Dunkelmagiers, der über die Nebel gebot, lief Iram ein Schauer über den Rücken. Ihm gehorchten Feuer, ein wenig Wasser und die Pflanzen, nicht aber die Seelen. Diese Gabe war dem anderen Kind seines Vaters vorbehalten.

Er sah genauer hin. Der Rauch über dem Becken wurde dichter, es schien Iram, als wolle er sich zu einer Gestalt zusammenfügen, deren Augen aus den dunkelroten Glutpunkten der Stäbchen aus Harz und Spezereien gebildet wurden. Doch es blieb bei dem Eindruck. Er blinzelte, dann ringelten sich dort nur die Rauchfäden der verbrannten Gewürze.

Sein Blick fiel wieder auf seine Schwester, die in den Rauch der Spezereien blickte, als erkenne sie etwas darin und höre einer Erzählung zu, die nur sie hören konnte.

»Ich verstehe. Unsere Zeit wird also knapp«, sagte sie nach einigem Schweigen leise. »Aber du siehst, dass ich recht hatte, dich erneut vor dem Fürsten von Norad zu warnen. Wie schnell kannst du im Süden sein?«

Ireti lauschte wieder, dann senkte sie den Kopf. Die Antwort desjenigen, den Iram nicht sehen konnte, schien ihr Kummer zu bereiten. Wie jedes Mal, wenn Iram das mit ansah, zog es ihm das Herz zusammen. Seine Schwester war stark, das wusste er, obwohl sie zu schwach wirkte, um sich aus eigener Kraft vom Boden zu erheben. Er hätte gern jedes Leid von ihr ferngehalten, doch er wusste, das hätte sie nicht geduldet. Es blieb ihm nur, für den unwahrscheinlichen Fall, dass sie ihn brauchte, in ihrer Nähe zu bleiben.

»Der Zwilling meines Gemahls war schon immer mein größter Gegner auf dem Weg, die Welt zu befrieden!«, murmelte sie dann. Es klang, als spräche sie mit sich selbst. »Immer, wenn ich hoffe, Ordnung in die Dinge gebracht zu haben, bringt er sie durcheinander. So als diene er nicht dem Vanar, sondern dem Syth.« Sie straffte sich und legte mehr Nachdruck in ihre Stimme. »Nun, wir müssen uns mit dem, was der Fürst anrichtete, abfinden. Ich weiß, dass dir daran liegt, die Siwanonstochter zu beschützen, doch ich fürchte, vorerst ist sie für dich verloren. Sei damit getröstet, dass der Verfluchte ihr kein Haar krümmen wird, solange das Siegel nicht in seiner Hand ist. Wenn wir es ihm erst abgejagt haben, wirst du sie leicht von diesem Verräter trennen können – so wie das Siegel einst auch Ys und Syth trennte. Ich wollte das Siegel zerstören, doch nun muss es erst diese Aufgabe erfüllen. Dazu brauchen wir es.«

Wieder entstand eine Pause, in der Ireti nachzudenken – oder zuzuhören – schien. »Komm zu mir, so schnell es geht. Wir müssen unsere Kräfte auf die Tiefe des Südens konzentrieren. Geh zu meiner Sippe in den Wald von Dasthuku. Wie du vielleicht weißt, leben sie in der Nähe des Westufers am Mondsee, seit die Rebellen des Dunklen Volks ihnen den Grünen Turm nahmen. Ich werde dich ankündigen, sodass sie dir eine schnelle Reise ermöglichen. Wende dich dann direkt nach Süden. Umgehe den Loranon, so gelangst du geradewegs nach Farokant.«

Wieder schwieg sie, dann neigte sie anmutig den Kopf. Ihr langes Haar fiel ihr ins Gesicht, sodass Iram es nicht mehr sehen konnte. Sie blieb so lange reglos in dieser Haltung, dass Iram glaubte, das Leben habe sie verlassen.

Als die letzten Glutfunken erloschen waren, die Räucherstäbchen heruntergebrannt und der starke Duft langsam verblasst war, verwehte auch der dichte Rauch, den Iram in den Schatten des *ethandins* gesehen hatte.

Doch immer noch rührte Ireti sich nicht.

Iram wurde unruhig. Er kannte seine Schwester, Ireti wurde nur dann so still, wenn ihre Seele auf Wanderschaft ging. Meist legte sie sich danach nieder und schlief für Stunden, manchmal Tage, denn wie Iram wusste, waren diese Wanderungen für sie, die nur eine Halbelbin war, überaus anstrengend.

Immer hatten die Landarias-Elben den Spott und die Verachtung der Elben von Nisanti, Kantis und Norad erdulden müssen, weil sie Wert darauf gelegt hatten, nicht nur die goldenen Kräfte des Vanar, sondern auch die des Akusu zu besitzen. Dajaram hatte in seiner Freundlichkeit diesen Spott beenden und das Haus Landarias zu einem vollwertigen machen wollen, indem er Tarind zu Indrasaths Pagen und zum Ziehbruder von dessen ältestem Sohn Iram bestimmte.

Ireti hatte diese Gelegenheit mit Freuden beim Schopf gepackt. Sie und Tarind hatten sich geliebt, mit seiner Hilfe hatte sie das Ziel erreichen wollen, einst selbst über die Elben zu herrschen. Doch diesem Ehrgeiz, ein Ehrgeiz, dem Tarind sich angeschlossen hatte, hatte Dajaram im Weg gestanden, und so hatte Ireti ihm mit Wissen ihres Geliebten die Seele und damit das Leben genommen.

Doch sie hatte nicht bedacht, dass Dajaram einen zweiten Sohn hatte – Tarinds Zwilling, den Herrn des Lebens, der jede Sekunde von Dajarams Tod mit eigenem Schmerz bezahlt hatte und so zum unerbittlichen Feind seines Mörders geworden war. Auch wenn für Telarion dieser Mörder lange kein Gesicht gehabt hatte, hatte er doch Zeit seines Lebens gegen ihn gekämpft. Er war für Ireti zur Hybris geworden, einem Hindernis, das aus ihren eigenen Taten erwachsen war und der gegen Ireti und ihr beharrlich verfolgtes Ziel stand, selbst die Herrschaft über die Welt anzutreten und damit dem Haus Landarias die Anerkennung zu verschaffen, die ihm ihrer Meinung nach gebührte.

Iram wusste, dass Telarion Norandar glaubte, sein Tun folge der Ys und dem Vanar und damit dem Leben, und in der Tat schaffte er es mit einer Hartnäckigkeit, die ihren Ursprung in den Schöpfergeistern selbst zu haben schien, die Pläne Iretis immer wieder zu durchkreuzen. Doch es schien Iram häufig, als trage dieser Mann damit nur zur Erhaltung einer Starre bei, die das Haus Landarias seit Generationen aufzubrechen versuchte.

Wieder biss Iram die Zähne zusammen, als er seine Schwester so still dasitzen sah. Wie immer beschlich ihn die Furcht, ihr Geist könnte sich in den Nebeln verirren und nicht wiederkehren.

Iram wusste nicht, wie viel Zeit vergangen war, doch als Ireti wieder erwachte, war es so plötzlich, dass er vor Schreck beinahe aufgeschrien hätte. Sie sprang auf und schleuderte mit einer fließenden Bewegung eine weitere Schale mit Sand und Räucherstäbchen von dem Schemel, auf dem sie gestanden hatte. Die Schale klirrte, als sie gegen einen der Zeltpfosten prallte und der Sand sich über den Boden ergoss.

Keuchend und mit wildem Blick starrte sie Iram an, der nur langsam wieder zu Atem kam. Dann ging er auf die am ganzen Leibe zitternde Schwester zu und fasste sie an den Schultern. Wie immer war er überrascht. Sie machte einen großen, kraftvollen Eindruck. Obwohl halb Mensch, war sie von elbischer Statur. Niemand hätte vermutet, dass menschliches Blut in ihren Adern floss. Doch jedes Mal, wenn Iram sie berührte, überraschte ihn die Zerbrechlichkeit dieser Frau.

Er zwang sie, ihn anzusehen. »Was ist los, Schwester?«

Sie versuchte, ihren Atem zu beruhigen, doch ihre Augen flackerten, als glimme ein Feuer in ihnen. »Ich kann ihn nicht sehen! Dieser Verfluchte schützt sich mit den Zeichen des Lebens! Warum bestand ich nur nie darauf, dass mein Gemahl sich seiner entledigt?«, stieß sie hervor. »Jetzt muss ich büßen, dass ich so nachgiebig war!«

»Du meinst Telarion Norandar?«, fragte Iram.

»Er hat sich in den vergangenen Mondumläufen mehr und mehr in die Seele dieser Feuermagierin geschlichen. Erst dachte ich, sie wäre die treibende Kraft. Doch mittlerweile bin ich sicher, es ist umgekehrt! Der Musikant war Zeuge, gerade sagte er mir, was er sah: Die Siwanonstochter gab sich dem Fürsten hin. Er konnte es nicht verhindern. Dieser Verdammte hat es erreicht, jetzt gehören ihm die Seele und der Geist dieser Feuermagierin ganz und gar! Sie, deren einziger Lebenszweck es ist, das Siegel zu bergen, wird es nur für ihn tun!«

Ireti warf den Kopf in den Nacken und gab erneut einen leisen Wutschrei von sich. Es war lange her, dass Iram sie so zornig gesehen hatte.

»Es war der Musikant, mit dem du gerade gesprochen hast«, sagte Iram und nahm vorsichtig ihren Arm, um sie zu einer Bank zu führen. »Es gelang ihm also nicht, in ihr die Begierde nach dem Fürsten zu löschen.«

»Nein!«, zischte Ireti und riss sich los. Sie ließ sich auf einen nahen Stuhl fallen. Ihre Fäuste schlossen und öffneten sich wieder. Ihr Blick loderte, doch diese Lebendigkeit jagte Iram beinahe noch mehr Furcht ein als ihre Reglosigkeit zuvor.

»Ich hatte darauf gesetzt, dass dieser dumme Flötenspieler die Lage ernster nimmt. Dass er den skrupellosen Charakter des Verräters Telarion Norandar ernster nimmt. Wie konnte er so naiv sein, so dumm! Er hätte nicht gestatten dürfen, dass die Siwanonstochter auch nur einen Wimpernschlag länger in der Gesellschaft dieses Verbrechers an der Schöpfung bleibt, als es unbedingt notwendig war!«

Sie sprang wieder auf und ging rastlos auf und ab, nur um sich wieder hinzusetzen.

»Doch Ronan Abhar ließ nicht nur zu, dass der Fürst die Feuermagierin in den Worten und Magien des Lebens unterrichtete, obwohl ich ihn warnte. Er ließ sie sogar mit ihm fortgehen! Er ließ sie allein, und sie entkam. Nun sind sie beinahe am Berg Seleriad, nur wenige Tagereisen trennen sie noch vom Ziel –

dem Siegel, das mir zusteht, mir und dem Haus Landarias allein!«

Iram tat es in der Seele weh zu sehen, wie sehr dieser Misserfolg Ireti schmerzte. Er konnte den Zorn seiner Schwester verstehen, der daher rührte, dass sich Telarion von Norad durch seine aufrechte Haltung und seinen unbeirrbaren Glauben daran, zum Heil aller Wesen eingesetzt zu sein, immer wieder als Hindernis auf ihrem Weg erwies.

»Was willst du tun?«, fragte er schließlich. »Ihm das Siegel überlassen?«

»Nein. Telarion sagt, er will es zerstören. Doch ich weiß, dass er es nur finden will, um es für sich selbst zu nutzen und so die Unanfechtbarkeit seiner eigenen Kräfte zu zementieren. Zu unserem Schaden. Zum Schaden der Welt! Anders kann es nicht sein.«

Wieder ging sie vor der Räucherschale in die Knie. Mit nach wie vor bebenden Fingern steckte sie neue Stäbchen in den rötlich gefärbten Sand der Schüssel und entzündete sie. Die Flammen flackerten violett auf, bevor sie herunterbrannten und zu winzigen Glutpunkten in der Dunkelheit wurden.

Kurz kam Iram der Gedanke, Ireti könnte Unrecht haben. Wer konnte schon den Willen der Schöpfergeister erkennen, wer konnte für sich in Anspruch nehmen zu wissen, was sie für die Welt zu erreichen suchten, die sie geschaffen hatten? Telarion Norandar konnte es nicht, mochte er es auch im Streit mit Tarind behauptet haben. Und wenn er es nicht wusste, woher sollte Ireti dann diese Weisheit besitzen?

Übte seine Schwester Blasphemie, wenn sie für sich in Anspruch nahm, sie wisse es besser als Ys selbst?

Ireti breitete die Arme aus, dann schob sie die weiten Ärmel ihrer Robe, die wie immer aus vielen Schichten dünner Seide bestand, hoch und vergrub ihre Finger im Sand der Schale. Nach einigen Herzschlägen hatte sie gefunden, wonach sie suchte: einen etwa faustgroßen Torus aus Kupfer, dem Metall des Syth. Das Band, das Symbol des Schöpfergeistes der Veränderung – so wie die Alabasterkugel das der Ys war – hatte keinen Anfang, kein Ende und verschlang sich auf vielfältige Weise, ohne sich je selbst zu berühren.

Ireti barg das Objekt in der hohlen Hand und begann ein Gebet zu singen. Iram schwieg und sah ihr dabei zu, wie sie den verschlungenen Torus zum Leuchten brachte.

Als sie geendet hatte, wurde das Kupferband wieder dunkel.

»Worum hast du gebeten?«, fragte er leise.

Ireti blickte auf. Mit Erleichterung erkannte Iram, dass sie wieder zu der inneren Ruhe gefunden hatte, die ihr Wesen sonst auszeichnete. Es war ihm, als sei das Wasser in ihrer Seele, das wütend gekocht und zu tosenden Wellen aufgebraust war, jetzt wieder zu der stillen Tiefe geronnen, die ihr die Macht über die Nebel eingab.

»Man sagt, dieser Torus wurde einst einem unserer Vorfahren von Syth selbst gegeben. Er verlieh ihm damit die Macht, den Menschen das Wort zu bringen. Syth wird mir die Kraft geben, den Fürsten zu besiegen.«

In Iram erwachte erneut Bewunderung für Ireti. Sie verlor nie ihr Ziel aus den Augen.

»Wie willst du das anstellen? Du sagtest selbst, er ist bald in Seleriad und damit im Heiligtum der Ys. Was, wenn er das Siegel dort findet?«

»Es ist dort. Er wird es mithilfe dieser Feuermagierin finden. Doch Syth selbst wird dafür sorgen, dass es nicht zum Äußersten kommt, ich weiß es. Morgen breche ich nach Farokant auf, um mir seinen Segen zu holen.« Sie sah auf den Torus aus Kupfer hinab. »Er wird mich dafür stärken.« Sie hob den Kopf. »Ich werde mit dir in Verbindung bleiben, Bruder.« Sie kam einen Schritt auf ihn zu und barg die Stirn an seiner Brust.

Er genoss die Berührung. Doch als sie sich löste, wollte er protestieren.

Sie unterbrach ihn und hob eine Hand. »Ich werde einen Teil des Heeres mitnehmen und somit nicht alleine sein. Du wirst mit dem größeren Rest nach Sirakand ziehen. Der Zaranth ist ebenfalls gegen uns, wenn auch auf andere Weise. Er ist deine Sache. Ich kümmere mich um Telarion Norandar und die Siwanonstochter. Doch hindere den Zaranthen daran einzugreifen.«

Iram nickte langsam. »Du willst wirklich alleine gehen?«

Ireti hob den Blick. Iram zuckte zusammen, als er den Zorn und die Entschlossenheit darin erkannte.

»Ich bin nicht allein. Der Segen des Zerstörers und Vernichters wird mit mir sein.«

Als Sinan das erste Mal den Tempel des Syth in Farokant betreten hatte, standen beide Sonnen im Zenit. Jetzt war die Rote Sonne beinahe untergegangen und erfüllte die Haupthalle mit rotem Licht. Die Wolken und die stehende Luft hatten sich seit dem letzten Mal nicht geändert und verliehen den letzten Strahlen der Purpursonne eine besonders düstere Note.

Es schien Sinan die richtige Tageszeit zu sein, den Schöpfergeist des Chaos zu besuchen. Dieser Ansicht waren offenbar auch eine Menge anderer Gläubiger, und wieder staunte Sinan darüber, welcher Beliebtheit sich diese Wesenheit bei den Farokanti erfreute. Er rief sich ins Gedächtnis, dass er ebenfalls schon das zweite Mal innerhalb eines Zehntages hier war, obwohl er vorher, sei es in Guzarat, in Bandothi oder auch in Kharisar, immer einen großen Bogen um die Heiligtümer des Syth gemacht hatte.

Er näherte sich dem Garten, der das große Standbild des Syth in der Haupthalle umgab. Viele der Menschen, die hier waren, standen ebenfalls davor. Eine alte Frau harkte sorgfältig frischen roten Sand, den sie auf eine der weniger genutzten Flächen gestreut hatte, und setzte dann einen winzigen Itayabaum in eine Pflanzgrube. Wahrscheinlich bat sie für die Tochter oder den Sohn um Nachwuchs, indem sie dem Garten etwas Lebendiges hinzufügte.

Sinan gefiel der Gedanke, der hinter diesem Garten steckte, mehr und mehr, und er fragte sich, ob es wirklich nur an den Elben lag, dass überall nördlich von Solife dieser Aspekt der Welt bei der Verehrung der Schöpfergeister so vernachlässigt wurde. Das Sinnbild schien überaus vernünftig; jeder konnte zur Veränderung beitragen, nicht vornehmlich, indem er zerstörte, sondern indem er pflegte. Indem er ergänzte und das, was ein anderer begonnen hatte, verschönerte, erweiterte oder gar erst zu vollem Glanz brachte.

Er öffnete die Hand und betrachtete den Gegenstand, den er mitgebracht hatte. Er hatte aus Kupferblech einen kleinen Pavillon geformt, der keine Kreisform hatte, sondern einen unregelmäßigen Grundriss besaß. Zudem hatte er bei einem Kräuterhändler mit einiger Mühe etwas Moos erstanden, das hier in der Wüste selten war, um damit den Quellteich, der zu Füßen der Sythstatue entsprang, neu auszupolstern.

Er hielt nach der Quelle Ausschau. Das Moos, das vor einem Zehntag noch frisch ausgesehen hatte, war verwelkt, obwohl es nach wie vor dem Wasser ausgesetzt war. Sinan nahm es fort, erneuerte es durch sein eigenes und setzte den Pavillon daneben. Dann richtete er sich auf, um sein Werk zu betrachten.

Erst war es ihm seltsam vorgekommen, dass jemand die Wüstenlandschaft mit Pflanzen und Wasser – Elementen, die den Elben gegeben worden waren – bereichert hatte. Doch jetzt schien ihm angemessen, dass dies geschehen war. Einer der Schöpfer der Welt wurde hier geehrt, und diese Welt bestand nicht nur aus den Gaben eines einzelnen Volkes. Der Felsen, aus denen die Quelle entsprang, stand für die Erde, die Höhe der Quelle, über der Landschaft selbst, für die Luft, dann war da noch das Wasser, das die Erde tränkte und dem Moos das Leben ermöglichte. Auch der Nachtfeuerstein, den er in die Quelle gelegt hatte, war dort. Er schien sein Licht an das Wasser abzugeben und es durch sein Feuer zu bereichern.

Sinan fand es nur konsequent, an dieser Stelle der Landschaft ein Zeichen für die Verehrung eines Schöpfergeistes zu setzen, wie dieses Tempelchen es war.

»Ein Tempel des Syth an der Quelle, zu seinen Füßen. Ein wahrhaft würdiges Geschenk«, sagte eine Frau neben ihm.

Als Sinan sich umdrehte, sah er Varashti in die Augen. Ihre schlichte Robe, deren Farbe genau zwischen dem Blau des Wassers und dem Rot der Erde schwankte, wies kaum Schmuck auf.

»Hast du dich entschieden, was du tun willst, Schmied?«

Sinan antwortete erst nach einigem Überlegen. »Ich weiß, was ich *haben* will. Ich will die Kraft meines Arms wiedererlangen. Und es ist meine Absicht, diese Kraft in den Dienst der Welt zu stellen. Ob ich tun kann – oder will –, was Syth von mir für diese Kraft verlangt, weiß ich nicht.«

Varashti nickte. »Das ist nur angemessen.« Sie wandte sich Sinan zu. »Du solltest dich nicht vor dem, was Syth von dir verlangt, fürchten. Dein Ziel klingt nicht sehr verschieden von seinem.«

Sinan dachte eine Weile über das Gesagte nach. »Du meinst also, was er von mir für meine Heilung verlangt, wird mir nicht schwerfallen.«

Varashti schüttelte den Kopf. »Das weiß ich nicht. Vielleicht wird es dir leichtfallen, vielleicht auch nicht. Aber du solltest dir vor Augen halten, dass es nicht im Interesse des Kriegers der Veränderung ist, die Welt zu vernichten.«

»Aber er zerstört, wo Ys aufbaut«, wandte Sinan ein.

»Ein Irrglaube«, gab Varashti zurück. »Kennst du die Sage von der Entstehung der Welt?«

Ohne eine Antwort abzuwarten, drehte sie sich um und bedeutete Sinan, ihr zu folgen. Sie verließ die Halle und trat in einen Nebenraum. Es war eine Art Bibliothek, nur jeweils ein schmaler Fensterstreifen in drei von vier Wänden ließ Licht herein. Die drei Streifen waren so angebracht, dass sie tagsüber Licht auf einen Arbeitstisch warfen, der mit Schriftrollen bedeckt war.

Eine davon, an den Enden mit Silber beschlagen und mit violetten Siegeln und Bändern aus Seide besetzt, mit denen man sie schließen konnte, nahm Varashti hoch.

»Eine Abschrift der Ersten Rolle der Schriften«, sagte sie und gab sie Sinan in die Hand. »Kannst du lesen?«

Statt einer Antwort nahm Sinan sie an sich und entrollte sie vorsichtig.

»Von der Entstehung der Welt«, las er vor. »Vor undenklichen Zeiten existierte nur das Chaos, in dem Ys, der Geist der Harmonie, und Syth, der Geist der Veränderung, um die Vorherrschaft kämpften. Das Chaos existierte in einem Ei, doch es war zu eng für Ys und Syth, denn Ys war ein Geist des Gleichgewichts und der Ruhe und immer bestrebt, die Dinge zu glätten, während Syth die Neuschöpfung und die ständige Veränderung liebte. Jeder von ihnen kämpfte lange Zeit um den Sieg, doch keiner konnte die endgültige Herrschaft erringen. Schließlich wurde das Ei zerstört und die Energien der Schöpfergeister wurden freigesetzt. So entstanden durch die Kräfte von Ys und Syth Meer und Land, Licht und Dunkel, Schöpfung und Verderben.

Ys und Syth betrachteten die geschaffene Welt und sahen, dass die Kraft eines jeden von ihnen in ihr Form und Gestalt angenommen hatte. So gehörte ihnen die Welt und die Herrschaft darüber. Als Wohnstatt wählten sie den höchsten Berg des Zendar-Gebirges, den Berg Seleriad, von dem aus sie das Land überblicken konnten, und während Ys die Gestalt eines Silbernen Mondes annahm, wurde Syth zu einer strahlenden Roten Sonne, sodass sie nacheinander Licht und Dunkel beherrschen konnten. Denn auch wenn die beiden Geister unterschiedlicher nicht sein konnten, liebten sie einander doch sehr und waren unglücklich, wenn sie stritten. Auch wussten sie, dass die Welt ihnen gemeinsam gehörte und keiner den anderen ausschließen durfte.«

Sinan hielt inne. Schweigen breitete sich zwischen ihm und der Priesterin aus.

Schließlich ergriff Varashti wieder das Wort. »Willst du Syth immer noch um die Kraft deiner Hand bitten?«

Sinan antwortete nicht, sondern starrte die feinen Schriftzeichen auf der Rolle an. Es waren alte, schwungvolle Buchstaben, die mit einem jungen Rohr der Süßholzpflanze oder Wasserschilf geschrieben waren; ersonnen von den ersten Kindern des Vanar, die dieser in dem Landstrich geschaffen hatte, den man heute den Hochwald von Norad nannte. Erst später hatten sich die einzelnen Häuser abgespalten, und immer noch galten die Elben, die rund um den Palast der Stürme bei Darkod lebten, als etwas Besonderes, selbst unter den Kindern des Goldmonds.

Sinan kannte die Geschichte der Buchstaben, man hatte ihm im Heiligtum des Abends beigebracht, sie zu lesen. Jetzt kamen sie ihm wie ein Hinweis auf das vor, was er erreichen wollte. Seine Miene verhärtete sich.

Der Shisani blieb das nicht verborgen. »Es scheint mir, als wüsstest du, was Syth dir anbietet.«

Sinan nickte langsam. »Er zeigt mir einen Weg zur Heilung. Aber ich weiß jetzt auch, was er dafür verlangt.«

Varashti schwieg eine Weile. »Und es scheint, als gefiele es dir nicht.«

Sinan legte die Rolle behutsam zurück auf den Tisch. »Das weiß ich noch nicht. Mein Tod hat vieles geändert.« Er verneigte sich kurz vor der Shisani, die ihn nachdenklich ansah. »Ich werde bedenken, was Ihr mir über den kämpferischen der beiden Schöpfergeister sagtet. In dieser Eigenschaft fühle ich mich ihm verbunden.«

Varashti erwiderte den Gruß. »Berichte mir, ob dir zu finden gelang, was du suchtest.«

Sinan blickte hinaus auf die überlebensgroße Statue des Syth, die er nun von hinten sah. Der Krieger wirkte aufrecht und stolz. Da war kein Kummer darüber, dass er der Schöpfer und Verursacher aller Zerstörung und allen Chaos genannt wurde. Er war, was er war. Er änderte.

Er wandte sich wieder Varashti zu. »Eine der verlangten Änderungen, Shisani, muss darin bestehen, dass ich diesen Ort verlasse. Ich weiß nicht, ob ich wiederkehre. Aber ich werde Euch und Euren Rat in Erinnerung behalten, denn er hat mir sehr geholfen. Lebt wohl.«

»Lebt wohl«, erwiderte Varashti. »Vergesst nie, dass Syth zwar die Änderung liebt. Doch er liebt auch die Welt und Ys selbst. Er wird – und kann – beides nicht zerstören. Er wird nie zulassen, dass ihnen etwas geschieht und die Dinge so lenken, dass sie erhalten werden.«

Sinan nickte ein letztes Mal und ging. Vor der Statue blieb er noch einmal stehen, schlug das Zeichen und verließ den Tempel.

Es gab nur einen, der seine Hand heilen konnte. Lange hatte Sinan geglaubt, dieser Mann sei sein Feind.

Doch Sinan wusste, so sehr auch Telarion Norandar sein Widersacher sein mochte, die größeren Gegner waren die, die alles beherrschen wollten, zum Nachteil aller anderen und besonders der Menschen. Sie waren es, gegen die er kämpfen wollte, gegen die er als Sohn des größten unter den Menschen kämpfen musste.

Und wenn dabei der Feind seines Feindes zu seinem Freund würde, würde er einen Weg finden, um das zu erreichen.

Kapitel 8

»Ys aber weinte, als sie sah, dass sie mit dem Siegel ihren Geliebten und alles, was ihn ausmachte, aus der Welt entfernt hatte. Er war freiwillig gegangen, für sie und alles, was sie gemeinsam erreicht hatten, und ebenso für die Geschöpfe der Mondzwillinge, denn auch ihnen hatte er das Leben und seine Gaben geschenkt. Er weinte, als er die Welt verließ, die er liebte, und versprach, dass er einst wiederkehren würde.
Doch Ys wusste, dass sie ihn für lange Zeit, eine Ewigkeit unter den Völkern, nicht wiedersehen würde. Sie nahm das Siegel, das aus ihr selbst gemacht und von Syth gesegnet war, und verließ die Welt. Das Siegel nahm sie mit sich und bewahrte es für den Tag auf, an dem die Zeit gekommen sein würde, es zu zerstören.«

Von den Kriegen der Elben und Menschen
Vierte Rolle der Schriften des Klosters der Weisen Zwölf

Noch einmal tauchte Telarion seine Hände in den Bach, schöpfte Wasser und trank. Das Wasser war eisig und erfrischte ihn nach der Wanderung des heutigen Tages. Doch es schmeckte auf eine seltsame Art metallisch und erinnerte ihn so daran, dass er sich mitten im Gebirge befand. Selbst das Wasser war hier durchtränkt vom Element der Erde. Und von Feuer, dachte er unwillkürlich, denn nun brachen sich die letzten Strahlen der Weißen Sonne auf den Fluten des Bachs. Freude erfasste ihn, als er erkannte, dass sich in diesem Gewässer die Elemente und Magien vereinigten. Wasser, das nach der Erde schmeckte, der es entsprang, das Licht aufnahm und so hoch oben im Gebirge dem Element Luft nahe war. Beinahe andächtig füllte er die Wasserschläuche, die er mitgebracht hatte.

Er richtete sich auf und streckte sich. Dank des eisigen Wassers fiel es ihm leichter, so hoch oben über der Welt Atem zu holen, obwohl die Luft hier dünner war als in den Tälern. Dieser Eindruck, so wusste er, würde sich besonders für seine Reisegefährtin noch verstärken, während er als Windmagier es leichter ertrug. Doch die Reise zum Heiligtum der Ys war nicht mehr lang. Sie würde es schaffen.

Er erhob sich, um zu dem Rastplatz zurückzukehren, den er und Sanara für die Nacht ausgesucht hatten; eine Grasnarbe unterhalb eines Felsens, vor der ein paar Schwarzbeerenbüsche wuchsen. Sie wären geschützt vor Blicken etwaiger Verfolger und konnten sogar ein Feuer entzünden. Die Quelle war nicht weit davon entfernt, doch fern genug, um mit ihrem Rauschen nicht die Stille zu durchbrechen, die sie umgab.

Telarion hatte die Grasnarbe noch nicht erreicht und kletterte gerade über die Wurzel eines abgestorbenen Qentars, die aus einem Heidefeld herausragte, als er ein Summen hörte. Er zuckte zusammen und verschwand hinter der Wurzel.

Doch nach einigen Herzschlägen, die er angespannt gelauscht hatte, entspannte er sich und stand erneut auf, um die Quelle des Summens zu betrachten.

Es war seine Reisegefährtin. Sie kniete vor dem abgestorbenen Stamm des Baumes, dessen Wurzeln er hatte überklettern wollen. Wind und Wetter hatten den einst rotbraunen Stamm grau gefärbt, sodass er Sanara in ihrer grausilbrigen *hataka* nicht sofort gesehen hatte. Jetzt blieb er stehen und betrachtete das Bild. Sie sang leise eine fröhliche und doch ruhige Melodie, ein Lied, wie man es Kindern vorsingen mochte, die des Abends nach einer Geschichte zu Bett gebracht wurden. Doch nicht nur ihr Gesang war es, der in seinen Ohren klang, es war auch das Summen der Bienen, die zornig darüber waren, dass ein so gewaltiges Wesen in ihren Stock einbrach und die Waben voller Honig raubte.

Telarion rührte sich nicht. Als Elb fiel es ihm schwer zu erfassen, dass Menschen mit ihren Liedern und Melodien in der Lage waren, Tiere zu beeinflussen. Diese Gabe war nicht so umfassend, wie es die Pflanzengabe der Elben war. Das leuchtete dem Elbenfürsten ein. Ein Wesen, das selbstständiger war und mit größerer Magie begabt als eine Grashalm, ein Strauch oder selbst ein Baum, erforderte von einem Kind der Völker einen größeren Magieaufwand. Umso mehr galt der Frau vor ihm seine Bewunderung, denn eigentlich war diese Gabe in Sanara nicht gesegnet.

Sie ließ sich davon nicht beirren, sang ruhig das Lied, das ihr wahrscheinlich der Musikant beigebracht hatte, und ließ sich nicht davon stören, dass die Bienen wütend um sie herumflogen, während sie die Waben über ihrer Essschale ausdrückte. Er fragte sich, ob ihr süßer, frischer Blütenduft wohl dazu beitrug, die Bienen zu beruhigen. Sanara konzentrierte sich ganz auf die Töne, die sie sang, und legte Ruhe und Dank in jede ihrer Bewegungen. Sie war so in die Arbeit versunken, dass sie nicht bemerkte, wie der Fürst der Elben ihr zusah.

Das Bild strahlte eine Ruhe und einen Frieden aus, dass sie an Telarions Herz rührten. Wie so oft in den letzten Tagen erfasste ihn Freude, dass die Schöpfergeister ihm diese Menschenfrau an die Seite gegeben hatten. Es war, als reise er mit der Essenz der Wärme und des Feuers selbst. Ihr Lachen, ihre plötzlichen und ihm oft unverständlichen Wutausbrüche über seine angebliche Kontrolle und Ruhe, ihre Freude, wenn es ihr gelang, diese zu durchbrechen, füllten seine Seele, sodass er sicher war, ohne das alles nicht mehr existieren zu können. Es war, als fülle ihre Existenz seine Gabe des Lebens aus und gebe ihr erst einen Sinn.

Er lächelte unwillkürlich. Leise ging er zum Rastplatz zurück, um sie dort zu erwarten.

Sie hatte dort bereits ein kleines Feuer in Gang gebracht und die Knollen und Wurzeln, die sie des Tags gesammelt hatte, in die Glut geschoben. Unwillkürlich bedauerte er, dass er sich nun erst einmal allein vor das Feuer setzen musste und wünschte sich, sie wäre hier. Die Flammen waren so klein, dass es Telarion vorkam, als vermissten sie ihren Ursprung. Er streckte die Hand aus, die noch kalt war vom Wasser des Bachs, und hielt sie über die Glut.

Telarion schloss die Augen und spürte der Wärme nach, die sich über die Fingerspitzen hin zu seinem Schildarm ausbreitete, als sei sie lebendig. Leises Lachen drang wie aus weiter Ferne an sein Ohr, wie so oft, als sei es das Licht selbst, das sich an seiner Gegenwart erfreute.

»Ein seltener Anblick«, wisperte ihm einen Augenblick später eine Stimme ins Ohr. Etwas strich durch seine kurzen Haare und berührte dann unendlich zart die Wimpern über seinen geschlossenen Augen. Das Entzücken über diese Berührungen ließ seinen Atem stocken, als könnte schon ein Luftzug diese Freude verwehen.

Wieder erklang das leise Lachen bis tief in seine Seele hinein.

Er blinzelte.

Sanara saß vor ihm und sah ihn mit ihren seltsam dunkelgelben Augen an, die den Blick zu schlucken schienen. Und doch sah er darin die gleiche Freude tanzen, die ihn erst vor einem Augenblick erfüllt hatte und die noch in ihm nachhallte. Er holte Luft und schmeckte auf der Zunge den süßen Duft, den sie mitgebracht hatte. Es roch nach Obstblüten und reifen Früchten und auch nach dem Honig, den Sanara in einer Schale gesammelt hatte.

»Du hast mich in den letzten Zehntagen oft gesehen «, berichtigte er sie, ohne den Blick von ihr zu nehmen.

Sie lächelte. »Das habe ich. Aber ein Elbenkrieger, der seine Hand über die Glut hält, als wolle er sie rösten? Wer soll die Brandwunden heilen, die dir zugefügt werden können?«

Er erwiderte das Lächeln und widerstand der Versuchung, die vor ihm Kniende an sich zu ziehen.

»Seit ich dich geheilt habe, habe ich Feuer in mir. Ist keines in der Nähe, dann sehne ich mich danach. Und seit du mir zeigtest, wie ich es auf meine Hand rufen kann, habe ich keine Angst mehr davor.«

Er ließ sie nicht aus den Augen und genoss die Freude, die seine Worte offenbar in ihr auslösten. Ihre Wangen röteten sich, dann wandte sie sich ab, um zu kontrollieren, ob von den Knollen schon welche gar waren. Dann wandte sie sich ihm wieder zu.

»Sie brauchen noch eine Weile«, sagte sie dann und hielt ihm die Schale mit den Honigbeeren hin. »Du solltest welche davon essen. Der Honig wärmt.«

Er schüttelte den Kopf. »Danke.«

Sanara stutzte, dann lächelte sie verschmitzt. »So bleibt mehr für mich«, sagte sie und tauchte den Finger in die goldklare Flüssigkeit. Mit großem Appetit leerte sie die halbe Schale, den Rest wollte sie für den nächsten Tag aufbewahren.

Er zog den Beutel hervor, in dem er tagsüber die Kräuter sammelte, die den Nachtschlaf tiefer und erholsamer werden ließen, und mischte wieder einige davon in den Getreideteig.

»Ich habe nur noch die Hälfte von dem Getreide«, sagte er nachdenklich. »Es hätte länger reichen müssen. – Wir brauchen zu lange.«

Sanara antwortete nicht sofort. Sie streckte die Hand aus und strich über seinen Arm. »Bereust du, dass wir es mit der Reise so langsam angehen?«, fragte sie nach einer Pause.

Es war das erste Mal, dass sie beide darüber sprachen, dass sie selbst nach über einem Zehntag noch zwei, vielleicht drei Tagesreisen vom Gipfel des Seleriad entfernt waren. Sie wussten beide, dass sie das Heiligtum längst hätten erreichen müssen.

Aber seit dem ersten Abend der Reise hatten weder Sanara noch Telarion es besonders eilig gehabt. Zu groß war das Glück, endlich zueinander gefunden zu haben und nicht nur das Wissen um das zu teilen, was sie gemeinsam geträumt hatten, sondern es auch jeden Tag erleben zu dürfen und es vor keinem Wesen der Welt verstecken oder rechtfertigen zu müssen.

Es war Telarion, als würde dieser wundervolle Zustand ein

Ende haben, sobald das Heiligtum der YS erreicht sei und sie das Siegel gefunden hätten – auch wenn es keine Anzeichen dafür gab, dass es so sein würde. Und obwohl sie es nicht aussprach, war er sicher, dass Sanara ähnlich dachte. So suchten sie beide jeden Abend schon lange vor Untergang der Weißen Sonne einen Platz, an dem sie bleiben und ihre Zweisamkeit genießen konnten. Nie entfernten sie sich weit voneinander, nie sprachen sie von der Furcht, dass sie beide am nächsten Morgen, nach einer gemeinsamen Nacht, in der sie sich nahe gewesen waren, durch ihr Zögern vielleicht von den Häschern der Königin entdeckt werden könnten.

Telarion löste behutsam die Finger, die sich um seinen Oberarm schlossen, und drückte seine Lippen kurz auf ihre Handfläche, bevor er sie losließ. »Wie könnte ich einen einzigen Augenblick bereuen, den ich mit dir verbringe?«, sagte er, ohne sie anzusehen. In seinen Gedanken tauchte das Bild von ihr als Gefangene auf, eine Dari in elbischer Reisekleidung, mit ausgekämmten Haaren von der Farbe eines reifen Weizenfelds, die ihr über den Rücken fielen. Jetzt, wenn er zurückblickte, wusste er, dass er sich als Heermeister nach den Aufgaben des Tages nach ihr gesehnt hatte. Als sei nicht er derjenige, der ihr Kraft nahm, sondern als sei umgekehrt sie es, die sie ihm schenkte.

Plötzlich spürte er ein Gewicht auf seinem linken Bein. Als er überrascht nach unten sah, bemerkte er, dass sie ihren Kopf auf seinen Schoß gebettet hatte.

»Mir geht es ähnlich. Seit ich dich im Verlies das erste Mal sah, ließ dein Wind mein Feuer auflodern.« Ihre Stimme klang nun verträumt.

Überrascht hielt er den Atem an, bevor er sanft die Hand auf ihr Gesicht legte. »Ich wusste nicht, dass du mich bemerkt hattest«, sagte er.

»Zuerst nicht«, sagte sie leise. »Ich war zu erschöpft. Dann war da Tarind.« Sie machte eine Pause. »Er roch nach frischem Regen, schwer und feucht. Es löschte mein Feuer. Doch du warst trocken und kalt. Ich lernte erst allmählich, Euch von Eurem Zwilling zu unterscheiden, Daron Elb.«

Wieder wurde Telarion das Wunder bewusst, das Ys gewirkt hatte. Sie hätte ihn hassen müssen, nach allem, was er und sein Bruder ihr und ihrer Familie angetan hatten. Dass sie es verziehen hatte, sich von ihm berühren ließ; dass er, Telarion, Bruder des Mörders ihrer Familie, diesem Geschöpf des Sommers, in dem das Leben seinen Höhepunkt erreichte, nah sein durfte ... erfüllte ihn mit Ehrfurcht und Dankbarkeit.

Er lehnte sich an den Felsen in seinem Rücken. Sie richtete sich auf, um ihn freizugeben, doch er ließ sie nicht fort. Er legte einen Arm fordernd um ihre Taille und zog sie an sich. Ihr Körper war zerbrechlicher als der einer Elbin, kleiner und fragiler, und schien doch von festerer Substanz und irgendwie materieller zu sein, als berge er die Erde in sich, aus der ihr Volk einst geformt worden war. Er genoss die Schwere ihres Gewichts auf seiner Brust, die Wärme, die von ihr auf ihn überging, das Aufwirbeln seines Seelenwinds, als ihre Hitze sein Herz erreichte. Er konnte nicht erwarten, sie noch näher bei sich zu spüren, so nah, bis Körper und Geist miteinander verschmolzen, und lenkte ihren Mund an seinen.

Doch sie keuchte leise auf und löste sich. »Wo ist die Selbstbeherrschung des königlichen Hausverwalters?«, wollte sie wissen.

Er unterbrach den Kuss nur halbherzig. »Ich bin titellos. Es gibt keinen Ruf mehr, den ich wahren müsste.«

Sie lachte in seine Lippen hinein und machte sich mit flinken Fingern an der Schärpe um seine Taille zu schaffen.

Telarion verdrängte den Stich des schlechten Gewissens seiner Aufgabe gegenüber und überließ sich dem Verlangen seiner Seele.

Das Feuer war heruntergebrannt. Sanara schlief in seinen Armen, als böte sein Körper Schutz vor der Kälte der Nacht. Obwohl er die Kälte während des Schlafs liebte und sie so warm war wie eine Decke, konnte er nicht schlafen und starrte in die Nacht hinaus, wo die Zwillingsmonde bereits den Zenit überschritten hatten.

Nun, da sein Sturm von ihrem leidenschaftlichen Feuer nicht mehr aufgewirbelt wurde, kehrten die Bedenken wieder, die ihre Lebendigkeit und die Anstrengungen der täglichen Wanderung bei Tage unterdrückten und verdrängten. Wie oft des nachts kamen Telarion die Worte des Ältesten der Weisen wieder in den Sinn.

Wenn wir an das glauben, was Ys schenkt, dann müssen wir auch bedenken, dass Syth, ihr Geliebter, immer das verändern und vielleicht sogar zerstören wird, was sie gibt.

Die Liebe Sanara Amadians war für ihn, Telarion, ein Geschenk der Ys. Jeden Tag erfüllte ihn aufs Neue das Staunen, dass diese Frau, die so anders und ihm doch so nah war, bei ihm sein durfte. Dass sie ihn erfüllte und ihn immer wieder aufs Neue lehrte, was Freude und Leben war.

Der Gedanke, dieses kostbare Geschenk könnte zerstört werden, war unerträglich. Und doch wusste Telarion, dass es vielleicht so kommen würde.

Die Schatten in der Heide und an den dunklen Stämmen der verkrüppelten Qentar und Bugantibäume wurden tiefer, während Telarion weiter hineinstarrte und versuchte, der unbestimmten Furcht, die sich seiner bemächtigt hatte, Herr zu werden. Unwillkürlich überlegte er sich die Szenarien, in denen das geschehen konnte, um sich selbst und auch die Menschenfrau, die ab und zu im Schlaf murmelte, vor dem Tag, an dem es so kommen musste, vor dem Verlust dessen zu schützen, was ihnen beiden so kostbar war.

Er war so in Gedanken versunken, dass ihm seine Sicht auf die Welt entglitt. Es wurde finsterer, stiller, die Monde wurden zu einem dunklen, feurigen und einem hellen, goldfarbenen Schimmer am einen Rand seines Geistes, die silbrige Sichel der Ys zu einer Ahnung am anderen. Ab und zu waren jetzt rötliche Schatten unter dem ruhigen, dunkelgrünen Leuchten der Pflanzen zu sehen, die hin und her huschten – Tierchen, die in der Nacht auf Beutezug waren. Je nach Art tendierten die schwachen rötlichen Abbilder ins Grüne, ins Blaue oder Gelbe; je nachdem, welches Element ihrer Natur entsprach.

Ich habe lange gebraucht, bis ich Euch fand, Verräter.

Telarion spürte den Schrecken bis ins Mark. Die Worte hallten in seinem Geist nach, sie erreichten ihn nicht in der realen Welt. Sie kamen aus den Nebeln, aus einer Ebene, die seinem elbischen Wesen zutiefst fremd war.

Er erstarrte, dann zwang er sich, sich aufzurichten. Vorsichtig nahm er Sanaras Körper und bettete ihn in die große Filzdecke, auf der sie lag, auf dass sie nicht gestört würde. Sie murmelte leise im Schlaf, doch sie erwachte nicht, als er ein machtvolles Zeichen des Lebens über ihr schlug.

Erst dann schloss er die Augen und befahl seinem Geist, die Welt der Magie bewusst zu sehen.

Er fand ihn schnell, den Schatten, der einer dunklen Flamme glich, deren Form nur dank eines schmalen, violetten Rands zu erahnen war. Noch nie hatte er sich bemüht, die Gemahlin seines Bruders auf der magischen Ebene zu sehen, und auch sie hatte alles vermieden, es so weit kommen zu lassen. Und so erkannte er erst jetzt, dass Ihr Bild weniger einer Flamme als einer stehenden Welle entsprach – was der Kraft der Herrin Ireti Landarias wohl auch besser entsprochen hätte. Sie herrschte nicht – oder nur wenig – über das Feuer, dafür über Wasser und die Nebel. Dass sich das Bild für ihn geändert hatte, schien Telarion angemessen, denn Feuer war für ihn das Element des Lebens geworden. Es war dem Tod, den Ireti Landarias in sich hatte und den sie überall dorthin trug, wo sie selbst war, nicht mehr angemessen.

Telarion war ein Heiler, kein Seelenherr, und so konnte er nicht wissen, welche Seite Ireti ihm zuwandte und wo sich das Gesicht des Seelenbilds befand, das sie sich aus den Nebeln des Todes gemacht hatte. Ihm war nur gegeben, die Magie selbst zu erkennen, die dem Bild Leben verlieh.

Die Flamme – oder die Welle, verbesserte er sich – blieb regungslos vor ihm, etwa zwei Schritt entfernt.

Habt Ihr mir nichts zu sagen, Mörder?

Die Stimme hallte, und plötzlich wusste Telarion sicher, dass er sie nur in seinen Gedanken vernahm. »Ich wüsste nicht, was ich Euch zu sagen hätte, Schwägerin«, erwiderte er auf die gleiche Art.

Ihr habt Euren Bruder, Euren Zwilling, getötet und mir so meinen Geliebten genommen. Nur, um Euch zu bereichern, denn Ihr wolltet ihm nicht geben, was ihm gebührte und was Ihr für Euch haben wolltet. Dafür seid Ihr mir Rechenschaft schuldig.

»Euch Rechenschaft schuldig?«, gab Telarion zurück. »Ich schulde Euch gar nichts. Geht und zieht Euch wieder in die Schatten des Todes zurück, wohin Ihr gehört.«

Eure anmaßende Art ist unerträglich. Wie kann man sich nur die Wahrheit so verbiegen, wie Ihr es tut? Als wüsstet nur Ihr, was rechtschaffen ist, schleuderte ihm die Welle entgegen.

»Rechtschaffenen Wesen wird nur eine Sicht dieser Dinge einleuchten«, gab Telarion zurück. »Tarind eignete sich durch Betrug, durch einen schändlichen Vatermord, Macht an, die ihm nicht zustand und die man ihm selbst nach dem Tod Dajaramas verweigern wollte. Dass er diese Macht mit weiteren Morden – zu denen er auch mich, seinen Zwilling, benutzte! –, mit Intrigen, Lügen und weiterem Betrug festigte, machte seinen Tod unausweichlich.«

Selbst jetzt seid Ihr in Eurem Stolz nicht in der Lage zuzugeben, wie sehr Ihr Euch am Leben versündigt habt! Ihre Stimme verriet, wie aufgewühlt Ireti war. *Ihr, ein Hei…*

»Ihr seid sicher nicht hier, um mir erneut vorzuspielen, wie sehr Ihr angeblich Euren Gemahl, meinen Bruder, geliebt haben wollt«, unterbrach Telarion sie kalt. »Ihr liebtet nicht ihn, sondern die Position, die er Euch verschaffte und die Euch, Eurem maßlosen Ehrgeiz entsprechend, über diejenigen stellte, die Euch als eine Landarias ein Leben lang verachteten. Ihr habt bekommen, was Ihr wolltet, doch ich, der Heiler und der Fürst meines Volks, kündige Euch hiermit an, dass erst ich Euch geben werde, was Ihr wahrhaftig verdient – und Ihr wisst, dass ich das tun werde. Dazu musstet Ihr nicht erst des Nachts als Geist vor mir erscheinen. Was also wollt Ihr wirklich hier?«

Genugtuung, schleuderte der Geist ihm entgegen. *Aus Euren Worten spricht die Überheblichkeit und Skrupellosigkeit und Zwiespältigkeit, zu der nur Ihr, der Heiler, der sich zum Kriegshandwerk bekehrte, im Stande seid. Dieser unerträgliche Hochmut wird es sein, der Euch zu Fall bringt, aber ich will Euch eine letzte Gelegenheit geben wiedergutzumachen, was Ihr angerichtet habt, als Ihr in Eurer Verblendung der Welt den König nahmt, der sie hätte befrieden können.*

Telarion lachte so kurz und hart auf, dass es eher wie ein Bellen klang. »Ich bin sicher, dass nichts, was ausgerechnet Ihr mir vorschlagen könntet, den Frieden dieser Welt fördern oder gar wiederherstellen würde! Geht und belästigt mich nicht länger – und auch die nicht, die an meiner Seite ist und unter meinem Schutz steht.«

Er wollte sich abwenden, doch plötzlich fuhr ein feuchter Nebel, schwer von Orcha-Blütenduft, durch ihn hindurch; er sorgte dafür, dass er sich dem Geist abrupt wieder zuwandte.

Ihr werdet mich anhören, Verräter! Es war schwer, Euch zu finden, und ich werde nicht gehen, bevor ich nicht gesagt habe, was gesagt werden muss.

Ich weiß, wozu Ihr hier seid, Ihr und dieses Schankmädchen, von dem die Weisen glauben, es könne das Siegel finden, weil es Euch liebt. Der Geist gab ein Lachen von sich, das leblos war und Telarion einen Schauder über den Rücken rinnen ließ. *Wie dem auch sei, ich weiß von Tarind und auch aus eigener Erfahrung, dass die*

Kraft, mit der der Goldmond Euch bedachte, in der Tat stärker ist als die jedes anderen Wesens auf der Welt. Es ist also möglich, dass Ihr, wie die Weisen es glauben, das Siegel der Welt mit dieser Dirne dort finden könnt.

»Was geht es Euch an?«, unterbrach Telarion sie. »Kommt zum Punkt.«

Überlasst das Siegel mir, wenn Ihr es gefunden habt! Das Heer Eures Bruders ist nur wenige Zehntage vom Vanionsee und Sirakand entfernt. Doch meine Leute sind schwach. Es wird ein langer Krieg in der Wüste, Ihr als Sohn der Yveth, die aus den Eisebenen stammte, werdet wissen, wie schwer es Elben fällt, im Süden, in der Wüste, zu kämpfen.

Verhindert ihn, verhindert den Tod so vieler, indem Ihr mir das Siegel überlasst, wenn Ihr es findet. Denn dazu seid Ihr hier. Macht nicht den gleichen Fehler wie einst Euer Vorfahre Telarat.

Telarion schwieg verblüfft. Dann erwiderte er grimmig: »Glaubt Ihr wirklich, Ihr könntet mich davon überzeugen, ausgerechnet Euch das Siegel zu überlassen? Euer Hunger nach Macht übertrifft Euren Verstand wahrhaftig noch um so viel mehr, als selbst ich es vermutet hätte. Verschwindet, bevor ich Euch mit Worten des Lebens das letzte bisschen Magie austreibe, das Ihr noch zu besitzen scheint – und Euch damit zum Tode verdamme.«

Der Geist schwieg eine Weile. Telarion ließ die Welle aus dunklem Licht nicht aus den Augen und gewann nach einiger Zeit den Eindruck, die Tiefe des Schattens ließe nach, der violette Rand werde zittriger und schwächer.

Er wusste von Sanara, wie viel Kraft es kostete, ein Seelenbild zu erschaffen und es über eine längere Strecke zu entsenden. Er konnte kaum glauben, was sie gesagt hatte – dass ihr Heer so weit im Süden der Welt stand, wie er im Norden war. Eine Reise von hier zum Kantargebirge würde auf dem Landweg sicher lange Zeit in Anspruch nehmen, vielleicht konnte man sie auf dem Sorinas, der hier in der Nähe entsprang, ein wenig abkürzen.

Ein weiter Weg für eine Seele, der man befohlen hatte, sich

vom Körper zu trennen. Es wunderte ihn nicht, dass das Seelenbild schon so bald nach den ersten Worten des Gesprächs mit seiner Schwägerin zu verblassen begann.

»Nun, seid Ihr noch nicht fort?«

Wie Ihr wünscht. Es wundert mich nicht, dass einer wie Ihr, dem Stolz über alles geht, den Ruhm, das Siegel gefunden und zerstört zu haben, für sich behalten will. Ihr wünscht Euch wohl, dass man dereinst Lieder über Euch singt und Worte zu Balladen formt, die Eure Heldentaten preisen. Doch ich werde verhindern, dass Euer Hochmut nicht nur Euch, sondern auch die Welt zu Fall bringt.

Telarion war des Gesprächs überdrüssig. Er hob die Hand und beschwor mit knappen Worten die Luft. Die Welle, die Flamme des Todes, musste verschwinden.

Feine Schriftzeichen formten sich auf dem Felsen hinter Telarion und auf den Wurzeln der umliegenden Qentarstämme.

Der Geist jammerte auf, als sich der Kreis um ihn schloss, doch Telarion achtete nicht darauf.

»Tut, was Ihr wollt, Dari. Ich werde zu verhindern wissen, dass eine wie Ihr der Welt schadet«, sagte er, schloss die Augen und schickte seinen Wind hin zu den Symbolen, damit ihnen Leben eingehaucht wurde.

Das Jammern des Schattens wurde zu einer lauten Wehklage, als die Zeichen aufglühten, dann verhallte der Laut sowohl in der magischen als auch in der geschaffenen Welt.

Telarion starrte die Dunkelheit an, in der der Geist der Königin verschwunden war. Sie war ihnen dichter auf den Fersen, als er oder Morotand vermutet hatten. Sie wusste, dass Sanara das Siegel finden würde.

Er stand vorsichtig auf, um Sanara nicht zu wecken, und verließ die Lagerstelle, um den zu suchen, der schneller als er reisen konnte.

Es würde dem Fürsten schwerfallen, Gomaran nicht mehr in seiner Nähe zu wissen. Aber es schien, als sei mehr zu bedenken, als nur das Siegel zu finden, wenn er der Welt helfen wollte.

Etwas Schützendes war neben ihr. Es gehörte zu ihr und war doch etwas Eigenes. Sie wollte es an sich ziehen, es deutlicher spüren, doch wie ein Luftzug ließ es sich nicht fassen. Als es sie dennoch an der Schulter fasste und sanft rüttelte, erwachte sie.

»Du musst aufstehen«, wisperte eine Stimme in ihr Ohr, dann war die Präsenz verschwunden.

Sie blinzelte den Schlaf aus den Augen und schlug die Decke zurück. Als sie die dicht verwobene Wolle berührte, griffen ihre Finger auf Eis. Raureif hatte sich in der Nacht darauf gelegt. Sie waren jetzt schon so weit oben im Gebirge, dass kaum noch Bäume wuchsen. Nur noch wenig Gesträuch und Gräser gab es zwischen den Felsen, weniger Kräuter, Knollen oder Beeren, die Sanara tagsüber sammeln konnte. Nachts wurde es kälter, die Luft dünner.

Ihrem Begleiter machte die Kälte nur wenig aus. Er trug sie in sich, wie Sanara wusste, denn der Hauch Wind in ihr war ebenfalls kalt und ließ sie die niedrigen Temperaturen leichter ertragen. Trotzdem war Telarion an diesem Morgen offenbar schon in der Dunkelheit aufgestanden, denn er hatte Feuerholz gesammelt, und nun waren die Flammen, die in der Nacht zu Glut heruntergebrannt waren, wieder aufgelodert. Ein kleiner Kessel hing bereits darüber, in dem man kleine Mengen Eintopf oder Tee kochen konnte. Gerade häufte er noch eine Handvoll Schnee hinein. Dampf kräuselte sich dicht darüber. Das Wasser kochte bereits.

Erst jetzt bemerkte Sanara, dass sie nicht in Raureif, sondern in Schnee gegriffen hatte.

Ihr Gefährte wandte sich nicht um, als sie herankam. Er schien keinen Gruß zu wünschen, und so respektierte sie den Abstand, den er damit herstellte. Das bereitete Sanara Kummer. Seit drei Tagen war Telarion zurückhaltender geworden, als es die ersten Tage ihrer Reise hatten vermuten lassen. Auch gestern hatte er sie noch bis zum Untergang der Roten Sonne vorangetrieben, eine Zeit, die in den Tagen davor ihnen beiden vorbehalten gewesen war.

Sanara seufzte unhörbar und kauerte sich am Feuer zusammen, dicht neben ihm, gerade, als er mit einigen unverständlichen Worten Kräuter ins Schneewasser warf. Der Kessel hing kurz über den Flammen, die in der dünnen Luft nicht hoch brannten, und so schmolz der Schnee schnell.

Ihr kam der Gedanke, dass sie gut darauf hätte verzichten können, das Siegel zu finden und die Welt zu retten, und ließ sich nicht verscheuchen.

Was ging sie der Frieden an, den die Welt brauchte! Sie war nur ein Geschöpf. Eines von vielen, und wie jedes Geschöpf suchte auch sie nach ihrem eigenen Glück. Sie wusste, in diesem Mann hatte sie es gefunden.

Die Welt dagegen und alles darin würde immer weiter existieren, ob sie nun dieses kleine Glück behielt oder nicht.

Zorn auf die Ys erfasste sie. Wie konnte ein Schöpfergeist, eine Kraft, der es gegeben war, eine Welt wie diese zu erschaffen, einfach hingehen und einem schwachen, fehlbaren Wesen wie ihr die Verantwortung für ein solch gewaltiges Unterfangen übertragen?

Doch die Wut fiel in sich zusammen und machte Stolz Platz. Stolz, dass sie es war, die ausgewählt worden war, an der Seite dieses Elbs zu erreichen, was vor ihr niemand geschafft hatte. Gleichzeitig wusste sie, dass vielleicht genau das der Grund war, warum gerade ihr Glück nicht von Dauer sein konnte.

Herber Duft breitete sich aus.

Sanara warf ihrem Gefährten einen Seitenblick zu. Er erwiderte ihn. Die Zärtlichkeit darin ließ nichts zu wünschen übrig, kurz streckte er auch die Hand aus, um ihre Wange zu berühren, doch entgegen aller Hoffnungen, die sie hegen mochte, lächelte er nur kurz und sah dann wieder in die Flammen.

Die Weiße Sonne war mittlerweile über den gegenüberliegenden Bergkamm gestiegen und färbte den Himmel blassblau und gelblich.

Sie schwiegen, bis der Kräutersud eine leicht grünliche Farbe angenommen hatte. Sanara hatte sich die Decke um die Schultern gezogen, nun freute sie sich auf das Frühstück, in das Telarion noch ein wenig von dem grob gemahlenen Getreide hineingab, das ihnen die Weisen als Proviant mitgegeben hatten. Es würde herb schmecken, doch vom Honig, den Sanara vor ein paar Tagen gesammelt hatte, war nichts mehr übrig. Aber es würde warm sein und sie stärken. Die Wanderung war anstrengend.

»Wie weit werden wir heute gehen?«, wollte Sanara wissen.

»Wir müssen die Höhle der Pilger erreichen. Dort ist Feuerholz, sagte Abt Morotand, es liegt dort für die wenigen Pilger, die das Heiligtum besuchen. Auch wenn der Seleriad nicht mehr auf dem Gebiet der Weisen liegt, versorgen sie diese Höhle doch regelmäßig. Wenn wir heute noch bis dorthin kommen, können wir morgen das Heiligtum erreichen.« Telarion wies zu einem Gipfel, östlich von ihnen. Er war schneebedeckt und schroff, nur wenige schwarze Flecken zeigten den Fels darunter.

Sanara war noch nie so weit oben im Gebirge gewesen. Zweifel überfielen sie, ob sie es überhaupt schaffen konnte. Sie besaß nicht die Kraft des Elbenfürsten vor ihr, doch sie vertraute darauf, dass er als Verweser eines Königreichs und Heermeister in der Lage war, ihre Stärke und ihr Können richtig einzuschätzen.

Er ließ ihr nicht viel Zeit zum Essen. Obwohl er sie vor dem Aufbruch und bevor er das Feuer mit Erde und Sand erstickte für einen langen Augenblick in die Arme zog, machte er sich ohne viele weitere Worte auf den Weg.

Sanara bedauerte es. Sie fragte sich, was den Umschwung in seinem Verhalten ausgelöst haben mochte. Aber sie verstand mittlerweile, dass es wohl daran lag, dass sie dem Heiligtum und damit ihrer Aufgabe stetig näher kamen. Sie beschloss, ihn nicht darauf anzusprechen. Sie wollte in seinen Augen nicht mehr das Kind sein, als das sie sich selbst immer wieder fühlte. Sie hatte den Satz: *Ich behandle Euch nur wie ein Kind, Shisani, wenn Ihr Euch wie eines benehmt!* nicht vergessen.

Telarion ging gleichmäßigen Schritts, doch so langsam, dass

sie ihm folgen konnte und ihn nie aus den Augen verlor. Er war ihr immer wenige Schritte voraus, blieb ihr aber so nah, dass er ihr aufhelfen konnte, wenn sie strauchelte, und sie sich zur Not festhalten konnte. Der Pfad war steiler geworden, und nun, da keine Wurzeln von größerem Strauchwerk oder Bäumen der Erde Halt gaben, wurde er gefährlicher. Dennoch gönnte Telarion Sanara keine Rast, und der Weg erwies sich als so schwer, dass der Himmel sich wieder dunkelrot färbte und die letzten Strahlen der Purpursonne nur noch die höchsten Gipfel der Umgebung anleuchteten, als er anhielt und auf einen dunklen Fleck wies, der sich an einer Felswand gegenüber verbarg.

»Wir müssen nur noch über die Brücke dort«, erklärte er. »Dann können wir rasten.«

Es war beinahe das Erste, was er an diesem Tag zu ihr sagte, doch Sanara lächelte kurz. Sie war entschlossen durchzuhalten. Er belohnte das Lächeln, indem er die Hand ausstreckte, sie an sich zog und sie küsste.

Die Nacht verlief schweigsam, doch diesmal versäumte Telarion es nicht, sie in die Arme zu ziehen. Er liebte sie, als sei er so in der Lage, ihr von seiner schier unerschöpflichen elbischen Kraft etwas abzugeben, und als sie das erwidern wollte, hinderte er sie daran. »Du wirst es brauchen«, murmelte er. »Du bist die, die diese Welt verlassen muss, um das Siegel zu suchen.«

Sanara ließ ihn gewähren. Sie würde alles nehmen, was von ihm und damit von Ys kam. Wer wusste schon, wie viel sie noch bekommen würde. Vielleicht würde Syth morgen oder noch in dieser Nacht alles zerstören.

Telarion weckte sie viel zu früh. Der Silbermond war noch nicht hinter den fernen Bergkämmen verschwunden, da hatte er bereits die Frühstückssuppe fertig.

»Iss«, sagte er. »Wir müssen aufbrechen.«

Sanara gehorchte.

Die Weiße Sonne fand die beiden Wanderer bereits dicht unter dem Gipfel, als sie aufging. Sie hatte sich bereits angekündigt, der

Himmel war blasser geworden, doch noch waren Sterne hinter einzelnen Wolkenfahnen zu sehen. Als die ersten hellen Sonnenstrahlen über den Gipfeln der Berge aufgingen, blieb Sanara unwillkürlich stehen und schloss geblendet die Augen. Sie waren so dicht unter dem höchsten Punkt des Seleriad, dass keine Felsen und auch keine Berge das Licht auffingen, und so fiel es Sanara direkt ins Gesicht.

Wind kam auf. Er war schneidend kalt, so als wehe Sanara ein Schleier aus Eiskristallen über die Wangen.

»Komm weiter.«

Telarions Stimme war sanft, und verwirrt kletterte Sanara weiter. Jetzt spürte sie unter den festen Stiefeln, die sie trug, dass der steinige Pfad steilen Stufen Platz gemacht hatte. Dann war es wieder so schattig, dass sie die Augen öffnete. Erneut blieb sie erstaunt stehen. Der Weg führte durch eine kleine Schlucht und war von Felswänden rechts und links eingeschlossen. Die Wände waren von dunklem Grau, Granit, das winzige moosgrüne und silbrig glitzernde Einschlüsse hatte. Sinan hatte ihr einst gesagt, dass es ein bestimmter Stein sei, mit dem man hauptsächlich die Ys ehrte. Er war dauerhaft, selten und wurde nur in den östlichen Zendarbergen gefunden, die dem Meer nah waren.

In den Stein eingelegt waren Felder aus einem anderen, rein weißen, beinahe durchsichtigen Material. Alabaster. Bilder von der Schöpfung der Welt waren auf dem polierten Stein zu sehen, leicht erhaben gearbeitet – die Erschaffung der Sterne, die Schöpfung des Himmels und der Meere, eine Geburt: die Entstehung von Vanar und Akusu, den Mondzwillingen.

Sanara blieb vor ihnen stehen und neigte kurz den Kopf, bevor sie weiterging.

Einen Schritt weiter schloss sie wiederum geblendet die Augen. Sie ging jedoch weiter die Stufen hinauf – bis sie plötzlich ins Leere trat.

Sie blinzelte. Und hielt den Atem an.

Sie kannte den Ort.

Sie war auf einer weiten Ebene angekommen, die den Gipfel des Seleriad bildete. Flach, gerade und glatt erstreckte sich das Heiligtum vor ihr, ein riesenhaftes, perfektes Rund von sicher dreißig oder vierzig Klaftern Durchmesser. Es war mit Kacheln aus silbrigem und weißem Glasfluss belegt, jede der Kacheln griff auf geschwungene Weise in die andere und schien sie zu ergänzen, und jedes einzelne Motiv schien nur mit einem anderen einen Sinn zu ergeben und perfekt zu sein. In der Mitte der wunderschön verschlungenen Muster stand das steinerne Abbild einer langhaarigen Frau in weitem Gewand. Jeder Zipfel, jeder Saum, jede Strähne schien in der Brise, die hörbar über die weite Fläche sang, zu flattern, und doch war deutlich, dass es aus rein weißem Marmor gebildet war. Vor ihr war ein kleiner Altar zu sehen, auf dem eine hohle Alabasterkugel lag, die in den gleichen Mustern, wie sie den Boden schmückten, durchbrochen war.

Umgeben war die Fläche von unzähligen Säulen, die vielleicht sechs Klafter oder mehr in die Höhe ragten. Sie standen nicht dicht an dicht, sondern ließen den Blick auf die Welt unter ihnen zu, auf die Sonnen darüber. Und erst jetzt sah Sanara, dass der Silbermond immer noch nicht ganz untergegangen war, obwohl die Strahlen der Weißen Sonne die Bodenkacheln bereits aufglänzen ließ.

Es war wie in der Vision, die sie zusammen mit dem Fürsten der Elben gehabt hatte.

Sonnen und Monde stehen gleichzeitig am Himmel, als stünde die Zeit still. Tief unter ihr liegt die Welt unter einer dichten Wolkendecke verborgen, die von den Sternen und der Weißen Morgensonne angestrahlt wird. Am Fuß der kannelierten Säulen strecken Nessablüten ihre roten Köpfe aus dem Schnee und wenden sich dem Sonnenlicht zu. Sie hat den Eindruck, als werde sie Zeugin des ersten Morgens, den die Schöpfergeister dieser Welt geschenkt haben.

Unwillkürlich trat Sanara einen Schritt zurück und griff, ohne sich umzuwenden, hinter sich, wo sie Telarion vermutete. Er nahm die Hand, sie sie ihm entgegenstreckte, und zog sie ein Stück weiter nach vorn, bevor er ehrfürchtig in die Knie ging und die Arme in einer Geste der Demut ausbreitete.

Sanaras Augen waren blind vor Tränen, doch sie folgte ihrem Geliebten und tat es ihm gleich.

Stille trat ein, doch keine unangenehme Stille. Sie war ermutigend, freudig, so als erwarte jemand, dass Sanara etwas täte, was selbstverständlich und doch wunderschön sei.

Ohne dass sie es wirklich beabsichtigte, begann Sanara mit geschlossenen Augen zu singen. Ein Lied ohne Worte.

Sie war sicher, die Tonfolge noch nie gehört zu haben, noch niemand hatte dieses Lied gesungen. Plötzlich wusste Sanara, es war so alt, dass es keine Worte hatte. Es war älter als der Dunkle Mond, älter als sein Zwilling, der die Worte erfunden hatte, es war eine Melodie, wie Ys sie gesungen haben mochte, als das erste Licht auf die Welt gefallen war: die Sterne, die Ys aus den Schalen des zerbrochenen Eis geschaffen hatte, in dem sie und ihr Geliebter Syth hausten, bevor die Welt entstanden war.

Sanara sang mit geschlossenen Augen, helle Funken von der Farbe der Sterne, nicht gold und nicht mehr ganz silbern und doch beides zugleich, tanzten um sie herum. Sie wirbelten um ihren Geliebten, der neben ihr kniete, um den Altar mit dem Abbild der Ys dahinter und um sie selbst herum.

Dann erklang helles Lachen. Ein Lachen, wie es diese silbrigen Sternenfunken von sich geben mochten, hätte man ihnen die Gabe des Sprechens und Singens verliehen.

Du bist gekommen, Geschöpf! Sei mir willkommen.

Ohne dass sie die Augen öffnete, wusste Sanara, dass sich die Funken zu einer Gestalt zusammengefügt hatten, die einem Seelenbild glich. Es hatte sich vor der Statue gebildet, so wie sich ein Seelenbild vor dem Körper bildete, zu dem diese Seele gehörte.

Die Frau, deren Alter unbestimmbar war, kam auf Sanara und Telarion zu.

In dir kam der Mittag zu mir, Geschöpf, der Abend und der Som-

mer des Jahres, in dem jedes Ding seine höchste Blüte hat. Du bist die Wärme, das Feuer, das allem innewohnt, und die Stärke der Erde, die Kraft, aus der Leere und den Nebeln, die alles verschlingen, Leben zu schaffen.

Und du brachtest den, den ich dir zur Seite gab. Ihn, der nach dem Winter der erste Frühlingstag ist, der dein Feuer zur Ruhe bringt und es doch schürt, der die Dinge ordnet und dessen lebendiger Atem dich belebt, wenn die Nebel der Leere dich zu ergreifen drohen.

»Wir danken dir für das Willkommen!«, erwiderte Sanara, ohne das Lied zu unterbrechen. »Dafür, dass du mir einen zur Seite stelltest, der mich ergänzt. Ich wusste es nicht, aber er ist mein Glück.«

Sanara wusste, dass Telarion neben ihr saß. Als sie nun ihren inneren Blick auf ihn richtete, schaute sie ihn, wie sie ihn noch nie wahrgenommen hatte: Sein Körper war hinter dem Seelenbild, das neben ihr kniete, nicht mehr zu sehen. Es leuchtete in einem wunderbaren Grüngold und schimmerte, als scheine die Weiße Sonne durch das junge Laub von Bugantibäumen. In dieser Gestalt, die wie der Fürst selbst kurze Haare hatte und die schlichte Kleidung des Reisenden ohne eine *jora* oder einen Mantel trug, wallte ein Yondarbaum mit weiter Krone, dessen Stamm, Geäst und Laub aus runden, bauschigen Wolken bestand und dessen ständig neu aufbrechende Triebe von einem satten Farangelb waren.

Das Zeichen seiner Magie.

Ys lächelte und ergriff wieder das Wort. *Ihr seid gekommen, um das Siegel zu holen. Das Siegel der Welt, das den Syth in der Leere hält, in die er ging.* Sie wurde ernst. *Der Zorn über all den Tod, den mein Geliebter auslöste, ließ mich vergessen, dass Veränderung gut und notwendig ist, wenn sie die Dinge bereichert. So ist es bei euch. Das, was in euch fremd ist, hat euer ursprüngliches Wesen unwiederbringlich vernichtet. Doch es hat euch erneuert und ist nun Euer Glück.*

Und so seid ihr nun mehr als zuvor.

Sie nahm Sanaras Hand. *Komm, mein Geschöpf. Das Siegel. Ich werde es dir geben. Es liegt halb in den Nebeln, halb in der geschaffenen Welt. Nur du kannst es bergen.*

Vorsichtig richtete sich Sanara auf. Als sie den Kopf hob, sah sie, dass die Säulen und das Bodenrund des Heiligtums von silbrig-rauchigen Nebelschwaden durchzogen waren, die dichter und dichter wurden, als würden Tempel und Berggipfel von Wolken eingehüllt.

Folge mir, mein Geschöpf.

Sie sah nicht hin, doch sie spürte, dass Telarion bei ihr war. Sie hörte die Worte des Lebens im Ohr und ging doch von ihm fort. Und fragte sich unwillkürlich, ob er sich noch auf der gleichen Wirklichkeitsebene befand wie sie.

Sie wandte sich um. Ein Wolkenfetzen fuhr vor sein Bild und ließ es beinahe unsichtbar werden. Und doch spürte sie seine Präsenz. Er sah zu. Sanara zögerte.

Folge mir, mein Geschöpf. Er, der von meinem älteren Zwillingssohn die Gabe des Lebens geschenkt bekam, hat seine Seele mit dir geteilt. Nun können dir die Nebel nicht mehr schaden, denn du, die Herrin der Nebel, trägst das Leben in dir. Doch dem Herrn des Lebens selbst ist es nicht erlaubt, in die Nebel zu gehen.

»Ich will ihn nicht verlieren«, sagte Sanara leise. »Ich könnte es nicht ertragen, je wieder ohne ihn zu sein.«

Zum ersten Mal richtete Sanara ihren Blick direkt auf die silbrige Gestalt vor ihr. Diese erwiderte den Blick freundlich, wenn auch ernst, doch eine Antwort darauf gab sie nicht.

Sanara lauschte in sich hinein und fand die Antwort dort.

Wieder lächelte Ys, als wisse sie, was in Sanara vorging. Dann wurde auch ihre Gestalt von brodelndem Nebeln beinahe verdeckt, so dicht, dass sie fast sofort die Töne schluckten, die Sanaras Lippen immer noch verließen. Erst ließen diese wirbelnden Nebel in Sanara Furcht aufkommen. Eine Furcht, wie Elben sie meist den Menschen vermittelten und die tief im Herzen saß, wo der Verstand nicht an sie heranreichte und man kaum gegen sie kämpfen konnte, ohne sich selbst zu verleugnen.

Ein Wind, den Sanara nicht fühlte, trieb die Fetzen des Nebels so heftig hin und her, dass sie ab und zu einen Blick auf das, was dahinter lag, werfen konnte.

Kaum hatte sie es getan, wünschte sie, es wäre nie passiert. Hinter den Nebeln, die nicht nur grau, sondern hier und da auch gelben, roten, blauen Schatten glichen, war Leere. Ein Nichts, bodenlos, ohne Ende, ohne Begrenzung. Es war, als stünde Sanara in der Unendlichkeit des Himmels, wo es nur weit entfernte Sterne gab, Wirbel aus Stoffen, aus denen noch kein Wesen, kein Ding geformt war, keine Welt, keine Luft, keine Elemente.

Da war nur grenzenlose Leere.

Dann war da wieder Nebel, Dunst, so dicht, dass sie kaum etwas sehen konnte, bis ihre Augen einen silbrigen Schemen erkannte, der nun die Hand hob.

Als die Brise die Nebel wieder vertrieb, stand Ys wieder vor ihr. Doch nun hielt sie eine Kugel in der Hand. Es war die Kugel, die auf dem Altar vor ihrem Standbild gelegen hatte. Erst jetzt erkannte Sanara, dass sie kaum so groß wie Telarions Faust war. Sie lag auf Ys' rechter Handfläche, und die linke lag darauf.

Mit einem Laut, den Sanara weder als gesungen noch als gesprochen erkennen konnte, hielt sie Sanara die Kugel hin. Diese nahm sie unwillkürlich auf die gleiche Weise, nur hielt sie die Hände links und rechts von der Kugel, und antwortete dem Schöpfergeist der Harmonie. Das Rund des Balls fühlte sich glatt und eben an, handwarm, nicht kalt, wie erwartet.

Ys – es war doch Ys? – beschrieb mit den Händen einen Kreis um Sanaras Hände und die Kugel, als wolle sie einen magischen Schutz um Sanara herumweben. Dann war die Kugel plötzlich verschwunden, und Sanara sah wieder mit den Augen ihres Körpers. Ihr Seelenbild stand vor ihr, mit leeren Händen, doch in der Flamme ihrer Magie, die stetig und ruhig brannte, drehte sich nun langsam die Alabasterkugel.

Das Siegel war Teil ihres Seelenbilds geworden.

Das Siegel gehört nun dir, Seelenherrin, sagte Ys.

»Es gehört mir?«, fragte Sanara verwirrt. »Es ist in mir. Sollte ich es nicht zerstören?«

Ys lachte leise. Wieder fühlte Sanara sich an das Lachen von Sternen erinnert.

Das Siegel ist in der geschaffenen Welt sichtbar. Du hast es gesehen. Und doch existiert es auch in den Nebeln der Jenseitigen Leere.

»Wie kann das sein?«, wollte Sanara wissen.

Nichts, was ich erschaffe, ist nur in der wirklichen Welt oder nur in den Nebeln. Das ist eine Trennung, die mein Geliebter und ich etablierten, als wir die Herrschaft über die Welt an unsere Söhne abgaben. Diese wollten sich die Welt aufteilen. Dabei wollten sie gerecht sein, und so wurden Tod und Leben getrennt, auf dass jeder der Mondzwillinge einen Anteil an diesem Mysterium des Seins erhielte.

Doch was ich schaffe, existiert immer in beiden Welten, sowohl im Tod als auch im Leben. Es ist dasselbe. Du kannst es nehmen. Du bist der Tod, aber du trägst auch das Leben in dir.

Sanara nickte langsam. »Ihr habt es mir und dem Geliebten meiner Seele schon gesagt«, murmelte sie. »Damals, als Ihr ihn und mich zu Euch rieft. ›Du kannst es nicht allein, Sohn des Vanar. Sie kann es nicht allein. Das Siegel ist sowohl in der Leere, in der Syth lebt, als auch hier in dieser Welt. Kein Herr des Lebens könnte es ohne einen finden, der den Nebeln befiehlt. Kein Seelenherr könnte es bergen, ohne dass sein Geist ans Leben gebunden würde. Ich habe euch gewählt. Nur ihr werdet das vollbringen können, doch einer nicht ohne den anderen.‹«

Ys nickte. *So ist es.*

»Dann kann es nicht zerstört werden?«, fragte Sanara.

Ich schuf das Siegel aus den Elementen der Erde, der Luft, des Wassers und des Feuers, denen ich Form verlieh wie einst der Welt selbst, um Syth an seinem Tun und Wesen zu hindern. Doch ich kann nichts ohne ihn schaffen, und so musste er es segnen, um es wirksam werden zu lassen. Er tat es, da er den Kummer nicht ertrug, den sein Tun und Wesen mir zufügten, indem er die Welt verließ und in die Leere ging.

Nun habe ich es freigegeben. Doch wiederum muss er diese Gabe segnen. Reise in den Süden der Welt. Nur in der Wohnstatt meines Geliebten konnte das Siegel seinen Sinn erfüllen, und nur dort kann es nun zerstört werden.

»Ich verstehe«, murmelte Sanara. »Ich muss es ihm bringen, denn er ist gebunden. – Es ist ein weiter Weg in den Süden der Welt«, sagte sie dann. »Aber ich werde tun, was Ihr verlangt, damit die Welt ihren Frieden wiedererlangt!«

Sei gesegnet, Geschöpf.

Ys beugte sich vor. Ein kühler, aber erfrischender Hauch traf Sanara auf die Stirn. Trost und Friede breiteten sich in ihr aus, der Schatten einer Ruhe, wie ein Kind sie empfinden mochte, wenn die Mutter es zu Bett brachte. Sie schloss die Augen und spürte dem Gefühl nach, das ihr Kraft und Mut zu geben schien.

Dann spürte sie erneut ihren Körper. Neuer Mut und Zuversicht flossen in sie, als erhielte sie neues Blut, das sie bis in die Fingerspitzen hinein erfüllte.

Einen Augenblick später waren die Nebel verschwunden, das Lied, das in Sanara erklungen war, fort. Als sie die Augen öffnete, sah sie im Licht beider Sonnen einen letzen silbrig-goldenen Funken wie einen Gruß um das Haupt der Statue schweben.

Die Kugel auf dem Altar war fort.

Als Sanara erneut auf das Haupt der Statue blickte, war dahinter nur die Weiße Sonne zu sehen.

Der Abstieg ins Tal ging schneller vonstatten, auch wenn er kaum weniger anstrengend war als der Aufstieg. Während die Weiße Sonne im Untergehen begriffen war, passierten sie die kleine Höhle, in der sie die letzte Nacht verbracht hatten, doch sie hielten nicht an. Schon bald spürte Sanara die Abwärtsbewegung in den Beinen so stark, dass sie fürchtete, selbst Telarions Kräuter würden an diesem Abend den Schmerz in den Waden nicht sonderlich lindern können.

In den folgenden Tagen kamen sie nur langsam voran. Doch der Pfad wurde bequemer, sobald sie die Brücke erreicht hatten, die den Oberlauf des Sorinas überspannte. Auch wenn er bergig und steinig war, die Weisen und auch die Elben von Larondar hatten ihn ausgebaut. Es war gefährlich, dessen war Sanara sich bewusst, doch es ging nicht anders. Telarion hatten die Magien der Nebel, die er hatte stützen müssen, erschöpft. Er sammelte nur langsam wieder Kraft. Zwar war er immer noch stärker und ausdauernder als sie, doch sie bemerkte seine Schwäche trotzdem. Er ermüdete schneller, und seine Ruhe war nicht so entspannt, wie es sonst der Fall war.

Es war beinahe ein Zehntag vergangen, als Sanara wieder vor dem Untergehen der Weißen Sonne begann, ein Quartier für die Nacht zu suchen. Und bald fand sie einige vom letzten Sturm umgewehte Stämme auf der Heide, die sich zwischen Felsen verkeilt hatten. Nach mehreren Seiten hin war der Platz offen, sodass sie herannahende Feinde bemerken, aber auch schnell fliehen konnten, und ein Feuer dennoch nicht sofort zu sehen sein würde.

Sanara war müde, dennoch entzündete sie auf magische Weise das Feuer. Sie hatte das bisher vermieden, doch die Magie, die Ys auf dem Gipfel gewirkt hatte, war durch Sanara selbst gewirkt worden, und so wusste sie, dass sie Kraft brauchte. Ein normales Feuer würde ihr nicht reichen.

Sie sah zu ihrem Reisegefährten hinüber.

Und erschrak.

Erst jetzt, da sie im Licht ihres magischen Feuers genauer hinsah, erkannte sie, dass seine elbische Kraft nicht unerschöpflich war. Reue packte sie, als sie daran dachte, dass er ihr am Abend zuvor noch von seiner Magie abgegeben hatte. Als er ihr bedeutete, dass er die Wache übernehme, wehrte sie ab.

»Ich werde das tun«, sagte sie und legte ihm die Hand auf die graue Wange. »Ihr seid erschöpft, Daron Elb, seht es ein«, fügte sie hinzu.

Sein Gesicht war kälter als sonst und wies doch rote Flecken auf. Das Gold in seinen Pupillen schien dunkel geworden zu sein. Sanara wusste mittlerweile, dass dies bei Elben ein Zeichen der Erschöpfung war. Sie schloss die Augen. Als Telarion sich sanft wehren wollte, nahm sie sein Gesicht in beide Hände und sprach die Worte, die er sie selbst gelehrt hatte.

Es war ein seltsames Gefühl, als ein wenig ihres inneren Feuers der Macht der Worte folgte und in den Fürsten sprang. Für einen Augenblick überkam Sanara die Angst. Ihr Feuer war in Form einer Flamme gehorsam ihrem Befehl gefolgt und an das Wurzelwerk des Wolkenbaums gesprungen.

Telarion war so müde, dass er aufstöhnte, als das passierte.

»Mein Wesen besteht aus Kälte«, murmelte er dann. »Doch ich gestehe, dass mich erschöpft hat, was dort auf dem Gipfel geschah. … Was habe ich gesehen?«, wollte er wissen und sah sie an. »Waren das die Nebel?«

In seinem Blick lag Verständnislosigkeit.

Sanara erwiderte den Blick zunächst, ohne zu antworten. Ihr wurde auf einmal bewusst, dass sie mit den Ereignissen im Heiligtum die Rollen getauscht hatten. Nun war sie es, die ihn über die magische Welt belehrte. Und er war der Schüler, denn ihr wurde klar, dass er nicht nur die Nebel gesehen hatte. Er hatte die Jenseitige Welt mit und durch ihre Augen gesehen. Nun war ihm angesichts der Leere das wahre Gesicht des Todes offenbar geworden.

Und ein Wesen, das, wie er, mit dem Leben verbunden war, ertrug das nur schwer.

»Ich werde nach den Worten suchen, die dir, Herr des Lebens, erklären können, was geschah«, sagte sie sanft. »Aber jetzt schlaft, Daron Elb.«

Er lächelte schwach, protestierte aber nicht weiter.

Sanara bettete seinen Kopf auf ihren Schoß und vergrub die Finger in seinem kurzen Haar. Doch das spürte er schon nicht mehr. Seine regelmäßigen Atemzüge verrieten ihr, dass er bereits schlief; das kannte sie von sich selbst. Die Nebel erforderten Kraft, besonders bei den ersten Malen, die man sie besuchte. Sie beschloss, ihn bis zum Aufgang der Roten Sonne schlafen zu lassen.

Sie sah hinaus in die Nacht. Das Heidepolster unter ihr war weich, die Äste des toten Baums über ihr erlaubten einen Blick zu den Sternen. Nichts störte die Stille, das magische Feuer brannte lautlos und hinterließ keinen Geruch.

Sanara dachte wieder über die Worte der Ys nach und das Siegel, das sie nun auf geheimnisvolle Weise in sich trug, als sie glaubte, ein Astknacken zu hören. Rasch löschte sie das Feuer und lauschte in die plötzliche Dunkelheit.

Beinahe lautlose Schritte waren zu hören. Sicher zwei, vielleicht mehr, und so wenig Geräusch sie machten, waren es mit Sicherheit Schritte elbischen Ursprungs. Sie bettete Telarion auf das Moos unter sich, dann zog sie vorsichtig ihren Umhang und seine Decke über ihn, sodass er nicht zu sehen war. Anschließend kletterte sie so leise sie konnte über den Felsen auf den Stamm, der über dem Rastplatz lag.

Von hier hatte sie einen besseren Überblick. Sie starrte in die Dunkelheit und konnte nur wenig erkennen. Kurz überlegte sie, dann schloss sie die Augen und wechselte auf die andere Ebene. Es war anstrengend, nach der langen Wanderung und dem Erlebten an diesem Morgen, aber es lohnte sich: Drei Wesen, der Gestalt nach Kinder der Monde, näherten sich dem Lagerplatz. Sie waren schon dicht an ihrem Versteck und von gemischten Farben. Es waren Halbelben, wahrscheinlich Larondar-Elben; zwei näherten sich von Osten, der andere, dessen gelbes Seelenbild von blauen Wellen durchzogen war, von Norden.

Sanara schloss die Augen und kehrte in die Wirklichkeit zurück. Die drei waren bereits sehr nah, einer der beiden, die von

Osten kamen und dessen rotes Seelenbild einen grünen Kern besaß, war nun beinahe unter ihr. Einen Schritt noch …

Sanara sprang und bemerkte mit Genugtuung, dass sie die Bewegungen des Halbelben richtig eingeschätzt hatte. Sie landete auf seinem Rücken, schief zwar, aber doch so, dass ein rascher Schnitt seine Kehle durchtrennte. Gurgelnd ging er unter ihrem Gewicht in die Knie, als sich auch schon der andere auf sie stürzte. Sanara rollte zur Seite, sodass sie auf dem Rücken lag, als der Landarias-Elb über sie kam. Im letzten Moment konnte sie den Kopf wegreißen, sodass das *wakun*, das er führte, sich tief in den Heideboden grub. So schnell sie konnte rollte sie sich über den verblutenden Elb hinweg und zückte erneut das Messer, als der Elb wieder auf sie zukam.

Sanara wusste, seiner Stärke würde sie nichts entgegensetzen können. Sie schloss die Augen und griff in sich, dann schleuderte sie ihm einen Feuerstrahl entgegen. Der Mann, dessen Seelenbild nicht auf Feuer schließen ließ, schrie auf, als das rötliche Wasser seines Wesens zischend verdampfte. In der realen Welt sah Sanara im fahlen Mondlicht, wie sich auf seinem Gesicht glühende Brandwunden bildeten. Der Mann ging in die Knie.

Sanara ließ sich keine Zeit, darüber zu staunen, dass sie gerade zwei Elben besiegt hatte – wenn auch Halbelben. Keuchen und unterdrückte Rufe lenkten ihre Aufmerksamkeit nun zu der Stelle, an der sie Telarion schlafend zurückgelassen hatte.

Er war erwacht – wahrscheinlich, als sie dem ersten der Kämpfer die Kehle durchgeschnitten hatte –, und die Geräusche verrieten, dass er sich nach Kräften wehrte. Hastig richtete Sanara sich auf. Sie würde dem ehemaligen Heermeister der Elben auf so engem Raum nicht helfen können. Zudem konnte sie kaum etwas sehen, ohne dass sie ihren Geist den einen halben Schritt auf die Jenseitigen Ebenen schickte, ein Akt, der Kraft und wahrscheinlich wertvolle Sekunden kosten würde. Sie warf noch einen Blick auf die beiden Elben, die vor ihr lagen, beide schienen sich nicht mehr zu rühren.

Ohne nachzudenken, stieß sie beiden noch einmal das Messer dorthin, wo sie ihre Herzen vermutete, um sich dann wieder den Kämpfenden zuzuwenden.

»Ihr seid wahrlich die größte Verräterin, die unser Volk je kannte!«, hörte sie eine gepresste Stimme. Wahrscheinlich die des Angreifers.

Sanara schloss die Augen und griff tief in sich hinein. Sie wusste, der Elb dort war ein Feuermagier, auch wenn das Gelb seiner Kraft von Wellen durchzogen war, die zeigten, dass er auch Macht über das Wasser besaß. Magisches Feuer, das ihn treffen sollte, würde stark und rein sein müssen.

Sie hatte es kaum in der Hand, als auch schon ein Flammenstrom auf sie selbst zuraste.

»Nein, Dunkelhexe! Meine Gefährten könnt Ihr mit dieser Kraft vielleicht verletzen, mich aber nicht!«, hörte sie noch, dann traf das glühende Feuer sie selbst. Es schleuderte sie zurück und schmerzte, als würde sich siedendes Öl über sie ergießen. Sanara wusste, dass es sie nicht dauerhaft verletzen würde. Aber selbst das wäre ihr egal gewesen, denn nun fiel es ihr schwerer, erneut Magie zu sammeln, um diesen Mann anzugreifen. Es war, als erstickte das fremde Feuer ihr eigenes.

Ein Schrei ertönte. Eine kalte Hand griff nach Sanaras Herz. Es war Telarion. Einer der beiden kämpfenden Schemen taumelte und griff sich an die Seite. Sanara rappelte sich auf und stürzte nun, das eigene *wakun* gezückt, auf den Schatten zu, der noch stand. Er beugte sich über Telarion, der auf den Rücken gefallen war und beide Hände auf den linken Unterbauch presste, und Sanara erkannte, dass auch er eine Klinge hielt, bereit zuzustoßen.

Ihr Geliebter hatte kaum noch Kraft, sie hörte das abgehackte Keuchen, das von Schmerz und Schwäche zeugte.

Sanara war einen Schritt von dem Angreifer, dem Mörder entfernt, als dieser aufstöhnte und schwankte, dann an der Hüfte einknickte, als habe ihm jemand ein *daikon* in den Bauch gejagt. Verwirrt hielt sie inne. Telarion? Doch dieser lag, soweit sie sehen konnte, immer noch zusammengekrümmt auf der Heide. Er hatte kein Schwert mehr führen können.

Dann überfiel sie der Schrecken. Schatten, die sich so schnell bewegten, dass sie sie kaum zu sehen vermochte, huschten an ihr vorbei. Es war kalt geworden, so kalt, dass Sanara ihren eigenen Atem sah. Zum ersten Mal während des Kampfes drohte die Verzweiflung sie zu übermannen.

Hastig ging Sanara in die Knie. Das Feuerholz, das ihr magisches Feuer gespeist und das sie vor dem Angriff gelöscht hatte, war direkt neben ihr. Einige Töne entzündeten es. Im blassen Licht der kleinen Flamme sah Sanara genauer, was geschehen war.

Telarion lag in der Tat schwer atmend am Felsen, an dem sie selbst gelehnt hatte, vor ihm der Elb, der auch Gewalt über das Feuer gehabt hatte. Der Soldat darüber hatte ihm sein *daikon* in die Brust gestoßen und riss es nun mit einer brutalen Drehung wieder heraus, die den Elb so verletzt hatte, dass seine Seele den zerstörten Körper mit einem Stöhnen verließ, das von Grauen sprach und Sanara einen kalten Schauer über den Rücken laufen ließ. Drei weitere Elben standen um sie herum, einer kam jetzt direkt auf sie zu, während die anderen zwei im Hintergrund blieben. Hinter sich hörte Sanara einen Zweig knacken, vielleicht waren dort noch mehr.

Die Stille, die auf einmal herrschte, war absolut.

Erst einige Herzschläge später begann Sanara wieder zu atmen. Sie stürzte auf den Elb zu, der nach wie vor reglos über Telarion und der Leiche des Larondar-Elben stand.

»Nein!« Telarions Ruf war überraschend kraftvoll, doch er erreichte Sanara zu spät. Ihr Schwung trug sie mit gezücktem Messer weiter auf den Elben zu, der ihren Waffenarm mit elbischer Kraft und Geschwindigkeit packte, die bewiesen, dass er reinblütig und darüber hinaus ein geschickter Kämpfer war.

Sanara schrie auf, als der Knochen ihres Unterarms in seinem erbarmungslosen Griff zersplitterte. Sie ließ das Messer fallen und ging in die Knie, doch zu ihrer Überraschung wurde sie von dem Angreifer aufgefangen und an den Stein gepresst, der dem Findling, an dem Telarion lehnte, gegenüberstand. Dann beugte er sich vor, und sein erstickender Schatten senkte sich über sie.

Kapitel 9

»Telarat, der Sieger der Faringar-Schlacht, weinte, als er die vielen Toten auf dem Schlachtfeld sah. Zu viele seines eigenen Volkes lagen hier, doch noch mehr Menschen – und als Heiler kannte er die Aufgabe, die Vanar ihm mit der Gabe des Lebens geschenkt hatte, besser als jeder andere seines Volkes. Als Herr des Lebens trug er Verantwortung für alle Wesen, auch – und besonders – für die Geschöpfe des Jüngeren Mondes.
Denn auch dazu hatte der Goldmond seinen Kindern die Gabe verliehen, Leben zu schenken – und es zu hüten. Telarat war als König der Elben diese Gabe in besonders reichem Maße geschenkt und hier, angesichts des unermesslichen Leids und der unzähligen Toten, wusste er, dass nichts sein Tun, als Heerführer in diese Schlacht zu gehen, je wieder würde gutmachen können.«

Von den Kriegen zwischen Elben und Menschen
Vierte Rolle der Schriften des Klosters der Weisen Zwölf

Als Sinan das Bündel mit seinen wenigen Habseligkeiten zuschnürte, musste er sich nicht umdrehen, um sich des traurigen Gesichtsausdrucks Rangis gewiss zu sein. Niavashs Lehrling, dem er während des letzten Mondumlaufs die alten Gesänge der Schmiede beigebracht hatte, schien den Abschied des Fremden, der ihm zum Freund geworden war, noch mehr zu bedauern als sein eigentlicher Lehrherr.

»Musst du wirklich gehen?«

Sinan hielt inne. Das Bündel barg nur wenige Gegenstände und bestand hauptsächlich aus Proviant, einem Becher und einem Essbesteck. Auch eine aus dünnem Stein gefertigte Dose für Heilkräuter war dabei, die ihm Lahita geschenkt hatte. Sie hatte einen der

Steinmetze, den Mann einer Freundin, gebeten, sie herzustellen, und wieder strichen Sinans Finger versonnen über die feine Arbeit. Bilder von Kristallen, den Sternen und auch einer Sonnenechse befanden sich darauf; Zeichen, die man im Allgemeinen mit dem Reich Guzar verband. Dass sie auch zum Wappen des Hauses Amadian und damit zu ihm gehörten, empfand Sinan als angemessen. Lahita war eine einfache Frau aus dem Volk. Sicher war ihr nicht bewusst, welche Bedeutung diese Symbole für ihn hatten, doch das machte ihm die Dose nur umso kostbarer. Er nahm sich vor, dass er dieses Geschenk ebenso in Ehren halten würde wie den Sickenhammer, den der Älteste des Abendtempels ihm zur Weihe geschenkt hatte und den er immer an seinem Gürtel trug.

Kurz tastete er nach dem Hammer, dann wandte er sich zu Rangi um. »Ja, das muss ich. Ich kann nicht bleiben. Ich habe eine Aufgabe, von der ich noch nicht weiß, wie ich sie lösen soll. Das werde ich nur im Tempel der Tiefe erfahren.«

Rangi sah ihn mit einer Mischung aus Ehrfurcht und Bewunderung an. »Eine Aufgabe. Im Namen der Schöpfergeister! Das klingt nach großen Heldentaten! Ich wünschte, ich hätte auch den Mut, loszugehen und für die Freiheit unserer Brüder im Norden zu kämpfen.«

Sinan schüttelte den Kopf. »Wünsche dir das nicht. Manchmal ist es mutiger, in der Heimat zu bleiben und für das Wohlergehen derer zu kämpfen, die einem nahestehen.«

»Sinan hat recht«, ließ sich Lahita aus der Tür der Werkstatt vernehmen. Sie bereitete gerade das Abendbrot zu. »Sagtest du nicht erst gestern, du wollest die Tochter vom Schmied am Ende der Straße beeindrucken? Glaube mir, sie findet einen Mann, der für seine Familie lebt, sicher anziehender als einen Helden, der morgen schon wieder fort ist und mit großer Wahrscheinlichkeit einen grausamen Tod sterben wird.«

Rangi schnitt eine Grimasse.

Sinan musste lachen, doch er wurde schnell wieder ernst. »Ich werde euch vermissen.«

»Wir dich auch«, sagte Lahita. »Was du Rangi und Niavash beibrachtest, kannst du nicht ermessen.«

Verlegen wandte Sinan sich ab. »Ich danke dir noch einmal für die Dose«, sagte er dann. »Sie bedeutet mir viel.«

Lahita nickte. »Es war das Mindeste, was ich dafür geben konnte, dass du meine Schalen und Mörser gesegnet hast.« Sie warf einen Blick auf das Bündel und auf Sinans Tracht.

Er hatte außer dem *jibahan*, den Lahita sorgfältig geflickt hatte, noch einen leuchtend orangefarbenen *darstar* um den Kopf gewunden. Die Blässe seiner Haut war in den letzten Zehntagen einer gesunden Bräune gewichen, sodass er nun, da die blonden Haare unter dem Tuch versteckt waren, wie ein Händler aus dem südlichen Guzar aussah.

»Du bist reisefertig. Doch ich glaube, du solltest noch warten, bis Niavash wiederkommt.«

Sinan nickte. »Das wollte ich in jedem Fall.« Er sah die Gasse hinab, die wie jeden Tag mit Leben erfüllt war. Schmiede gingen ihrer Arbeit nach, Frauen schwatzten auf dem Weg zum Brunnen oder zum Markt miteinander, dazwischen feilschten Händler und rannten spielende Kinder umher. Der Frieden, den dieses Bild ausströmte, rief in Sinan einerseits Freude hervor. Andererseits spürte er aber auch Bedauern, dass er nicht bleiben konnte.

Doch er wusste, dass er das Schwert würde fertigstellen müssen. Es musste dem Heiler in die Hände gegeben werden.

Er hatte lange über die Vision – die Shisani Varashti hatte es für die Nachricht des Schöpfergeistes der Veränderung gehalten – nachgedacht, die ihm in der kleinen Bibliothek des Syth-Tempels gekommen war.

Hilf deiner Schwester. Sie, die Seelenherrin, braucht dich.

Das hatte er während seines Aufenthaltes in den Jenseitigen Nebeln gehört, und Sinan war sicher, dass es der Geist seines Vaters gewesen war, der ihm das kundgetan hatte. Es war nicht das erste Mal gewesen, dass er an seinen Vater erinnert wurde. Im Tempel des Westens hatte es Shisans gegeben, die offen behaupteten, Siwanon hüte das Siegel der Welt. Selbst Ronan, der Flötenspieler, den er auf dem Heerzug von Kharisar nach Bandothi kennengelernt hatte, war davon überzeugt gewesen, dass nur ein Seelenherr, einer, der den Nebeln befahl, in der Lage war, es zu finden. Er hielt Sinans Schwester Sanara für diejenige, die das vollbringen konnte.

Die Legende berichtete, es befinde sich halb in den Nebeln der Jenseitigen Leere, halb in dieser Welt. War es so, dann konnte wirklich nur ein Seelenherr es erreichen, und dann war Sanara stark genug, es zu finden.

Soviel Hoffnung Sinan mit dieser Vorstellung verbunden hatte – er hatte sie in dem Moment aufgegeben, als er erkannte, dass Sanara sich mit dem Bruder des Mannes verbunden hatte, der Siwanon getötet hatte. Sie war verloren, das, was sie hätte erreichen können, war verloren.

Doch ausgerechnet hier im Süden, dem Land des Syth, des Schöpfergeistes, den er, Sinan, immer verachtet hatte, hatten die Erfahrungen ihn gelehrt, dass es möglicherweise genau umgekehrt war. Vielleicht war seine Schwester nicht schwach gewesen. Vielleicht hatte sie getan, was er immer gehofft hatte, nur auf andere Weise. Und nun war es an ihm, sie im Namen seines Volkes zu unterstützen. Vielleicht war richtig, was der Händler Gajibian in seiner raffinierten Schläue, die den Händlern und Piraten von Undori zu eigen war, vor Sinan erkannt hatte: Vielleicht war es Schicksal. Vielleicht war es das Beste, was den Menschen hatte passieren können, dass eine Amadian gerade mit diesem Elbenfürsten die Seele geteilt hatte.

Sinan erinnerte sich daran, wie oft Telarion Norandar wider sein »besseres« Wissen und entgegen seinen eigenen Vorurteilen gehandelt hatte. Er hatte Tarind immer wieder in seiner Grausamkeit gebremst, hatte seine Soldaten bis zur eigenen Erschöpfung geheilt, wenn es nötig war, ohne sich selbst zu schonen. Hatte ein gequältes Menschenkind vor dem gesamten Hof und entgegen den Willen derer, die zu seinem eigenen Volk gehörten, vom Eis gelöst und seine Mutter und Schwester aus den Händen der Wachen befreit. So benahm sich einer, der das Leben achtete und den Tod hasste.

Er erinnerte sich auch an das Entsetzen in den Augen des Fürsten, als Sinan ihm gesagt hatte, dass Sanara nicht bei ihm sei. Es war nicht das Entsetzen gewesen, das einer empfand, der eine Waffe verloren hatte, sondern Einsamkeit, übergroße Enttäuschung, als habe er etwas existenziell Wichtiges verloren.

Gajibian hatte gesagt, dass der Fürst von Norad nicht mehr Heermeister sei. Und doch stand das Elbenheer schon vor dem Kantar-Gebirge, an dessen Rand Farokant lag. Ein anderer Teil war auf dem Weg zur Hauptstadt Solifes, um den Zaranthen dort zu besiegen. Sinan musste sich eingestehen, dass Telarion Norandar vielleicht entgegen seinen früheren Vorstellungen doch nicht die Kraft gewesen war, die diesen Krieg begonnen hatte. Es sah ganz so aus, als seien das andere. Die Witwe Tarinds. Und ihr Halbbruder.

Mit einem Mal ist er wieder ein Junge und erlebt seine Weihe im Tempel des Abends, dem Tag, an dem er vom König der Elben zerstört wird. Er kauert im Allerheiligsten des Akusu und späht durch das Maßwerk in den Gebetssaal.

Der Blick des Mannes, der neben dem König steht, ist kalt und wirkt leblos, ohne Gefühl, als er über die Anwesenden schweift. Sinan kann es kaum glauben, als er erkennt, dass die dunkelblauen Augen von Prinz Tarinds Begleiter runde, dunkle Pupillen haben wie seine eigenen. Das ist kein Elb. Da steht ein Mensch neben dem Prinzen.

Aber wie kann ein Mensch blaue Augen haben?

Sinan richtete sich auf, straffte den Rücken und sah in Erwartung von Niavash die Gasse hinab.

Es passte alles zusammen. Darum hatte der Fürst seinen Zwilling getötet. Er war dem Grundsatz, er töte die, die das Leben verachteten, treu geblieben. Widerwillige Bewunderung stieg in Sinan auf.

Du musst deiner Schwester helfen. Und warum auch immer sie es getan hatte, sie hatte ihre Seele diesem Mann geschenkt, der das Leben so achtete, dass er sogar bereit war, seinen Zwilling zu opfern. Es war klar: Das Schwert, das Sinan geschmiedet hatte, musste in die Hände dessen, der die Kraft des Lebens besaß – so wie einst Vakaran das Schwert gemacht hatte, das es dem Heiler Telarat ermöglichte, den Krieg zu beenden.

So oder so: Zuerst musste das *daikon* fertiggestellt werden – Niavashs Werkstatt war nicht gut genug ausgestattet. Eine bessere Schmiede musste ersetzen, was seine lahme Hand nicht mehr vermochte. Es gab nur wenige Orte, die heilig genug und von ausreichender Magie durchdrungen waren, um das zu erreichen. Nur im Tempel der Tiefe bestand die Chance, dass er genügend Magie aufbrachte, um den Kräftemangel seiner Hand auszugleichen. Immer vorausgesetzt, dass es das war, was Sinan tun musste, um die durchtrennte Sehne seiner Hand endgültig zu heilen.

Sinan konnte ein Lachen nicht unterdrücken, als ihm klar wurde, was für einem Märchen er da zu folgen gedachte. *Vielleicht ist Ys doch in unser aller Leben am Werk. Und wahrscheinlich wusste nicht einmal der Fürst selbst, was er tat, als er mich in sein Zelt holte, mir seine Verachtung aussprach und mir befahl, ihm ein neues Schwert zu schmieden.*

Er dachte an den Moment zurück. An den winzigen Augenblick, in dem er und Fürst Telarion sich angesichts eines wundervollen Werkstücks, eines Schwerts, wortlos verstanden hatten.

Manchmal waren die Dinge nun einmal wie im Märchen.

»Wenn ich du wäre, würde ich jetzt auch lachen«, erklang eine Stimme neben ihm. Es war Niavash, der mit großen Schritten auf seine Werkstatt zueilte.

Sinan erhob sich. »Ich freue mich, dass ich dich noch einmal sehe.«

Der Freund nahm ihn zum Abschied in den Arm. »Ich mich auch, aber ich wäre auch sehr enttäuscht gewesen, hätte ich dich nicht mehr angetroffen«, sagte Niavash. »Ich habe gute Neuigkeiten. Jetzt kann ich es dir sagen: Ich war nicht in der Vorstadt, um Waren einzutauschen. Ich habe nach einer Karawane gesucht, die zum Tempel der Tiefe zieht, damit du es nicht tun musst. Und ich hatte Glück: Es gibt einen Trupp Krieger, dem du dich anschließen kannst. Sie haben den Weg nach Farokant im Auftrage des Zaranthen ausgekundschaftet. Sie waren hier, um Proviant aufzunehmen und Falken mit Nachrichten nach Sirakand zu schicken. Sie erklärten sich bereit, dich zum Heiligtum der Tiefe mitzunehmen, als ich ihnen sagte, du seist ein geweihter Schmied aus Guzar.«

Sinan holte Luft, um zu protestieren, doch Niavash hob die Hand. »Ich sagte dir schon gleich zu Beginn, dass das hierzulande keine Schande ist. Sie freuen sich darauf, dich zu empfangen, doch sie wollen heute noch zur Roten Stunde aufbrechen, wie es Sitte in Solife ist. Du musst dich beeilen, die Weiße Sonne geht bald unter.«

Der Ausdruck in Niavashs Gesicht verriet deutlich, wie stolz er war, dieses Arrangement für Sinan getroffen zu haben. Sinan brachte es nicht fertig, auch nur einen Teil seiner Bedenken zu äußern, als auch Rangi und Lahita ihn erwartungsvoll anstrahlten. Er beschloss, es als weitere Bestätigung dafür zu nehmen, mit der er die Welt nun betrachten wollte, und verscheuchte, wie schon so oft seit seinem Besuch im Syth-Tempel vor zwei Tagen, die Zweifel.

Du solltest dich nicht vor dem, was Syth von dir verlangt, fürchten. Dein Ziel klingt von seinem nicht sehr verschieden.

In einem hatte Varashti sicher recht: Es würde geschehen, was die Schöpfergeister wollten. Und offenbar wollten sie mit Macht, dass Sinan diesen Kriegern zum heiligen Berg folgte.

Das Unguli schwankte unter Sinan, als sei es kein Reittier, sondern eines der leichten Fischerboote auf dem Saphirmeer von Guzar. Vorsichtig, damit niemand der anderen es bemerkte, suchte er sich zwischen den Höckern des Tieres eine bequemere Sitzstellung. Doch auf seinem malträtierten Hinterteil fand sich kaum noch eine Stelle, die nicht wund gewesen wäre.

Sinan hatte nicht geglaubt, dass er sich einmal nach dem Rücken eines Pferdes sehnen könnte – oder danach, zu Fuß gehen zu dürfen.

Dennoch war er dankbar. Die Krieger hatten ein Reittier erübrigen können. Einer der Ihren war auf dem Weg von Sirakand in einem Scharmützel von einem Spähtrupp der Elben getötet worden, und man hatte Sinan das Tier samt Sattel und den Wasserschläuchen überlassen. So musste er sein Bündel nicht selbst tragen. Doch das *daikon* legte er nicht ab. Er trug es tagsüber unter dem *jibahan* verborgen, obwohl es in der kauernden Stellung, die der Sattel auf dem Unguli verlangte, nicht gerade bequem war, am Gürtel und legte es nicht einmal des Nachts auf seinem Schlaflager ab.

Es war heiß in den Kantarbergen, die Landschaft trocken und ohne nennenswerten Bewuchs. Sie kamen gut voran. Der Hauptmann der Patrouille kannte sich gut aus und war den Weg von der Stadt zum Berg schon oft gereist.

Niavash hatte recht gehabt: Die Männer hatten sich auf Sinan gefreut. Ein geweihter Schmied, der nicht dem Gesetz entsprechend, das die Elben aufgestellt hatten, in Diensten des Königs stand, war selten. Dass Sinan nun überlegte, sich dem Zaranthen anzuschließen, gefiel ihnen. Feuermagier waren in diesem Land hoch geachtet, nicht zuletzt, weil der Zaranth selbst einer war.

Dennoch verriet Sinan ihnen nicht, warum er nun zum Heiligtum der Tiefe reiste und nicht nach Sirakand, um sich dort in den Dienst des alten Freundes und Verbündeten seines Vaters zu stellen. Er sagte nur, Elben hätten ihn beinahe getötet, dann sei er von Nomaden in der Wüste gegen alle Wahrscheinlichkeiten geheilt worden. Dafür wolle sich nun bei dem Schöpfergeist des Chaos bedanken, denn wäre es nach Ys zugegangen, wäre seine Seele auf immer in den Nebeln verschwunden.

Den Männern schien diese Erklärung zu genügen. Syth hatte in diesem Landstrich einen ganz anderen Stellenwert als der Schöpfergeist der Ordnung und der Harmonie.

Sinan hatte vom Hauptmann und seinen Soldaten bereits am ersten Abend erfahren, dass sich das Elbenheer aufgeteilt hatte. Die Königin selbst war nun mit einem Teil der Truppen auf dem Weg nach Farokant und beinahe im Heiligtum der Tiefe angekommen, der andere, entschieden größere Teil des Heers, mit ihrem Halbbruder Iram an der Spitze, stand nur noch wenige Tagesmärsche von Sirakand entfernt. Die Soldaten hatten es eilig. Sie hatten im Auftrag des Zaranthen Saif die Lage auskundschaften sollen und wollten nun einerseits in den Tempel der Tiefe, um dem Syth die Ehre zu erweisen, andererseits wollten sie auch beide Heerteile weiträumig umgehen und so schnell wie möglich nach Sirakand zurück. Sie waren nicht viele und hatten Elbenkriegern bei allem Mut, allem Können und ihren Fähigkeiten, auch bei der Hitze des Tages zu kämpfen, nur wenig entgegenzusetzen.

Bei ihrer Hinreise war es zu einer kleineren Auseinandersetzung mit einer Patrouille des Heeresteils gekommen, den der Herr von Larondar selbst befehligt hatte. Einer der Männer hatte sein Leben gelassen – der, dessen Reittier nun Sinan benutzte –, fünf waren verletzt worden.

Sie nahmen Sinan gerne mit und versprachen sogar, ihn zu Saif Jatamar zu bringen, sobald sie die Hauptstadt Sirakand erreichten. Sinan griff nach dem Wasserschlauch und trank ein paar Schlucke. Die Weiße Sonne würde bald untergehen, dann würden die Soldaten beginnen, sich langsam nach einem geeigneten Platz für die Nacht umzusehen. Schon zu Anfang seiner Wüstenreise, bei den Nomaden Adhasars, hatte Sinan sich immer gewundert, warum bereits lange vor Einbruch der Nacht nach einem Rastplatz gesucht wurde. Mittlerweile wusste er, dass es sowohl praktische Gründe dafür gab als auch solche, die im Aberglauben der hiesigen Menschen wurzelten. So waren die Tage so grell, dass die rasch hereinbrechende Dunkelheit danach schwer zu ertragen war. Doch auch die Feuergeister und Dschinne, die sich im warmen Sand vergruben, um die Kälte der Nacht zu überstehen, waren gefürchtet, denn ein Dschinn konnte – so erzählte man sich – Menschen wie Elben in die Nebel der Jenseitigen Ebene führen und ihnen dort die schönsten Dinge vorgaukeln.

Die Soldaten behaupteten, dass diese Geister besonders in den Felsen rund um den Berg Farokant ihr Unwesen trieben. Es hieß, sie seien Diener des Syth, und damit locke dieser Menschen wie Elben in seinen Dienst. Oft nahmen sie dabei die Gestalt eines Wesens an, das den Verführten besonders lockte. Darin glichen sie den Vayaden des Meeres, von denen die Elben Nisantis zu berichten wussten.

Wieder dachte Sinan daran, wie sehr dieses Land seine Art zu denken verändert hatte. Vielleicht war auch er in den Dienst des Syth gelockt worden, durch Lahita oder Varasthi, die Shisani, die ihm so überaus vernünftig erschienen war? Auch Gajibian hatte die Erzählungen über Sanara und dem Elbenfürsten berichtet, als seien sie eine romantische Legende aus alter Zeit und nicht die beiden grausamen Verräter, als die Sinan sie hatte sehen wollen.

Doch er war der Zweifel müde. Was die Schöpfergeister wollten, das geschah. *Du solltest dich nicht vor dem, was Syth von dir verlangt, fürchten. Dein Ziel klingt von seinem nicht sehr verschieden.*

In einem hatte die Shisani Varashti sicher recht gehabt: Es war unwahrscheinlich, dass Syth es darauf anlegte, die Welt zu zerstören, die er mit seiner Geliebten unter so vielen Mühen geschaffen hatte. Die er sogar verlassen hatte, um ihr nicht weiter zu schaden.

Jeden Tag wurde nun der Berg Farokant, der höchste im Kantar-Gebirge, besser sichtbar. Und mit jedem Tag wuchsen Sinans Anspannung und Neugier.

Schließlich überquerten er und die Soldaten des Zaranthen den letzten Pass, bevor der Berg ohne einen weiteren Fels- oder Hügelkamm vor ihnen lag, und Sinan blieb staunend über dem Talkessel stehen, der sich vor ihm öffnete. Sie hatten das Gebirge nicht, wie er dachte, überquert. Sie waren vielmehr mitten darin, das Tal, aus dem der Berg Farokant sich erhob, war eingeschlossen von Gebirgsketten und Felswänden, die rot von Eisen waren.

Unwillkürlich dachte Sinan, dass dies einem Schöpfergeist, der einst eine Gestalt als glühendrote Sonne angenommen hatte, angemessen sei. Beinahe freute er sich. Sicher würde er hier Schmiede finden, die ihm helfen konnten, sein *daikon* so zu vollenden, dass es eins werden konnte mit den Fähigkeiten und Magien Telarion Norandars.

Der Berg Farokant selbst war bei Weitem nicht so hoch, wie er es erwartet hatte. Sinan hatte sich einen erkalteten Vulkan vorgestellt, sanfte Hänge und fruchtbaren Boden in der Wüste. Doch das Tal war nur an einem See, einem schmalen Fluss und einigen künstlich angelegten Kanälen grün. Mitten in den Hainen aus Rekar- und Ölfruchtbäumen erhob sich ein kleinerer Tafelberg aus rötlichem Gestein. Eine dunkle Wolke schwebte darüber, während der Rest des Tals im Licht beider Sonnen lag, und verlieh dem Berg etwas Bedrohliches. Dennoch wirkte die Ansiedlung darunter so friedlich, dass Sinan sich fragte, wie die Witwe Tarinds so frevelhaft sein konnte, hierher ein Heer zu schicken.

Nun, Sinan hatte Tarind gut genug kennengelernt, um zu wissen, wie grausam und rücksichtslos er sein konnte. Es gab keine Veranlassung zu glauben, seine Witwe – die auch die Schwester des Generals war, der geholfen hatte, Sinans Familie und die Mönche des Abends abzuschlachten – sei anders.

Der Hauptmann blieb nun stehen und wartete darauf, dass Sinan mit seinem Reittier zu ihm aufschloss. »Von den Truppen der Elbenkönigin ist noch nichts zu sehen«, sagte er. »Wir haben aber sicher nicht mehr viel Zeit. Willst du uns wirklich folgen?«

Sinan grinste. »Ich ziehe gewiss nicht alleine nach Farokant zurück. Ich muss schon allein deshalb in den Tempel, weil ich kaum noch Wasser habe.«

Der Hauptmann nickte. »Du warst ein angenehmer Reisegefährte. Ich weiß nicht, was du im Tempel zu tun wünschst, aber ich würde mich freuen, wenn du dich uns auf unserer Reise nach Sirakand anschließen würdest.«

Sinan schüttelte bedauernd den Kopf. »Diese Freude wäre auf meiner Seite. Aber ich nehme an, du wirst noch in der Nacht weiter wollen.«

»Wahrscheinlich, aber spätestens morgen früh mit Aufgang der Weißen Sonne.«

Der Mann schwang sich wieder auf den Rücken seines Unguli und trieb es mit der kleinen Rute an, die dafür am Sattelknauf hing.

»Wir werden heute Abend noch einen Krug *kurimis* auf unsere Bekanntschaft leeren, Schmied!«, rief er Sinan über die Schulter zu, während er den Abhang hinunter in die Ebene ritt.

Sinan nickte. Je tiefer er selbst nun in das Tal hinunterritt, in dem sich das Dorf um den Tempel herum befand, desto mehr Details konnte er ausmachen. Die Bewohner der Ansiedlung bestellten den Boden, der dank eines großen Sees, der sich etwas unterhalb seiner eigenen Position befand, recht fruchtbar zu sein schien. Als Abfluss des Sees diente ein Wasserfall, der am Boden des Tals zu einem Fluss wurde. Dieser wand sich durch Felder von goldfarbener Hirse und ein paar Haine mit knorrigen Rekarbäumen, dann verschwand er zwischen den Bergen. Als Sinan nachdachte, fiel ihm ein, dass dieser See und der Fluss wohl die Quellen des Cortaron waren, der erst das südliche Entarat, dann das Sumpfland Hellor durchquerte, um schließlich zwischen den Urwäldern von Mundess und den Atollen von Undori ins Östliche Meer zu fließen.

Von hier oben aus war der Cortaron kaum mehr als ein schmaler Kanal, an dem die Hütten der Bauern und Handwerker standen, die wohl auch die Shisans und Priester des Syth versorgten.

Als Sinan nun den Soldaten weiter den Weg ins Tal hinab folgte, hielt er nach dem Tempel der Tiefe Ausschau. Er hatte einen großen Palast erwartet, einen Gebäudekomplex, der vieles, wenn nicht sogar alles übertraf, was er bisher gesehen hatte. Doch das Einzige, was er außer den lehmfarbenen, hingewürfelt wirkenden Häusern im Licht der Roten Sonne ausmachen konnte, war die Fassade eines Hauses, einer Villa vielleicht, die sich etwas über dem festen Sandsteinsockel des Tafelbergs befand und die so auch in Bandothi hätte stehen können. Die Front dieser Villa bestand aus unzähligen Erkern, die ausschließlich aus filigranem Maßwerk bestanden und die man – auch das sah Sinan erst auf den zweiten Blick – aus dem rosig leuchtenden Kalkstein des Berges selbst geschlagen hatte. Es sah aus, als habe man einen Palast gebaut und beinahe vollständig im Berg versteckt, und obwohl die Fassade des Gebäudes an Pracht nichts zu wünschen übrig ließ, schien es Sinan für einen Tempel seltsam klein.

Es kostete Mühe, sich damit zu vertrösten, dass er das Geheimnis dieses Heiligtums wohl früh genug lüften würde. Er verschob also seine Neugier auf später und folgte dem Hauptmann und seinen Männern in eine der wenigen Tavernen, die auch Händlern und Gästen eine Gelegenheit zur Übernachtung boten. Sinan war mittlerweile nicht mehr überrascht, dass sich die Bewohner dieses Dorfes als offenherzig erwiesen und ihn und die Männer des Zaranthen freundlich aufnahmen.

Sinan ließ den Hauptmann allein, dieser musste Vorräte besorgen und Wasser. Er selbst begann sich nach Schmieden umzusehen, bei denen er etwas über die Künste derer erfahren konnte, die dem Syth dienten. So war es im Tempel des Westens gewesen. Die Shisans selbst hatten die magische Kunst der Erzbearbeitung gelehrt, aber viele Schmiede hatten sich in den kleinen Ortschaften unterhalb des Klosters angesiedelt.

Sinan fand zu seiner Überraschung lediglich zwei Werkstätten, in denen auch nur das alltäglich in Gebrauch befindliche Gerät der Menschen gemacht oder repariert wurde. Sie sahen kaum anders aus als die Esse Niavashs in Farokant.

Als er einen der Schmiede, der gerade seinen Amboss reinigte, auf diesen Umstand ansprach, verwies dieser ihn auf den Palast der Tiefe. Dort, unter dem Heiligtum, im Berg selbst, befänden sich die Werkstätten des Schöpfergeistes der Veränderung, wo die Erze und Mineralien der Erde gewandelt und Gegenstände aus Stein und Kristallen gefertigt würden, aus denen die Welt bestand.

Der Mann sagte es nicht, aber Sinan wurde bei seinen Worten klar, dass die Menschen hier derartige Arbeiten als eine heilige Handlung begriffen. Sie wurde von den Shisans der Schöpfergeister ausgeführt, denen, die die Magie, leblosen Stein zu verändern, als Geschenk erhalten hatten. Als der Mann, mit dem Sinan sprach, erkannte, dass ein geweihter Schmied vor ihm stand, verneigte er sich ehrfürchtig, sprach ihn als Shisan an und bat um seinen Segen.

Sinan erteilte ihn und machte sich auf den Weg zum Tempel. Er befand sich nicht weit von der Ansiedlung entfernt. Sinan hatte ihn über einen gut ausgebauten und gepflasterten Weg bald erreicht. Er war gewunden und bestand aus vielen Stufen, die bergauf führten. Offenbar sollte es nicht einfach sein, sich einem der beiden Schöpfer der Welt zu nähern.

Stumm vor Staunen hielt Sinan schließlich vor der Fassade inne, die nun, da er davorstand, wesentlich größer wirkte als vom Tal aus. Man hatte ihr bereits aus der Ferne angesehen, dass hier nicht nur einfach Steinmetze oder Arbeiter am Werk gewesen waren, sondern Magier. Der Stein war so wundervoll, so glatt bearbeitet, dass Sinan, der wusste, was Übung und Meisterschaft erreichen konnten, auf der Stelle bereit war zu glauben, Akusu selbst habe seinem Vater vor undenklichen Zeiten mit diesem Haus ein Denkmal gesetzt. Reliefs, Einlegearbeiten, Maßwerk und Gitter wechselten einander ab, zeigten jede nur erdenkliche Steinstruktur und -farbe und nutzten sie zur Darstellung der vier Schöpfergeister. Blüten und Pflanzen rankten an den Streben hoch, so naturgetreu nachgebildet, dass Sinan versucht war, an den Orchar- und Raqorblumen zu riechen. Selbst empfindliches Gewächs, wie es nur in den Hochwäldern von Norad vorkam, war hier aus grün geädertem Marmor so nachgebildet, dass es vollkommen echt wirkte. Als er die Relieffiguren des Akusu und seines Zwillings berührte, die rechts und links des Eingangs standen, erwartete er, statt Marmor die Falten ihrer Gewänder unter den Fingern zu spüren und den Wind auf den Wangen zu fühlen, der die Stoffe zum Wehen brachte.

Das war die Kunst der Erde, des Feuers und ihrer Veränderung in höchster Vollendung.

Sinan schlug das Zeichen des Syth und verneigte sich, dann betrat er das Heiligtum durch einen Seiteneingang. Es schien ihm nicht angemessen, den gewaltigen Haupteingang zu benutzen, der ein Tor bildete, dessen Höhe mehrere Klafter betrug. Wenn der Schmied im Dorf recht behielt – und daran zweifelte Sinan nicht mehr –, würde er hier die Schmiede finden, die ihm helfen konnten.

Als er über die Schwelle trat, wurde es abrupt kühler und dunkler, obwohl noch viel Licht durch die Erker aus Maßwerk hineinfiel und das Innere von unzähligen Kohlenbecken und Lampen erhellt wurde. Es gab keine lodernden Fackeln, die Wände waren behängt mit Laternen, deren Fenster aus buntem Glas bestanden.

Die Fassade, so prachtvoll sie war, hatte ihn nicht auf das vorbereitet, was sie verbarg. Die Halle, die sich vor ihm ausbreitete, war über alle Maßen groß. Sinan hätte wetten mögen, dass selbst das *kastron* der Feste Bathkor über Bandothi Platz darin gefunden hätte.

In der Mitte des Saals stand eine riesenhafte Statue. Sie glich der des Syth im Tempel von Farokant. Auch hier war sie von einem Garten umgeben, der einer Landschaft glich, doch das Haupt des Schöpfergeistes befand sich mehr als sechs Klafter über dem Betrachter.

Erneut verneigte sich Sinan vor dem Steinbild des Schöpfergeistes, dessen Aussehen ihn an die Kriegerrüstung seines Vaters Siwanon erinnerte. Das Gesicht des Syth war ihm zugewandt und schien zu lächeln, als habe er Sinan erwartet. Seine angewinkelte

Schildhand, die sich den mehrfach geflochtenen Bart vor der Brust fortstrich, schien Sinan zusätzlich einzuladen näherzutreten.

Vorsichtig sah Sinan sich um und ging dichter an das Standbild heran. Jetzt erkannte er, dass der Garten, den man um die Statue herum angelegt hatte, ein Abbild nicht nur der Wüste Solifes wie in Farokant war, sondern der Welt selbst. Syth stand in der Mitte der Landschaften, man sah im Westen Guzar mit dem Saphirmeer, im Osten das Große Meer und die Grassteppen von Nisanti und im Norden die Zendarberge mit den flachen Eisebenen von Kantis darüber. Auch hier waren Schalen mit Steinen, mit Pflanzen und vereinfachten Gegenständen aus Holz und anderen Werkstoffen aufgestellt, sodass Gläubige wählen konnten, wie sie die Landschaft zu Ehren des Syth verändern wollten.

Sinan nahm einen polierten Sonnenstein, legte ihn auf die Stelle, an der in der echten Welt der Tempel des Westens gelegen hatte, und überlegte, was er anderntags zu dieser Landschaft beisteuern konnte. Es erschien ihm als Schmied angemessen, etwas hierherzubringen, das er mit seiner eigenen Hände Arbeit hergestellt hatte.

Er wandte sich den Wänden der Halle zu. Sie waren nicht bemalt, wie das meist üblich war in den Häusern, die man den Schöpfergeistern widmete, sondern mit Reliefs aus unterschiedlichen Sorten Stein geschmückt.

Sie erzählten von der Schöpfung der Welt, zeigten Ys und Syth, wie sie miteinander stritten, aber auch, wie sie sich liebten und wie aus ihren Energien, ihren Kräften die Länder und Berge, die Meere und Flüsse entstanden waren.

Langsam begannen auch Gesänge und Gebete an Sinans Ohr zu branden. Und nicht nur das, ihm war, als höre er Schläge, die Schläge eines Hammers, der ein Werkstück auf dem Amboss unter sich bearbeitete. Es klang vertraut wie sein eigener Herzschlag. Der Geruch von verbrannten Gewürzen stieg ihm in die Nase. Das Abendlicht draußen war verblasst, doch erst jetzt fiel

Sinan auf, dass die Halle ein Dach mit mehreren Öffnungen hatte, die zuließen, dass das Licht der Gestirne auf die Statue des Schöpfergeistes fiel. Hatte sie zuvor noch rötlich geleuchtet, als sei sie aus Kupfer, schimmerte sie jetzt blassgolden und zeigte an, dass Vanar und wahrscheinlich auch sein Zwillingsmond aufgegangen waren.

Die Kunstfertigkeit, die in die Konstruktion der Halle eingeflossen war, schien Sinan so perfekt, dass er kein Verlangen spürte, das Gebäude je wieder zu verlassen. Ihm war, als sei er nach Hause gekommen.

Er betrachtete weiter die Wände, deren Bilder ihm Geschichten aus einer vergangenen Zeit erzählten. Schließlich fiel sein Blick auf einen bärtigen Mann, einen Menschen offenbar, dessen Haar in Filzlocken gelegt war, die er zu einem Knoten auf dem Haupt gewunden hatte. Die Strähnen waren so dick, dass sie stachelig wie ein Igel aus dem dunklen Haarknoten hervorragten. Die Augen des Mannes dagegen erinnerten Sinan an die seines Gefährten Mojisola: Sie bestanden aus einem gelblichen Granit, das rote Einsprengsel besaß.

Doch am beeindruckendsten empfand Sinan den Amboss, vor dem dieser Mann stand. Mit kraftvollen Schlägen hämmerte er auf ein rotglühendes Werkstück ein, ein Schwert, wie Sinan erkannte. Jetzt wusste er auch, wer der Schmied war: Vakaran. Das Bild selbst wurde von dem Licht angeleuchtet, das nun durch die Öffnung in der Decke fiel. Das kühle Gold der Strahlen schien Sinan seltsam unpassend für die Arbeit eines Schmiedes, und doch angemessen. Immerhin war das Schwert, das der Schmied schuf, für Telarat den Heiler bestimmt.

Leise stimmte Sinan das Lied an, das Ronan für ihn auf einer Waldlichtung gesungen hatte. Es war das Lied von Meister Vakaran, der einst die ganze Magie seiner Seele in die Fertigung eines Schwertes gelegt hatte, das er einem Elbenherrscher schenken wollte.

»Eine schöne Legende.«

»Ist es eine?«, fragte Sinan den Sprecher, ohne zu überlegen.

Er wandte sich um – und blickte zu seiner Überraschung Varashti ins Gesicht.

»Es ist mir eine Freude, dich wiederzusehen, Schmied.«

Er verneigte sich. »Das gilt auch für mich, Shisani.«

Er überlegte, wie sie so schnell hergekommen sein mochte. Doch dann fiel ihm ein, dass zwischen seinem letzten Besuch in ihrem Tempel in Farokant und dem Tag seiner Abreise über sechs Tage gelegen hatten. Wahrscheinlich war sie bald danach abgereist und erst vor Kurzem hier angekommen.

Es schien ihm nur konsequent, dass sie hierhergehörte.

»Du hast hergefunden. Komme morgen zum Aufgang der Roten Sonne wieder. Ich bringe dich zu den Heilern, die hier leben«, sagte Varashti, nickte Sinan noch einmal freundlich zu und ging.

Immer noch erstaunt, tastete Sinan vorsichtig nach dem *daikon*, das er an der Hüfte trug. Es schien ihm vermessen, dass er das, was der so verehrte Menschenschmied einst getan hatte, zu wiederholen versuchte. Er wollte mit der Rechten eine ungeduldige Bewegung vollziehen, doch das rief ihm ins Gedächtnis, warum er danach strebte. Es würde nichts anderes übrigbleiben, wenn er nicht zeit seines Lebens ein Krüppel bleiben wollte.

Er wollte weitergehen, aber er bemerkte, dass der Steinmetz, der das Bild geschaffen hatte, die Augen Vakarans so geformt und mit Bernstein und Onyx verfeinert hatte, dass sie dem Betrachter zu folgen schienen. Sinan gefiel die Vorstellung, dass Vakaran selbst ihn ansehe und seine Gedanken kenne. Er ging vor dem Bild in die Knie. Der Fall der Schatten und der wenigen Lichtquellen ließen es noch lebendiger erscheinen, und für einen Augenblick glaubte Sinan wieder, er höre aus der Ferne die Schläge eines Hammers auf dem Amboss.

Sinan sah zu dem auf, von dem manche sagten, er sei einer der Stammväter des Hauses Jatamar, das schließlich zum Fürstenhaus Solifes geworden war.

»Ich soll das Gleiche tun wie du«, sagte er nach einer Weile leise. »Und doch weiß ich nicht, ob es das Richtige ist. Zumal mein Werk schon fast fertig ist.«

Vakaran schien ihn direkt anzusehen, doch natürlich sagte das Bildnis nichts. Der Goldmond war weitergewandert. Nun waren es nur noch die Schwarzsteinbecken, die ein wenig Licht abgaben. Die Schatten der Reliefs wurden tiefer. So tief, dass Sinan glaubte, die Rauchkringel, die sich daraus lösten, seien lebendig. Sie schienen sich zu verdichten, schließlich tanzten sogar violette Glutpunkte im dichten Rauch, der roch, als habe man die Blütenblätter der Lilien, die oft auf Fisch- und Waldteichen wuchsen, verbrannt: schwer und doch feucht.

Leise Geräusche waren wie aus weiter Ferne zu hören. Sie waren nicht zu identifizieren. Die Halle warf auch den leisesten Laut als mehrfaches Echo zurück, sodass Sinan das Gefühl hatte, die Schöpfung selbst singe hier vor einem ihrer Erschaffer.

Er stand auf und verneigte sich vor dem Abbild Vakarans. Der Rauch neben dem Relief wirbelte und kräuselte sich in einem unfühlbaren Luftzug. Ein Schauder – vielleicht von der Nachtkälte – rief Sinan ins Gedächtnis, dass es schon spät war.

Er würde morgen erneut nach den Schmieden suchen, die hier im Tempel der Tiefe lebten. Vielleicht durfte er bleiben und konnte das Schwert beenden; es würden ohnehin weniger Kraft denn Gesänge und Magie nötig sein. Plötzlich wusste Sinan, dass er auch danach gerne hiergeblieben wäre.

Vielleicht kann ich Syth davon überzeugen, dass er mir das schenkt. Ich würde ihm mein Leben überlassen, hier leben wollen, wenn er mich heilt und wieder meine Arbeit tun lässt. Dann mag auch der Fürst von Norad mein Schwert haben.

Er schlug noch einmal das Zeichen des Schöpfergeistes vor der Brust, dann ging er.

Hinter seinem Rücken lächelte das Abbild des Syth, als gewähre es seinem Geschöpf die Bitte.

»Schläft er?«

Githalad wandte sich angesichts dieser Frage nicht um, sondern strich Mojisola über die schweißnasse und doch kalte Stirn – ein Anzeichen dafür, dass er zu lange unter der goldenen Magie der Elben gelitten hatte. »Er ist nach wie vor erschöpft«, sagte er zu Aedan.

Sein Gehilfe hatte den Kopf in die kleine Hütte gesteckt, in der nur wenig mehr Platz fand als der große *lannon*, den mehrere der menschlichen Gefangenen im Heerlager der Elben sich teilten. »Die Frauen haben noch etwas von dem Eintopf übrig. Wenn er eine Schüssel haben will, sollte er jetzt kommen.«

»Sorge besser dafür, dass etwas übrig bleibt, Vielfraß«, gab Githalad brummend zurück.

Aedan lachte auf und verschwand, um Githalads Ratschlag zu folgen.

Githalad schauderte bei dem Gedanken, dass die Königin Mojisola zu dieser Stunde in ihr Zelt gerufen hatte. Obwohl sie sich immer leutselig und freundlich gab, gebot ihm eine innere Stimme, sich von ihr fern zu halten. Sie hatte etwas an sich, das Githalad mit Tod verband. Er hatte lange überlegt, woran es liegen konnte – vielleicht daran, dass sie nicht ganz Mensch war. Doch er ertappte sich immer öfter dabei, dass er nicht über eine längere Zeit darüber nachdenken wollte. Der Gedanke, das Geheimnis der Herrin Ireti ergründen zu wollen, jagte dem Schmied eine Angst ein, die der glich, die man auch vor einem Geist oder einem Dschinn haben mochte.

Dass sein kranker Gefährte sie nun besuchen sollte, schien ihm falsch. Die Gegenwart einer solchen Frau konnte ihm, dem Genesenden, nicht guttun, zumal er heute zum ersten Mal wieder gearbeitet hatte. Zwar war das hier im Gefangenenlager gewesen, doch selbst so war der Gefährte nach dem Untergang der Weißen Sonne erschöpft auf sein Lager gesunken.

Githalad hätte ihm die Begegnung mit der Herrin Ireti gern erspart.

Er beugte sich zu Mojisola hinab und wischte ihm mit einem Tuch den Schweiß von der Stirn. Dann rüttelte er den Gefährten sanft an der Schulter. »Mojisola, du musst gehen. Die Königin erwartet dich beim Untergang der Roten Sonne. Das ist schon bald. Wenn du jetzt nicht aufbrichst, wirst du dich verspäten. Das solltest du nicht riskieren.«

Mojisola öffnete nicht einmal die Augen. »Sage ihr, ich kann nicht kommen. Ich bin zu müde. Ihr Schwager hat mir zu viel Kraft genommen. Ich war tot!«

Githalad schwieg, doch dann sagte er: »Mojisola, du musst gehen. Auch wenn es dich erschöpfen wird. Aber du weißt, was sie uns allen antun wird, wenn du dich ihrem Befehl verweigerst!«

Der Schmied aus Entarat setzte sich auf, sah aber seinen Gefährten nicht an. »Ich kann es nicht. Ich weiß, was sie will. Ich kann es nicht tun.«

Githalad starrte den Gefährten verblüfft an. »Woher willst du wissen, was sie will? Und warum sagst du, du kannst es nicht?«

Mojisola öffnete jetzt zum ersten Mal die Augen. Doch er sah zunächst nicht Githalad an. Stattdessen wanderte sein Blick nervös in dem kleinen Innenraum der Hütte herum, als suche er etwas. Er schien es jedoch nicht zu finden, also richtete er die Augen schließlich doch auf den Gefährten.

»Siehst du sie des Nachts nicht?«

»Wen?«, wollte Githalad wissen. »Die Königin?«

»Ich weiß nicht, ob sie es ist«, murmelte Mojisola. Seine Stimme klang gehetzt. »Es ist eine Gestalt des Todes. Eine Gestalt aus Nebel, und sie verlangt, dass wir ein Behältnis für das Siegel der Ys herstellen!«

Githalad runzelte dir Stirn. »Ach, hör auf«, sagte er schließlich und winkte ungeduldig ab. »Ich bin diese ganzen Geschichten um die Gespenster, die jeder hier in der Wüste gesehen haben will, allmählich satt. Dir glaube ich zwar noch am ehesten, doch darfst du nicht vergessen, dass du lange und heftig der Kraft der Kälte ausgesetzt warst.«

»Es ist nicht nur das!«, gab Mojisola zurück. Seine Stimme klang gehetzt, als fürchtete er, belauscht zu werden. »Dieser Geist ist echt! Er kommt jede Nacht und steht hier neben dem *lannon*!«

Githalad legte dem Freund die Hand auf die Schulter. Er wusste selbst, dass Mojisola jede Nacht aus dem Schlaf aufschreckte, der voller böser Träume von Eis war, das ihn umgab, und einem so scharfen Wind, dass dieser seine Seele immer wieder aufs Neue aus dem Körper riss.

»Jeder weiß, dass man in deinem Zustand Dinge sieht, die nicht der Wahrheit entsprechen – und im Grunde deines Herzens weißt du das selbst. Das Siegel gibt es nicht. Und wenn, dann liegt es in den Jenseitigen Ebenen! Vielleicht wissen die Geister des Nebels, dass es dort ist.«

Mojisola schwieg einen Moment lang, dann zog er sich die Decke, unter der er gelegen hatte, eng um die Schultern. »Ich weiß nicht, wer oder was dieser Geist ist. Er leuchtet nicht rot oder gelb. In meiner Heimat sagten mir die Seelenherren, dass Dunkelmagier solche Farben hätten, denn den Elben ist nicht erlaubt, die Nebel zu betreten.« Er warf einen raschen Seitenblick auf Githalad. »Meine Großmutter sagte es mir, ihre Kusine war eine Seelenmagierin.«

»Und dieser Geist sieht anders aus?«, fragte Githalad nach einer Pause, denn offenbar erwartete Mojisola eine Antwort. Githalad wollte ihm nur ungern das Gefühl geben, in seiner Krankheit nicht ernst genommen zu werden.

»Nein, dieses Gespenst leuchtet violett wie der Schatten des Syth! Es ist wie ein dunkler Schatten. Man kann nichts erkennen, nicht, ob er ein Mann oder eine Frau ist, geschweige denn ob elbisch oder menschlich.«

»Und was hat das Gespenst zu sagen?«, fragte Githalad, der kein Wort davon glaubte.

Mojisola schwieg zunächst, dann sagte er: »Es will das Behältnis. Ich soll es herstellen. Ein Behältnis, das die Magie der Schöpfergeister, das Siegel selbst, einschließt! Es sagt, das sei etwas Gutes. Doch es kann nicht gut sein, so etwas zu machen. Geh du für mich zur Königin. Sag ihr, warum ich nicht kommen kann.«

Jetzt war es an Githalad, nicht sofort zu antworten. Er wollte den Mund öffnen, um abzulehnen, doch Mojisolas Augen flammten auf, und er packte den Gefährten am Arm, als wolle er ihn drängen, die Aufgabe doch zu übernehmen.

Zu seinem Glück erklangen jetzt draußen vor dem Eingang der Hütte laute Stimmen, dann platzte der elbische Soldat hinein, der Aedan vor einigen Tagen mit der Rute einen Streich ins Gesicht versetzt hatte. Er hatte den Schmiedegehilfen einfach beiseitegeschoben und stürmte nun mit großen Schritten die Hütte.

»Hier bist du also noch!«, rief er. Dann erst sah er sich um und rümpfte die Nase, als sei er versehentlich in einen Koben für Keosotziegen geraten. Er schnaubte und kam mit großen Schritten zum *lannon* herüber, um Mojisola von dort fortzureißen. »Die Königin hat dich zu sich befohlen. Wie kannst du es wagen, nicht umgehend zu kommen, wenn sie es befiehlt!«

Mit einer Ruhe und Selbstsicherheit, die Githalad nicht empfand, stand er nun ebenfalls auf und stellte sich zwischen den Hellor-Elb und Mojisola. Letzterer hatte den Kopf gesenkt und musste sich sichtlich beherrschen, um nicht aufzujammern. Zorn ergriff Githalad, als er sich ins Gedächtnis rief, in welch krassem Gegensatz dieses verängstigte Häuflein Mensch zu dem Schmied stand, den er in der Feste Bathkor kennengelernt hatte.

Er riss die Hand des Elbs von Mojisolas Arm weg. »Siehst du es nicht? Dieser Mann hier ist nicht in der Lage, einem Elben gegenüberzutreten. Es war einer der Euren, der ihm die Kraft nahm und die Magie in ihm beinahe gelöscht hätte. Geh und sag das deiner Königin. Was auch immer sie von diesem hier wünscht, sie wird es nicht bekommen, ob er nun vor sie tritt oder nicht.«

Der Hellori starrte Githalad an. »Du bist doch der, der mit seinem Gejaule immer wieder die Dschinn, diese Vayaden der

Wüste herbeiruft!«, sagte er. Er schien kurz zu überlegen, dann lächelte er. »Der Königin wird nicht gefallen, was du zu sagen hast, Schmied«, murmelte er. Trotz des Lächelns klang es nicht gerade freundlich, dennoch wich Githalad nicht zurück. »Und ich werde ihr diese Frechheit gewiss nicht ins Gesicht sagen.«

»Dann werde ich es tun«, hörte Githalad sich zu seinem Erstaunen sagen. Seine Stimme klang ruhiger, als der Aufruhr in ihm hätte erwarten lassen.

Der Hellori lachte. Er ließ Mojisola los, der sich auf der Stelle wieder auf den *lannon* flüchtete und sich in die Filzdecke wickelte, die daraufgefallen war. Als Githalad sich umwandte, sah er den flehenden Blick seines Gefährten.

Er versuchte, ihn mit Ruhe zu erwidern, wandte sich um und folgte dem Hellori, der ihm voran mit übergroßen Schritten aus der Hütte und dem Lager stürmte, ohne zurückzuschauen, ob Githalad ihm folge.

Der Schmied bemühte sich, Schritt zu halten, auch wenn es schwerfiel. Der Mut, den der Zorn ihm verliehen hatte, war angesichts der Elben, die ihn mit ihren verächtlichen und übelwollenden Blicken verfolgten, schnell wieder zu Furcht geworden. Er war ungehorsam gewesen, und so leutselig die Königin auch tun mochte, Githalad lag nichts daran, ihren Zorn zu schüren.

In einiger Entfernung zum *ethandin*, neben dem noch immer der Sarkophag des Königs stand, blieb der Elb stehen. Unwillkürlich folgte Githalad seinem Beispiel. Doch der Hellori stieß ihm unsanft gegen die Schulter, sodass der Schmied stolperte und beinahe gefallen wäre.

»Na los. Du warst derjenige, der das Maul aufriss und seinen nachlässigen Gefährten in Schutz nahm. Nun rechtfertige dich dafür.«

Trotzig dachte Githalad, dass er es anders ausgedrückt hätte. Und doch würde er es tun. Er nahm sich zusammen und ging auf das Zelt zu. Die Herrin Ireti hatte ihn kommen lassen, und sie hatte ihm erst gestern gesagt, dass er seine Arbeit zu ihrer Zufriedenheit erledigt hatte. Vielleicht würde sie verstehen, was Mojisola daran hinderte, das Lager der Elben zu betreten. Er fasste sich ein Herz und betrat das Zelt.

Darin war es wie immer dunkler, als er erwartet hatte. Nur ein Becken aus Metall stand an der Seite, darin glühte Schwarzstein und verströmte düsteres Licht. Die Schwaden, die vom Räucherwerk ausgingen, durchzogen die Dämmerung und ließen Githalad unwillkürlich blinzeln.

»Ich hatte nicht dich gerufen.«

Erst als sie es sagte, erkannte der Schmied, dass die Königin vor einer mit Sand gefüllten Schale kniete. Sie sah ihn nicht an, und Githalad fragte sich, woher sie wissen konnte, dass nicht Mojisola das *ethandin* betreten hatte. Er beeilte sich, selbst auf die Knie zu gehen, dann breitete er die Arme aus.

»Herrin, mein Gefährte ist nicht in der Lage, Eurem Ruf zu folgen. Der Fürst von Norad und seine Leute haben die Seele aus seinem Körper vertrieben, indem sie ihn unterkühlten. Seine Magie wagt es nicht zurückzukehren und fürchtet sich. Bitte, sagt mir, was Ihr von ihm verlangt, er und ich werden versuchen, jeden Eurer Wünsche zu erfüllen, so es in unserer Macht steht.«

Die Königin antwortete nicht. Stille breitete sich aus und durchdrang wie der Duft von Orcha-Blüten, die sich nur in der Dunkelheit öffneten, das Zelt. Obwohl die Purpursonne gerade erst untergegangen war, fror Githalad. Das Schwarzsteinbecken stand neben ihm, spendete aber keine Wärme.

Unbehagen machte sich mit jedem Herzschlag deutlicher in ihm breit. Einerseits ließ es die Entscheidung, selbst anstelle von Mojisola gekommen zu sein, richtig erscheinen. Andererseits verfluchte Githalad erneut das böse Schicksal, das ihn von Bandothi hierher verschlagen hatte.

»Du bist kein geweihter Schmied«, sagte Königin Ireti endlich. Sie erhob sich mühsam, als fehle ihr die Kraft, und wandte sich Githalad zu.

Er sah kurz auf. Sie hatte ihm das reglose, puppenhafte Gesicht zugewandt. Schnell senkte er wieder den Blick. »Nein, das bin ich nicht.«

»Ich brauche aber einen geweihten Schmied. Daher rief ich nach deinem Gefährten und nicht nach dir. Der Mensch, der das *daikon* für meinen Schwager fertigen sollte, ist gestorben. Doch dein Gefährte war sein Freund und ist selbst geweiht.«

Wieder schwieg sie, bis Githalad es kaum noch ertrug. »Darf ich Euch fragen, wozu Ihr ihn benötigt?«

»Man sagte mir, er kann wieder arbeiten.«

Githalad sah nicht auf. Doch er konnte der Stimme der Königin anhören, dass sich ihre Geduld erschöpfte. Fieberhaft suchte er nach einer Lösung, die er ihr anbieten konnte.

»Er kann, umgeben von Menschen und den Gehilfen, seiner Arbeit tatsächlich wieder nachgehen, Herrin. Wenn auch in geringem Maß.«

»So weigert er sich also, mir den Dienst, den ich ihm erwies, zu entgelten. Du sagst mir gerade, dass meine Freundlichkeit ihm gegenüber umsonst war?«

»Wie könnte sie umsonst gewesen sein?«, protestierte Githalad. »Was er tun kann, kann er, weil Ihr den Menschen ein ständiges Feuer gestattet, an dem er sich wärmen kann und das uns eine tägliche warme Suppe erlaubt. Weil Ihr jedem von uns eine Decke gegeben habt. Wie könnte er Euch das nicht danken wollen?«

»Warum kann er dann noch keine Magie wirken, die mir nützt?«

Githalad zögerte. Er war kein Heiler, geschweige denn ein Seelenherr. Er hatte überhaupt nur selten Menschen – oder Elben – mit dieser Gabe getroffen. Doch er war ein kluger Mann und wusste, dass Wesen beider Völker, die man zu stark der Magie des anderen Mondes ausgesetzt hatte, oft in ihrem Körper nicht wieder heimisch wurden. Manchmal gelang es einem Seelenherrn, mit der Seele, die in solchen Fällen mit einem Bein in den Jenseitigen Nebeln stand, zu sprechen und sie davon zu überzeugen, dass sie in ihrem Körper nichts zu fürchten hatte. Ein elbischer

Heiler hingegen war in der Lage, die Magie der Seele selbst im Diesseits zu stärken, sodass sie auch den Rest wieder zu sich ziehen konnte.

Mojisola hätte einen von beiden gebraucht.

Die Königin ging vor Githalad in die Knie. Sie kauerte so dicht vor ihm, dass ihm graute. Er musste den Blick erneut senken. Er hätte es nicht ertragen, ihr Gesicht zu sehen, das unter dem dunklen Haarvorhang so blass und durchscheinend wie Rauch wirkte und von der halbdunklen Glut des Schwarzsteinbeckens rötlich angeleuchtet wurde, als sehe er es durch einen Schleier aus Blut.

Sie hob die Hand, legte sie unter sein Kinn und hob es. Ihre Finger waren leicht wie der Rauch der verbrannten Gewürze, doch eiskalt. Wie beim ersten Mal hatte Githalad das Gefühl, die Finger würden durch seine Haut in seine Gedanken hineindringen.

»Du willst mich nicht betrügen, das weiß ich. Doch ich brauche einen geweihten Schmied. Was kannst du mir raten?«

Das Bild von Mojisola, der sich aus Angst vor dem Hellori-Soldaten auf dem *lannon* zusammenkauerte, erschien in Githalads Kopf und wurde so real, dass es mehr war als nur eine Erinnerung.

Dann sah Githalad sich selbst, wie er dem Elb in den Weg trat und ihn davon abhielt, sich auf den Kranken zu stürzen.

Ein leises Lachen erklang. Es war die Königin. »Mein Schwager – Syth verdamme ihn! – sagte es einst, doch ich wollte es nicht glauben. Ihr Menschen beschützt einander. Das muss man in seine Überlegungen einbeziehen, will man Euch beherrschen. Und gerade ich sollte es besser wissen als er.«

Es klang wirklich so, als schelte sie sich einer Dummheit.

Ihre Stimme war wieder sanft und glatt wie Seide, als sie weitersprach. »Ich werde dein Angebot annehmen. Wie lange würdest du brauchen, mit der Hilfe deines Gefährten im Lager der Menschen ein Behältnis aus Stein und Erz zu fertigen, das die Macht der Ys einschließt?«

Githalads Augen weiteten sich. »Die Macht eines Schöpfergeistes, Herrin? Wozu braucht Ihr solches?«

»Du weißt sicher, dass es der Macht bedarf, in die Nebel gehen zu können, um das Siegel der Welt zu finden, das einst verloren ging.«

Githalad konnte nur nicken. Nie hatte er die Absicht gehabt, sich in die Geschäfte der Fürsten und Elben einzumischen, und er suchte fieberhaft nach einem Ausweg, das auch weiterhin nicht tun zu müssen.

»Siehst du, und ich kann dies tun. Doch ich muss die Macht des Siegels beherrschen, das kann ich nur, wenn ich sie einschließe und für unser Volk, deines wie meines, verwahren kann.«

»Herrin, ich kann eine solche Arbeit nicht verrichten«, sagte Githalad mit rauer Stimme. Wieder schien neblige, feuchte Kälte durch seinen erhitzten Verstand zu gleiten.

»Fürchte nichts« sagte die Herrin, und Githalad hätte nicht sagen können, ob sie in seinem Geist sprach oder in der geschaffenen Welt. »Ich wünsche nicht, dass jemand Schaden erleidet. Doch der Mörder meines geliebten Gemahls, der Mann, dem die Magie des Vanar über alles geht, muss aufgehalten werden! Telarion Norandar will die Magie der Ys freisetzen, auf dass er und sein Volk über die Welt herrsche und nichts diese Macht mehr zu brechen vermag.«

»Aber der Ys die Macht nehmen und sie einschließen – das klingt, als wolltet Ihr der Welt den Frieden nehmen«, murmelte Githalad. »Nicht, ihn bringen.«

»Die Magie, die ewig bindet und nichts ändert, ist es, die jedes Wesen beschränkt in seinem Dasein!« Sie schrie die Worte so zornig, dass Githalad zusammenzuckte. »Warum sind alle zu dumm, das zu begreifen? Selbst mein Schwager, der Heiler, der selbst in das Leben eingreift, ist zu einfältig, es zu sehen!«

Ihre Hand holte aus, als wollte sie ihn schlagen. Doch im nächsten Augenblick saß sie wieder so ruhig da, als hätte sie sich nicht bewegt.

»Nun, traust du dir zu, das im Namen des Friedens zu tun? Ein Behältnis aus Alabaster, aus Porphyr und Amethyst zu schaffen. Dein Volk wird es dir einst danken.«

Githalad schluckte und antwortete nicht sofort. Er selbst hätte es nicht gekonnt, doch vielleicht hatte Mojisola es einst bei den Shisans gelernt. Geweihte Schmiede brauchten die gelernten Gesänge oft nicht. Aber wenn Mojisola sie noch wusste, weil Sinan sie mit ihm besprochen hatte, würden sie es gemeinsam vielleicht schaffen können.

Doch es widerstrebte ihm, dies gegenüber der Herrin Ireti zuzugeben, solange es Mojisola nicht besser ging.

Erneut klang leises Lachen auf. »Und wieder habe ich vergessen, was selbst mein hochmütiger Schwager in seiner Verblendung erkannte. Danke, dass du mich daran erinnerst. Ich verspreche dir Folgendes. Ich brauche dieses Behältnis, denn ich weiß, dass mein Schwager die Elbenfürsten gegen mich aufbringen wird.« Sie senkte den Kopf und hielt inne, als bedrücke sie eine schwere Last. »Ich bin halb Mensch. Es wäre für die Kinder Akusus – für die Gerechtigkeit der Welt! – besser, wenn keiner der Elben, kein Anhänger Telarion Norandars, mehr an die Macht käme!«

Sie sah Githalads fragende Miene und winkte ab. »Ich – wir! – können nicht länger warten. Alle Kinder des Akusu brauchen den Frieden, brauchen das Gleichgewicht der Welt. Wir brauchen die Magie deines Gefährten. Ich werde also mit dir in das Lager der Menschen gehen und seiner Seele die Stärke geben, damit sie in seinem Körper wieder ein Heim zu sehen vermag.«

Githalad starrte sie an. »Das würdet … das könntet Ihr tun, Herrin?«

Das Lächeln auf ihrem maskenhaften Gesicht schien Githalad unendlich kalt. »Du selbst sagtest mir, dass du mich als Herrin der Seelen erkannt hast. Ich befehle den Nebeln. Ich werde ihnen sagen, dass sie auch die letzten Reste der lebendigen Magie deines Gefährten freigeben müssen. Er wäre geheilt, doch ich verlange dafür diese Arbeit von Euch. Bist du einverstanden?«

Githalad war hin- und hergerissen. Mojisola wäre geheilt, doch um welchen Preis? Eine Seele für eine andere!

Alles in Githalad sträubte sich dagegen, eine solche Entscheidung zu treffen. Wer war er schon, das tun zu können; er war nur ein kleiner Handwerker, der seine Arbeit liebte.

Doch nicht um diesen Preis, sagte ihm eine innere Stimme. *Niemals um diesen Preis.*

Die Königin saß vor ihm und wartete. Es schien, als habe sie entgegen ihrer Versicherungen alle Zeit der Welt. Githalad fühlte immer noch die kalten Spuren, die ihre Finger auf seinem Gesicht hinterlassen hatten, als lägen sie noch dort – ein Zeichen, dass sie ihm diese Entscheidung überließ. Doch so ausdruckslos und maskenhaft ihr Gesicht nun wieder war, so deutlich kündete es doch davon, dass er diese Entscheidung bald zu fällen hatte.

Und dass sie eine Antwort, die nicht in ihrem Sinne ausfiel, nicht dulden würde.

»Ja«, sagte Githalad schließlich mit erstickter Stimme. »Ich bin einverstanden.«

Kapitel 10

»Vanar, dem älteren der Zwillingsmonde, war von seiner Mutter die Macht über alle Himmel, die Weite, das Wasser und die Pflanzen gegeben worden, die sie selbst die Radenna nannte.
Der Goldmond liebte die Bäume, die Ys hatte werden lassen und die im Norden der Welt wuchsen, zu Füßen des Berges, auf dem sie selbst Wohnstatt genommen hatte.
Oft wandelte er unter dem grünen Laub der Qentar, die die Väter aller Bäume waren, manchmal erkletterte er sie, damit er der luftigen Weite des Himmels näher war. Doch er sehnte sich oft nach einem, der diese Freude mit ihm teilte, denn sein jüngerer Bruder hatte wie der Vater Lust an Steinen und Erzen und an dem Feuer, das sie formte.
So machte er sich eines Tages daran, sich einen nach seinem und dem Bilde seines Bruders zu erschaffen.«

Von den Gaben der Kinder des Vanar
Zweite Rolle der Schriften des Klosters der Weisen Zwölf

Kälte und Angst strömten Sanara entgegen. Sie tastete nach ihrem Dolch, doch sie fand ihn nicht, und rang nach Luft, als der feuchte Geruch von nassem Moos und Blüten in ihre Lungen strömte. Es war, als habe die Essenz des Dufts Gestalt angenommen. Sie musste husten und niesen. Schwarze Haarsträhnen fielen ihr wie Spinnweben ins Gesicht und wurden wieder fortgezogen.

»Halt still, Weib!«, befahl eine ruhige Stimme mit Nachdruck.

Sie schrie unwillkürlich auf, als eine kalte Hand erneut ihren Arm packte. Schwielige Finger tasteten über den verletzten Knochen. Erneut stöhnte sie auf, denn die Handgriffe wurden ohne Rücksicht ausgeführt, und so wollte sie dem Mann den Arm entziehen. Doch das gestattete er nicht. Wieder jammerte Sanara auf, als er nicht losließ und es ihr vor Schmerz schwarz vor Augen wurde.

Dann spürte sie auf einmal Heilkraft, als verteile sich ein Brei aus Blättern auf dem Arm und befehle erst dem Knochen, dann den Muskeln und Sehnen, sich wieder zusammenzufügen. Ihr wurde klar, der Arm war geheilt, dann wurde er mit einer ruhigen Geste wieder auf ihre Brust gelegt. Doch der Schmerz schwand nur langsam.

»Bewege diesen Arm ein paar Tage lang nur mit Vorsicht«, ordnete jemand an. »Die Bruchstellen werden noch eine Weile schwach bleiben.«

Mit diesen Worten ließ der Elb sie los und wandte sich wieder Telarion zu, der sich mühsam aufrichten wollte. Ein *daikon* wurde ausgerichtet – Sanara sah die Klinge im Licht des Goldmonds aufblitzen –, dann kniete der Heiler neben Telarion und begann ihn zu untersuchen.

Als der Schmerz im Arm nachließ, nahm Sanara ihre Umgebung wieder deutlicher wahr. Rechts von ihr lagen die Leichen derer, die sie überwältigt hatte. Feiner Rauch stieg von einem der Toten auf. Es stank nach verkohltem Fleisch, denn immer noch schwelte Sanaras Feuer. Der Mann daneben – der, dem sie die Kehle durchgeschnitten hatte – rührte sich nicht.

Elben, schwarzhaarig wie Telarion, deren Haare ihnen jedoch offen über die Schultern fielen, kümmerten sich bereits um die Toten. Sanara fiel auf, dass sie besonders den Elb mit den Brandwunden nur vorsichtig berührten, so als fürchteten sie, der Feuerzauber, mit dem sie den Mann getötet hatte, könnte auf sie überspringen. Als sie die Leichen forttrugen, verschwand der Gestank des Todes allmählich, doch die Gerüche des Waldes, der die Kämpfer umgab, der Duft nach nasser Heide, Blüten und Farn, wurde betäubend. Ebenso schwollen die Furcht und die Kälte an, die all dies Sanara einflößten.

Wieder sah sie ängstlich zu Telarion hin. Vor ihm lag der letzte der drei Angreifer. Selbst im schwachen Licht aller drei Monde war der dunkle Fleck auf seinem Rücken zu erkennen, den das Blut gebildet hatte – ebenso das *daikon*, das aus dem Rücken ragte. Offenbar war auch er tot. Sanara lief ein Schauder über den Rücken. Sie hatte gemordet.

Vor wenigen Mondumläufen noch hätte – hatte! – sie das nicht bekümmert. Nur ein toter Elb war ein guter Elb, und umso besser, wenn sie selbst den Tod brachte.

Doch jetzt war sie eine Weise. Sie hätte nicht töten dürfen, auch wenn eine Stimme in ihr rebellierte, dass sie es gewesen seien, die einfache, schlafende Reisende angegriffen hatten. Sie hätte es nicht tun dürfen.

Sanara musste es genau wissen. Als sie die Augen schloss und einige Töne summte, die sie in die Leere bringen sollten, erkannte sie niedergeschlagen, dass auch auf der anderen Seite die Körper nur dunkle Flecken waren. Die Seelen aller drei Elben hatten ihren Körper endgültig verlassen.

Und sie, eine Weise, die der Welt Segen bringen sollte, hatte zwei von ihnen in die Nebel geschickt und ihnen damit die Möglichkeit genommen, zu genau diesem Segen beizutragen. Das stand im Widerspruch zu dem, was sie im Tempel der Weisen gelernt hatte.

Sie wandte sich ab, schloss die Augen und drängte die Tränen zurück. Dann begann sie, so leise es ging, das Lied zu singen, das eine Seele zu ihrem Schöpfer begleiten sollte.

Doch kaum hatten ein paar der Töne ihre Lippen verlassen, als sie an der Schulter herumgerissen wurde. Sie spürte einen scharfen Schmerz auf der Wange, und jäh wurde ihre Seele aus den Nebeln gerissen. Sie erkannte, dass einer der Elben sie geschlagen hatte.

Einen Herzschlag später lag ein *wakun* an ihrer Kehle.

»Ich verbiete dir die üblen Gesänge deines Volkes in unserer Anwesenheit!«, zischte es direkt vor ihr. »Hast du das begriffen, Weib?«

Sanara konnte nichts sagen, und als sie vor Furcht schluckte, drückte ihre Haut schmerzhaft gegen die Schneide des Dolchs. Dann kitzelte es in ihrem Dekolleté. Sie blutete.

Der Mann meinte es ernst. Erst jetzt glaubte Sanara zu erkennen, dass es der Elb war, der ihr erst den Arm gebrochen und ihn dann geheilt hatte. Die Wunde an ihrer Kehle heilte er nicht.

Sie nickte hastig.

Langsam zog der Mann seinen Dolch zurück und wandte sich wieder Telarion zu. »Du siehst aus wie ein Norani-Elb«, sagte er grimmig. »Ein junger Heiler aus dem Palast der Winde.«

Telarion richtete sich mühsam auf. Dabei hielt er sich die Seite, die offenbar schmerzte.

Der Elb sah auf die Wunde. Das Hemd, das Telarion trug, war dort zerrissen und feucht von Blut. Der Mann schnaubte und kniete sich neben Telarion. Mit einem Ruck verbreiterte er den Riss und presste dann seine Hand auf die Wunde. Telarion zuckte zusammen und stöhnte auf. Kurz war ein goldener Schimmer unter der Hand des Fremden zu sehen, dann entspannte sich Telarions Gesicht etwas.

Der Elb zog die Hand zurück. »Die Wunde ist nun geschlossen.« Sein Blick wanderte von seinem Patienten zu Sanara und von dort über den Lagerplatz. Dann sah er wieder Telarion an. »Wenn ich nicht mit eigenen Augen gesehen hätte, dass dieses Larondar-Halbblut den Dolch führte, der dich traf, müsste ich glauben, dass es diese dort war, die dir das antat.«

»Mein Schmerz sagt mir, dass der Dolch der roten Magie der Erde geweiht war«, erwiderte Telarion gepresst. »Doch sie ist Feuermagierin.«

»Das war dieser Abschaum hier auch«, gab der Elb zurück. »Es hinderte ihn nicht, den Dolch zu führen.« Er hob die Klinge auf, die noch neben Telarion lag, und betrachtete sie. »Es ist kein *qasarag*, das ist wohl dein Glück, Heiler, sondern nur ein einfaches Kupfer-*wakun*, in dessen Klinge die Erdzeichen eingraviert wurden. Ich konnte wohl die Wunde schließen, doch nicht die dunkle Magie dieses Dolchs vertreiben. Sie ist nicht sehr stark, dennoch wird sie dich in den kommenden Tagen zunehmend schwächen.«

Er richtete sich auf und schlug den Dolch in ein Leintuch ein, das er mit sich führte. Dann reichte er das Päckchen mit einem kurzen Befehl an einen seiner Männer weiter. Der Soldat nickte und verschwand in der Nacht.

»Nun. Offenbar bist du einer der Unseren und brauchst Hilfe. Doch was dich bewogen haben mag, mit einer vom dunklen Volk zu reisen, ist mir unverständlich.«

Er sah Telarion herausfordernd an, als erwarte er eine hinreichende Erklärung oder gar Entschuldigung für diesen Umstand. Doch Telarion zögerte mit einer Antwort.

Sanara wusste nicht, ob es daran lag, dass er verletzt war, ob seine Magie schwach war oder ob er sich den Elben, die offenbar Angehörige seines Volkes waren, nicht zu erkennen geben wollte.

Als sie zu ihm herübersah, erwiderte er den Blick. Doch seine Miene blieb steinern.

Sanara entschied, sein Zögern zu nutzen. Sie war eine Weise. Den Shisans und Shisanis dieses Ordens gebührte Respekt – und sie selbst hatte den Segen sowohl des Dunklen als auch des Goldenen Monds erhalten. Sie hatte sich für nichts zu schämen.

Sie überwand die Angst, die ihr Herz ergriffen hatte, und richtete sich langsam auf. Dann neigte sie das Haupt vor dem Elb und breitete zum Gruß die Hände aus.

»Wir haben unsere guten Gründe, gemeinsam zu reisen. Wir sind im Auftrag der Ys unterwegs, und wie Ihr an dem Angriff sehen konntet, gehören wir nicht zu den Larondar.«

Der Anführer der Elben kam einen Schritt auf Sanara zu und sah auf sie herab, als habe ein *pattu*, ein Nagetier, das oft in der Gosse vorkam und sich von Abfällen ernährte, zu sprechen begonnen.

»Es scheint so«, gab er zurück. »Wir bringen dem Volk der Königin keine große Sympathie entgegen. Doch in der Regel behelligen wir uns nicht.« Er kam noch etwas näher. »Und um es dir klar zu sagen, Menschenweib, hätten diese Halbblute dich allein angegriffen, hätten wir nur zugesehen. Eine Feuermagierin weniger auf der Welt bedeutet weniger Leid. Er sollte das wissen!«, fügte er mit einem Seitenblick auf Telarion hinzu. »Doch wir gestatten keinem Larondar, einen Norani anzugreifen. Schon gar keinen Heiler.«

Die Angst kroch in Sanaras Nacken immer höher, als der Hauptmann sich näherte. Hätte sie nicht den Felsen im Rücken gehabt, sie wäre aufgesprungen und davongelaufen. So aber war sie gefangen.

»Wir haben dem Volk der Norad eine Bitte der Weisen vorzutragen. Doch wir können sie nur dem Fürsten Norandar persönlich schildern.«

Das Blut rauschte so laut in ihren Ohren, dass sie die eigene Stimme kaum hörte.

»Dem Fürsten persönlich?« Der Elb gab einen Laut von sich, der irgendwo zwischen Lachen und Schnauben lag.

Sanara ging nicht darauf ein. Sie hob den Kopf, ließ die Arme aber ausgebreitet. »Ich bin Sanara, eine Shisani der Weisen vom Tempel der Quelle«, sagte sie unbeirrt höflich. »Wer, bitte, seid Ihr? Ich muss es wissen, um Euch angemessen begrüßen zu können.«

Der Elb hob die Brauen. Mit einem Seitenblick auf Telarion, der weiterhin schwieg, erwiderte er: »Mein Name ist Qamar. Ich bin Hauptmann der Grenzer und diene Damastan, unserem Fürsten. Und ich sage euch, die Weisen sind hier nicht wohlgelitten. Sie sind kaum besser als die Diener des Dhabyar, da sie die reinen Kräfte des Goldmonds mit den verderbten des Akusu mischen. Ich wusste nicht, dass sie sich noch unters Volk mischen.«

Sanara schwieg und brauchte ein paar Herzschläge lang, um sich zu fassen. Dass die Weisen hier so wenig Anerkennung erfuhren, hatte sie nicht erwartet. Dann fiel ihr ein, dass in diesen Zeiten nur kaum bekannt war, dass es einen Ort wie den Tempel der Quelle überhaupt gab. Noch weniger bekannt war, dass sich die Weisen einst als Orden der Ys verstanden hatten.

Was ihr selbst in den letzten Mondumläufen so selbstverständlich geworden war, war es in der Welt, in der sie zehn Jahre als Kind und weitere zehn als Schankmädchen verbracht hatte, nicht. Und doch machte es sie stolz, dass gerade sie, das Mädchen aus der Gosse, die Heimatlose, nun einen Ort hatte, an den sie gehörte. Sie hielt dem Blick des Hauptmanns stand, als sie antwortete.

»Das tun die Meinen selten, doch in Zeiten der Gefahr kommt es vor.«

Qamar schien das zu erwägen. »Soso«, sagte er schließlich. »Davon hörte ich. Und Ihr … Shisani, tragt in der Tat die *hataka* der Weisen. Doch ein solches Kleidungsstück kann jeder anziehen. Wenn es so ist, wie Ihr sagt, wird Euer Weihezeichen für sich sprechen.«

Sanara errötete, hob den linken Arm und schob den Ärmel ihrer *hataka* zurück.

Ein knapper Wink Qamars veranlasste einen seiner Leute, eine Laterne über Sanaras Arm zu halten. Wieder hoben sich die Brauen Qamars beim Anblick der Zeichnungen.

»So habt Ihr nicht nur Feuer, sondern auch Wind in Euch.« Er warf Telarion einen neugierigen Blick zu. »Es scheint, als würdet Ihr die Wahrheit sagen, Shisani. Für den Moment will ich das zumindest annehmen.«

Er ließ Sanara keine Zeit zu antworten, sondern gab seinen Leuten ein Zeichen. Im nächsten Augenblick wurde Sanara hochgerissen und in die Dunkelheit gestoßen. Ein Elb nahm ihre Habseligkeiten auf und verschwand damit in der Nacht.

»Unser Quartier ist in der Nähe. Ihr werdet dort mit uns rasten, und morgen wird euch eine Abordnung meiner Leute nach Darkod bringen«, hörte Sanara Qamar sagen. Sie selbst sah ihn nicht, sie war damit beschäftigt, im nächtlichen Wald den Weg nicht zu verlieren oder zu stolpern.

Sie konnte mit den Norani-Soldaten kaum Schritt halten. Schon bald keuchte sie vor Anstrengung. Die beiden Elben, die rechts und links von ihr gingen – offenbar, um sie im Auge zu behalten – atmeten dagegen nicht einmal schneller. Sie nahmen keine Rücksicht darauf, dass sie sowohl kleiner als auch höchstwahrscheinlich schwächer als eine Elbin war.

Sanara dachte an Telarion. Er hatte gesagt, dass der Dolch, der ihn getroffen hatte, ihn mit Erdmagie infiziert habe; so würde auch ihm das Gehen schwerfallen. Doch sie entdeckte ihn nirgends in der Dunkelheit unter den Bäumen. Sie konnte nur hoffen, dass es ihm wieder einigermaßen gut ging.

Der Silberne Mond hatte seinen Zenit schon überschritten, als sie Telarion endlich wieder vor sich zu sehen glaubte. Erleichtert bemerkte sie, dass seine Schritte kräftiger wirkten als ihre, wenn sie auch langsamer waren als die der Soldaten.

Als der Trupp plötzlich zum Stehen kam, atmete Sanara innerlich auf. Sie waren vor einer Weile von der Straße abgebogen und standen nun wieder in einem Hochwald, in dem die Bäume und Sträucher geradezu riesenhafte Ausmaße angenommen hatten.

Kurz wurde eine Lampe geschwenkt, dann erscholl weit über ihr ein knapper Ruf. Nur dass er so kurz nach dem Lichtzeichen erklang, deutete darauf hin, es könnte ein Zeichen sein, nicht nur der Schrei eines Nachtvogels. Sie erwartete beinahe, dass ein weiterer Trupp Elben um den Stamm herumkommen würde, den wohl zwei Dutzend Mann kaum hätten umfassen können.

Stattdessen spürte Sanara einen Stoß im Rücken. Als sie sich halb überrascht, halb zornig umwandte, bedeutete ihr einer ihrer Begleiter mit ungeduldiger Geste weiterzugehen. Sie gehorchte, zögernd erst, doch dann erkannte sie im Stamm des Baums Bohlen. Die ersten Soldaten stiegen bereits hinauf.

Sanara schluckte. Offenbar wanden die Bohlen sich um den Baum herum und führten in die Höhe – eine Treppe oder Leiter. Noch einmal wurde die Angst, an die Sanara sich in den letzten Stunden fast schon gewöhnt hatte, stärker. Sie betrat die erste

Stufe und erwartete halb, das geschnitzte Brett, das von Farn und den Ranken des Yphan fast verdeckt war und weiter keinen Halt zu haben schien, gebe unter ihrem Gewicht nach. Es hielt jedoch, und Sanara trat vorsichtig von einer Stufe auf die nächste.

Es gab kein Geländer, und so ließ sie die Finger der rechten Hand an der rauen Rinde des Stamms entlanggleiten, denn wirklich festhalten konnte man sich an diesem nicht. Es war, als stiege sie durch die Luft selbst. Die Elben, die vor ihr die Treppe betreten hatten, waren bereits aus ihrem Sichtfeld verschwunden. Nur schwaches Knarren verriet, dass sie weit über ihr diese seltsame Treppe hinaufstiegen.

Zu Beginn versuchte Sanara die Stufen oder ihre Schritte zu zählen. Doch schon bald gab sie auf. Eine Ewigkeit schien vergangen, bevor sie den ersten gewaltigen Ast erreichten. Er war immer noch breiter als der Pfad, den sie am Waldboden verlassen hatte. Doch noch weiter hinauf führte der Weg, und Sanara erinnerte sich an die Erzählungen des Vaters und die der Mönche vom Abendtempel, die gesagt hatten, eines der Elbenvölker lebe in den Wipfeln der Bäume, und habe dort ganze Städte errichtet. Damals hatte sie das für ein Märchen gehalten.

Es schien ihr mehr als unwirklich, dass es offenbar tatsächlich so war. Ihr kam zu Bewusstsein, dass ihr Geliebter mit dieser Art Wohnung vertraut sein musste. Die Norani lebten in den Vätern der Bäume, den Qentar, wie es einst Vanar selbst getan hatte.

»Halt!«

Der knappe Befehl wurde heiser ausgesprochen. Sanara blieb auf der Stelle stehen und legte die Hand fest auf die Rinde des Stamms neben ihr. Kurz schloss sie die Augen, als eine kühle Brise sie traf. Laub raschelte. Der Gedanke, sie sei nun ungezählte Klafter über dem festen Boden, in einem Baum, ließ ihr einen Schauer über den Rücken rinnen.

Sie befahl ihrem Magen, sich zu beruhigen, dann sah sie sich um. Sie stand auf einer hölzernen Plattform, eckig, die man in eine gewaltige Astgabelung gebettet hatte. Nur eine kunstvoll geschnitzte dünne Balustrade grenzte die Plattform vom umgebenden Laubwerk ab. An einer Seite nahm der Stamm selbst einen großen Teil des Platzes ein, zudem waren schmale Säulen zu sehen, die aber auch Äste hätten sein können. Sie trugen ein an den Ecken geschwungenes Dach, das so ausladend war, dass es an Größe die Plattform übertraf, sodass diese selbst bei Regen und Sturm trocken blieb. Einige wenige Lampen erhellten den Raum und das dicht angrenzende Laub des Qentars. Die gedämpfte Atmosphäre, die die silbrig und golden leuchtenden Laternen schufen, erinnerte Sanara an Telarions *ethandin*, das er als Heermeister auf seinem Zug nach Solife bewohnt hatte.

Es war nicht nur eine angenehme Erinnerung. Sie barg viele Schrecken, hatte doch der Fürst damals versucht, sich ihre Magie zu unterwerfen.

Und nun, da Sanara von rund einem Dutzend Elbenkrieger umgeben war, von denen keiner ihr sonderlich wohlgesinnt schien, überwogen die schlechten Erinnerungen an die, die ihr zeitlebens zugesetzt hatten.

Qamar stand nun vor ihr. »Meine Männer werden Euch, Shisani, und Euren Gefährten in einem Raum für Gäste unterbringen. Doch Eure Nacht wird kurz sein. Morgen werden ein paar Männer, denen ihr euch anschließen könnt, nach Darkod aufbrechen. – Mag man am Hof von Daron Damastan entscheiden, was mit Euch zu geschehen hat«, fügte er noch hinzu.

Der Hauptmann warf ihr noch einen abschätzigen Blick zu und wollte sich damit abwenden. Einer der Männer packte Sanara am Oberarm, um sie fortzuziehen, doch sie riss sich los. Der herablassende Ton des Hauptmanns machte sie wütend, wofür sie dankbar war. Der Zorn schürte ihr Feuer und verbrannte ein Gutteil ihrer Angst.

»Ihr, Hauptmann Qamar, haltet wohl nicht viel von den Weisen? Nun, was Ihr denkt, ist Eure Sache. Aber ich bin sicher, dass keine Tat meines Ordens Euch das Recht gibt, mich mit solcher Verachtung anzusprechen.« Sie wollte fortfahren und darauf hinweisen, welchen Rang Telarion einnahm, doch dann beließ sie es dabei.

Ihr Gefährte hatte seit dem Lagerplatz kein Wort mehr gesprochen, nicht zu ihrer und erst recht nicht zu seiner Verteidigung. Als sie ihm einen Blick zuwarf, war seine Miene ausdruckslos. Doch sie war sicher, dass es ihm nicht recht gewesen wäre, wenn sie seinen Titel und seine Abstammung in die Waagschale geworfen hätte.

Also schwieg sie.

Qamar hatte ihren Blick bemerkt und wandte sich nun Telarion zu. »Du schweigst, junger Heiler, und lässt sie sprechen. Hast du nichts zu sagen?«

Telarion wich dem Blick nicht aus. »Ich wüsste nicht, was ich den Worten der Shisani Sanara hinzufügen sollte, Hauptmann«, sagte er dann ruhig. »Meine Haartracht und mein Aussehen sollten hinreichend Zeugnis von meinem Gelübde ablegen, dass ich Norani bin und das Leben mir heilig ist. Dass die Shisani keine Dunkelhexe ist, bewies sie dir mit ihrem Zeichen. Sie hat sich offenbart und dir alles gesagt, was du wissen musst.«

»Ist dem so?« Qamars Brauen hoben sich kurz. Seine Mundwinkel zuckten, und für einen Wimpernschlag erkannte Sanara erstaunt eine Ähnlichkeit zwischen ihm und Telarion. Der Hauptmann wirkte älter und entschieden abgeklärter, wenn auch nicht wirklich alt oder schwach. Und wieder erinnerte sich Sanara daran, dass Telarion behauptet hatte, sein Volk halte ihn und seinen Zwilling trotz ihrer über fünfzig Winter für jung.

Telarion straffte sich, doch seine Hand fuhr unwillkürlich an die Wunde an seiner Seite. »Würde ich in ihrer Begleitung reisen, wenn es auch nur den Schatten eines Zweifels an ihrer Ehrbarkeit gäbe?«, erwiderte er unwillig. Seiner Stimme war anzuhören, dass er es nicht schätzte, sein Wort in Zweifel gezogen zu sehen. »Es ist, wie du sagst: Soll man sich an Fürst Damastans Hof den Kopf darüber zerbrechen, ob unsere Absichten lauter sind! Bis dahin jedoch magst du dich aller Verachtung enthalten.«

»In deiner Lage stünde dir Demut wohl besser zu Gesicht als der Hochmut, der aus deinen Worten spricht!«, gab Qamar scharf zurück. »Ich bin Grenzer und trage die Verantwortung, wenn ich gegen Damastans Befehl handle. Dass du und deine Gefährtin noch nicht tot oder im Lande Larondar seid, hast du also meinem guten Willen zu verdanken! – Ich verlasse mich auf dein Wort als Norani und als Shisan des Lebens«, fuhr er versöhnlicher fort. »Ruht nun. Ihr seid beide schwach, doch erst in Darkod wirst du, Heiler, deinesgleichen finden, die dir die Erdmagie, die deine Seele beschwert, nehmen können.«

Er gab einem seiner Männer einen Wink und wandte sich endgültig ab. Der Soldat wies mit einer Hand auf eine Seite des Raumes, wo die Balustrade unterbrochen war – ein Ausgang, wie Sanara bemerkte. Ein Ast zeigte sich darunter, auf den man Bohlen gelegt hatte, sodass der Weg glatt und so eben wurde, dass man ohne Gefahr darauf gehen konnte. Doch auch hier gab es kein nennenswertes Geländer, nur ein fest gedrehtes Seil aus Resatrinde. Es verlief auf Höhe von Sanaras Knie und wirkte eher wie eine Zierde, nicht wie ein Schutz gegen einen etwaigen Sturz. Offenbar gingen die Erbauer dieser Brücken und Häuser in den Bäumen davon aus, dass sich die Bewohner auch bei Feuchtigkeit oder Sturm auf den Bohlen halten konnten.

Sanara musste sich erneut überwinden, dem Mann zu folgen, der auch ihr Gepäck trug. Ihr Gefährte war hinter ihr. Ohne sie zu berühren, war er so nah, dass sie ihn spürte. Es beruhigte sie etwas.

Wortlos ging der Norani voran, über Brücken und durch andere Räume, bis er auf einer Plattform ankam, die ähnlich der ersten war, auf die man sie gebracht hatte, nur entschieden kleiner. Einige wenige dünne Matten lagen in einer Ecke, ein flacher Tisch stand daneben. Der Soldat stellte die Lampe, die ihm den Weg geleuchtet hatte, darauf ab, das Bündel mit den Habseligkeiten der Reisenden warf er achtlos neben die Matten.

»In diesem Schrank dort findet ihr Nahrung und Kräuterwasser«, sagte der Mann noch knapp und wies in eine Ecke. »Versucht nicht zu fliehen, der Weg führte an uns vorbei, sofern ihr nicht die vierzig Klafter zum Boden springen wollt.«

»Wozu sollten wir das wollen«, gab Sanara ärgerlich zurück. »Ich sagte deinem Hauptmann schon, dass wir euren Fürsten zu sprechen wünschen. Und zu dem werdet ihr uns doch bringen.«

»So lautet Qamars Befehl, ja«, gab der Soldat gelassen zurück. Ihm schien ihr Ärger Vergnügen zu bereiten. »Ich wünsche Euch eine gute Nachtruhe … Shisani.«

Er warf Telarion einen verächtlichen Blick zu und wandte sich zum Gehen.

Telarion sah ihm nach, bis er im dichten Laub verschwunden war, und ließ sich dann mit einem leisen Stöhnen auf den dünnen Matten nieder. Sie lagen direkt vor einem Stamm, der den Raum an dieser Stelle abschloss und so ein wenig vor Wetterunbilden schützte.

Er schloss die Augen und drückte die Hand wieder auf die Seite.

Sanara kniete sich neben ihn. Behutsam nahm sie seine Hand von der Wunde und schob sein Hemd fort. Die Wunde war geschlossen, sie blutete nicht mehr, doch sie war verkrustet von Dreck, von Fasern des Hemds und von Blut. Sanara stand auf, goss etwas Wasser in eine ihrer Schalen und begann, die Wunde zu reinigen. »Kein Wunder, dass dieser Hauptmann sagte, sie schmerze. Er hätte sie besser gereinigt, bevor er sie heilt; dass das ratsam gewesen wäre, weiß selbst ich!«, knurrte sie und hielt kurz inne, als sie spürte, wie sehr seine Muskeln zuckten, während sie sich an ihm zu schaffen machte. Doch er sagte nichts. Nur der Ausdruck seines Gesichts sprach von dem Schmerz, den er empfand. Sie ließ den Lappen sinken, legte ihre Hand auf seine Wange und lehnte ihre Stirn an seine.

»Es tut mir so leid. Ich hätte dich wecken müssen, als sie angriffen«, sagte sie dann leise. »Aber ich wusste, dass deine Lebenskraft seit der Beschwörung der Nebel durch Ys und mich gelitten hat und wollte dir Ruhe gönnen.«

Telarion lachte leise und mit geschlossenen Augen. »Glaubst du tatsächlich, dein Aufstehen hätte mich nicht geweckt? Ich war von dem Moment an wach, als du den Atem anhieltest und in die Nacht gelauscht hast. Ich wäre ein schlechter Feldherr gewesen, würde mich in einer Nacht unter freiem Himmel nicht das leiseste Geräusch wecken!«

Sanara musterte ihn mit großen Augen. »Wie konnte dir dann dieser Unselige einen Dolch in die Seite rammen?«

Telarion lehnte sich an den Stamm, der hinter ihm in den Raum hineinragte. Erneut musste er ein Stöhnen unterdrücken. »Dieser Mann wurde von Hass getrieben. Er war ein guter Kämpfer, und ich war, wie du richtig sagtest, schwach. Er durchbrach meine Deckung.«

Sanara hielt wieder inne. »Ich wusste nicht, dass jemand das kann, Daron Elb!«, sagte sie halb erstaunt, halb im Scherz.

Wieder lachte Telarion, doch er unterbrach sich, denn selbst das Lachen schien ihm Schmerzen zu bereiten. »Ich bin nicht unfehlbar. Gomaran ist der bessere Kämpfer von uns. Und ich habe meine Waffen seit mehreren Zehntagen nicht mehr mit ihm gekreuzt. Zudem war dieser Larondar-Elb kein Wegelagerer. Er war mehr. Ihn trieb Hass an. Ich begegnete ihm schon einmal auf dem Weg zum Tempel der Weisen, und auch da konnten Gomaran und ich ihn nur gemeinsam besiegen.«

»Hass trieb ihn an?«, hakte Sanara nach. »Er kennt dich nicht. Wie kann er dich hassen?«

»Ireti«, sagte Telarion knapp, als reiche dieser Name zur Erklärung. »Diese verfluchte Hure«, zischte er dann. »Er gehörte sicher zu ihrer verderbten Sippe!«

Sanara schluckte und zog ihre Hand zurück. Telarions Heftigkeit erschreckte sie. Doch ihn schien nicht zu kümmern, dass er sie mit seiner Härte verunsicherte.

Betont gelassen nahm sie die Säuberung seiner Wunde wieder auf. »Du meinst, er ist, wie sie, ein Verwandter des Fürsten Landarias?«

Telarion machte eine ungeduldige Geste. »Ireti Landarias ist eine hohe Tochter des Dhabyar und hat unzählige Halbgeschwister!«

Er bemerkte den fragenden Ausdruck in ihrem Gesicht und seufzte. »Das Fürstenhaus derer von Larondar zählt sich zu den Elben«, erklärte er. »Doch seit undenklichen Zeiten wählt sich der Dhabyar keine feste Gemahlin, weder unter den Elben noch aus dem Volk des Dunkelmonds. So sind besonders seine direkten Nachkommen zahlreich. Die Hohen Töchter und Söhne des Dhabyar sind untereinander verschwistert, doch nur wenige haben die gleiche Mutter.«

»Du glaubst also, dieser Mann war ein Bruder der Königin.«

Telarion schnaubte. »Er deutete an, dass Ireti vieles wisse, was andere nicht erfahren. Offenbar war ihm bekannt, welche der magischen Gaben des Dunkelmonds sie besitzt. Doch das wissen nur wenige; selbst mir war es lange nicht klar. Und sie tat gut daran, es zu verschweigen, denn den Elben aus Norad, Mundess oder Kantis, auch vielen Nisan, gälte sie als unrein, wüssten sie, dass eine, die sich Elbin nennt, über die Nebel gebietet.«

Sanara nickte langsam. »Ich verstehe. Deshalb sprach Qamar so verächtlich von ihr. Und von mir.«

»Mein Vater wollte diese Art des Denkens ändern«, sagte Telarion nach einer Pause. »Daher gab er Tarind an den Fürstenhof des Dhabyar, auf dass er dort erzogen werde.« Er nickte und stieß hervor: »Er hätte sich wohl nicht träumen lassen, dass es seinen Sohn verderben würde, statt ihn toleranter und weiser zu machen. Und ihm letzten Endes sogar den Tod bringen würde!«

Nachdenklich räumte Sanara das fleckig gewordene Tuch und das schmutzige Wasser weg. »Du solltest ruhen«, sagte sie dann und lächelte ihm zu. »Du bist hier in deinem Land und nicht in dem der Ireti Landarias.«

Er erwiderte das Lächeln nur kurz. Die Erschöpfung war ihm

anzusehen. »Sage niemandem, wer ich bin«, murmelte er und sah an ihr vorbei, als fürchte er, belauscht zu werden. »Ich glaube nicht, dass mein Name unter Damastan einen wohlgelittenen Klang hat.«

»Nun, Weise scheinen noch weniger Wertschätzung zu erfahren«, hielt Sanara dagegen.

Telarion starrte vor sich hin. »Ich habe meinen Zwilling getötet. Den König und Erben von Dajaram. Ich werde als Verbrecher gelten, ganz gleich, was man von dir, den Weisen oder gar Ireti als Königin hält.«

»Vielleicht wäre es besser gewesen, nicht hierherzukommen.«

Telarion schüttelte den Kopf. »Wir müssen nach Süden«, sagte er. »So schnell es geht. Das Siegel ist wichtig. Doch ohne Verbündete, allein auf uns gestellt, werden wir nicht nach Farokant gelangen. So unwillkommen wir hier sein mögen, ich muss zum Fürsten. Er ist der Einzige, bei dem die Möglichkeit besteht, dass er hilft.«

Sanara antwortete nicht sofort. Schon am Abend nach dem Ritual, als sie selbst noch geneigt war, ins Kloster der Quelle zurückzukehren und Morotand um Rat für die weiteren Schritte zu bitten, hatte Telarion sich – und damit auch sie – diesem Weg verweigert. Er hatte darauf bestanden weiterzureisen, und zwar nach Norad. Er behauptete, dort seien sie sicher vor Iretis Häschern. Wenn er nur erst den Fürsten sähe, würde sich alles – zumindest für die Hälfte des Wegs oder sogar noch länger – zum Guten wenden.

Doch warum er das glaubte, war ihr nicht klar. Ihr erschien es einfacher, als unerkannte und einfache Reisende aufzutreten.

»Warum glaubst du das?«, fragte sie jetzt und legte sich auf das Lager neben seinem, wo er sich ausgestreckt hatte. Gerne wäre sie näher an ihn herangerückt, in seinen Arm, den er ihr seit dem Aufbruch und der ersten Rast ihrer Reise immer gewährt hatte. Doch hier, auf der hölzernen Plattform einer Norani-Patrouille, vierzig Klafter über dem Boden, erschien ihr das als ein geradezu vermessener Wunsch. Zudem war er verletzt und die Wunde sicher noch schmerzempfindlich.

»Du weißt es nicht?«, murmelte er.

Sie antwortete nicht, zuckte nur mit den Schultern.

Er schloss die Augen und erwiderte so leise, dass sie es gerade eben noch verstehen konnte: »Damastan ist Dajarams jüngerer Bruder.«

Sanaras Augen weiteten sich. »So ist er dein …« Sie unterbrach sich. »Aber warum sagst du das nicht dem Hauptmann, er …«

»Er würde mich wahrscheinlich verhaften. Oder umbringen«, murmelte Telarion. »Ich habe den König getötet. Meinen Zwilling. Ich wüsste kein Land, in dem man nicht dafür hängen würde, selbst als Prinz.«

»Du bist Erbe des Titels!«, gab Sanara kaum hörbar zurück.

»Ireti sprach ihn mir mit allem anderen ab«, erinnerte Telarion sie. »Und sie ist Königin. Damastan mag das nicht gefallen, doch er wird die Frage nach der Berechtigung dafür, dass sie die Krone nahm, nicht stellen, bevor der Krieg nicht entschieden und sie wieder in Bandothi ist. Und Ireti ist berechnend genug, das erst zu tun, wenn sie das Siegel hat – wenn sie uns besiegt hat. Es besteht nur die Hoffnung, dass die Elben sich gegen sie verbünden. Wir müssen ihnen klarmachen, dass sie nicht den Segen der Schöpfergeister besitzt.«

Sanara schwieg eine Weile, als ihr klar wurde, wie wenig sie von der Politik verstand, die ein großer Teil von Telarions bisherigem Leben gewesen war. Für sie waren die letzten Mondumläufe ein Aufstieg gewesen: Flüchtling, Schankdirne, dann eine Auserwählte und Weise. Doch Telarion war abgestiegen. Er hatte den Rang eines Heermeisters und Fürsten innegehabt, nun war er ein Flüchtling. Und Gefangener. Sie benutzte die Bezeichnung »Daron« ihm gegenüber im Scherz, dennoch war sie überzeugt, dass er dies im Herzen immer sein würde: ein Fürst.

»Deshalb wolltest du herkommen«, sagte sie schließlich. »Deshalb willst du unbedingt zu Damastan.«

»Ja«, sagte Telarion. »Ich brauche ihn. Ich brauche seine Zustimmung, wenn ich dieser Verfluchten die Krone abnehmen will. Sobald ich die Zustimmung des offiziellen Fürsten der Norad habe, werden die Mundessi und die Eiselben aus Kantis ihm sicher folgen. Gomaran ist schon auf dem Weg nach Süden. Er wird im Heer nach Verbündeten suchen, die sich dem Befehl einer Halbelbin schon jetzt nur murrend fügen. Wenn bekannt wird, dass Ireti den Nebeln befiehlt, wird es viele geben, die ihr nicht länger folgen werden.« Er entspannte sich und legte sich vorsichtig auf die Seite, die unverletzt war, sodass er ihr nun in die Augen sah. »Wir sollten schlafen. Nicht nur ich, auch du.« Er lächelte. »Wer weiß, was passiert, wenn du zu müde bist, dein Feuer einzudämmen. Vielleicht verrätst du dann meinen Namen …«

Sanara erwiderte das Lächeln nur kurz und schloss die Augen.

Sie dachte daran, wie lange sie geglaubt hatte, ihre Aufgabe bestünde einfach darin, das Siegel zu bergen und die Welt zu retten. Nun, da sie es hatte, stellte sich heraus, dass der größte Teil ihrer Aufgabe noch vor ihr lag – und nicht von ihr bestritten werden konnte.

Sie dachte an die Freude, als Ys ihr das Siegel ohne weitere Prüfung überlassen hatte. Sie hatte solche Prüfungen, wie Heldinnen und Helden sie im Märchen bestehen mussten, bevor sie ihren Preis bekamen, gefürchtet. Doch als sie Morotand in einer der Lehrstunden danach gefragt hatte, hatte er die Vermutung geäußert, sie sorge sich umsonst.

Welche Aufgabe könnte schwerer sein und mehr Prüfungen beinhalten als die, die der Schöpfergeist dir, meine Schülerin, bereits auferlegte? Du warst Gefangene, man nahm dir ein Stück deiner Seele, du verlorst deine Familie und musstest den rechten Weg dennoch finden.

Ich denke, dass Ys dir das Siegel gern geben wird, so wie sie es versprach und wie es auch die Schöpfermonde dir sagten.

Sanara hatte wissen wollen, was denn mit dem Siegel zu tun sei, wenn sie es denn habe, wie es aussehe und wie es zu zerstören sei, damit Syth wiederkäme.

Das kann keiner wissen außer Ys selbst, hatte Morotand erwidert. *Wenn sie es dir anvertraut – und daran habe ich keinen Zweifel –, dann wird sie dir auch sagen, was damit zu geschehen hat. Und dann wirst du auch wissen, wie es aussieht.*

Habe Geduld, Tochter.

Telarions Atemzüge verrieten Sanara, dass er eingeschlafen war. Sie gingen regelmäßig, waren aber nicht so leicht wie in den Nächten zuvor. Sie streckte die Hand aus und strich sanft über seine Wange. Doch auch das weckte ihn nicht. Es wunderte sie nicht. Ein solches Baumhaus, der Wald … diese Umgebung war seine Heimat.

Sie dachte über ihr Gespräch nach. Es klang einfach: Sie gingen zum Fürsten von Norad und versicherten sich seiner Allianz. Doch auch wenn Telarion zuversichtlich geklungen hatte, ahnte Sanara, wie schwierig es werden würde.

In Wahrheit fürchtete er sich vor der Rückkehr in seine Heimat.

In den nächsten Tagen hätte Sanara ihn gerne gefragt, ob es sich so verhielt, doch sie fand keine Gelegenheit. Telarion sprach nur wenig mit den Norani, die sie nach Darkod begleiteten. Er begegnete ihnen mit Respekt, doch so, als sei er ihnen zumindest gleich- wenn nicht sogar höhergestellt. Doch auch mit ihr sprach er wenig, er hielt sich von ihr fern. Er verhielt sich für die Elben so, als sei sie nur wenig mehr als seine Reisegefährtin. Sie konnte das verstehen, er wollte diesen Elben nicht als der Königsmörder gelten, der er war. Doch dass er das geheim hielt, hatte auch Folgen für sie.

Die Momente mit ihrem Geliebten wurden rar für Sanara. Ab und zu ließen die Elben sie allein, wenn sie auf die Jagd gingen oder ihnen Zeit für ein Bad in einem Bach oder ähnlichem gaben. Dann war es möglich, dass Sanara einen flüchtigen Kuss erhaschte, eine kurze Berührung oder gar eine Umarmung Telarions. Nur einmal hatten sie Gelegenheit zu mehr; als man sie in einem Quartier ähnlich dem ersten unterbrachte, zog er sie verlangend an sich. Sie gab nach, doch es war heimlich und fühlte sich an, als stehle sie, das Gossenmädchen, ihm, dem Prinzen, etwas, was er offiziell nicht geben konnte. Nicht geben durfte.

Aber sie ertrug es. Ys hatte ihr nichts versprochen. Telarion hatte recht gehabt, als er ihr sagte: *Mendari, lasst uns nicht vergessen, welch ungeheure Aufgabe vor uns liegt. Sie ist wichtiger als das, was wir gemeinsam träumten – so schön es gewesen sein mag.*

Oft kam ihr nun der Gedanke, ihm gänzlich fernzubleiben. Dann wäre er frei zu tun, was er tun musste, das Reich der Elben zu einen und den Frieden in der Welt und mit den Menschen wiederherzustellen. Sanara wusste, dass es naiv war zu glauben, dies alles würde sich von allein ergeben, wenn Syth das Siegel segne. Es würde einen brauchen, der Macht hatte und in der Lage war, diese auszuüben. Der sich Respekt verschaffen konnte und glaubwürdig war. Das alles traf auf Telarion zu. Sicher hatte Ys auch deshalb gerade ihn zu ihrem Gefährten gemacht. Sie beherrschte die Nebel, die Leere, die Magie, die die wirkliche Welt zwar erfüllte, doch nicht immer greifbar war.

Er beherrschte das Leben. Die wahre Welt.

Und wenn Sanara ihn mit den anderen Elben sah, war sie sicher, dass es das war, was er wollte.

Vielleicht wäre es auch für sie das Beste gewesen. Sie hätte nur noch die Aufgabe im Blick haben müssen, in den Süden zu reisen und sich von Syth segnen zu lassen. Die Zeit bis dahin war absehbar, und vielleicht verschwand mit dem Segen des Syth nicht nur das Siegel, das sie in sich trug, sondern auch die Liebe zu Telarion, die das Siegel – dessen war sie sicher – in sich barg.

Wäre die Aufgabe erst beendet, das wusste sie, würde sie im Tempel der Quelle, im Kloster der Weisheit, willkommen sein. Sie hatte dort ein Heim.

Doch die Seligkeit, die sie empfand, wenn er sie berührte, in die Arme nahm oder auch nur, wenn er ihr ein kurzes Lächeln schenkte, sprach eine andere Sprache. Der gute Vorsatz, nur an die Aufgabe zu denken, war in den Augenblicken völlig vergessen, wenn seine kühlen Finger das Feuerzeichen auf ihrem Arm nachfuhren, die wenigen Male, in denen sie ihre Lippen auf seine Haut drücken durfte. Wenn sie seinen Mund an ihrer Wange spürte und seine Freude, ihr nah sein zu können, in ihre Seele strömte. In solchen Augenblicken gab es keinen Stolz mehr, keine Bedenken. Dann war nur seine Nähe wichtig. Bis er sie losließ und der Augenblick ins Zentrum rückte, an dem er es wieder täte.

Schließlich erreichten sie Darkod.

Der Wald war hier so groß, wie ihn Sanara noch nicht gesehen hatte. Es war, als hätte die Anwesenheit der Norani-Elben den Wuchs der Pflanzen gefördert. Laub und Stämme bildeten mächtige Dome und Hallen, bei denen kaum noch unterscheidbar war, ob die Elben sie gebaut hatten oder ob die Bäume sie ihren Hütern zuliebe selbst gebildet hatten. Gebäude gingen so organisch in die Natur über, dass für Sanara oft nicht erkennbar war, wo das eine begann und das andere aufhörte. Menschen bauten anders. Sie gestalteten gern aus Stein oder Sand, machten Dinge aus Erz und manchmal auch Holz, doch man sah immer, dass man ein geschaffenes, kein natürlich entstandenes Werk vor sich hatte.

Sanara hatte nicht geglaubt, dass Qentar so mächtig sein konnten. Vom Boden aus sah die Hauptstadt der Norani aus wie normaler Wald, nur dass die Farne und sonstigen Gewächse größer waren als alles, was sie je gesehen hatte. Wenige Stämme hatten, wie es schien, die Treppen und Aufgänge, die zu den Häusern in der Höhe führten, ähnlich den Quartieren der Außenposten, doch die wenigen, die von ihrem Standpunkt aus zu sehen waren, waren breiter, bequemer und prachtvoller gefertigt.

Es war zu erkennen, dass Darkod die Residenz des Fürsten der Elben war. Sanara fragte sich unwillkürlich, ob der Fürst, den der Hauptmann erwähnt hatte und den Telarion sprechen wollte, wohl in den Baumwipfeln lebte oder ob er Gäste in den gewaltigen, aus Farn, Raqor und anderem Gesträuch gebildeten Kathedralen empfing.

Die Grenzer Qamars, die sie hergebracht hatten, wussten scheinbar genau, wo man sie hinzubringen hatte. Sie führten Sanara und ihren Gefährten bis zu einem Treppenaufgang, der im Wurzelwerk eines Qentars begann. Wieder war es Sanara, die sich den Wachen näherte, die dort den Dienst versahen. Telarion blieb dicht bei ihr, doch wie erwartet und besprochen, schwieg er und ließ sie im Namen der Weisen sprechen.

Nachdem Sanara die Bitte vorgetragen hatte, man möge dem Fürsten Damastan von Norad sagen, dass eine Weise vom Kloster der Quelle und ihr Gefährte, ein Heiler der Norani, ihn zu sprechen wünschten, hieß man sie zu warten. Der Mann verschwand auf der Treppe so schnell, dass Sanara hätte glauben mögen, er löse sich in Luft auf. Telarion, dessen Wunde schmerzte, ließ sich erschöpft neben dem Gepäck nieder. Der Gefährte des Wachsoldaten betrachtete es missbilligend, doch er schwieg.

Sie sah sich um. Was ihr auf den ersten Blick als unbewohnter Wald erschienen war, war es auf den zweiten nicht. Die meisten Gebäude befanden sich weit oben in den Bäumen. Wie die Hallen aus Laub passten sich auch die Häuser in den Baumkronen den Ästen und dem Laub an und waren nicht immer auf den ersten Blick zu sehen. Doch je länger sie hinsah, desto mehr Brücken, Geländer, Dächer und Treppen erkannte Sanara, ebenso Elbenvolk, das sich allenthalben darauf und darin bewegte. Die Elben taten das auf eine so selbstverständliche Art, als beträten sie nur selten oder nie den festen Boden. Es waren auch nur wenige hier unten zu sehen. Es schien deutlich, dass das Leben der Norani von Darkod in der Luft stattfand.

Als der Wachtposten schließlich zurückkehrte, erschrak Sanara. Dass er kam, ohne dass sie es bemerkt hatte, ließ sie wieder daran denken, welche Angst Elben ihr nach wie vor einflößten. Schon die aufrechte Würde des Wachmanns, die Unnahbarkeit und Kälte, die von ihm ausgingen, flößten ihr Respekt ein. Sanara schluckte, als sie daran dachte, dass sie nun bald einem Fürsten dieses Volkes gegenübertreten würde. Die Tatsache, dass die Treppe um einiges breiter und bequemer war als die der Baumhäuser, die sie bisher erklettert hatte, half ihr, sich aufrecht zu halten. Doch schon bald musste Sanara stehenbleiben, um wieder zu Atem zu kommen. Sie lugte vorsichtig über den Rand der Stufen hinweg, um einschätzen zu können, wie hoch sie schon war, doch der Abgrund verlor sich in einem Gewirr von Zweigen und Laub.

»Nun, Shisani, der Fürst wartet nicht gern!«

Die scharfe Stimme der Elbenwache riss sie aus den Gedanken. Sie beeilte sich, um zu dem Wächter aufzuschließen, nur um einige Stufen später wieder stehenzubleiben. Die Furcht machte einen Aufstieg anstrengender als eine Kampfübung mit ihrem Geliebten. Doch sie gönnte sich keine lange Pause mehr und zwang sich zu gelassenen, großen Schritten.

Sie wusste immer noch nicht genau, wie hoch sie war, als man ihr und ihrem Gefährten bedeutete stehenzubleiben. Das dämmerige Dunkelgrün unter den Hallen und Kuppeln aus Laub, die den Waldboden überdacht hatten, war hier lichter. Sanara schätzte, dass sie fünfzig oder mehr Klafter hoch gestiegen waren, doch immer noch waren die Äste des Qentars so dick, dass kleinere Büschel Königsfarn und Gewächse mit violetten und weißen Blüten darauf sprossen und Brücken und schmale Galerien umrahmten, die zu anderen Gebäuden führten.

Sie rahmten auch den Raum ein, in den man sie gebracht hatte und in dem nur eine der Seiten auf natürliche Weise mit dem Stamm des Qentars abgeschlossen war, in den man das Haus gebaut hatte. Man hatte den Stamm geglättet, mit Blattsilber belegt und mit einer Szene bemalt, die Sanara mittlerweile aus den Erzählungen der zweiten Rolle der Schriften kannte. Sie berichtete von den Gaben der Kinder des Vanar.

Sanara erkannte Vanar, der in einem der Baumväter saß. Er war umgeben von Raqorblüten, von Farn, von Resat, von Yondar und den Rohren des Süßholzgrases, aber auch von den Wolken des Himmels. Ein Garten des Lebens. Sanara sah aber auch den Dunklen Mond, der direkt über dem Baumwipfel glomm, den Vanar bewohnte, und Ys, den Silbernen Mond, sowie fern am Horizont, hinter den schneebedeckten Gipfeln eines Bergkamms, die Strahlen der Purpursonne.

Der Raum selbst war ein karg eingerichteter Saal mit einem Durchmesser von mindestens zehn Klaftern. Ein paar Matten aus geflochtenen Resatfasern bedeckten den Boden aus poliertem Yondarholz. Es gab außer der prachtvoll gestalteten Wand und den Gebüschen und Gräsern, die das niedrige Geländer säumten, keinerlei Schmuck. Nur eine mit Blattgold belegte Statue des Vanar stand in einer Ecke, davor eine Schale mit goldfarbenem Sand, in der Räucherwerk brannte und den Duft von frischem Yondarharz und nassem Laub verbreitete.

Ein Mann – er machte einen älteren Eindruck selbst als Qamar, auch wenn Sanara das an nichts hätte festmachen können – kniete am anderen Ende des Raumes hinter einem flachen Tischchen aus poliertem Resatholz. Er trug über einem weißen, gewickelten Hemd eine silbrig durchwirkte *jora* aus grünem Leinen und ließ die dichten, rabenschwarzen Haare in der üblichen Weise lang und offen über den Rücken fallen. Ein kleiner Knoten saß auf seinem Scheitel. Der Mann las in aufrechter Haltung in einer Schriftrolle.

Er war jeder Zoll ein Herrscher und flößte Sanara Respekt ein. Sie wusste nicht, warum, aber er erweckte den Eindruck eines Mannes, der Macht besaß und damit umzugehen wusste und den sie noch weniger gern als jeden anderen Elb zum Feind gehabt hätte.

Sanara war sicher, dass er sie und ihren Gefährten bemerkt hatte, doch er sah nicht auf.

Sie blieb am Eingang stehen und ging langsam in die Knie. Ehrerbietig breitete sie die Arme aus und bemerkte im Augenwinkel überrascht, dass Telarion es ihr nicht gleichtat, obwohl er hinter ihr stehenblieb.

Erst jetzt sah der Mann auf und ließ seinen Blick auf Telarion ruhen, ehe er ihn zu Sanara gleiten ließ und bei ihr verharrte.

»Eine Shisani und ein Heiler meines Volkes«, sagte er. Seine Stimme war nicht so laut und nicht so scharf wie die Qamars, dennoch ließ sie Sanara einen Schauer über den Rücken rinnen.

»Nun, was führt dich zu mir, Weise? Man sagte mir, du hättest einen Auftrag und wolltest den Herrscher des Landes Norad sprechen.«

Mit einem Mal fühlte Sanara sich angesichts der Würde und der Macht dieses Fürsten klein und wertlos, geringer als das Gossenmädchen, ja, geringer als die Gefangene, die vor dem König und seinem Heermeister geflohen war. Sie hielt unwillkürlich die Luft an und rührte sich nicht.

Was hatte sie sagen wollen? *Daron Fürst, ich wurde von Ys bestellt, das Siegel zu finden und brauche Eure Hilfe, die Welt zu retten.*

Es verbot sich, in Anwesenheit des Elbenfürsten dort solche Albernheiten von sich zu geben.

Überrascht bemerkte Sanara, dass ihr Gefährte plötzlich die Initiative ergriff. Er ging an ihr vorbei auf den Tisch des Fürsten Damastan zu und kniete davor nieder. Seine Hände lagen ruhig auf den Oberschenkeln, erst dann verneigte er sich.

Es war die Begrüßung eines dem Fürsten Gleichgestellten, und Damastan nahm sie mit hochgezogenen Brauen zur Kenntnis.

»Es scheint dir nicht an Stolz zu mangeln, Heiler«, sagte er. Missbilligung klang in seiner Stimme. »Was glaubst du, wer du bist, dass du mir, deinem Fürsten, so begegnen kannst?«

Sanara war am Eingang sitzen geblieben. Als sie nun aufsah, erkannte sie, dass Telarion schluckte, bevor er weitersprach. Doch er begegnete dem Blick Damastans frei heraus.

»Ich bin der Sohn meiner Eltern, Fürst Damastan«, erwiderte er. »Ich bin der heilende Sturm meines Vaters und das stille Eis meiner Mutter.«

Damastan antwortete lange nicht, doch er betrachtete Telarion so genau, als müsse er in sich zu einem Entschluss kommen. Sanara fiel erst jetzt auf, wie sehr ihr Geliebter und der Fürst einander ähnelten. Und doch schien Telarion, der ihr immer so ernst und – ja, alt vorgekommen war, nun jung wie ein Kind im Vergleich mit der Würde des Fürsten Damastan.

»Ich kannte zwei, die Eis und lebendigen Sturm besaßen«, sagte Damastan nach einer Weile und legte dabei die Rolle, die er bisher in der Hand gehalten hatte, zur Seite. »Und in deiner Gestalt, Heiler, erkenne ich wahrlich diese beiden wieder.«

»So wisst Ihr, wer ich bin.«

»Du bist der Mörder deines Zwillings«, sagte der Fürst mit steinerner Miene. »Der jüngere Sohn meines Bruders Dajaram, den wir Elbenherren zum Heermeister und Verwalter seines Bruders machten, weil wir hofften, dass zwei so junge Brüder vielleicht gemeinsam an Erfahrung wettmachen würden, was ihre Jahre nicht erwarten ließen. Und der diese Hoffnungen zuletzt jäh enttäuschte, weil er sein Gelübde vergaß und seinem Bruder und König einen Dolch ins Herz stieß.«

Die Wachen, die so still gestanden hatten, dass Sanara sie fast vergessen hatte, rührten sich unruhig, als sie hörten, was Damastan sagte.

Der Fürst achtete nicht auf sie und beugte sich vor. »Wir mögen also blutsverwandt sein, doch der Brudermord, den du begingst, macht dich nicht zu einem erwünschten Besucher, Telarion Norandar!« Seine Stimme verriet unterdrückten Zorn und Enttäuschung, aber auch Verachtung. »Für diese Tat hätte sich jeder unseres Hauses, der Ehre im Leib hat, schon lange selbst das Leben genommen. Und doch sitzt du hier vor mir und begehrst, mich zu sprechen! Ich rate dir, lass mich in den nächsten Augenblicken ein gute Erklärung hören, wie du die Ehre unseres gemeinsamen Namens so besudeln konntest! – Am besten eine, in der diese Dunkelhexe dort drüben nicht vorkommt und die somit die Gerüchte nicht nährt, die ich von der Witwe meines älteren Neffen hörte!«

Telarion Atem wurde schwer, als sein Onkel aussprach, was seit vielen Mondumläufen sein Gemüt belastete. An seiner Miene war abzulesen, wie sehr er sich seiner Taten schämte.

Sanara empfand wieder das alte Mitgefühl mit ihm. Doch da war auch eine Stimme tief in ihrem Herzen, die ihr zuflüsterte, was sie sehe, sei nur Scham darüber, dass sich ein Prinz wie er an ein Gossenmädchen und eine Feuermagierin weggeworfen habe.

Telarions Stimme zitterte nicht merklich, als er wieder das Wort ergriff. »Was ich tat, Onkel, ist unverzeihlich, besonders im Lichte meines Gelübdes. Ich kann es nicht ungeschehen machen, und ich werde es vor Ys, der Herrin der Ordnung und auch vor Vanar, unserem Schöpfer, einst rechtfertigen, doch vor niemandem sonst. Denn ich tat nur, wozu der Mord an meinem Vater mich zwang!«

»Ha!« Damastan schnaubte laut und sprang auf. »Willst du damit allen Ernstes behaupten, es war dein Zwilling, der meinem Bruder die Seele verbrannte? Alle, die wie du die Gabe des Lebens erhalten haben, wissen, dass nur ein Magier der Nebel, ein Seelenherr, der auch das Feuer beherrscht, solches vermag!«

Sein Blick flog so jäh zu Sanara, dass diese zusammenzuckte und beinahe aufgeschrien hätte. Als Damastan nun mit großen Schritten auf sie zukam, war es, als würde sie die Sturmbö erfassen, die einem Gewitter vorausging. Es kostete sie viel Kraft, standhaft zu bleiben.

Siwanon Amadian starb erhobenen Kopfes und vergaß nie die Seinen, erklang es mit einem Mal in ihrem Kopf. Sie blieb sitzen und sah Damastan mutig ins zornige Antlitz, als er sie am Kinn packte und musterte.

»Augen von der Farbe des Feuers, Haare wie reifer Weizen, die Flecken des Sommers auf der Haut wie der Dunkelmond selbst! Sie gleicht dem Fürsten Amadian aufs Haar! So ist also wahr, was die Witwe Tarinds berichtete!«, rief er aufgebracht. »Mein Neffe, der Heiler, ist der Siwanonstochter verfallen! Ist das eine deiner tödlichen Gaukeleien, Schwarzzauberin, oder bist du wirklich eine Weise? Einst diente dieser Orden der Ys, doch wenn sie eine wie dich in ihren Reihen aufnehmen, haben sie wohl die Ziele der Ordnung, des Lebens und der Gerechtigkeit aus den Augen verloren!«

Er ließ Sanaras Gesicht los und stieß heftig die Luft aus. Eine knappe Geste, dann eilte ein Diener heran, der eine Schüssel mit Wasser und ein reines Leinentuch trug, sodass der Fürst sich die Hände waschen konnte.

Es war Telarion, der antwortete. »Onkel, mein Zwilling war es nicht selbst, der die Seele unseres Vaters und Eures Bruders verbrannte. Doch es geschah mit seiner Billigung, ja, vielleicht sogar auf seinen Wunsch«, sagte er in die Pause der Wut hinein, in der Damastan seine Hände von der Berührung einer Dunkelmagierin reinigte. »Ich glaube, es war Ireti Landarias, die Dajaram tötete.«

»Ireti, die Königin und Hohe Tochter des Dhabyar?«, rief Damastan ungläubig.

»Überlegt, Onkel!«, gab Telarion scharf zurück. »Ich bin Heiler, ich spürte, wie Vater starb. Ihr wisst, dass mein Hass auf Siwanon, seine Familie und nicht zuletzt seine Totenmagie so groß war, wie nur wir, seine Blutsverwandten, ihn hegen konnten! Aber ich sage – nein, ich *schwöre* Euch im Namen unseres Schöpfers Vanar –, dass es dunkles, flüssiges Feuer war, blauviolett, nicht das bernsteinfarbene, von dunklem Rauch durchzogene des Hauses Amadian, das Dajaram tötete.«

Damastan schnaubte und ging, immer noch zornig, einige Schritte auf und ab.

»Die Witwe deines Bruders beherrscht das Wasser, eine Magie des Vanar! Sie ist Elbin!«

»Doch sie ist eine Landarias, eine Hohe Tochter des Dhabyar! Ihr wisst so gut wie ich, was das bedeutet – sie besitzt mindestens eine Gabe des Akusu in Vollendung. Ich sage Euch, Onkel, es ist die Gabe, in die Jenseitige Leere zu gehen und den Seelen der Toten zu befehlen. Ireti vernichtete die Seele meines Vaters, wahrscheinlich mithilfe ihres Bruders Iram, der über das Feuer und die Pflanzen gebietet.«

Noch immer war Damastans Miene finster, als er auf seinen Neffen herabsah. »Und Tarind, ihr Gemahl? Dein Bruder und König?«

Telarion senkte den Blick. »Er ist – er war – mein Zwilling. Das Wasser, das dem Sturm meiner Seele Substanz gab«, sagte er nach einer Weile leise. »Doch als ich ihn fragte, ob er wisse, welche der dunklen Gaben Ireti besitzt, fragte er mich, wie ich glauben könne, dass er diese nicht immer schon gekannt habe. Er wisse darum, habe sie diese Gabe doch immer zu seinen Gunsten eingesetzt.« Er holte Luft. »Tarind – mit dem ich den Mutterschoß teilte! – sagte mir, dadurch, dass die Fürsten mich zu seinem Truchsessen gemacht hätten, stünde ich ihm und seiner Gemahlin im Weg. Ich lebte nur noch, weil er mich vor ihrem Hass geschützt habe! Doch wenn ich … seinem Willen nicht mehr folgen wolle, wäre ich ihm nicht mehr nützlich. Unter diesen Umständen bliebe ihm nichts anderes übrig, als mich – seinen Zwilling! – seiner Gemahlin und ihrer … Gnade auszuliefern.«

Er sprang auf und warf den Kopf in den Nacken, als quäle ihn das besonders. »Sagt mir, Onkel: Wie kann ich nach diesen Worten nicht annehmen, dass der Mord an Dajaram nicht um der Macht willen oder gar auf Tarinds Wunsch hin geschah?«

Damastan schwieg. Er achtete nicht mehr auf Sanara, sondern blickte nachdenklich auf seinen Neffen. Zorn und Verärgerung über das Gesagte schwelten in ihm.

»Du warst für mich immer der Sohn deines Vaters, mehr, als dein Bruder es je hätte sein können, auch wenn er der Ältere war. Und doch ist ungeheuerlich, was du hier vorbringst«, sagte er nach einer unendlich scheinenden Pause.

»Ich habe es nicht nötig, am Hof meines Vaters zu lügen«, konterte Telarion scharf.

»Du magst mein Neffe sein, doch du bist mit einer gekommen, deren Vater als Mörder des deinen gilt – also was soll ich denken!«, gab Damastan zurück. Er stand jetzt direkt vor seinem Neffen. »Wer sagt mir, dass diese Meisterin des Dunklen Feuers – denn das ist sie zweifellos! – sich nicht in deine Sinne und in dein Herz schlich, damit du glaubst, was immer sie will?«

Schneller, als Sanara mit den Augen folgen konnte, hatte Telarion das *daikon* ergriffen, das offenbar Damastan gehörte und neben dem Tischchen gelegen hatte. Die hölzerne Scheide flog durch den Raum, fiel klappernd zu Boden, dann lag die Klinge an Damastans Kehle.

Wachen wollten dem Fürsten beispringen, doch eine Geste seinerseits sorgte dafür, dass sie Abstand wahrten.

Sanara war aufgesprungen und wollte nun zu den beiden Männern laufen. Doch eine Wache hatte bereits ein *wakun* gezogen und ihr die Spitze in die Wange gebohrt. »Bleibt stehen, Feuerzauberin«, zischte der Mann.

Zitternd gehorchte Sanara; ein Kitzeln an der Wange verriet ihr, dass sie blutete.

Telarions Augen glühten. »Ich selbst bin der Herr meiner Magie, meines Geistes und meiner Seele und niemand sonst. Das sagte ich auch meinem Zwilling, Onkel, als er Ähnliches vermutete!«

»Hieltest du auch ihm die Klinge an die Kehle?«

»Das tat ich sehr wohl, denn ich diene dem Vanar und dem Leben. Ich gestatte niemandem, auch keinem Blutsverwandten, mag dieser meinem Herzen noch so nahe stehen, dieses Gelübde und damit meine Ehre in Zweifel zu ziehen!«

»Hitzig wie einer, der Feuer in sich hat«, spie Damastan verächtlich aus.

»Und wenn es so wäre«, gab Telarion zurück. »Das Feuer, das im Übrigen Ys mir gab, das Sanara Amadian, der Weisen, gehörte und jetzt ein Teil von mir ist, würde mich nie hindern zu tun, was ich meinem Haus und meinem Gelübde schuldig bin!«

Damastan schnaubte. »Leere Worte! Kannst du einen Zeugen dafür benennen? Und verweise nicht auf diese Feuertochter dort!«

»Fürst, gestattet mir zu sprechen.«

Für einen Moment trat Stille ein.

»Der Sohn Eures Bruders spricht die Wahrheit. Ich selbst sah, dass er sein Gelübde Vanar gegenüber hielt. Es mag sein, dass seine Seele auf dunkle Weise gebunden ist, doch er ist Euch und dem Haus Norandar gegenüber loyal und frei in seinen Entscheidungen – er trifft sie gewiss nicht zugunsten dieser Dunkelzauberin dort.«

Aller Augen richteten sich auf einen Elb, der sich wie die anderen bisher im Hintergrund gehalten hatte und nun vortrat. Er trug die Rüstung und den dazugehörigen Waffenrock der Leibwache eines Fürsten von Norandar. Telarions Augen verengten sich, als er den Mann erkannte, der gelassen an ihn herantrat und ohne Furcht die Klinge fortschob, die an der Kehle Damastans lag.

»Daron Damastan, ich sah es selbst«, fuhr der Mann fort. »Der Milchbruder Eures Neffen wählte unter anderem mich dazu aus, ihn und seinen Herrn in die Wüste Solifes zu begleiten, als er aufbrach, um die Siwanonstochter wieder einzufangen, die geflohen war. Wir wurden getäuscht und fanden sie nicht. Aber wir fanden einen anderen: den Mann, dem Euer Neffe befohlen hatte, ein Schwert zu schmieden. Telarion Norandar entdeckte, dass dieser Schmied kein Geringerer war als der Sohn des Siwanon Amadian.«

Eine Hand, kälter als Eis, kälter als die Finger ihres Geliebten, ergriff Sanaras Herz. Der Atem stockte ihr, als sie diese Worte hörte.

In Damastans Augen blitzte Erstaunen auf, doch Sanara sah es nicht.

»Als Telarion Norandar dies erkannte, gab es in ihm gegenüber diesem Verräter und seinen Helfern keine Gnade mehr. Es waren Sturm und Eis, die Gaben von Dajaram und der Yveth von

Kantis, die den Sohn des Verräters und Mörders Siwanon töteten. Euer Neffe tat es, obwohl er bereits das Feuer dieser Hexe dort in sich trug. Es war für jeden Elben, der Zeuge wurde, ein Beweis für seine Loyalität und seine Integrität. Dass er später seinen Bruder tötete, muss einen anderen Grund gehabt haben als der, dessen man ihn bezichtigt. An der Rechtschaffenheit Eures Neffen jedoch bestand für mich und die anderen seines Trupps kein Zweifel.«

Telarion war blass geworden. Entgeistert starrte er den Mann an, der Zeugnis für ihn abgelegt hatte. Dann wanderte sein Blick zu Sanara.

Damastan folgte dem Blick seines Neffen, der das *daikon* hatte sinken lassen und wie versteinert vor ihm stand.

»Deine Reaktion, aber auch die dieser Feuermagierin zeigen mir, dass mein Soldat die Wahrheit spricht«, sagte Damastan nach einer Weile ruhig. »Und diese dort wusste nichts darüber.«

»Nein«, erwiderte Telarion tonlos, ohne den Blick von Sanara abzuwenden.

»So tatest du, was er sagte, und dein Eissturm löschte das Feuer in diesem Schmied?«

»Das tat ich«, bestätigte Telarion nach einer langen Pause. Seine Stimme klang flach. Noch immer ließ er Sanara nicht aus den Augen. »Ich hüllte den Sohn des Siwanon in Eis, bis seine Seele in die Leere ging und dort in den Nebeln verschwand. Ich tötete ihn, denn er war der Sohn des Mannes, den ich für den Mörder meines Vaters hielt.«

Er sprach für Sanara und niemanden sonst.

Ich hüllte den Sohn des Siwanon in Eis, bis seine Seele in die Leere ging und dort in den Nebeln verschwand. Ich tötete ihn, denn er war der Sohn des Mannes, den ich für den Mörder meines Vaters hielt.

Seit Sanara sich von Sinan kurz nach ihrer Flucht aus der Gefangenschaft der Herrscherzwillinge getrennt hatte, hatte sie die Hoffnung nicht aufgegeben, Sinan möge noch leben. Er hatte an den Hof des Zaranthen von Solife gehen wollen, um dort, im Gefolge des letzten freien Menschenfürsten, gegen die Herrschaftsanspruch und die Übermacht der Elben zu kämpfen. Sinan hatte sich von ihr losgesagt, als er erkannte, dass sie den Wind Telarions in sich trug, und dennoch hatte Sanara den Bruder geliebt und ihm Glück und die Erfüllung seiner Sehnsüchte gewünscht. Und das tat sie noch immer.

Er war der Einzige ihrer Familie, den sie noch lebendig geglaubt hatte. Der ihr Heimat bedeutete.

Nun war er tot, und dass es ihr Geliebter war, der ihn getötet hatte, brach Sanara das Herz.

Sie schlug die Hände vors Gesicht und unterdrückte ein Schluchzen. Sie spürte kaum, dass die Knie unter ihr nachgaben und sie zu Boden sank.

Eine Woge aus Trauer schlug über ihr zusammen und riss sie mit sich fort.

Kapitel 11

»Amdiri verließ den Thautar, ihren Geliebten, um ihrer Sippe Wasser in die Wüste zu bringen. Doch sie versprach, binnen eines Jahres wiederzukommen und dann mit ihm in den Wäldern zu leben, bis Akusu sie in seine Feuer aufnehme.
Zuerst war die Freude bei ihrem Volk groß, als sie dorthin kam und ihnen das so lang ersehnte Wasser brachte. Doch dann erwachte bei einigen ihrer Sippe der Neid darüber, dass die Kinder des Vanar von dem blauen Element so viel hatten und sie selbst so wenig. Sie wollten in den Krieg ziehen, und als Amdiri das zu verhindern versuchte, schlugen und vertrieben sie sie aus ihrer Mitte, und Amdiri musste die Sippe verlassen.
Man beschuldigte sie, ein Geschöpf des Wassers geworden zu sein, denn in ihren feurig goldenen Augen schimmerte die Weite des Meeres, und auch die Sandechse, die man ihr als Kind in die Haut gebrannt hatte, hatte blaue Schuppen bekommen.
Sie hatte den Sinn verloren, der nötig war, sich in der Wüste zurechtzufinden, und so verirrte sie sich und konnte Thautar nicht mehr finden.«

Von den Kriegen der Elben und Menschen
Vierte Rolle der Schriften des Klosters der Weisen Zwölf

Sanara?«

Die Stimme wehte wie von fern an ihr Ohr. Als käme sie nicht aus der wirklichen Welt. Es war, als säße Sanara auf einem Felsen in einem Flammenmeer der Trauer. Wellen aus heißem, kochendem Magma brandeten mit aller Macht gegen die Insel, auf der sie kauerte, jeden Augenblick stiegen die Glutfontänen höher. Sie würden sie bald erreicht haben und vom Felsen, dem einzigen Halt, der sich ihr in diesem endlosen Lavameer bot, herunterspülen, und dann wäre sie verloren.

»Shisani Sanara?«

Sie hörte nicht darauf. Es fühlte sich an, als habe man ihr etwas aus dem Leib gerissen, das zuvor untrennbar Teil von ihr war.

Es ist wie damals.

Sanara ist wieder ein Kind von nicht einmal einem Dutzend Jahren.

Sie sieht sich um. Sie ist im Tempel des Abends, an der Westküste des Saphirmeers. Ein Ort, der Akusu, dem Dunkelmond, heilig ist.

Der Gebetsraum, in dem sie steht, ist blutig rot. Nicht, weil die Purpursonne auf den Granitboden scheint oder weil sie ihn durch den Zipfel eines roten Mönchsgewands sieht, dessen Besitzer sie zu ihrem Schutz unter sich begraben hat, sondern weil er rot ist vom Blut derer, die ihre Familie waren – ihre Freunde, ihre Lehrer, ihre Erzieher – und deren erschlagene Körper hier seelenlos vor ihr liegen.

Tränen brennen in ihren Augen, das Entsetzen über all den Tod schnürt ihr die Kehle zu. Sie ist allein. Alle, die sie kannte, sind nicht mehr. Sie will aufschluchzen, doch es geht nicht. Trauer und Verzweiflung sind zu groß. Es ist, als passe all dieser Zorn, dieses Leid angesichts der Toten nicht in sie hinein, aber finde auch keinen Weg aus ihr heraus.

Da spürt sie, wie zwei Arme sich um sie schlingen. Sie sind kraftvoll, warm und drücken sie sanft an eine ebenso kraftvolle und warme Brust. Ein Herz schlägt darin, fest und regelmäßig. Finger legen sich beinahe zärtlich auf ihre Augen, sodass sie das Entsetzliche nicht mehr mit ansehen muss.

»Weine nicht mehr, kleine Schwester. Ich bin da. Ich verspreche es. Weine nicht. Ich lasse dich nicht allein.«

Jemand nimmt ihre Wangen in die Hand und küsst ihr die Tränen fort. Als sie aufsieht, erblickt sie ein lächelndes Gesicht. Es ist von Sommerflecken übersät, die Augen sind feuergelb wie die ihren.

Es ist Sinan. Ihr Bruder.

Sie weiß, er wird sein Versprechen nicht brechen. Er wird immer bei ihr sein. Er wird immer auf sie achtgeben.

»Weine nicht, Sanara. Ich bin bei dir. Immer.«

Ein Arm hatte ihre Schultern umfasst, ihr Gesicht lag an der Beuge eines Nackens. Die Enden von Haarsträhnen kitzelten an der Stirn. Eine Hand legte sich tröstend auf ihre tränennasse Wange.

»Weine nicht. Ich bin bei dir.«

»Ich weine nicht«, flüsterte Sanara mit geschlossenen Augen. »Ich weine nicht.«

Es war, als fließe Frische in sie. Es besänftigte das Toben und Brüllen der flammenden Trauer. Das Feuermeer verschwand nicht, doch es wurde durchsichtig, dünner, leiser, bis es nur noch ein Schleier war zwischen ihr und der wirklichen Welt.

Sanara spürte, wie ihr Körper Luft holte. Luft, die nach feuchtem Laub und regennassen Blüten roch und in die sich dünne Fahnen trockenen Rauchs von verbranntem Yondarharz mischten. Sie blinzelte. Der Duft und die Frische weckten Erinnerungen. Doch sie waren zu flüchtig, als dass sie sie hätte festhalten können. Es war, als wispere ihr der Morgenwind etwas zu.

»Weine nicht, Sanara.«

Die Stimme, die ihr das zuflüsterte, war sanft und tröstlich. Kraftvolle Arme hatten sie ergriffen und an einen Körper gezogen, der kälter war als jener in ihrer Erinnerung. Doch auch in ihm schlug ein Herz in einem beruhigenden Takt. Für einen Moment glaubte Sanaras Seele, der Bruder habe sie in den Arm genommen.

»Weine nicht, Geliebte«, murmelte eine Stimme an ihrem Ohr.

Ihr Blick schnellte aufwärts – doch statt in feuerfarbene Augen sah Sanara in hellgrüne, über denen dichte schwarze Brauen lagen und die zu einem blassen, schönen Gesicht gehörten. Eine hohe Stirn war darüber zu sehen, in die rabenschwarze Haarsträhnen fielen.

Ein Elb.

Angst packte Sanara, als sie sich bewusst wurde, dass es nicht Sinan war, an dessen Brust sie lag. Nicht er hatte sie in den Arm genommen, es war ein Elb. Einer von dem Volk, das dem ihren ein Feind war, das die Menschen unterdrückte und ihnen Leid zufügte, wo immer es konnte. Einer von dem Volk, dessen König ihre Familie vor ihren Augen getötet und das den Tod eines jeden zu verantworten hatte, der für Sanara je von Bedeutung gewesen war.

Sie riss sich los und wich zurück. Die Berührung des Elbs weckte ein Entsetzen in ihr, das sie zu überwältigen drohte, und so sah sie nicht das des Elbs, als sie seinen Trost von sich stieß.

»Ich frage mich, wie du so eine berühren kannst, Neffe.«

Sanara fuhr herum.

Die letzten Reste des Schleiers aus Tränen und Trauer zerrissen, als die Worte wie eine Klinge durch sie hindurchfuhren.

Der sie ausgesprochen hatte, stand ein paar Schritte entfernt, hinter dem Elb, der vor ihr kniete und der die Arme, die sie gehalten hatten, nun sinken ließ. Sanara schluckte, dann wurde sie sich bewusst, dass sie auf Brettern aus poliertem Yondarholz kauerte, das dunkel war wie die rauchigen Schlieren in ihrer Seele.

Ihr wurde bewusst, dass ihr Gesicht nass von Tränen war. Hastig rieb sie sich die Wangen. Sie schämte sich der Tränen nicht, doch ihr Stolz verbot ihr nun, ihr Elend und ihren Kummer vor diesen beiden Elben zu zeigen, diesen Sklavenhaltern und Tyrannen, die alles verachteten, was ihr heilig war. Sie erhob sich langsam. Der Körper folgte dem Befehl nur widerwillig, doch Sanara zwang sich, den Blick erneut zu heben und dem Sprecher ins Gesicht zu blicken.

Der Elb vor ihr sprang bei den verächtlichen Worten auf. Jeder Muskel seines Körpers schien vor Zorn zu beben. Sanara starrte ihn an. Sie wusste jetzt wieder, wer er war: Telarion Norandar, der Elb, dessen Wind sie in sich trug. Wieder tauchten Bilder in ihr auf, sein Lächeln, sein zärtlicher Blick, der auf ihr ruhte, sein Körper an ihrem, das Kitzeln in der Handfläche, wenn sie über seine kurzen Haare strich und es sich anfühlte, als hielte sie Rabenfedern in den Fingern.

Sanara wusste, diese Bilder hätten etwas auslösen müssen in ihr. Sehnsucht, ein Verlangen, Freude, ein offenes Herz. Vielleicht war das alles noch da, aber glühende Feuerströme der Trauer und des Zorns auf ihn und sein Volk flossen jetzt darüber hinweg. Sie wagte nicht, in die flüssige Magma zu greifen und diese Gefühle hervorzuholen, um sie so vor dem Verbrennen zu retten.

Dann war der Moment vorbei. Vor ihr stand nur noch ein Elb, ein kalter, hochmütiger Fürst seines Volkes, der für Dunkelmagier nichts bedeutete außer Tod und Leid und einer Kälte, die Seelen erfrieren ließ.

Halb erwartete sie, er würde sich nun an die Seite des Älteren – seines Onkels – stellen, doch mit Erstaunen hörte sie, dass sich sein Zorn gegen diesen und nicht gegen sie richtete.

»Was soll das, Onkel? Ist es nicht unter Eurer Würde, so verächtlich über eine Trauernde zu sprechen? Sie hat gerade erfahren, dass sie ihren Bruder verlor, den letzten ihrer Sippe, die von meinem Zwilling zu Unrecht vernichtet wurde!«

»Zügele deine Zunge, Neffe!«, gab Damastan scharf zurück. »Ich fürchte, diese Hexe hat dir den Kopf gründlicher verdreht, als du selbst es ahnst – siehst du nicht, dass sie dich gegen jeden in deiner Familie einnimmt?«

»Wie bitte!? Es scheint, als hättet Ihr kein Wort von dem gehört, was ich Euch sagte, Onkel!«

Damastan ging erregt ein paar Schritte auf und ab. »Ich habe es wohl gehört. Aber auch wenn ich nicht glauben kann, dass du lügst, was hätte es mit dem zu tun, was ich dieser Feuerhexe dort gegenüber empfinde? Und glaubst du wirklich, deine Entschuldigungen dieser Schwarzzauberin könnten mich verzeihen lassen, was mit meinem älteren Neffen geschah?«

»Oh, ich kam wahrhaftig nicht, um Eure Verzeihung zu erbitten!«, stieß Telarion außer sich vor Zorn hervor.

Damastan runzelte die Stirn. »Was dann? Soll ich vielleicht gutheißen und segnen, dass sich ein Fürstensohn wie du an eine wie diese fortwirft?«, spie er aus.

»Für das, was ich mit Sanara Amadian teile, besitze ich bereits den Segen des höchsten Schöpfergeistes!«, schrie Telarion. »Was bräuchte ich also noch den Euren!«

Er blieb stehen und versuchte, ruhiger zu atmen. »Nein, Onkel. Ich wünsche nichts von alledem. Mein Besuch hat nur einen einzigen Zweck: Ich kam, um meines Vaters Bruder, den Herrn meines Hauses, vor der zu warnen, die meinen Zwilling für ihre Zwecke missbrauchte, meinen Vater grausam tötete und die für all die Zwietracht verantwortlich ist, die derzeit in der Welt herrscht! Ich brauche nach wie vor Eure Hilfe, um das zu tun, was mir von Ys selbst aufgetragen wurde.«

»Und was soll das sein?«, knurrte Damastan.

»Die Shisani Sanara trägt das Siegel der Welt in sich, das Ys erschuf. Es muss von Syth, ihrem Geliebten, gesegnet werden, auf dass er wiederkehre und die Welt aus dem beharrlichen Griff des Unfriedens befreien und sie zum Guten verändern kann«, sagte Telarion. »Ihr tragt die Gabe des Lebens in Euch, Damastan! Seht Euch Sanara mit der Sicht des Heilers an, dann wisst Ihr, dass ich die Wahrheit spreche.«

Damastan richtete seinen Blick auf Sanara und sah gleichzeitig durch sie hindurch.

Sanara erschauerte unter den kalten Augen.

»Ich sehe, was du meinst, und doch sind hier Dinge zu unterscheiden«, sagte Damastan schließlich und wandte sich wieder seinem Neffen zu. »Offenbar trägt sie wirklich etwas in sich, das ihr Macht sowohl über dunkle als auch goldene Magie verleiht, denn sie besitzt beides – warum auch immer. Es sei dahingestellt, wie eine ihrer Abstammung an die Gabe unseres Hauses kam.« Er ging ein paar Schritte auf und ab. »Langsam begreife ich, was dich hertrieb. Wenn es so wäre wie du sagst und die Witwe meines älteren Neffen eine Verräterin und eine Dunkelzauberin ist – es wäre nicht auszudenken. Eine heimliche Seelenherrin, die die Krone der Elben trägt! Diese Schande könnte nicht geduldet werden. Wenn Tarind es wirklich gewusst hat, dann ist sein Tun schändlich – und es ist nachvollziehbar, dass du die Hand gegen ihn erhobst.«

Er warf Sanara noch einen Blick zu. »Auch wenn es mir widerstreben mag, dass du deine Strategie, an die Macht zu kommen, auf den Kräften einer Dunkelhexe aufbaust – es ist klug, daran zu denken und auch diese Front zu befrieden«, fuhr er fort. »Die Tochter dessen, der im Dunkelvolk als der Höchste galt, brächte dir Frieden mit den Sklaven.«

Er blieb vor Telarion stehen und sah ihn lange an. Zum ersten Mal war so etwas wie Milde in seinem Blick zu sehen. »Höre meinen Entschluss: Die Fürsten von Kantis, ich selbst, auch die von Nisan und Mundess, werden an deiner Seite stehen, wenn es so weit ist, Neffe.«

Telarion hatte ungläubig zugehört. »Was soll das heißen?«, fragte er nach einer Pause.

Damastan hob die Brauen. »Wie kannst du fragen? Du bist der Nachfolger deines Vaters und wirst König sein.«

Telarion starrte Damastan an. »Das war nie mein Streben.«

»Nun«, erwiderte der Fürst ungeduldig, »wenn du den Segen der Ys zu haben glaubst, ist es doch die logische Schlussfolgerung, oder nicht? Es ist deine Pflicht. Wie sonst würdest du die Welt befrieden wollen? Das Siegel lösen und sie dann sich selbst überlassen?«

Telarion schwieg, dann nickte er langsam. »Ich habe das lange befürchtet«, gab er nach einer Pause zu. »Ich wollte es nie, aber wahrscheinlich ist es wirklich das, was Ys …«

Sanara ertrug es nicht mehr. »Schweigt!«, schrie sie. »Beide!«

Damastan fuhr herum. »Ihr wagt es, ihn zu unter…?«

»Ich sagte, schweigt!«, rief Sanara. »Wie könnt Ihr behaupten, Ihr wüsstet, was die Schöpfergeister wollen!«

Es war, als stünde sie neben sich und höre sich sprechen. Sie war selbst erstaunt, wie fest und bestimmt ihre Worte klangen.

Telarion wandte sich ihr zu. »Sanara, du weißt so gut wie ich, was Ys uns auf Seleriad …«

»Sei doch still!«, rief Sanara und fuhr herum. Die Lava in ihr war nun die des Zorns, nicht mehr die der Trauer. »Ihr seid wahrlich nicht besser als jeder andere Elb: kalt und berechnend und ohne Liebe! Ihr nahmt mich in den Arm, habt mich geküsst – und *wusstet* doch in jeder Sekunde, dass Ihr meinen Bruder kalten Bluts ermordet habt! Und nun könnt Ihr an nichts anderes denken als an Eure Krone!«

Er wich zurück und schluckte. »In mir brennt Euer Feuer, Shisani, das wisst Ihr sehr wohl, und ich könnte seine Wärme und Fröhlichkeit um nichts in der Welt wieder hergeben. – Doch es war immer Eure Flamme, nicht die Eures Bruders!«

»Ihr seid ein solcher Heuchler!«, stieß Sanara verächtlich hervor. »So schont Ihr mich, da mein Schmerz auch Eurer sein könnte. Aber meine Verwandten dürft Ihr töten, weil Ihr ein Herr des Lebens seid, Erbe des Königstitels des Älteren Volks, und weil Ihr Euch die Haare schert? Meine Magie, die Ihr zu kennen vorgebt, die Euch angeblich wichtig ist, ist die meiner Familie! Sie brennt in jedem Amadian, jedem Menschen, jedem Einzelnen von Akusus Geschöpfen!«, schrie sie aufgebracht. »Bei Ys, nie sah ich einen, der darauf bestand, die Verkörperung des Lebens an sich zu sein und dabei so leichtfertig tötete, wie es ihm gerade beliebt!« Sie ballte die Hände zu Fäusten, sodass sie kein Feuer darauf beschwor, das sie hätte auf diese beiden Elbenfürsten schleudern können. »Aber was habe ich auch erwartet – Euer Onkel hat recht! Ein solch kaltblütiges Töten ist wahrlich eines Prinzen würdig, der die Krone der Elben tragen wird!«

»Das ist es in der Tat«, sagte Damastan kalt. »Denn was ich von Euch höre, ist keine Entschuldigung für die Rebellion gegen den obersten Schöpfergeist Ys, der sich Euer Vater, Euer Bruder und nicht zuletzt Ihr selbst schuldig machten. Ihr alle lehntet Euch gegen die Gesetze auf, die wir Elbenfürsten der Welt gaben, um den Frieden und die Ordnung zu wahren, die von Ys stammen. Behauptet Ihr nicht, Ihr seid eine Abgesandte der Ys? Wie könnt Ihr das sein, wenn Ihr die Ordnung der Dinge nicht anerkennt?«

»Ordnung? Wessen Ordnung ist das?«, rief Sanara. »Wer gab den Elben das Recht zu bestimmen, was die Ordnung der Welt ist? Und Rebellion gegen was? Die Schöpfermonde teilten die Gaben der Magie und der Welt gerecht auf und verboten, dass eine von ihnen bevorzugt werde. Wer gab Euch also das Recht zu entscheiden, wer in dieser Welt dienen muss und wer herrschen darf?«

Wieder kam der jüngere der beiden Elben auf sie zu. »Glaubt mir, Sanara«, sagte er eindringlich. »Niemand weiß besser als ich, dass die dunkle Magie nicht unbedingt der Vernichtung entspricht. Eure Flamme ist kostbar und bedeutet in keiner Weise den Tod, sondern schenkt Leben. Das weiß ich nicht zuletzt deshalb, weil Vanar selbst Euch segnete!«

Er wollte sie offenbar erneut berühren, doch sie schlug seine Hand mit aller Kraft, die sie in sich finden konnte, weg.

»Ich kann nicht glauben, was Ihr da sagt!«, rief sie. »Habt Ihr denn nichts begriffen?« Sie keuchte. »So konntet Ihr mich also nur berühren, weil mein Feuer – welches sind wohl da die richtigen Worte? – Euren Wind in sich trägt und somit Eurer … Reinheit würdig ist? Ist es das? – Wie könnt Ihr es wagen!«, fügte sie nach einer Pause hinzu. »Wie konntet Ihr es wagen, Euch zu mir zu legen, mich in die Arme zu nehmen und … wenn Ihr so über das denkt, was ich bin!«

Er schüttelte unwillig den Kopf und kam noch einen Schritt näher. »Das war es nicht, was ich meinte, Shisani, und das wisst Ihr sehr wohl! Es sind Zorn und Kummer, die Eure Gedanken nun in die falsche Richtung lenken.« Der Duft nach Weihrauch verstärkte sich, als er näher kam, ebenso die trockene Kälte, die er in sich trug.

Beides hatte sie geliebt, beides weckte nun Übelkeit in ihr. Sie wandte den Kopf ab und wich der Hand aus, die sich auf ihre Wange legen wollte.

»Berührt mich ja nicht«, rief sie. »Tut es nie wieder! Haltet Euch fern von mir.«

Eine Pause entstand. Der jüngere der beiden Fürsten stand wie versteinert da. Er konnte nicht glauben, was sie sagte. Der Blick des Älteren wanderte langsam von Sanara, die er halb angewidert, halb bewundernd angesehen hatte, zu seinem Neffen.

»Ich sehe ihre Redegewandtheit«, sagte Damastan dann. »Sie ist eine kluge Frau mit einem klaren und lebhaften Geist. Ich kann verstehen, was gerade dich, Neffe, an ihr anzieht. Dennoch solltest du dich nun auf das besinnen, was wirklich wichtig ist.«

Telarion wollte aufbegehren, doch Damastan unterbrach ihn mit einer Handbewegung und den Worten: »Wir machten dich zum Reichsverweser deines Zwillings, weil er der Ältere war, wir dich aber für den Verständigeren hielten. Ich sehe, das war richtig – es scheint, als habe Ys dich wirklich gesegnet. Doch sie hat dir diese Feuerzauberin wohl kaum zu selbstsüchtiger Freude und Lust an die Seite gegeben. Vergiss nicht, dass es um höhere Dinge geht als das!«

Jedes von Damastans Worten traf Sanaras Herz wie ein Messer, doch noch mehr traf sie, dass sein Neffe nichts dazu anmerkte. Er schwieg und hatte sich von ihnen beiden abgewandt, als erkenne er eine Wahrheit in Damastans Worten, die ihr verborgen blieb. Und vielleicht entsprachen sie auch der Wahrheit. Oft genug hatte Sanara sich selbst das Gleiche gesagt, seit sie mit dem Elbenprinzen vom Tempel der Quelle aus aufgebrochen war. Er hatte eine andere Zukunft als sie. Eine, in der sie für ihn kaum mehr sein konnte als ein Werkzeug.

Also ergriff sie das Wort, bevor einer der beiden Fürsten es tun konnte. »Ich bin dieses Gesprächs überdrüssig«, sagte sie. »Daher werde ich Euch nun sagen, was ich entschieden habe.«

Damastan runzelte die Stirn, Telarion wollte widersprechen, doch Sanara brachte beide mit einer herrischen Geste zum Schweigen. »Was Euch angeht, Daron Telarion, Ihr wisst, wie eilig es ist, dass wir nach Süden ins Heiligtum der Tiefe aufbrechen. Daran nach Kräften festzuhalten bin ich Ys schuldig, seid meiner Treue zu diesem Auftrag gewiss. Wir werden also miteinander zu tun haben, doch ich werde nicht mehr so dumm sein, Euch eine Sonderstellung in meinem Leben einzuräumen.«

Sie machte eine Pause und ließ ihre Worte wirken. Mit Genugtuung sah sie, dass Telarion nichts zu erwidern wusste. Entsetzen, Schuld und Schmerz waren in seinem Gesicht zu lesen. Und dass ihm die Beherrschung fehlte, wie gewohnt eine ernste und gelassene Miene zur Schau zu stellen, verriet, wie betroffen er von den Geschehnissen der letzten Minuten war.

Dennoch wandte sie sich ab und Damastan zu. »Euch, Fürst, lege ich ans Herz, mir gegenüber einen angemesseneren Ton anzuschlagen. Ich bin Fürstin eines Volkes, das dem Euren in nichts unterlegen ist, außerdem eine von beiden Monden gesegnete Weise. Daher steht Euch eine Rede, wie Ihr sie führt, nicht gut zu Gesicht.«

Damastan hob die Brauen, doch er schwieg.

Für einige Sekunden war es still. Sanara schloss kurz die Augen. Ihre Kraft hatte sich erschöpft. Sie wollte allein sein. Der Kummer, den Telarion besänftigt hatte, brandete wieder gegen ihren Geist und ließ sie schwanken.

Doch sie sprach weiter. »So wenig es mir oder Euch also gefallen mag, ich muss für die wenigen Nächte, die ich gezwungen sein werde, hier zu verbringen, ein Quartier haben. Es wäre Euch sicher so angenehm wie mir, Fürst Damastan, wenn es so weit wie möglich entfernt von Euren Gemächern und in der Nähe der Gebetsräume läge.«

Sie warf Damastan einen herausfordernden Blick zu. Es brodelte in ihm, doch er wies mit einem kurzen Nicken den Soldaten, der Zeugnis für Telarion abgelegt hatte, an, Sanaras Wünsche zu erfüllen.

Der Mann trat vor sie und lud sie mit einer Geste ein, ihm zu folgen.

Sanara bedachte den Fürsten noch mit einem knappen Gruß, dann wandte sie sich ab und folgte dem Soldaten hinaus. Telarion Norandar würdigte sie keines Blickes mehr.

Die Schänke, in der Ronan gezecht hatte, war auf primitive Weise aus trockenen Ästen errichtet, die man mit Lehm beworfen und verputzt hatte, dennoch unterschied sie sich nicht wesentlich von anderen Schänken, die Ronan der Flötenspieler in seinem Leben besucht hatte. Dass es an einem Ort wie diesem überhaupt eine Schankhütte gab, lag daran, dass sich hier mehrere Straßen kreuzten, unter anderem die, die aus Dabazar kam, und eine, die aus Bandothi herführte. Groß war das Dorf dennoch nicht; hinter dem würfelförmigen Haus der Taverne befanden sich ein paar Ställe, dahinter begannen bereits die niedrigen Buschwälder und es war das hohe Gras der Savannen zu sehen. Nur in der Schänke brannte noch Licht, der Rest des Dorfes schlummerte bereits.

Der Musikant trat aus der Halbtür hinaus und atmete die warme Luft ein, die aus der Steppe Entarats heranwehte. Sie vertrieb den scharfen Geruch nach Schnaps aus Korabeeren und vergorenem *kurimis,* der sich mit dem Gestank nach Tierfellen und verschwitzten Körpern mischte, und dämpfte ein wenig das fröhliche Lachen, das Geschwätz und Gegröle der Dorfbewohner, die sich drinnen versammelt hatten. Das war hier, mitten in der Savanne von Entarat, nicht anders als in einer Kneipe in Bandothi oder in Kharisar.

Aus der offenstehenden oberen Türhälfte fiel ein wenig Licht in die Nacht. Langsam ging Ronan auf der staubigen Straße auf und ab. Er hatte den ganzen Abend gesungen und geschwatzt, nun war er müde. Sehnsüchtig warf er den bereits tief stehenden Zwillingsmonden und dem Silbermond darüber einen Blick zu. Er hätte Schlaf gebrauchen können; nicht nur dieser Abend zehrte an seiner Kraft. Doch würde seine Ruhe noch warten müssen, bis auch der letzte Gast des Schankwirts nach Hause getorkelt war.

Er versuchte zu überschlagen, wie lange es her war, dass er aus dem Tempel der Weisen aufgebrochen war. Ihm kam es lang vor, so lang wie ein halbes Leben.

Zwei Tage, nachdem Sanara und der Fürst der Elben den Tempel ohne ein Wort des Abschieds verlassen hatten, war auch Ronan gegangen. Freiwillig zwar, aber mit Bitterkeit im Herzen hatte er das Kloster verlassen; ebenfalls ohne ein Wort des Abschieds an seine Lehrer oder gar an seine Ehrwürdigkeit, den Abt Morotand.

Seither war er unterwegs. Anfänglich hatte er nicht gewusst, wohin er sich wenden sollte. Er hatte in Betracht gezogen, Sanara und Telarion zum Berg Seleriad zu folgen. Doch dann hatte er aus einiger Entfernung mit ansehen müssen, wie dieser verhasste Elb sie, die Ronan als die Seine betrachtete, in die Arme gezogen hatte und wie willig sie sich ihm hingab.

Zornig hatte er Königin Ireti in den Nebeln gesucht und ihr gesagt, was geschehen war. Es war ihm egal, ob er damit Sanara einer Frau auslieferte, die ihr bisher nichts Gutes gewollt hatte. Ronan war sich bewusst, dass er sich damit abwandte von Sanara, von dem, was bisher seine Lebensaufgabe gewesen war und von denen, die ihm eine Heimat gegeben hatten. Er war durch die Wälder fortgegangen. Weit fort vom Tempel, weit fort von den Heiligtümern der Ys und dem Schöpfergeist, der ihn von seiner geliebten Sanara getrennt hatte.

Einen Zehntag lang war er durch den dichten Wald von Dasthuku gewandert, immer südwärts. Ronan wollte nur fort von Seleriad und fort vom Tempel der Quelle. Schließlich hatte er den Lithon erreicht. Für ein Lied hatte ein Fährmann ihn über den Fluss gesetzt, und nun marschierte Ronan bereits seit einem Mondumlauf durch Entarat.

Immer weiter nach Süden. Er hatte kein Ziel, doch vage schwebte ihm vor, er, der Funken und Macht des Syth ebenso in sich trug wie die Kräfte der Ys, könnte vielleicht in Farokant und dem Heiligtum der Tiefe Aufnahme finden. Oder auch nur eine Zuflucht, bis seine verwundete Seele geheilt war.

Dass die Königin ihn darum gebeten hatte, zu ihr zu kommen, zählte dabei nicht – die südliche Richtung war so gut wie jede andere; sie führte ihn fort von allem, was ihm Schmerz bereitet hatte. Und so war er nichts weiter als ein einfacher Musikant, der nur floh, fort von denen, die ihn, wie er glaubte, verraten hatten. Die es ihm missgönnt hatten, mit der Auserwählten das Siegel zu finden. Die sich auf Seiten des Elbenfürsten geschlagen hatten, obwohl sie für die Gerechtigkeit hätten einstehen sollen.

Wie in diesem Dorf hatte Ronan sich überall auf seine Erzählkunst und das Singen alter Lieder verlassen, um Unterkunft und ein wenig Proviant zu erhalten, hatte hier wie überall für eine Mahlzeit gesungen, oder dort für eine Fahrt auf der Fähre über den Lithon oder einem Sitzplatz auf einem Heuwagen ein Märchen erzählt.

Manchmal, wenn er sich unter Menschenvolk wusste, das Elben verachtete, hatte er auch die Seele eines Verstorbenen durch die Nebel begleitet oder andere Dienste erwiesen, die mit seiner Gabe zusammenhingen, den Geistern der Toten zu befehlen. Es war wie damals, als er durch die Welt und alle Länder gereist war, um Sanara zu finden – die Seelenherrin, die stark genug war, das Siegel zu finden.

Und noch etwas anderes war gleich geblieben. Er sah, wie das Land unter der Last der elbischen Tyrannei stöhnte und wie die Menschen, aber auch das Volk des Goldmonds, unter Erdbeben, Überschwemmungen, oft auch Steppenbränden und anderen Naturgewalten zu leiden hatten.

Er hatte sich zu Beginn der Reise geschworen, nie wieder mit seinem Tempel Kontakt aufzunehmen. Und so ignorierte er auch die Geister, die sich ihm manchmal zeigten. Es waren die farbigen Schatten der Lehrer, die ihm zuerst den Weg in die Jenseitigen Nebel gewiesen hatten. Die bunt glimmenden Seelenbilder derer, die wie er Shisans des Tempels der Quelle waren und die sich geschworen hatten, der Welt und dem Gleichgewicht der Kräfte zu dienen.

Manchmal sprachen sie ihn an, baten ihn um Auskunft. Doch er antwortete nie.

Nur selten tat er es ihnen gleich und suchte in den Nebeln die Feuermagierin, die er so liebte und die er an den Elbenfürsten verloren hatte. Das erste Mal, dass er es wagte, nach ihr zu suchen, war lange nach Beginn ihrer Reise. Da er nicht wusste, wo sie war, dauerte es, bis er sie fand – weit fort von Seleriad oder dem Tempel der Weisheit. Er sah ihr Seelenbild nur aus weiter Ferne und wagte sich nicht näher heran, damit sie ihn nicht bemerke, und doch erkannte er sie sofort: Eine Gestalt aus durchscheinendem Gelb, mit grünem Kern und dunklem Rauch, der sich in ihr kräuselte, saß in einem Boot auf einem Fluss, der dem Sonnenstand nach zu urteilen gen Süden floss. Es war der Sorinas, der in den Zandarbergen entsprang und dann die Länder Norad und Barat durchquerte, um bei Bandothi in den Lithon zu fließen.

Doch sie war dicht umgeben von Schatten, die bläulich und grün schimmerten. Genauer sah Ronan sie nicht, er wollte keine Kraft verschwenden, indem er den Nebeln, die ihn umgaben, befahl, auch diesen Magien Gestalt zu verleihen. Die Wanderung seiner Seele über so große Entfernungen war schwer genug. Sanara schien es gut genug zu gehen, auch wenn ihr Gesicht schmaler schien, als er es in Erinnerung hatte. Und noch etwas fiel ihm auf: In ihr war nicht nur das Hauszeichen zu sehen, die Sonnenechse, die sich auf dem sternförmig geschliffenen Diamanten zusammenrollte. Da war mehr: Eine Kugel, wie aus durchbrochenem Alabaster, die silbrig leuchtete, schimmerte in ihr.

Das Siegel. Sie hatte es also gefunden.

Doch immer noch war sie in Begleitung Telarion Norandars, ein Schatten, der dicht bei ihr saß, war von einem goldenen Grün mit einem bernsteinfarbenen Kern. Dass sie von so vielen Elben umgeben war, beruhigte Ronan nicht. Im Gegenteil, er konnte sich der Vorstellung nicht erwehren, dass sie erneut gefangen gehalten würde.

Seither hatte Unruhe ihn erfasst. Er dachte daran, sich ihr zu erkennen zu geben und ihre Magie zu stärken, wie er es einst getan hatte, als sie die Sklavin der Herrscherbrüder gewesen war.

Doch er verwarf den Gedanken wieder. Die Auserwählte – und das Siegel bewies, dass seine Lehrer zumindest hierin recht behalten hatten – musste selbst wissen, was zu tun war. Und wenn sie das Siegel nun in den Süden bringen wollte, dann würde das schon seinen Grund haben. Ronan wusste, niemand, dem es nicht bestimmt war, durfte in die Pläne der Schöpfergeister eingreifen – oder Strafe erwartete ihn, großes Leid. So wie es ihm geschehen war. Die Schöpfergeister bestimmten, welche Rolle einem Geschöpf in der Welt zugedacht war.

Er lauschte in sich hinein, in sein Inneres, das aus blutroten, silbrigen und violetten Funken bestand, und dachte erneut an die Strecke, die er in den vergangenen Mondumläufen zurückgelegt hatte. Obwohl er keine Antwort auf die Frage nach seinem Ziel gehabt hätte, erkannte er nun, dass seine Reise nicht so ziellos gewesen war, wie er es geglaubt hatte.

Nach Süden. Sanara reiste nach Süden. Und Morotand hatte ihn nach Süden schicken wollen.

Auch Ronan erhoffte sich dort im Heiligtum der Tiefe Hilfe und Rat. Vielleicht war es sein Ziel, weil es die Schöpfergeister es so wollten.

Dennoch beschloss er, noch einen Tag in dem Dorf der Viehbauern, in dem er Aufnahme gefunden hatte, zu bleiben. Vielleicht sah er dann klarer, hier unter den einfachen Menschen, den Kindern, die ihn immer wieder um ein Märchen oder um ein Lied anbettelten, denen er gern von vergangenen Zeiten erzählte und ihnen beibrachte, einfache Melodien zu singen.

Das Feuer im Herd der kleinen Schänke war bereits heruntergebrannt, als auch der letzte Betrunkene hinaustorkelte. Der Wirt hatte Ronan erlaubt, neben der Glut zu schlafen, doch der Musikant fand keine Ruhe. Der Gedanke, seine Reise hätte doch ein festgelegtes Ziel, kreiste in seinem Kopf. Er ließ die Finger über die Saiten seiner *pathi* gleiten und sah auf den glimmenden *keosot*-Dung, als hielte dieser eine Antwort auf seine Fragen bereit.

Nun, Musikant? Du bist ruhelos. Vielleicht habe ich dich deshalb so lange nicht gefunden.

Ronan fuhr herum. Dann fiel es ihm ein. Er hatte vergessen,

die Melodie zu spielen, die ihm die Geister sowohl der Seelenherren des Tempels als auch diesen hier, den Geist der Ireti Landarias, fernhielt.

In einer Nische hinter dem Herd herrschte besonders tiefer Schatten. Zwei violette Funken leuchteten an der Stelle, an der er am dunkelsten war. Rauchige Nebelfahnen hatten sich zu einem Schemen zusammengefunden.

»Ich grüße Euch, Königin«, murmelte er.

Ich habe lange nichts von dir gehört. Ich dachte schon, dass du mir untreu wurdest.

Er antwortete nicht.

Du bist weiter im Süden, nicht mehr im Hochwald meiner Heimat, wo ich dich das letzte Mal sah und wo du mir versprachst, zu mir zu kommen. Es ist wohl so: Auch wenn die Richtung deiner Reise stimmt, du folgst ihr nicht mit dem Herzen, habe ich recht?

»Wer sagt Euch, dass ich Euch jemals loyal gesinnt war?«, wollte Ronan unwillig wissen.

Obwohl er kein Gesicht sah, kam es Ronan so vor, als lächle der Geist. *Ich weiß, dass du mir in deinem Herzen zustimmst. Habe ich dich jemals belogen? Ich sagte dir, dass der Elbenfürst sich des Willens und der Seele deiner geliebten Feuermagierin bemächtigen würde. Ich sagte dir, dass er sie, wenn er sie erst in seinen Fängen hat, nicht mehr loslassen wird.*

Ronan schwieg. Er wusste nichts darauf zu sagen. Er dachte an die Begegnung mit Sanara, als er sie auf dem Sorinas gesehen hatte. Er wusste nicht genau, wo sie sich dort befand, aber den Hochwald hatte das große Boot mit ihr bereits verlassen. Rechts und links vom Ufer hatte er vage Hügel gesehen, an denen auf Terrassen Wasserkorn angebaut wurde, manchmal wirkte es auch so, als würden die Bauern dort Trauben züchten, was bedeutete, dass sich das Boot bereits Barat näherte oder sogar dort befand.

Doch wie dem auch immer war, das würde er der Königin sicher nicht sagen.

Du sagst nichts, weil du weißt, dass ich recht habe, sagte sie nun.

Die Siwanonstochter hat bereits das Siegel gefunden, doch es ist nicht zerstört, nicht wahr? Also besteht noch Hoffnung.

»Ihr wisst von den Plänen der Schöpfergeister auch nicht mehr als jeder andere«, sagte Ronan. »Ich weiß sie nicht, und selbst wenn – keiner von uns könnte sie ändern! Dazu habt nicht einmal Ihr die Macht, auch wenn Euch das nicht gefallen mag.«

Sprich nicht so mit mir!, fuhr der Geist auf. *Ich weiß, was du gesehen hast, denn ich habe es auch gesehen: dass der verfluchte Prinz von Norad die Siwanonstochter erneut gefangen nahm! Sage mir nicht, dass dies dein Herz nicht genauso beunruhigt wie meines!*

Ronan musste über den Zorn der Nebelgestalt lachen. »Erst wolltet Ihr Sanara überzeugen, es Eurem Gatten zu geben, und seit sie floh und Euer Schwager Euren Gemahl tötete, versucht Ihr mich zu überzeugen. Versucht es zur Abwechslung doch selbst. Wenn Ihr so machtvoll seid, wie Ihr behauptet und nur im Namen der Schöpfergeister handelt, so werdet Ihr das doch bewerkstelligen können.«

Ein langes Schweigen trat ein, sodass Ronan schon annahm, dass sie verschwunden sei, als sie doch wieder das Wort ergriff.

Du weißt, dass meine Kräfte allein nicht stark genug sind. Nicht einmal die dieses Schankmädchens, der Siwanonstochter, reichten aus. Ein Herr des Lebens musste ihr die nötige Kraft geben, um das Siegel zu bergen. Und so vermag auch ich es nicht allein, kein Geschöpf der Zwillingsmonde könnte das. Ich hätte dich gebraucht. Doch es ist noch nicht zu spät, Flötenspieler.

»Sie hat das Siegel. Nicht Ihr«, wandte Ronan ein. »Glaubt Ihr, Ihr könntet es ihr gegen den Willen der Schöpfergeister abnehmen?«

Ys schafft nichts ohne ihren Geliebten. Du kennst die Sagen und Legenden besser als ich. Du weißt, dass sie das Siegel zwar erschaffen konnte, und doch wurde es erst wirksam, als Syth es durch seinen Weggang aus dieser Welt geschehen ließ. Was glaubst du, warum die Trägerin auf dem Weg nach Süden ist? Sie muss das Siegel segnen lassen von dem, den es befreien soll. Erst dann kann er wieder zurückkehren in die Welt und diese aus ihrem Zustand erlösen.

Ronan schwieg.

»Woher wollt Ihr das alles wissen?«, fragte er schließlich.

Der Geist brauchte erneut lange, bis er antwortete.

Ich dachte, das wüsstest du schon längst, sagte er dann. *Du bist ein Kind des Schöpfers der Veränderung, wie ich auch. Das sehe ich in dir. Wenn wir beide ihn bitten – wenn du mich hinübersingst in die Leere, in der er haust –, dann wird er mir – uns! – seinen Segen nicht verweigern, und die Macht der Elben wäre gebrochen. Komm zu mir. Zusammen werden wir erreichen, was wir für uns und die Welt wünschen.*

Ronan schloss die Augen. Er horchte in sich hinein und dachte an die violetten und silbrigen Funken, aus denen seine Seele bestand, und die sich in anmutiger Verflechtung durch sein Inneres zogen wie die Töne einer Melodie.

Er hatte kein Hauszeichen wie Sanara oder wie Telarion Norandar es in sich trugen. Das hatten nur noch wenige, sie galten als adlig und man billigte ihnen besondere Kräfte und Privilegien zu. Diese Leute konnten in der Regel auf einen Stammbaum zurückblicken. Doch im Grunde besaß jeder, der über Magien verfügte, eine ganz eigene Zeichnung, eine ganz eigene Mischung und ein individuelles Muster, das sich in seinem Seelenbild spiegelte.

Ronan gehörte keinem Haus an, doch in ihm war die Magie so stark, dass Morotand ihm zu seiner Weihe einen Seelennamen geschenkt hatte: der Schimmernde.

»Die Essenz deiner Magie funkelt silbrig und violett, obwohl deine Kraft blutrot ist und über den Tod gebietet«, hatte der Älteste gesagt. *»Eine seltene Gabe, die einen Namen verdient.«*

Jetzt erinnerte Ronan sich daran.

Als er wieder in die Nische hinter dem Herd sah, war der Schatten dahinter nur noch dunkel. Ronan blickte noch eine Weile nachdenklich auf die niedergebrannte Glut im Herd, bevor er einschlief. Vielleicht hatte die Königin recht. Wenn nicht, würde er es jedenfalls nicht erfahren, wenn er ziellos durch die Welt streifte. Also brach er am nächsten Tag auf, obwohl der Wirt ihn zu halten versuchte und ihm sogar eine Kupfermünze für jedes Lied versprach, wenn er bis Ende des Herbstes bliebe. Auch die Kinder des Dorfes waren enttäuscht, dass er gehen wollte; und so erzählte Ronan ihnen zum Abschied noch einmal die Legende von der Entstehung der Welt.

Er schloss sich einer Karawane an, die zwei Tage zuvor eingetroffen war und die an diesem Morgen weiterreiste. Der Karawanenführer wollte in die Stadt Farokant am Fuß der Kantarberge, in denen sich das Heiligtum der Tiefe befand. In Gesellschaft zu reisen war sicherer, nun, da er den Gebieten näher kam, die die Elben der Königin Ireti besetzt hielten.

Doch man mied ihn. Ronan wunderte sich erst darüber, stellte aber bald fest, dass der Führer der Karawane schon einmal in der besetzten Wüste gewesen war. Dort war er auf Elben getroffen und auch auf anderes; er schwor, er habe nie geglaubt, dass es Dschinne in der Wüste gäbe – genauso wenig wie es die Vayaden des Meeres gab, die Fischer ins Verderben lockten und ihre Boote auf Riffe laufen ließen –, hätte er die Totengeister nicht mit eigenen Augen im Heerlager der Ireti gesehen.

Ronan stutzte, als er hörte, dass die menschlichen Sklaven des Heers dem Händler gar berichtet hatten, sie selbst hätten eines Abends nach dem Ende der Roten Stunde einen blutigen Schatten gesehen, der das *ethandin* der Königin betreten habe. Doch auch wenn einer der Vorarbeiter des Heers – so der Händler – berichtet hatte, es sei nichts an diesen Gerüchten, verstummten sie nicht.

Ronan bot an, die nächtlichen Lagerplätze der Karawane mit seiner Flöte zu sichern. Man nahm das Angebot an, doch es führte dazu, dass man danach seine Gesellschaft nicht mehr suchte und nur noch selten von allein um eine Geschichte oder ein Lied bat. Es stimmte Ronan traurig, dennoch spielte er jeden

Abend, denn er legte keinen Wert darauf, Besuch von den Weisen zu erhalten oder von der Königin. Das hätte die Händler noch mehr verschreckt. So ging er auch selbst nicht in die Nebel, um Sanara zu suchen oder die Königin zu sehen.

Erst, als sie in der ersten Oase am Rande der Wüste von Solife rasteten, wanderte er eines Abends während der Roten Stunde hinaus in die Dünen aus goldenem Sand, um der Königin mitzuteilen, dass er auf dem Weg zu ihr sei und in wenigen Zehntagen bei ihr sein könne.

Sie schwieg. Fast hatte er den Eindruck, es erzürne sie, dass er nicht schneller käme. Doch sie sagte nichts dazu, nickte nur.

Sanara dagegen suchte Ronan nicht mehr. Es war zu anstrengend und kostete auf einer Reise zu viel Zeit. In der Wüste konnte er sich beides nicht leisten, denn er durfte den Anschluss an die Händler nicht verlieren. Er musste Sanara in Farokant erwarten, vielleicht hatte er dort die Gelegenheit, tiefer und mit mehr Kraft in die Nebel zu gehen.

So blieb er weiter bei der Karawane und zog mit ihr durch die endlose Weite der Sanddünen von Solife. Irgendwann schließlich lag dann das Heerlager der Elben am Heiligtum der Tiefe vor ihm.

»Ich befahl, man möge uns nicht stören! Wie kannst du es wagen!«

Ronan fuhr zurück, als er so harsch angesprochen wurde. Er neigte den Kopf, um die angemessene Ehrerbietung zu bezeugen, doch er fiel nicht in die Knie, wie es einem fahrenden Sänger geziemt hätte, der vor dem Zelt einer elbischen Dari stand und um Einlass bat. Er ließ es sich in der Regel nicht anmerken, dass Elben ihm, dem Musikanten, genauso viel Unbehagen einflößten wie jedem Menschen, doch hier, angesichts von Tarinds Sarkophag und der Aussicht darauf, die Königin zu treffen, deren Gestalt und Seele so düster war wie ein Teich in der Nacht, fiel es ihm schwerer denn je.

Der Tod machte ihm keine Angst. Dazu ging er zu oft in die Nebel. Er kannte die Gesänge, die einsame und verlorene Seelen zu den Schöpfern brachten. Doch das kaum erhellte Halbdunkel im *ethandin*, das hinter dem zurückgeschlagenen Eingang wartete, war schlimmer als das, was in den Nebeln lag. Hier draußen leuchteten die Sonnen und verbreiteten Helligkeit, Wärme und Weite, in einer Wüste, in der ständig der Wind sang. Dort drin regierten Kälte, Stille und mit der Halbelbin Ireti der Tod.

Ronan war mittags im Dorf eingetroffen, das am Fuße des heiligen Tafelbergs von Farokant lag, und hatte damit gewartet, das Heerlager und damit Königin Ireti aufzusuchen, bis die Kraft der Weißen Sonne nachgelassen hatte. Nachdem der Händler von der Angst berichtet hatte, die im Heerlager unter Menschen und Elben herrschte, wollte er sie nicht noch schüren, indem er zur Roten Stunde kam. Ronan wusste sehr wohl, dass nicht nur seine Kunst, sondern schon seine bloße Gestalt den Elben Angst einflößte. Was er selbst als Gabe der Schöpfergeister betrachtete, war ihnen ein Fluch.

Er sah den Mann an, der ihn eingelassen hatte. Wie die Königin hatte er blaue Augen, in denen runde, dunkle Pupillen saßen und ihnen ein stechendes Aussehen verliehen. Ein Halbelb, dessen Kleidung ihn als einen General des Heers auswies. Ronan kannte das Gesicht.

»Daron Iram, ich grüße Euch«, sagte er lächelnd und sah dem Halbelb ins Antlitz. »Ich bin sicher, Eure Herrin erwartet mich.«

Iram schwieg. Dann nickte er, trat langsam beiseite und bedeutete Ronan mit einer Geste, das Zelt zu betreten. Ronan trat über die Schwelle. Der Teppich, der den Zugang verschloss, fiel hinter ihm nieder.

Ronan blinzelte, bis sich seine Augen an das Halbdunkel gewöhnt hatten. Schwaden von Rauchwerk durchzogen das Zelt so dicht, dass er selbst die wenigen Lichtquellen – ein paar Lampen und ein Schwarzsteinbecken – kaum sah. Die dichten Fahnen des Nebels wehten in einer unfühlbaren Brise durch das Innere, und so sah Ronan erst nach einigen Augenblicken die Kniende, die in einer Ecke ganz und gar reglos vor einer Sandkuhle hockte, in der Gewürze und Spezereien verbrannten.

Ireti.

Erst jetzt hörte Ronan den Gesang. Die Töne waren geringfügig anders als die des Lieds, das Ronan sang, wenn er die Jenseitigen Ebenen betreten wollte, und sie klangen so leise an sein Ohr, als würden sie von den Nebeln, die das *ethandin* durchzogen, gedämpft.

Die Atmosphäre war ungut. Ronan begriff, dass Ireti in den Nebeln unterwegs war, doch ihm war ebenso klar, dass sie dort zu oft hinging. Zumal sie halb Elbin und die Gabe in ihr – nicht zuletzt durch die blaue Magie, die ihr innewohnte – verwässert war. Dadurch fiel es umso schwerer, die jenseitige Leere zu betreten.

Ronan erinnerte sich an das erste Mal, dass sie ihn aufgesucht hatte, damals, als er mit Sanara nördlich des Mondsees auf dem Weg zum Tempel der Quelle gewesen war. Ihr Seelenbild war klar und deutlich zu sehen gewesen, eine schöne, blasse Frau mit weiten, wallenden Gewändern aus Seide und langen, dunklen Haaren, wie Ys selbst.

Seither hatte er sie oft gesehen, doch die Anstrengung, über so weite Strecken hinweg ein Seelenbild zu erzeugen, hatte sie erschöpft. Er hatte ihr Bild nach jener Begegnung nur selten wieder so klar erblickt.

»Sie ist schwach«, stellte Ronan fest. Er wollte – und durfte – die Dari nicht stören. Es tat nicht gut, eine Seele einfach so aus den Nebeln wieder in den Körper zu zerren. Er besaß zwar die Fähigkeit, dies aufzufangen, doch es würde ihr nicht gutgehen. Ronan konnte nicht riskieren, die Königin – und den General, der ihn nicht aus den Augen ließ – zu verärgern.

Iram Landarias warf ihm einen halb prüfenden, halb anerkennenden Blick zu. »Das siehst du?«

»Wie Ihr sicher ahnt, bin ich Seelenherr«, sagte Ronan.

Der Halbelb runzelte die Stirn. »Du bist mutig, dies im Zelt der Herrin aller Elben und inmitten ihres Heerlagers zuzugeben!«

Ronan verzog das Gesicht. »Nicht mutiger als Ihr und Eure Schwester«, sagte er. »Ihr wisst, was sie hier tut?«

»Natürlich!«, zischte Iram. »Ich bin der Halbbruder der Königin und habe ihr Vertrauen. Niemand sonst betreut sie so gut wie ich, wenn sie in die Nebel geht. Es ist eine Fähigkeit, mit der reinblütige Elben nicht umzugehen wissen.«

»Wie lange sitzt sie schon dort, Daron Iram?«, fragte Ronan.

»Seit die Sonnen den Zenit erreicht haben«, erwiderte Iram nach einer Pause. »Man rief mich vor einem Zehntag aus Sirakand zurück. Du hast sicher gehört, dass die Stadt belagert wird. Doch meine Schwester braucht mich dringender.« Es sah für einen Augenblick so aus, als wollte er noch etwas hinzufügen, doch er hielt inne und sprach nicht weiter.

»Sie ist schon sehr lange in den Nebeln«, murmelte Ronan. »Das ist gefährlich.«

Er dachte nach. Er war Mensch – und diese dort die Herrin des Volkes, das die Kinder des Dunkelmonds unterdrückte und misshandelte. Ihr schwacher Gesang deutete darauf hin, dass sie sich überanstrengte, und ihr Gefährte hatte gesagt, sie sei schon lange fort. Es kam zuweilen vor, dass Seelenherren, die zu lange in der Leere wanderten, nicht mehr den Weg zurückfanden.

Es wäre einfach gewesen, sie ihrem Schicksal zu überlassen, doch nach kurzem Ringen mit sich hatte Ronan sich entschlossen. »Ich werde sie holen«, sagte er leise und wollte es sich gerade auf einem der vielen Kissen bequem machen, die neben dem Eingang gestapelt waren, als eine Hand an seine Kehle fuhr. Finger gruben sich in die weiche Haut unterhalb der Kiefer und zerrten ihn erbarmungslos wieder hoch. Ronan rang nach Luft.

»Wenn sie nicht bis zum Untergang der Roten Sonne wieder hier ist mit dir, dann werden die Sklaven darunter zu leiden haben. Hast du das verstanden, Spielmann?«

Ronan nickte und rieb sich, nachdem Iram ihn losgelassen

hatte, die Druckstellen am Hals. »Ich habe nichts anderes von Euch erwartet, General«, sagte er aufgebracht.

Nach einem ärgerlichen Blick auf den Elb nahm er sich von einem Tablett, das neben ihm stand, einen Becher Wein. Er schmeckte seltsam, als habe man den leichten Wein, den die Elben zu trinken pflegten, mit Honig und Spezereien versetzt – scharf, bitter und doch süßlich. Iram starrte böse zu ihm herab, doch Ronan schloss die Augen und stimmte in das Lied der Königin ein, das so leise durch das Zelt zog, dass Ronan plötzlich nicht mehr wusste, ob es in der wirklichen Welt oder nur noch in der Leere erklang.

Er verdrängte die Furcht, die sich in der elbischen Umgebung in ihm eingenistet hatte und die sich nun angesichts der Drohung des Halbelben noch verstärkte. Er musste die geschaffene Welt bei vollem Bewusstsein verlassen. Wenn Ireti so tief in den Nebeln war, wie er vermutete, würde sie nicht leicht zu finden sein.

Bisher waren die Nebel immer eine Ebene gewesen, vor der Ronans Gemüt erschauerte. Eine weite, endlose Fläche, die bis in eine unbestimmte Ferne reichte, der Himmel über ihm ohne Gestirne, kein Baum, kein Strauch, kein Fels, der eine Landmarke hätte sein können. Der Boden war ohne bestimmbare Beschaffenheit, die Luft ohne Geruch; selbst der Horizont war so fern, dass er nie näherzurücken schien. Er definierte sich nur daraus, dass dort ein silberner Lichtstreifen auf einen purpurfarbenen traf.

Doch diesmal war die Leere anders.

Wahrscheinlich war es nur folgerichtig, dass hier, in der Nähe von Syths Heiligtum, auch die Jenseitige Ebene nicht allem beraubt war, was die geschaffene Welt ausmachte. Ys hatte geglaubt, sie habe ihren Geliebten ins Leere gebannt und ihm damit alles genommen. Doch angesichts der Schönheit, die Ronan nun umgab, begann er zu glauben, dass es sich anders verhielt, als die Sagen berichteten. Syth war ein Geist der Schöpfung. Er hatte in seinem ewigen Schaffensdrang selbst die tote Leere verändert und mit Magie erfüllt.

Ronan lächelte, als er sich umsah. Er stand im Nichts, Weite umgab ihn. Hierin glich dieses Jenseits dem, das er kannte. Doch diese Weite hier war durchströmt von Licht. Von Materienebeln, Funken aus Licht und Magie, die wie Sterne wirkten und die sich zu Bändern fanden, die dem Fluss der Sterne glichen, der den Himmel auch in der realen Welt durchzog.

Ronan ging voran und staunte über das, was er sah – und hörte. Denn nicht nur sein eigenes Lied, sondern auch die Sterne, so hatte er den Eindruck, waren nicht nur Lichtquelle, sondern auch Klang. So wie jeder Ton seiner Flöte, seiner Stimme dank der Nebel ein tanzender Funke wurde, war diese Endlosigkeit mit Klang und Musik und Licht erfüllt, die Gestalt annahmen.

Noch während er die Schönheit bewunderte, die ihn umgab, fiel ihm auf, dass die Bänder aus Lichtfunken in etwa dem Horizont entsprachen. Und auch ihre Farbe fiel ihm auf: Silbrig und Purpurfarben wirbelten sie um ihn herum und in die Unendlichkeit hinein, so als kämen sie aus ihm selbst. Und Ronan erkannte, dass die Muster, Farben und Formen, die ihn umgaben, den Mustern glichen, die in seinem eigenen roten Seelenbild zu sehen waren.

Es fiel ihm schwer, angesichts dieser Wunder weiterzusingen, doch er wusste, er musste die Königin finden. Erst versuchte er, die wirbelnden Funken, die ihn umgaben, zu ignorieren, doch er sah sie auch mit geschlossenen Augen, und plötzlich erkannte er, dass sie ihm einen Weg wiesen. Besonders die dunkleren der Funken fanden sich in einigem Abstand zu einer Form zusammen. Mit Erstaunen stellte Ronan fest, dass das ohne sein Zutun geschah.

Schließlich gaben sie eine Gestalt wider. Eine kniende Dari in weiten Gewändern. Sie hielt ein kleines Gefäß in der Hand, eine Kugel, die Ronan von der Machart her an die Kugeln erinnerte, die man zu Ehren der Ys herstellte; hohler und von verschlungenen Mustern durchbrochener Alabaster.

Doch diese hier leuchtete violett.

Vorsichtig näherte Ronan sich. Er wollte die Seele, die dort kniete und die wahrscheinlich die der Königin war, nicht erschrecken. Jetzt erkannte er auch den Gegenstand klarer, den Ireti wie ein Opfer in Händen hielt. Es war in der Tat eine Kugel, die aussah, als habe man sie aus Amethystopal gemacht, und so schillerte sie in allen Schattierungen von Violett und Purpur. Im Gegensatz zu den Kugeln, die man Ys weihte und deren Muster eher rundlich und fließend waren, hatte diese eines, das Flammen glich, schroffen Felsen, und spitz war wie Kristall oder Schwerter.

Noch bevor Ronan sich Gedanken machen konnte, was dieser Gegenstand darstellen sollte, klang ein Schluchzen an seine Ohren.

»Du bist der Gebieter! Ich habe dir alles geopfert, ich habe dir alles gegeben für den Frieden, doch du hilfst mir nicht mehr! Du hast dein Antlitz abgewandt von mir, deiner treuen Dienerin …«

Ein herzzerreißendes Weinen schloss sich an.

Ronan sah sich um. Erst jetzt erkannte er, dass sich vor Ireti der Funkenfluss, der in ihm selbst seinen Ursprung zu haben schien, zu einem Flammenwirbel zusammengefunden hatte.

Er hielt den Atem an, sein Blick ging zu Iretis Seelenbild, doch diese schien nicht das Gleiche zu sehen. Wieder und wieder bat sie den Schöpfergeist, den Erschaffer von Chaos und den Kräften der Änderung, sich zu zeigen und ihr Geschenk, das sie in Händen hielt, anzunehmen.

Doch niemand kam, um es ihr abzunehmen. Schließlich ließ sie die Kugel, die sie vor sich gehalten hatte, in den Schoß sinken.

»Warum nur versagst du mir deinen Segen?«, wisperte sie. »Die Welt braucht die Veränderung. – Es ist falsch, den reinblütigen Kindern des Vanar den Vorzug zu geben, wie du es bisher tatest!«, stieß sie dann hervor. »Es waren die Landarias, die einst den Menschen die Gaben der Elben brachten und sie teilten, sodass diese nicht mehr eifersüchtig zusehen mussten, wie Wasser und die Gaben der Pflanzen, Schatten und Kühle und die Worte, mit denen man Dinge benennen konnte, nur dem einen Volk gehörten«, sprach sie weiter. »Die Welt versinkt in Stagnation, wenn nur ein Zwillingsmond herrscht. Das wusstest du, Schöpfer aller Dinge! Der Goldmond darf nicht allein herrschen. Ich nahm den Norani, die sich für die Reinsten aller Elben halten, die Macht bereits. Und ich werde auch das letzte Menschenvolk besiegen, das aus reinem Feuer besteht, denn auch ihnen darf die Welt nicht gehören.«

Wieder unterdrückte sie ein Weinen und barg die Kugel, die sie hielt, an der Brust. »Du teiltest deine Gaben gerecht, Schöpfer, auf dass keines der Völker bevorzugt werde. Nur ich, eine Landarias, vereine beides in mir, die Dunkle Magie und auch die Goldene. Ich tat alles dafür, dass du mir die Macht schenkst, mir, denn ich allein verdiene sie. Warum verweigerst du sie mir?«

Ronan starrte verwirrt auf die Szenerie. Vor der kauernden Ireti brannte immer noch ein loderndes Feuer aus violetten und purpurfarbenen Flammen und Funken. Es brannte stetig und glich in gewisser Weise dem Seelenbild eines Elben – auch die Bilder dieser Wesen sah Ronan hier, doch es war schwer und kostete Kraft, ihnen aus Nebeln eine Gestalt zu verleihen, die der des jeweiligen Elben in der wirklichen Welt glich. So beließ er es gewöhnlich dabei, dass er ihr Bild der Magie und nicht das ihres Körpers sah.

Diesen Eindruck eines Bildes der Magie hatte er hier auch, doch als er genauer hinschaute, war das Bild des Feuers anders als alle, die er bisher gesehen hatte. Flammen, keine einzelnen, sondern viele, aus reinem Purpur, klarer als die Rote Sonne selbst, brannten vor Ireti in der Leere, die unter ihr so unendlich war wie über ihr, und glichen keinem Abbild von Magie, das er je gesehen hatte.

Ronan fragte sich erneut, wie die Königin das Feuer nicht sehen konnte, das doch direkt vor ihr stand. Während er noch überlegte, ob es vielleicht daran lag, dass ihre Magie zu schwach war, erklang Gelächter.

Es war laut und klangvoll, wie Musik, und schien die Unendlichkeit, in der Ronan stand, zur Gänze zu erfüllen. Ronans Lippen verzogen sich unwillkürlich zu einem Lächeln, denn es war ein schöner Klang, der bis in sein Inneres drang und ihn mit der Freude ansteckte, die darin lag.

Der, der die Energien von meiner Geliebten und mir in sich trägt, kann mich also erkennen. Nun, das ist eine Überraschung, aber es ist eine angenehme. Es beweist, dass meine Verbannung dem Ende entgegengeht.

Ronan ging in die Knie, als ihm bewusst wurde, *wem* er gegenüberstand. Seine Gedanken wirbelten wild durcheinander.

»Ich weiß nicht, warum du dich mir zeigst, Schöpfer aller Dinge«, murmelte er schließlich. »Ich bin mir der Ehre bewusst, aber ich kann dir nur sagen, ich habe nicht die Kraft, dich zu befreien.«

Wieder brandete Gelächter auf, und Ronan sah auf. Der Klang war so allgegenwärtig, dass er glaubte, er müsse auf magische Weise sichtbar werden.

Du kannst mich sehen, erkennen, weil meine Geliebte dich segnete, so wie ich es einst tat. Ich ging, weil Ys glaubte, Ordnung könne es nur geben, wenn die Dinge getrennt sind. Ich versprach, ihr den Willen zu erfüllen, doch ich sagte auch, dass sie einst würde einsehen müssen, dass das nicht der Weg sei. Sie erwiderte, sie würde mir jemanden als Zeichen schicken, wenn dies der Fall sein würde. Einen, der sowohl ihren als auch meinen Segen besitzt.

Und nun bist du da, Geschöpf.

Ronan wagte erst nicht zu antworten. Er konnte kaum fassen, was er hörte, und wusste gleichzeitig, dass es die Wahrheit war. Und doch hatte er so viele Fragen. Er hob den Kopf und wies mit dem Kinn auf Ireti.

»Was ist mit ihr? Sie glaubt, sie sei deine Botin«, sagte er langsam.

Die Flamme antwortete nicht sofort. *Sie ist nicht das Werkzeug,* sagte sie dann. *Ich dachte es erst, denn sie wurde tätig. Doch sie zerschlug keine Strukturen. Sie will sie behalten und nichts opfern von dem, was war.*

»Opfern?« Ronan verstand nicht.

Wer Veränderungen will, muss etwas hergeben. Eine Tür muss geschlossen werden, wenn sich eine neue öffnen soll. Doch diese hier will nur Türen schließen, die für andere wichtig sind. Und doch will sie die Veränderung für sich selbst. Siehst du das nicht?

Ronan betrachtete Iretis Gestalt genauer.

Die Königin hatte aufgehört zu weinen. Sie starrte auf die Kugel in ihren Händen. Ihr dunkles Haar fiel wie ein dichter Vorhang über ihr Gesicht. Immer noch war sie so reglos, als könne sie weder Ronan noch ihren Schöpfer sehen.

»Du meinst …« Ronan unterbrach sich. »Du meinst, sie hat Dajaram und auch Tarind auf dem Gewissen«, murmelte er dann.

Sie nahm Leben, wie es ihr beliebte. Dieses Geschöpf hier sagte, es wolle die Herrschaft der Norani, der Wesen, die dem Goldmond nahe stehen, brechen, und vernichtete dabei viele Leben. Sie verhinderte nicht einmal, dass der Gefährte ihrer Seele von seinem Zwilling getötet wurde, obwohl sie den Streit sah. Sie glaubte, es sei das Opfer, das ich verlange.

Ronan dachte nach.

Ein Opfer schmerzt, das ist wahr. Doch für sie war Tarinds Tod kein Verzicht, denn sie wollte die Macht der Norani brechen.

Wieder betrachtete er Ireti. Ihr Elend war unübersehbar. Und doch regte sich neben Mitleid auch Abscheu über den Machthunger, der dieser Halbelbin innewohnte, in dem Musikanten – und Reue, dass er versucht gewesen war, ihr zu glauben.

»Sprichst du deshalb nicht zu ihr?«, fragte er dann. »Weil sich ihr Wunsch schon erfüllte?«

Es schmerzt mich, eines meiner Geschöpfe so voller Trauer zu sehen, sagte das Feuer. *Doch sie will nicht einsehen, dass die Macht den Herrschenden zu nehmen nicht zwangsläufig bedeutet, dass sie selbst an ihre Stelle tritt. Doch Ireti ist selbstsüchtig. Sie will die Änderung für sich, nicht einfach um der Änderung willen.*

»Sie müsste auf die Macht, die sie so wünscht, verzichten«, flüsterte Ronan.

Ein Opfer schmerzt, wiederholten die Flammen. *Und doch gibt es Wesen, die begreifen, was der Sinn von Veränderung ist.*

Ronan holte Luft. Er dachte an seine Verluste in der letzten Zeit. Seine Heimat. Seine Lehrer.

Sanara.

Er hatte sie im Namen der Veränderung gesucht – und gefunden. Vielleicht bedeutete das, im Gegenzug auf sie verzichten zu müssen. Sie der Liebe zu dem Elb zu überlassen, die so unauslöschlich in ihrem Herzen brannte, und mit dem sie das Siegel hatte finden sollen.

Der Gedanke gefiel ihm nicht. Und doch ließ er sich nicht mehr bannen.

Plötzlich spürte er etwas Heißes auf der Stirn. Es glühte auf, als habe ihn die Spitze eines Metalls berührt, das lange in der Esse eines Schmiedes gelegen hatte.

Du hast es begriffen, Geschöpf.

Diese dort nicht. Deshalb kann ich sie nicht segnen, auch wenn sie es wünscht und sie mich rührt. Ihr Wunsch wäre nicht von Dauer und würde ihr und der Welt nur noch mehr Kummer bringen.

Und so bin ich froh, dass du, mein Geschöpf, den Weg zu mir fandest. Denn nun muss korrigiert werden, was sie tat. Sie hat Türen geschlossen, ohne neue zu öffnen. Dies müssen nun andere verrichten.

Ronan sah auf. »Willst du, dass ich es tue?«

Wieder hallte Gelächter durch die Weite und brach sich an den Nebeln aus Klang und Form.

Nicht allein. Vor einiger Zeit bereits kam einer, der ebenfalls eine Veränderung für sich wünschte. Sie war klein, doch er hat einen großen Geist und erkannte schnell, dass für das, was er wünscht, eine Tür in seinem Leben geschlossen werden musste, die ihm wichtig schien.

Für das, was er aufgab, kann ich ihm mehr geben, als er wünschte.

Ronan schwieg. »Du sprichst in Rätseln«, sagte er dann.

Die Flamme antwortete nicht, und zu Ronans Enttäuschung erkannte er, dass das Feuer blasser wurde. Es begann, sich aufzulösen, und auch das wunderbare Lachen, der Klang der reinen Freude, wurde schwächer.

Überwinde die Furcht vor der Tür, die sich schließt, Geschöpf. Erst wenn du glaubst, dass es richtig ist, dass sie sich schließt, wirst du das Gute hinter der sehen können, die sich öffnet.

»Aber …«, setzte Ronan verzweifelt an, doch die Funken, aus denen das Flammenbild bestand, lösten sich weiter auf.

Enttäuscht wollte der Musikant sich schon abwenden und davongehen. Doch die Funken wirbelten schneller um ihn herum, als wollten sie seine Aufmerksamkeit auf sich ziehen, und so wandte er sich doch noch einmal der Stelle zu, wo das violett-purpurne Feuer gebrannt hatte.

Iretis Gestalt kniete noch dort, reglos und starr. Wieder wallte Mitleid für sie in Ronan auf, doch bevor er sich ihr nähern und sie an die Hand nehmen konnte, um sie von hier fortzubringen, bildete sich vor seinen Augen ein neues, ein weiteres Seelenbild aus Licht.

Das Licht war orange, bestand zu gleichen Teilen aus dem Gelb des Feuers und dem Rot der Erde. Die Gestalt, die immer lebensechter und deutlicher zu sehen war, wurde zu der eines Menschen. Ein Mann, der vor einer Art Altar stand – nein, korrigierte sich Ronan, einem Amboss. Ein Schmied, der einen Sickenhammer führte. Er bearbeitete eine Klinge, vorsichtig, mehr mit seiner Magie als mit dem Werkzeug, denn die Hand, die es führte, war verletzt und wohl ein wenig steif.

»Meister Vakaran?«, fragte Ronan ungläubig und ging näher an die Gestalt heran. Sie erinnerte ihn an den alten Schmiedemeister aus den Liedern, die er auf dem letzten Feldzug der Elben öfter gesungen hatte. Auch das hatte er für einen Schmied getan, dessen Arbeit – eine Waffe für den Heermeister zu fertigen – ihn an diese alten Geschichten erinnert hatte. Ronan erinnerte sich auch an den Namen des Schmieds. Es war Sanaras Bruder gewesen, Sinan Amadian.

Sinan Amadian. Er war der Mann, der hier vor ihm stand und der mit Leidenschaft die Klinge bearbeitete.

Er ist ein Geschöpf wie du. Er hat eine Aufgabe zu erfüllen. Doch er vermag es nicht allein und bat mich um Hilfe. Ich kann nicht selbst eingreifen, bis das Siegel gelöst ist. Tu du es für mich und erfülle damit deinen Anteil an der Aufgabe.

Ronan lächelte versonnen beim Anblick des Schmieds. »Also ist Sinan Amadian hier im Heiligtum«, sagte er. »Dann werde ich dein Werkzeug sein, Schöpfergeist.«

Wieder erklang das Lachen. Dann verwehte es in der Unendlichkeit.

Kapitel 12

»Vanar, der Goldmond, liebte die Bäume und wohnte in einem von ihnen, nah bei den Stromschnellen des Sorinas. Sein Haus war umgeben von Laub, rosigen, weißen und blauen Blumen und dem jungen Grün der Süßholzrohre. Vanar hatte es weit oben in der Krone des Baums gebaut, auf dass er den Wolken und dem Wind nah sei und sein Gesicht dem Regen und der Purpursonne sowie dem Silbermond entgegenhalten könne.
Doch er konnte seine Freude an Wind und Regen und der Schönheit der Blüten mit niemandem teilen, und so begann er eines Tages, sich ein Geschöpf aus Blüten zu machen, aus dem Laub der Bäume und dem duftenden Holz des Yondarbaums. Doch es blieb leblos, bis Vanar es mit dem Tau des Morgens benetzte und ihm den Atem des Windes einhauchte.
Seither leben die Elben, die Abkömmlinge dieses ersten ihres Volks, gern in Wäldern oder in der Nähe des Wassers, und sie bestehen aus der Magie der Dinge, aus denen sie gemacht sind.«

Von den Gaben der Kinder des Vanar
Zweite Rolle der Schriften des Klosters der Weisen Zwölf

Telarion sah an sich hinab. Man hatte ihm gesagt, dass das Gewand, das er angelegt hatte – man nannte es in der Sprache der Solifi *jibahan* – vor der Hitze er Wüste schütze. Er schaute noch einmal auf das glänzende Messing-Tablett, das ihm als Spiegel diente, und brauchte ein paar Sekunden, bis er in dem Gesicht, das von einem *darstar* gekrönt wurde, sich selbst wiedererkannte.

»Daron?«

Telarion wollte antworten, doch erneut fiel sein Blick auf das

Messing-Tablett. Es verschlug ihm die Sprache, als er seiner wieder ansichtig wurde.

Der Soldat, der ihn gerufen hatte, betrat den Raum und blieb im Eingang stehen – verwirrt, als habe er sich in der Tür geirrt.

»Daron?«, fragte er noch einmal halblaut.

Telarion warf ihm einen schiefen Blick zu. »Beunruhige dich nicht, Gahariet. Ich bin es.« Er musterte sich noch einmal. »Allerdings würde ich es begrüßen, wenn du meinem Onkel nicht berichtest, dass ich gezwungen war, die Kleidung von … zwielichtigen Händlern und Vieh-Nomaden anzulegen.«

Gahariet verzog keine Miene. »Die Shisani Sanara sagte, es sei notwendig, die Kleidung der hiesigen Nomaden zu verwenden, wenn Ihr von hier aus in die Kantar-Berge weiterreisen wollt. – Ihre Ratschläge sind hin und wieder nicht von der Hand zu weisen«, fügte er nach kurzem Zögern hinzu.

Telarion nickte missmutig und hielt inne, weil er das Gefühl hatte, der schwere Schal aus gewebter Wolle rutsche ihm vom Kopf. Noch einmal sah er in den improvisierten Spiegel und rückte den *darstar* wieder zurecht. Er wandte sich ab und ging an Gahariet vorbei ins Freie.

Sanara stand mit einer der Frauen am Brunnen. Offenbar hörte sie sich nach Karawanen um, die hier vom Rand der Steppe direkt in den Süden nach Farokant und vielleicht sogar weiter zum Heiligtum der Tiefe reisten. Auch sie trug einen *darstar* wie er, doch sie hatte nicht ihre Haare darunter versteckt, wie sie es als Schankmädchen getan hatte. Zöpfe, geflochtene Strähnen, solche, die mit Fäden umwickelt und mit Perlen aus Stein und Lehm geschmückt waren, auch Filzlocken quollen unter dem leuchtend orangefarbenen Tuch hervor und fielen ihr auf die Schulter.

Telarion gestattete sich einen Augenblick lang, ihren Anblick zu genießen, und hoffte, dass sie es nicht bemerkte. Seit ihrem Streit in Darkod hatte sie sich ihm entzogen und ließ nicht einmal mehr zu, dass er sie betrachtete. Doch nun achtete sie nicht auf ihn, ja, vielleicht bemerkte sie ihn nicht einmal in der ungewohnten Kleidung.

Die lange Reise durch die Steppe von Entarat, immer im Licht beider Sonnen, um – im Gegensatz zu den Elben – den Tag zu nutzen und die Nacht zu meiden, hatten die Sommerflecken in Sanaras Gesicht zahlreicher und größer werden lassen. Ihre bernsteingelben Augen leuchteten umso stärker darin. Auch sie trug einen *jibahan*, allerdings einen, den man für Frauen gemacht hatte; und so war er tiefer ausgeschnitten, hatte auch einen etwas kürzeren Saum als die für Männer und besaß weitere Ärmel.

Die Tracht stand ihr, und für einen Moment glaubte Telarion, eine Wiedergeburt der Feuertochter Amdiri stünde vor ihm, Amdiri, die sich in den Thaut des Meeres verliebt hatte und im Tod zum Saphirmeer geworden war.

Als habe sie den Blick gespürt, wandte Sanara ihm das Gesicht zu.

Unwillkürlich lächelte Telarion. Für einen Augenblick glaubte er, es zucke um ihre Mundwinkel, als wolle sie es erwidern, doch dann wandte sie sich hastig ab und widmete sich wieder ihrer Unterhaltung.

Telarion unterdrückte seine Enttäuschung und ging auf die beiden Frauen zu. Als er ankam, nickte er der Nomadin zu. Sie bedachte ihn mit einem seltsamen Blick, dann tauchte sie den Tonkrug, den sie bei sich hatte, ins Wasser und verabschiedete sich von Sanara.

Diese betrachtete ihren Reisegefährten kritisch. »Ihr könnt Eure Abstammung nicht verleugnen, Daron.«

»Ihr sagt es, als sei es meine Schuld«, gab er stirnrunzelnd zurück.

Sanara senkte den Blick und wandte sich ab. Gemessenen Schrittes ging sie in Richtung des Raumes zurück, aus dem er gerade erst gekommen war; das Hinterzimmer einer Taverne, in der sie seit zwei Tagen eingekehrt waren. Er folgte ihr.

Gahariet und sein Gefährte, die ihn und Sanara seit Darkod

begleitet hatten, saßen bereits darin und versteckten rasch die Würfel, mit denen sie gespielt hatten, als Sanara den Raum betrat. Der Kämpfer erhob sich sofort, als er sah, wer ihn unterbrochen hatte.

Sanara ließ sich nicht anmerken, ob es sie störte. »Kazarti, die Frau des Shisans hier vor Ort, hat mir gesagt, dass die Karawane aus Dabazar, die nach Sirakand wollte, beschlossen hat, noch heute Abend aufzubrechen. Sie sagte mir auch, dass die Händler sich sicher gern bereit erklären, Euch mitzunehmen, wenn Ihr bereit seid, sie vor Angriffen der Elben zu schützen. – Wenn Ihr dem Befehl des Fürsten folgen wollt, Daron Gahariet, dann rate ich Euch, mit den Entari zu gehen.«

Gahariet sah an Sanara vorbei auf Telarion. »Mir ist nicht wohl bei dem Gedanken, den Neffen meines Fürsten allein weiterreisen zu lassen«, sagte er.

Telarion lachte leise. »Du dienst mir mehr, wenn du Gomaran unterstützt. Du wirst im Heer willkommen sein. Bereitet es darauf vor, dass Ireti vielleicht nicht mehr lange Königin ist.«

Gahariet neigte den Kopf. »Ich werde meinem Fürsten gehorchen. So werden sich denn unsere Wege morgen trennen.«

Sanara antwortete nicht sofort. Dann nickte sie. »Man sagt, dass Iram Landarias nicht mehr dort ist, sondern bei seiner Halbschwester in Farokant. Wenn es klug angestellt wird, ist das Heer vor Sirakand bald auf unserer Seite. – Ich wünsche Euch Glück bei Eurem Vorhaben. Der Segen der Schöpfergeister sei mit Euch.«

Gahariet verneigte sich.

Sanara nickte noch einmal freundlich und machte Anstalten, den Raum über eine Leiter zu verlassen, die auf das flache Dach des einstöckigen Gebäudes führte. Während sich die Elben tagsüber hier unten aufhielten, in dem Raum, der dank seiner Lehmwände Kühle versprach, zog sie das Dach des Gebäudes vor, auf dem sich auch die Schlaflager der Gäste befanden. Sie hatte schon einen Fuß auf die unterste Sprosse gesetzt, als Gahariet sich noch einmal räusperte.

Erstaunt wandte sie sich um.

»Shisani, ich werde dem Fürsten Damastan berichten, dass die Gerüchte über Euch nicht der Wahrheit entsprechen.« Er hielt inne, doch dann sprach er weiter. »Wie Ihr wisst, war ich dabei, als Daron Telarion Euren Bruder tötete. Das war ja auch der Grund, warum mich Fürst Damastan bat, Euch und seinen Neffen bis hierher zu begleiten.«

Sanara starrte ihn an. Trotz des herrschenden Halbdunkels – der Raum bezog sein Licht nur aus der Öffnung im Dach und dem Eingang –, erkannte Telarion, dass das Blut aus ihren Wangen wich. Sie mied seinen Blick, als Gahariet den Tod Sinans ansprach und sah nur den Kämpfer an.

Gahariet zuckte leicht zurück. Und auch, wenn Telarion sie nicht direkt sehen konnte, ahnte er, was sein Gefährte wohl spürte. Niemand kannte das Feuer, das im Zorn in Sanaras Augen brannte, besser als Telarion.

»Lasst mich sagen, dass ich mein Urteil über Euch und Euren Bruder nun zurücknehme. Ihr seid wahrlich die Erben eines Führers, Shisani, das konnte ich auf dieser Reise feststellen. Ihr seid noch überaus jung an Jahren, doch nur wenige sind in der Lage, andere Geschöpfe der Zwillingsmonde so gut einzuschätzen wie Ihr. Auch Euer Bruder konnte das.« Er warf einen Seitenblick auf Telarion, der die Stirn runzelte. Er konnte nur hoffen, dass Gahariet nicht weiter darauf einging, dass Sinan sehr wohl erkannt hatte, was Telarion mit Sanara verband. Der Soldat schien zu begreifen und sprach weiter. »Und so gelangte ich zu der Ansicht, dass das Vertrauen, das der Neffe meines Fürsten in Euch setzt, sehr wohl verdient ist.« Er neigte erneut den Kopf. »Wenn ich Menschen fürderhin nicht mehr nur als Sklaven und rebellische Schwarzhexer ansehe, dann ist das Euch zu verdanken. Ich wünsche Euch Vanars Segen, Shisani.«

Telarion sah, dass Sanara angesichts des Wortes »Sklaven« die Stirn runzelte und aufbegehren wollte, dann aber schwieg. Stattdessen warf sie den Kopf in den Nacken und lachte.

Telarion unterdrückte selbst ein Lächeln. Er hatte sich an ihre spontanen Stimmungsumschwünge gewöhnt, doch das verdutzte Gesicht Gahariets war selbst für ihn komisch anzusehen.

»Ich danke Euch, Gahariet«, sagte Sanara freundlich. »So die Schöpfergeister es wollen, werden wir uns alle wiedersehen. Schon bald«, fügte sie mit einer Stimme hinzu, die wahrscheinlich für alle außer Telarion zuversichtlich klang. Dann wandte sie sich ab und kletterte die Leiter hinauf aufs Dach.

Auch Telarion verabschiedete sich von Gahariet und seinem Gefährten.

Er gab ihm noch eine kurze Nachricht an seinen Onkel mit. Gahariet hatte vor, mit seinem Gefährten das Elbenheer vor Sirakand aufzusuchen, von dort konnte sie mit einem Vertrauten nach Darkod gelangen. Offiziell wollte Gahariet sich dort den Kämpfen gegen den Zaranthen anschließen. Doch eigentlich sollte er im Namen des Fürsten Damastan von Norad dafür sorgen, dass die Norani und die Nisan – im Falle, dass Sanara und Telarion ihren Auftrag, das Siegel zu lösen, erfüllen konnten – Ireti Landarias die Treue versagten.

Gahariet und sein Gefährte machten sich nun daran, ihre Sachen zu packen. Telarion sah ihnen für einige Augenblicke zu, dann wandte er sich um und kletterte, einer spontanen Eingebung folgend, auf das Dach des Gebäudes. Es war von durchbrochenem Mauerwerk umgeben und bildete eine Terrasse. In einer Ecke stand ein Regenfänger, wie er hier am Rand der Steppe, wo die Wüste begann, manchmal, wenn auch selten, vorkam. In einer anderen Ecke befand sich ein Sonnensegel, unter dem man aus Matten und Kissen ein Lager hergerichtet hatte.

Sanara wandte ihm den Rücken zu. Sie kniete unter dem Segel, hatte die Arme auf die Brüstung und das Kinn darauf gelegt und sah gedankenverloren zum Horizont. Trotzdem hatte Telarion kurz den Eindruck, als habe sie gerade mit jemandem gesprochen.

Doch da war niemand, sie war allein. Die anderen Gäste, die

ebenfalls unter dem Sonnensegel nächtigten, waren wohl noch im Dorf unterwegs. Der Abend war klar, man konnte weit über die Sanddünen blicken, die sich in der Ferne verloren, und obwohl die Weiße Sonne schon bald hinter der letzte Hügelkette verschwinden würde, gab die rote noch Licht genug. Tief im Süden glitzerte rosig ein schmales Band unterhalb einer Silhouette, die bereits die Kantar-Berge erahnen ließ – die Salzebene, die in manchen Jahren der Vanion-See war.

Telarion ließ seinen Blick über die karge Landschaft schweifen. Sie war von ganz eigener Schönheit, einer, die sich von den üppig grünen Wäldern von Norad in beinahe allem unterschied, was wichtig war. Sie war beherrscht vom Sand der Erde und dem Feuer des Sonnenlichts, und doch schien sie auf seltsame Art und Weise lebendig.

Wie Sanara.

Er warf ihr noch einen Blick zu, dann wandte er sich wieder um und wollte so leise wie möglich wieder die Leiter hinunterklettern.

»Wollt Ihr ohne ein Wort gehen, Daron Norandar?«

Telarion blieb stehen, drehte sich aber nicht um.

»Es gab eine Zeit, Shisani, da nanntet Ihr mich Daron Elb.« Es klang wie ein Vorwurf, und der Satz war Telarion über die Lippen gekommen, bevor er ihn zurückhalten konnte. Er biss die Zähne zusammen.

Viele Zehntage waren sie nun unterwegs, und seit Gahariet vor Fürst Damastan bezeugt hatte, was mit Sinan Amadian geschehen war, hatte Sanara kaum ein Wort mit Telarion gewechselt.

Doch auch er war zornig und enttäuscht darüber gewesen, dass sie ihm ihr Vertrauen so vollständig und endgültig entzogen hatte, und machte kaum Anstalten, es wiederzugewinnen. Es war seine und nicht zuletzt ihre Aufgabe, für Frieden zu sorgen. Doch nicht nur auf den Jenseitigen Ebenen, auch hier im Diesseits musste ein Gleichgewicht hergestellt werden – so hatte Ys es bestimmt.

Ein ehemaliges Schankmädchen konnte Elbenfürsten nicht zum Umdenken bringen. Das war seine Aufgabe, und so tat er, was er tun musste. Dass es nicht reichte, um sie zu versöhnen, begriff er wohl, doch er wusste nicht, was er hätte ändern können. Es war ja nicht so, dass ihn der Tod des Schmiedes nicht reute. Es war überflüssig gewesen, Sinan Amadian dafür zu strafen, dass er der Sohn seines Vaters Siwanon war – war dieser doch unschuldig. Und wenn Telarion sich selbst gegenüber ehrlich war, hatte er das auch zu dem Zeitpunkt schon gewusst. Der Schmied hatte sich nur eines zuschulden kommen lassen: sich gegen eine Herrschaft aufzulehnen, die – wie Telarion mittlerweile erkannt hatte – ungerecht und grausam war.

Telarion wusste, es würde sein Anteil an der großen Aufgabe sein, die Ys ihm und Sanara gestellt hatte, für den Frieden zwischen den Völkern zu sorgen. Er war ein Heiler und Fürst des älteren Volks, und so schien es in mehrfacher Weise angemessen, dass er dazu ausersehen war. Vielleicht war es ihm bestimmt, mehr als nur einfache Schwertwunden und Krankheiten zu heilen. Vielleicht musste er dafür sorgen, dass andere, größere Wunden geheilt werden konnten, die von Krieg und Tod geschlagen worden waren.

Die Menschen waren freiheitsliebend. Es lag in der Natur dieses Volkes, beständig und gleichmäßig wie die Erde und mit einem ausgeprägten Gerechtigkeitssinn feurig gegen alles zu kämpfen, was sie darin beeinträchtigte, sie selbst zu sein. Sollte es einen haltbaren Frieden auf dieser Welt geben, ohne Krieg und Tod, so mussten die Elben anerkennen, dass sie nicht über die Menschen herrschen konnten.

Ein zerstörtes Siegel allein würde das nicht erreichen können. Es musste gelebt werden.

Dass auf dem Weg dorthin manchmal Dinge geschahen, die keiner gewünscht hatte, war unvermeidlich. Telarion nahm Sanara nicht übel, dass sie trauerte. Doch er vermisste sie, und dass sie den Tod ihres Bruders, wie er fand, nicht in den größeren Zusammenhang stellte und nun ihm, der vielleicht sogar den wichtigeren Teil der Aufgabe zu erfüllen hatte, die Unterstützung versagte, verstand er nicht.

Er wandte sich um und sah ihr ins Gesicht.

Ihre Augen funkelten. »Tat ich das? Ich nannte Euch zu einer Zeit so, in der wir uns näherstanden.«

In Telarion wallte Ärger auf. Er ging auf sie zu und ließ sich vor ihr nieder. Wie ein Elb setzte er sich dabei auf die Fersen, anstatt wie der Nomade, dessen Kleidung er trug, im Schneidersitz Platz zu nehmen. Er bemerkte seinen Fehler, als es in ihren Mundwinkeln zuckte, und korrigierte seine Sitzhaltung.

Sanara hob die Brauen. »An solche Dinge müsst Ihr denken, Daron Norandar. Sonst hält euch in Farokant niemand für einen Halbelb.«

Ihre Zurechtweisung, ohne dass sie auf die seine eingegangen wäre, schürte seinen Ärger. »So sehr es Euch belustigen mag, Shisani, aber die Kleidung eines Viehhirten allein macht mich noch nicht zu einem Feuerzauberer.«

»Da mögt Ihr recht haben«, sagte sie spöttisch und richtete den Blick wieder in die Ferne.

Schweigen breitete sich aus, und Telarion fragte sich unbehaglich, wie die weitere Reise verlaufen würde. Sanara sorgte dafür, dass kein überflüssiges Wort zwischen ihnen fiel, und so war das Schweigen zwischen ihnen auch bisher unangenehm gewesen. Doch erst jetzt fiel Telarion auf, dass er innerlich eine große Menge dieses Unbehagens zwischen ihm und Sanara auf die Anwesenheit von Gahariet und seinem Soldaten geschoben hatte. Dass sein Onkel ihm und Sanara zwei seiner Leibwachen zur Seite stellte, hatte die Gelegenheiten, sich mit seiner Gefährtin auszusprechen, außerordentlich verringert. Telarion hatte sich nicht zuletzt deshalb zunächst gegen den Befehl des Fürsten gewehrt, doch sein Damastan hatte darauf bestanden, seinen Neffen nicht mehr allein mit einer Feuerzauberin und Seelenherrin durch elbische Gebiete reisen zu lassen.

Du bist von meinem Blute und vielleicht bald unser aller König. Ich lasse dich nicht allein mit einer Herrin des Todes reisen.

Telarion war trotz allem froh gewesen, dass Sanara diesen Satz nicht gehört hatte.

»Gab es einen besonderen Grund, warum Ihr des Tags hier heraufkamt?«, fragte sie jetzt in diese Gedanken hinein. »Ich will Euch nicht davon abhalten, Euch von der Leibwache zu verabschieden, die Euer Onkel uns mitgab. Wahrscheinlich ist es für eine lange Zeit das letzte Mal, dass Ihr mit Euresgleichen zu tun haben werdet.«

»Wer sagt Euch, dass ich das Bedürfnis dazu verspüre?«, fuhr er auf.

Als sie ihm einen amüsierten Blick zuwarf, hätte er sich am liebsten auf die Zunge gebissen, weil sie ihn erneut dazu gebracht hatte, etwas zu tun, was nicht seiner Natur entsprach.

Doch als sie sich wieder der Wüste zuwandte, entdeckte er in sich Trauer darüber, dass für Sanara die Zeit, in der sie einander vertraut und geneckt hatten, vorbei zu sein schien.

Erneut überlegte er zu gehen. Die Rote Stunde verbrachte er in dieser Gegend gern in den Hainen aus Itayabäumen und Sträuchern des Rekars, die von Bewässerungskanälen durchzogen waren.

Doch wieder unterbrach sie seine Gedanken. »Ist das hier die Oase, in der Ihr Sinan fandet?«

Die Frage war einfach gestellt und verriet keinen Zorn. Nur Leid schwang darin mit, ein Kummer, den Telarion zutiefst bedauerte. Er unterdrückte den Impuls, sie wie damals im Studierzimmer seines Onkels in die Arme zu ziehen. Ein Augenblick später schämte er sich. Als er sich fragte warum, spürte er Furcht – Furcht, vor dem Schmerz, den er empfinden würde, stieße sie ihn wieder so von sich, wie sie es damals getan hatte.

Er schluckte und bezähmte seine Trauer um das, was sie nicht mehr miteinander teilten. »Nein«, sagte er. »Sie war dieser sehr ähnlich, doch sie lag weiter im Norden. Das Heer war auf dem Weg nach Sirakand, um dem Zaranthen zu begegnen. Wir gingen nicht nach Farokant, und so überschritt Euer Bruder die Grenze nach Solife nicht hier.«

»Ich frage mich immer noch, was er, ein einfacher Sklave, Euch antat, dass Ihr ihn so strafen konntet.«

Telarion runzelte die Stirn. Begriff sie nicht, dass er damals noch der Heermeister gewesen war?

Er rief sich die Situation in Erinnerung. »Ich hatte es gar nicht vor«, hörte er sich zu seiner eigenen Überraschung sagen. »Ich wollte ihn wieder gefangen setzen, denn er hatte sich verpflichtet, mir ein Schwert zu schmieden.« Er hielt inne, als sie sich ihm zuwandte, offenbar um ihm zu widersprechen.

Dann fiel ihm ein, dass sie wahrscheinlich gar nicht wusste, was Sinan und er für eine Beziehung gehabt hatten – wenn man zwischen einem Heermeister und Fürsten einerseits und einem Sklaven und Schmied andererseits überhaupt von so etwas sprechen konnte.

Er hob die Hand, um sie zum Schweigen zu bringen. »Lasst mich das erklären«, sagte er. »Ich traf Euren Bruder zum ersten Mal auf dem Weg von Kharisar nach Süden. Wir hatten die Stadt erobert und dort Gefangene gemacht, Menschen, die uns nützlich schienen, Handwerker, Magier … alles Leute, die uns gute Dienste erweisen würden und über Fähigkeiten verfügten, die wir Elben nicht vorweisen können.«

Sie schnaubte. »Das ist verabscheuungswürdig!«, zischte sie.

»Ich werde Euch nicht widersprechen, Shisani«, sagte er ruhig. »Nicht zuletzt die … Bekanntschaft mit Euch lässt mich heute bedauern, was ich damals tat. Ich befahl Euren Bruder zu mir, denn sein Zeichen wies ihn als geweihten Schmied aus. … Ihr müsst wissen, ich besitze ein *daikon*, das von einem Vorfahren auf mich kam. Die Waffe, die Telarat einst führte, um den Frieden nach der Schlacht von Faringar wiederherzustellen. Es gehört in unserem Haus dem waffenfähigen männlichen Erben, in dem die Gabe des

Lebens am stärksten ist. Doch es ist alt und war nach der Schlacht um Kharisar gebrochen.«

»Das Schwert, das Vakaran einst für die Elben machte«, murmelte Sanara. »Ihr habt Sinan befohlen, es zu erneuern?«

»Er sagte, es sei zu alt. Da befahl ich ihm, ein neues zu schmieden. Doch als er floh, nahm er es mit.«

»So habt Ihr ihn wegen einer Waffe getötet?«, wollte sie zornig wissen.

»Nein«, entgegnete Telarion. »Er trug es bei sich und ging damit auf mich los, doch ich nahm es ihm nicht ab. Obwohl ich sehen konnte, dass es eine wundervolle Klinge war. Eine, die dem legendären Meister würdig gewesen wäre. Ich weiß nicht, was daraus geworden ist.«

Sanara sah an ihm vorbei und lächelte schwach. »Sinan ist ein großartiger Schmied. Akusu hat ihn reich beschenkt mit seiner Kunst.«

»Ich weiß«, sagte Telarion. »Dass er aus Abfällen und gestohlenen Dingen einen *qasarag* machen kann, hat es bewiesen. Andere könnten dies mit aller Magie nicht.«

Sie schlug die Augen nieder. »Warum habt Ihr ihn dann ermordet?«

»Shisani, wollt Ihr die Wahrheit wirklich hören?«

Sie runzelte die Stirn, doch sie nickte.

»Ich tötete Euren Bruder, weil er mir in seinem Zorn das Gleiche sagte wie Ihr: Dass mein Zwilling ein Vatermörder sei, einer, dem die Macht über alles ginge und der für die Krone jeden töten würde, der ihm im Weg steht. Und da war noch ein Grund.« Er hielt inne.

»Welcher?« Ihre Stimme war kaum zu hören.

»Ich glaubte … nun, ich trug bereits Euer Feuer in mir und glaubte, ich reise Euch nach. Doch dann sagte er mir ins Gesicht, dass Ihr in eine andere Richtung geflohen seid als er. Ihr wart nicht bei ihm. … Das entsetzte mich zutiefst. – Ich … ich glaubte, jede Chance sei vertan, Euch je wiederzusehen.«

»Ihr habt ihn getötet, weil er mich nicht bei sich hatte?«

Telarion erwiderte den Blick unverwandt. »Ich wollte es nicht hören. Ich wollte auch nicht hören, was er sonst sagte. Nämlich dass er sehe, dass Euer Feuer – sein Feuer! – in mir brenne. Dass ich Euch Eure Seele gestohlen hätte.«

Sprachlos sah sie ihn an. »Bei Eurem Onkel sagtet Ihr, in ihm habe eine andere Flamme gebrannt als in mir.«

Er blieb reglos sitzen. »Es war falsch, das zu sagen«, sagte er dann ein wenig lahm. Er räusperte sich. »Es kann Euch kein Trost sein, aber erst der Tod Eures Bruders machte mir klar, wie falsch ich über den meinen denke. Dennoch bedaure ich zutiefst, dass Sinan durch meine Hand starb. Nicht zuletzt deshalb, weil ich dadurch noch mehr Bitternis in Euren Kelch füllte. – Ich hoffe, Ihr könnt mir eines Tages vergeben«, fügte er hinzu.

Sie sah ihn mit einem schwachen Lächeln an. »Nun, zumindest habe ich jetzt keine Verwandten mehr, die Ihr oder einer Eurer Familie töten könnte«, stieß sie hervor. Als er zusammenzuckte, stieg Blut in ihre Wangen, so als würde ihr erst jetzt bewusst, wie unpassend dieser Scherz war.

Sie wandte sich ruckartig von ihm ab.

Er verstand ihre Reaktion. So unangemessen ihr Scherz gewesen war, so entsprach er doch der Wahrheit. Er durfte nicht erwarten, dass sie ihm nach allem, was er ihr angetan hatte, noch vertraute. Er schluckte erneut. Der Gedanke, sie nie wieder in den Arm nehmen zu können und dass ihr Lachen nie wieder ihm gelte, ihre Finger nie wieder glühende Spuren auf seinem Körper hinterlassen würden, schmerzte schlimmer als jeder Vorwurf, den er sich selbst hätte machen können.

Er erhob sich. »Ich werde Euch allein lassen«, sagte er und hörte, wie brüchig seine Stimme klang. Er wandte sich um und ging.

Glaubst du ihm, was er sagte?

Die Worte klangen in ihren Geist hinein und rissen Sanara von dem Anblick der Dachluke los, durch die Telarion verschwunden war.

Sie spähte in die dunkle Ecke hinter dem großen Auffangbecken für den Regen. Rötlicher Dunst bildete dort eine Gestalt, die nun aus den Schatten trat und auf sie zukam. Sie erkannte Ronans Seelenbild, dann wanderte ihr Blick hinaus in die Itayahaine, die hinter der Herberge begannen. Im rötlichen Abendlicht war die hochgewachsene Gestalt des Elbs in *darstar* und *jibahan* nur als Silhouette zu sehen, als sie zwischen den Sträuchern und schlanken Stämmen der Bäume verschwand.

»Ja, das tue ich«, erwiderte sie. »Zweifelst du daran?«, fragte sie zurück.

Nein. Ich glaube ihm auch.

Ronans Geist war im Licht der Purpursonne, die nun allein am Himmel stand, kaum zu sehen.

»Sonst warst du nicht gut auf den Fürsten zu sprechen.«

Das bist du derzeit auch nicht.

Sanara sah den Musikanten an, der sich an der Brüstung der Herberge niedergelassen hatte. »Wie könnte ich das? Du weißt selbst, was er tat – oder warum hast du mich sonst gebeten, ich möge ihn nach dem Grund fragen, der ihn veranlasste, meinen Bruder zu töten?«

Als sie sah, dass Ronans Gesicht sich zu einem verschmitzten Grinsen verzog, winkte sie ab.

Als wir uns gestern nach so langer Zeit wiedersahen, sagtest du, dass du den Grund nicht kennst, warum er so handelte. Ich kannte ihn auch nicht, fand allerdings, dass wir ihn wissen sollten.

Sanara schnaubte. »Soll das heißen, du misstraust ihm nicht mehr?«

Ronan seufzte. *Als ich im Tempel der Weisen sah, wie sehr du ihn liebst, war ich eifersüchtig. Ich wünschte mir so sehr, dass deine Liebe mir gehört. Und ich empfand das nie bitterer als in dem Au-*

genblick, in dem ich sah, dass er dich in den Bergen von Seleriad an seinen Leib und an sein Herz zog – es war, als würde Syth nach Äonen der Verbannung seine Geliebte wiederfinden.

Sanara spürte Hitze in ihre Wangen steigen. »Auch wenn ich zornig sein sollte, dass du uns belauschtest, es war falsch von mir, dir Hoffnungen zu machen.«

Ich weiß jetzt, dass es Hoffnungen waren, die du dir selbst machen wolltest. Doch du bist eine Weise, wie ich auch. Wir sollten hinnehmen, was ist. Und du solltest einsehen, dass du in seinen Armen ein Glück spürst, das ich dir nie geben könnte.

»Das ist vorbei«, flüsterte Sanara.

Warum? Hast du gehört, was er dir sagte? Es war die Verzweiflung, dass er dich nicht bei Sinan fand, die den Fürsten veranlasste, die Oase in seinen Eissturm zu hüllen. Er hat erkannt, dass er dich liebt.

»Welchen Sinn sollte es haben, mich zu versöhnen? Du hast Damastan nicht gehört. So wie er denken alle Elben. Was, wenn wir das Siegel gelöst haben? Telarion ist der, der als König der Elben, als Herrscher des Älteren Volks die Geschicke der diesseitigen Welt wird lenken müssen, wenn wir das Siegel lösen können – das kann er nicht mit einem Schankmädchen …«

Einer Weisen!

»… an seiner Seite«, beendete sie unbeirrt den Satz. Tränen traten in ihre Augen. »Ich würde es nicht ertragen, dass seine Bestimmung Schaden nimmt, weil er sich an mich bindet.«

Ronan erwiderte: *Ich halte das für dumm.*

Sanara seufzte auf. »Das mag sein, aber es ist meine Entscheidung«, erklärte sie barsch. »Ich denke nicht erst seit gestern darüber nach! – Und nun würde ich lieber darüber reden, wie die Lage in Farokant und am Heiligtum aussieht.«

Obwohl es nur ein Seelenbild war, das vor ihr saß, erkannte Sanara genau, dass Ronan diese Entscheidung missbilligte. Doch er sagte nichts mehr dazu.

Die Königin hat sich von ihrem Heer getrennt. Sie hat die Ge-

neräle ihres Hauses an die Spitze des Elbenheers gesetzt und es nach Sirakand ziehen lassen. Sie selbst versucht, mit ihrem Bruder das Geheimnis des Siegels im Heiligtum der Tiefe zu ergründen.

Sanara sah das Seelenbild des Musikanten lange an. »Der Älteste und auch Telarion Norandar sagten, da sei ein dunkler Schatten im Kloster gewesen, der sie und mich verfolgt habe, und du habest ihn nicht gefunden, als sie dich darum baten. … Für Telarion Norandar bist du der leibhaftige Tod«, fügte sie zögernd hinzu. »Er misstraut dir zutiefst.«

Es war die Königin selbst, die er und Morotand sahen, sagte Ronan nach einer Weile. *Sie versuchte, mich gegen dich aufzubringen, mich aufzuwiegeln, dich von Telarion Norandar zu trennen. Und weil ich eifersüchtig war, wollte ich das ebenfalls.*

»Und das willst du nicht mehr?«, wollte Sanara wissen.

Ronan richtete sich auf und sah ihr ins Gesicht. *Ich will, dass du glücklich bist, Sanara. Ich will, dass die Welt Frieden hat. Ich will die Freiheit für mein Volk. Ich habe begriffen, dass all das nicht geschehen kann, wenn diese Frau erreicht, was sie will. Wir müssen sie aufhalten.*

»Das will der Fürst auch«, sagte Sanara langsam. »Doch er meint, sie begreift sich als treue Dienerin des Syth. Und du …«

Du hast Bedenken, ich könnte mich auf ihre Seite schlagen, weil ich neben meiner Musik und dem Silber der Ys auch das Violett des Syth in mir trage. Du hast es nie angesprochen, doch du hast das schon erkannt, als ich dich das erste Mal in deiner Gefangenschaft besuchte. Du fürchtest, die Königin und ich könnten uns deshalb zusammentun.

Sanara nickte.

Ich dachte lange darüber nach, sagte Ronan nach einer Pause. *Es ist nicht so, als gefiele mir der Gedanke, dass du diesen kalten Fürsten liebst und nicht mich. Die Eifersucht ist nicht verschwunden. Doch wie ich sagte: Ich will, dass du Erfolg hast. Ich will, dass das Siegel gelöst wird und die Menschen keine Sklaven mehr sind. Doch gerade weil ich mich zu sehr auf die Königin einließ, weiß ich jetzt, dass Ireti das jüngere Volk nicht freigeben wird. Im Gegenteil. Sie ist zur Hälfte Mensch und gehört dem Volk an, das den Menschen die Sprache brachte, die Kunst und das Wissen um Magie. Sie hält sich gerade deshalb für überlegen. Nicht nur den Menschen. Auch den Elben. Damit ist sie gefährlicher als Tarind es je war.*

Sanaras Blick glitt zu den Itayabäumen, zwischen denen Telarion Norandar verschwunden war.

»Telarion dagegen wäre gerecht«, flüsterte sie. »Sein Wesen erlegt es ihm als Pflicht auf. Er hat gelernt, was recht ist und nun wird er es tun oder bei dem Versuch sterben.«

Ronan nickte. *Nach dem, was er vorhin sagte, glaube ich an seine Rechtschaffenheit. Er ermordete Sinan nicht aus Hass auf die Dunkle Magie oder weil er ihn verachtete, sondern weil Sinan die Hoffnung zerstört hatte, dich wiederzusehen. Und weil er Telarion die Hoffnung nahm, sein Zwilling, den er liebte, könnte ein rechtschaffener Mensch sein. Es war Verzweiflung. Und das sagt mir, dass er dir gegenüber mehr empfindet, als du selbst glauben willst: Du bist nicht nur eine Pflicht für ihn. Es macht mich traurig, dass er dich liebt und du ihn, aber ich kann es nicht ändern.*

»Du hättest mir sagen können, warum ich das den Fürsten fragen sollte«, bemerkte Sanara vorwurfsvoll.

Ronan lachte leise. *Dich etwas* ohne *Begründung tun zu lassen, Shisani, kostet weniger Kraft.*

Sanaras Augen wurden groß, dann nahm sie eine der kleinen gedörrten Itayafrüchte aus der Schale und warf sie auf den Geist. Dieser hob in einem Reflex die Hand vors Gesicht und lachte, als die Frucht widerstandslos durch die Nebel fuhr, aus denen seine Gestalt gemacht war.

Sanara lächelte und schaute wieder über die Brüstung. Die Purpursonne neigte sich nun dem Horizont entgegen. Das grelle Weiß der weit entfernten Salzfläche leuchtete in violetten Tönen, als der Himmel dunkler wurde und erste Sterne über ihnen aufblitzten. Es war Sanara, als schicke der Schöpfergeist der Zerstörung einen Gruß.

Ronan erhob sich. *Wo ich von Kraft spreche. Ich muss jetzt gehen, denn ich bin schon zu lange hier. Ich will in drei Tagen bei dir sein. – Und ich werde einen Beweis mitbringen, dass ich der bin, der dir zum Segen des Syth verhelfen wird,* fügte er noch geheimnisvoll hinzu.

»Was für einen Beweis?«, wollte Sanara überrascht wissen, doch das Seelenbild war bereits wieder in das Funken hinter dem Auffangbecken geglitten.

»Ronan?«

Aber die Schatten dort waren nur noch Schatten.

Die Rote Stunde war hier unter den Rekarsträuchern und Itayabäumen am angenehmsten. Und doch war Telarion froh, dass sie sich nun dem Ende zuneigte.

Telarion ließ sich am Rand des Bewässerungskanals nieder und schöpfte sich eine Handvoll Wasser. Als er sich damit das Gesicht wusch, war es lauwarm – durchzogen vom Feuer der Wüstenlandschaft, die ihn umgab. Es reinigte und erfrischte nicht in dem Maße, in dem die klaren Wasserfälle und Bäche am Fuß der Zendarberge es taten. Er schloss die Augen und dachte an den Zehntag zurück, den er in Darkod als Gast seines Onkels verbracht hatte. Zu Hause. An die luftigen Räume, die in den Ästen der Qentarbäume lagen, an die Blüten, deren Farben, selbst, wenn sie ins rötliche spielten, kühl wirkten, das grüne Laub, die Nähe zum Himmel, den Wolken, die die Räume gewährten, die sein Element, das der Luft, sichtbar werden ließen.

Auch hier, in Wüstennähe, schien der Himmel nah, doch er war ohne Wolken, der Wind war heiß und brachte nicht das Flüstern der Bäche und sprudelnden Wasser mit sich, sondern den Gesang, mit dem er durch den Sand der Dünen und die scharfen Felsen pfiff. Telarion lächelte, als er daran dachte, dass der Wind, sein eigenes Element, sich dem anzupassen schien, was Sanara ihn als Erstes über die Magie der Menschen gelehrt hatte: *Beide, die Melodien der Menschen wie auch die Worte der Elben, unterliegen den Gesetzmäßigkeiten der Schöpfergeister und sind damit nichts anderes als zwei Seiten derselben Münze.*

Das Licht wurde roter, die Purpursonne würde bald untergehen. Hier unter den dicken, ledrigen Blättern der Rekarsträucher wurde es dämmrig, die Temperatur fiel. Es war Zeit, zur Herberge zu gehen, wo eine Abendmahlzeit wartete. Die Speisen des Südens waren Telarion oft zu süß, die Menschen liebten es, Honig, Gewürze und getrocknete Früchte in das gekochte Getreide zu geben, wo er selbst Kräuter vorgezogen hätte. Selbst das seltene Fleisch, das hin und wieder ein Unguli oder eine Keosot-Ziege hergaben, wurde oft mit getrockneten Früchten gefüllt und dann gebraten.

Es war beinahe dunkel, als er sich der Taverne näherte. Man hatte bereits Feuer und Fackeln entzündet, die Bewohner des Dorfes und die Händler und Nomaden der Karawanen, die trotz der Behinderungen durch das Elbenheer aus dem Süden gekommen waren, hatten sich schon lachend und singend um ihre Feuer versammelt.

Als Telarion an die Herberge herantrat, in der er und Sanara untergekommen waren, erkannte er, dass die Musik, die er hörte, nicht nur aus den üblichen Gesängen bestand, mit denen die Frauen ihre Kinder unterhielten. Auch die Lieder, die die Männer sangen und die wesentlich unanständiger waren, erklangen nicht. Stattdessen hörte Telarion die hier ungewohnten Klänge einer *pathi* und eine tiefe, klangvolle Stimme. Sie sang eine für menschliche Begriffe langsame und getragene Kadenz mit vielen Worten.

Telarion blieb verblüfft stehen, als er erkannte, dass es eine menschliche Variante des elbischen Ayanna-Epos war, das vom ersten großen Krieg zwischen Elben und Menschen erzählte. Dieser Streit hatte in der Faringar-Schlacht einen blutigen Höhepunkt gefunden, der Schlacht, in der Telarat der Heiler erkannt hatte, wie sehr er mit diesem Krieg gegen das jüngere Volk gegen sein eigenes Gelübde verstoßen hatte.

Telarion kannte die Geschichte, er selbst besaß das Schwert, das Telarat erhalten hatte. Dieser war nach der Schlacht von Faringar weinend über den Totenacker gegangen und hatte aus Trauer und Mitleid einen Schmied geheilt, dessen Arm er selbst während des Kampfs verletzt hatte.

Als Kind, am Hof von Malebe, hatte man Telarion diese Geschichte mehr als einmal erzählt. Als er dann seine erste Weihe erhalten hatte, den Segen Vanars, hatte Dajaram ihm mit dieser Geschichte das *daikon* überreicht, das im Haus Norandar seit Telarat an den männlichen Nachkommen gegeben wurde, in dem die Macht des Lebens am stärksten war.

Er selbst kannte das Ayanna-Epos nur gesprochen, doch der Musikant, der es nun hier, am Rand der Wüste, vortrug, kleidete die Worte in die Klänge seiner *pathi*, die er auf dem Schoß hielt, um sie den menschlichen Zuhörern angenehmer zu machen. Telarion schloss die Augen und sprach die Worte mit, die er auswendig kannte. Er erfreute sich daran, bis irgendetwas ihn aus dieser Freude aufschrecken ließ.

Er kannte die Stimme. Unwillkürlich trat er einen Schritt zurück in die Schatten, die von den Häusern auf den Platz geworfen wurden, den sie umgaben, und sah genauer auf den Sänger, der nachlässig an einer Mauer saß und sein halbrundes Zupfinstrument auf dem Schoß hielt.

Es war Ronan, den man auch den Flötenspieler nannte.

Telarion schloss die Augen und verwünschte das unselige Geschick, dass sich ausgerechnet dieser Musikant hierher verirrt hatte. Er wusste, der Älteste des Tempels der Quelle hatte Ronan nach Süden geschickt – was also machte dieser hier am Rand der Steppe von Entarat? Ronan hätte schon längst in Farokant oder Sirakand sein sollen, um dort den Auftrag seiner Ehrwürdigkeit, den Menschen dort zu helfen und ihnen Hoffnung zu bringen, auszuführen. Stattdessen war der Musikant nun hier. Zweifellos, weil er Sanara gesucht – und gefunden hatte.

Das Ayanna-Lied näherte sich nun dem Ende. Die Dorfbewohner, besonders die Kinder, waren still geworden, als Ronan die Strophe des Lieds erreicht hatte, die beschrieb, wie Telarat sich zu Vakaran hinabbeugte und die Wunde heilte, die er geschlagen hatte.

In diesem Moment wandte Ronan den Kopf und sah zu Telarion hin, der sich im Schneidersitz hinter ein paar Frauen niedergelassen hatte. Diese schienen erst jetzt, da der Sänger seinen Kopf wandte, zu bemerken, dass sich einer hinter ihnen befand, der Kälte und den trockenen Duft von Rauchwerk ausstrahlte. Beinahe furchtsam sahen sie ihn an.

Ronan lächelte schwach, doch er verriet mit nichts, dass er Telarion erkannt hätte, und sang unbeirrt das Lied zu Ende. Schließlich ließ er die letzten Töne des Lieds und seiner *pathi* verhallen. Das Publikum war zuerst still, dann waren Rufe der Begeisterung zu hören und des Bedauerns darüber, dass das Lied zu Ende war. Bitten um ein neues wurden laut.

Ronan verneigte sich auf drollig übertriebene Weise. »Ob ich noch mehr Geschichten über einen weiß, der Heiler ist?«, überlegte er, weil ein kleiner Junge, der atemlos vor ihm gesessen hatte, ihn darum anbettelte. »Warum fragst du?«

»Ich bin vor drei Tagen von einem Itayabaum gefallen«, erzählte der Junge. »Ein Gast, der in den nächsten Tagen weiterreisen will, hat mich geheilt, so wie dieser König es mit dem Schmied tat«, berichtete er aufgeregt. »Es war ganz kalt, aber es war schön, und für kurze Zeit glaubte ich, über den Wolken zu fliegen! Könntest du daraus nicht ein Lied machen?«

Ronan lachte und erhob sich. »Deine Mutter sieht schon böse zu dir herüber. Sicher erwartet sie, dass du dir die Hände wäschst, bevor du zum Essen nach Hause gehst. Frag mich morgen noch einmal. Vielleicht habe ich dann ein Lied für dich«, sagte er mit gesenkter Stimme.

Der Junge nickte und rannte davon.

Telarion sah ihm aus dem Schatten, in dem er gesessen hatte, hinterher. Die freundlichen Worte des Musikanten schienen nicht zu dem Bild zu passen, das Telarion sich von Ronan gemacht hatte, und jagten ihm im Gegenteil einen Schauer über den Rücken. Der Gedanke, dieser Sänger, der den Tod in sich trug, könne sich wieder Sanara nähern, ohne dass Telarion sie nach dem Streit ausreichend schützen konnte, ließ den Elben unruhig werden. Doch noch blieb er, um nicht aufzufallen, hinter den anderen Zuhörern sitzen, die sich angeregt über das Gehörte unterhielten.

Ronan stand nun auf und schüttelte die Hände, die sich ihm entgegenstreckten und ihm trockene Früchte und ein paar Kupfermünzen für den Vortrag hinhielten.

Die Münzen lehnte Ronan mit der Begründung ab, dass die Dorfbewohner selbst wenig genug hätten, doch die Früchte nahm er gerne an und verstaute sie in einem Beutel, den er am Gürtel trug. Lachend versprach er ein paar jungen Mädchen, die ihn bestürmten, er möge noch einmal das Märchen von der großen Liebe zwischen Amdiri Feuertochter und dem Thaut des Meeres erzählen, es später am Abend zu tun. Erst wolle er sich ein wenig die Beine vertreten. Sagte es und wanderte dann mit langen Schritten davon.

Telarion schien er nicht zu bemerken.

Unruhig erhob sich der Fürst, als Ronan an ihm in Richtung der Haine und Obstgärten davonging. Er wandte sich ab und eilte in die Taverne zurück, die etwas abseits am anderen Ende des Platzes lag. Der Goldmond würde gleich aufgehen, es wurde einerseits Zeit, die Gebete zum Erscheinen Vanars am Nachthimmel zu sprechen, andererseits erwartete Telarion, dass Sanara dort oben auf der Dachterrasse sei. Vielleicht hatte sie noch nicht mitbekommen, dass der Musikant angekommen war. Unter den Zuhörern hatte er sie nicht gesehen.

Seit ihrer Ankunft vor sechs Tagen hatte sie jeden Abend dort verbracht, um die Rote Stunde zu begehen. Sie trafen sich nach Sonnenuntergang und gingen dann gemeinsam, um ein Abendmahl einzunehmen. Er musste sie warnen, dass der Sänger eingetroffen war, denn immer noch schloss er nicht aus, dass Ronan Abhar sich auf die Seite Ireti Landarias' geschlagen hatte.

Es hätte dem entsprochen, was er wusste: Der Sänger hätte eigentlich im Süden sein sollen, doch er war hier. In der Nähe Sanaras, die das Siegel hatte finden sollen. Er besaß die Gabe des Todes und der Musik. Und so hatte er die Möglichkeit, Sanara zu schaden, ohne dass er, Telarion Norandar, die Macht gehabt hätte, es zu verhindern.

Doch er wusste nicht, wie er sie überreden sollte, dem Musikanten zu misstrauen, jetzt mehr noch als vor dem, was in Darkod geschehen war.

Düfte der Speisen von gekochtem Getreide und warmen Gewürzen und heißem Tee durchzogen die Luft, als Telarion oben ankam. Doch Sanara war nicht hier, er war allein. Ratlos blickte Telarion über die Obsthaine und Gärten der Oase hinweg – vielleicht entdeckte er den Musikanten oder seine Reisegefährtin. Doch zwischen den schlanken Stämmen der Itayabäume war in der zunehmenden Dämmerung nichts zu sehen. Er seufzte auf und überlegte, wo er sie suchen könnte. Sicher war Sanara wieder bei der Frau des Akusu-Priesters, mit der sie sich angefreundet hatte, und sprach mit ihr über die Möglichkeiten, nach Farokant zu gelangen. Doch dort wäre sie sicher.

Wie auch immer – es hatte keinen Zweck, selbst wie ein aufgescheuchtes Huhn durch das Dorf zu laufen und sie zu suchen, also versuchte Telarion, sich einstweilen auf die erlernten Gebete zu konzentrieren.

Er sank an der östlichen Brüstung auf die Knie, als sich das goldene Rund Vanars – der nie zu einer Sichel wurde wie sein Zwilling Akusu – vom Horizont löste und in den Sternenfluss tauchte, den Ys lange vor ihm geschaffen hatte.

Doch es gelang ihm nicht, die heiligen Worte mit dem Herzen zu intonieren. Immer wieder schweiften seine Gedanken von den Gebeten, die er dem Goldmond schuldig war, ab zu dem, was der Musikant hier wohl treiben mochte. Es konnte nichts Gutes sein.

Die Magie, die Ronan ausstrahlte, war blutig rot und trotz der silbernen Muster darin mindestens ebenso von violetten Spiralen und labyrinthartigen Bändern durchzogen. Dass er im Tempel der Weisen gelogen und den Geist nicht gefunden hatte, von dem Telarion sicher war, dass er das Seelenbild der Königin war, ließ die Furcht in dem Elben wachsen.

Er war mit einem Mal mehr als sicher, dass Ronan Abhar sich auf die Seite Iretis geschlagen hatte. Wenn Ronan sie gefunden hatte, dann wusste es auch die Königin. Telarion dachte schließlich sogar daran, allein mit Sanara am nächsten Morgen aufzubrechen, auch wenn er mittlerweile wusste, wie gefährlich es sein konnte, ohne Beistand in die Wüste zu reisen.

Und noch etwas begann an seiner Zuversicht zu nagen: die Eifersucht. Die Tatsache, dass – mochte er selbst auch den Tod in Ronan Abhar sehen – Sanara genau das nicht tat, quälte Telarion. Der Gedanke, seine Geliebte könnte den Musikanten treffen und ihm vielleicht ihr Herz ausschütten, war schrecklich. Als Telarion sich vorstellte, wie sie Trost bei diesem Mann suchte, statt bei ihm, hätte er am liebsten aufgeschrien.

Verbittert schloss Telarion die Augen und flehte Vanar um Nachsicht an, doch die Ruhe, mit denen die Gebete an den Goldmond hätten gesprochen werden sollen, wollte nicht aufkommen. Der Gedanke, Sanara sei in Gefahr, war übermächtig.

Er musste sie suchen – und finden, bevor der Musikant es tat. Er wollte gerade aufstehen und die Gebete, die er seinem Schöpfer schuldig war, zu einem späteren Zeitpunkt wiederholen, als ein Geräusch ihn herumfahren ließ. Schritte waren auf der Leiter zu hören, die auf die Dachterrasse führte.

Er stieß einen erleichterten Seufzer aus, als sich ein *darstar* über die Lukenkante schob, der im kargen Licht des Mondes und der Feuer auf dem Dorfplatz orange leuchtete.

Es war wirklich Sanara. Sie blieb wie angewurzelt stehen, als ihr Blick auf Telarion fiel, so als habe sie ihn nicht erwartet. Er kam mit großen Schritten auf sie zu und griff nach ihren Schultern.

Dass sie sich nicht wehrte, nahm er überrascht zur Kenntnis. Er warf kurz einen Blick die Luke hinunter, aber es schien, als sei sie allein. Er zog sie ein wenig von der Öffnung fort.

»Sanara, ich habe Euch erwartet. Habt Ihr noch einmal mit der Frau des Priesters gesprochen? Wir müssen morgen aufbrechen.«

Sie sah ihn kurz an, dann nahm sie seine Rechte. »Folgt mir, Daron«, sagte sie leise.

»Nein, Ihr begreift nicht, Shisani!«, rief Telarion ungeduldig und widersetzte sich, ohne sie loszulassen. »Wir sind entdeckt, wir müssen morgen nach Süden aufbrechen, ob mit oder ohne die Händler.«

Sanara wandte sich ihm zu. »Bitte, Daron«, sagte sie. »Es ist wichtig, wichtig für unseren Auftrag, dass Ihr mir folgt, ich …«

»Nein!«, erwiderte er zornig und stieß ihre Hand weg.

Sie wich erschrocken zurück.

»Ich habe den Musikanten gesehen. Ronan Abhar. Er war hier und hat für die Dorfbewohner gesungen. Doch ich misstraue diesem Dunkelzauberer mehr denn je!« Er unterbrach sich und nahm nun wieder ihre Hand auf, von der er sich losgerissen hatte. »Bitte, Sanara. In dieser Sache müsst Ihr mir vertrauen!«

Sanara riss sich nicht los. Sie blieb einen Augenblick stehen, als genieße sie die Berührung und blickte auf seine Hand hinab, in der ihre Finger lagen. Als sie wieder zu ihm aufsah, erkannte er ein Leuchten in ihren Augen, das ihn einerseits erfreute, ihm andererseits aber auch Angst einflößte. Denn in ihrem Blick lag ein Frieden, den er dort lange nicht mehr gesehen hatte.

Ihm gefiel, was er sah, und doch stieg Traurigkeit in ihm auf, als ihm klar wurde, woher diese Freude kam und dass wiederum er es sein würde, der sie würde zerstören müssen.

Doch sie ergriff das Wort, bevor er es tun konnte. »Habt keine Furcht vor dem Musikanten, Daron«, sagte sie weich. »Er sagte mir, dass er Euch gesehen habe. Doch ich kam nicht her, um Euch das wissen zu lassen. Ich kam, weil ich Euch etwas anderes zeigen will. Bitte, Daron Norandar. Es wird auch seine Anwesenheit hier erklären.«

Sie sprach ruhig und mit fester Stimme, was Telarion etwas beruhigte.

Nach kurzem Zögern nickte er langsam. Sie lächelte, wandte sich um und zog ihn mit zum Rand der Luke. »Ich werde zuerst gehen«, sagte sie und kletterte die Leiter hinab ins Halbdunkel des Zimmers darunter, in dem nur ein kleines Schwarzsteinbecken Licht spendete. Er selbst wartete ab, bis sie vom Fuß der Leiter zurückgetreten war. Dann sprang er hinab, sodass er nicht überrascht werden konnte. Sanara lächelte, als sie das sah, doch sie sagte nichts, wandte sich um und ging mit schnellen Schritten in die Nacht davon. Offenbar erwartete sie, dass er ihr folgte.

Er zögerte erst. Auch wenn sie sich so zurückhaltend verhielt, wie sie es seit den Geschehnissen in Darkod getan hatte, er konnte nicht glauben, dass sie ihm schaden wollte. Es war eine Sache, sich von einem Geliebten zurückzuziehen, eine andere, ihm ein Leid zuzufügen. Er dachte an den Augenblick gerade auf dem Dach, in dem sie seine Hand ergriffen und die Finger gedrückt hatte. Telarion wusste, sie hatte dabei das Gleiche empfunden wie er.

Der Fürst gab sich einen Ruck und ging hinter ihr her. Sie erwartete ihn an der Ecke des Hauses, von wo aus der kürzeste Weg in die Gärten und Itayahaine führte. Rasch brachte sie ihn in der Dunkelheit an den Rand der Oase, dort, wo sich die Teiche befanden und wo Platz für die größeren Karawanen war, die entweder aus der Savanne Entarats kamen oder aus der Wüste vor Sirakand.

Telarions Herz beruhigte sich. Wahrscheinlich hatte sie eine Gruppe gefunden, die sie und ihn mit nach Farokant nehmen würden, und wollte ihren Reisegefährten vorstellen. Schon von fern sah er durch die Itayabäume und Hirsefelder die Lagerfeuer, die man entzündet hatte, und hörte Gesang, Lachen und das Grunzen der Unguli. Sanara ging schnellen Schrittes auf eines der Feuer zu.

Bevor sie in den Lichtkreis trat, den die Flammen bildeten, blieb sie noch einmal stehen und bedeutete ihm, zu kommen, er habe nichts zu fürchten.

Doch Telarion blieb am Rand des Lichtkreises in der Dunkelheit stehen. Sanara wurde laut begrüßt. Sie grüßte zurück, das Lachen, das ihr die Rufe entlockten, sprach zu Telarions Erstaunen von reiner, klarer Freude. Er hatte es nur selten gehört, das letzte Mal, als sie auf dem Weg nach Seleriad, zum Heiligtum der Ys, gewesen waren.

Telarion schloss kurz die Augen und lauschte dem Klang nach, den er schöner fand als jede Melodie, die Ronan Abhar je einem seiner Instrumente hätte entlocken können. Viel zu schnell für seinen Geschmack verklang es und mischte sich mit dem Schwatzen der Frauen und dem Lachen der Männer. Als Telarion die Augen wieder öffnete, hatte Sanara sich zwischen zwei Männern niedergelassen und sah zu ihm herüber.

Einer der Männer, zwischen denen sie saß, war der Musikant.

Nun, das hatte er erwartet, auch wenn es ihm nicht gefiel. Die anderen um ihn herum waren keine Elben oder gar Halbelben. Er hatte befürchtet, dass der Musikant, von dem er fest glaubte, er stehe auf der Seite der Königin, mit einer Abordnung ihrer Leibwache gekommen sei. Doch hier um das Feuer herum waren keine Elben. Kein Geruch nach Wasser oder zerriebenen Blättern, nur der Duft nach Honig, nach Blüten oder der trockenen Asche von Feuern, die Haut der Anwesenden fleckig, die Haare bunt und geflochten oder unter Tüchern versteckt. Es waren nur Händler, sicher die, mit denen sie bald weiterreisen würden.

Es beruhigte Telarion stärker als erwartet, doch es veranlasste ihn auch, Sanaras Einladung nicht zu folgen und den Kreis der Feiernden zu betreten. Stattdessen lehnte er sich mit der Schulter an den Stamm des Itaya, neben dem er stand, und erwiderte den langen Blick, den sie ihm schenkte. Sie würde ihn sicher bald als ihren Reisegefährten vorstellen.

Sanara erwiderte das Lächeln, das sich unwillkürlich auf seinem Gesicht zeigte. Doch je länger er sie ansah, desto verwunderter war er. Wie ihrem Lachen fehlte auch dem Blick, den sie ihm schenkte, sehr zu seiner eigenen Erleichterung die Trauer, die Enttäuschung und das Leid, mit dem sie ihn in den vergangenen Mondumläufen angesehen hatte.

Angesichts der reinen Freude darin schöpfte er Hoffnung. Vielleicht kam seine Geliebte doch irgendwann zu ihm zurück. Er gab sich der Vorstellung hin, sie würde des Nachts wieder näher an seine Matte heranrutschen und er dürfe wieder ihr Gewicht und ihren Leib an seinem spüren. Als ahnte sie, was er dachte, begannen ihre gelben Augen zu funkeln.

Der Mann neben ihr, der gerade eben einen großen Schluck Tee aus einer Schale genommen hatte, wandte sich ihr nun zu, als er sah, dass Sanara zwar dicht neben ihm saß, ihre Aufmerksamkeit aber nicht ihm galt. Er folgte ihrem Blick und sah nun ebenfalls zu Telarion herüber.

Erst jetzt erkannte der Fürst, dass dieser Mann Sanaras Hand hielt. Telarion spürte einen Stich im Herzen. Das Lächeln verschwand von seinem Gesicht, als der Fremde neben Sanara seine Aufmerksamkeit auf ihn richtete.

Telarion betrachtete den Mann. Für ein Kind des Akusu war er groß und kräftig gebaut, als leiste er oft schwere Arbeit. Selbst im Dunkeln war zu sehen, dass er Augen von der Farbe der Flammen hatte, die vor ihm brannten, dass seine Haut von Sommerflecken übersät war und dass seine geflochtenen und zu vielen Zöpfen zusammengefassten Haare, die er am Hinterkopf zu einem großen Knoten gedreht hatte, von der Farbe reifer Hirse waren und damit etwas dunkler als die von Sanara.

Er sah aus, als wäre er ihr aus dem Gesicht geschnitten, wenn er auch ein wenig älter wirkte.

Telarion richtete sich auf, als er begriff, wer ihm gegenübersaß.

Plötzlich wurde es still um das Feuer. Einer nach dem anderen erschauerte, als Telarion nun doch nähertrat und Kälte und den Geruch nach verbranntem Weihrauch mit sich brachte.

Ein älterer Mann mit listigem Gesichtsausdruck, wahrscheinlich der Anführer und seiner Haartracht nach zu urteilen ein Mann aus Undori, erhob sich jetzt ebenfalls.

»Ihr seid sicher der halbelbische Heiler, von dem die Shisani erzählte«, sagte er. »Ich bin Lukaril. Nehmt Platz bei uns und seid willkommen«, fügte er hinzu und wies neben Sinan, der sich jetzt ebenfalls langsam erhob.

Telarion blieb auf halbem Weg zu Sanara und ihrem Bruder wie angewurzelt stehen. Er antwortete nicht sofort. Er wusste nicht, was er sagen sollte und sah die Menschen an, die ihn unverwandt anstarrten.

Dann verneigte er sich kurz. »Habt Dank für Eure Einladung, Lukaril. Aber ich weiß, dass Goldmagier nicht willkommen sind beim Jüngeren Volk. Wenn Ihr mich und meine Gefährtin nach Farokant mitnehmen könnt, bin ich dennoch dankbar.«

»Wir brechen morgen auf«, sagte der Älteste. Er lächelte. »Doch nehmt einen Becher Tee auf diese Abmachung, bevor Ihr Euch zurückzieht.« Er gab einem seiner Leute einen Wink, dieser nahm eine Kanne, die im Feuer stand, und goss einen dampfenden Strahl einer goldklaren Flüssigkeit in eine tönerne Schale. Der Duft nach frischem Kaltschneekraut breitete sich aus.

Ronan Abhar lächelte und begann wieder, eine Melodie auf seiner *pathi* zu spielen. Ein paar der Menschen stimmten in das Lied ein, und schon bald hatten sie die für sie unangenehme Aura des Elbs vergessen, der sich zögernd an dem ihm zugewiesenen Platz niederließ.

Mit einer weiteren Verbeugung nahm Telarion die Schale, die der Lukaril ihm reichte, entgegen und trank. Es wäre unhöflich gewesen abzulehnen. Doch als Lukaril sich wieder den anderen zuwandte, setzte Telarion die Schale ab.

»Ihr lebt also, Sinan Amadian«, sagte er schließlich, ohne Sinan anzusehen.

»Dass dem so ist, habe ich wahrhaftig nicht Euch zu verdanken, Daron Norandar.«

Sinans Stimme klang vorsichtig, und Telarion konnte spüren, wie unwohl sich Sanaras Bruder neben ihm fühlte. Es war, als wollte der Schmied nichts lieber als aufstehen und gehen und als bliebe er nur sitzen, weil er ansonsten seine Schwester hätte loslassen müssen.

Erneut wurde Telarion von Scham erfasst über das, was er diesem Mann angetan hatte. Es war kein Wunder, dass die Seele des Schmieds vor der Qual zurückschreckte, die schon Telarions Nähe in ihm auslösen musste.

Telarion entging nicht, dass Sinan die Hand seiner Schwester, die links von ihm saß, fester umklammert hatte. Ein Ausdruck der kreatürlichen Angst, die Elben einem Menschen einflößten. Und doch schreckte der Schmied nicht zurück, hielt den Kopf hoch erhoben.

Telarion schwieg, dann holte er Luft und straffte sich. »Nein«, sagte er. »Doch ich danke dem Goldmond dafür, dass Ihr lebt«, fügte er hinzu und wandte sich Sinan zu.

Die Überraschung über die Worte stand diesem ins Gesicht geschrieben.

Telarion deutete eine ehrerbietige Verneigung an. »So habe ich die Gelegenheit, Euch um Verzeihung zu bitten für das, was ich tat. Um Verzeihung zu bitten dafür, dass ich Euch versklavte, Euch der Rebellion beschuldigte und Euch jede nur erdenkliche Grausamkeit antat. Ich erwarte nicht, dass Ihr das vergeben könnt. Ich stehe auf ewig in Eurer Schuld, Fürst Amadian.«

Jetzt war es an Sinan, verblüfft zu schweigen, denn die Worte klangen selbst für Telarion so, als habe er sie auswendig gelernt. Er konnte nur hoffen, dass man seiner Miene ansah, dass er es ehrlich meinte.

»Ich bin kein Fürst, Daron Norandar«, sagte Sinan schließlich. »Ich bin ein Schmied.«

»Ihr seid der Sohn Eures Vaters«, widersprach Telarion. »Ich lernte Siwanon nur kurz kennen, doch glaubt mir, wenn ich sage, wie stolz er auf Euch wäre.«

Wieder antwortete Sinan nicht, doch Telarion bemerkte, dass Sanara sich enger an den Bruder schmiegte, so als wolle sie ihn bestätigen.

»Ich weiß nicht, was ich sagen soll«, sagte Sinan schließlich. »Ich war auf vieles vorbereitet. Aber nicht auf Worte wie diese.«

Telarion sah in die Flammen. »Es war Euer – vermeintlicher – Tod, Daron Amadian, der mir die Augen öffnete, dass mein Zwilling und seine Gemahlin die Schuld am Tod meines eigenen Vaters trugen und dass Euer Haus der Verbrechen, deren man es anklagte, nicht schuldig ist. – Dajaram sagte mir einst, dass, wenn die Menschen sich einen Führer wählen würden, wie mein Volk es zu tun pflegt, die Wahl sicher auf Siwanon gefallen wäre. Er schützte die Seinen. So wie Ihr es immer getan habt.«

Sinan schwieg eine Weile.

»Ich kam hierher, weil ich Euch, Daron Norandar, um etwas bitten wollte«, sagte er dann, ohne Telarion anzusehen. »Doch als ich hier ankam, schauderte ich davor zurück. Nicht ich holte Euch heute Abend hierher, es war meine Schwester, und sie tat es, nachdem sie hörte, was ich wünsche. Doch es widerstrebt mir zutiefst, den, der mich beinahe tötete, um etwas zu bitten, und sei es nur um eine Schale Tee.«

Telarion starrte ihn an. »Das verstehe ich. – Aber ich stehe für immer in Eurer Schuld. Nennt Euren Wunsch. Ich werde ihn erfüllen, so es in meiner Macht steht. Ich gab Euch mein Wort, daran fühle ich mich gebunden.«

Sinan erhob sich. »Ich weiß, dass Ihr ein gegebenes Wort haltet, Daron. Lasst mich nun eine Weile allein. Ich werde Euch morgen zu Beginn der Weißen Stunde aufsuchen. Ich denke, das ist die rechte Zeit für meine Bitte.«

Er nickte Telarion noch einmal zu und ging dann gemessenen Schrittes davon.

Nachdenklich sah Telarion ihm hinterher.

»Ich danke dir für deine Worte an Sinan«, murmelte eine Stimme neben ihm. Telarions linke Seite wurde warm, als Sanara näher an ihn heranrückte. Er wich nicht aus, als ihre Finger sich in seine schlangen und die Wolken auf seinem Unterarm berührten.

Doch er tat auch nichts von sich aus.

»Berühre mich nicht, wenn du es nur tust, damit ich deinem Bruder die Bitte gewähre, die er an mich hat«, sagte er schließlich und sah auf die schlanke Hand hinab, die in seiner beinahe verschwand. »Ich werde Sinan so oder so seinen Wunsch erfüllen. Ich meine, was ich sagte. Ich stehe in seiner Schuld.«

Sie hielt still, dann hob sie den Kopf. »Gelte ich dir nur als Werkzeug, das dir die Krone der Elben verschaffen kann? Als die Pflicht desjenigen, der die Rechtschaffenheit in Person ist?«

Er fuhr auf, dann dachte er an den unglücklichen Verlauf des Gesprächs mit seinem Onkel in Darkod. »Ich würde Sinan schon allein deshalb alles geben, was ich besitze, weil er deinem Lachen die Freude wiedergab«, murmelte er.

Die Antwort schien ihr zu gefallen. Sie legte eine Hand auf seine Wange und zog sein Gesicht zu sich hinab. Sanft berührte sie seine Lippen mit ihren. Die Wolken seiner Seele, die seit Darkod viel zu ruhig dahingezogen waren, wirbelten auf und erfüllten ihn mit Freude, als der Wind in ihm nach langer Zeit lebendig wurde, und unwillkürlich schlang er seinen linken Arm um ihren Leib. Seine Wange und Lippen strichen an der zarten Wolle ihres *darstars* entlang, dann atmete er den lieblichen Duft von Musacablüten und reifen Faranfrüchten ein, der von ihr ausging. Es war, als sauge er nicht nur ihren Duft, sondern pures Entzücken ein und als entzündeten winzige, bernsteinfarbene Funken den Wind in ihm.

So war er überrascht und auch ein wenig enttäuscht, als sie sich schließlich von ihm löste, aufstand, ihm einen langen Blick zuwarf und dann in der Dunkelheit zwischen den Rekarsträuchern verschwand.

Enttäuscht sah er in die Schatten, die vom Feuer kaum erhellt wurden.

»Ihr schaut drein wie einer, vor dessen Augen gerade ein Rekarapfel vom Wüstenboden wieder an den Zweig hinaufflog, Daron«, erklang eine tiefe Stimme neben ihm.

»Ich dachte, ihr gefiele meine Nähe«, murmelte Telarion.

»Vielleicht ging sie gerade deshalb?«, schlug die Stimme mit unverhohlenem Spott vor.

Telarion zog die Brauen hoch. »Wenn Ihr das sagt, Ronan Flötenspieler, wird es wohl stimmen«, sagte er trocken.

»Fürst!« Ronan tat schockiert. »Ihr vertraut den Worten desjenigen, der aussieht wie der Tod?«

Es zuckte um Telarions Mundwinkel. »Es geschehen im Angesicht der Schöpfergeister wohl noch größere Wunder als das – zum Beispiel, dass eine Feuermagierin einen Elb liebt. Warum also sollten ein Herr des Lebens und der, der den Tod in sich trägt, nicht ausnahmsweise einer Meinung sein?«

Ronan starrte ihn einen Augenblick lang an, als steige Ärger in ihm auf, doch er war nur verblüfft. »Sieh an«, sagte er, und in seiner Stimme war zu Telarions Überraschung ein unterdrücktes Lachen zu hören. »Zum ersten Mal sehe ich, dass Sanara recht hatte und Ihr, mein Fürst, durchaus so etwas wie Humor besitzt.«

»Wenn Ihr erst jetzt ihren Worten glaubt, Musikant, dann habt Ihr sie entschieden unterschätzt«, erwiderte Telarion und gestattete sich ein dünnes Lächeln.

»Ihr Herz gehört Euch, Fürst«, murmelte Ronan. »Ich habe es eingesehen. Behandelt es gut.«

»Das werde ich«, gab Telarion über die Schulter zurück.

Er sah die drollige Verbeugung des Musikanten nur noch aus dem Augenwinkel, bevor er endgültig seiner Sehnsucht nach dem Feuer folgte, das er solange vermisst hatte.

Am nächsten Morgen kam Sinan Amadian zum Erben des Telarat und machte ihm ein Schwert zum Geschenk, das dem Vakarans in nichts nachstand. Und der Herr der Elben, der, in dem die größte Gabe Vanars am stärksten war, heilte die Wunde, die er selbst geschlagen hatte.

Der Sohn des Siwanon erhielt die Kraft seiner Schmiedehand zurück. So erfüllte sich die Weissagung des Syth und seiner Geliebten, diese beiden betreffend – und Harmonie und Veränderung war gleichermaßen Genüge getan.

Kapitel 13

»Als Ys' Blick auf das Leid des Schlachtfeldes von Faringar fiel,
auf dem Elben und Menschen gleichermaßen erschlagen worden
waren, verhüllte sie in Zorn und Trauer ihr Gesicht mit einem
Schleier von der Farbe ihres Geliebten und verfluchte ihn, der so
viel Chaos und Zerstörung angerichtet hatte.
Sie verbannte ihn von dieser Welt und gab der purpurnen Sonne
eine weiße an die Seite, die die Hitze und das glühende Licht
mildern sollte, mit denen Syths Antlitz den Tag überzog, sodass
auch der Tag nicht mehr seiner vollen Kraft unterläge.
Er gehorchte ihr, denn so wie sie das Leid nicht ertrug, das
über die Geschöpfe der Zwillingsmonde gekommen war,
ertrug Syth den Kummer seiner Geliebten nicht. Doch bevor
er in die Leere ging, sagte er, dass dies nicht der Weg sei, um
den von Ys so ersehnten Frieden zu erringen und versprach,
wiederzukommen – doch erst, wenn seine Geliebte dies wünsche.
Sie aber weinte bittere Tränen, als Syth ging, denn sie glaubte,
es sei für ewig.«

Von den Kriegen zwischen Elben und Menschen
Vierte Rolle der Schriften des Klosters der Weisen Zwölf

Als Sinan durch das Tor in den Felsendom trat, war ihm, als kehre er heim.

Dabei war er nicht einmal lange fort gewesen – nur etwas über drei Zehntage war es her, dass Ronan der Flötenspieler ihn in den Werkstätten, die in den verzweigten Höhlen unter dem Tafelberg des Farokant lagen, aufgesucht hatte. Nun kehrte er zurück, um die Arbeit zu vollenden, die ihm vor so vielen Monaten aufgetragen worden war.

Draußen herrschte die Hitze des Mittags, beide Sonnen standen im Zenit. Doch kaum hatte Sinan die Schwelle überschritten, wehte ihm sanfte Kühle aus dem Inneren des Heiligtums entgegen. Dem Schmied gefiel der Gedanke, die kaum spürbare Brise, die sich beim Eintreten ergab, wäre ein Gruß des Schöpfergeistes, dem er so viel zu verdanken hatte.

Das Wiedersehen mit seiner Schwester. Das Treffen mit dem, dem er seinen Tod – den Tod von allem, was ihn ausgemacht und was ihn geradezu gehetzt hatte – zu verdanken hatte. Und an den er jetzt nur mit Dankbarkeit dachte. Telarion Norandar hatte ihn geheilt. Seine Hand war wieder die alte, Sinan hatte bereits bei der Reise durch die Wüste bemerkt, dass die Finger der rechten wieder mit alter Stärke zupacken konnten.

Er war mehr als begierig, die wiedergewonnene Kraft zu erproben und das *daikon*, das er versteckt unter seinem *jibahan* trug, fertigzustellen. Noch fehlten die Zeichen des Sturms und der Kälte darauf, die Zeichen des Lebens, des Feuers und der Heilung, die das rechtschaffene Wesen des Elbenfürsten wiedergaben und die Klinge zu seiner und der des Hauses machen würden, das er, da war Sinan sicher, mit Sanara gründen würde.

Voller Stolz dachte er an die Dankbarkeit und die Bewunderung zurück, mit der Telarion Norandar das Schwert entgegengenommen hatte, das er vor so langer Zeit irgendwo am Ufer des Lithon in Auftrag gegeben hatte. Er hatte einem Sklaven befohlen, es zu machen, doch es war ein freier Mann gewesen, der es ihm nun gegeben hatte – und Sinan wusste: dass es so hatte kommen können, war den Schöpfergeistern zu verdanken.

Langsam ging er auf die Statue des Schöpfergeistes der Veränderung zu, die sich in der Mitte des Felsendoms erhob. Er vermisste die heitere Atmosphäre in der Halle, die er bei seinem letzten Besuch als so angenehm empfunden hatte.

Die Schönheit, die sich in der Hoffnung und der Erwartung auf Neues gezeigt hatte und die das Heiligtum erfüllte, schienen verschwunden. Kein Flüstern der Gebete hallte von den Wänden wider, keine Melodien, selbst das Klopfen und Hämmern der

Schmiede, die in den Tiefen des Tempels immer Neues, Schönes geschaffen hatten, waren eher zu ahnen als zu hören.

Die Halle selbst war beinahe menschenleer, jeder Tritt war trotz der dämpfenden Teppiche auf der Gebetsfläche zu hören und wurde als dumpfes Echo von den gewölbten Wänden zurückgeworfen.

Trauer regte sich in Sinan angesichts der drückenden Stille.

Bei seinem letzten Mal hier war die Königin noch nicht da gewesen. Sie war einige Tage nach ihm gekommen, nur mit ein paar Männern ihrer Leibwache, angeblich, so hatte sie im Dorf verbreiten lassen, nur deshalb, weil sie zum Tempel der Tiefe hatte pilgern wollen. Hinter vorgehaltener Hand hatte man sich in der Taverne des Dorfs, in der Sinan übernachtet hatte, erzählt, dass sie den Syth um Hilfe beim Sieg über den Zaranthen bitten wollte. Doch die Zecher, berauscht vom süßen Wein, den man aus Itaya-Früchten kelterte, hatten beim Erzählen darüber gelacht.

Sinan hatte nicht mit gelacht. Er hatte Tarind zu gut gekannt und nur wenig Veranlassung zu glauben, seine Witwe könnte anders sein – trotz allem, was Ronan ihm über die Königin erzählt hatte.

Im Dorf schien man es ähnlich zu sehen. Man hatte die Königin gewähren lassen – hatte doch jeder das Recht, sich dem Schöpfergeist der Veränderung zu nähern. Es durfte niemandem verboten werden. Doch schon nach wenigen Tagen hatte sich die Stimmung mit den ersten Nachrichten vom Krieg gegen Sirakand, die sie mitgebracht hatte, geändert. Man war unwillig geworden. Sie war die Königin, sie hatte dafür zu sorgen, dass sich eine Veränderung in diesem Krieg vollzog, der nun schon so lange währte.

Wie eines der Schankmädchen des Wirts Sinan zuflüsterte, war einer der Shisans der Tiefe zu ihr gegangen und hatte sie aufgefordert, ihr Heer zurückzurufen und die Belagerung Sirakands aufzugeben. Es sei nicht im Sinne des Syth, was sie tue, denn sie erhalte den Krieg aufrecht, statt ihn zu beenden.

Doch sie hatte, so das Mädchen, dem Mann widersprochen.

Erst wenn die Veränderung vollständig sei, könne der Krieg beendet werden. Sie versuchte, ihn zu überzeugen, dass ihr ein Werkzeug fehle, um das zu tun, und dass er ihr helfen könne. Doch als er sie erneut ermahnte, habe sie lächelnd geschwiegen. Dann habe der Shisan vor den Augen derer, die ihn begleitet hatten, und den elbischen Soldaten, begonnen, Wasser zu spucken und sei innerhalb weniger Augenblicke gestorben.

Die, die es gesehen hatten, waren vor Furcht verstummt.

Das Schankmädchen hatte Sinan mit großen Augen angesehen, als wünsche sie Beifall – oder vielleicht den Schutz dieses stattlichen Schmieds –, doch dieser hatte nichts gesagt.

Seither trafen mehr und mehr Elben hier ein, mittlerweile waren es über hundert. Sie waren nach wie vor den Menschen zahlenmäßig weit unterlegen, doch während sie ausgebildete Kämpfer waren, waren die Menschen Bauern und einfache Handwerker.

Als Sinan durch die schmalen Gassen des Ortes zum Tempel hinaufgegangen war, war er allenthalben auf Volk des Vanar getroffen. Sinan war dankbar für den *jibahan* und den *darstar*, die er trug. Er wusste nicht, wer von den Elben ihn in Bandothi oder auf den Heerzug nach Süden gesehen hatte und ihn vielleicht als den Schmied wiedererkannte, der dem Heermeister ein Schwert hatte fertigen sollen. Nicht nur die Elben aus Dasthuku, sondern auch aus Norad, aus Nisan und aus Hellor waren unter ihnen. Einmal glaubte Sinan sogar den Ziehbruder Telarion Norandars zu erkennen, doch er war sich nicht sicher. Die Mundessi sahen mit ihrer dunklen Haut und dem glatten, holzfarbenen Haar so fremd aus, dass sie ihm alle gleich erschienen.

Selbst ein paar Eiselben waren zu sehen, wenn sie sich auch nur des nachts und zur Weißen Stunde blicken ließen und sich tagsüber zurückzogen. Doch es spielte keine Rolle, ob die elbischen Soldaten wirklich da waren oder nicht; die Kälte, die sie mitgebracht hatten, vertrieb die Hitze der Wüste, ob man ihnen nun gegenüberstand oder nicht, und die Atmosphäre, die sie verbreiteten, bedrückte jeden Menschen gleichermaßen.

Sinan dachte an den Frieden zurück, der in Farokant geherrscht hatte, und wünschte sich inbrünstig, dass Niavash und Lahita nicht erleben mussten, wie Elben ihre Stadt besetzt hatten. Doch aus Farokant kam keine Nachricht, und so nahm er an, die Generäle der Königin konzentrierten sich auf Sirakand.

Hier am Tempel glaubten die Kinder des Vanar wie eh und je, das Dorf und seine Bewohner gehörten ihnen, so als seien alle, die nicht zu den Landarias oder einem der anderen alten Elbenhäuser gehörten, nur Wesen und Geschöpfe zweiter oder sogar – der Nähe zum Schöpfergeist des Chaos wegen – dritter Klasse. Einige der menschlichen Bewohner des Dorfs waren schon ins Lager der Königin und ihres Bruders gebracht worden, um ihnen, wie es hieß, zu dienen, meist die, die eine Zeichnung am linken Arm hatten.

Sinan war auf dem Weg zum Tempel einer Abordnung von ihnen begegnet, er erkannte sie daran, dass man ihnen wie jedem menschlichen Gefangenen ein goldenes Halsband angelegt hatte, wie auch er einst eines getragen hatte. Zudem sahen sie blass und erschöpft aus, und ihm wurde klar, dass sie den Elben nicht nur ihre Kunstfertigkeit, sondern auch ihre Kraft hatten geben müssen.

Bei diesem Anblick spürte er kurz einen Abglanz des alten Hasses in sich aufwallen, der ihn früher, während seiner Sklavenzeit, erfüllt hatte. Ronan hatte recht gehabt. Die Königin mochte vielen vorgaukeln, unter ihr werde sich vieles ändern, doch Sinan wurde klar, dass sie das in Wirklichkeit gar nicht vorhatte. Er dachte an den Hass, den Telarion Norandar ihr gegenüber empfand, und ihm wurde klar, dass es in der Tat der Fürst sein musste, der sich gegen sie zu stellen hatte. Sanara hatte das Siegel gefunden und würde sicher auch den Schöpfergeist aus der Leere holen können. Doch dieser Elb war es, der den Fluch der Starre, der Unterdrückung und der Stagnation in der diesseitigen Welt würde brechen müssen.

Sinan verdrängte das ungute Gefühl, das ihn angesichts der

Aussicht, es könnte wieder ein Norandar die Geschicke der Elben leiten, befiel. Zum einen war dieser Elb offenbar der Rechtschaffenheit fähig, zum anderen hatte er nun einen Akt der Magie vor sich. Das *daikon* musste geweiht werden, bevor er im Dorf auffiel.

Sinan holte Luft und schlug das Zeichen des Syth vor der Brust, dann durchquerte er mit festen Schritten die Halle bis vor die Statue des Schöpfergeistes, die sich in der Mitte des Doms erhob. Er hatte Syth viel zu danken.

Langsam schritt er durch die Gärten der Länder der Welt vor bis zu dem Beet, in dem das Saphirmeer angelegt war und das das Land Guzar zeigte. Er wollte seinen symbolischen Tribut leisten, bevor er in die Schmieden unter dem Berg ging, um dort das *daikon* Telarion Norandars fertigzustellen, damit es den Fürsten erwartete, wenn er mit Sanara in zwei Tagen ins Heiligtum der Tiefe kam.

Beinahe zärtlich fiel sein Blick auf eine Klippe, die gegenüber der Stadt Guzarat ins Meer hineinragte. Irgendjemand hatte auf diese Klippe ein etwas hilflos modelliertes Tonhaus gestellt, und Sinan fragte sich, welcher Besucher dieses Heiligtums wohl einst auf diese Weise das Herrenhaus der Amadians geehrt haben mochte.

Wieder lächelte er unwillkürlich, dann umrundete er den künstlich angelegten Teich, der das Saphirmeer darstellte, bis hin zu seinem westlichen Ufer.

Dort kniete er nieder und grub ein Loch in den weichen Sand, mit dem die Miniaturen der Felsklippen bedeckt waren, schob eine winzige Schriftrolle aus kostbarem Pergament hinein, auf die er ein paar Verse aus der ersten Rolle der Schriften geschrieben hatte, die Syth ehrten, und bedeckte dann die Rolle vorsichtig wieder mit Sand. Er schloss die Augen und dachte einen Augenblick an die Shisans, die während seiner Weihe ihr Leben hatten lassen müssen.

Schließlich erhob er sich wieder und ging hinunter zu den Schmiedewerkstätten, die unter dem Berg Farokant lagen, um das Schwert fertigzustellen, das dem Erben Telarats gehörte. Er wusste jetzt, wer die wahren Feinde der Menschen waren. Lange hatte er geglaubt, es seien Elben, die bekämpft werden müssten. Doch es war ein jeder, der die Freiheit unterdrückte – und dabei spielte es keine Rolle, ob sie goldene oder dunkle Magie oder gar beides in sich trugen.

In zwei Tagen würde er – mit der Hilfe des Schöpfergeistes – das *daikon* fertiggestellt haben und es dem bringen können, dem es gehörte.

Und dann würde auch die Zeit der Freiheit für die Menschen gekommen sein.

In den wollenen Gewändern und Tüchern war Telarion unangenehm heiß. Mittag war vorbei, und die Weiße Sonne warf bereits längere Schatten, doch die Purpursonne brannte noch mit unverminderter Stärke auf ihn herab. Sanara hingegen schienen die Wärme und das Licht, die vom See über dem Farokant-Tal gleißend zurückgeworfen wurden, nichts auszumachen.

Selbst das Wasser, das er aus dem Schlauch getrunken hatte, erfrischte nicht und war für seinen Geschmack zu warm.

Vorsichtig wandte Telarion sich vom Ufer des Sees, der offenbar für die Bauern des Tals als Wasserspeicher diente, wieder ab und sah den Abhang hinunter. Etwa eine Meile entfernt war der Tafelberg zu sehen, darin, auf einem Felsvorsprung in rund zwanzig Klaftern Höhe, die Fassade eines Palastes.

Von hier aus wirkte selbst dieser Palast klein, wenn er auch entschieden größer zu sein schien als die kleinen, würfelförmigen Lehmhäuser der Dorfbewohner. Es hatte sich hier keine Stadt gebildet – darin glich das Heiligtum der Tiefe dem Tempel der Weisen, die sich einst als Orden der Ys begriffen hatten. Ob es an diesem Ort noch Shisans des Syth gab, wagte Telarion zu bezweifeln. Wenn, dann waren es nicht viele.

Sie wären im Gegensatz zu den Weisen auch keine Hilfe gewesen, denn sie gestatteten jedem, Syth anzubeten, und sahen sich nicht berufen, unter den Anhängern des von ihnen verehrten Schöpfergeistes zu wählen. Um Veränderung zu bitten und für diese tätig zu werden, stand jedem Geschöpf zu, ungeachtet seines Ranges, seiner Magie oder seiner Art.

Seit der Schlacht von Faringar hatten die Elben jeden Kult um Syth per Gesetz verboten, auch wenn man sich nicht überall daran hielt. Besonders in Solife schien es niemanden zu kümmern – für Tarind, und nach ihm für Ireti, war das ein willkommener Vorwand gewesen, Solife und seinen Herrscher, den Zaranthen, einzukreisen und letztendlich besiegen zu wollen, wie sie es auch schon mit dem Haus der Khariten von Erathi und mit dem Fürsten von Guzar getan hatten.

Telarion dachte daran, wie grausam Siwanon Amadian gestorben war. Während er erstickte, erfror und gleichzeitig ertrank, hatte Ireti ihm die Seele aus dem Leib gerissen. Inzwischen wusste Telarion: Nur weil er und Tarind Siwanon geschwächt hatten, hatte dieser sich nicht mit seiner eigenen Macht, die er über die Nebel besaß, dagegen wehren können.

Dass er selbst dazu beigetragen hatte, beschämte den Heiler immer noch zutiefst. Umso mehr erfreute ihn nun das Lächeln von Siwanons Tochter, die neben ihm hinter einem Felsen lag, der sie beide vor Blicken aus dem Tal schützen sollte. Seit einem Zehntag warteten sie bereits hier, sie hatten Sinan Gelegenheit geben wollen, die Magie in das Schwert zu wirken, damit Telarion es gegen die Königin verwenden konnte. Auch Gahariet musste die Zeit haben, um in Damastans Namen die Dinge vor Sirakand im Heer der Elben zu regeln, die Gomaran bereits mit dem Dumi, seinem Großvater, begonnen hatte.

Er und Sanara konnten ihre Aufgabe erst beenden, wenn diese Dinge in Ordnung gebracht waren.

Hier oben an den See kamen nur wenige Menschen. Obwohl Wasser in der Wüste selten war, war der Boden um den See herum doch zu felsig, als dass Ackerbau hätte betrieben werden können, und Telarion gestand sich insgeheim ein, dass er nicht nur wegen des Schwerts oder den Verhandlungen, die im Hintergrund notwendig waren, darauf bestanden hatte, die Nachrichten der anderen abzuwarten, bevor sie in den Tempel gingen, um sich Syths Segen zu holen.

In den vergangenen Tagen hatte er den Eindruck gewonnen, Sanara und er seien allein auf der Welt. Beide wussten sie, dass ihnen nur wenig Zeit blieb. Nach dem Ende ihrer Mission würde das nicht besser werden, es würden neue Aufgaben auf sie warten, und auch wenn sie es nicht aussprachen, fürchteten sie doch beide, es könnten Aufgaben sein, die sie trennen würden.

Und doch war alles andere nun, da der Tod Sinans nicht mehr zwischen ihnen stand, verziehen, und Sanara schien enger mit ihm verbunden als je zuvor. Die Zukunft lag in weiter Ferne.

Telarion wurde das Herz schwer, als sich das Tageslicht rötlich färbte und ihm anzeigte, dass die kostbare Zeit, die er mit ihr allein hatte verbringen dürfen, sich dem Ende näherte.

Sein Blick fiel wieder auf Sanara. Sie hatte den in seinem grellen Orange weithin sichtbaren *darstar* vom Kopf gezogen, damit ihr weizenfarbenes Haar vor dem rötlich-gelben Kalkstein weniger auffiele, und spähte nun ins Tal hinab.

Telarion folgte ihrem Blick und erkannte, dass sie nach der Stelle suchte, die Sinan ihnen beschrieben hatte: Ein Nebeneingang ins Heiligtum, der in eine der Schmieden des Tempels führte; eine, die ein wenig abseits der anderen lag und die er benutzen wollte, um unbemerkt von den Soldaten der Königin und allen anderen seine Magie in das *daikon* zu wirken. Eine kleine Tür, die weitab der prächtigen Front an einer anderen Seite des Tafelbergs in das Labyrinth der Werkstätten und Höhlen führte, in denen, wie die Legende sagte, einst Syth dem Akusu gezeigt hatte, wie die Erze und Sande der Erde mit Feuer zu verändern seien.

»Sinan sagte, das Tor sei an der rechten Seite des Berges«, murmelte Sanara. »Etwa dreihundert Schritt vom Haupteingang entfernt, wie die Sonnen wandern. Wenn ich dem folge, sehe ich dort im Berg, etwa zehn Klafter tiefer als das Eingangsplateau, einen dunklen Fleck.«

»Es könnte ein Busch sein«, gab Telarion zurück.

»Ein Busch, der den Eingang versteckt«, entgegnete sie störrisch.

Telarion seufzte, drehte sich auf den Rücken und schirmte seine Augen ab, als er erneut zum Himmel aufsah.

»Das wird sich aus dieser Entfernung nicht feststellen lassen«, sagte er. »Lass uns tun, was wir abgemacht haben: Wir warten, bis die Rote Stunde anbricht. Ronan sagte, dass Gahariet und Gomaran Erfolg hatten. Es kam uns gelegen, dass Iram Landarias es vorzog, seine Schwester bei ihren Ränken hier zu unterstützen. So konnte der Dumi von Mundess das Heer überzeugen, dass Ireti ein falsches Spiel treibt.«

Sie wandte sich ihm zu. »Ich bedauere, dass unsere Tage hier vorbei sind«, sagte sie leise. »Und ich wünschte, dass die Abordnung deines Volkes länger gebraucht hätte, um hierherzukommen.«

»Du warst es, die mir beigebracht hat, dass Veränderung nicht Chaos und Tod bedeuten muss. Die Welt muss befriedet werden. Wir müssen uns ändern, wenn wir Veränderung wollen.«

Sanara lachte leise. »Ein Elb, der die Freiheit der Menschen fordert! Das ist wahrlich eine Veränderung.«

Er legte sanft seine Hand auf ihre Wange. »Wir sollten uns aufmachen«, sagte er leise.

Sie sah ihn an. In ihren Augen lag ein Flehen, das sein Herz rührte. Sie wollte diesen Ort nicht verlassen, genauso wenig wie er.

Doch er schwieg. Schließlich wollte sie sich erheben, aber Telarion zog sie an sich.

Sie wehrte sich erst, doch dann wurde sie in seinen Armen still und bettete den Kopf auf seine linke Brust. Ihr Gewicht auf seinem Körper fühlte sich wundervoll an, selbst sein Herzschlag schien spürbarer als zuvor, nun, da ihre Wange darauf lag. Ohne nachzudenken nahm er ihr Gesicht in beide Hände und führte ihre Lippen auf seine. Sie erwiderte den Kuss hingebungsvoll, doch dann löste sie sich sanft und zu seinem Bedauern von ihm.

»Wir müssen gehen, Geliebter«, wisperte sie.

Er genoss die Sehnsucht, die noch einmal in ihren Augen aufblitzte.

»Wenn diese Sache vorbei ist …«

Sie kniete noch einmal vor ihm nieder und lehnte ihre Stirn an seine. »Lasst uns erst träumen, wenn sie vorbei ist, Daron Elb«, flüsterte sie nach einer Pause. Für einen Augenblick glaubte er, Tränen in ihren Augen zu sehen. Doch sie war bereits aufgestanden, hatte ihr Bündel genommen und war auf dem Weg ins Tal.

Die Weiße Sonne näherte sich den Berggipfeln, von denen sie umgeben waren, als sie die Gärten und Felder erreichten. Sie hielten sich abseits der Straßen und huschten auf schmalen Pfaden auf den Dämmen und Deichen entlang, die die Kanäle der Oase des Farokant-Tals umgaben, um auf diese Weise das Dorf selbst und auch das Lager der elbischen Hundertschaft zu umgehen, die Königin Ireti mitgebracht hatte.

Telarion hatte recht gehabt: Es waren zwar nur die Wachsoldaten, die jetzt durch die Haine patrouillierten, doch sie waren wachsam, und weder Sanara noch Telarion wollten auch nur irgendetwas tun, was Ireti einen Hinweis hätte geben können, dass sie sich ihrem Ziel näherten.

Sie blieben unentdeckt, wenngleich sie ein paar Mal im dichten Uferschilf der Kanäle Zuflucht und Deckung suchen mussten.

Telarion machte das Sorgen. Wieder erwachte das Misstrauen dem Musikanten gegenüber, der sie auf der Reise von der Grenze zu Entarat bis zu einer kleinen Schlucht in den Kantar-Bergen begleitet hatte. Dann hatten sie Ronan, Sinan und die Karawane allein weiterziehen lassen. Ronan würde sich zur Königin begeben. Auch wenn sie misstrauisch war, vielleicht würde sie sich überreden lassen, mit ihm zusammen zu versuchen, in die Nebel zu gehen und nach dem Siegel zu suchen. Ließ sie sich darauf ein, würde Ronan sie nach Möglichkeit davon ablenken, nach Telarion und Sanara zu suchen, wenn diese gerade ins Heiligtum eindrangen.

Lukaril hatte auf der Wanderung selbst sehr wohl erfasst, dass Sanara und Telarion ein Geheimnis umgab. Doch da sowohl sie und ihr Bruder als auch Ronan so offenbar Dunkelmagier waren, hatte er auch Telarions Anwesenheit hingenommen und nicht weiter nachgefragt. Je länger er darüber nachdachte, desto deutlicher begriff Telarion, dass Lukaril nur eines verstanden hatte: Sie alle waren Rebellen gegen die elbische Königin, die den Süden und den Westen des Landes besetzt und mit Krieg überzogen hatte. Ein weiteres Mal war ihm klar geworden, wie ungezähmt die Menschen waren, wie freiheitsliebend, und wie sehr sie gegen alles kämpften, das ihnen Sklaverei und Tyrannei aufzwingen wollte.

Und erst jetzt begriff er wirklich, warum Ys ihn und Sanara ausgewählt hatte, warum sie beide es waren, die diese Aufgabe vollbringen mussten.

Er steht auf dem Gipfel des Berges Seleriad. Sanara liegt in seinem Arm, ihre Lippen an seinen, und er weiß mit einem Mal, dass nur seine Kräfte die Verletzungen heilen können, die das Massaker, das sein Bruder anrichtete, und ihre zehn Jahre lange Flucht in ihr hinterlassen haben.

Und nur ihre Seelenmagie wird seinen Hass auf das Volk des Dunklen Mondes und ihr Haus auslöschen können.

»Und hat es schon getan«, murmelte er, während Sanara vor ihm hinter einem knorrigen Ölbaum verschwand.

Durch den Ölwald begannen jetzt schon die rötlichen Felswände des Tafelbergs hindurchzuschimmern. Das Licht wurde düsterer, die Rote Sonne würde noch nicht untergehen, aber bald hinter den Bergen verschwinden. Es wurde zunehmend kühler, erster Abendnebel stieg aus den Wasserkornfeldern hervor und begann, sich unter den Bäumen zu sammeln.

Kaum ein Mensch war zu sehen. Telarion blickte sich um,

während er sich zügig unter den tief hängenden Zweigen der Ölbäume hindurchduckte. Doch die wenigen Bauern, die er als Schemen durch den Dunst erkennen konnte, waren fern und schienen sich für ihn und seine Gefährtin nicht zu interessieren. Es waren überhaupt nur wenige, so als hätten die Talbewohner an diesem Abend beschlossen, dass keine Ernte und keine Pflege der Felder nötig sei.

Telarion unterdrückte die Unruhe, die das in ihm auslöste. Vielleicht hatte Ireti die Sitte, nach der während der Roten Stunde die Elben nicht hinausgingen, wenn es nicht unbedingt erforderlich war, auch auf die Oasenbewohner ausgedehnt. Dunkle Kräfte waren jetzt traditionell am machtvollsten. Die Königin war nur mit wenigen Soldaten hier, so würde sie jede Möglichkeit einschränken, dass solche Macht ausgeübt und ihr gefährlich werden konnte.

Unwillkürlich blieb Telarion stehen und betrachtete den Garten mit den Augen des Heilers. Doch obwohl die Schatten auf dieser Ebene der Wahrnehmung von tieferem Schwarz waren als in der Wirklichkeit, schienen sie nicht lebendig. Keinerlei blaue oder gar violette Magie zeigte sich ihm.

Die Felswand war jetzt trotz der zunehmenden Dämmerung zwischen den gekrümmten Stämmen und den Abendnebeln zu sehen. Sie war schroff und steil, wenn sie auch hier am Sockel des Berges nicht so senkrecht aufstieg wie weiter oben. Sanara war davor stehengeblieben und hatte die Hand auf den rauen Fels gelegt. Es sah aus, als spreche sie mit dem Berg, wie Telarion mit einem knappen Lächeln feststellte.

Dann wandte sie sich zu ihm um und bedeutete ihm, dass es zu ihrer Linken weiterginge. Telarion fiel auf, dass sie sich nur orientiert hatte. Wenn der dunkle Fleck, den sie gesehen hatten, wirklich der Eingang – oder ein Busch, der den Eingang verdeckte – gewesen war, dann befand sich davor kein Ölgarten. Vom Wasserspeicher aus hatte es so ausgesehen, als befände sich der Nebeneingang ins Heiligtum in einem Wasserkornfeld.

Dunst kroch träge über der Wasserfläche, in der das Korn wuchs, so dicht, dass man die einzelnen Pflanzen kaum sehen konnte. Beim Gedanken, durch das Wasser waten zu müssen, um die Felswand zu erreichen, stellten sich ihm die Nackenhaare auf.

Noch während er sich ins Gedächtnis rief, wie der Ort genau ausgesehen hatte, blieb Sanara so urplötzlich stehen, dass Telarion beinahe in sie hineingelaufen wäre.

»Dort«, wisperte sie.

In der Tat, rechts von ihnen befand sich direkt an der Felswand ein großer Faranbaum, erkennbar an den über faustgroßen, rotgelben Früchten, die büschelweise daranhingen. Als er sich vorsichtig näherte, erkannte er in der Dämmerung, dass sich dahinter ein Höhleneingang befand. Sanara begann bereits, sich an den tiefer hängenden Zweigen des Baums hochzuziehen, um den Eingang zu erreichen. Schon bald war sie in den Zweigen des Baums verschwunden. Nur ein leises Rascheln war noch zu hören.

Telarion folgte ihr nicht sofort. Er blieb stehen und sah sich erneut um. Er hatte das Gefühl, sie würden beobachtet, durch die Schatten der Dämmerung und den abendlichen Dunst hindurch. Ihm war, als stünden hinter den dunklen Stämmen der Sintafruchtbäume Gestalten im Nebel, auch wenn seine Heilersicht ihm sagte, dass dort keine Magie zu finden sei.

Langsam ging er am Saum des Wasserkornfeldes vorbei, um möglichst wenig in das dunkle Wasser des Feldes treten zu müssen, auch wenn der Nebel dort dichter wurde, als er neben sich ein Geräusch hörte. Ein leises Rascheln, als husche ein Nagetier durch das Unterholz des Gartens.

Telarions Hand fuhr an das *daikon*, das er an der Hüfte trug. Er wirbelte herum, doch da war nur ein Nebelschwaden. Verwirrt hielt er inne, als mit einem Mal eine Gestalt aus dem Nebel auf ihn zugestürzt kam. Ein Elb, ein Soldat, eine Klinge hoch erhoben.

Telarion riss das Schwert aus der Scheide, doch der andere

wich nach hinten aus. Telarion wollte ihm nachsetzen, doch er stolperte über etwas, von dem er hätte schwören können, es sei einen Herzschlag zuvor noch nicht da gewesen. Bevor er sich wieder fangen und erheben konnte, traf ihn etwas Hartes auf den Hinterkopf. Schmerz explodierte und löschte alle Gedanken.

Es war Sinan, als ebbe der Gesang, mit dem er die Runen in das Schwert des Heilers gegraben hatte, nur langsam ab. Die Klänge hatten ihn erfüllt wie die eigenen Herzschläge. Der Rhythmus der Melodie war ähnlich dem gewesen, mit dem er seinen Sickenhammer über den geschliffenen Stahl geführt hatte.

Das Lied, das er einst im Tempel des Westens gelernt hatte, hatte ihn bis in die letzte Körperfaser erfüllt. Er hatte es nur selten gesungen, seit er mit Sanara von dort geflohen war, und nie mit dem ernsthaften Wunsch, Metall zu gestalten. Es waren nur Ausschnitte des Gesangs gewesen, der, wenn man ihn richtig anwandte, über Tage hinweg andauerte. Keine Tonfolge wiederholte sich, und Sinan erinnerte sich daran, wie mutlos er gewesen war, als der Älteste des Abendklosters ihn zum ersten Mal in das Geheimnis des Liedes eingeweiht hatte.

Dieser hatte ihn getröstet. Das Lied war von Meister Vakaran gesungen worden, als dieser Telarat dem Elbenkönig das Schwert gemacht hatte, zum Dank dafür, dass dieser ihn geheilt hatte. Das Grundthema war einfach gewesen, es überbrückte etwa eine Zeitdauer, die der Roten Stunde entsprach. Als Sinan nach dem Rest gefragt hatte, gab der Älteste zur Antwort, dass Sinan es wissen würde, würde er je in die Lage kommen, seine Magie in dieser Form anzuwenden.

Erst jetzt, da das *daikon* Telarion Norandars hier in Sinans Hand lag und langsam abkühlte, begriff der Schmied, was der Älteste damit gemeint hatte.

Die Melodie konnte nicht erlernt werden. Nicht zur Gänze, denn sie hing davon ab, für wen das Schwert gemacht wurde.

So war nur das Grundthema über die Zeiten hinweg von einem Meisterschmied an den anderen weitergegeben worden.

Sinan genoss die Arbeit, die nun vollendet war, und das Schimmern des Metalls, das hier in dem kleinen Schmiederaum rotgolden war. Für einen Moment glaubte er, das läge an seinem Gesang, der noch in seiner Seele und in seinem Herzen nachklang, obwohl die Töne seine Kehle längst verlassen hatten. Zum ersten Mal hatte Sinan seinen Gesang wahrhaftig gesehen. Er hatte ihn nicht nur gehört, nicht nur anhand seines Herzens und seiner Hammerschläge empfunden, auch seine Sicht war voller Licht gewesen, dem Gelb des Feuers und dem Rot des Metalls, aber auch dem Silber der Ys, mit dem er den Klingenrücken beschichtet hatte. Erstaunt sah er zu, wie der Gesang zu farbiger Magie wurde, die in das *daikon* überging und dann in dem Maß verblasste, in dem sich der Stahl abkühlte.

Erschöpft aber zufrieden legte er den Kopf in den Nacken. Erst jetzt bemerkte er, dass der Silbermond als Einziger am Himmel stand. Und dass das Lied in ihm genau jetzt zum Ende gekommen war, bewies ihm, dass der Älteste recht gehabt hatte. Wahrer Gesang, wahre Magie erlernte man nicht. Sie wurde einem geschenkt.

Sein Blick richtete sich auf die Klinge vor ihm, die nun silbrig hell leuchtete. Als er das *daikon* vor die Augen hob, um sich die Runen des Lebens, der Luft, der Kälte und des Feuers noch einmal anzusehen, war ihm, als schimmerten die in das Silber getriebenen Glyphen silbrig auf. Es war, als sei die Kraft der Roten Sonne und der Zwillingsmonde in das Metall gesunken und erhalte nun von Ys selbst den Segen.

Sinan erhob sich und strich mit dem Daumen über die Schneide der leicht gekrümmten, schlanken Klinge. Beinahe sofort zuckte er zurück. Er hatte sich in den Daumen geschnitten, so scharf war sie. Zufrieden nickte er, dann nahm er ein wenig reines Tsuba-Öl und rieb die Klinge damit ein. Der schwere Blütenduft des Öls verbreitete sich schnell in der Waffenkammer und überlagerte den feurigen Geruch nach verbranntem Steinöl, dem Torf und Schwarzsteinen, die für die Esse gebraucht wurden.

Schließlich schob er das fertige Schwert in die Scheide, die er noch in Farokant eigenhändig aus Holz, Brokat und den Bändern und Fäden der Raupen des Moruskäfers gemacht hatte.

Stolz betrachtete er sein Werk ein letztes Mal und atmete durch.

Erst jetzt schien er wirklich wieder in der realen Welt anzukommen. Verwundert sah er sich um. Es war still geworden, nun, da die letzten Töne seines Gesangs aus seiner Seele in das Schwert geflossen waren. Und doch war Sinan bewusst, dass er mehr hätte hören müssen als nur das leise Singen des Windes in den verzweigten Gängen, die den Tafelberg durchzogen. Da hätte es Hämmern aus den Schmieden geben müssen, Wispern, das von den Gebeten in der Haupthalle hinunter in die Höhlen und Werkstätten zog, Schritte der – wenn auch wenigen – Shisans, die hier lebten und die wussten, dass er hier arbeitete, wie ein Pilger unter vielen, der sich für eine Weile in den Berg zurückgezogen hatte, um eine Veränderung zu erbitten und das notwendige Opfer dafür zu erbringen.

Doch da war nur Stille, obwohl er sich, wie er wusste, in einem abgelegenen Teil des Heiligtums befand. Einem, der nicht überwacht wurde, wenn es richtig war, was er in den letzten Tagen in Erfahrung gebracht hatte. Niemand, nicht einmal die Elben konnten über alle Höhlen, alle Räume des Heiligtums Bescheid wissen, besonders nicht über den aufgelassenen Eingang an der Westseite des Bergs.

Sinan horchte erneut in die Stille hinein, doch nichts war zu hören außer dem Ächzen und Stöhnen des Windes, der durch die Gänge und Höhlen strich. Für einen Moment glaubte Sinan, das Jammern eines menschlichen Wesens dringe an sein Ohr, ein unendlich leises Weinen. Doch dann sagte er sich, das sei nur der Wind. Was hätte es sonst sein können. Gewiss war selbst diese falsche Königin nicht so vermessen, hier, im Heiligtum eines Schöpfergeistes eines der Wesen der Zwillingsmonde oder auch nur ein Tier zu quälen.

Nun, was andere hier erbaten und opferten, war nicht seine Sache. Er war nach seinen Gesprächen mit Varashti sicher, dass Syth zwar mitunter schmerzhafte Veränderungen von seinen Geschöpfen erwartete, doch niemals verlangte, dass diese ihren Mitgeschöpfen schadeten. Wer dies hier in seinem Heiligtum tat, auf den fielen Schmerz und Qual vielfältig zurück, dessen war er überzeugt.

Er band sich das *daikon* des Heilers um die Hüften und ging zum Eingang. Ys würde noch ein paar Stunden am Himmel stehen, und wenn seine Berechnungen richtig waren, würden seine Schwester und ihr Gefährte dort auf ihn warten, um ihr Ritual vornehmen zu können, sobald der Silbermond im Zenit stand.

Der Eingang selbst war nicht mit einem Türblatt versehen, sondern führte auf einen schmalen Absatz hinaus, auf dem nur noch wenige Reliefs im verwitterten Kalkstein erahnen ließen, wie reich verziert die Felswand hier einst gewesen war. Die Stufen, die von dem Absatz aus ins Feld führten, waren bereits abgebrochen und kaum noch begehbar. Die Frage, warum man diesen Eingang so hatte verfallen lassen, schoss Sinan durch den Kopf, doch dann schien es ihm konsequent. Im Heiligtum des Schöpfergeistes der Veränderung hingegen etwas zu erhalten wäre inkonsequent.

Sinan betrachtete den Baum, der den Eingang verschloss und gegen Blicke abschirmte. Süßer Duft von reifen Früchten stieg ihm in die Nase. Es war der Duft, den seine Schwester in sich trug, und für einen Augenblick wusste Sinan nicht, ob er von Sanara herrührte oder von den Faranfrüchten ausging, die er im Halbdunkel am Baum erkennen konnte.

Er rief sie leise, doch nur Stille antwortete ihm.

Schlagartig packte den Schmied die Angst. Verwirrt sah er genauer hin. Jetzt erkannte er, dass Zweige auf der Höhe des Balkons abgebrochen waren. Laub war zerrissen, und nun sah Sinan auf dem Boden, zu seinen Füßen, auch ein paar dunkle Flecken.

Er hockte sich in und berührte sie mit dem Finger – es war Blut, Blut, in dem der zerrissene Rest eines Wolltuchs lag. Es war zu dunkel, um zu erkennen, welche Farbe das Tuch hatte, doch als Sinan es ins Mondlicht hielt, glaubte er zu sehen, dass es orange war. Doch sicher war er nicht, hatte das Blut doch den Fetzen zum größten Teil durchtränkt. Das Blut war noch nicht geronnen, wenn auch schon zähflüssig. Also war es noch nicht lange her, dass der Mensch – oder der Elb? – es vergossen hatte.

Langsam stand er wieder auf und versuchte den Schrecken, der ihn erfasst hatte, zu unterdrücken. Er holte tief Luft. Er musste nachdenken, überlegen, was nun als Nächstes zu tun sei.

Du musst deiner Schwester helfen.

Es schien ihm klar – man hatte sie entdeckt. Er wandte seinen Blick in die Dunkelheit des Ganges, der hinter ihm in den Tafelberg führte. Doch er betrat ihn nicht wieder. Es war ein Ding der Unmöglichkeit, dort drinnen jemanden ohne Hilfe finden zu wollen. Das würde auch die Königin wissen.

Das Siegel darf nicht in die falschen Hände geraten. Deine Schwester braucht dich.

Der Wind sang in der Finsternis des Ganges hinter ihm, und wieder hatte Sinan den Eindruck, ein leises Weinen zu hören. Er schloss die Augen und drängte die Tränen zurück, die in seine Augen traten. Er versuchte, den kalten Schauer zu unterdrücken, der ihm über den Rücken lief und der seine Nackenhaare vor Grauen aufstellte.

Urplötzlich ist es kalt geworden im Gebetsraum des Abendtempels.

Sinan lugt durch das durchbrochene Mauerwerk des Allerheiligsten hinaus und sieht, dass zwei Elbenfürsten vor dem Ältesten und Siwanon stehen. Wahrscheinlich sind sie es, die die Kälte gebracht und die Wärme der westlichen Küste des Saphirmeers vertrieben haben.

Die beiden, gekleidet in blaue Waffenröcke, beschuldigen den Fürsten Amadian, Sinans Vater, sich nicht unterwerfen zu wollen.

Dann fängt es plötzlich an. Das Töten. Die silbrigen Klingen, die mit einem Geräusch in die Leiber von Sinans Familie, seinen Erziehern und Freunden fahren, das er nie wieder vergessen wird. Während der Anführer – Tarind, wie sein Vater ihn nannte – so schnell herumwirbelt, dass Sinan ihn kaum noch sehen kann, ist da einer, der sich mehr Zeit lässt. Er scheint sich seine Opfer genau auszusuchen. Während Tarind aus Hass tötet, tut es sein Gefährte mit Bedacht und einer Grausamkeit, die Sinan nicht begreifen kann. Einmal gar beugt sich der Gefährte des Prinzen hinab, und Sinan fühlt sich entdeckt, denn er blickt geradewegs auf die durchbrochene Wand, hinter der Sinan kauert.

Sinan kann es kaum glauben, als er erkennt, dass die dunkelblauen, fast grünen Augen, die durch ihn hindurchstarren, runde Pupillen haben wie seine eigenen, in denen gelbes Feuer zu lodern scheint. Der Gefährte des Prinzen ist also kein Elb. Er ist ein Mensch.

Aber wie kann ein Mensch blaugrüne Augen haben?

Sinan legte den Kopf in den Nacken und verdrängte die grausamen Erinnerungen.

Das Tuch und das Blut waren ein klarer Hinweis – die Elben der Königin hatten Sanara gefasst. Man hatte sie hier erwartet. Sinan überlegte, wer sie verraten haben konnte, doch er kam zu keinem Ergebnis. Er musste einfach davon ausgehen, dass Ireti und ihre Soldaten das Heiligtum in den vergangenen Zehntagen genau erkundet und dabei den Eingang gefunden hatten. Er selbst war wahrscheinlich nicht entdeckt worden, weil man ihn nicht gesucht hatte, wusste die Königin doch nicht, dass es Telarion nicht gelungen war, ihn zu töten.

Es wäre auch zwecklos gewesen, jede Schmiede, jeden Raum im Heiligtum überwachen zu wollen, und so hatten sich die Soldaten wahrscheinlich auf die Eingänge beschränkt.

Doch wo war Sanara? Wieder jammerte die Zugluft unendlich leise hinaus in die Stille der Felder, als weine in den Tiefen des Berges jemand.

Als es still wird, als auch das letzte entsetzte Schreien abgebrochen ist, braucht Sinan eine Weile, um sich zu fassen. Um zu begreifen, was diese beiden Fürsten getan haben. Und dass er das Glück – doch ist es Glück? – hatte, verschont zu bleiben.

Vielleicht, weil Akusu ihn, den zu Segnenden, noch braucht.

Er überlegt fieberhaft, wie es kam, dass Tod, Kälte, Schmerz und das grausame Glänzen der Elben und ihrer Waffen ihn verschonten, als leises Weinen an sein Ohr dringt. Es ist verzweifelt und klingt ein wenig, als würde es durch eine dicke Lage Watte oder Tuch gedämpft.

Sanara.

Sinan weiß sofort, es ist seine Schwester.

Er rennt aus dem Allerheiligsten hinaus und geht dem Geräusch nach, hebt Schilde an und wendet die Leichen derer um, die getötet wurden, bis er sie unter dem leblosen Körper eines Shisans findet, der Sanara geschützt hatte. Er zieht die Schwester an sich.

Jetzt hat er nur noch sie.

Sie hat nur noch ihn.

Sinan schloss die Augen und versuchte fieberhaft, sich daran zu erinnern, was die anderen ihm über das Siegel gesagt hatten. Ireti durfte es nicht bekommen, doch Sanara trug es bereits in sich. Es war also kein Wunder, dass Ireti Sanara hatte ergreifen lassen. Doch wo waren sie?

Ronan hatte berichtet, dass Ireti meist in ihrem Zelt war, wenn sie in die Nebel ging. Denn allein hatte sie nicht genug Kraft. Ohne ihren Bruder Iram, den Feuermagier, konnte sie wenig ausrichten. Er hatte zu diesem Zweck sogar die Belagerung Sirakands in andere Hände gegeben.

Dass die Elben sich mittlerweile dank Telarions Besuch bei seinem Onkel Damastan gegen Ireti und ihren Bruder gewandt hatten, wussten diese sicher schon, vielleicht glaubten die Landarias-Geschwister, dass der Krieg ohnehin beendet wäre, hätten sie das Siegel.

Sinan stand auf. Dort, in ihrem Zelt, würde sie sein. Er erhob sich. Er war dabei so leise wie möglich und lauschte in die Nacht hinein. Vielleicht waren die Soldaten der Königin noch hier. Doch es blieb still.

Zu still. Vorsichtig, um nur ja kein Geräusch zu machen, wollte er sich wieder ins Innere des Berges zurückziehen, als plötzlich ein trockener Zweig knackte und Laub raschelte. Aus dem Nichts fiel ein Gewicht in seinen Rücken. Mit unmenschlicher Kraft wurde er an die Felswand geschleudert, Kälte erfasste ihn und ließ sein Blut zäher fließen.

Er rang nach Luft, doch sein Kopf wurde erbarmungslos an den rauen Stein gepresst, seine Linke so grausam verdreht, dass Sinan leise aufschrie. Er brachte nur mühsam die Worte: »Lasst mich los, Daron!« hervor.

Der Angreifer hielt einen Augenblick still, dann löste sich der eisenharte Griff mit einem Mal. Die Kälte ließ schlagartig nach.

Sinan schöpfte Atem, dann wandte er sich mit weichen Knien um und rieb den linken Arm.

Vor ihm stand Telarion Norandar. Selbst im Halbdunkel konnte Sinan sehen, dass ihm Blut von der rechten Schläfe die Wange hinablief. Der Fürst zitterte offenbar vor Wut, seine Hände waren zu Fäusten geballt.

Dennoch nickte er knapp. »Ich erkannte Euch nicht. Verzeiht.« Er trat vor und nahm Sinans linkes Handgelenk. »Es ist nichts verletzt oder gebrochen«, sagte er. Trotzdem strich etwas Frisches über die gezerrten Muskeln. Der Schmerz verschwand.

Sinan hob die Brauen. »Ich danke Euch«, erwiderte er. »Was ist passiert?«

»Ireti, diese Verfluchte«, zischte er. »Sie ließ ihre Soldaten hier lauern. Offenbar erwartete sie, dass wir kommen.«

»Wenn es so ist, konnte Ronan seinen Teil des Plans nicht ausführen. Dann ist meine Schwester nun in der Gewalt dieser Hexe«, murmelte Sinan.

Der Elb fuhr herum. Die Angst in seinem Gesicht war so klar zu erkennen, dass Sinan unwillkürlich von Mitleid erfasst wurde.

Er löste das Schwert vom Gürtel und reichte es dem Fürsten. »Euer Schwert.«

Telarion nahm es beiläufig entgegen und sah es an, als erfasse er nicht die Bedeutung dessen, was er in der Hand hielt. Doch dann schien ihm die Schönheit des *daikons* aufzugehen. Er wog die Scheide in der Hand, dann zog er es und ließ die Finger über die Klinge streichen, die im Licht des Goldmonds aufglänzte.

Sinan, der erst über die Reaktion enttäuscht gewesen war, empfand Stolz, als er sah, dass ein so geübter Kämpfer wie der Fürst von Norad sich für einen Moment trotz aller Sorgen gestattete, sein Werk zu bewundern.

»Es ist ein Werk, auf das Vakaran stolz gewesen wäre«, sagte Telarion nachdenklich. »Und es ist eine Schande, dass ich es jetzt nicht ausreichend würdigen und Euch entsprechend danken kann, Meister Sinan.«

Sinan erfreuten diese Worte und auch der Titel, den Telarion wählte, doch er winkte ab. »Verschieben wir das auf später. Ich fand Blut dort«, er wies mit dem Finger auf die dunklen, noch feuchten Flecken auf dem Boden vor ihnen, »und dort – dazu diesen Stofffetzen, der, glaube ich, von Sanaras *darstar* stammt.« Er hielt Telarion das Stück Tuch hin. »Ich weiß allerdings nicht, ob man sie ins Allerheiligste brachte oder ins Zelt der Königin, wo sich diese sicherer fühlen dürfte«, fügte er noch hinzu.

Telarion schob das *daikon* wieder in die Holzscheide, die er bereits in seine Schärpe gesteckt hatte. Den *jibahan* hatte er zuvor schon abgelegt, nun trug er nur noch einfache Reisekleidung.

»Ich glaube nicht, dass sie Sanara, die das Siegel in sich trägt, ins Allerheiligste bringen und sich damit der Gefahr aussetzen würden, dass Syth selbst in ihren Plan eingreift«, murmelte Telarion grimmig. »Dafür ist diese Frau zu berechnend. Sie geht kein Risiko ein. Sie wird in ihrem Zelt sein.«

»Weiß sie denn nicht, dass das Ritual im Heiligtum des Schöpfergeistes stattfinden muss?«

»Syth ist nicht in dieser Welt, sondern in der Leere. Und so spielt es wohl keine Rolle, von welcher Stelle in der geschaffenen Welt Ireti ihn aufsucht«, erwiderte Telarion. »Ich bin sicher, dass sie in der Nähe ihrer Soldaten bleibt, denn sie wird die Nachrichten aus Sirakand bereits bekommen haben.«

»Wollt Ihr das Risiko eingehen?«, fragte Sinan.

Telarion zögerte. »Ihr habt recht«, murmelte er. »Doch ich kenne mich im Berg nicht aus. Ich wüsste nicht, wo ich suchen sollte.«

»Dann werde ich dorthin gehen«, bot Sinan an.

Telarion gab zu bedenken: »Ihr habt einem Elben wenig entgegenzusetzen.«

Sinan lächelte freudlos. »Die Vertrauten der Königin sind Halbelben. Und wie Ihr sagt: Es werden nicht viele sein.«

»Ich weiß, dass Ihr die Euren bis zum letzten Atemzug beschützen würdet, Meister Sinan«, sagte Telarion nach einer Pause, und Sinan vernahm mit Genugtuung die Anerkennung in der Stimme des Elbs. »Und so weiß ich, dass es keinen Sinn hätte, Euch das ausreden zu wollen. Und in das Lager der Elben könntet Ihr mich ohnehin nicht begleiten. – Ich wünsche Euch Glück.«

Er nickte Sinan noch einmal zu und stand einen Augenblick später bereits an der Kante des Felsvorsprungs. Dort wandte er sich noch einmal um. »Ich wünsche Euch Glück und den Segen der Schöpfergeister, Meister.«

Sinan ertappte sich dabei, dass er nickte und das Zeichen des Vanar vor der Stirn schlug, als Telarion im Unterholz des nahegelegenen Ölbaum-Hains verschwand.

Es war, als seien ihre Finger, ihre Hand, schwerer als zuvor. Töne, Melodien, Lieder tanzten als rote Funken in Iretis Fingerspitzen und ließen das Wasser in ihr, das sonst so still und tief dalag, erst aufglänzen, dann sprudeln, ja, beinahe kochen vor Hitze und Energie.

Ireti Landarias hatte ihre elbische Gabe, anderen Geschöpfen die Kraft und Magie zu rauben, bisher nur selten angewandt und noch nie bei reinen Dunkelmagiern. Sie hatte die Erfahrung gemacht, dass sich alle Geschöpfe der Zwillingsmonde leichter mit und durch Furcht beherrschen ließen als durch Macht, die man tatsächlich ausübte.

Doch als nun rote Magie des Mannes, der vor ihr lag und die aus Licht und Klang bestand, durch sie hindurchfloss, spürte sie, dass sie stärker als je zuvor wurde. Ihre Sicht wurde klarer und ging über die Gegenstände des *ethandins* hinaus. Auf einmal besaß alles Magie. Alles war voller Energie, die Luft gehaltvoller, der Duft der Räucherstäbchen intensiver, das wenige Licht heller und der Schwarzstein in den Becken heißer. Sie hatte nie verstanden, warum Tarind so eine Vorliebe für Dunkelmagierinnen in seinem Lager gehabt hatte, hatte nie begriffen, warum Telarion Norandar, dessen Wesen aus Kälte bestand, so der Tochter des Siwanon hatte verfallen können.

Jetzt verstand sie es.

Sie atmete tief ein, als sie dem, der vor ihr kniete, noch einmal Kraft nahm. Schwere breitete sich in ihr aus, als wäre Energie zu Materie geworden, doch gleichzeitig fühlte sie sich unendlich leichter, so als verleihe das Gewicht ihr zusätzlich Präsenz und helfe ihr auch, beides zu ertragen.

Ein Seufzer drang an ihr Ohr, und erst einen Herzschlag später wurde ihr bewusst, dass sie selbst es war, die ihn ausgestoßen hatte.

»Ich hatte vergessen, wie es sich anfühlt«, murmelte sie. »Ich hatte vergessen, welchen Rausch es auslöst. Ich wünschte fast, du könntest es auch erleben!«

Sie sah auf den Musikanten hinab, der vor ihr kniete, festgehalten von ihrem Bruder. Iretis Hand lag auf seiner Wange, sein Brustkorb hob und senkte sich hastig. Er war im Halbdunkel des Raums kaum zu sehen, zumal seine Haut noch stärker von Sommerflecken bedeckt war als die Sanara Amadians. Dabei war er aber auch so blass, als habe er lange geblutet.

Ireti spürte Mitleid, doch sie wusste, sie konnte sich dieses Gefühl nicht leisten. Nicht jetzt. Nicht so nah am Ziel.

Noch einmal nahm sie einen tiefen Zug von Ronans Kraft und genoss die Energie, die sich in ihr ausbreitete. Ronan hustete, als sei Wasser in seine Lunge geraten.

Ireti beugte sie sich vor und lehnte ihre Stirn gegen seine. »Ich kenne deine Qual«, wisperte sie. »Und mir wäre lieber gewesen, wenn du mir deine Kraft freiwillig gegeben hättest. Nun aber muss ich allein tun, was wir gemeinsam viel sicherer hätten vollbringen können. Doch du hast dich gegen mich entschieden, und nun habe ich keine Zeit mehr, auf dich zu warten. Der Zaranth und seine Abordnung ist nah.« Ihre Finger glitten über den *qasarag*, der an Ronans Kehle lag, unmittelbar über den beiden Sklavenbändern. Wieder stöhnte sie auf, als noch mehr der schweren Erdmagie des Musikanten in sie floss. »Doch sie werden sehen, dass sie umsonst kommen.«

»Die … die Schöpfergeister lassen sich nicht betrügen, Dari«, murmelte er. Seine Augen waren dunkel wie Moorteiche in der Nacht. »Die Macht gebührt Euch nicht, Ys und Syth verweigerten sie Euch, und so nahmt Ihr sie einfach. Und nun glaubt Ihr, Ihr habt gewonnen.« Wieder hustete er. »Seid … seid Euch nicht zu sicher.«

Zorn über seinen Starrsinn flammte in ihr auf. »Du wolltest mich übertölpeln. Du hast versucht, diese Feuerhexe und den Mörder meines Gemahls heimlich in das Heiligtum der Tiefe zu bringen!« Sie legte auch die andere Hand auf Ronans Gesicht.

»Vielleicht war es … falsch«, entgegnete er. »Vielleicht … hätte ich darauf vertrauen sollen, dass … dass Syth für sich selbst sorgt und die zu sich holt, die seine Geliebte ihm schickte.«

»Glaubst du, es spielt für den Schöpfergeist des Chaos eine Rolle, wer ihn befreit?«, widersprach Ireti. »Doch sei beruhigt. Du glaubtest, ein Werkzeug des Syth zu sein. Das wirst du nun tatsächlich sein – dank mir. – Und nun schweig!« Sie spürte erfreut, wie die Finger ihres Seelenbilds, ihres Geistes, Ronans körperliche Gestalt durchdrangen und sich auch den letzten Rest seiner Kraft nahmen.

Sie merkte kaum, wie sie sich erhob.

Erneut sah sie sich um, voller Staunen, dass ein Geschöpf der Zwillingsmonde die Welt so klar sehen konnte. Als ihr Blick auf ihren Bruder fiel, musste sie lachen.

»Du staunst, Iram?«

Der Blick, mit dem der General sie ansah, war voller Respekt. Und auch Furcht konnte Ireti darin lesen. Es war kein Wunder. In der Regel verschloss sie sich und ihre Fähigkeiten und sorgte dafür, dass sie schwächer wirkte. Das gab ihr zusätzliche Macht über die, die sie ohnehin beherrschte und die ihr, der Hohen Tochter des Dhabyar, Gehorsam schuldeten. Doch mit der Kraft des Musikanten hatte sich das geändert. Es war nicht mehr nötig, sich zu verstecken oder etwas zu verbergen.

Iram hielt ihrem direkten Blick nicht lange stand, denn auch er sah, dass sich ihre Macht vervielfacht hatte. Er wandte den Blick ab und lehnte den Musikanten, den er bisher gehalten hatte, an die Mittelstange des *ethandins*. Dort band er ihn sorgfältiger als notwendig mit ein paar Sklavenbändern fest, bevor er sich wieder zu ihr drehte.

»Du … es ist, als wärst du eine andere.«

Ireti stutzte, dann warf sie den Kopf in den Nacken und lachte. »Du misstraust mir!« Sie trat dicht vor Iram und hob die Hand. Vorsichtig berührte sie seine Schläfe.

Er war warm, und mit der neuen Kraft fühlte Ireti unter ihren Fingerspitzen die Hitze, die durch ihn hindurchfloss. »Es wird geschehen, was wir planten. Du und Tarind und ich, wir wollten an die Macht. Wir haben uns immer genommen, was wir haben wollten.«

»Tarind ist daran gescheitert«, warf Iram ein.

»Er ist an seinem reinen Blut gescheitert«, gab Ireti zurück. »Er konnte nicht ertragen, dass sein jüngerer Zwilling, der ihm hätte unterlegen sein sollen, seine Seele vollendeter teilte als er es je vermocht hätte, und damit mehr Macht bekam als er selbst. Zuletzt verachtete er den Bruder für das, was er war. Das zeigte mir, dass er auch mich insgeheim verachtete. Er begriff nicht, dass dunkle Magie mit der goldenen geeint werden muss. In dir und in mir ist das von Geburt an so. Wir sind die wahren Herrscher dieser Welt. Wenn wir erst das Siegel haben, wenn wir es sind, die es lösen, werden wir auch bestimmen können, wie die Welt neu geschaffen wird. Wir werden die sein, die in Syths Namen die Welt regieren.«

»Hast du Tarind je wirklich geliebt oder liebtest du die Macht?«, fragte er leise und schloss die Augen, als ihre Hand zärtlich über seine Kehle strich.

Ireti erwiderte lächelnd seinen Blick und presste anschließend ihre Lippen auf sein Brustbein. »Lass uns darüber später reden«, wisperte sie. »Hast du die Meldung erhalten, die ich erwarte?«

Er holte Luft. »Noch nicht«, sagte er, wandte sich um und ging hinaus.

Ireti warf dem bewusstlosen Musikanten noch einen Blick zu, der von Bedauern sprach. Sie hatte nicht gelogen, als sie sagte, sie habe es anders gewünscht, und dachte einen Augenblick daran, wie es gewesen wäre, hätte sie mit ihm die Nebel der Leere betreten. Getragen von ihm, der wie sie diese Gabe beherrschte. Doch nun war es anders gekommen. Es geschah, was geschehen musste. Auch Ronan wusste das.

Feuchte Abendluft schlug ihr entgegen, als Ireti das Zelt verließ. Die Rote Stunde neigte sich dem Ende zu, Nebel stieg aus den Feldern und Gärten. Sie sah hinaus. Dunst war schon aufgekommen, als man den Musikanten in ihr Zelt gezerrt hatte, nun wallte er in immer dickeren Schwaden durchs Tal, und Ireti fragte sich unwillkürlich, ob die Nebel wirklich dichter waren als an den Abenden zuvor oder ob es die Erwartung des Kommenden war, das sie so wirken ließ.

Sie sah hinauf zum Eingang ins Heiligtum. Sie waren nicht weit entfernt; die gewaltigen Tore standen offen, dahinter schien

Schwärze zu gähnen. Ireti schloss kurz die Augen. Es hätte Licht geben sollen. Feuer, Wind, Wasserspiele, die Erde hätte beben müssen angesichts der Tatsache, dass die neue Königin der Welt nun bald die Stufen zum Kloster der Tiefe hinaufsteigen würde.

»Wir können das Ritual beginnen«, sagte Iram in diese Gedanken hinein. »Sie werden gleich hier sein.«

Sie wirbelte in Vorfreude herum. »Man hat sie ins Allerheiligste gebracht? Und hast du den Dolch?«

»Ja. Ich werde sogleich dorthin gehen und alles Notwendige vorbereiten.«

»Ich danke dir, Bruder.« Sie warf Iram einen liebevollen Blick zu. »Du hast immer über mich gewacht« Sie beugte sich vor und berührte seine Wange mit ihren Lippen. Im Stillen dankte sie dem Schöpfergeist des Chaos dafür, dass er ihr mit ihrem Halbbruder einen Schutz an die Seite gegeben hatte.

Sie würde ihm das Vertrauen danken, das er ihr entgegenbrachte, gerade weil sie wusste, wie schwer es Iram manchmal fiel.

Ireti nickte ihm noch einmal zu und ging hinüber zu dem Schwarzsteinbecken, das neben einem niedrigen Altar stand, der genau nach Süden hin ausgerichtet war. Davor stand, auf einem weiteren Tisch, die Kugel aus Amethystopal, die die beiden menschlichen Schmiede ihr gemacht hatten. Sie nahm sie, schlug sie in ein Tuch ein und gab das Paket Iram in die Hand. Er nickte langsam, wandte sich um und verschwand.

Er würde nun tun, was in der geschaffenen Welt getan werden musste, um die Macht des Siegels zu erhalten, sodass sie es würde nutzen können.

Ihr blieb nur, das Gleiche auf der Jenseitigen Ebene zu tun.

Sie fiel vor ihrem kleinen Altar, der den gesamten Süden ihres *ethandins* ausfüllte, auf die Knie und betete. Die Zeit verging, doch die Gebete und Sprüche, die sie rezitierte, verrieten ihr, wann der Zeitpunkt gekommen war, das Ritual zu beginnen.

Sie warf eine Handvoll Kräuter in die Glut der Schwarzsteine. Rauch wallte auf und begann durch das Zelt zu ziehen.

»Ich glaubte, du wolltest mein Opfer nicht«, murmelte sie. Noch einmal schöpfte sie eine Handvoll Rauchwerk und warf es in die Glut. Wieder wallte intensiver Duft nach verbranntem Stein, nach Holz und Harz auf, breitete sich aus und betäubte für einen Moment ihre Sinne, bis sie sich fasste und begriff, dass die Macht, die sie erfüllte, nicht zulassen würde, dass sie das Bewusstsein verlor.

Sie schloss die Augen und begann zu singen.

Als sie in die Leere hinüberging, stockte ihr der Atem. Noch nie hatte sie die Jenseitigen Ebenen so gesehen.

Bisher waren die Ebenen der Leere für Ireti Landarias undeutlich gewesen. Sie, deren Gabe von der blauen Magie verwässert war, hatte hier nichts außer Nebel gesehen, gespürt und gefühlt. Er hatte sie umgeben und durchdrungen. Es war ihr schwergefallen, etwas darin zu finden, und sei es nur den eigenen Weg. Meist war sie an Ort und Stelle geblieben und hatte versucht, dem, den sie suchte, eine Gestalt zu geben und ihn zu sich zu rufen, statt ihn zu suchen und selbst zu finden.

Bisher hatte sie die Orte und Menschen gekannt, die zu sehen sie gekommen war. Es war leicht gewesen, die Nebel zu teilen und der ihnen innewohnenden Magie zu befehlen, sich zu formen. Irams Kraft hatte ihr dabei geholfen. Musste es über weite Strecken hinweg geschehen, war es Iram, der ihr die nötige Kraft verlieh, ihre Macht auf diese Weise zu nutzen. Sein Feuer war stark genug, ihrer Gabe genug Energie zu geben, sodass sie sich weit entfernt eine Gestalt hatte geben können, auch wenn sie dort jeden anderen nur als einen Schatten im Nebel wahrnahm.

Doch nun gab ihr die Kraft des Musikanten mehr als nur Stärke. Wo früher Nebel sie wie eine Decke umgeben hatte, die jede Wahrnehmung bis auf einen verwaschenen Eindruck von Magie gedämpft hatte, schien sich die Magie nun gleichzeitig zu konzentrieren und auszudehnen. Klänge wurden zu Funken, die sich zu Gestalt und Form zusammenfügten.

Staunend ging Ireti ein paar Schritte vorwärts. Freude wallte in ihr auf, als ihr bewusst wurde, dass sie die Macht hatte, den

Klängen und Funken zu befehlen. Was früher Nebel gewesen war, war hier Essenz.

Sie sang einige der Worte, die man ihr als Kind beigebracht hatte. Sie sollten einer Seele, die hier war, Gestalt verleihen. Ireti sang von reinem Feuer, einem Feuer, das warm war und aus farangelben Flammen bestand, das von einem leichten Wind geschürt wurde. Sie sang davon, dass die Flammen, die sie sah, dunklen Rauch ausstießen, und stellte sich vor, dass sich Wind, Rauch und Feuer zu einer Gestalt zusammenfügten.

Erst waren da nur Klänge, einzelne Töne. Doch Ireti konnte sie sehen, konnte erkennen, wie die Töne, je voller sie gesungen wurden, umso kräftiger leuchteten und zu Funken wurden, die sich ebenfalls fanden und schließlich das taten, was sie, die Königin, ihnen befahl: ein Seelenbild erschaffen.

Das Bild einer jungen Frau, die die Kleidung der Weisen vom Tempel der Quelle trug. Sie schien aus gelben Flammen geschaffen, die einen grünen Kern besaßen, und lehnte zusammengesunken an einem Felsen.

Als die Königin näher an die junge Frau herantrat, bemerkte sie, dass ihr eigener Blick, von der Kraft des Musikanten gestärkt, den Schleier der Magie durchdrang und auch die Wirklichkeit sehen konnte. Es war eine neue Wahrnehmung, und Ireti fragte sich, ob der Musikant das Jenseits wohl immer so sah.

Unwillkürlich wandte sie sich um und warf einen Blick hinter sich. Auch dort war der Schleier dünn, doch es war kaum etwas zu sehen; nur die Ahnung eines Schattens war zu erkennen, eine Gestalt, die elend an etwas gelehnt war und sich kaum rührte. Sie glomm in einem blassen Rot wie die letzte Glut eines verbrannten Holzstücks. Es war Ronan, der immer noch bewusstlos an der Mittelstange ihres Zelts lehnte.

Sie sah an sich hinab. Ihre Gestalt leuchtete in einem satten Violett, das nicht mehr nur bläulich glomm, sondern mit einem Rotstich schimmerte.

Die Magie des Musikanten brannte jetzt in ihr.

Ireti trat noch einen Schritt näher an die Feuermagierin heran. Die Schleier, die sie umgaben, hoben sich, und Ireti erkannte, dass der Körper der Feuermagierin still auf dem Boden an einem der Felsen lag, die kreisförmig um den Altarstein angeordnet waren. Auch das Seelenbild schien dort zu liegen, es nahm so viel Raum ein wie der Körper, zu dem es gehörte, wenn auch in einer anderen Dimension.

Ireti lächelte.

Nun erkannte sie auch Iram. Er befand sich im gleichen Raum wie dem, in dem Ireti selbst war: Das Allerheiligste des Tempels der Tiefe, hinter der großen Halle, in der die Statue des Syth stand. Seine Kraft leuchtete in einem dunklen Grün, so dunkel, dass es beinahe blau schien, Flammen in Form von Bäumen und Laub schimmerten darin. Er stand etwas von der Siwanonstochter entfernt und wartete, bis sein Teil des Rituals verrichtet werden konnte.

Beide befanden sich in einem Raum, den vielleicht Akusu selbst für den Schöpfervater gemacht hatte. Auf den ersten Blick wirkte er, als habe nur ein besonders kunstfertiger Erdmagier den Fels modelliert. Und doch konnte Ireti mit der besonderen Kraft, die der Musikant ihr gegeben hatte, erkennen, dass das Allerheiligste dieses Tempels von keinem der Geschöpfe des jüngeren Mondes geschaffen worden war. Es war mehr. Der Fels, in dem sich die Halle befand, war massiv und schien Äonen alt und doch ganz neu, als sei er gerade erst aus den Klängen und der Magie der Leere geformt worden. Es war, als sei die Schöpfung gleichzeitig am Anfang und am Ende allen Seins.

Der Eindruck wurde unterstützt vom Licht, das die Kammer der Tiefe erfüllte. Durch die organisch geformten Wände, die hier, in der Mitte des Tafelbergs, eigentlich keine Öffnung hätten haben dürfen, fielen die letzten Strahlen der Roten Sonne hinein und erfüllten den Raum mit der Kraft des Syth. Aber sie waren auch so offen, dass im Osten nun das erste Schimmern des Goldmonds über den Höhenzügen zu sehen war. Das östliche Licht milderte die Kraft der Purpursonne ab und mischte sich in der Mitte, dort, wo der Leib der Feuermagierin lag, zu einem dunklen Gold.

Nun musste Ireti nur noch warten, bis der Silbermond allein am Himmel stand und seinen Zenit erreicht hatte.

Dann würde auch sie alles erreicht haben, wofür sie je gelebt hatte.

Kapitel 14

»Die Weisen sind in dieser Zeit des Wandels oft gefragt worden, was geschähe, würde das Siegel, mit dem Ys ihren Geliebten in die Leere bannte, gelöst werden. Manche vermuteten, dass nach den langen Zeitaltern, in denen die Welt dem Wunsch der Ys nach erstarrt sei, das Chaos ausbrechen werde. Besonders die Kinder des Vanar fürchteten sich vor dieser Möglichkeit und glaubten, die Welt ginge unter, wenn sie keine Kontrolle mehr darüber hätten. Andere sagten, dass dann die Kinder des Vanar untergehen würden, denn die Waage der Welt schlage in die andere Richtung aus.
Doch es waren ein Heiler und eine Seelenherrin, die als Erste den Mut aufbrachten, den Schritt zu gehen und den Versuch zu wagen, das wahre Gleichgewicht herzustellen, und die gemeinsam darangingen, Ys wieder mit ihrem Geliebten zu vereinen.
Die Liebe der beiden wird bis heute in den Liedern der Menschen und den Epen der Elben besungen, denn nichts in der Welt glich ihr – es sei denn die ewige Verbundenheit der beiden oberen Schöpfergeister selbst.«

Von den Geheimnissen der Welt
Fünfte Rolle der Schriften des Klosters der Weisen Zwölf

Nebel umgaben sie. Sanara hatte das Gefühl, die Welt um sich herum wie durch einen wehenden Schleier, der silbrig schimmerte, zu sehen. Es war wie im Tempel der Ys, der Moment, in dem sie sich selbst in der Stunde der Weißen Sonne auf dem Gipfel des Seleriad wiedergefunden hatte.

Doch schon einen Augenblick später war es anders. Schmerz pochte in der Schläfe, als habe sie dort jemand geschlagen. Ein Schmerz, den sie lange nicht gefühlt hatte. Ihr Körper war schwer.

Sie versuchte, sich aufzurichten, doch es gelang nicht. Arme und Beine gehorchten ihr kaum.

Erst jetzt bemerkte sie, dass man sie gefesselt hatte. Eine Gestalt beugte sich nun über sie.

»Du bist wach.«

Sanara erschrak, als sie die Stimme hörte und das Gesicht sah. Ein blasses Gesicht, wie das eines Elben, doch seine Gestalt war nicht so hochgewachsen. In den runden Pupillen brannte ein Feuer, das ihr Angst machte. Es verlieh dem Sprecher etwas, das ihr noch bedrohlicher erschien als der Eindruck, den Telarion einst bei ihr hinterlassen hatte.

Sie war nun hellwach und versuchte unwillkürlich, der Hand, die er ihr aufs Gesicht gelegt hatte, zu entkommen.

Vergeblich.

Einen Augenblick später war ihr, als würde sich die Wurzel eines giftigen Raqor-Triebes in ihre Wange bohren und ihr durstig die Kraft aussaugen.

»Wehre dich nicht«, wisperte die grausame Stimme.

»Nicht, mein König«, sagt die Stimme so leise, dass nur die es hören können, die sich in seiner Nähe befinden. Unter ihnen ist Sanara. »Nehmen wir den Fürsten gefangen. Wenn er erst in unserem Verlies schmachtet, können wir über ihn sagen, was wir wollen. Niemand wird das Gegenteil behaupten können … wenn wir es niemandem gestatten, Eure Worte oder die des Fürsten zu bezeugen.«

Sanara hatte diesen Mann seit über zehn Jahren nicht mehr gesehen, doch sie wusste, wer er war.

Es war Iram Landarias. Er hatte damals im Kloster des Abends den Befehl gegeben, ihre Familie zu töten.

Und auch sie.

Der Blick des Generals wurde nachdenklich, als er in ihren Augen den Hass auflodern sah.

»Ich erinnere mich«, murmelte er. »Es gab ein kleines Mädchen, damals im Tempel des Abends. Es war gekleidet wie eine

Dari, doch im Blutrausch, in den wir verfielen, als wir die dunklen Zauberer niedermachten, vergaßen wir sie.

Wir vergaßen dich. Und so konntest du entkommen. Ist es nicht so?«

Sanara erwiderte nichts.

Iram lachte leise. »Du musst es nicht bestätigen. Du siehst, dass der Schöpfer Syth alles fügt. Damals konntest du fliehen, doch nun haben dich die Schöpfergeister wieder in meine Hand gegeben. Es ist, wie meine Schwester gesagt hat. Die Zeit des Schöpfers allen Chaos ist gekommen, und er übernimmt die Aufgabe der Ys, alles neu zu ordnen. Doch es wird nicht in ihrem Sinne geschehen wie damals, als er die Welt verließ. Nein, er wird kommen und die alte Ordnung hinwegfegen.«

Mit diesen Worten zog er einen Dolch aus dem Gürtel und ließ ihn vor Sanaras Gesicht im silbrigen Mondlicht aufblitzen.

Sanara fuhr entsetzt zurück. Wieder versuchte sie, auf die Beine zu kommen, doch sie war zu schwach. Sie brachte es nur fertig, sich gegen einen der Felsen zu lehnen, die einen Kreis um eine freie Fläche in der Mitte der Halle bildeten, und so in eine sitzende Position zu kommen. Obwohl sie im ersten Moment erleichtert war und sich nicht mehr ganz so hilflos vorkam, machte das ihre eigentliche Lage nicht besser. Sie war dem General ausgeliefert.

Sanara sah sich um und versuchte dabei, nicht den Kopf zu wenden.

Iram hielt sie nicht mehr fest. Er schien zu glauben, es reiche, dass er ihr die Kraft genommen hatte. »Dein Gefährte ist nicht bei dir, Mädchen. Meine Männer haben ihn erschlagen. Und selbst wenn er zu sich kommt, wird er dich hier nicht finden, denn er kennt den Weg durch das Labyrinth der Gänge nicht, das den Berg durchzieht.«

Während er sprach, wickelte er einen runden Gegenstand aus einem Tuch. Im blassen Mondlicht erkannte Sanara, dass es sich um eine hohle Kugel aus Edelstein handelte. Ein amethystfarbener Ball, dessen Oberfläche von einem kriegerisch anmutenden Muster aus Zacken und spitzen Winkel durchbrochen war.

Er glich der Kugel, die sie in ihrem Inneren trug und deren Oberfläche aus Alabaster gemacht schien. Iram legte ihn vorsichtig neben sie.

»Es ist wunderschön, nicht wahr? Ein Behältnis. Ein Behältnis für die Macht, die dem Siegel der Ys innewohnt.« Er hob den Blick und legte erneut seine Finger auf ihre Wange.

»Ein Behältnis für die Macht, die dir innewohnt, Mädchen. Ich habe mich oft gefragt, was die Schöpfergeister bezweckten, als sie dich vor mir und meinem König retteten. Jetzt weiß ich es. Du kannst deinen Zweck erst jetzt erfüllen.«

Er überzeugte sich noch einmal davon, wie hoch der Silbermond inzwischen gestiegen war. Es schien, als sei das Gestirn der Ys nun an den Punkt gekommen, den er erwartet hatte, denn er streckte die Hand aus und hielt sie über den Altar. Erst jetzt erkannte Sanara, dass sich dort eine Vertiefung befand, in der ein wenig Reisig lag. Es entzündete sich auf ein Wort von ihm und loderte hell auf.

Sanara musste blinzeln. Etwas in dem Reisig färbte die Flammen purpurn. Der Rauch schien von hellem Grau, beinahe silbrig, aber vielleicht war das der Schein der Mondstrahlen.

Nach einem Gebet wandte Iram Landarias sich ihr wieder zu. Mit großen Schritten kam er heran und ließ sich vor ihr auf ein Knie nieder. Ohne viel Rücksicht zu nehmen, packte er die *hataka*, die Sanara trug, am linken Kragen und zog sie mit einem heftigen Ruck zur Seite, sodass ihre gesamte linke Seite entblößt war.

Ein leichtes Lächeln flog beim Anblick ihres Zeichens über seine Lippen. Die Hand, die schon an den Gürtel gegriffen hatte, hob sich noch einmal. Finger, die ein wenig kühler und feuchter waren als die eines Menschen, aber auch nicht so kalt wie die eines Elben, strichen jetzt sanft, beinahe zärtlich das Schlüsselbein entlang zu ihrer Kehle und den Hals hinauf, bis sie unter dem Kinn lagen und es anhoben.

Sanara war es, als schlügen die winzigen, aber gierigen Triebe des Resats Wurzeln in der Haut, wo er sie berührte, und grüben sich tiefer und tiefer durch die Schichten von Fleisch und Knochen in ihre Seele hinein. Unwillkürlich jammerte sie auf und versuchte, den Fingern des Elbs zu entkommen, doch er ließ es nicht zu.

»An jedem anderen Tage hätte ich mir noch mehr Kraft von dir genommen. Dass deine Magie mit der grünen des Windes durchzogen ist, macht sie noch angenehmer für mich«, sagte er und berührte ihre Lippen leicht mit seinen. Noch ein wenig mehr ihrer Kraft glitt durch diesen Kuss aus ihr in ihn.

»Nun erfüllt sich dein Schicksal, Siwanonstochter«, murmelte er, sodass sie seinen Atem auf ihrer Wange spürte.

Auf einmal spürte Sanara einen scharfen Schmerz in der Magengegend, so als habe ihr jemand einen Dolch hineingestoßen. Sie wollte aufschreien, doch der Schmerz nahm ihr den Atem. Sie rang verzweifelt nach Luft, das aber schien die Klinge nur tiefer in sie hineinzutreiben.

Als sie den Kopf hob, sah sie, dass Iram Landarias sie mit einem schwachen Interesse ansah, dem jegliches Mitleid fehlte. Wieder versuchte Sanara, Luft zu holen. Sie sah an sich herab.

Ihre Sicht begann sich zu verschleiern, dennoch konnte sie sehen, dass unterhalb ihres Brustbeins etwas aus ihr herausragte. Ein Stab – nein, das Heft eines Dolchs. Eines Dolchs, dessen Griff man aus Glas gemacht hatte, violett, purpurn und amethystfarben, stellenweise mit hauchdünnen Kupferblecheinlagen. Die Klinge selbst war nicht zu sehen, sie steckte bis zum Stichblatt aus schwarzem Stein, der mit goldenen und kupferfarbenen Adern durchzogen war, in Sanaras Leib.

Genau dort, wo sich in ihrer Seelengestalt das Siegel befand.

Die Schleier vor ihren Augen, die darauf hinwiesen, wie viel Kraft er ihr schon genommen hatte, wurden dichter.

Was geschah mit ihr? Vorhin noch war sie voller Hoffnung mit ihrem Geliebten durch die üppigen Gärten dieses Bergtals gegangen. Und jetzt saß sie hier und ihre Kraft, die silbrige Energie, die seit ihrer ersten Begegnung mit Telarion Norandar immer in ihr gewesen war, begann, wie Blut aus ihr herauszufließen, langsam und unerbittlich.

Schrecken erfasste jede Faser von Sanaras Körper. Sie durfte nicht sterben. Nicht, solange das Siegel noch nicht zerstört war!

Doch wie hätte das geschehen können – Telarion war nicht hier! Sanara wusste, sie durfte nicht aufgeben. Nicht, solange er nicht da war. Wieder zerrte sie vergeblich an ihren Fesseln.

»Wehre dich nicht, Mädchen. Du warst lediglich eine Zeitlang das *Gefäß* der Macht. Diese Macht gehörte dir nie. Sie gehört der Königin. Schon immer.«

Iram packte erneut den Dolch und trieb ihn noch einmal tiefer in sie hinein. Gleichzeitig berührte er jetzt mit der anderen Hand den Ball aus lilafarbenem Kristall.

Die Schleier, die vor ihren Augen wogten, wurden immer dichter, und Sanara hatte das Gefühl, dass ihre Magie nun mithilfe des Dolchs und der Beschwörung Irams in die Kugel aus Amethyst floss.

… Plötzlich stand Sanara. Ihre Hände waren frei, ohne Fesseln. Überrascht sah sie an sich herab. Sie bestand aus blassgelbem Licht, das kaum zu erkennen war.

Und diese Gestalt – sie – stand genau an der Stelle, an der sie – ihr Körper – gerade noch so hilflos gelegen hatte. Purpurfarbenes Blut floss aus der Brust hinab in die Amethystkugel, die von einem Seelenbild gehalten wurde, das von so dunklem Grün war, dass es fast blau wirkte. Nur die Ränder der Gestalt lohten in sattem Gelb, sodass es gefährlich schien, das Seelenbild zu berühren.

Doch vor Feuer hatte Sanara keine Angst. Sie machte Anstalten, sich auf die blaugrüne Gestalt zu stürzen, die Verbindung zu kappen, die das Blut zwischen ihr und der Kugel bildete. Aber das blaugrüne Feuer wich nach hinten aus, packte die Kugel aus Amethyst, die neben ihm gelegen hatte, und warf sie in die purpurfarbenen Flammen, die auf dem Altar der Höhle brannten, als sei es ein Opfer.

In diesem Augenblick begann die Qual.

Es war Zeit.

Ireti ging langsam auf die Gestalt der Feuermagierin zu. Das Seelenbild der Siwanonstochter lag reglos an der Stelle, an der auch ihr zusammengesunkener Leib lehnte; an einem der Felsen, die den Altar in der Mitte des Raums umgaben. Sie war bewusstlos oder hatte resigniert, weil sie erkannt hatte, dass ihre Mission, die Aufgabe, die zu haben sie geglaubt hatte, gescheitert war.

Ireti war es gleich. Sie ging auf das Seelenbild der Feuermagierin zu. Hitze zuckte durch sie hindurch, als die Königin die Wange der Gestalt berührte. Es war ein seltsames Gefühl. Denn obwohl Ireti in ihrer jetzigen Form keine Körperlichkeit besaß, hatte sie den Eindruck, Dinge berühren zu können.

Fasziniert betrachtete sie Sanara Amadian. Mitten in ihrer lohgelben Gestalt, dort, wo sich in einem Körper das Herz befand, war ein Diamant zu sehen, dessen Oberfläche man in Form eines achtzackigen Sterns geschliffen hatte. Darauf lag eine zusammengerollte Sonnenechse, deren sechs Beine je vier Krallen besaßen. Mit Erstaunen sah Ireti, dass das Wappentier der Amadians nicht nur die rotgelben Schuppen besaß, wie jedes Mitglied dieser Familie sie hätte haben sollen, sondern dass das Tier auch grünsilbrige aufwies. Ein Hinweis auf die Kraft ihres Schwagers, des Fürsten von Norad.

Für einen Augenblick fragte Ireti sich, wie sich die Siwanonstochter wohl gefühlt haben mochte, als sie das erste Mal von der Kraft Telarion Norandars berührt worden war. Sie selbst war aufgewachsen im Bewusstsein, dass die Nebel des Todes und die Magie des Wassers sich in ihr einten, und so fügte sich beides, sowohl die dunkle als auch die goldene Magie, in ihr wie selbstverständlich zu einer Einheit. Sie bedauerte die Feuermagierin, die auf schmerzhafte Weise hatte lernen müssen, mit der Kälte eines Elben aus dem Haus Norandar zu leben. Doch schon der nächste Gedanke Iretis war Bedauern darüber, dass nicht Tarind der gewesen war, der die Gabe des Lebens von seinen Vorvätern geerbt hatte. Die Magie des Wassers wäre für die Siwanonstochter von vornherein das Verhängnis gewesen.

Iretis Macht über das Siegel wäre einfacher zu erlangen gewesen und hätte nicht den Umweg genommen, den alles nun gegangen war.

Doch das Bedauern hielt nicht lange an. Das Ziel war wichtig, nicht der Weg. Welche Magie die Siwanonstochter in sich trug, spielte jetzt keinerlei Rolle mehr.

Der Blick der Königin richtete sich auf das, was sie halb hinter dem Wappen der Amadians im Seelenbild der Dunkelmagierin sah. Dort drehte sich eine Kugel, hohl und von einem Muster durchbrochen, das unendlich schien. Obwohl das leuchtende Gelb der magischen Gestalt Sanaras beinahe alles überlagerte, erkannte Ireti die Kugel als eine aus weißem Alabaster oder Marmor.

Die Königin wusste sofort, was es war: das Siegel, das Sanara Amadian in sich trug und das ihr, Ireti Landarias, gehörte. Und nun wusste sie auch, was damit zu geschehen hatte. Nicht Telarion Norandar würde seine Kraft erhalten und in die wirkliche Welt bringen.

Sie, Ireti Landarias, würde es tun.

Ireti erhob sich und wandte sich ihrem Bruder zu. Er konnte sie weder sehen noch hören, aber sie wusste auch, ihre Macht war nun groß genug, um sich ihm verständlich machen zu können. Sie legte den Kopf in den Nacken und *rief* ihn. Nicht mit der Stimme, sondern mit ihrem Herzen.

Rufe, die auf magische Art ausgesandt wurden, konnten auch die erreichen, die unempfindlich waren für die Gaben des Lebens und der Nebel. Sie mussten nur inbrünstig und laut genug ausgestoßen werden. Früher hatte Ireti diese Kraft nur erlangt, wenn sie verzweifelt oder außer sich vor Wut gewesen war, wie damals, als sie hatte mit ansehen müssen, dass sich die Siwanonstochter selbst töten wollte. Ireti hatte geglaubt, dass sie damit nun jede Möglichkeit verloren hatte, selbst stark genug zu werden, um sich das Siegel zu holen, und hatte die Verzweiflung, die sie darüber empfunden hatte, in einen einzigen Schrei gelegt, der sowohl in den Jenseitigen Ebenen als auch in der geschaffenen Welt erklungen war.

Jetzt war es einfacher. Sie stieß den Ruf aus, und dass er erhört worden war, erkannte sie daran, dass sich die blaugrüne Gestalt, die menschlich wirkte und doch gleichzeitig Flamme und Baum war, nun vortrat. Sie beugte sich über die geschwächt daliegende Siwanonstochter und führte, wie Ireti schon davor, die Hand an die Wange der jungen Frau. Das Seelenbild, dessen Schimmern bisher gleichmäßig gewesen war, flackerte auf, angstvoll und voller Furcht, so als erkenne Sanara Amadian erst jetzt in vollem Ausmaß die Ausweglosigkeit ihrer Lage.

Plötzlich fuhr ein Ruck durch die leblose Gestalt der Feuermagierin. Ireti hörte durch den Gesang hindurch, der sie selbst immer noch in den Nebeln hielt und der auch ihrer Gestalt nach wie vor Form verlieh, ein Stöhnen. Es war voller Schmerz, und plötzlich stand das Seelenbild der Feuermagierin neben dem Körper. Verwirrt und erstaunt blickte die Seele hinunter auf den Körper, den nun sämtliche Kraft verlassen hatte und der nicht mehr an dem Felsen lehnte, sondern haltlos zu Boden gesunken war.

Ireti war ein paar Schritte zurückgewichen. Sie wollte vermeiden, direkt neben der Seele Sanara Amadians zu stehen, wenn diese den Körper verließ, und doch gestattete sie sich für einen Moment den Blick auf den Körper der jungen Frau. Ein dunkler Fleck breitete sich dort auf der *hataka* aus, wo sich in ihrem Seelenbild das Siegel befand. Langsam, doch unaufhaltsam strömte das Blut aus der Wunde, die der *qasarag* dort geschlagen hatte. Die gläserne Klinge steckte bis zum Heft aus Amethystopal im Körper Sanaras, aber auch das Seelenbild blutete purpurne Funken aus dunklem Licht, die von der Kugel aus lilafarbenem Kristall aufgefangen wurden.

Ihr Halbbruder strich noch einmal über das blass gewordene, schmerzverzerrte Gesicht der Feuermagierin. Er nahm den Amethystball auf, der neben ihm lag, und wollte sich erheben. Doch die lohgelbe Gestalt der jungen Feuermagierin hatte sich von ihrer Überraschung erholt und machte Anstalten, Iram zu folgen, den sie wohl als blaugrüne Gestalt wahrnahm, deren Ränder von goldenen Flammen umrandet waren.

Doch sie kam nicht weit.

Iram hatte in der wirklichen Welt bereits den Ball aus Amethystopal genommen und in die purpurfarbenen Flammen gelegt, die dort brannten.

Die Seele Sanara Amadians schrie auf und wäre beinahe in sich zusammengesunken, doch eine unsichtbare Kraft schien sie aufrecht zu halten. Sie stöhnte auf und schwankte, so als könnte sie sich nicht entscheiden, ob sie wieder zu ihrem verletzten Körper zurückkehren oder lieber zum Altar gehen sollte, um die brennende Kugel dort wieder aus dem Feuer zu holen, auf dass der Schmerz nachließe.

Iram war in der Zwischenzeit wieder zum Körper der Feuermagierin zurückgekehrt. Er packte den Dolch, der nach wie vor im Leib der jungen Frau steckte, am Heft. Doch er zog ihn nicht heraus, sondern tat etwas anderes – er verwendete die dunkelmagische Klinge als Werkzeug, um den Kraftfluss, der sie verließ, zu verstärken. Während er mit einer Hand den Dolch gegen ihren – viel zu schwachen – Widerstand dort hielt, wo er war, ging Ireti jetzt auf das immer noch schwankende Seelenbild Sanara Amadians zu, das ihr mit dem Gesicht zugewandt ein paar Schritte entfernt stand.

Das Bild flackerte wie eine Flamme im Sturm. Ireti wusste, das lag an der Qual, die diese Seele empfand, und wieder keimte ein wenig Mitleid mit dem Schmerz der Feuermagierin in ihr auf.

»Was tust du mit mir?«, begehrte Sanara Amadian auf, als sie bemerkte, wer auf sie zukam. »Ich kenne dich. Du bist die Königin. Der Geist, der mich plagte, als ich eine Gefangene des Königs war!«

Ireti nickte sanft. »Und ich sagte dir schon damals, dass es keinen Sinn hat, sich gegen mich zur Wehr zu setzen. Dein Schicksal ist es, mir zu gehorchen.«

Das Seelenbild richtete sich auf, doch es schwankte und flackerte weiterhin. Ireti sah, dass sich dort, wo in der geschaffenen Welt der Dolch war, nun Ranken ausbreiteten und ineinander verschlangen. Sie waren violett wie der Amethystopal, aus dem die brennende Kugel im Altarfeuer und auch das Heft der magischen Waffe bestanden. Je tiefer sich die Triebe in die Gestalt der Feuermagierin fraßen, desto größer schien ihre Qual zu werden.

Ireti kam noch näher heran, und als sie vor ihr stand, zog sie die Stirn der jungen Frau an ihre eigene. »Es tut mir leid um deinen Schmerz«, wisperte sie zwischen den Gesängen, die ihr in den Nebeln auch weiterhin Substanz verliehen. Sie hauchte der jungen Frau einen Kuss auf die Wange. »Doch dein Leid ist notwendig, um die Welt zu befrieden. Ich weiß, dass Ys dir das gesagt hat.«

Sie streckte die Hand aus, hinein in das flammende Gelb der Feuermagierin, die das Siegel der Welt in sich trug. Iretis Hand wurde heiß, heißer als alles, was sie je in ihrem Leben berührt hatte, heißer sogar als die flammenden Ranken ihres Bruders Iram, die ihre Macht über die Nebel schon so oft gestärkt hatten.

Sie sog scharf die Luft ein und riss die Hand wieder aus der Lichtgestalt vor sich. Ein wenig erschrocken ließ sie die Finger abkühlen. Anschließend wollte sie wieder nach der Marmorkugel greifen, die sich in Sanara Amadian befand. Sie legte den Kopf in den Nacken, um erneut nach ihrem Bruder zu rufen, doch der Schrei, der im nächsten Augenblick erklang, war nicht ihr eigener.

Der Ton blieb der Königin in der Kehle stecken, als sie erkannte, dass es kein Ruf des Triumphs war, der ihr Ohr erreichte. Es war eine Klage, voller Wut und Verzweiflung und Schmerz, und er war nur in den Nebeln, nicht in der wirklichen Welt hörbar.

Überrascht starrte sie die Feuermagierin vor sich an, doch sie erkannte schnell, dass es nicht Sanara Amadian gewesen war, die erneut ihre Qual hinausgeschrien hatte. Wieder erklang der Ruf, und jetzt hörte Ireti auch, dass ein Mann ihn ausgestoßen hatte.

Ihr Bruder. Sie ließ Sanara Amadian auf der Stelle los und hastete zu der blaugrünen Gestalt, die sich immer noch über den leblosen Körper der Feuermagierin beugte. Doch die vorher so leuchtende Seele ihres Bruders Iram verblasste zusehends. Das Feuer, das seiner Gestalt Form verlieh, glomm nur noch schwach und schien umgeben von Schatten, die nicht zu identifizieren waren.

Ireti versuchte, die Panik zu unterdrücken, die sie erfasst hatte. Gerade noch war das Ritual perfekt gewesen, beinahe hatte sie den Ball des Siegels in der Hand gehalten, um auch den letzten Rest der Macht der Ys in das Behältnis zu geben, das auf dem Altar brannte. Doch nun verschmolz Irams Seele langsam mit den Schatten, die ihn umgaben, wurde blasser und blasser und verlor seine Form. Ireti wusste, das geschah nur, wenn der Besitzer der Seele in der wirklichen Welt starb. Doch wie hätte Iram zu Tode kommen sollen? Wer hätte ihn töten können, wer es überhaupt wagen, sie und ihren Bruder, die zukünftigen Herrscher ihrer Welt, hier zu stören bei dem, was sie taten? Keiner wusste, wo sie waren, die Leibwächter Irams, seine und damit ihre Halbgeschwister, hatten den Einzigen erschlagen, der Sanara Amadian hätte helfen können – den Fürsten von Norad. Ihnen vertraute Ireti bedingungslos.

Sie versuchte, dem Schatten, der Iram umtanzte, Gestalt zu geben, doch der Schrecken war zu groß. Sie brachte die Kraft dazu nicht auf.

Ireti schloss die Augen und versuchte, dagegen anzukämpfen, dass die Hoffnung in ihr schwand und ihre Kraft davon verbraucht würde, sie aufrechtzuerhalten. Sie holte Luft und befahl ihrem Körper, sich in ihrem *ethandin* zu dem Musikanten zu begeben. Ein Teil ihres Geistes sah, wie ihre Hand dem inneren Befehl gehorchte und Ronan Abhar auch das letzte bisschen Magie raubte, das er besaß. Es gehörte nun ihr, jetzt konnte sie den Nebeln hier im Allerheiligsten befehlen, das zu enthüllen, was Iram angegriffen hatte.

Funken vom Rot der Erde und vom Gelb des Feuers, aber auch vom Dunkel der Nebel wirbelten so, wie ihr Gesang es befahl, in einem Sturm um Ireti herum. Der Wirbel befand sich in ständigem Fluss und riss alles mit sich, was er erfassen konnte. So schnell fügten sich die Funken zusammen, dass Ireti Gelb und Rot nicht mehr voneinander unterscheiden konnte und der zähfließende Feuerstrom eine orangene Farbe annahm. Diese floss schließlich zu einer wabernden Gestalt aus Lava zusammen, die hocherhobenen Kopfes über Iram stand.

Es war ein Mann, ein Mensch, von kräftiger Statur, groß für sein Volk und in der Kleidung eines Handwerkers, eines Schmieds, der an der Stelle stand, an der auch sein geschaffener Körper in der Wirklichkeit war. Dafür, dass er ein Schmied war, sprach auch die Farbe seiner Seele.

Iram selbst kniete seltsam leblos vor der Leiche Sanara Amadians und ließ das Heft des Dolchs, der in ihr steckte, nicht los. Er rührte sich nicht, so als bemerke er gar nicht, wer hinter ihm stand. Dabei wusste Ireti, dass er, dessen Kraft zu einem wichtigen Teil aus Pflanzen bestand, die Hitze der Lava hinter ihm fühlen musste – so wie ein Bugantibaum in der mittäglichen Wüste verwelkte.

Eine Welle des Mitgefühls, des Zorns und der Trauer erfasste sie, als sie den Halbbruder, dessen Gestalt nun so blass war, dass es kaum noch erkennbar war, derart leiden sah. Sie trat entschlossen vor und wollte die Gestalt aus Lava, deren Rechte eines der geraden Langschwerter der Menschen führte, zur Seite stoßen, als sie endlich bemerkte, warum ihr Bruder so still dasaß und auch, warum sein Seelenbild kaum noch zu sehen war.

Der Mensch, der drohend wie ein Rachegeist über ihrem Halbbruder stand, holte nicht mit dem Schwert aus. Er hatte bereits damit zugestoßen.

Der wirkliche Körper des Iram Landarias war bereits tot – durchbohrt von dem, der hinter ihm stand, von einer scharfen Klinge, die selbst hier in der Jenseitigen Ebene, Magie zu besitzen schien und golden und grün leuchtete.

Der Mensch, dessen Seele immer noch orangefarben loderte, als sei er selbst ein gerade ausgebrochener Vulkan, trat nun in einer verächtlichen Geste, die Ireti nur noch mehr aufbrachte, die Leiche des Generals von der der Feuermagierin fort. Er warf das Schwert von sich, als habe er sich daran verbrannt. Hastig sank er vor Sanara Amadian auf die Knie und bettete den Kopf der Feuermagierin in seinen Schoß, so vorsichtig, als wolle er ihren Körper möglichst wenig bewegen.

Der Energiestrom, der purpurfarben, dunkel und kraftvoll aus der Wunde der Siwanonstochter geflossen war, versiegte zu einem Tröpfeln.

Ireti vergaß sich vor Zorn. Sie schrie aus tiefster Seele auf und wollte sich gerade auf den Schmied stürzen, als ihr Seelenbild mit einem Ruck, der unaussprechliche Agonie in jede Faser sowohl ihres Körpers als auch ihrer Seele schickte, wieder in den Körper zurückgerissen wurde.

Licht explodierte vor ihren Augen, und für Momente, die sich zu Ewigkeiten dehnten, verlor sie das Bewusstsein.

Doch Agonie und Schmerz verschwanden auch nicht, als ihre verwirrte Seele sich in ihrem erschöpften Körper wiederfand.

Er hatte das Lager der Königin fast erreicht. Telarion konnte im Licht des Silbermonds bereits die blauen Tücher der *ethandins* sehen, die Ireti und Iram bewohnten, ebenso die Wimpel, die darauf im Nachtwind flatterten.

Im Schatten eines Ölbaums blieb er noch einmal stehen. Er

schloss die Augen und versuchte, seinen Atem zu kontrollieren. Das Feuer in ihm, das er immer noch als eigenständigen, wenn auch unentbehrlichen Teil seiner Seele begriff, loderte jetzt so heiß auf, dass es ihm die Luft nehmen wollte. Es war, als berühre er, der Heiler, einen fieberkranken Dunkelmagier, einen Menschen, der zu viel Erde und Feuer in sich trug und der sich eigentlich schon jenseits jeder Möglichkeit befand, seine Seele wieder ins Gleichgewicht zu bringen.

Telarion wusste, so konnte er der Königin nicht gegenübertreten. Ihr, die ihm mit eisiger Berechnung alles genommen hatte – Familie, Titel, Bruder und nun die Geliebte, ja, die Seele selbst –, würde nur mit gleicher Kälte eine Niederlage begreiflich zu machen sein.

Er würde ihr alles nehmen müssen. Die Vorstellung, dies zu tun, erfüllte ihn mit wilder Vorfreude. Telarion musste sich bremsen, um sich nicht in den Bildern zu verlieren, die sein erregter Geist ihm vorgaukelte – wie er sie aus ihrem Zelt zerren und ihren Soldaten und auch den Menschen, die ihr geholfen hatten, zeigen würde, dass sie den Ränken einer Dunkelzauberin aufgesessen waren.

Wieder sog er die kühle Nachtluft in die Lungen. Er musste sich beruhigen.

Seine Finger umklammerten das Heft des kostbaren *daikons*, das er erst so kurze Zeit besaß. Die Festigkeit der Waffe, der weiche Stoff, mit dem Sinan den Griff umwickelt hatte, das Gewicht der Klinge – all das war neu und gleichzeitig vertraut und schenkte Telarion die Sicherheit, dass er Ireti heute Nacht die Macht würde nehmen können, die sie an sich gerafft hatte.

Kurz dachte er an Sanara. Doch er verdrängte den Gedanken an die Geliebte seiner Seele beinahe sofort wieder, so sehr war er mit der Angst um sie behaftet. Die Vorstellung, wie sie, von goldenen Bändern gefesselt, in Iretis *ethandin* liegen mochte, wie Ireti sich Sanaras Gedanken nahm, ihre Kraft, ihre Magie, und wie sehr Sanara, die Stolze, darunter leiden mochte, wieder Gefangene zu sein, wieder dem Eindringen der Kälte und der Bösartigkeit des Gespenstes der Königin ausgesetzt zu sein, nahm überhand. Ireti und ihr Halbbruder verachteten das Leben wie sein Zwilling es getan hatte, und sie handelten grausam und unberechenbar.

Vor dem inneren Auge Telarions entstand das Bild, dass einer der beiden Landarias-Geschwister sich über Sanara beugte und ihr den *qasarag*, den er seit Tarinds Tod in Iretis Besitz wusste, in den Leib stieß. Er sah das Bild mit der Sicht des Heilers, ein dunkler Schatten, bläulich schimmernd, mal mehr ins Grünliche, dann wieder ins Violette tendierend, stieß eine Klinge aus verzehrender Finsternis in eine farangelb leuchtende Flamme und nahm ihr so jegliche Wärme, jegliche Lebendigkeit, alles, was sie ausgemacht hatte.

Die Flamme zitterte, schien in grausam dunklem Wind zu flackern, als klage sie, und verblasste schließlich, allen Lebens durch die pure, bösartige Finsternis beraubt, mit der man sie getötet hatte.

Besonders das letzte Bild kam so plötzlich und war von so unmittelbarer Wucht, dass Telarions Knie weich wurden. Er schloss die Augen und ließ sich, ohne dass er es wahrnahm, am Stamm des Ölbaums herabsinken. Plötzlich fühlte er sich schwach und hilflos. Der Gedanke, sich nun in das Lager zu schleichen und sich sowohl der Bosheit der Königin zu stellen als auch ihrem Machthunger und den Soldaten, schien ihm vollkommen absurd.

Er zwang sich, ruhig zu atmen.

Als Telarion das Gefühl hatte, dass der Sturm seiner Seele wieder gleichmäßiger wirbelte, richtete er sich langsam auf. Nach einigen weiteren Augenblicken war er in der Lage, die schrecklichen Gedanken und wilden Gefühle in eine Ecke seines Verstandes zu drängen und sich wieder ganz auf die vor ihm liegende Aufgabe zu konzentrieren. Er richtete seinen Blick auf das Lager, das sich vor dem Tal als Silhouette gegen den Himmel abhob, der von einem lichten Schwarz war, auf dem der Silbermond nun voll und hell leuchtete. Vanar berührte bereits die Berggipfel, die sich über dem Tal von Farokant erhoben, Akusu folgte ihm. Ys würde den Zenit bald erreicht haben.

Instinktiv wusste Telarion, dass dies die Zeit gewesen wäre, das Siegel zu lösen, das Ys einst gemacht hatte, um ihren Geliebten in die Leere zu bannen.

Telarion lauschte in die Dunkelheit. Der Musikant hatte versichert, dass in dieser Nacht die Abgesandten der Elbenfürsten eintreffen würden. Es war logisch, dass auch sie, die den Schöpfergeistern nahestanden, wussten, dass gerade der Lauf des Silbermonds in dieser Nacht wichtig sein würde. Doch obwohl durchaus Geschäftigkeit im Lager zu vernehmen war – Rufe, Schritte, auch ab und zu Gelächter und Scherze, so als wäre dies nichts weiter als eine normale Nacht, in der elbische Soldaten ihren Beschäftigungen nachgingen –, war da kein Aufruhr, den das unerwartete Eintreffen einer Elbendelegation hervorgerufen hätte.

Telarion entschied, dass er es allein versuchen müsse. Er konnte nicht länger warten. Sanara war in Gefahr und damit ihre Mission. Er wollte gerade den schützenden Schatten des Baums, hinter dem er stand, verlassen, als er das Rascheln und Knacken von nahenden Schritten im Hain vernahm. Die Schritte – es waren mehrere Verursacher, mindestens zehn – hielten plötzlich inne. Wahrscheinlich hatten sie ihn bemerkt. Telarion blieb stehen und wandte sich erhobenen Hauptes um. Er ahnte, dass es sich um Elben handelte. Die Temperatur, in der Wüstennacht ohnehin nicht sehr hoch, war gefallen, und ein zwischen Öl- und Itaya-Bäumen ungewohnt feuchter Luftzug hatte ihn erfasst.

Wieder knackte es, und die Silhouette eines hochgewachsenen Mannes löste sich aus den tiefen Schatten des Hains.

Als Telarion der bittere Duft zerriebener Mayalablätter in die Nase stieg, lächelte er unwillkürlich.

»Gomaran«, sagte er halblaut. Einen Augenblick später war der Milchbruder auf ihn zugekommen und hatte in einer spontanen Geste seinen Arm um ihn gelegt.

»Mein Fürst.« Der Großsohn des Dumi von Mundess nickte.

»Verlegen wir eine formelle Begrüßung auf später«, sagte er hastig, bevor Telarion fragen konnte. »Wir sind bereits heute Mittag hier eingetroffen, doch wir hielten uns bisher versteckt. Wir haben das Lager der Verräterin umkreist, ich und drei andere – Gahariet, ein Abgesandter des Fürsten von Nisan und Euer Vetter aus Kantis sind bei mir. Ich bringe Euch die Grüße des Dumis von Mundess. Er steht Euch in Eurer Sache bei.« Er wandte sich um.

Seine drei Gefährten nickten respektvoll, aber nur Gahariet trat vor. »Daron Norandar, die Fürstenhäuser der Elben stehen hinter Euch. Sie werden der falschen Königin die Gefolgschaft verweigern und sie in jedem Fall zwingen, sich dem Urteil der Fürsten unseres Volkes zu stellen – wenn Ihr bereit seid.«

Der Eiselb, der neben Gahariet stand, nickte gemessen. »Wir kennen uns nicht persönlich, Daron, aber wir haben dieselbe Großmutter – die Mutter der Yveth. Ich folge Euch allein um dieser Bande willen. Es wäre mir zuwider, von einer geführt zu werden, die die Kräfte des Goldmonds so verspottet, wie Ireti von Larondar dies tut.«

Telarion neigte den Kopf. »Ich danke Euch allen«, sagte er nach einer Pause. »Doch lasst uns den zweiten Schritt nicht vor dem ersten tun. Wir müssen dieser Dunkelzauberin die Möglichkeit nehmen, ihr Vorhaben in die Tat umzusetzen – den Schöpfergeist des Chaos für ihre Zwecke zu entfesseln.«

Das Lager lag immer noch in trügerischer Ruhe vor ihm.

Kurz dachte Telarion daran, dass er von hinten in Iretis *ethandin* eindringen könne. Es stand etwas abseits der anderen Zelte und nicht, wie sein Zwilling es vorgezogen hatte, im Zentrum. Wahrscheinlich hoffte sie so, dass ihre Reisen in und durch die Nebel weniger auffielen, als sie es auf dem Heerzug getan hatten. Dort waren dank der unnatürlichen Ruhe des Zelts und der Düsternis ihre ständigen Übertritte auf die Jenseitigen Ebenen nicht unbemerkt geblieben, wie Telarion bereits von Ronan wusste.

Sie passierten das Lager, und niemand hielt sie wirklich auf. Sie waren Elben. Aber auch wenn ein Heiler, dem drei offenbar ranghöhere Elben folgten, einen ungewöhnlichen Anblick darstellte – die Hundertschaft der Elben hatte sich daran gewöhnt, dass Gesandtschaften des Heers vor Sirakand hier eintrafen und der Königin und ihrem Halbbruder Meldung machten.

Erst vor dem *ethandin* der Königin wurde Telarion aufgehalten. Ein Larondar-Elb, offenbar ein Verwandter der Königin, mit Augen, in deren dunkler Iris die längliche, goldene Pupille der Kinder des Vanar glänzte, stellte sich ihnen in den Weg.

»Die Königin erwartet niemanden und wünscht in dieser Nacht im Schein des Silbermonds keine Störung«, erklärte er bestimmt.

Telarion würdigte den Wachtposten nur eines kurzen, abfälligen Blickes und wollte ihn gerade beiseiteschieben, als er aufstöhnte.

Das Bild, das er erst vor einer kleinen Weile so erfolgreich verdrängt hatte, erfasste wie in einem Wirbelsturm seinen Geist und erfüllte sein Herz. Eine Klinge, schwarz wie die ewige Finsternis unter der Erde und doch tödlich glänzend, bohrte sich in den gelb scheinenden Leib einer schlanken Flamme. Von der Wunde aus breiteten sich glitzernde violette Muster aus, Triebe ähnlich wie Raqor, die Wurzeln in dem Gelb schlugen und es vergifteten. Die Flamme flackerte gequält.

Telarion ging in die Knie. Es brauchte ein paar Herzschläge, bevor er sich wieder aufrichten konnte. Als er dann aber stand, war er entschlossener als zuvor.

Er wandte sich dem Elben zu, der sich ihm in den Weg gestellt hatte. Der Eiselb, der Gomaran und Gahariet begleitet hatte, hatte bereits seine Hand über dessen Mund gelegt, sodass er nicht mehr schreien konnte.

»Du wirst mich nicht hindern, die Witwe meines Zwillings aufzusuchen«, sagte er scharf und wandte sich an die Soldaten, die nun halb neugierig, halb kampfbereit begannen, sich um das Zelt der Königin zu sammeln. Sie waren neugierig geworden, was hier vor sich ging, doch sie hielten sich noch zurück. Es waren nur wenige, die Telarion wirklich erkannten und somit ahnten, warum er hier war. Zudem verunsicherte es sie zu sehen, dass Elben sich nunmehr gegen Elben wandten.

»Ich bin der Fürst von Norad!«, rief Telarion so laut, dass ihn die Umstehenden hören konnten. »Und ich bin hier, um die Welt von der verräterischen Königin zu befreien, die sich, ohne dass sie die Berechtigung oder die Erlaubnis der Fürsten eingeholt hätte, an die Spitze des älteren der Mondvölker gesetzt hat!«

Der Wachhabende vor Iretis *ethandin* begann sich im eisigen Griff des Kantisi zu winden. Doch schnell hatte Telarion sein Schwert gezogen und bohrte ihm nun die Spitze des *daikons* in die Brust.

»Niemand wird mich aufhalten. Auch du nicht. Ich bin hier, um meine Worte zu beweisen!«

Er wirbelte herum und zerschlug die Befestigung, die den schweren Teppich hielt, mit dem das *ethandin* vor ihm abgeschlossen war. Nebelschwaden brachen aus dem nun offenen Eingang hervor und erfüllten die Luft vor dem Zelt mit schwerem Duft nach verbrannten Spezereien und Rauchwerk.

Ein Raunen ging durch die Soldaten, einige stießen Rufe aus, als der Nebel sich ausbreitete, als sei ein Tor in die Jenseitigen Ebenen in die Luft geschlagen worden. Doch Gahariet und Gomaran stellten sich schützend hinter Telarion. Gomaran rief den Empörten ein paar Worte zu, doch Telarion kümmerte sich nicht darum. Die Sorge um seine Aufgabe, um Sanara, trieb ihn vorwärts. Er schloss kurz die Augen und rief den Wind in sich. Eine Bö wirbelte auf, und der Rauch, der das Zelt erfüllte, zerstob.

Nur langsam erkannte Telarion mit der Sicht eines Heilers in dem Dunkel Gegenstände, Formen, Gestalten. Eine lehnte schlaff am Mittelpfosten des *ethandins*. Telarion erkannte, dass die Seele dessen, der dort lag, in einem düsteren Rot glomm, so schwach, dass er es mehr ahnte denn sah.

Der Musikant.

Das schwache Licht, in dem seine Magie schimmerte, ließ

erahnen, dass ihm einer mit elbischen Kräften die Magie genommen hatte. Noch vor einem Mondumlauf hätte Telarion grimmige Genugtuung bei dem Anblick empfunden, dass einer, der so sehr dem Tod glich wie Ronan Abhar, selbst mit einem Bein in den Nebeln der Leere stand. Doch nun erfüllte ihn Abscheu auf die, die sich die Kraft des Musikanten genommen hatte, um sich selbst Macht zu verschaffen. Das würde er nicht zulassen.

Sanara konnte er nirgendwo erblicken. Das ließ erneut Angst und Sorge in seinem Herzen aufkeimen, doch er ließ den Gedanken auch weiterhin nicht zu. Wichtig war, dass er sich der Frau annahm, die vor ihm kniete und alles zu zerstören suchte, das er je hatte erreichen wollen.

Telarion verbannte alle Gedanken außer dem der Rache, trat vor und blieb hinter der Knienden, die zuvor im dichten Rauch kaum zu sehen gewesen war, stehen.

Ireti sah aus wie eine einfache Betende. Leise drang die Melodie, die sie sang und die ihrer Seele in den Jenseitigen Ebenen Gestalt verleihen sollte, an Telarions Ohr. Ihm schien, als verursache das Lied eine Brise, in der sich die leichten Seidengewänder der Königin und das dunkle Haar, das zwischen den Schulterblättern mit einem Seidenband zusammengefasst war, kaum sichtbar bewegten.

Es sah unheimlich aus und so, als habe schon ihr Körper etwas Geisterhaftes, denn sie gab nicht zu erkennen, dass sie den Heiler, der Kälte und frischen Wind ins *ethandin* gebracht hatte, bemerkte.

Telarion wartete ihre Reaktion nicht ab. Er legte in einem raschen Griff die Hand auf ihre Stirn und begann sofort, die magischen Worte zu sprechen, die einer Seele, die den Körper verlassen hatte, befahlen, wieder dorthin zurückzukehren.

Die Worte waren zwingend. Vanar selbst hatte sie erfunden, um dem Wesen, das er aus Blüten und Blättern geformt hatte, Magie und damit dem wenn auch schönen, so doch leblosen Holz und Laub ein eigenes Leben einzuhauchen.

Die Heiler im Palast der Winde lehrten diese Worte nur denjenigen, die die Prüfung zum Shisan der zweiten Ordnung ablegen wollten; denjenigen, die sich hinterher die Haare schoren. Nur die, die bereit waren, sich den Gesetzen des Lebens vollkommen zu unterwerfen, erfuhren das Geheimnis dieser Formeln, bei denen es nicht nur auf die Worte selbst, sondern auch auf die Art ankam, wie man sie aussprach.

Telarion hatte sie zuvor erst einmal verwandt – als sich Sanara Amadian den dunkelmagischen *qasarag* ins Herz gestoßen hatte. Die Magie, die er hatte hineinlegen müssen, hatte ihn erschöpft. Sie zehrte auch jetzt zusehends an seiner Kraft, doch nun hielt ihn der Gedanke aufrecht, dass er Ireti nur für alles strafen konnte, was sie ihm angetan hatte, wenn ihre Seele in den Körper zurückkehrte.

Doch sie weigerte sich zuerst, ihm zu gehorchen. Telarion spürte, dass die Magie, aus der die Königin bestand, machtvoller war, als er erwartet hatte. Zumal sie nicht mehr nur aus Wasser und Nebelrauch zu bestehen schien. Da war mehr, eine Art blutiger Schwere voller Klang, die den Nebeln Substanz verlieh und die seinen Worten ebenbürtig war. Und Telarion begriff, dass das an der Kraft lag, die Ireti dem Musikanten genommen hatte.

Der schwere, beinahe dröhnende Klang, der seiner eigenen Heilkraft entgegenstand, machte die Beschwörung schwieriger und kräfteraubender, doch Telarion gab nicht nach. Die Seele der Königin schrie, als sie sich in ihren Körper zurückbefohlen sah, sie tobte, setzte sich zur Wehr und versuchte, das goldene Leben, das sie zwang, zu zerfetzen. Doch Telarion erwies sich als stärker.

Schließlich riss er sie mit einem letzten Kraftakt in ihren Leib zurück. Der Körper unter seiner Hand begann zu schwitzen und zu zittern. Schließlich verstummte das Lied, das aus der Kehle der Königin in der wirklichen Welt gedrungen war, und machte einem Schrei Platz, der von bitterer Enttäuschung und Wut zeugte.

Zu Telarions Überraschung sprang sie auf und wirbelte herum. Wie eine Furie stürzte sie auf ihn zu, und nur seinen als Heermeister geübten Reaktionen war es zu verdanken, dass ihre zu einer Kralle geformten Finger nicht über seine Augen und seine Wange kratzten. Mit einer schnellen Drehung wand er sich unter ihr fort, griff nach ihrem rechten Handgelenk und drehte es gnadenlos auf den Rücken. Sie stöhnte vor Schmerz auf und ging beinahe sofort in die Knie.

»Seid verflucht, Telarion Norandar!«, zischte sie. »Seid auf ewig verflucht!«

»Euer Fluch kümmert mich nicht, Verräterin«, gab er zurück. »Ihr seid entlarvt, die Fürsten stehen nicht mehr hinter Euch!«

Sie versuchte, sich seinem Griff zu entwinden, doch es gelang ihr nicht. Wieder schrie sie außer sich vor Zorn auf. »Ihr glaubt, Ihr hättet mich besiegt, doch dem ist nicht so«, rief sie. »Ich weiß, dass Ihr es glaubt, habt Ihr Euch doch sogar mit Eurem Erzfeind, dem Schmied, verbündet. Doch dass dieser meinen über alles geliebten Bruder tötete, wird Euch noch leidtun!«

Telarion zerrte sie hoch, sodass sie zum Stehen kam. »Mir ist einerlei, was Ihr zu sagen habt, Verfluchte«, rief er ungerührt und zerrte sie aus der rauchgeschwängerten Luft hinaus vors Zelt. Ein wenig erleichtert atmete er dort die entschieden klarere Luft der Wüstennacht ein.

Als er mit Ireti vor den Soldaten stand, die sich nun in größerer Zahl auf dem Platz vor dem königlichen *ethandin* versammelt hatten, ging ein Ruck durch die Menge. Telarion stieß Ireti von sich. Sie stolperte und ging vor ihm und den Abgesandten der elbischen Fürsten in die Knie. Einer der Elben, die sich versammelt hatten – ein Larondar-Elb –, stürzte vor, um sich zu vergewissern, dass ihr nichts geschehen war.

Mit Abscheu sah Telarion, dass Ireti die Hand des Mannes nahm und leise zu weinen begann wie jemand, dem man größtes Unrecht antat. Er trat vor und stieß den Elb beiseite. Beinahe erwartete er, dass nun dessen Gefährten sich empörten und eingriffen, doch außer einem Raunen, das durch die Menge ging, hielten sie still.

»Ich weiß, Ihr glaubt, es sei ein Unrecht von mir, dass ich diese hier so behandle!«, rief er. »Doch ich sage Euch, sie hat Euch getäuscht! Sie ist die Witwe meines Bruders, ja, und ich bin …«, er hielt kurz inne, »… ich bin der, der meinen Bruder ermordete. Seid gewiss, dass ich diese Tat einst vor Ys und den Schöpfergeistern verantworten muss – und das werde ich erhobenen Hauptes! Denn ich schwor, das Leben zu achten, wo ich es finde – und es meinem Zwilling zu nehmen, war ein Verbrechen, das keine Sühne kennt. Doch es musste getan werden, denn mein Bruder, euer König, wurde von dieser hier dazu verführt, das Leben zu missachten und dem Tod um der Macht willen zur Herrschaft zu verhelfen!«

Stille hatte sich der Männer bemächtigt, eine Stille, in der Telarion seine Worte wirken ließ.

»Sie ist eine Herrin der Seelen«, sprach er schließlich in das Schweigen hinein weiter. »Sie vermag den Nebeln der Jenseitigen Ebenen Gestalt zu verleihen. So machte sie auch euch allen Angst und brachte euch dazu zu tun, was ihr nützte. Ihr selbst habt gesehen – und unter euch immer wieder darüber gesprochen –, dass Geister in diesem Lager umgehen! Jene Geister, die den Seelenherren unter den Menschen gehorchen müssen!«

In der nun folgenden Stille hätte man hören können, wie eine Feder zu Boden fiel. Doch nur das schwere Atmen der Königin war zu vernehmen, auch wenn Telarion nicht hätte entscheiden können, ob ihr Atem aus verhaltenem Zorn oder aus Angst so heftig ging.

Plötzlich entlud sich Wut zwischen den Elben, die nicht zu den Männern des Dhabyar und seiner Hohen Tochter gehörten. Rufe klangen durcheinander, Rechtfertigungen, Schreie des Zorns.

»Ich tat es, weil ich Gerechtigkeit für die Welt wollte«, übertönte Ireti schließlich den Lärm. »Der Schöpfergeist sei mein Zeuge, ich wollte nichts anderes als den Frieden!«

»Und Ihr tötetet dafür meinen Vater!«, schrie Telarion. Seine Hand fuhr an ihre Kehle. Auch als Ireti würgte, ließ er nicht locker. »Nein, erzählt mir und allen, die Verstand besitzen, nicht, Ihr wolltet den Frieden, Verräterin! Ihr sorgtet dafür, dass mein Bruder sich gegen meinen Vater wandte, Ihr habt dem Höchsten der Menschen die Seele aus dem Leib gerissen und selbst mich dazu gebracht, Euch darin zu unterstützen! Ihr habt den Vernichtungskrieg gegen die Menschenfürsten geschürt, ließet meinen Zwilling und mich wieder und wieder Unrecht gegen den Frieden tun, den Ihr zu verteidigen behauptet! – Nein«, fuhr er ruhiger fort, »Ihr wollt keinen Frieden. Ihr wollt den Krieg. Ihr wollt das Chaos! Und ich will, dass Ihr das hier und jetzt zugebt, dass Ihr das Siegel der Ys in Eure Gewalt gebracht habt und es nun quält!«

Ireti antwortete nicht. Ihre Augen brannten, sie rang nach Luft.

»Los, sagt es, damit diesem Schauspiel endlich ein Ende gemacht werden kann!«, schrie Telarion in höchstem Zorn. »Sagt es, bevor ich selbst das Urteil fälle und auch vollstrecke, denn ich werde König sein, nicht Ihr! Ihr stürzt die Welt ins Unglück, damit Ihr herrschen könnt, und geht dabei über Leichen!«

Ireti spuckte aus. Sie sah sich um, doch keiner der Anwesenden kam ihr zu Hilfe. Es war, als würden ihre eigenen Männer darauf warten, dass sie den Fürsten, den sie nun über viele Mondumläufe hinweg als Schurken bezeichnet hatte, selbst ausschaltete.

Die anderen schienen von Telarion noch eine letzte Begründung zu erwarten, die seine eigenen Verbrechen rechtfertigten, welche er vor dem Antlitz des Goldmonds begangen hatte.

Es war Ireti selbst, die das Schweigen brach. »Ihr habt schon längst verloren, Schwager«, sagte sie schließlich mit rauer Stimme und wand sich mit einer überraschend kraftvollen Drehung aus seinem Griff.

»Ihr wisst es nur noch nicht! Ihr habt den Schmied gegen meinen Bruder gehetzt, doch das Siegel der Ys ist Euch verloren. Es ist in meiner Hand, es wird in den Nebeln festgehalten, und kein

Mondgeschöpf wird es mehr aus der Fessel befreien können, mit der ich es belegte!«

Ihr Gesicht verzog sich zu einem Lächeln, das unendlich sanft war und in seiner Entspanntheit allen Frieden der Welt widerzuspiegeln schien.

Telarion schauderte, als sie das Siegel erwähnte. Er wusste nur zu gut, so gut wie sie, dass das Siegel in Sanara existierte und die Königin damit auch Sanaras Leben in der Hand hielt.

Nur die Tatsache, dass sie offenbar in den Nebeln gesehen hatte, dass Sinan – denn wer sollte es sonst gewesen sein? – General Iram getötet hatte, ließ ihn nicht sofort zum Tempelberg hinauflaufen, um nach Sanara zu suchen.

Er begriff, dass Ireti das auch gesagt hatte, um ihn zu verunsichern. Dennoch, das Lächeln auf ihren Zügen wurde ein wenig breiter, auch wenn es immer noch nicht die dunkelblauen Augen in ihrem Gesicht erreichte. Die porzellanene Blässe ihrer Haut und die dunklen Haare, die im Nachtwind in ihr Gesicht wehten, schienen das Geisterhafte ihrer Gestalt nur zu unterstreichen.

Er setzte zu einer Erwiderung an.

Doch sie kam ihm wiederum zuvor, wandte sich zu ihren Männern um und schrie: »Ergreift diesen Mörder! Er war es, der Euren gewählten König tötete!« Damit wandte sie sich wieder ihm zu, um ihn mit unendlicher Überheblichkeit anzusehen. »Ihr gewinnt nicht, Fürst. Das Siegel gehört mir«, wisperte sie mit einer Stimme, von der er nicht wusste, ob er sie wirklich hörte oder ob sie in seiner Seele widerhallte. »Es gehört mir wie die Macht, die es birgt. Das Gleichgewicht wird herrschen. Mit mir, denn ich bin das Werkzeug, in dem sich dunkle und goldene Magie vereinen.«

Sie schien zu erwarten, dass zumindest die Larondar-Elben ihn, den Kantisi, Gomaran und Gahariet ergriffen. Doch nichts rührte sich. Nur ein kurzer Blick zur Seite verriet ihre Unsicherheit, als Telarion endlich antwortete.

»Ich wollte Euch die Gelegenheit geben, Eure Fehler zu bereuen«, sagte er. »Doch ich bin Heiler der zweiten Ordnung. Ich werde Euch nicht dem Rat der Elbenfürsten übergeben, gegen dessen Gesetze Ihr verstoßen habt. Der Schaden, den Ihr der Schöpfung zufügt, ist zu groß.«

Er holte mit dem Schwert aus, als er hörte, wie sie leise lachte. »Glaubt Ihr wirklich, Fürst«, sie sprach das Wort mit Spott aus, »dass Ihr mich töten könnt?«

Sie warf den Kopf in den Nacken und stieß ein Lachen aus, das die Stille in grauenhafter Weise durchschnitt und die wenigen Elben, die zu ihren Waffen gegriffen hatten, inmitten der Bewegung stocken ließ.

Ihr Lachen verebbte, und auf einmal war kehliger Gesang zu hören.

Telarion erschrak zutiefst, als die ersten Töne der Melodie sein Ohr erreichten. Er kannte das Lied. Jeder Elb kannte es, auch ohne es gehört zu haben. Die Tonfolge, die Kadenz war die, die nur wenige Menschen, wenige Seelenherren wirklich beherrschten. Denn es war ein Lied, das Syth einst einen Flötenspieler gelehrt hatte, als das Jüngere Volk die Schlacht von Kizil, die Schlacht des Leids, zu verlieren drohte. Es waren Töne, die keine Worte kannten und die doch alle Magie des Lebens zu Asche verbrannten, den Sturm erstickten und die Seelenquellen mit dem Blut der Toten vergifteten.

Telarion schrie vor Schmerzen auf, als die ersten Töne ihn erreichten. Aus dem Augenwinkel sah er, dass die elbischen Soldaten so reagierten wie er selbst: Sie ertrugen den Gesang nicht, waren in die Knie gegangen und schlugen entsetzt die Hände vor die Ohren.

Sie schienen kaum noch reagieren zu können, und Telarion fragte sich, wieso er noch stand. Die Töne quälten ihn unsäglich, doch davon abgesehen, dass er das Gefühl hatte, jemand reiße ihm die Wurzeln seiner Magie aus der Seele, blieb er bei Sinnen.

Dann fiel es ihm ein: Sanara. Er trug ihre Flamme in sich, unwiderruflich, und so konnte ihm der Gesang nicht so sehr schaden, wie er den reinblütigen Elben schadete.

Er warf einen raschen Blick auf die Menge. Auch den Larondar-Elben ging es ähnlich wie ihm, das Lied quälte sie, doch es setzte sie nicht außer Gefecht. Sie hatten begonnen, den anderen Soldaten des älteren Volks die Waffen abzunehmen.

Unbändiger Zorn ergriff Telarion. Seine Finger umfassten das Heft des *daikons*, das Sinan ihm gemacht hatte, jetzt so fest, dass sich seine Magie auf die Klinge übertrug und die eingegrabenen Symbole des Lebens und des Windes zu leuchten begannen.

Er umklammerte das Heft mit beiden Händen, so wie die einschneidige, gebogene Waffe der Elben ursprünglich geführt wurde, und holte aus.

Ireti sah es nicht, sie hielt die Augen in ihrem blassen Gesicht weiterhin geschlossen und sang. Es klang, als sänge der Totennebel selbst, aus dem die Jenseitige Leere bestand, und brächte alle Trauer, alle Einsamkeit und allen Schmerz mit sich in die wirkliche Welt. Es war, als einten sich Verlorenheit und Agonie in dieser Frau vor ihm und gäben ihr Kraft.

Telarion schloss die Augen, sprach ein paar Worte des Lebens, die es der Seele, der Magie, untersagten, je wieder Form anzunehmen, und ließ anschließend die Klinge schräg niederfahren. Dabei drehte er sich halb um sich selbst, sodass die scharfe Schneide über Iretis Kehle glitt.

Blut sprudelte hervor, der Gesang brach ab.

Telarion sprang zurück.

Iretis Hand fuhr an die grausige Wunde, doch ihre Finger konnten sie nicht schließen, das hervorschießende Blut nicht in ihren Körper zurückbringen. Ihr Kopf ruckte nach vorn. Sie versuchte noch einmal, ein paar Töne hervorzubringen, doch außer einem Krächzen war nichts mehr zu hören.

Doch es ging zu langsam. Die Linke, die magische Hand, auf die Wunde gepresst, streckte sie die Rechte aus und wollte damit Zeichen in die Luft weben. Telarion kannte die Symbole nicht, dennoch dachte er kaum nach, als sein Schwert erneut durch die Luft pfiff und ihr die Hand vom Körper trennte.

Dann hieb er erneut zu. Die Klinge durchbohrte ihre Brust. Sofort zog er sie wieder hinaus und fing Iretis Sturz ab.

»Ihr Schöpfergeister, ich beschwöre Euch, lasst ihre Seele zu Nebel werden, auf dass sie in Ewigkeit keine Form mehr annehme«, murmelte er und ließ den leblosen Leib der Ireti Landarias auf den steinigen Boden gleiten.

Er stand auf und sah sich um. Viele der Elbensoldaten saßen noch erschöpft und schockiert herum, andere halfen ihnen dabei aufzustehen. Auf den ersten Blick konnte Telarion keinen entdecken, der dringend eines Heilers bedurft hätte.

Gahariet trat auf ihn zu und warf einen Blick auf Iretis Leichnam. »Wer nun noch anzweifelt, dass diese Frau eine Verräterin war, der verdient den gleichen Tod wie sie«, sagte er langsam.

Telarion schloss die Augen. Die Finger seiner Schwerthand öffneten und schlossen sich wieder und wieder, doch das klebrige Gefühl des Blutes, das von der Klinge herab auf seine Hand lief, blieb.

Er hatte sich oft vorgestellt, wie es sein würde, wenn er seinen Vater rächte. Und seinen Zwilling, der, dessen war er überzeugt, vom Machthunger seiner Gemahlin verführt worden war. Es hätte sich gut anfühlen müssen, für Gerechtigkeit zu sorgen. Damit endlich Frieden einkehren konnte.

Doch die Genugtuung wollte sich nicht einstellen.

Er sah auf seine Hand hinab. Sie war verklebt von Blut, doch auch seine Seele kam sich besudelt vor. Beschmutzt, dass er diese verderbte Verräterin getötet hatte, die das Siegel und damit die Macht über die Welt hatte an sich reißen wollen.

Das Siegel.

Siedend heiß fielen Telarion wieder ihre Worte ein. *Doch das Siegel der Ys ist Euch verloren. Es ist in meiner Hand, es wird in den Nebeln festgehalten, und kein Mondgeschöpf wird es mehr aus der Fessel befreien können, mit der ich es belegte!*

Er fiel auf die Knie, legte eine Hand auf Iretis Brust und betrachtete den Leichnam mit der Sichtweise des Heilers.

Die Welt wurde dunkler, als sich ein Schleier darüberlegte. Hinter Iretis Körper entstand eine Flamme, die alles Licht zu schlucken schien, eine Flamme aus Wasser, die alles verschlang, was ihr nahe kam, und die einen blauvioletten Rand hatte.

Iretis Seele. Sie war noch nicht fortgegangen.

Telarion murmelte noch einmal den Fluch des Vanar, den er ihr auferlegt hatte. »Ihr Schöpfergeister, ich beschwöre Euch, lasst ihre Seele zu Nebel werden, auf dass sie in Ewigkeit keine Form mehr annehme!«

Dunkles Lachen hallte in der Finsternis wider.

Es ist zu spät, Heiler. Du magst mich töten, mich hindern, meine Aufgabe zu erfüllen, doch auch deine Hoffnung ist dahin. Unwiederbringlich. Der Schmied hat meinen Bruder getötet, du hast meinen Körper zerstört und meine Seele verbannt – doch wenn du glaubst, du hast das Leben gewonnen, irrst du.

Es ist zu spät.

Unwillkürlich streckte Telarion die Hand aus, so als wolle er die dunkle Flamme packen und sie strafen. Doch seine Hand fuhr durch sie hindurch.

»Es ist zu spät!«

Die Worte durchfuhren Telarion wie ein Messer. Er blickte auf. Hinter Iretis Leichnam erhob sich vor dem nachtblauen Himmel der Tafelberg. Fackeln deuteten an, wo sich das große Portal des Heiligtums befand. Die Tore waren geöffnet. In dem Muster der reich verzierten Fassade des Tempels gähnte finster der Eingang.

Das Bild kam plötzlich.

Eine Klinge, schwarz wie die ewige Finsternis unter der Erde und doch tödlich glänzend, bohrt sich in den grüngelb scheinenden Leib einer schlanken Flamme. Von der Wunde aus breiten sich glitzernde violette Muster aus, Triebe ähnlich wie Raqor, die ihre Wurzeln in das Gelb schlagen und es vergiften. Purpurnes Licht, dunkel leuchtend, fließt aus der Wunde. Die Flamme flackert gequält und wird schwächer, sodass sie kaum noch zu sehen ist.

Der Gedanke, er müsse ohne Sanara leben, war so schmerzhaft, so schrecklich, dass Telarion ihn nie zur Gänze zugelassen hatte.

Doch jetzt überfiel ihn das Bewusstsein, dass es vielleicht so war. Das grausame Bewusstsein, es sei in der Tat zu spät, um die Aufgabe zu vollenden, zu spät, das Siegel zu retten und damit Sanara, zu spät, um sie noch einmal lebendig zu sehen – *die Flamme flackert gequält, als die Triebe sich tiefer und tiefer, unaufhaltsam in sie hineinfressen, sie vergiften, ohne dass es eine Macht gäbe, die sie herausreißen könnte* –, lähmte Telarion.

Doch dann sprang er auf. Niemand würde ihn hindern, die Flamme seines Lebens nicht verlöschen zu lassen. Er war Heiler. Ein Herr des Lebens, ein Liebling des Vanar. Des Goldmonds, der einst das Leben gehütet hatte.

Ein Funken Hoffnung entzündete sich in ihm. Wärme und Zuversicht breitete sich in seinem Inneren aus, als habe Sanara Amadian das Wappen auf seiner Brust berührt, in dem sein Wesen saß, und ließe ihre heißen Finger darübergleiten.

Hinter ihm verblasste die dunkle Flamme klagend zu Rauch, der sich für ewig in Nichts auflöste.

Telarion Norandar hörte es kaum noch. Er tauchte in die Dunkelheit, um das brennende Feuer, das die Schöpfung am Leben erhielt und ihm Freude und Lachen gab, zu erhalten.

Die Qual ließ nicht nach, tief, immer tiefer sog Sanara die Luft ein, doch das verstärkte den Schmerz nur. Sie fühlte sich, als habe man ihr die Lungen herausgerissen. Wieder und wieder versuchte sie, zu Atem zu kommen, doch es wollte ihr nicht gelingen. Der Schmerz ließ es nicht zu.

Plötzlich bemerkte sie, dass sie neben ihrem Körper stand. Sie sah an sich herab.

Dort, wo sich seit ein paar Mondumläufen das Siegel befand, verbreiteten sich jetzt Triebe. Sie gingen von einer Art Dorn aus, der aus violettem Feuer bestand und handspannenlang war. Die

Triebe breiteten sich aus wie die einer bösartigen Pflanze, bildeten Ranken und Blüten in ihr, die leise knisterten und langsam in ihrer Seelengestalt Wurzeln schlugen. Der Dorn war die Ursache ihrer Schmerzen – der *qasarag*, der in ihrem Leib steckte, dort, wo sich in ihrem Seelenbild das Siegel der Ys befand.

Erneut fiel ihr Blick auf ihren Leib. Er lag am Boden, leblos, mit geschlossenen Augen. Er ertrug die Schmerzen nicht, wusste Sanara plötzlich, und hatte deshalb seine Seele von sich getrennt. Selbst die Tatsache, dass ein anderer ihren Kopf auf seinen Schoß gebettet hatte – war das Sinan, ihr Bruder? –, und sie wieder und wieder beim Namen rief, weckte sie nicht.

Sie überlegte kurz, warum sie sich nicht einfach wieder in ihren Körper begab. Doch schon der bloße Gedanke löste Angst aus. Angst, der Schmerz, der jede Faser ihres Leibs erfasst hatte und so stark darin wütete, dass sogar ihre Seele ihn empfand, könnte noch schlimmer werden.

Lange sah sie auf sich selbst hinab. Die geöffnete *hataka* enthüllte ihre Brust, und Sanara konnte sehen, wie die Ranken sich nicht nur in ihrer Seele, sondern auch auf ihrer Haut ausbreiteten. Im Zentrum die Wunde, in der der magische Dolch steckte, bildeten Triebe ein feines Geäst, Blüten aus Flammen, die aufgingen, erblühten und wieder verwelkten und Narben auf ihrer Haut hinterließen, so wie das violette Feuer in ihr sich immer weiter verzweigte und verästelte. Dort, wo die Ranken und Blumen waren, hinterließen sie vernichtete, verbrannte Haut und Fleisch, das sich nicht wieder neu bilden würde.

Sanara hatte nie Angst vor dem Feuer gehabt. Respekt, ja. Denn zu viel Feuer, zu viel Hitze konnten ebenso tödlich sein wie zu viel Wasser, zu viel Erde oder zu viel Wind. Jedes Element war schädlich, wenn man es nicht eindämmte, und konnte zur Katastrophe werden. So, wie die geschaffene Welt seit Generationen von Überschwemmungen, Erdbeben und Dürren geplagt wurde.

Jetzt war Sanara, als sei ihr Körper zum Sinnbild dafür geworden: Die Feuermagierin wurde von zu viel Feuer verbrannt.

Einem Feuer, das ihr fremd war, nicht ihr eigenes, und sie vernichtete.

Sie kannte diesen Zauber. Im Kloster des Abends hatte man ihr davon berichtet, dass er nur von Magiern gewirkt werden konnte, die sowohl über die Kräfte des Feuers geboten als auch Macht über die Pflanzen besaßen. Er war nur in den Anfängen heilbar, denn er entzog dem Wesen, das er befallen hatte, die Magie und damit alle Kraft des Lebens, die ein Heiler hätte beeinflussen können.

Sie betrachtete wieder ihren Körper und sah, dass der Feuerdorn bereits über ihren ganzen Oberkörper gewuchert war. Ein noch dünner, junger Trieb hatte seine dornige Spitze in ihr Hauszeichen gebohrt, und es schien Sanara, als winde die Sonnenechse, die sonst still auf dem Diamanten der Amadians ruhte, sich entsetzt, um dem Gift auszuweichen.

Es war vergeblich. Der Dorn stach zu, geradezu gierig. Die Echse schien aufzuschreien, und in diesem Augenblick fühlte auch Sanaras Seele einen Stich.

Für einen Augenblick überwältigten die Unausweichlichkeit ihrer Lage und die Trauer darüber Sanara. Sie ging in die Knie und schluchzte auf. Erst nach einem Augenblick, der in seiner Qual einer Ewigkeit glich, ebbten die reale Agonie und der Schmerz um das, was hätte sein können, ab.

Doch noch war ein Teil von Sanaras Seele sich ihrer selbst bewusst. Es kostete Kraft, aber sie schaffte es, den Schmerz beiseitezudrängen. Sie wusste nicht, woher sie die Energie nahm, doch sie erhob sich und löste ihren Blick von ihrem sterbenden Körper.

Sanara wandte sich dem Altar zu und ging in die Knie. Obwohl es nur ihr Seelenbild war, das sich bewegte, biss sie die Zähne zusammen, um nicht vor Qual aufzuschreien, die auch die kleinste Bewegung in ihr verursachte.

Sie erkannte den Ball aus Amethyst, der in den Flammen lag, und sah die silbrigen Funken, die aus ihr selbst in den Ball hineintanzten. Sie bildeten ein glänzendes Band, das beide Siegel miteinander verknüpfte und über das ihr Leben, vertrieben vom Feuerdorn, ihren Körper und ihre Seele verließ.

Wieder drohte der Kummer Sanara zu überwältigen.

Ys hatte ihr, Sanara, das Siegel gegeben, sodass es mit ihr verbunden war. Die Macht des Siegels war Teil ihres Leibes und ihrer Seele geworden und hätte hier im Heiligtum des Südens durch den Segen des Syth und mit Telarions Hilfe von ihr getrennt werden sollen. Die Kraft, die dadurch freigeworden wäre, hätte dem Schöpfergeist der Veränderung das Tor in diese Welt geöffnet.

Doch Ireti Landarias hatte die Macht, die Ys gehörte und den Syth hätte befreien sollen, für sich und ihre eigenen Zwecke haben wollen.

So hatte sie ein Gefäß geschaffen, das die Kraft der Ys und die ihres Geliebten in sich bergen sollte – den Ball, der nun in heiligem Feuer brannte und der ihr, Sanara die Kraft entzog, die Ys ihr verliehen hatte.

Sanara sog scharf den Atem ein, als ihr klar wurde, wie die Königin versucht hatte, die Schöpfergeister zu überlisten und ihre Kraft für sich zu nehmen, und fragte sich, wie jemand so anmaßend sein konnte. Zorn flackerte in ihr auf, sie griff unwillkürlich nach dem glitzernden Band, das von ihr zu der Kugel im Feuer reichte, und wollte es zerreißen.

Doch ihre Hand fuhr hindurch. Es war, als habe sie keine Macht über ihre eigene Energie.

Entsetzt hielt sie inne, als sie erkannte, was ihr Herz bereits wusste: dass sie nichts gegen den Energiefluss tun konnte, der ihr mehr und mehr die Kraft entzog.

Vielleicht kann ich dir helfen. Es bleibt nicht viel Zeit.

Die Stimme klang warm und dunkel. Sie schien ihren Ursprung hinter den Flammen zu haben, hinter dem Feuer auf dem Altar, in dem das neugeschaffene Siegel brannte und ihr unerbittlich die Lebenskraft nahm.

Sanara sah genauer hin, aber die Flammen flackerten so stark, dass sie die Gestalt dahinter kaum sehen konnte. Dennoch kannte sie den, der gesprochen hatte und dessen Stimme nun eine unbekannte Melodie sang.

Es war Ronans Seelenbild, das bei ihr war, und sein Gesang brachte Trost.

Langsam kam der Musikant hinter dem Altar hervor und blieb neben ihr stehen. Seine Gestalt leuchtete in einem tiefen, beinahe blutigen Rot, in dem silbrige und purpurne Linien Spiralen und Muster bildeten, die sich unendlich fortzusetzen schienen.

Es war Sanara, als wäre die Farbe von Ronans Seelengestalt dunkler als je zuvor, die violetten und silbrigen Linien darin schwächer als sonst. Seine Gestalt flackerte und zerfaserte an den Rändern, als fehle ihm die Kraft.

Du bist schwach, sagte sie.

Ja, erwiderte er, ohne seinen Gesang zu unterbrechen. *Die Königin nahm mich gefangen, um ihre Magie mit meiner zu bereichern. In dem Augenblick, in dem sie starb, gab sie meine Kraft frei, und so kam ich zu mir. Doch ich weiß nicht, wie lange ich diese Gestalt beibehalten kann.*

Sanara fuhr herum. *Ireti ist tot?*

Ja, sie verriet sich, als Telarion sie vor ihr Heer stellte und sie beschuldigte, es hintergangen zu haben. Sie sah nur eine Möglichkeit, sich zu retten – indem sie das Lied sang, das Syth die Menschen einst lehrte, auf dass die Menschen die Schlacht des Leids, die zweite gegen die Elben, gewinnen könnten. Das verriet sie, und um seine Männer zu retten, tötete Telarion die Königin.

Ist sie wirklich tot?, fragte Sanara.

Ja. Der Heiler sprach Worte des Lebens über ihrer Seele und verbannte sie dazu, zu Nebel zu werden und sich nie wieder eine Gestalt geben zu können, trotz aller Macht, die sie besaß.

Sanara nickte langsam. *Sie hat verloren.*

Noch nicht, sang Ronan. Seine Stimme klang jetzt besorgt, die Melodie traurig. *Sie war sorgfältig und wusste viel über die Nebel und darüber, den Wesen ihre Essenz zu nehmen. Sie wusste viel über den Tod.*

Was meinst du?

Ronan antwortete nicht sofort. Stattdessen unterbrach er seine Melodie und ging neben Sanara in die Knie. *Sie wirkte den Zauber mit meiner Magie, und jetzt kann ich ihn nicht ohne sie lösen,* wisperte er.

Sanara sah erstaunt auf ihn hinab und erkannte, dass seine Miene voller Angst war. Ihr Blick fiel auf die roten Töne seines Lieds, die das glänzende Band der Kraft, das ihre Seele immer noch mit dem kugelförmigen Behältnis auf dem Altar verband, zwar umtanzten, aber schwächer wurden.

Auch ihre eigene, einst leuchtend gelbe Gestalt war nun schwächer geworden, durchsichtiger, so als würde sie sich bald auflösen.

Du hast nicht mehr viel Zeit. Ronans Stimme klang bedrückt.

Nicht mehr viel Zeit, wiederholte Sanara langsam. *Zeit wozu, wenn alles vergebens ist?*

Noch ist ein Funken Leben in dir. Ein Funken Magie und Macht, auch wenn ein Großteil gefangen ist in diesem Ball. Aber die Kraft des Siegels muss freigesetzt werden.

Sanaras Blick fiel auf die Kugel aus Amethystopal.

Meine Kraft ist darin gefangen?

Ronan schwieg lange. *Ja,* sagte er schließlich, und Sanara merkte, wie schwer es ihm fiel. *Und doch muss sie freigesetzt werden.*

Sanara schluckte, als er aussprach, was sie bereits ahnte. *Um sie freizusetzen, muss ich die Kugel zerstören.*

Ronan antwortete nicht.

Sanara wandte sich um und sah auf ihren leblosen Körper, der nach wie vor im Schoß ihres Bruders ruhte, der sich nicht gerührt hatte. Immer noch schien er leise ihren Namen zu rufen, doch seine Stimme hatte keine Macht über die Magie Sanaras.

Sanara ging zu ihm und berührte ihren Körper. Unter ihm hatte sich eine Blutlache gebildet, wie damals, als sie sich in der Gefangenschaft der Königszwillinge das Leben hatte nehmen wollen.

Der Leib war kalt. Das Herz schlug nicht mehr, und die fein

knisternden Blüten und Triebe breiteten sich nur noch langsam aus, als missfalle ihnen, sich von einem toten Körper zu ernähren.

Mein Leib ist gestorben, murmelte sie. *Ich kann nicht in ihn zurück. Wenn ich also das Behältnis zerstöre, wird meine Magie, werden meine Kraft und meine Essenz verwehen, weil es nichts gibt, das ihn aufnehmen kann.*

Was soll ich tun?

Eine kalte Sturmbö erfasste sie und ließ sie erschauern. Für einen Augenblick glaubte Sanaras Seele, sie zerspringe in Wind und Kälte und verwehe ins Nichts.

Sie schloss die Augen, um die Tränen zurückzuhalten, die der eisige Wind hineingetrieben hatte. Als sie sie wieder öffnete, sah sie, dass eine hochgewachsene Gestalt neben ihrem toten Leib kniete und ihn in den Arm genommen hatte.

Im nächsten Augenblick spürte sie, wie eine gewaltige Kraft an ihr zerrte, ihr befahl, sich wieder in den Körper zu legen, ungeachtet der Wunde, durch die auch der letzte Rest ihrer Kraft herausgeflossen war, ungeachtet des raschelnden, glühenden Feuerdorns, der sich durch ihr Fleisch bis in die Knochen hineinbrannte.

Der Ruf war so machtvoll, dass er alles andere übertönte.

Willst du gehen? Ronans Stimme war leise und durchdrang doch das machtvolle Rufen des Sturms.

Du bist eine Gesegnete, so wie er. Er hätte die Macht, den Funken Leben, den du noch hast, für deine Heilung zu nehmen. Er könnte ihn anfachen, sodass du wieder zu einem magischen Geschöpf voller Leben wirst.

Sanara wandte sich nicht um.

Willst du zu ihm zurück?

Mein Herz will es so sehr!, erwiderte sie. *Aber was wäre dann mit der Veränderung der Welt? Syth bliebe auf ewig in der Leere.*

Ronan blieb lange still. *Das ist wahr*, sagte er endlich.

Trauer erfasste Sanara angesichts des Bildes, das sich ihr bot. Sie war nach wie vor tot, doch der Geliebte ihrer Seele versuchte mit aller Kraft, sie wieder ins Leben zurückzurufen. Sie wusste, dank der Sicht des Heilers erkannte er, dass ihre Seele direkt neben ihm und ihrem Körper saß. Seinem immer drängender werdenden Rufen war anzuhören, dass er nicht begriff, warum sie dem Zwang nicht folgte, den er ausübte.

Die Trauer, die Verzweiflung darüber, dass seine Mühen vergeblich blieben, waren deutlich auf seinem Gesicht zu lesen und unerträglich.

Wieder fragte sie sich, warum sie seinen Schmerz nicht linderte, indem sie seinen Worten gehorchte, doch wieder tat sie es nicht.

Ich kann dir nicht gehorchen!, schluchzte sie schließlich auf. *Wie könnte ich die Welt opfern? Sag mir, wie könnte ich das? Und doch, wie könnte ich dich allein lassen, mein Geliebter?*

Die Welt würde nicht untergehen, wenn du seinen Worten gehorchst, hörte sie eine Stimme hinter sich. Es war Sanara, als habe Ronan auf einmal ein Echo, als spreche nicht mehr der Musikant, den sie so gut kannte, sondern ein anderes Wesen. Eines, das Mitleid mit ihrem Kummer und mit dem Leid ihres Geliebten hatte, der vergeblich nach ihr rief.

Denn die Welt sollte nicht durch so viel Schmerz gerettet werden. So hatten Ys und ich es nicht geplant.

Und doch wäre die Magie der Veränderung auf ewig aus ihr verschwunden, wenn ich gehorche!, gab Sanara verzweifelt zurück. *Die Magie, die es erst möglich machte, dass ich, die Feuertochter, die den Nebeln gebietet, den Heiler und Elben liebt! Wie könnte ich das der Welt nehmen!*

Die Stimme hinter ihr schwieg lange.

Du musst entscheiden.

Wie könnte ich das?, schrie Sanara wild. *Ich bin kein Schöpfergeist, ich bin nur ein Wesen von vielen in dieser Welt!*

Und doch liegt die Entscheidung nun bei dir.

Sanaras Blick fiel wieder auf die hochgewachsene Gestalt des Heilers und Kriegers, der ihren toten Körper hielt. Als habe er begriffen, dass sie nicht wieder zurückkehren würde, umschlang er sie nun mit beiden Armen und hob sie an seine Brust. Seine Schultern zuckten.

Oft sind die Veränderungen, die von uns verlangt werden, groß. Doch je größer das Opfer ist, desto mehr kann Syth dafür schenken. Was also wirst du tun?

Sanara antwortete nicht sofort, sondern streckte die Hand aus und berührte den unordentlichen Haarschopf des Heilers, der sein Gesicht in ihrer Halsbeuge vergraben hatte. Für einen Augenblick genoss sie das Gefühl, als kitzelten struppige Rabenfedern ihre Handfläche.

Ich liebe ihn, das werde ich immer tun. Doch ich kann auch das, was uns verbunden hat, was uns verbindet und immer verbinden wird, nicht verraten. Da war immer mehr als nur unsere Liebe.

Ohne den Blick von sich und ihrem Geliebten abzuwenden, erhob sich Sanara.

Sie überlegte nicht, als sie zum Altar ging.

Sanara griff in die Flammen, umfasste den Ball, der dort lag und der mit ihr über das glitzernde Funkenband aus regenbogenfarbenem Licht verbunden war, und hob ihn heraus. Unter ihren Fingerspitzen war er leicht und glatt, trotz der schroffen Muster darauf.

Sie presste ihn an ihre Brust und unterdrückte erneut die Tränen. Sie wusste, wenn sie ihn zerschmetterte, wenn er auf dem felsigen Untergrund unter ihr zersprang, zersprang auch ihr Herz. Ihr Wesen, ihre lebendige Essenz würde ins Nichts gehen.

Doch die Welt würde frei sein und voller Möglichkeiten. Und, so schoss ein Gedanke durch ihren Kopf, vielleicht voller Liebe, denn auch sie war voller Liebe.

Wenn du es tust, kann sich alles ändern, sagte Ronans – Syths? – Stimme. *Alles kann neu beginnen.*

Die Menschen waren unterdrückt. Doch durch die Macht der Veränderung konnten sie frei werden. Sie würden keine Sklaven mehr sein. Vielleicht konnte die freigesetzte Macht bewirken, dass es keine Feindschaft mehr zwischen Elben und Menschen gab, niemand würde mehr für sinnlose Kriege sterben müssen.

Das ist es, was ich wünsche. Das wäre das Opfer wert.

Sanara spürte kaum, dass ihre Finger sich öffneten, die Kugel ihren Händen entglitt und am Boden in tausend Splitter zerbarst.

Epilog

Sie weiß nicht, wo sie ist.

So lange war da nichts.

Nur die Leere und das Verlorensein in der Unendlichkeit.

Doch jetzt ist sie hier, und langsam kehren die Empfindungen zurück.

Zuerst ist da Licht. Es ist silbrig in der Dunkelheit. Die Quelle ist verborgen, doch der Fluss der Sterne, die einst ausgegossen wurden, strahlt nicht allein.

Dann wird sie gewahr, das Licht kommt vom Silbermond, der kaum weitergewandert ist seit dem Moment, als sie ihn zum letzten Mal sah. Das war, als sie die Welt verließ, als ihre Seele zersprang und in die Leere und Verlorenheit hineinging, auf dass ein anderer die Welt betreten konnte.

Das silbrige Gesicht der Ys steht genau über ihr, und sie badet sich in dem Blick des Schöpfergeistes der Harmonie. Das Schimmern des Goldmonds ist hinter dem Horizont noch zu erahnen.

Sie sieht sich um und ist verwirrt. Sie steht immer noch – oder wieder? – in einem Raum, der einem Allerheiligsten der Schöpfergeister gleicht, vor einem Altar, in dem ein Feuer aus Spezereien brennt. Doch seine Wände sind vollständig durchbrochen und geben den Blick auf die weite Landschaft dahinter frei. In einem Licht, das gleichzeitig silbrig und dunkel ist, erkennt sie endlose Wälder, Seen und Prärien. Im Osten erstreckt sich ein Meer. Es ist, als liege ihr die Welt zu Füßen.

Es ist, als schwebe sie mitten im Raum über dem Boden. Da ist keine Schwere. Kein Empfinden eines Körpers. Nur reine Existenz. Vorher – wie lange ist das her und wie lange dauerte es? Sie weiß es nicht – war das nicht so.

Sie erinnert sich an den roten Sandstein, die organischen Formen, aus dem man das Allerheiligste des Tafelberges im Tal von Farokant gehauen hat. Der Raum, in dem sie starb, weil ihre Kraft mit dem Siegel zersprang. Und doch ist sie nun hier und erkennt, dass die Wände aus durchbrochenem, glattem Marmor bestehen, auch wenn sie die Farbe der Äderung nicht erkennen kann. Sie wirkt bläulich, vielleicht auch grün, also handelt es sich um einen Stein, einen Raum, den man dem Goldmond weihte.

Doch wie kommt sie hierher?

Sie fragt sich wieder, wer sie ist.

Bis gerade eben existierte sie nicht. Sie war nicht einmal eine Seele, nicht einmal ein Nebelschwaden in der Leere.

Und nun ist sie hier, umgeben von der geschaffenen Welt.

Sie erinnert sich, da war etwas Frisches, Kühles, es war wie das Leben selbst, das kam und der Leere befahl, Form anzunehmen.

Sie wendet sich vom Osten, dem Meer, ab und sieht nach Westen, wo noch ein unendlich schmaler Rand des Goldmonds über den Wäldern zu sehen ist. Die Strahlen des Gestirns sind wie ein Gruß, der nur ihr gilt.

Sei gegrüßt, mein Geschöpf, das du wieder Form angenommen hast.

Wieder umstreicht kühler, frischer Wind sie, als sei sie damit gemeint.

Der Goldmond segnete sie einst. Sie ist sich sicher.

Wieder zerrt etwas an ihrem Blick. An ihr, die aus Leere bestand und nun wieder eine Gestalt bekam. Dank des Goldmonds?

Doch das geheimnisvolle Strahlen hinter den Wäldern ist nicht der Ursprung der Frische, die sie erfasst hat. Die leichte Brise lenkt ihre Aufmerksamkeit auf etwas vor ihr. Sie bemerkt erst jetzt, dass dort eine Gestalt kniet. Sie hat die Arme ehrerbietig im Gebet ausgebreitet, und sie weiß mit einem Mal, dass die Heilung, die angenehme Kälte, die dem Nichts ihrer Existenz Form verliehen hat, von dieser Gestalt ausgeht. Und sie weiß auch, dass es ein Elb ist. Einer vom älteren Mondvolk.

Er hat dich gerufen, Geschöpf. Und weil du vollbrachtest, was die Welt heilte, wurde mir gestattet, seinen Wunsch zu erfüllen. Du bist hier. Was die Schöpfer von Chaos und Ordnung der Amdiri Feuertochter verweigern mussten, konnte ich gewähren, denn auch du bist mein gesegnetes Geschöpf.

Damit verschwindet der letzte goldene Lichtstrahl des Mondes hinter den Wäldern. Nur noch die schmale kupferfarbene Sichel mit den rötlichen Feuern darin – Akusu, der Dunkelmond –, und auch Ys steht am Himmel, zusammen mit den Sternen, die sich im Ozean spiegeln.

Die Seele – denn jetzt weiß sie, dass sie das ist: eine Seele – weiß nicht genau, was die rätselhaften Worte des Goldmonds zu bedeuten haben. Doch das beunruhigt sie nicht. Sie wird die Antwort finden, denn sie ist von ihm gesegnet, auch wenn sie, wie sie glaubt, keine vom älteren der beiden Mondvölker ist.

Die kupferfarbene Sichel des Akusu, dem Zwilling des Vanar, scheint sie nun anzulächeln.

Du bist mein Geschöpf, hört sie ihn sagen. *Wie mein Zwilling diesem hier seine Bitte gewährte, werde ich dir im Namen von Chaos und Ordnung auch einen Wunsch erfüllen.*

Hast du einen Wunsch, Geschöpf?

Die Seele hört staunend, was der Dunkelmond sagt. Wünscht sie etwas? Sie horcht in sich hinein. Wie ein fernes Echo hört sie die Erinnerungen.

Sie wünschte einst die Rettung der Welt. Dass der Friede, die Liebe, die sie zum anderen Volk empfand, in diese Welt käme.

Dieser Wunsch wurde dir erfüllt, Geschöpf. Doch das Opfer, das du dafür brachtest, war größer als du selbst, und so gewährten die Schöpfer von Veränderung und Ordnung, dass ihren Rettern ein Wunsch erfüllt würde. Vanar konnte ihm hier den seinen gewähren. Doch was wünschst du?

Alles in ihr zieht sie zu der Frische hin, der angenehmen Kühle, die sie aus der Leere hierher holte. Beides ist ganz in der Nähe. Der, von dem die heilende Brise ausging, sitzt still, beinahe reglos da. Er hat sich nach Osten gewandt, wo bereits ein türkisfarbener Streifen über dem Meer den Aufgang der Weißen Sonne erahnen lässt, und hat seine Hände im Gebet ausgebreitet.

Erst jetzt wird ihr bewusst, dass der Altar anders aussieht als der im Heiligtum der Tiefe – flacher und mit einem im Licht der letzten Sterne golden schimmernden Ring darauf.

Wieder fällt ihr Blick auf den Betenden. Seine rabenschwarzen Haare sind für einen Elben so kurz geschnitten, dass selbst der schmale Goldreif, der sein Haupt krönt und mit smaragdenen und jadenen Blättern geziert ist, sie nicht zu bändigen vermag. Seine Augen – sie weiß, er hat Augen, die die Farbe von jungem Laub haben, durch das die Weiße Sonne scheint – sind geschlossen. Sein ernstes Gesicht, das so selten lächelt, ist angespannt. Er wirkt kummervoll.

Wieder ist ihr, als sei in der Leere keine Zeit vergangen, denn diesen Kummer, diese Verzweiflung, hat sie auf dem Gesicht dieses Geschöpfs des Vanar schon einmal gesehen. Sie weiß nicht, wie lange es her ist, doch wie lange es auch sein mag, sein Leid hat es nicht gemildert.

Sie geht vor ihm in die Knie, im Wunsch, ihn zu trösten. Sie würde so gern jeden Kummer von ihm nehmen, den er empfinden mag.

Er bewegt leicht die schmalen Lippen, als rezitiere er Worte, die er auswendig kennt.

Obwohl sie die Worte nicht hört, kennt sie sie und kann sie mitsprechen. Sie weiß daher genau, was er gerade tut: Er ruft eine Seele – sie? – ins Leben zurück. Es sind Worte, die die Magie, die Essenz eines Wesens, zwingen zu gehorchen.

Und so gehorchte auch sie.

Ist sie deshalb hier?

Erst jetzt wird ihr bewusst, dass sie in einem leuchtenden Gelb schimmert, einem Gelb, das einen grünen Kern hat und von dunklen Rauchschlieren durchzogen ist. Und ihr wird klar: Sie ist reine Magie, die die Worte hörte, mit denen Vanar selbst einst Leben schenkte und mit denen dieser Elb wieder und wieder nach ihr ruft.

Wieder erklingt die Stimme des Dunkelmonds wie eine helle Glocke.

Hast du einen Wunsch, Geschöpf?

Sie kniet sich vor der kühlen Frische nieder. Eine Anziehungskraft geht davon aus, die so groß ist, dass sie sich unwillkürlich fragt, wie sie je eine geschaffene Welt verlassen konnte, in der dieses Geschöpf existiert. Sie hebt die Finger und legt die Spitzen auf seine Wange.

Es prickelt, als sie ihn berührt.

Sie betrachtet das blasse Gesicht des Elbs, das durch das flammende Gelb ihrer daraufliegenden Finger einen Schimmer bekommen hat, als segne ihn der Goldene Mond. Obwohl ihre Fingerspitzen durch seinen Körper hindurchfahren müssten, spürt sie die Glätte seiner Wange, die Kälte, die von ihm ausgeht und die ihren Arm – es ist der linke, der magische – in kühlen, trockenen, nach Weihrauch duftenden Rauch hüllt.

Ihre Augen brennen, als wären Tränen darin. Sie beugt sich vor, lehnt ihre Stirn gegen seine, und für einen kurzen Moment hat sie den Eindruck, als kitzelten weiche Haarsträhnen ihre Wimpern.

Sie blinzelt die Tränen fort, denn sie verschleiern die Sicht auf das ernste Antlitz ihres Geliebten. Sie würde ihm gern vergelten, dass er sie von der ewigen Leere erlöste und sie wieder in die geschaffene Welt holte. Die Sehnsucht nach ihm wird so stark, dass sie aufschluchzt. Wie gern wäre sie mehr als ein Seelenbild, mehr als nur der Schatten, das Bild einer Flamme! Wie gern würde sie einen echten Leib an seinen schmiegen, ihm Wärme geben und ihm zeigen, dass er ihre einzige Sehnsucht ist!

Ich bin hier, Geliebter meiner Seele.

Einen Augenblick später dringt ein Wispern an ihr Ohr. »Sanara.«

Er hat sie bei ihrem Namen gerufen. Und jetzt taucht auch sein

Name aus den Erinnerungen ihres Herzens wieder auf: Telarion. Fürst von Norad, Heiler der Welt.

Ja, Geliebter, ich bin es. Ich war fort, doch du hast mich gerufen. Und so kam ich. Und es ist mein Wunsch zu bleiben.

Sie weiß, das ist die Wahrheit. Das ist ihr Wunsch. Sie sieht auf und blickt in das Lächeln des Dunklen Mondes. *Es ist mein Wunsch, bei ihm zu bleiben. Immer.*

Die Sehnsucht, die Sanara bei diesen Worten durchfließt, erfasst jede Faser. Und es ist, als gewinne das reine Licht, aus dem Sanaras Seele besteht, dadurch Substanz. Töne erklingen, die dem Licht Form geben, und in Sanara, der Seelenherrin, steigt ein Lied auf.

Eins, das zuvor in dieser Welt noch nie gesungen wurde. Eins, das dem Leben, das der Goldmond schenkt, Substanz verleiht, so wie die Erde der Welt, deren Essenz aus Magie besteht, Substanz verleiht.

Das ist der Wunsch, nach dem der Dunkelmond fragte und den er im Namen des Syth und der Ys, seiner ewigen Geliebten, gewähren wollte.

Ich bin hier, singt Sanara. *Du hast mich gerufen, Geliebter meiner Seele.*

Und ich werde dich nie wieder verlassen.

ENDE

Miriam Black weiß, wann du sterben wirst ...

Chuck Wendig
BLACKBIRDS
Roman
Aus dem amerikanischen
Englisch von
Axel Franken
304 Seiten
ISBN 978-3-404-20710-7

Miriam hat eine Gabe: Wenn sie einen Menschen berührt, sieht sie den Moment seines Todes. Doch nie konnte sie die Zukunft verhindern. Inzwischen hat sie den Versuch aufgegeben ... Als der Trucker Louis Miriam vor einem Überfall rettet, berührt sie seine Hand und sieht das Unvermeidliche: Louis wird in 30 Tagen von einem Killer brutal ermordet — und Miriam steht dabei. Ist sie vielleicht das nächste Opfer? Miriam glaubt eigentlich nicht, dass sie die Zukunft ändern kann. Aber sie muss es noch ein Mal versuchen: für ihr Überleben — und für seins.

»Eindringlich ... ein schonungsloses Bild vom Leben am Rand des Abgrunds!« — PUBLISHERS WEEKLY

Bastei Lübbe Taschenbuch

Werde Teil der Bastei Lübbe Welt
You Tube
www.luebbe.de/Meinewelt
Lesen, rezensieren, Bücher gewinnen
Lerne Autoren, Verlagsmitarbeiter und andere Leser kennen